独角兽书系

·金雀花与都铎系列·

TAMING OF THE QUEEN

[英] 菲利帕·格里高利 —— 著
张荣建 —— 译

PHILIPPA
GREGORY

驯后记

重庆出版集团 重庆出版社

THE TAMING OF THE QUEEN

Chinese Simplified Translation copyright © 2021 by CHONGQING PUBLISHING HOUSE CO, LTD.
Original English language edition Copyright © 2015 by Philippa Gregory Limited All Rights Reserved.
Published by arrangement with the original publisher, Touchstone, a Division of Simon & Schuster, Inc.

版贸核渝字（2017）第212号

图书在版编目（CIP）数据

驯后记 /（英）菲利帕·格里高利著；张荣建译；—重庆：重庆出版社，2021.12
书名原文：The Taming of the Queen
ISBN 978-7-229-15325-0

Ⅰ.①驯… Ⅱ.①菲… ②张… Ⅲ.①长篇历史小说—英国—现代 Ⅳ.① I561.45

中国版本图书馆 CIP 数据核字（2020）第 193600 号

驯后记
XUN HOU JI

[英]菲利帕·格里高利 著　张荣建 译
责任编辑：邹　禾　许　宁　方　媛
装帧设计：徐　图
责任校对：李小君

重庆出版集团 出版
重庆出版社

重庆市南岸区南滨路162号1幢 邮政编码：400061 http://www.cqph.com
重庆出版集团艺术设计有限公司 制版
重庆豪森印务有限公司 印刷
重庆出版集团图书发行有限责任公司 发行
E-mail:fxchu@cqph.com　邮购电话：023-61520646
全国新华书店经销

开本：890mm×1230mm　1/32　印张：14.75　字数：310千
2021年12月第1版第1次印刷　2021年12月第1版第1次印刷
ISBN：978-7-229-15325-0
定价：92.80元

如有印装问题，请向本集团图书发行有限公司调换：023-61520678

版权所有　侵权必究

菲利帕·格里高利
Philippa Gregory

英国畅销作家，资深记者，媒体制片人。1954年出生于肯尼亚，后随家人移居英格兰，在获得萨塞克斯大学历史学学士、爱丁堡大学18世纪文学博士学位后，她出版了第一部小说《威德克尔庄园》，此书的畅销令她成为一名全职作家。此后她笔耕不辍，以严肃的历史背景为依托，融入女性写作者特有的细腻情感，创作了多部系列小说，其中"金雀花与都铎"系列作为她的代表作被多次改编为影视作品，收获广泛关注，也为她带来"英国王室历史小说女王"的美誉。

"金雀花与都铎"围绕14~16世纪的英国宫廷女性写作。许多女性在历史上并未留下浓墨重彩的痕迹，菲利帕结合想象与考据，丰满了史书间女人们的名字。这是一个相当庞大的系列，且仍在持续更新中。

在小说之外，她还写过童书、短篇集，并与大卫·巴德文及麦克·琼斯合著非虚构类作品《玫瑰战争中的女性》。同时，她还是英国广播公司第四频道《英国问答》的常客，都铎王朝时代频道的专家。

目前她和家人一起住在英格兰北部。她喜爱骑马、散步、滑雪和园艺，另外在冈比亚建立了一所园艺学习慈善机构。

金雀花与都铎 系列

另一个波琳家的女孩

女王的弄臣

处女的情人

永恒的王妃

波琳家的遗产

另一个女王

白王后

红女王

河流之女

拥王者的女儿

白公主

国王的诅咒

驯后记

三姐妹三王后

最后的都铎

谨献给

莫里斯·赫特,1928—2013

杰弗里·卡纳尔,1927—2015

驯后记人物关系简表

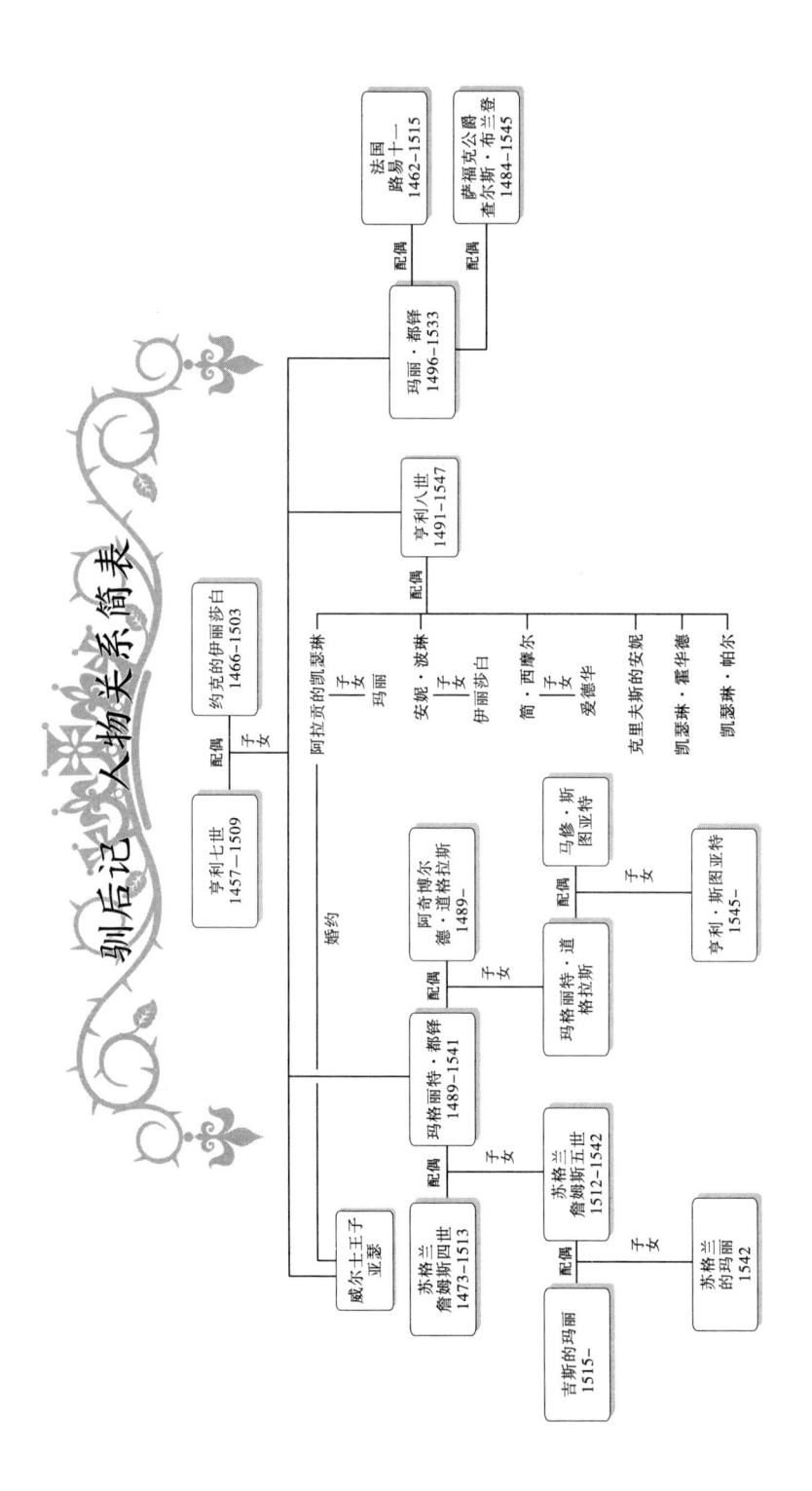

- 亨利七世 1457—1509 —配偶— 约克的伊丽莎白 1466—1503
  - 子女：
    - 亨利八世 1491—1547
      - 配偶/子女：
        - 阿拉贡的凯瑟琳 — 子女：玛丽
        - 安妮·波琳 — 子女：伊丽莎白
        - 简·西摩尔 — 子女：爱德华
        - 克里夫斯的安妮
        - 凯瑟琳·霍华德
        - 凯瑟琳·帕尔
    - 玛丽·都铎 1496—1533
      - 配偶：法国路易十一 1462—1515
      - 配偶：萨福克公爵查尔斯·布兰登 1484—1545
    - 玛格丽特·都铎 1489—1541
      - 婚约：阿奇博尔德·道格拉斯 1489—
        - 配偶/子女：玛格丽特·道格拉斯
          - 配偶：马修·斯图亚特
          - 子女：亨利·斯图亚特 1545—
      - 配偶：威尔士王子亚瑟
      - 配偶：苏格兰詹姆斯四世 1473—1513
        - 子女：苏格兰詹姆斯五世 1512—1542
          - 配偶：吉斯的玛丽 1515—
          - 子女：苏格兰的玛丽 1542

1543 年春

汉普顿宫

  他耸立在我面前，犹如巨大的古老橡树。那宛如满月的脸庞直立在树枝的最高端，爬满皱纹的面部肉团显示出善意。他俯下身体，就像大树朝我倾斜而来。我站着一动不动，但我想，他肯定是不会像昨天那个人一样向我下跪，亲吻我的双手。不过，如果这个像大山一般身躯的人下跪的话，可能要粗大的绳索才能够把他拉起来，就像陷入泥潭的耕牛，并且，他从来不向任何人下跪。

  我想，他不可能亲吻我的嘴唇，这狭长的房间，一端有乐师聚集，并且人来人往——那是不可能的，在这礼仪高贵的宫廷是不可能的，这一宛如满月的脸庞也不可能落在我的脸庞上。我仰视着这个人，我的母亲和她所有的朋友曾经如此崇拜他，他是英格兰最俊秀的男人，是每一个女孩心中暗恋的国王，我暗自祈祷，他没有说出他刚才说的那句话。我祈祷自己可能是听错了。

  他自信满满，不动声色，等着我的同意。

  我意识到：一切就这样决定了，我的终身。无论他等待我的同意，或者不等待我的同意，我也将不得不嫁给这个男人，这个比其他人都身躯庞大、体形伟岸的男人。他居于芸芸众生之上，是仅次于天使的天人：他是英格兰国王。

  "我太受宠若惊了。"我结结巴巴地说。

驯后记

他嘟起的小嘴张开,显露出微笑。扑面而来的是发黄的牙齿和陈腐的气息。

"我哪有资格获得这一荣幸。"

"我会告诉你如何值得这些荣幸。"他明确地说。

他湿漉漉的嘴唇露出忸怩作态的笑容,让我感到太可怕了,在他陈腐的身躯里面所隐藏的淫荡。而我将毫无疑问地成为他的妻子,在我渴望另一个男人的时候,却不得不与他同床共枕。

"请允许我祈祷并且考虑一下您的求婚。"我问道,思考着选择更恰当的用词,"我有些不知所措,真的。而且我才刚守寡不久……"

他稀疏的浅褐色眉毛一下挤在一起,显然不高兴了,"你还要想等等?难道这不是你想要的吗?"

"这是每个女人都梦寐以求的。"我急忙回答,"这是宫殿里的每一个女士非常渴望的,这个国家没有一个女人不是对此梦寐以求。我和她们完全一样,可是我不配呀!"

这番话让他舒服多了。

"我简直难以相信我的梦想成真了。"我继续言不由衷地说,"我需要时间来品味一下我的好运。这一切就像一个童话!"

他点点头。他喜欢的就是童话:乔装打扮,装腔作势,他喜欢一切光怪陆离的情节。

"我拯救了你。"他义正言辞地说,"我要把你从一文不值抬升到世界上最显赫的地位。"每日的醇酒佳酿和肥美大餐滋润出他浑厚自信的嗓音,声音中显露出恣纵肆意,但他狡诈的小眼睛直直地盯着我。

我强迫自己看着他敏锐的双眼,他的眼珠几乎会被下垂的眼睑所遮挡住。他并非是要把我从一文不值抬举上天,我也并非是一文不值——我可是出生在肯德尔的帕尔,我前夫是拉提默男爵约翰·内维尔,他们都出身于英格兰北部的显赫家族，不过他从来没有去过那里。"我需要一点时间。"我祈求说，"我需要时间来适应和品尝这份幸福。"

他肥胖的手微微动了一下，说我愿意考虑多久都行。我给他行了一个屈膝礼，然后从牌桌往后退去。刚才，他突然提出了一个女性可以承受的最大赌注：用她的一生下注。拒绝他是违法的。有的人私下开玩笑说，时刻关注着他会更安全。长廊往后几步之遥，春天的阳光透过高大的窗户射在我正鞠躬的头上，我再次行了个屈膝礼给他，目光下垂看着地板。我抬起头来，他的目光仍然停留在我身上，众人都在观望着。我露出笑容，倒退走向通往议事厅紧闭的大门。卫兵在我身后为我打开门，我听见外边那些无缘感受皇恩的人们窃窃私语，目送我在门边第三次行屈膝礼，尊贵的国王目送我离开。我不断倒退着往后，卫兵关上了大门，他看不见我了，我听见卫兵手中的长戟重重落地，发出沉重的"砰"的一声。

我停留了片刻，凝视着墙上雕刻精美的镶板，无法转身面对满屋人群好奇的目光。厚重的大门把我们隔开了，但我浑身在颤抖，不仅是手在颤抖，也不仅是膝盖在颤抖，而是全身上下都在颤抖，仿佛感冒发烧，仿佛是正在麦田享受美味的小兔，听见了越来越近的捕猎队手中嗖嗖作响的刀箭之声。

夜已深了，人们还没有睡意，我在黑色绸缎晚礼服外面披上蓝色的披风，在夜幕中仿佛是一个幽灵，匆匆穿过女侍的卧室，走下宽阔的台阶。没有人看见我的行踪，因为我用头套蒙住了脸，而且，无论如何，这座宫殿里多年来一直发生着源于爱情的悲欢离合及交易。对于一个女性半夜走错了房间的事，人们不会有什么兴趣关注。

我的情人房间外边没有警卫，就像他所承诺的那样，房间门也没有上

删后记

锁。我扭动把手,轻轻地侧身而进,他在那里,站在壁炉旁等我,房间空荡荡的,只有几盏烛光照明。他高大瘦削,黑色的头发,黑色的眼睛。听见我进来的声音,他转过身来,严峻的脸上立即显露出渴望。他一下搂住我,我把头倚靠在他坚实的胸脯上,他的双臂紧紧地搂住我的后腰。没有任何话语,我用前额在他胸前摩挲,就像要把自己深深地埋在他的肌肤里,深深地埋进他的身躯。我们就这样缠绵了一会儿,眷恋着对方的气息和爱抚,他双手托住了我的臀部,把我举起来,我把双腿缠绕在他身上。我已经迫不及待了。他用脚上穿着的靴子把卧室的门一下踢开,把我抱进去,又砰地把门关上,转身把我放在床上。他脱下马裤,把衬衫抛在地上,我解开了披风和晚礼服,他紧紧地压在我身上,没有任何话语就进入了我的身体,伴随的是一声长长的叹息,仿佛他一整天就为了此刻而屏住了呼吸。

此刻,我才在他裸露的肩头喘息着说,"托马斯,不要停,爱我一整夜,我什么都不要想。"

他抬起上身,端详着我苍白的脸庞和散布在枕头上的赤褐色头发。"我的天呀,我要为你发狂了。"他呼喊道,脸上开始显露出渴望,黑色的眼睛睁着,仿佛世界不存在了。他又开始进入我的身体,我双腿张开,呼吸急促,我清楚自己现在是与唯一能够给我带来快乐的情人在一起,在这个世界上,我唯一愿意待的地方,我唯一感到安全的地方,那就是托马斯·西摩尔卧室温暖的床上。

临近黎明,他从餐柜拿出酒壶给我倒了一杯酒,并且给我拿来李子干和一些蛋糕。我把酒一饮而尽,慢慢品尝着蛋糕,把手中的蛋糕屑也全部吃了。

"他向我求婚了。"我突然说。

他马上用手遮住脸,就像是难以承受看见我的模样,我坐在他床上,头发披在双肩,床单围裹着我的胸部,脖子上满是他用力亲吻的红色印迹,我的嘴唇微微有些肿胀。

"上帝保佑我们吧。我的天,上帝放过我们吧。"

"我也真不相信。"

"他告诉你弟弟的?告诉你叔叔的?"

"不是,是告诉我的,昨天。"

"你告诉其他人没有?"

我摇摇头,"没有,告诉你之前我谁也不会说。"

"那你有什么打算?"

"我还能有什么打算?就这样顺着他吧。"我无奈地说。

"你不能这样。"他突然表现得很焦躁。他向我伸过来,紧紧抓住我的手,把点心全捏碎了。他跪在床边,亲吻着我的手指,就像他第一次那样,告诉我说他爱我,他是我的情人,他也会是我的丈夫,任何人也不能把我们分离开,我是他唯一梦寐以求的女人,是在他毕生邂逅的无数情人、妓女、女仆乃至难以计数的地下情人中的唯一!"凯瑟琳,我发誓你不会答应的,我不能容忍,我绝不许可这样。"

"可是我该怎么办呢?"

"你是怎么对他说的?"

"我说还需要一点时间。我说我还要祈祷和考虑一下。"

他把我的手放在他平坦的腹部上,我感受到热乎乎且有几分湿漉漉的汗液,也感受到他柔软卷曲的黑色毛发,感受到他紧绷皮肤下坚实的肌肉。"那就是今天晚上你一直在做的事?祈祷?"

"我一直在敬拜你。"我低声说。

他俯身亲吻了我的额头,"你这个异教徒。如果你告诉了他你已经承诺了他人,你已经悄悄地嫁人了,那又怎么样呢?"

"嫁给你了?"我直言不讳地说。

他不怕挑战,因为他就是一个胆大妄为的人。任何冒险、任何危机,托马斯都视作是狩猎游戏的开始,仿佛他只有在生死攸关的时刻才能够显示出活力。

"对,嫁给我了。"他大胆地说,"当然是嫁给我了。我们当然要结婚。我们可以说已经结婚了!"

我真希望听到他这样说,但我也真的不敢,"我无法违抗他。"一想到要离开托马斯,我就无言可说了。滚烫的泪水脱眶而出,我拿起床单擦了擦脸。"天呀,上帝保佑我吧,我恐怕也难以见到你了。"

他一下惊呆了。他仰身跪坐在床上,床垫的绳索被压得嘎吱作响。"绝不可能是这样。你刚刚才得到自由,我们在一起也只有寥寥可数的几次。我要去找他,要他同意你嫁给我!我是出于对你寡居期的尊重!"

"我早就应该清楚他的打算了:他送我的这些漂亮衣服,他坚持要我停止服丧期去宫里。他总是在他女儿玛丽的房间里见我,他总是监视着我。"

"我知道,他无非逢场作戏罢了,你不是第一个。包括你,凯瑟琳·布兰登和玛丽·霍华德……我知道他从来都是逢场作戏的。"

"他对我弟弟总是宠爱有加,谁都知道威廉根本没有能力担任边防长官。"

"他老得都可以做你父亲了!"

我苦笑着说:"哪个男人会反对娶一个年轻女人?你也清楚。我想他在我丈夫去世前就在打我的主意了——愿我丈夫安详。"

"我知道!"他一巴掌拍在雕花的床柱上,"我当然知道!我看到你在宫里时他邪恶的眼睛停留在你身上。我看到他在晚餐时给你送的这样那样的小点心,看到当你尝这些点心时,他用肥大的舌头舔自己的勺子。我无法想象你躺在他的床上，任他那苍老的双手肆意蹂躏着你！"

我清了清嗓子，鼓起勇气说："我明白，我明白。这场婚姻比求婚要糟糕得多，求婚就像是搭配混乱的剧本，我都不知道扮演的什么角色。我好害怕。我的上帝呀，托马斯，我无法告诉你我有多么的害怕。去世的王后……"我说不下去了，我不能说出她的名字。就在一年前，凯瑟琳·霍华德被指控通奸丢了性命，被斩首了。

"你不用怕。"托马斯安慰我说，"你当时不在宫里，你不清楚她干了些什么。凯瑟琳·霍华德是自己搞砸了。如果不是那样，他也不会清理掉她的。她就是一个彻头彻尾的婊子。"

"如果他知道我现在的情况，你想他会怎么对我？"

一阵刺骨的沉默。他看着我的手，紧紧地依靠在我的膝盖上。我开始浑身发抖。他的双手轻轻地搭在我肩上，感受我的颤抖。他显得有些吓呆了，仿佛刚刚听到了死刑的判决。

"他绝不可能怀疑你这事。"他说，指了指温暖的壁炉，烛光闪烁的房间，皱巴巴的床单，令人陶醉、充满偷情兴奋的情事，"如果他问起来，你要否认。我也会否认，我发誓。他什么也不会听到。我发誓，他从我这里什么也不会听到。我们两人要保持一致。我们一道守口如瓶。谁都不能说。我们不能让他有任何怀疑。我们发誓要保守秘密。"

"我发誓。无论他们怎样，我都不会背叛你。"

他开心地笑了，"他们不会对贵妇人怎样的。"他说，把我搂入怀中，显露出深深的温柔体贴。他把我放在床上，用毛毡给我裹上，他用手枕头，在我身旁躺下，倾身向我看过来。他的手抚摸着我泪痕未干的脸庞，然后是脖子，滑过凹凸不平的双乳，最后是腹部和大腿，仿佛是在记忆我身体的轮廓曲线，要用他的指头永远记住我肌肤的一切信息。之后，他把头倚靠在我颈上，嗅闻着我头发的香味。

删后记

"你是要说再见了,对吧?"他亲吻着我的肌肤说,"你已经决定了,你这个可恨的小北方佬。你已经下了决心了,你自己愿意,你只是来给我说再见的。"

是的,是说再见了。

"说真的,如果你离开我,我会死掉的。"他继续提醒我。

"可是如果我不离开的话,那我们两个都会死掉。"我冷冰冰地说。

"凯瑟琳,你总是这样一针见血。"

"今晚我不想对你撒谎。但我后半辈子都会生活在谎言中了。"

他端详着我的脸庞,"你哭起来真漂亮。"他说,"你哭的时候特别漂亮。"

我把双手放在他胸前,手心感受到他坚硬的肌肉和浓重的毛发。他的一边肩头留有刀伤的痕迹。我轻轻地抚摸着伤痕,我必须记住它,必须记住这一刻。

"你绝不能让他看到你哭泣的样子。"他说,"否则他会爱上你这副模样的。"

我抚摸着他的锁骨,双手在他肩头的肌肉滑行。我手心感受到他温暖的肌肤,我们做爱的气息,这让我忘却了一切悲伤。

"我天亮前必须走。"我说,望了一下百叶窗外,"我们没有多少时间了。"

他清楚我想的什么,"你是想用这种方式告别?"他轻轻地把身子塞在我的大腿之间,坚硬的肌肉恰到好处地罩住了我凹凸的柔软处,一阵羞怯的愉悦慢慢地飘浮全身,"喜欢这样?"

"老一套吧。"我小声说,把他逗笑了起来。

他带着我翻了一个身,然后他仰面躺下,我直直地趴在他温暖的身躯上面,这样,我就可以掌控最后的一次性爱了。我抬起身来,感受到他渴望的战栗，我两腿分开跨坐在他身上，双手撑在他胸前，这样，当我温柔地把身体向使人神魂颠倒的地方下沉，让他进入我的身体时，我能够看到他深色的双眼。但我停了下来，直到他恳求我说，"凯瑟琳。"于是，我才又开始动作。他急促地喘息，双眼紧闭，双臂伸出，仿佛是准备愉悦至死。我动了起来，开始是慢慢的，感受着他的愉悦，希望这一刻延续下去，但我开始感到阵阵潮热涌上，一种奇妙和熟悉的急促催促着我，我无法再犹豫，也无法停下来了，我必须继续，我大脑一片空白，最终我愉悦地呼喊出声，呼唤着他的名字，哭泣起来，为欲望而哭泣，为爱情而哭泣，为清晨就要开始的失去而哭泣。

在大教堂，我跪坐在妹妹婻身旁，国王的女儿玛丽公主在我们旁边。玛丽公主在她装饰华美的祈祷垫上一个人默默地祈祷，完全听不见她的祷辞。

"婻，我要给你说点事。"我小声说。

"国王给你说了？"她就问了一句。

"对。"

她倒吸了一口气，用她的手封住我的嘴，捂得紧紧的。她双眼紧闭着祈祷。我们紧挨着跪坐在一起，就像我们还是小女孩时在威斯特摩兰郡肯德尔的家里一样，母亲用拉丁文念祷文，我俩含混不清地跟着念。长长的礼拜仪式结束了，玛丽公主站起身，我们跟着她的身后出了教堂。

春光明媚。如果是在家乡，我们会在这种天气耕作，麻鹬鸟欢叫声伴随着耕童的口哨。

"我们早餐前先去花园散散步。"玛丽公主建议说，我们跟随她走下阶梯，来到私家花园，一路经过的王室卫兵向我们致礼后退回原处。我妹妹

驯后记

嫡从小在宫中长大,她看见有机会,便抓住我的手臂,缓缓退到这群跟随女主人的女侍队伍的最后。我们小心谨慎地走进另一条小径,当只有我们两人,不怕被他人偷听到时,她转身看着我。与我一样,她面容苍白,神色紧张,红褐色的头发扎着头巾向后披着,和我一样灰色的眼睛,因为激动而双颊通红。

"上帝保佑你,我的姐姐。上帝保佑大家。帕尔家的大事呀。你是怎么回答的?"

"我要他给我一点时间品尝这一殊荣。"我冷冰冰地回答。

"你觉得还有多少时间?"

"几周吧?"

"他是没有耐烦心的。"她警告说。

"我知道。"

"最好还是尽快答应下来。"

我耸耸肩,"我会的,我知道我必须嫁给他。我清楚我没有选择。"

"嫁给他,你就成为英格兰王后,你就掌控了一切!"她叽叽歪歪地说,"我们也就都富贵腾达了。"

"就是,家族的小娘们又可以上市待价而沽了。这是第三次出售了。"

"别,凯瑟琳!这不是陈旧的包办婚姻,而是你人生最伟大的机遇!这是英格兰有史以来最伟大的婚姻,或许也是世界上最伟大的婚姻!"

"如果它还存在的话。"

她扫了一眼身后,将手挽着我,我们头挨头地边走边小声聊着,"你太多虑了,或许拖不了多久。他已经身患重病,年老体衰。到时,你就拥有了头衔和遗产,而不是丈夫。"

我去世不久的丈夫才四十九岁,国王都已经五十一岁了,这个老东西有可能活到六十岁。他有最杰出的医生团队和最优秀的药剂师团队,把自己当作珍宝一样小心翼翼地预防任何疾病，他早已放弃了戎马生涯，派兵四处征战，自己却从不亲临战场。他已经埋葬了四任妻子，为什么不可以再埋葬一任？

"我或许比他活得更久。"我承认，我凑近她耳朵说，"但凯瑟琳·霍华德又活了多久？"

嫡摇摇头，对我的话不以为然，"那个荡妇！她自己出轨，又愚笨得被人抓住把柄。你不会那样的。"

"没事的。"我回答，突如其来对这些猜测感到了厌烦，"因为我终归是别无选择的。还是听天由命吧。"

"别这样说，这是上帝的旨意。"她突然来劲了，"想想吧，如果你是英格兰王后，你愿意做什么？想想你能够为我们做什么！"

我妹妹是英格兰宗教改革的热心推广者，希望从没有教皇的教权转变到根据《圣经》而建立真正的交流。她和这个国家的许多人一样——天知道有多少人——希望国王的宗教改革走得更远，直到摆脱所有的迷信和愚昧。

"嫡，你知道我不是虔诚的教徒……不管怎样，他怎么会听我的看法？"

"因为他总是先听枕边风，我们需要有人给我们传话。整个宫廷都害怕加德纳主教，他居然还询问了玛丽公主的家庭情况。我把自己的一切信息都小心翼翼地藏了起来。我们需要有一个能够保护改革派的王后。"

"我不行。"我断然拒绝，"我没有兴趣，我才不会假装有兴趣。当天主教徒威胁要烧毁我的城堡时，我的信仰就改变了。"

"对，他们就是喜欢做这样的事。他们把滚烫的煤炭扔在理查德·钱皮恩爵士的棺材上，表示自己认为他应该被烧死。他们让老百姓处于愚昧和恐惧的状态——那就是我们为什么应该有英语的《圣经》，应该让老百姓自己阅读《圣经》，而不是听任传教士的摆布和误导。"

驯后记

"说实话,你们都是一丘之貉。"我直言不讳地反驳,"我对你的新知识一无所知,我在里士满郡读不到多少书,也没有时间坐下来阅读。拉提默男爵大人不许可家里有这些书,所有我对你说的那些一无所知,并且我对国王没有丝毫影响力。"

"可是,凯瑟琳,有四个希望阅读英语版《圣经》的人被指控犯了异端邪说罪,他们现在被关押在了温莎堡的监狱里,你必须要救救他们。"

"若不是散布异端邪说,他们也不会被关押起来,我不会管他们的事的。如果他们真的散布了异端邪说,他们必须被烧死。这就是法律。我该向谁去替他们伸冤?"

"可是你慢慢就会明白的。"婻立刻说,"确实,当你嫁给拉提默那个老家伙、在北方与世隔绝后,有许多新的思想是你不知道的。可是,当你听到伦敦来的传教士的演讲,听到学者们用英语解读《圣经》,你就会理解我为什么有现在的想法了。世界上最重要的事情莫过于让平民百姓知道上帝的声音,抵御陈腐的教会势力。"

"我倒是赞同应该许可老百姓都阅读英语的《圣经》。"我坦陈道。

"你现在就只需要相信这点。之后会明白许多事的。你会的。我会和你在一起。"她说,"你到哪里,我就会跟随到哪里。托上帝保佑,我会是英格兰王后的妹妹!"

我忘记了自己还有这样的身份,也马上笑了:"那你就会像公麻雀那样趾高气扬了!母亲大人也会很高兴的!你说呢?"

婻扑哧笑出声来,用手捂住嘴。"我的上帝!我的主啊!你能够想象得到吗?她把你嫁出去,让我拼命干活,说一切都是为了威廉弟弟。她总是说他才是家里最应该照顾的对象,我们要为家庭着想,不应该老是想着自己。她一辈子都在教育我们,威廉才是最值得关照的对象,世界上唯一的国家是英格兰,唯一的地方是宫廷,唯一的国王是亨利。"

"还有她的传家宝!"我讥讽说,"她留给我的珍贵的传家宝!她最珍贵的宝贝就是国王的画像。"

"噢,她崇拜他。在她眼中,他是基督教世界最英俊的王子。"

"她或许以为我会对嫁给一个混账受宠若惊。"

"对的,你会的。"嫡直言不讳地说,"他会让你成为英格兰最富有的女人,没有任何人能够分享你的权力。你能够随心所欲地作任何事情,你会喜欢上这样的。每一个人,包括爱德华·西摩尔的老婆,都要对你行屈膝礼。我会很高兴见到那一幕,那个女人实在令人难以忍受。"

一听到托马斯的哥哥,我顿时收敛了笑容,"我知道,我正在考虑嫁给托马斯·西摩尔,让他作我的第二位丈夫。"

"你不会给他说了什么吧?你绝对没有对任何人提到他吧?你应该没有和他说过话吧?"

仿佛如一幅鲜活的油画,我可以看到托马斯在烛光下裸露的身躯、熟悉的笑容,我的手在他温热的腹部向下探索着他浓密的毛发。我能够回忆起自己跪在他身旁,把头埋在他的腹部,嘴唇微微张开,他躯体的气息依然荡漾在我眼前。"我什么也没有说,我什么也没有做。"

"他不知道你对他情有所钟吧?"嫡追问说,"你是觉得这场婚姻能够对家族带来好处,而不是出于个人的欲望,对吧,凯瑟琳?"

我心里却想的是他躺在床上,弓着背向上挺身进入我的身体,他双手摊开,棕褐色的面颊显露出一阵阵抽搐,双眼紧闭,正尽情地释放自己,"他毫不知情。我只是在想他的财富和联姻关系对我们的好处。"

她点点头,"本来他确实是一个很好的选择。他们的家族又处于上升地位。不过我们一定不能再提到他了,不能让任何人闲话说你与他有私情。"

"我知道。我会嫁给一个能够给家庭、给他自己和其他人带来好处的家伙。"

"这也是迫不得已罢,你就当他死掉了。"她坚持说。

"我已经放弃了对他的一丝念头。我再没有和他说过话,我也从没有叫弟弟和他说过话,我从来没有和任何人谈起他,就连叔叔也没有。忘掉他,我已经忘掉了。"

"这点太重要了,凯特。"

"我又不是傻瓜。"

她点点头,"我们再也不能提到他。"

"决不。"

那天晚上,我梦见了特莱芬——我梦见自己成了圣女,违背自己的意愿嫁给了父亲的敌人,沿着他的城堡中漆黑的楼梯向上攀爬。一股难闻的气味从楼梯顶端的房间传来。当我向上攀爬时,那股气味仿佛抓住了我的喉咙,让我不禁咳嗽起来。我一手扶住潮湿弯曲的石墙,一只手握住蜡烛。烛火在从那个房间吹出的有毒微风中来回摇曳闪烁。那是死亡的气息,从那扇紧锁的门后,散发出某种死亡并且腐烂的气味。我必须要穿过那扇门,并且面对我最大的恐惧——因为我是特莱芬,违背自己的意愿嫁给了我父亲的敌人,沿着他的城堡中漆黑的楼梯向上攀爬,一股难闻的气味从楼梯顶端的房间传来。当我向上攀爬时,那股气味仿佛抓住了我的喉咙,让我不禁咳嗽起来。我一手扶住潮湿弯曲的石墙,一只手握住蜡烛。烛火在从那个房间吹出的有毒微风中来回摇曳闪烁。那是死亡的气息,从那扇紧锁的门后,散发出某种死亡并且腐烂的气味。我必须要穿过那扇门,并且面对我最大的恐惧——因为我是特莱芬,违背自己的意愿嫁给了父亲的敌人,沿着他的城堡中漆黑的楼梯向上攀爬……同样的梦境一遍又一遍地重复着,就像我不停地向上攀爬着楼梯,一座楼梯连接着另外一座,又连接着下一座，无止境地不断上升，闪烁的烛火投射在黑黢黢的墙上，从那扇紧锁的门后散发出来的味道越来越浓，直到我被恶臭呛得剧烈地咳嗽，晃动了床铺。和我共享一张床的女侍玛丽·克莱尔叫醒了我："上帝保佑，凯瑟琳，你在做梦，不停咳嗽还大声叫喊！你到底怎么了？"

我说："没什么。上帝保佑我，我只是太害怕了，我做了一个梦，一个噩梦。"

国王每天都来玛丽公主的房间，把整个身子都倚靠在他一个朋友的手臂上，想隐藏他正在腐烂的坏腿。国王的内兄爱德华·西摩尔支撑着他，和他愉快地交谈着。爱德华和任何一个西摩尔家的人一样充满魅力。通常，诺福克老公爵托马斯·霍华德会扶住国王的另外一只手臂，他表情锁定在一种小心翼翼的谄媚微笑。有着宽大的脸和宽阔双肩的温彻斯特主教斯蒂芬·加德纳跟在他们的后面，不时快速地上前插进他们的对话。对于国王讲的笑话，他们都大声地笑着附和，并且极力赞扬他谈论问题的独特眼光；从没有人敢反驳他。我甚至怀疑在安妮·波琳之后是否还有人敢于和他争论。

"又是斯蒂芬·加德纳。"嫡咕噜道，凯瑟琳·布兰登靠近她并和她急切地耳语着什么。我看到凯瑟琳漂亮的脑袋不时点头，而嫡的脸色变得苍白。

"怎么了？"我问她，"为什么斯蒂芬·加德纳不能陪伴国王？"

"这些天主教徒想要给托马斯·克兰默设个圈套，他是这座宫廷里前所未有的最好的基督教大主教。"嫡急促地小声嘟哝，"凯瑟琳的丈夫告诉她说，他们准备指控克兰默是异教徒，就在今天，这个下午。他们认为有足够的证据可以把他处死。"

我非常震惊，一时无法回应，"不能杀死一个主教！"我喊出声来。

"为什么不能！"凯瑟琳严厉地说，"国王就杀过，费希尔主教。"

"这都是很多年以前的事了！托马斯·克兰默做过什么？"

"他冒犯了国王的《六信条法》。"凯瑟琳·布兰登忙不迭地解释，"国王提出了基督徒都必须要相信六件事，否则会面临异教徒的指控。"

"但是他怎么违反《六信条法》的呢？他不可能会违反教会的教诲。他是大主教；他就是教会！"

国王正向我们走来。

"快向国王请求宽恕大主教！"婳急迫地对我说，"救救他，凯特。"

"我该怎么做？"我询问道，随即立刻对国王展示出笑容。国王只稍稍对他的女儿点点头，就一瘸一拐地走向我。

我捕捉到玛丽公主充满疑虑的一瞥；但如果她认为我的行为不符合一个三十岁的寡妇的身份，她也没有什么可以说的。玛丽公主只比我小三岁，但是她从非常痛苦的童年里学会了小心谨慎。她目睹了她的朋友、她的老师，甚至她的女家庭教师，都从她的身边消失，被关押至伦敦塔，再从那里到了断头台。他们警告她，她的父亲会因为她顽固的信仰而要砍掉她的头。有时，当她在沉默中祈祷时，双眼饱噙泪水。我认为她已经厌倦了为自己失去的人和无法拯救的人悲伤。我想象着她每天从自责中醒来，知道她为了保存性命而放弃了信念，然而她的朋友却没有。

现在，当国王放低身子，坐在我旁边的椅子上时，她还一直站在那里。只有他招过了手，她才敢坐下。如果国王没有问到她，她也不会讲话，一直保持沉默，顺从地垂着头。她也从来没有抱怨过他和她的女侍们调情。她吞下她的悲伤，直到这些悲伤最终吞噬她。

国王示意我们都可以坐下，然后朝我倾靠过来，并且以非常亲昵的语气在我耳边轻轻问我在读什么。我立刻给他看了看书的封面。一本法语的小说集，没有什么违禁的内容。

"你看得懂法语？"

"我也能说法语。当然，没有陛下您那样流利。"

"你还看得懂其他语言吗？"

"一点拉丁文，我计划学习，现在我有更多的时间了。"我说，"现在我生活在一个有知识的宫廷里。"

他笑了，"我一生都是一个学者，我担心你永远也赶不上，但是你应该学到足够的知识来读给我听。"

"陛下您的英语诗歌能比得上任何拉丁文的诗歌。"一个侍臣急切地说。

"所有用拉丁文作的诗歌都更好。"斯蒂芬·加德纳反驳他，"英语是世俗的语言，拉丁语才是《圣经》的语言。"

亨利笑笑，挥挥肥胖的手，停止了这场争论，手上巨大的戒指闪烁发光。"我应该给你写一首拉丁文的诗歌，然后你来翻译它。"他向我承诺，"你可以判断哪种语言是最好的情话语言。一个女人的智慧可以是她最好的装饰。你应该向我展示你美丽的面容，同时也展示你美丽的智力。"

他的小眼睛从我的脸上滑落到我长袍的衣领，停留在我被紧绷的胸托挤出的胸部曲线上。他舔舔紧闭的嘴唇，"她难道不是宫廷里最美丽的女人吗？"他问诺福克公爵。

这老头淡淡一笑，他的黑眼珠上下打量我一番，仿佛我是一块西冷牛排，"她确实是最美丽的鲜花。"他说，眼光扫向国王的女儿玛丽。

我看到嫡急切地望向我，我问道："您看上去有点疲倦，是不是有什么事情让陛下您烦心呢？"

他摇摇头，诺福克公爵凑过来想听我们在谈论什么，"没有什么值得你费心的。"他抓起我的手，把我拉得更近，"你是一个好基督徒，是吗，我亲爱的？"

"当然了。"我回答说。

"吟读《圣经》,向圣人祷告吗?"

"是的,陛下,每天都会做这些。"

"那你知道我把英文《圣经》交给我的子民,并且我成为了英格兰教会的领袖吗?"

"当然了,陛下。我遵守我的誓言。我告知了我在斯内普堡的族人,让他们发誓您是教会的领袖,教皇只是罗马的大主教,没有权力管辖英格兰。"

"这里有些人想让英国教会变成路德宗教会,想要改变一切。而另外一些人想的完全不一样,他们想把一切变回原有的样子,恢复教皇的权力,你认为应该选哪种呢?"

我非常清楚我不能表达支持任何一方的观点,"我认为我应该由陛下您来引导。"

他大声笑起来,每个人都随他一起笑起来。他轻抚我的下巴,"你非常正确。"他说,"不论是作为一个子民还是作为一个甜心。我告诉你,我会发布我的判决,称作《国王之书》,这样,人民就可以知道该怎么思考。我会告诉他们。我会找到一条折中的道路,它介于斯蒂芬·加德纳和我的朋友托马斯·克兰默之间。斯蒂芬·加德纳想把教会的一切宗教仪式和权力都恢复到从前;托马斯·克兰默,他不在这里,但他想只留下《圣经》的骨架。克兰默想的是不要修道院,不要大教堂,不要小教堂,甚至不要神父,只有传道士和上帝之道。"

"那为什么您的朋友托马斯·克兰默不在这里呢?"我有些提心吊胆地问道。承诺救人是一回事,着手开始做又是另外一回事了。我不知道我应该如何去激发国王的怜悯心和得到他的宽恕。

亨利的小眼睛发着光。"我猜他正惊恐地等待着消息,看自己是否会被指控为异教和叛国。"他低声咯咯地笑了,"我猜他正在仔细听着是否有士兵前来的脚步声,把他带去伦敦塔。"

"但他不是您的朋友吗?"

"那他的恐惧将会被获得宽恕的希望所缓解。"

"但陛下您是那么的仁慈——您会原谅他的,对吗?"我急切地问。

加德纳上前一步,温和地抬了抬他的手,仿佛想让我闭嘴。

"只有上帝才能原谅。"国王裁决说,"而我只能伸张正义。"

亨利让我适应巨大的喜悦,可连一周的时间都没有给我。仅仅两天以后,他便再次和我对话,那是在一个周日的晚上,礼拜仪式结束之后。我非常惊讶的是,他把宗教的虔诚和世俗事务混在一起,但是既然他的愿望就是上帝的愿望,安息日可以既是圣洁的,又是令人满足的,两者可以同时发生。整个宫廷的人群从做礼拜的小教堂来到大厅进晚餐,明媚的阳光从巨大的窗户里射进来,国王中断所有人的步伐,并点头召唤我,把我从一群女侍中间叫到了最前面。他天鹅绒的帽子拉得很低,遮住了稀薄的头发,帽子外沿的珍珠向着我闪烁。他微笑着,仿佛他很开心,但是他的眼神就像他的珠宝那样空洞茫然。

他握住我的手以示欢迎,并把整个手臂的重量都压在上面,"你有我要的答案了吗,拉提默夫人?"

"有。"我说。现在对我来说已经没有退路了,我发现自己声音清晰,我的手掌夹在他凸出的腹部和衣袖厚厚的衬垫之间,也非常稳定,没有抖索。我不是一个小女孩,会害怕未知的事情。我是一个女人。我可以面对恐惧,我可以走向恐惧,"我祈祷主的指引,我已经有答案了。"我环视周围,"我现在可以在这里和您说吗?"

他点点头。他完全没有隐私这个概念,每一天,每一刻,这个人都有人服侍着。就算当他坐在马桶上,便秘使劲的时候,也总有人站在他的旁边,等待着递给他擦屁股的亚麻布、洗屁股的水,和当他在剧烈疼痛时一只需要抓紧的手。他睡觉时有一个侍从睡在他床脚下,他小便时有他的宠臣在旁边,当他过度进食呕吐时,有人拿着盆接他的污物。因而在谈论他的婚姻时,他当然不会有任何的迟疑,周围所有的人都迫切想要听到后续,对于他,没有任何受到羞辱的风险:他知道他不可能被拒绝。

"我知道我得到的赐福高于其他所有女性。"我行了一个非常谦卑的屈膝礼,"能成为您的妻子是我极大的荣幸。"

他抓起我的手,放在他的唇边。他从来没有丝毫的怀疑,但是他非常高兴能从我这里听到我将自己描述为"受到了赐福"。"晚餐时,你应该坐在我的旁边。"他承诺说,"并且由传令官宣布此事。"

他将我的手压在他的手臂下,和我一起走在最前面。我们带领所有人穿过大厅的两扇大门,玛丽公主走在他的另外一边。他宽阔的胸膛挡住了我的视线,我看不见她,她也并没有企图要窥视我。我料想她此时脸上表情凝固,没有任何情绪流露,并且知道我也一样。我们看上去一定像一对苍白的姐妹,被一个身材庞大的父亲带领着,齐步行进去晚餐。

我看见一张有王冠标志的高台餐桌,两旁各一把椅子,备餐室总管一定下令在此处安放好椅子了。就连总管也知道了在我们来晚餐的路途中,国王会要求我给出答案,并且也知道了我不得不答应。

我们一行三人登上高台,坐在各自的位置上。王室的华盖遮盖了国王的王冠,却在我的椅子处停住。只有当我成为王后,我才能在这金色的布帛下进餐。我望着大厅,成百上千人在盯着我。他们轻推彼此,指指点点,因为他们意识到我将会成为他们的新王后,号角响起,传令官走上前去。

我看见爱德华·西摩尔给出非常小心谨慎的镇静表情,他意识到一位新的妻子将会带来她自己的幕僚：一个全新的王室家族，新的王室友人，以及新的王室仆从。作为国王的内兄，在分娩中悲惨去世的王后的兄弟，他将会权衡我对他的位置构成的威胁。我没有看到他弟弟托马斯。我也不想去看他是否就在这里、注视着我。我茫然地望向长长的宴会厅，希望他今晚在其他某处地方用餐。我没有寻找他。在我的余生里，我必须永远都不去寻找他。

✦

我祈祷主的指引——为了上帝的愿望，不是我自己——为了上帝的意愿而扭转我顽固的欲望，不是为了我自己。我不知道哪里能找到上帝：是在各种仪式、圣徒的画像、奇迹和朝圣之旅的古老教堂中，抑或是在用英语祈祷和阅读《圣经》的新道路中，但是我必须找到上帝。我必须找到他来粉碎我的激情，来控制住我的野心。如果要让我站在他的圣坛前，发誓将自己奉献给另外一段没有爱情的婚姻，他必须要支撑住我。我无法——我知道我无法——在没有上帝的帮助下嫁给国王。我无法放弃托马斯，除非让我相信这一切都是为了伟大的事业。我无法放弃我的初恋，我唯一的爱，我对他温柔的、渴望又热切的爱，这个独一无二，无法让人抗拒的男人。除非在此有上帝的爱包围着我。

我像一个新入会的信徒一样，热烈地祈祷着。我跪在大主教克兰默旁边祈祷。克兰默重新返回了宫廷，没有受到任何的指控，就仿佛异教的指控只是一个舞步，前进，后退，转一圈。对我来说这是难以理解的，但看来就是国王哄骗了他自己的枢密院，让他们指控了一个大主教，然后又背叛他们，并命令这个大主教调查是谁提起了这项指控。所有和斯蒂芬·加德纳有着密切关系的人现在都惶恐不安，而托马斯·克兰默则自信地返回了宫廷，稳固了国王的宠爱。他现在跪在我的身边，布满皱纹的老脸高高抬起，我无声地祈祷，希望用对上帝的爱来击碎我对托马斯的欲望。但即便是现在，像我这样的傻子，就算是在最狂热的祷告中、当我想到耶稣受难时，我也只看到托马斯黝黑的脸庞：双目紧闭，极度兴奋的高潮。于是我立刻紧闭我的双眼，继续祷告。

我跪在玛丽公主旁边。关于我的上位，她除了一个平静的致意和给了她父亲正式的恭喜外，没有对我多说一个字。在她母亲的去世和我到来的岁月之间，她已经有过太多的继母，她当然会怨恨我窥测阿拉贡的凯瑟琳的位置，我也实在无法要求她带着希望欢迎我的到来。上一任继母仅仅存在了不到两年，再上一任继母只有六个月。我可以发誓，跪在我身边做无声祈祷的玛丽公主一定正在偷偷地想着，我一定是得到了上帝的帮助才能登上她母亲的位置，只有上帝的帮助才能让我留在这里。在祈祷临近结束时，她低垂着头，画着十字祈求上帝保佑，目光扫过我，眼神流露出一丝怜悯。这一切告诉我，她并不认为仅靠上帝的帮助就足够了。她看着我，仿佛我是一个独自迈向黑暗的女人，在毫无生气的阴影中，仅靠一支微弱的小蜡烛照明。之后她微微一耸肩，转身离去。

我像修女一样祈祷着，频繁地，每一个整点、每一个小时，痛苦地双膝跪地，在我的卧室里、在安静的小教堂里，甚至只要当我独自一人时也绝望地祈祷。在初夏黎明前的黑暗中，我因发烧而无法入睡，我以为自己已经克服了对托马斯的想念，但当我在清晨醒来时，我又无比渴望他的触摸。我从来没有祈祷他能来找我。我知道他不能。我知道他绝对不能。但是每当小教堂的门在我身后打开，我的心跳就会加速，我以为会是他。我几乎能够看见他站在明亮的门廊那边，几乎能够听见他说："来，凯瑟琳，过来！"我转动手中的念珠，祈祷上帝会让我出点意外，给我送来可怕的灾难，从而阻止我的婚礼。

"但是除了国王的死亡，还有什么可能发生呢？"婳询问道。

我茫然地望着她。

"即便是想想也是谋反。"她提醒我,声音比礼拜仪式唱诗班的哼唱还要低,"说出来也是谋反。你不能祈祷他死,凯瑟琳。他让你做他的妻子,你已答应了。不论是作为臣子还是妻子,你这都是不忠。"

我低下头不满地抗议她的责骂,但她是对的。祈祷一个人的死亡是一种罪过,哪怕他是你最可怕的敌人。一支军队进入战场,应该祈祷的是尽可能少的死亡,尽管他们时刻准备着履行职责。和他们一样,我应该准备履行我的职责,做好牺牲我自己的准备。

何况他并不是我最可怕的敌人。他时常是体贴和宽容的,他告诉我说他爱上了我,我将是他的一切所有。他是我的国王,英格兰有史以来最伟大的国王。当我还是个小姑娘的时候,我经常会梦见他。我母亲和我讲述过这个年轻英俊的国王,他的骏马,他镶有黄金布料的盛装,以及他的勇敢。我不该对他心存恶念。我应该祈祷他的健康,他的快乐,祈祷他的长寿。我应该祈祷和他拥有长长的婚姻,我应该祈祷我能够让他感到幸福。

"你看上去很糟糕。"嫔直率地说,"你睡不着吗?"

"睡不着。"我一整晚都起来祷告,希望能够逃离虎口。

"你必须要睡觉。"她坚决地说,"还要吃东西。你是宫廷里最美丽的女人,根本没有任何人比得上你。玛丽·霍华德和凯瑟琳·布兰登在你身旁只会相形见绌。上帝给了你绝顶美貌作为礼物,不要扔掉它。也绝不要想如果你丢掉了你的美貌,他就会抛弃你。一旦他决定的事情,他从来不会改变,就算是一半英格兰人都和他作对……"她突然停了下来,笑了笑改口道:"除非,当然,突然之间,他自己改变了,所有的一切都颠倒过来,他自己作出了相反的决定,否则也没有人可以劝阻他。"

"但是他什么时候会改变主意呢?"我问她,"会为什么?"

"在某一时刻。"她说,"在一瞬间。但是你永远都无法预测。"

删后记

我摇摇头,"但其他人是怎么应对呢?一个变化多端的国王?一个难于捉摸的国王?"

"有些人就是不能应对。"她简短地说。

"如果我不能祈祷被他抛弃,那我应该要祈祷什么呢?"我问,"辞职?"

她摇摇头,"我和我的丈夫赫伯特谈过了。他对我说,你是上帝派来的。"

我顿时咯咯地笑出声。婻的丈夫威廉以前从来没有关注过我。我掂量着我在这个世界上不断上升的重要性,现在他是不是认为我是天国派来的信使?

但是婻并没有笑,"他真的是这么认为的。你现在处在一个非常重要的时刻。我们需要一个虔诚的王后,你需要阻止国王滑向罗马教廷。那些陈腐的教士一直在国王的耳边搬弄是非,他们警告他说这个国家不仅仅要求改革,而是要信奉路德宗,这是完完全全的异端邪说。他们恐吓他,让他回归罗马教皇,让他反对自己的人民。他们将《圣经》从英格兰教会夺走,于是人们无法自己阅读上帝的旨意。现在他们在温莎逮捕了几个人,包括唱诗班的指挥,还将会在城堡下面的沼泽地烧死他们。可是那几个人除了想阅读英语的《圣经》,没有犯任何过错!"

"婻,我没法救他们!我不是上帝派来拯救他们的。"

"你必须拯救改革派教会,拯救国王,拯救我们所有人。这是上帝的工作,我们认为你能够完成。改革者希望你能私下里给国王一些建议,只有你能够做到。你必须站出来,凯特。上帝会引导你。"

"你说得倒容易,难道你的丈夫不明白,我不懂人们在谈论什么吗?我不懂谁站在谁的一边,我不是做这件事的人。我什么都不懂,我也没有任何的兴趣。"

"上帝选择了你。这些事也就非常容易理解了。宫廷分裂成了两派,每一派的人都想证明自己是对的,都是由上帝指引的:一派是那些想让国王和罗马达成和解,恢复修道院、教堂,以及所有天主教教堂的仪式的。斯蒂芬·加德纳主教和支持他的那些人:博纳主教,理查德·里奇爵士,托马斯·弗罗瑟斯利爵士,就是他们这些人。霍华德家族那些人都是天主教徒,如果能够,他们一定会让教会复辟,但他们总是附和国王,无论是什么。另外是我们这一派,我们希望看到教会继续推进改革,抛弃罗马教会的那些迷信的惯例,读英语版《圣经》,用英语祈祷,用英语做礼拜,永远也不再从穷人那里拿一个子来承诺减轻其罪过,永远不会用一尊设计好的流血雕像来欺骗穷人,再不会要求一个穷人参与昂贵的朝圣。我们的目标是追求上帝语言的真意,绝无其他。"

"你当然认为你是对的。"我回答说,"你总是这么认为。那谁为你发声呢?"

"没有人。这就是问题所在。这个国家越来越多的人,宫廷里也有越来越多的人,他们都和我们想到一块儿了,几乎整个伦敦都是这样,但是除了托马斯·克兰默,没有一个重要的人在我们这边。没有人可以在国王耳边说得上话,所以这就是为什么你必须站出来。"

"让国王坚持改革?"

"只有这样,别无他法了。只是让他把自己开启的改革坚持下去。我们的弟弟威廉也坚信这一点。这是一项可以实现的伟大事业,不仅在英格兰如此,在全世界也是如此。这对你来说是个巨大的机会,凯特。是让你成为一个伟大的女性、一个领导者的机会。"

"我不想要这个机会。我只想要富裕、舒适和安全。就像其他女人一样。其他的一切对我来说都太奢侈了,它们是我望尘莫及的。"

"这对你来说确实太多了,但如果上帝支持着你。"她说,"那么你将获得胜利。我会为此祈祷。我们都会为此祈祷。"

卅后记

国王来到玛丽公主的房间，先探望了她，他会一直那样做，直到我们婚礼那天。那时，等我成为这个王国的第一夫人，拥有自己的宫廷，那时他才会先探望我，而公主和王国的其他女人都会跟在我的身后。当我审视这些从前趾高气扬地轻视曾经的凯瑟琳·帕尔的夫人们，想到她们不得不伏在地上向王后凯瑟琳行礼时，我不得不藏起我沾沾自喜的笑容。他坐在我们两人中间，当两个侍从扶他坐下时，座位在他的体重压迫下吱嘎作响。他们给他拿来一只垫脚的小凳，一个随从弯下腰，轻抬起他的病腿放在上面。国王一扫脸上闪过的痛苦表情，转过来面对我，露出一个微笑。

"托马斯·西摩尔爵士离开了我们。他连一天都不愿意留下，甚至是婚礼那天。你觉得这是为什么呢？"

我微微一惊，扬扬眉毛："我不知道，陛下。他去哪里了呢？"

"你不知道吗？难道你没有听说过？"

"没有，陛下。"

"噢，他去替我下注了。"他说，"他是我的内兄和我的仆人。不论我命令他做什么，他都会按我的命令行事。他就是我的狗，也是我的奴隶。"他突然发出呼哧的笑声，爱德华·西摩尔，另外那个皇家内兄，也高声地大笑起来，仿佛他对被形容为狗和奴隶毫不在意。

"陛下信任我的兄弟，交给他了一个伟大的任务。"爱德华·西摩尔告诉我。他看上去很愉快，但是所有的侍臣都是骗子，"我的兄弟托马斯，作为大使去和佛兰德斯地区的玛丽女摄政谈判了。"

"我们将会结盟。"国王说，"结盟共同对抗法国。并且这次联盟将会坚不可摧，这次我们将会摧毁法国，不仅要赢回原属于英国人的土地，还要更多，嗯，西摩尔？"

"我的兄弟将会为您和英格兰结成永久的联盟。"爱德华忙不迭地承诺，"这就是为什么他迫不及待要离开，立刻开始着手他的新工作。"

我把头面对一个人，又转过去面向另外一个，就像制钟人做的自动机那样，滴答一声，一个人开始说话，接着是另外一个人说；滴答一声，说话顺序又反过来。所以，当国王违反了顺序，突然转向我说话时，我不禁吓了一跳。他说："你会想念托马斯爵士吗？你会想念他吧，拉提默夫人？他在你们女士中非常受欢迎，是不是啊？"

我立刻想要坚决地否认，但是我马上看到了其中的陷阱。"我确信我们都会想念他。"我满不在乎地说，"对于年轻的小姐来说，他是一个让人愉快的伙伴。我非常高兴的是他的才华和智慧能为陛下您所用，虽然对我来说没有太大用处。"

"你难道不喜欢一个温文尔雅的求婚者？"他眯缝着眼仔细地打量着我。

"我是一个直截了当的北方女人。"我说，"我不喜欢太多的甜言蜜语。"

"太可爱了！"爱德华·西摩尔大声地宣布。国王嘲笑着我的乡下口音，然后打了个响指召唤侍从。侍从抬起国王的腿放在小凳上，国王摇摇晃晃站起身来，两个侍从急忙一道将他扶稳，"我们应该要去用晚餐了。"国王下令说，"我饿得可以吃下一头牛！你也必须要恢复你的体力，拉提默夫人。你也将会有大量服务工作要做！我要的是一个健康的新娘！"

当国王一瘸一拐地离开时，我向他鞠躬致礼，他巨大的体重压在他虚弱的腿上，渗出脓液的伤口上缠着厚厚绷带，让腿肚子显得格外庞大。我起身走到玛丽公主身旁。她给了我一个冷冷的微笑，什么话也没说。

我需要挑选一段铭文。婻和我在我的卧室里，将所有人隔绝在门外，我们俩摊开四肢躺在我的床上，蜡烛已经烧得很短了。

驯后记

"你记得她们所有人吗?"我好奇地问她。

"当然记得。我看着她们每个人名字的首字母被铭刻在每一根木梁和每一块石头上,在每个宫殿里地位突显。然后我又看见这些名字从石头上剥落,从木头上削去,新的名字又被铭刻上去。我把每一个铭文都缝在他们婚礼的旗帜里。我看见每一个油漆未干的新纹章。我看见他们的徽章被雕刻上王家游船,然后又被烧毁。我当然记得每一个名字。我为什么会不记得呢?当每个人的婚姻正式公布时,我都在现场,当她们被带走时,我也在现场。母亲把我送进宫中服侍英格兰王后——阿拉贡的凯瑟琳,让我承诺永远忠于王后。她从来没有想到竟然会有六个王后。她从来没有想到其中一个竟然会是你。你问我任何一个王后的铭文吧,我都记得!"

"安妮·波琳。"我随意说了一个。

"**最快乐。**"婳说,发出沙哑的笑声。

"克里夫斯的安妮?"

"**上帝赐我安泰永驻。**"

"凯瑟琳·霍华德?"

婳做了个鬼脸,仿佛记忆有点苦涩:"**我的心愿唯有他,可怜的小骗子。**"她说。

"阿拉贡的凯瑟琳?"我们都知道这一个。凯瑟琳是我母亲最亲爱的朋友,是信仰的殉道者,也是她丈夫可怕的不忠行为的受害者。

"**谦卑和忠诚**,上帝保佑她。从未有一个女人比她更谦卑,从未有一个比她更忠诚。"

"简的是什么?"不论我说什么或者做什么,简·西摩尔将会永远是国王最爱的妻子。她给他生了儿子,并且在他厌烦她之前就死掉了。现在他会记得的是一个完美的女人,比妻子更圣洁,甚至能够为她挤出几滴热泪来。但是在我妹妹婳的记忆中,简是在恐惧和孤独中死去的,她寻找她的丈夫，但没有人有勇气告诉她，他已经骑马离开了。

"注定要服从与服务。"嬬说，"如果有人说出真相的话，注定要被绑住手脚。"

"绑住手脚？谁绑她了？"

"像一只狗，像一个奴隶。她的那些兄弟们把她卖给了国王，就仿佛她是被捆绑着的鸡，驱赶着她去市场，把她放在安妮王后的眼皮下公开叫卖。捆绑着她，塞满她的肚腹，把她放在王后房间炙热的烤炉中烘烤，国王当然想要尝尝味道。"

"别说了。"

我的两任前夫都远离宫廷，远离伦敦的闲言碎语。当我得到一些伦敦的新闻时，都已经是几周后，经过了长距离传输的添油加醋，被流动商贩所绘声绘色讲述的，或者偶尔得到的一封嬬发来的加急信件。这些年来，各个王后来来去去的传言就如同童话故事里想象的人物一样：漂亮的年轻淫妇，肥胖的德国女公爵，天使一样死于分娩的母亲。我没有嬬那样对国王和他的宫廷那样清澈透明的愤世嫉俗，我所知道的还不及她的一半。没有人知道她所听到的所有秘密。我仅仅是在我的丈夫拉提默生命终点的最后几个月才来到宫廷，对于曾经的王后我一无所知，也没有她们其中任何一个的美好回忆。

"你的铭文最好是承诺忠诚和恭顺。"嬬说，"他将让你荣升到一个很伟大的位置，你必须公开表示你心存感激，你心甘情愿服侍他。"

"我天生就不是恭顺的女人。"我说，微微一笑。

"你必须要心存感激。"

"我想要的是上帝的恩赐和慈悲。"我同意，"只有知道这一切都是上帝的旨意才能让我坚持下去。"

"不，你不能说任何像这样的话。"她谨慎提醒我，"你的丈夫必须得是你的上帝,你的国王就是上帝。"

"我希望上帝能派遣我。他必须帮助我。我想要的是我所做的所有事都是为了上帝。"

"'我所做的所有事都是为了他'?"她提议说,"那样就听上去像是你所关心的只有国王。"

"但那些都是谎话。"我直截了当地说,"我不想使用模棱两可的文字表达模棱两可的意思,就像那些朝臣或者那些恶棍牧师。我想我的铭文必须清楚和真实。"

"噢,不要像北方佬那样直言不讳!"

"我只要诚实,婳。我只想要的是真实。"

"那您看这个如何?'我所做的一切都是有益的'。没有明说对谁有益处,你心里知道是为了上帝,为了改良派的信仰,但是你并不用说出来。"

"我所做的一切都是有益的。"我重复了一次,并没有多少热情,"听上去并不那么鼓舞人心。"

"最快乐的那位在三年半前就死掉了。"婳一针见血地说,"那个选择了'我的心愿唯有他'的那个女人在户外厕所偷情。这些只是铭文而已,它们不是全能的预言。"

✦

安妮·波琳的女儿,伊丽莎白公主,从她位于哈特菲尔德的小宫廷里被人带来见我这位她的新继母,在七年时间中她的第四位继母。国王决定这次会面应该是正式和公开的,所以这位九岁的孩子必须要走进位于汉普顿宫的巨大议事厅,那里拥挤地聚集着数百人,她的后背像一张纸牌,她的脸像她长袍上的棉布一样苍白。她看上去像一个年幼的表演者,天生是要展现在推车搭成的舞台上,在人群中孑然一身,孤独无缘,整天都脚不落地地演出。焦虑让她显得完全是个可怜的小家伙，罩衫下她棕色的头发整齐地别在后面，嘴唇紧闭，黑色的眼睛大大地瞪着。就像她的家庭教师教她的那样行走，她背僵硬地直挺着，头僵硬地高昂着。当我看到她那一瞬间，我就开始同情她了，可怜的孩子，在她还不到三岁时，母亲就因为父亲的命令被砍了头，一夜之间，她的身份由王室继承人骤降为王室私生子，她自己的安全也总是捉摸不定。连她的封号也由伊丽莎白公主变成了伊丽莎白小姐，当仆人向她提供面包和牛奶时，也没有人会再向她鞠躬致礼。

从这可怜的小家伙身上，我看不到任何的威胁。我只看到一个小女孩，她从未知道她母亲，也几乎不知道目前的名字，她很少见到父亲，只能从仆人那里得到一些爱。这些仆人坚持着她们的岗位，凭运气拿到薪水，偶尔当王室财政部忘记付他们工钱的时候只能无偿地工作着。

她将恐惧藏在严格的繁文缛节后面，如同贝壳。她披上王室虚伪的外表，但我非常确定，在那伪装的里面，这个温柔的小家伙就和挤上柠檬汁的惠特斯特布尔的生蚝一样。她向她父亲非常谦卑地行了一个鞠躬礼，然后转过身来向我鞠躬行礼。她用法语和我们交谈，表达她对父亲让她出席婚礼的感激，也表达她对有了一个令人尊敬的新母亲的喜悦。我感觉我看着她，就好像是看到一只可怜的小兽，从伦敦塔里的小动物园里带出来，还被国王命令来变戏法。

突然，我察觉到伊丽莎白和玛丽之间快速闪过的一瞥，这让我意识到她们确实是姐妹，她们都害怕她们的父亲，她们的一切完全依附于他突如其来的怪诞念头，她们不能确定自己在这世上的位置，并且被告知千万不要在变幻莫测的道路上踏错一步。玛丽公主从前被强迫给还是小婴儿的伊丽莎白公主做女侍，但这并没有让她产生敌意。玛丽公主逐渐爱上了她同父异母的妹妹，此刻，当这个小家伙用颤抖的声音说着法语时，她鼓励地点点头。

我从椅子上起身,快速地走下台阶。我抓起伊丽莎白冷冰冰的双手,亲吻她的额头,"非常欢迎你来到宫廷。"我用英语对她说,谁会对自己的女儿说外语呢?"我也非常高兴能够成为你的母亲,关心你,伊丽莎白。我希望你将我看成你真正的母亲,我们会成为真正的一家人。我希望你学会爱我,也相信我会将你视为己出。"

她苍白的脸颊一直到她沙色的眉毛之间泛上一些颜色,她薄薄的嘴唇微微颤抖着。她对自然而然的情感流露没有找到表达的词语,尽管她用法语预先准备好了发言。

我转向国王,"陛下,在您赐予我的无数宝藏中,这个宝藏,就是您的女儿,是让我最快乐的。"我朝玛丽公主看了一眼,她对于我突然的不拘礼节震惊得脸色苍白,"我已经深深爱上玛丽公主了。"我说,"现在我还会爱上伊丽莎白公主。当我见到您的儿子,我的快乐将会得到完满。"

国王的宠臣安东尼·丹尼和爱德华·西摩尔看看我又看看国王,想看我这位平民妻子是否因忘记了自己的位置而让国王感到窘迫。但是国王满脸笑容,看上去就像是这次他想要的妻子是既要爱他,也要爱他的孩子们。

"你对她说英文。"他就说了这么一句,"但是她的法语和拉丁语都很流利。我的女儿是一个学者,就和她的父亲一样。"

"我是说的真心话。"我回答,随后得到了他温暖的笑容作为奖赏。

1543 年夏

汉普顿宫

他们告诉我，为了准备婚礼，我必须要停止服丧，并且要穿上王室衣橱里挑选的礼服。掌管衣橱的男仆从伦敦的珍藏室里送来了一个又一个檀香木箱子。婻和我整整花了一个下午，开心地把礼服从箱子里拿出来，根据玛丽公主和其他女侍的建议，仔细作出我们的选择。长袍被撒上粉，放在亚麻袋子里，袖子里塞满了薰衣草籽以驱赶蛾子。它们闻起来满带财富的味道：清凉柔软的天鹅绒和和光亮的绸缎垫衬有一种奢华的气息，我从未在以前闻到过。我选择了用银色和金色的布织成的王后礼服，又看了长袖、兜帽和衬裙。当我最终选择好有精美刺绣的深色礼服，已经快到晚饭的时间了。女侍们将其余的礼服收走，婻将所有人关在门外，只有我们两人独处了。

"我必须要和你谈谈你婚礼那天晚上。"她说。

我看着她沉重的表情，我突然害怕她是不是已经知道了我的秘密。她知道我爱托马斯，我们已经陷入其中。我唯一能做的就是只能硬着头皮，"哦，怎么了，婻，你看起来这么严肃？我不是一个处女新娘，你不需要警告我会发生什么。我本来就没有打算看到什么新玩意儿。"我笑了笑。

"我是很认真的。我不得不问你一个问题。凯特，你是否认为自己无法生育？"

"这问的算什么事儿！我才三十一岁！"

"但是你从来没有从拉提默勋爵那里得到过一个孩子吧?"

"那是上帝没有赐福于我们,他总是离开家,在他最后几年,他并不……"我做了一个轻蔑的手势,"算了。你为什么这么问?"

"是这样的。"她一本正经地说,"国王无法承受再次失去一个孩子了,所以你不能怀孕。不值得冒这个风险。"

我受到了触动:"他可能会非常的悲伤?"

她不耐烦地咂咂嘴。有时候我的无知让我伦敦长大的妹妹感到恼怒。我是一个乡下女孩,更糟的是,我来自于英格兰北方,远离所有的流言,和北方的天空一样头脑简单,和农夫一样迟钝。

"不,当然不是。对他来说没有悲伤。他从未感到过悲伤。"她看了一眼插上的门,将我拉到房间更深处,就算是有人将她们的耳朵贴在木门上,也没有人能够听到我们说话。

"我不相信他能给你一个孩子,能够在你身体里发育的孩子。我不相信他能够生出一个健康的孩子。"

我站近了一步,所以我们能够贴着耳朵说话,"这是谋反叛国,婻。就算我知道,这也是谋反。你对我说这些事太疯狂了,我还有几天就举行婚礼了。"

"如果我不说,我会发疯的。凯瑟琳,我发誓,除了流产和死胎,他什么也做不了。"

我把头后仰,好看着她表情沉重的脸,"这太糟了。"我说。

"我知道。"

"你认为我会流产?"

"或者更糟。"

"究竟什么会更糟?"

"如果你生了一个孩子,他可能是一个怪物。"

"一个什么?"

我俩非常靠近,就像我们在忏悔一样,她的眼睛落在我的脸上。

"这是事实。我们被命令永远都不可以提起它。这是一个藏得很深的秘密。没有一个曾在现场的人说起过它。"

"你最好现在快说。"我严肃地说。

"安妮·波琳王后,她的死亡判决并不是因为那些他们收集来指控她的流言、诽谤和谎言:就是那些关于她有很多情人的无稽之谈。安妮·波琳生下了一个决定她自己的命运的小怪物——她的死亡判决就是那个小怪物。"

"她生了一个小怪物?"

"她流产了一个畸形的东西,而助产士是被雇佣来的探子。"

"探子?"

"她们立刻去国王那里报告她们看见了什么,她们亲手接生下了什么。那不是一个早产儿,不是一个普通的孩子。那东西一半是鱼,一半是野兽。那是一个怪兽,有着一张被劈成两半的脸,一个皮开肉绽的脊柱,就像是在乡村集市里泡在罐子里展出的东西。"

我把手从她的手中挣开,使劲堵住我的耳朵,"我的上帝,婳……我不想知道这些。我不想听到这些了。"

她拉开我的双手,摇晃着我,"她们一把这个消息告诉国王,国王就把它作为王后使用巫术来怀孕的证据,来证明她曾和她的兄弟睡在一起并且生下这个恶魔的孩子。"

我茫然地看着她。

"后来克伦威尔给他找到了一些证据来证明。"她说,"克伦威尔本可以证明我们的王后是一个醉鬼,他有一个宣过誓的证人。但是他按国王的指令行事。国王不会让任何人认为是他让一个女人生下一个怪兽。"她看着我一脸惊恐的表情,继续说:"所以你想想这样的情景吧:如果你流产了,或者你给他生下一个残疾的孩子,他会指控你也是一丘之貉,并且将你送向死亡。"

"他不能这样指控我。"我直截了当地说,"我不是另外一个安妮王后。我不会和我的兄弟或者是其他人睡在一起。我们在里士满郡的时候就听说过她的丑事,我们都知道她做了什么。任何人都不能说我也是那样。"

"他宁可相信他被戴了十顶绿帽子,也绝不肯承认他自己有什么问题。你在里士满郡听到那些国王被戴了绿帽的传言,其实都是国王自己传播出去的。你听说了这些传言,那是因为他要确保每个人都能够听到这些传言。他要确保整个王国都知道这是她的过错。你不明白,凯瑟琳。他在每个方面都要显示出完美。他不能忍受有人会认为是他的错,即便是一刹那也不行。他不能被看作是不完美的,他的妻子也必须要完美。"

我感觉头脑一片空白。"这是无稽之谈。"

"这是真的!"媸大声说,"当凯瑟琳王后流产时,他将这怪罪于上帝,说这是场错误的婚姻。当安妮王后生下一个怪物后,他又怪罪于巫术。如果简失去了她的孩子,他也一定会怪罪她,她知道,我们都知道。如果你流产了,这也会是你的过错,不是他的,并且你将受到惩罚。"

"但是我能怎么办呢?"我出奇愤怒地问,"我不知道我能怎么办,我怎么能预防它发生?"

作为我问话的回应,她从她外套的口袋里拿出一个小钱包给我看。

"这是什么?"

"这是新鲜的芸香。"她说,"在他和你同房后,你喝下它泡的水。每一次都这样,这可以在孩子形成前就预防性地消除他。"

我没有接过她伸手给我的这个小袋子,而是伸出一根手指,戳戳它。

"这是一个罪过。"我不确定地说,"这肯定是一个罪过。这是那些在市集上老妇人私下里兜售的垃圾,这可能什么用都没有。"

"明知故犯地走向毁灭是一种罪。"她纠正我,"如果你不防止怀孕,你就将犯那种罪。万一你生下一个怪物,就如安妮王后一样,他会称你为巫婆,并以此杀了你。他的骄傲不允许他再有一个死婴。如果他再有一个妻子,他的第六任健康的妻子,生下一个怪物或者一个死婴,那么每个人都会知道那是他的过错。想想吧!这将会是他失去的第九个孩子。"

"已经有八个死亡的孩子?"我仿佛看见了一群怪兽,一堆死尸。

她默默地点点头,向我伸出那袋芸香。我也默默地接了过来。

"据说这东西非常难闻。我们会让女侍在早上给你拿来一壶热水,然后我们自己冲泡它,自己泡。"

"这太可怕了。"我静静地说,"我已经放弃了我自己的欲望。"当我想到自己的欲望,就感觉腹部被狠狠地捅了一刀,"现在你,我的亲妹妹,让我喝下毒药。"

她将温暖的脸颊贴向我,"你必须活下去。"她不动声色地带着激情说,"有时候,在宫廷里,一个女人为了生存不得不做任何事。任何事。你必须生存下来。"

伦敦的城区出现了一场瘟疫。国王下令我们的婚礼应该是小巧而私密的,没有拥挤的平民百姓围观,以避免可能感染瘟疫的风险。我们将不会在大教堂中举行盛大的婚礼庆典,喷泉将不会流淌葡萄酒,人们也不会烧烤公牛,在街上漫歌漫舞。他们将不得不服药并待在家里,任何人都不允许从感染瘟疫的城市里,来到靠近汉普顿宫附近乡村的干净河流和茵茵草地。

这是我的第三次婚礼,它将会在王后的礼拜堂举行。这是一个装饰精美的小型房间,就在王后的宫廷里。我提醒自己,这将是我的私人小教堂,

删后记

就在我的议事厅旁,当一切结束后,我可以单独地冥想和祈祷。一旦我说出誓言,这个特别的房间,包括王后宫廷的所有房间将会是我的,将供我一人独享。

这个房间拥挤得摩肩擦背,当我穿着新的礼服来到时,侍臣纷纷后退,我缓缓走向国王。他站在圣坛前,宽阔而高大的身躯像一座伟岸的山。圣坛发出耀眼的光亮,在镶饰着各种珠宝的圣坛布上,金色的大烛台上插满白色蜡烛,还有金质和银质的壶、碗、圣饼盒与盘子,最上面是一个缀满钻石的巨大金质耶稣受难像。从这个王国最庞大的各个宗教团体掠夺而来的所有珍宝都默默地进入了国王的私藏,此刻在圣坛上闪烁发光,就像是异教徒的殉难,淹没了英文《圣经》的开篇章节,抛弃了小教堂的质朴简单,让这个小小的房间更像一个藏宝库而非礼拜堂。

我的手消失在国王汗涔涔的宽大手掌中。在我们前面,斯蒂芬·加德纳大主教拿起一本婚典仪式用书,声调平稳地读出婚礼的誓言。他目睹了一个个王后来而复去,并且不动声色地巩固了自己的地位。大主教是我第二任丈夫拉提默大人的朋友,他们有着共同的信仰,修道院应该为他们的社区服务,教会不应该改变,除非现有的领导人出现更迭,否则礼拜堂和大教堂的财富应当永远不被贪婪的新人夺走。这个国家现在之所以越来越贫困,是因为把神父和修女丢弃在了世俗的社会中,并且毁坏了庄严的宗教圣地。

仪式以简单的英语进行,但是演讲使用的是拉丁语,国王和大主教仿佛是要提醒每个人,上帝说的是拉丁语,而贫穷者、未受过教育者,和几乎所有的女人,将永远无法理解他。

国王的身后是微笑着的人群,这些都是他最私密的朋友和随从。爱德华·西摩尔,托马斯的哥哥,他永远不会知道我有时会在他深色的瞳孔中寻找与我曾经深爱的那个男人在家族方面的相似之处。婳的丈夫威廉·赫伯特和安东尼·布朗站在一起，旁边还有托马斯·赫尼奇。在我身后是宫廷里的女侍们。在她们中，前列是国王的女儿：玛丽公主与伊丽莎白公主，后边跟着他的侄女玛格丽特·道格拉斯。在她们三人后面，是我的妹妹婶，凯瑟琳·布兰登和简·达德利。人群中的其他人混杂在一起。天气炎热，房间里的人们已经摩肩接踵。国王大声喊出他的誓言，像是传令官在宣布胜利的喜讯。我清晰地发出每一个音，声音镇定，于是仪式就完成了。他转向我，满是汗水的脸上显露喜色，俯身向我，在阵阵热烈的掌声中，他亲吻了新娘。

他的嘴有点像小帽贝①，湿润又充满好奇。他的唾液因他腐败的牙齿而发出臭味，闻上去像是腐烂了的食物。他放开我，狡猾的小眼睛紧紧盯着我的脸，看我如何回应。我低垂下头，仿佛被欲望所压倒。我作出微笑，害羞地偷看着他，就像一个小女孩。这并不比我想象的更糟，而且，无论如何我都必须要习惯他。

大主教加德纳亲吻了我的手背，向国王深深地鞠躬致礼祝贺我们，随后每个人都蜂拥上来，充满了喜悦，庆幸仪式终于结束了。凯瑟琳·布兰登，她淘气的可爱使她赢得了国王的青睐，并且占据了一个相当危险的位置。她非常热烈地赞扬了这场婚礼，以及祝贺我们未来一定会得到幸福。她的丈夫查尔斯·布兰登站在他优雅的年轻妻子身后，向国王眨着眼——一只老狗向另外一只老狗的暗示。国王挥手让所有人闪开，向我伸出他的手臂，这样，我们就可以带领大家走出这个房间前往晚宴厅。

这将是一次盛宴。烤肉的香味已经透过下面的地板从厨房渗透出来好几个小时了。所有人都严格地按照头衔和地位的顺序在我们身后站成一排。我看见爱德华·西摩尔的妻子，一个五官分明、说话尖刻的贵妇人。她翻着白眼，退后几步，因为她必须要给我让路。我隐藏起胜利的微笑。安

---

① 一种海产贝类，个头较小，为扁平的圆锥形。

妮·西摩尔可以学学如何向我鞠躬致礼。我出生在帕尔家族，英格兰北部一个值得尊敬的家族，之后成为了内维尔家族中的年轻妻子，那也是一个优秀的家族，不过远离宫廷和名声。现在，安妮·西摩尔不得不让路于我，我这位英格兰的新王后，英格兰最权高位重的女人。

当我们走进大厅，侍臣们都站起来鼓掌欢迎，国王满面喜悦，目光从右边扫到左边。他牵引着我的手来到我的座位，现在，我的椅子比他的稍微低一点，但是比玛丽公主的要高。玛丽公主照规矩坐在比伊丽莎白公主旁边稍高的椅子上。我现在是英格兰最权高位重和最富有的女人，除非死亡或者是被除名——无论是哪个在前。我环视整个房间欢呼的人群、微笑的脸庞，一直到我看见我的妹妹婻，她从容地走向为王后女侍准备的餐桌的首位。她朝我肯定地点点头，仿佛是说她就在这里，她会照顾我，她的朋友们将会报告国王私下说了什么，她的丈夫将会在国王面前赞扬我。我会得到我家族的保护，会对抗所有其他的家庭。他们希望我能够说服国王坚持教会的改革，为他们获得财富和地位，为他们的孩子们找到位置和收益；作为交换，他们将会保护我的名誉，赞扬我的德行高于其他所有人，并将为了保护我而反对一切敌人。

我没有再寻找其他任何人；我没有寻找托马斯。我知道他已经遥不可及。没有任何人能够说我在寻找他的黑色头发，寻找他棕色瞳孔的迅速一瞥，寻找他隐藏的微笑。也没有任何人能够说我在寻找他，因为我将永远不会了。在我祷告的漫漫长夜中，我教会了自己明白他永远不会再出现在这里：出现在门口的完美身材的侧影，或者是伏在赌桌上的大笑，他总是第一个出现在舞池，最后一个睡觉；回响在耳旁的爽朗笑声，他给我的一瞬间关切的眼神。我已经放弃了要嫁给他的计划，就如我已经放弃对他的欲望。我已经在顺从中击碎了自己的灵魂。我将永远不会再看到他，我将永远不会去寻找他。

在我之前的女人们已经做过这些，在我之后的女人也会知道这种抛弃内心欲望的感觉。对于深爱着一个男人却嫁给了另外一个男人的女人而言，这是她的首要任务。我知道我不是这个世界上第一个这样的女人，就是不得不砍断情爱，并假装她并没有因此而受伤。一个有上帝引导的妻子通常不得不抛弃自己生命中的珍爱，而我也完完全全这么做了。我已经放弃了他。我想我的心已经破碎了，但是我将碎片奉献给了上帝。

✦

这不是我第一场结婚庆典，甚至不是第二场，但尽管如此，我还是害怕夜晚的到来，似乎我是一个处女，得手握着一盏摇曳的蜡烛，缓缓沿城堡黑暗的楼梯向上爬行。盛宴无休止地继续着，国王下令端上更多的菜肴，仆人们忙碌地在厨房进出，齐肩高举着盛满食物的巨大金色托盘。他们献上了一只骄傲的孔雀，烤熟后再放回它原来的皮毛中，所以它华丽的羽毛在我们桌前的烛光照耀下闪耀着五颜六色的光芒。仆人剥落沾满血污的内皮，孔雀闪光的蓝色脖子搭落在一侧，仿佛是一个被砍了头的美人，死气沉沉的眼珠被换上了黑色的葡萄干，发出微微的光亮注视着前方，如同是在祈求宽容。动物的躯体终于显现了，国王不耐烦地勾勾手指，一大片黑色的胸肉就放在了他金色的餐盘中。他们送来了一大盘云雀，小小的身体高高堆积，像是求恩巡礼事件中的大批受害人，无数的人，没有名字的人，炖煮在他们自己的汁水中。仆人们又拿来一碟碟被陷阱抓住的苍鹭的胸肉，肉被切成长长的条型，还送上用深碗罐炖的野兔肉，送上外皮金黄焦脆、包在派里的兔子。他们给国王端来一道又一道的菜肴，他撕下一大块，然后挥手把剩下的分给大厅里他最喜爱的朋友们享用。

他嘲笑我吃得太少。我微笑着，同时，我听见了他的牙齿咔嚓咬在小鸟骨头上的声音。人们给他斟酒，一杯又一杯，又随一阵响亮的喇叭声，

删后记

送上来一头野猪的大头:装饰过的獠牙,填充在它眼窝黄金色的蒜瓣,刺穿它的脸作为猪鬃的迷迭香细枝。国王拍手称赞,仆人给他切下一大片闪亮着脂肪的猪脸肉。接着侍从们抬起这只野兽在房间里环游一圈,将猪肉从脸上、耳朵上和粗短的脖子上一片片切下来分给众人。

我望了望玛丽公主,她因为反胃看上去有些苍白。我捏捏自己的脸颊,这样在她身旁,我看上去比较红润。我在国王分给我的每样东西中都取了一部分,迫使自己吃下去。一块接一块浸在浓郁酱汁中的厚厚肉片堆在我的盘子里,我使劲咀嚼,微笑着,并配着葡萄酒强迫自己吞咽下去。我感觉自己快要晕倒了,浑身开始出汗。我能感觉到长袍里面的腋下已经潮湿了,汗沿着脊背淌下,国王坐在我的身旁,向后躺卧在他的椅子上,油腻丰盛的食物填满了他的身躯,但他还是哼哼着,下令再一道又一道地上菜。

终于,就如我们无法逃避的审判,号手吹响了号角,宣布宴会已经进行了一半,肉已经上完了,现在要上布丁和甜点。当送上杏仁糖制成的汉普顿宫模型,还有两个棉花糖做成的小人站在前面时,人群里响起了又一阵欢呼。制糖师傅是完美的艺术家:他们制作的亨利看上去像一个二十岁的男孩,高高地站立着,牵引着战马的缰绳。他们设计的我穿着白色丧服,并且捕捉到这样一个场景:我带着疑问地歪着头,小小的糖制凯瑟琳抬头好奇地看着这个闪闪发光的男孩——王子亨利。每个人都对人物的工艺大加赞叹。他们说,这可能是宫廷画师荷尔拜因在厨房里制作的吧。我不得不在脸上保持愉快的微笑,吞下突如其来的泪水。这有点像是凝固在糖里的悲剧。如果亨利还是一个像那样的年轻王子,我们还有机会能获得幸福,但是嫁给那个男孩的凯瑟琳是阿拉贡的凯瑟琳,我母亲的朋友,而不是比他年轻二十一岁的凯瑟琳·帕尔。

糖制的小人也有真金做成的小小王冠,亨利做出手势:我应该拥有这两顶王冠。当我把它们像戒指一样戴在我的手指上时,他大笑起来,然后拿起糖做的凯瑟琳，放进了嘴里，折断了她的腿把她整个塞进去，然后把她一大口吃掉了。

我感到很高兴的是，他下令送上更多的葡萄酒和演奏更多的音乐，随后又塌陷到他的宝座中。来自他小教堂的唱诗班唱着一首非常美的赞歌，舞者带着铃鼓进入，开始表演化装舞会。其中一个穿得像意大利王子，向我鞠躬行礼并邀请我加入他们。我看了一眼国王，他朝我挥挥手让我去。我知道我跳得很好，色彩艳丽的长袍的宽裙边随着我的转身而飘逸着，引得玛丽公主，甚至连小伊丽莎白公主也跟在我的身后蹦跳。我能看出玛丽非常痛苦：她的手轻垂在臀边，手指抓着自己的腿侧。她仰着头，咬紧牙关面带微笑。我不能仅仅因为她病了就不让她跳舞。在我的婚礼上，我们都必须要跳舞，不论我们心里是怎么想的。

我和我的女侍们一起翩翩起舞，一曲终了又接一曲。我宁愿为他一直跳一整晚，倘若这样能够阻止他对侍寝绅士点头招呼，宣布晚会的结束和宫廷即将关闭。但是我坐在我的王座上，赞扬着音乐家们，午夜还是来临了。国王转过他庞大的身躯面对我，半边身体倾斜着，这样他才能朝向我，微笑着对我说："我们是不是该去睡觉了，夫人？"

我还记得当自己第一次听到他这样说时是怎么想的。我想，本来就该如此，从今往后，直到死亡分开我们，他都将会等待我的同意，即便没有，他也会自行其是。我说什么实在是无关紧要，我将永远无法拒绝他提出的任何事。我微笑着站起身，等待侍者把他扶起来。他挣扎着走下平台的台阶，蹒跚着穿过宫殿。我慢慢地走在他的旁边，调整着自己的步伐配合他摇摇摆摆的步态。我们穿过人群，整个宫廷都为我们欢呼。我确认自己眼睛看着前方，不和任何人有眼神接触。我带领我的女侍们走向我的新卧室：王后的卧室，宽衣解带、等待着我的主人——国王，而我无法再承受哪怕是一个小小的可怜的目光。

删后记

天色已晚,但是我不允许我自己有任何的想法,奢望他可能会因太累而不来我的房间。我的女侍们为我换上黑色的绸缎,我还没有把袖子放在脸颊上就想起另外一个夜晚:那天我也穿上了黑色的睡衣,在外面罩上一件蓝色披风,走在茫茫夜色里,去见一个爱我的男人。那天晚上也不过就是不久以前,但我必须忘记它。门开了,陛下走了进来,他两边各有侍寝男仆扶持着,帮助他躺上高高的床榻:这一场景就像他们拼命在和一头公牛搏斗,并且要把它压倒。当有人不慎碰到了他的伤腿,他便高声怒骂,"笨蛋!"他呵斥道。

"这里只有一个笨蛋。"国王的小丑,威尔·萨默斯轻快地说,"感谢您还记得有我这么一个角色!"

他总是这么机灵幽默,一下打破了紧张的局面。国王大笑起来,所有人也跟着笑起来。萨默斯朝我眨眨眼离开了,他友善的棕色眼睛闪着光,其他任何人甚至没有看我一眼。当他们鞠躬致礼离开时,眼睛都一直垂着看向地面。我想他们为我感到害怕:我终于留下和他单独在一起了。红酒的香味开始浸润他的大脑,食物凝固在他的肚子里,他的心情开始有点阴郁。我的女侍们赶紧离开了房间。婶最后一个离开,她朝我微微点头,仿佛是提醒我,我做的这些都是上帝的旨意,我就像是一个圣人般躺在十字架上。

门在他仆人们身后关上了。我跪在床脚不发一言。

"你可以过来靠近一些。"他粗声说,"我不会咬人。到床上来。"

"我正在做祷告。"我说,"我能为您大声祷告吗,陛下?"

"当我们单独相处的时候。"他说,"你可以叫我亨利。"

我把他这番话看作是对祷告的拒绝,我拉起床单,滑进床里躺在他旁边。我不知道他将要做什么。因为在没有帮助的情况下，他甚至都不能翻身，肯定也没办法爬到我身上来。我躺在他身边，纹丝不动，等待他告诉我他想要什么。

"你坐到我膝上。"他终于说了，好像他也为此思索了一番，"你不是一个愚蠢的女孩，你是一个女人。你不止一次结过婚，和不止一人上过床。你知道怎么做，对吗？"

这比我想象的还要糟糕。我拉起睡衣的裙边脱下来，用双手和膝盖着地跪着爬向他。托马斯·西摩尔的身影不由自主地出现在我的眼前，他伸展着裸露的身体，背紧紧躬着，他的黑色睫毛扫在他棕色的脸颊上。当他的身体向前挺入时，我能看到他紧绷绷的腹部肌肉在我的触碰下愉悦地起伏。

"拉提默不是一个很好的情人，我能这么想吗？"国王询问道。

"他并不是一个像您一样很有力量的男人，陛……亨利。"我说，"当然，他身体不是很好。"

"那他是怎么做的？"

"他的健康？"

"他是怎么做这个事的？他怎么和你睡觉？"

"很少做。"

他咕哝了一声表示赞同，然后我看见他勃起了。他比我以前的丈夫更强的想法让他兴奋起来。

"那一定让他感到非常气愤。"他愉快地说，"娶到你这样的女人作为妻子，却不能做那个事。"他笑起来，"快来吧。"他说，"你非常的可爱。我不能等了。"

他抓住我的右手腕将我拉向他。我顺从地想要跪下来跨坐在他身上，但是他肥胖的臀部太宽了，我无法跨过去。于是他拉了我一把，我蹲在了

删后记

他的身上,就像在骑一匹肥胖的大马。我不得不保持脸部肌肉僵硬,以免露出怪异的表情。我不能颤抖,不能哭。

"这里。"他说,对他自己的勃起非常兴奋,"感觉到了吗?对于一个年过五十的男人来说并不太差吧?你从老拉提默那里不可能得到这个。"

我咕哝着含混不清地回复。他把我拉向他,然后挣扎着朝我挺起身子。他是一个又软又有些怪诞的东西,现在,我不仅觉得窘迫,更觉得恶心。

"这里!"他又大声说了一遍。他的脸变得更红了,因为他努力用手将我向下拉拽,并且扭动着巨大的腰腿向上挺的关系,他汗水开始淌下来。

我用手遮住脸,挡住他在我身下苦苦使劲的场面。

"你不能害羞逃避!"他大声说,声音响彻在整个屋子里。

"没有,没有。"我急忙说。我必须记住,我做这个是为了上帝,为了我的家族。我会成为一个好王后。这是我的职责,是上帝指派给我的任务。我将手伸向自己睡袍的衣领,解开了胸前的丝带。当他看到我裸露的胸部,便一下将他两只胖手都扑在上面,抓住它们,捏住乳头。他终于进入了我,我感觉他试图猛烈地前挺,最后发出一声压抑的大喊,倒下去,静静地躺着,纹丝不动了。

我等待着,之后什么事也没有发生。他什么也没说。他脸上的红色渐渐褪下,面颊在烛光下变得苍白。他双眼紧闭,嘴巴下垂张开,发出一声长长的响亮呼噜声。

今晚上就是这样了。我轻轻地将自己从他潮湿的膝盖上撑起来,小心翼翼地滑下了床。我将睡袍整理好,紧紧地包住自己,系上腰带,拉紧合拢。我坐在壁炉边的宽大椅子上。椅子因为他的体重而特别加固加宽过。我的膝盖顶在胸前卷成一团。我发现自己不停发抖,于是拿过桌上靠近自己这边的热麦芽酒给自己倒了一杯。这酒原本是为了给我勇气,并且增强他的能力。喝完我暖和多了,双手环抱住了银质的杯子。

我茫然地盯着炉火，索然无味地过了一会儿后，偷偷爬上床，躺在他的旁边。床垫由于他的体重而深陷下去，毯子和昂贵的床单在他身上高高地隆起。我躺在他旁边就像一个小孩子。我闭上眼睛，脑子一片空白。我决定什么也不想，闭上眼睛，很快就睡着了。

一瞬间，我梦到自己是特莱芬，违背自己的意愿嫁给了一个危险的男人，被困在他的城堡里，不停地走上旋转的楼梯，一只手扶住潮湿的墙壁，一只手握着烛光摇曳的蜡烛。有一股难闻的气味从楼梯顶部的房间门后散发出来。我走向沉重的金属门环，拉住门闩，慢慢转动它。门吱嘎着打开了，但是我没有勇气走进那个房间，进入污浊难闻的臭气里。我太害怕了，在梦中开始挣扎，在我的睡眠里开始挣扎，我在床上翻来覆去，把自己弄醒了。尽管我醒来了，仍然在和睡梦抗争，仍然感觉到梦中的恐惧，那股味道依旧弥漫在周围，就像从我的梦里倾倒在了醒来的世界。当我醒来，咳嗽得喘不过气，一股噩梦的味道在我的床上，让我窒息，它从黑夜进入我的卧室，它是真实的，让我恶心。噩梦就在这里，此时此地。

我大喊起来，找人求助，现在我彻底醒了，我意识到这并不是一个梦：这是真的。他腿上化脓的伤口透过绷带渗出深黄色的脓液，粘在我的睡袍上就像他尿在了亚麻细布的床单上，让全英格兰最好的卧室闻起来像一间停尸房。

房间光线昏暗，但是我知道他醒了。隆隆作响和冒泡的呼噜声停住了。我可以听见他打鼾的呼吸声，但是这骗不到我：我知道他已经醒了，在倾听着我的动静，寻找我。我想象着他的眼睛，在黑暗中大大睁开，茫然地盯着我这边。我纹丝不动地躺着，呼吸稳定轻微，但是我害怕他知道，就像是荒野里的野兽会知道我害怕他——他凭借着动物的狡黠知道我已经醒了，并且害怕他。

"你醒了吗，凯瑟琳？"他轻轻地说。

我舒展一下,假装打个呵欠,"啊……是的,陛下。我醒了。"

"你睡得好吗?"他的语调非常愉悦,但是声音里流露出一丝尖锐。

我坐起来,将我的头发包进睡帽,然后立刻转向他:"我睡得非常好,陛下,感谢上帝。我希望您也睡得好。"

"我觉得有点恶心,我尝到喉咙里有呕吐味,我的枕头垫得不够高。在睡眠中那种感觉非常糟糕,我可能会窒息。他们必须垫高我的枕头,这样我能坐起来,否则我会被胆汁呛住。他们知道的。你必须得确认他们有这样做,无论我是在你的床上,还是在我自己的床上。晚宴里一定有什么东西被污染了,我感觉很恶心。他们所有人都想毒死我!早上我要把这些厨子关起来,惩罚他们,他们一定是用了些烂肉,我想吐。"

我立刻翻身下床,脏了的睡袍湿湿地贴在我的腿上,我从碗柜里取了一个碗和一瓶麦芽酒,"您现在想要喝一点麦芽酒吗?要不要我去找医生来?"

"我等会儿再去看医生。夜里我非常头晕。"

"啊,亲爱的。"我温柔地说,像是一个母亲在对一个患病的男孩说话,"或许您可以喝点麦芽酒,然后再睡一会儿?"

"不,我睡不着了。"他不耐烦地抱怨,"我从来不睡觉。整个宫廷都睡着了,整个国家都睡了,但我还醒着。我整夜警醒着,而懒惰的侍从和迟钝的女人们都昏昏欲睡。我总是警醒着守卫着我的王国,我的教会。你知道下周我会在温莎烧死多少人吗?"

"不要。"我说,向后一缩。

"三个。"他得意地说,"他们会在沼泽地被烧成灰,然后他们的灰将随风飘散。胆敢质疑我神圣的教会?谢天谢地,总算摆脱他们了。"

我想到婶叫我为了他们说话,"我的夫君……"

他一连三大口喝干了他杯里的麦芽酒,然后作出手势要更多的酒。我又为他斟上。

"还要。"他说。

"他们为我们在橱柜里留了一些点心,如果您想吃一些……"我有些不确定地说。

"再吃一个可能会让我的胃好受一点。"

我将盘子递给他,漫不经心地看着,他卷起一个又一个,一次又一次将点心塞进他的小嘴里,最后就一扫而空。他舔舔手指,轻轻拈起盘子里剩余的点心末,把盘子递回给我。他笑了。食物和关注让他安静了下来,就像是糖可以让他变得心平气和。

"这下好多了。"他说,"在我们的欢愉之后,我感觉饿了。"

麦芽酒和点心奇迹般地改善了他的态度。我认为他一定是一直都带有巨大的饥饿感——他总是带有巨大的饥饿感,所以总是会在进食时恶心,强烈的饥饿让他错以为是恶心。我尽量露出一个笑容。

"您不能宽恕那些可怜人吗?"我轻声地问他。

"不能。"他说,"现在几点了?"

我环顾四周。我不知道。这间房里没有钟。我走去窗前,拉开窗帘,向内打开窗玻璃,用力开启并且转动外面的百叶窗,看了看天色。

"不要让晚上的空气进来。"他不高兴地说,"上帝才知道外面有什么瘟疫。快关上窗!紧紧地关上!"

我砰地关上窗,把新鲜的冷空气挡在外面。通过厚厚的玻璃窥视出去,东方没有一丝光亮,我眨眨眼想摆脱烛光,希望光亮就在那里,"现在一定还很早。"我说,我渴望日出,"我看不见一点点曙光。"

他看着我,仿佛一个充满期待的孩子想要得到娱乐。"我睡不着。"他说,"这些麦芽酒现在我的肚子里,它太冷了,会让我反胃,你应该先加热它。"他身子动了一下,随后打了个嗝,与此同时,一股酸臭从床上传来,他放了个屁。

"要不要我让厨房拿点其他东西来?一些热饮什么的?"

他摇摇头,"不必。但把火挑大点,然后告诉我你非常高兴成为王后。"

"哦!我当然非常高兴!"我微笑着,弯下腰,放了一些引火柴,然后从壁炉旁的篮子里拿了一些粗木头放进去。小火苗烧起来了。我用一根拨火棍翻动它们,把木头一根压着一根架起来,木材一下都熊熊燃烧起来。"我非常高兴能成为王后,我也很高兴能成为一个妻子。"我说,"您的妻子。"

"你就是一个家庭主妇。"国王大声说,对我成功地拨弄燃炉火颇为满意,"你能为我做早餐吗?"

"我从来没有做过饭。"我说,想维护捍卫我的一点尊严,"我总是有一个厨师,还有厨房的女佣,但是我知道如何指挥一个厨房、一个酿酒室和一个乳品场。我曾经用草药制作过自己的药品和香水,还有香皂。"

"你知道如何经营一个家族?"

"当我丈夫离开家的时候,我指挥过斯内普城堡并管理我们在北部的所有土地。"我告诉他。

"在叛徒的围攻下坚持了下来,不是吗?"他问,"你对抗那些叛徒,那一定非常艰难,你一定很勇敢。"

我谨慎地点点头,"是的,陛下。我尽了我的职责。"

"你挫败了那些反叛者,不是吗?他们不是威胁要烧掉你的城堡,将你烧死在里面?"

那些日日夜夜我还历历在目,那些绝望的可怜人穿着捉襟见肘的破衣服围攻城堡,乞求回到过去的美好日子。在那些过去的时光,教会乐善好施,国王由那些领主们引导。那些可怜人希望重建教会,让修道院重新恢复往日的荣耀,他们要求我的丈夫拉提默大人替他们向国王请愿,他们知道他同意他们的观点。"我知道他们不可能打败您。"我说,故意贬低他们的信仰和他们的目标,"我知道我不得不坚持,然后您会将我的大人送回家,解救我们。"

我尽量将一个糟糕的故事说得很圆满,希望他不记得真相。国王和他的议会肯定怀疑我的丈夫和反叛军勾结,当叛乱被残酷地镇压后,我的丈夫不得不和改革派合作:为了他的自身安全,他背叛了他的信仰和他的租客们。如果他看到现在一切又变了,他将会多么开心啊:教会的人占据了上风,正忙着重新恢复大修道院,我的丈夫将会很高兴看到他的朋友斯蒂芬·加德纳又重获权力,他会将所有的改良派都送到温莎的沼泽地里烧死。他会同意所有异教徒的灰尘被风吹进泥土,再也不会从死亡中获得重生。

"你第一次离开你母亲的时候多大?"

国王靠在枕头上,像个小孩子想听故事。

"您想知道我的少女时代?"

他点点头:"把一切都告诉我。"

"嗯,我在很小的年纪就离家了,大概十六岁多。我的母亲从我十一岁时就想把我嫁出去,但是没有成功。"

他点点头,"为什么呢?你肯定是一个非常漂亮的小女孩,你有这样的头发和眼睛,你可以挑选你的丈夫。"

我笑了:"我确实很漂亮,但是我没有比补锅匠更多的嫁妆。我的父亲几乎什么都没有给我们留下,他在我只有五岁的时候就去世了。我们都知道,我的妹妹嫡和我都不得不为了支持家族而嫁人。"

"你有几个兄妹?"

"三个,只有三个。我是最年长的,然后是威廉,我的弟弟,然后才是嫡。您记得我的母亲吗?她是贴身女侍,她给嫡找到一个位置,和……"我停下来。嫡服侍过阿拉贡的凯瑟琳,以及后来的每一位王后。国王曾经看到过她，跟在自己六位妻子的每一个身后走进晚宴厅，"我的母亲给婻在宫廷里找到一个位置。"我更正道，"然后她给我的弟弟威廉娶了安妮·鲍彻。那是她野心的高峰——但是您知道最后的结果有多糟。这对我们大家来说都是一个代价沉重的错误。婻和我被扔得远远的，就为了威廉能得到好的婚姻，家里把仅有的钱给威廉，当我的母亲最终把安妮·鲍彻娶回家后，她已经没有钱给我做嫁妆了。"

"可怜的小姑娘。"他睡意蒙眬地说，"真希望我当时能遇到你。"

他当时确实看见我了。我曾经和我的母亲与婻来过宫廷一次。我记得那时候的年轻国王：金发，双腿强壮，胸膛宽阔，身材精干。我记得他在马背上，他总是在马背上，就像希腊神话中年轻的半马半人。有一次他骑着马从我身边奔驰而去，我抬头看着他，他高高骑在马上，曾是那么辉煌耀眼。他看向我，一个六岁的小女孩，跳上跳下，向二十七岁的国王挥手。他对我微笑，并举起他的手。我像石头一样站着一动不动，呆呆地看着他惊叹。他曾经像天使一样美丽，人称他为世界上最英俊的国王，英格兰没有一个女人不会梦想着要嫁给他。我曾经想象他骑马进到我们小小的房子里，向我求婚。我想如果他找上了我，一切就会好起来的，包括我的余生，乃至永远。如果国王爱上了我，我还会祈求什么呢？人生还需要奢求什么呢？

"所以我就这样嫁给了我第一任丈夫，爱德华·布拉夫，盖恩斯伯勒的布拉夫男爵的长子。"

"他是疯子，不是吗？"困倦的声音从精美的刺绣枕头上传来。他的眼睛闭上了。

他的手扣住放在胸前，随着每一次气喘的呼吸上下起伏。

"那是他的祖父。"我轻轻地说，"但那仍然是一个可怕的家族。这位领主有着非常暴躁的坏脾气，当他发怒的时候，我的丈夫像个孩子一样吓得发抖。"

"他配不上你。"他带着睡意惬意地说,"他们都是傻子,把你嫁给一个男孩。就算那样,你曾经一定是这样一个女孩,想要一个可以让你崇拜的男人,一个老一点、卓有远见的男人。"

"他不配是我的丈夫。"我赞同。我现在理解为什么他想要一个睡前故事了。世界上毕竟只有几种故事,而这个故事是关于一个女孩的,她从来没有找到过幸福,直到她遇见了她的王子。"他不配是我的丈夫,然后他死了,上帝保佑他,当时我才刚二十岁。"

仿佛诋毁这个可怜并且去世很久的爱德华使他得到了平静,回复我的是一长串隆隆的呼噜声。他突然停止呼吸,使我等待了片刻。这是一个令人恐惧的片刻,这个安静的房间里突然没有了任何声音,他接上了气,大口地响亮呼气。他就这样不停地周而复始,直到我学会不再畏惧。我靠在壁炉旁属于我的椅子上,看着火焰舔舐原木的闪烁火光,火光让四周的影子在我身旁跳前又退后,而国王浓浓的鼻音不停地哼哼,如同猪圈里的野猪。

我在想,现在是什么时候了?当然,马上就要到黎明了,我想着侍从什么时候会来呢。他们肯定要整理炉火,我希望我知道时间。我愿意用一大笔钱换一个钟,让我知道这无穷无尽的晚上还要多久才能结束。和托马斯在一起的那些夜晚稍纵即逝,月亮拼命下落,太阳又匆匆忙忙地升上天空,但不是现在,也许永远也不会那样了。现在我不得不用漫长的一生等待黎明。一个小时又一个小时过去了,我还在苦苦等待着第一束阳光。

✦

"怎么样?"婻低声问。在她身后,女侍从我的房间带来了金色的洗漱盆和水壶,给我的亚麻布洒上玫瑰水,再把它拿到火旁,确保它完完全全地烘干了。

删后记

嫡拿着一小包晒干的芸香。她背对房间,从火焰红色的灰烬中拿出拨火棍,放到酒壶中,让麦芽酒沸腾,并浸入草药。没有人注意到我一饮而尽。我把脸转过去,所以没有人看见我痛苦的表情。

我跟着她来到我的祈祷台,我们两个面对着十字架,肩并肩靠得非常近地跪着,没有人能够听到我们说的任何一个字,只会觉得我们是在低声用拉丁语祷告。

"他还强有力吗?"

这个问题本身就可以被判处死刑了。安妮·波琳的兄弟就是因为问了这种事而掉了脑袋。

"差不多吧。"我简短地回答她。

她把手放在我的手上:"他没有伤着你吧?"

我摇摇头。"他几乎不能移动。他对我没有危险。"

"那是……?"她停顿了下来。作为一个受宠爱的妻子,她无法想象我的厌恶。

"不比我想象的更糟。"我说,低头对着我的念珠,"现在我有些可怜他了。"我看了一眼十字架。"我并不是唯一一个受苦的人。他也有很多艰难的时候。想想他以前的样子和他现在。"

她闭上眼睛默默地祷告。"我的丈夫赫伯特,他说上帝在指引着你。"她说。

"你必须要给我的房间喷上香水。"我下令说,"去药剂师那里拿些干药草和香水。玫瑰油,薰衣草,味道浓的香水。我无法忍受这股味道。我唯一无法忍受的就是这个味道。我真的没法睡在这里。你必须把这件事办好,这是唯一一件我真的无法忍受的事。"

她点点头:"是因为他的伤腿?"

"他的腿和他的呼吸。"我说,"我的床闻上去像死人和粪便的味道。"

她看着我,就像我的话使她感到惊讶:"死人?"

"腐败身体的气味,腐败身体的气味。瘟疫的气味。我梦见了死亡。"我简短地回答。

"当然,王后就死在这里。"

我害怕得尖叫出来,当我的女侍们转过来看发生了什么时,我立即装作是在咳嗽。很快,有人为我呈上一杯麦芽酒。当她们退下后,我转向嫡,"哪个王后?"我问,疯狂地想着凯瑟琳·霍华德那个孩子,"为什么你不告诉我?"

"当然是简王后。"她说。

我知道她在生完王子之后死了,但是我没有想到是在这个房间,在我的房间。

"不是这里?"

"当然是这里。"她简短地说,"就在这间卧室。"当她看到我惊呆的表情,又补充道:"就在这张床上。"

我向后退缩了一步,紧抓着我的念珠:"在我的床上?那张床?我们昨天晚上睡的那张床?"

"但是,凯瑟琳,没有必要在意这些。已经过去五年了。"

我浑身发抖并无法停止下来,"嫡,我不能这样。我不能睡在他死去的妻子的床上。"

"死去的妻子们。"她纠正我,"凯瑟琳·霍华德就睡在那里。那也是她的床。"

这次我没有尖叫出来:"我无法忍受这个。"

她握住我发抖的手说:"镇定一点。这是上帝的旨意。"她说。"这是上帝的召唤。您不得不这样做,您能够胜任的。我会帮助您,上帝也会指引您。"

"我不能睡在那张死去的王后床上,还骑在她的丈夫身上。"

册后记

"但您不得不这样做。上帝会指引您。我会向他祈祷,我每天都会祈祷上帝帮助和指引我的姐姐。"

我身不由己地点点头:"阿门,阿门。上帝保佑我,阿门。"

现在是我更衣的时候了。我转过身,让女侍脱下我的睡袍,用加了香味的油为我梳洗头发后给我轻轻拍干,再为我穿上刺绣精美的亚麻布衣服。我像一个洋娃娃,站着让女侍们给我系上脖子和肩膀上的缎带,女侍们拿来了各种长礼服和各种袖子及兜帽让我选择,她们将服饰举到我的面前,安安静静地等待着。我选择了一件深绿色的长袍,黑色的袖子和黑色的兜帽。

"太平淡无奇了。"我妹妹批评说,"你现在已经不用穿黑色了。你是一个新娘,不是一个寡妇。你应该穿颜色鲜艳明亮的长袍,我们将会为你定制一些供你选择。"

我喜欢精美的衣服,她知道这点。

"还有鞋。"她引诱我说,"我们会让鞋匠来帮您参考。现在您可以拥有您想要的所有的鞋了。"她看见我的脸然后大笑。"现在,您有很多事情要做。您要照顾您的家族。我这儿有半数英格兰的人的名单,他们都想要把女儿送来服侍您,我有名字清单。在弥撒之后,我们可以看看名单。"

我的一名女侍走上前来,"请您原谅我,我想请求得到您的恩赐。如果我可以的话。"

"我们可以在礼拜后查看所有的请求。"我的妹妹决定了。

我穿上长袍站着一动不动,女侍们为我系上衬裙、紧身马甲,并将袖管套在正确的位置,然后用蕾丝穿过连接孔。

"我会通知我们的弟弟威廉。"我轻声对嫡说,"我想他来这里。还有我们的叔叔帕尔。"

"显然,我们有一个我们从来都不认识的家族,他们散布在英格兰各地。每一个人都想要和英格兰的新王后攀上亲戚关系。"

"我不需要给他们所有人安排职位,对吗?"我问。

"您要把那些依靠您的人安排在您身边。"她说。

"当然,您可以照顾您自己的家族。我认为您会将拉提默家的女孩召唤过来,是您的继女吗?"

"玛格丽特对我来说非常重要。"我说,我突然充满了希望,"我可以将她带在身边吗?还有伊丽莎白,我的继女,露西·萨默塞特,我继子的未婚妻?另外,我布拉夫家族的表亲,伊丽莎白·蒂尔威特呢?"

"当然可以,并且我认为,如果您为帕尔叔叔在您家族里谋到一个位置,他的妻子玛丽婶婶也会来,还有我们的表亲莱恩。"

"哦,对!"我惊呼,"我想要莫德跟我一起。"

嫡笑了,"你想要谁都可以。你想要什么都可以。你现在应该要求所有你想要的东西,一开始的时候,一切都会被赐予你。你需要你自己的人,全心全意地围在你身边守护着你。"

"要预防什么?"我质疑地问,女侍们把像王冠一样重的兜帽戴在我头上。

"预防所有其他的家族。"她低声地说,她抹平我赤褐色的头发,塞进金色的发网中,"要预防所有之前的家族,他们受惠于其女性亲属,并且不想被现在的新王后排除在外:比如霍华德家族和西摩尔家族。你还需要保护自己,对抗国王的新谋臣,例如威廉·帕吉特、理查德·里奇和托马斯·弗罗瑟斯利这些人。这些人从贫寒家庭崛起,不希望一个新的王后来代替他们给国王出谋划策。"

凯瑟琳·布兰登拿着我的小首饰盒走进屋来,让我挑选首饰。嫡朝她点点头,然后压低声音:"还要警惕像她这样的女人,他朋友的妻子,任何漂亮的女侍都可能成为下一个国王的新宠。"

"不是现在!"我大声说,"他昨天才和我结婚!"

她点点头。"他可是贪得无厌。"她简短地说,仿佛只是谈论晚宴上菜觊觎的数量,"他总是贪得无厌。他总是想要更多。他永无止境地需要来自别人的钦佩。"

"可是他娶了我!"我还是喊得很大声,"是他坚持要娶我的。"

她耸耸肩。他和我之前的所有的王后都结了婚,但都不能阻止他想要下一任王后。

✦

在小教堂的二楼,从王后的包间里看下去,可以看到牧师在从事神的工作:创造弥撒的奇迹,牧师背身对人群,就像人们不合适看到一样。我祈祷上帝在这场婚姻里赐福于我。我想到其他的王后们也曾经也跪在这里,在这个绣着王室纹章和各色玫瑰的小脚凳上,曾经在这里祈祷。她们中一些人痛苦地为都铎王朝现有的子嗣祈祷,一些人则因为失去了从前的生活而悲哀地祈祷,还有一些人在想念自己儿时的故乡,想念爱她们的家人,无论他们能够提供什么。至少有一个人与我一样,带着一颗破碎的心,不得不在每天醒来时,将自己对深爱着的那个男人的想念放下。我双手拂面,仿佛能够感觉她们就在我身边,从木质的书托上,我几乎可以嗅到她们的恐惧。我想象如果自己舔舐磨光的纹路,都能尝到她们泪水的盐分。

"不高兴了?"国王在小教堂外的走廊见到我。

他和他身后的朋友们在一起,简王后的哥哥,安妮王后的叔叔,凯瑟琳王后的表亲,我和我的女侍们在一起,"你婚礼后的早上不快乐?"

我立刻笑容满面。"非常高兴。"我毫不犹豫地说,"您呢,陛下?"

"你可以称我是夫君。"他说,然后抓起我的手,夹在厚垫马甲背心和绣花袖筒之间。"跟我来,到我的私人会客室。"他不拘礼节地说,"我需要和你单独谈谈。"

他松开我,倚靠着一个侍从,一瘸一拐地缓慢前行。我跟着他穿过他宏大的接待室，数以百计的男男女女等着那儿看着我们走过，然后穿过议事厅，有二十多人等在这里上诉和请愿，最后进入了他的私人宫廷，这里只有宫廷的人才允许进入。在每扇门口，越来越多的人离开，被隔离在房间之外，直到最后只剩国王和安东尼·丹尼，几名书记员，他的两个侍从，还有他的小丑威尔·萨默斯，我的两个女侍和我——这就是他指的"单独"和他的妻子待在一起。

他们扶他降低身子坐进他的大椅子里，椅子因为他的体重吱嘎作响。他们放了一只小脚凳在他的腿下面，又在上面盖上一条毯子。他示意我可以坐得离他近点，然后挥挥手让其他人站远。丹尼走到房间另一头，装作和他的妻子，我的女侍琼说话。我肯定他们都竖起耳朵，想听清每一个字。

"所以你今天早上很快乐？"亨利确认道，"尽管我在小教堂里，看着你显得有几分悲伤。你知道，我可以从我包厢的格子窗里看到你。我可以一直看着你，保护你。你要非常确信，我一直都很关心你。"

"我在祈祷，我的夫君。"

"那就好。"他点头，"我喜欢你是一个虔诚的信徒，但是我想要你高兴。英格兰的王后应该是全世界基督徒中最快乐的女人，也是最被赐福的。你必须要向全世界展示你在婚礼后的早晨很快乐。"

"是的。"我向他保证，"我真的很快乐。"

"要显而易见的快乐。"他提示我。

我给他展示了我最灿烂的微笑。

他点点头表示同意，"现在你有工作要做了。现在你必须做我所说的每件事，我是你的丈夫了，你已经同意了要顺从。"他放纵的声调告诉我这是个玩笑。

我抬头看着他："我会努力做一个非常好的妻子。"

他咯咯笑起来："这些是我的命令：你要命令裁缝和女工拿漂亮的衣服

和布料来,定制很多很多的礼服。"他说,"我想看到你穿得像真正的王后,而不是一个可怜的拉提默寡妇。"

我假装倒吸一口气,然后紧握住双手。

"他们告诉我你喜欢鸟儿?"他问,"五颜六色的鸟和会唱歌的鸟儿。"

"是的。"我说,"但是我一直没有钱买。"

"嗯,现在你可以了。"他说,"我会告诉远航的船长们为你带回小鸟。"他微笑着说。"这可以是一种新的航海税:王后的小鸟。现在我有东西要给你。"他转过身,打了一个响指,安东尼·丹尼走上前,将一只鼓鼓的钱袋和一个小小的箱子放在桌上。

亨利首先将小箱子递给我:"打开它。"

是一颗华丽的红宝石,顶面切平的一大块,安装在一枚朴实的金戒指上。对于我的手指而言这太大了,但是国王将它戴上我的大拇指,欣赏着红色的光芒,"你喜欢吗?"

"我爱死它了。"

"还有更多的,当然。我将它们送到你的房间去了。"

"还有更多的?"

我的天真让他更加兴奋起来:"还有更多的珠宝,亲爱的。你是王后。你有一库房的珠宝。一年里的每一天你都可以挑选新的珠宝佩戴。"

我没有必要掩饰我的快乐。"我非常喜欢漂亮的东西。"

"他们是你美貌的配饰。"他温柔地说,"当我第一次看见你时,我就想要你佩戴上王室的珠宝。"

"谢谢你,夫君。太感谢了。"

他轻轻一笑,"我会很喜欢给你送东西。你的脸红起来像一枝小玫瑰。这个钱袋里的金币也都是你的,把它们花在你想花的地方,然后再来找我拿另一个。你很快将会有封地和租金,还有你自己的收入。你的管家会给你看一份清单，上面有你将会得到的所有东西。你的名下将变得非常富有。你将会拥有所有王后的领地和伦敦的贝纳德城堡，可以以你的名义动用一大笔财富。这些也只是仅仅帮你渡过眼前的难关。"

"我会非常愿意有人助我渡过难关。"威尔·萨默斯说，"出于某些原因，我总是很困难。"

人们旁若无人大笑起来，我将钱袋拿在手上掂掂。沉甸甸的。如果这都是金币——我猜想是的——这将是一笔不小的财富。

国王看着他的侍从。"将单子拿给我。"他说。

一位年轻人鞠躬，递给他一筒卷着的纸。"这些男男女女都想要服侍你。"国王说，"我已经给我希望你选择的人做了记号。但是大部分职位，你可以愿意选谁就选谁。我想要看到你在自己的宫廷内，选择你自己的玩伴。"选择自己的女侍是王后的权利，她们会日日夜夜陪伴她。她们只能是她的朋友，家人和宠信的人才会觉得公平。国王不应该列这样一张清单。

"我猜想我会同意你的选择。"他说，"我确定没有任何一个人我会不同意。你有非常美好的品位，你当然会选择那些将会让你的宫廷和我的宫廷添光增彩的女侍。"

我低头致礼。

"但是他们必须要漂亮。"他明确提出，"这个要确定。我不想要难看的东西。"

他的计划是我选择来陪伴我的女侍应该是能让他喜欢的，但我什么也没有说。他又立刻捏了捏我的手："啊，凯特，我们应该能一起处理好事情的。下午我们要去打猎，你应该坐在我的旁边。"

"我非常愿意。"我说。我早就渴望坐在我自己的马上和打猎的队伍一同前行。我想要自由的感觉，骑在马上跟随在猎狗后面，跟着他们循着气味跑得很快很远，远离宫殿，但是我知道这次骑马并不像那样。我不得不

册后记
06'2

坐在王家的遮阳棚里,在国王的旁边,看着鹿群被赶到我们面前,这样,亨利就可以坐在他的位置上发射他的弓箭。

在他面前,猎人们会追逐和驱赶鹿群;在他身后,一个侍从会把削尖的箭安装在十字弓上。国王什么都不用做,只需要瞄准和发射。他所谓的打猎,就是把充满机遇和危险的田野和林地,变成了一个农场的杀戮,屠夫的后院。国王的狩猎曾经是令人兴奋的盛会,可现在已经变成了屠宰场,动物们被赶往国王那里并被屠杀。但这就是他现在能做的了。这个男人在我的记忆里曾是希腊神话中的半马半人,一个猎人,一天轮流骑着三匹马,一匹接一匹,直到它们累得跌倒。现在的他已经衰弱了,沦落成一个谋杀犯,无奈地瘫在椅子上,被岁月和病痛打败,只能由一个年轻人帮他的弓箭上膛。

"我会非常高兴坐在您的旁边。"我撒谎。

"而且你应该要学习如何射箭。"他许诺我,"我要给你一把属于你自己的小型十字弓,你也要参与进来。你应该享受杀戮的快感。"

他是想要表现出对我的友善,"谢谢。"我再次说。

他点头示意我可以离开了。我抬起脚然后迟疑了,因为他示意我面对他,抬起他那宽大的月亮脸。他就像个小孩子,充满信赖地给予我一个吻。我将一只手搭在他宽阔的肩膀上,随后弯下腰。他的呼吸发出糟糕的恶臭,就像是一只猎狗在我脸上出气。但是我没有退缩。我亲了一下他的嘴,然后看着他的眼睛微笑。

"亲爱的。"他轻轻地说,"你是我最亲爱的。你将会成为我最后一个也是最爱的妻子。"

我非常感动,于是我又弯下腰,把自己的脸贴上他的面颊。

"去买些漂亮的东西吧。"他命令我,"我想要你看上去既像个受到宠爱的妻子,又是英格兰有史以来最美丽的王后。"

我有些恍惚地离开了那个房间。如果我看上去像一个受到宠爱的妻子，那这将会是我的第一次。对于我的第二任丈夫拉提默大人来说，我是一个伙伴和帮手，是一个保护他的领地、教育他的孩子们的女人。他教会了我他认为我应该知道的事情，也很乐意让我跟着他。但是他从来没有宠爱过我，或者送过我东西，或者想象我在其他人面前会表现得怎么样。他骑马离开我，把我留在巨大的危险中，期望我就像是斯内普城堡的船长那样服务于他，还很有信心在他离开的日子，我会指导他的属下。我是他的副手，不是他亲爱的。现在我嫁给了一个男人，他称我为他亲爱的，并说要给我带来乐趣。

楠和琼一起在门口等待着我，门在我们前面打开了。"来吧。"我对她说，"我想在我的卧室里有些东西你想要看看。"

我自己的议事厅已经挤满了前来祝贺我婚典的人们，他们向我请求一个职位或者求助，又或者要我接见，给点赏钱。我面带微笑地左右看看，没有停顿地穿过了他们。今天，我将开始我作为王后的工作，但此刻，我只想看看我丈夫给我的礼物。

"哦，天。"楠说，卫兵打开了通往我私人房间的双扇门，我的女侍们站起来，有些无助地示意国王的侍卫搬来的几个大箱子，箱子堆在房间里，钥匙插在锁孔上。

我感觉到，一瞬间的贪财念头也是种罪过。我嘲笑我自己。"都站到后面去！"我开玩笑地说，"站到后面去，我要钻进财宝堆里了。"

楠转动第一个箱子的钥匙，我们一道抬起沉重的箱盖。这是一个旅行箱，装满了用在王后私人餐桌上的金质碟子和高脚酒杯。我点头让两个女侍走上前来，她们取出一个又一个光彩照人的碟子，把碟子倾斜着，金色的反光像是疯狂的天使在房间里翩翩起舞，"还有！"我说，现在每个人都举着一只碟子，照射着每个人的眼睛，碟子上的闪光在屋里每个角落跳跃，整间房子都洒满了变化多端的反光。我开心地笑了，我们用金质的碟子照射着每一个人，起身跳舞，整个房间都充满了耀眼的光芒，和我们一起欢歌舞蹈。

"看看下一个是什么？"我气喘吁吁地下令说，婳打开了下一个箱子。这个箱子里装满了项链和腰带。她拿出一串串有珍珠和精美刺绣的腰带，腰带上镶嵌着蓝宝石、红宝石、绿宝石、钻石和其他我叫不上名字的宝石，闪闪发光的黑色宝石镶嵌在大块的金银之中。她在椅背上展开金链子，在女仆的膝盖上摊开银质的或者钻石的项链，让它们在艳丽的布料上散发光彩。带着奶油色的蛋白石发出或绿或桃红色的柔光，大块的琥珀呈现着暗橘色。袋子里还有一大把未经切割的石头，看上去像鹅卵石，将珍贵的光芒藏匿在岩石的外壳下。

婳打开又一个箱子，里面的物品被小心翼翼地用一卷卷柔软的皮革裹好。她从中取出缀着稀有宝石的指环，挂着一颗宝石的长链。她什么也没说，将阿拉贡的凯瑟琳举世闻名的格子金项链放在我的面前。另外一个还没有打开的口袋里是安妮·波琳红宝石。还有一个大盒子里有西班牙的王室珠宝，克里夫斯的安妮的嫁妆在我脚下摊开。

国王慷慨地赐予凯瑟琳·霍华德的那些宝藏全部在一个大箱子里，自从她被剥夺了所有头衔并被斧头砍下了头之后，这些都没有被人触碰过。

"看看这些耳环！"有人惊呼，但我却转过身去，走到窗前向下看：工整的花园，穿过树林隐约可见的银白色河流，我突然觉得阵阵恶心。"这些都是死去了的人的东西。"我惶惶不安地说，婳走到我的身边，"它们都是死去了的王后们的珍宝。这些项链曾经戴在那些我之前的王后们的脖子上，其中有些被她们每一个人都戴过。这些珍珠曾经被她们死去的皮肤温暖过，这些银饰也被她们的汗渍沾污过。"

楠和我一样脸色苍白。在凯瑟琳·霍华德被捕那天，正是她将凯瑟琳·霍华德的绿宝石用皮革裹好后，把它们放进那个珠宝盒的；是她在简·西摩尔婚礼当天，帮她把脖子上的蓝宝石项链系好；是她把耳环递给阿拉贡的凯瑟琳的。现在，它们就摆放在我私人客厅的桌上。

"您是王后，您就应该拥有王后的宝库。"她语气决然，但是她的声音在发抖，"当然。事情本来就是如此。"

门上传来轻轻的敲门声，卫兵把门打开。楠的丈夫威廉·赫伯特走进房间，他微笑着看到我们被珠宝包围，仿佛孩子们对烘烤点心的厨房迷恋又不知从何下手。

"陛下派我把这个送来。"他说，"这个被遗漏了。他让我来把它放到您可爱的头上。"

我抬起脚向我妹夫走去，我看到他不敢直视我的眼睛。他看着我身后的窗户，看着天空掠过的云朵；当我小心谨慎地走过阿拉贡的凯瑟琳的斗篷和凯瑟琳·霍华德的光滑黑貂皮时，他根本没有看我脚下的珍宝。在他的手中是一个小小的沉重盒子。

"这是什么？"我问他。我立刻想到：我不想要这个。

他俯首行礼作为回答，然后打开了一个金属搭扣。他小心地提起盖子，盖子搭在了青铜铰链上，里面是一个小小的丑陋王冠。在我身后的女侍倒吸了一口气。我看见楠微微动了一下，仿佛想要阻止下面将要发生的事情。

威廉放下盒子，拿出这个精工细作、镶嵌珍珠和蓝宝石的王冠。在王冠的顶部，就像是教堂的穹顶一样，有一个纯金的十字架。

"国王想让您试戴一下。"

我顺从地垂下头，让楠取下我的兜帽，然后她的丈夫将王冠递给她。大小刚好，它卡在我的额前，让我感到头痛。

删后记

"这是新的吗?"我弱弱地问。我渴望这是为我重新订做的。

他摇摇头。

"这是谁的?"

婻做了一个小小的手势,就像是告诫他不要出声。

"这是安妮·波琳的王冠。"他告诉我。我顿时觉得这王冠似乎开始在我的头上下坠,仿佛我就要在它的重压之下崩溃。

"我想国王并不想我今天戴上它。"我尴尬地说。

"他会告诉您什么时候戴。"他说,"重要的盛会或者当您召见外国使节的时候。"

我点点头,我的脖子已经僵硬了,婻将它取下来放回了盒子里。她关上了盖子,仿佛不想看到这个一样。安妮·波琳的王冠?除了被诅咒,还能是什么呢?

"但是我要拿回这些珍珠。"威廉说,非常地局促,"它们被拿错了。"

"哪些珍珠?"婻问她的丈夫。

他看着她,依然非常小心地不看我,"西摩尔的珍珠。"他轻声说,"它们应该存放在宝库中。"

婻弯腰捡起一串又一串珍珠,珍珠在她手里发着奶白色的闪光,她将它们叠放在长盒子里。珍珠串的绳子排列在盒子里,犹如休眠的蛇。她将珍珠给威廉,微笑着看着我:"没了珍珠而已,并不是我们什么财富都没有了。"她说,想要掩盖这尴尬的一幕。

我和威廉走到门廊,"为什么他要把它们拿回去?"我低声问他。

"为了纪念她。"威廉告诉我,"她给他生了一个儿子。他希望把这些留给王子未来的新娘。他不想其他人佩戴它们。"

"当然了,当然。"我立刻说,"告诉他我非常愉快得到这些赏赐。我知道她的珍珠非常的特殊。"

"他现在在祈祷室。"我的妹夫说,"他正在为她做弥撒。"

我非常小心地维持着同情和关心的表情。信徒认为,如果能做一百次弥撒,一千个祷告及焚香,上帝就会缩短灵魂进入天堂的时间。但这已经被国王取消了,小教堂也因此关闭了,即使是那些他专注于为简的灵魂祷告的教堂也已被废除。我却不知道他仍然还坚持着这个信念,他也禁止我们其他所有人相信这一信念:以祈祷让某人脱离炼狱。

"斯蒂芬·加德纳在为简王后做一场特别的弥撒。"威廉告诉我,"用的是拉丁语。"

在国王新婚蜜月的第一天就为死去的王后祷告,这难道没有一点蹊跷?"上帝保佑她。"我有些尴尬地说,知道威廉一定会将这些报告给他高贵的主人,"将她的珍珠拿走吧,保管好。我也将为她的灵魂祷告。"

就像国王所承诺的那样,新王后喜欢漂亮小鸟的消息传开了。我议事厅中一间房的家具被清空,装进了栖木和鸟笼。窗前为会唱歌的小鸟准备了来自加纳利群岛的鸟舍。阳光穿透厚厚的玻璃洒进屋来,它们便发出啾啾声,整理自己的羽毛,扑腾着它们的小翅膀。我按照颜色将它们分开,金色的和黄色的一起,绿色的在它们隔壁,蓝色的小鸟轻快地张开它们的小翅膀,在蓝天下衬托出相同的颜色。我希望它们能好好生长。每天早上,在去完教堂后,我就会来到我的鸟舍,亲自动手给它们喂食,当它们停留在我手上啄食种子时,我喜欢感受它们小小的粗糙爪子。

一天,让我非常愉快的是,一个深色皮肤的东印度水手来到了我的议事厅,他戴着银色的耳环,脸上有刺青,更像是一个涂抹画上的魔鬼。他带来了一只巨大的鸟,靛蓝色一样透亮的蓝,秃鹰那样庞大。鸟儿蹲栖在他紧握的拳头上。他将这只鸟以近乎荒谬的高价卖给我,现在我已经是一只黑色眼睛非常聪明的鹦鹉的骄傲主人。我叫它佩佩先生,因为它除了下流的西班牙语什么也不会说。当西班牙大使尤斯塔斯·查普斯来拜访我时,我不得不在它的笼子上遮上一个套子,但是嫡向我保证他不是那么容易会感到惊讶:在宫廷里待了这么多年,他听到过更难听的话。

国王送给我一匹新的马,一匹漂亮的海湾母马,还有一条小狗,一条有着闪亮黄毛的可爱西班牙猎犬,我不管去哪儿都带着它,就算早上我去教堂的时候也是如此,他就蹲在我的脚下。我从来没拥有过一条不是工作犬的宠物狗,在斯内普城堡时,马厩里只有打猎的猎犬,或者是牧羊犬在四处飞快地跑来跑去。

"你这个最懒惰的东西。"我告诉它,"你怎么能只靠美貌为生呢?"

"它非常的可爱。"嫡赞同说。

"珀科伊也是个小可爱。"凯瑟琳·布兰登插话说。

"哦,珀科伊是谁?"我问。

"安妮·波琳的狗。"嫡冲凯瑟琳皱着眉头,"这儿还是不要出现什么恶作剧的好。"

"还有什么新玩意儿吗?"我恼怒地问,"这儿还有没有什么我能做的新玩意儿,她们都没有做过的?"

凯瑟琳看上去有点窘迫。

"您的那些钟。"嫡带着一丝笑意看着我说,"您是第一个喜欢钟的王后。伦敦所有的金匠和钟表匠都像在天堂一样。"

✦

宫廷的一切在有条不紊地进行,就和每个夏天一样。我无法想象我们是如何收拾好所有东西然后搬家,且每周如此的,有时候只间隔几天,就从一个庄园到了另外一个庄园,我们所有的仆人都要准备好安置家具、壁毯及银器，以把新庄园布置成宫廷。我怎么知道要打包哪些衣服？我怎么知道要带上哪些珠宝首饰？我甚至不知道他们是否带上了足够的亚麻布床上用品。

"这里没有什么需要你操心的。"娴说，"真的，没有任何事。所有的仆人都很多次为王后的日用品搬家，起码上百次了。你需要做的全部事情，就是骑马跟在国王旁边，显得很开心就行了。"

"但是所有的寝具！还有所有的衣服！"我大声喊道。

"每一个人都知道该怎么做。"她重复道，"你什么都不需要做，只需要去你该去的地方。"

"我的鸟呢？"

"养鹰人会照顾好它们的。它们会待在自己的车厢里，跟在猎鹰的后面。"

"那我的珠宝首饰？"我问。

"我会看管好它们。"她说，"我干这个很多年了，凯特，真的。您只需要骑马跟在国王身旁——如果他需要你在那里——然后打扮漂亮点。"

"那如果他不需要我呢？"

"那就和您的随从们一道，和您的王家驯马师一起。"

"我甚至都没有驯马师，我都还没有把宫廷所有的职位安排好。"

"我们旅行的时候会任命的。并不是没有候选人！所有的书记员都会跟着我们旅行，还有大部分的宫廷人员。枢密院会跟着国王，不论他在哪里；我们并不是离开了宫廷，我们会带着所有的东西一道走。"

"我们去哪里？"

"先去奥特兰兹。"她满意地说，"我认为那是最好的行宫之一，在河边，新建的，和其他任何王宫一样美。你会喜欢那里的，所有的卧室都不闹鬼！"

1543年夏

萨里 奥特兰兹宫

婻说的完全没错：宫廷人士们自己分开，然后重新轻松地组合起来。我爱奥特兰兹宫里我的房间。它建在靠近韦布里奇的河边，作为克里夫斯的安妮度蜜月的宫殿，婻也不能完全声称它不闹鬼。克里夫斯的安妮的悲痛和失望留在了庭院每一寸土地中，她的女侍凯瑟琳·霍华德成功地嫁给了国王，就在这里的教堂举行仪式。我想象着他追逐着她，因亲热嬉戏的喘息，一瘸一拐地快速穿过这些美丽的花园。

宫殿用彻特西修道院的石头建造，每一块美丽的砂岩都从被毁坏的修道院里取出，修道院原本是专门为了上帝建造并且永远屹立的，信徒的眼泪一定已经融化在了泥灰中，但是现在已经被人们遗忘了。这是一座充满阳光的巨大宫殿，就在河岸边，宫殿设计成一座四个角都有塔楼的城堡，中间有一个非常宽阔的庭院。我的房间都面向南方，沐浴在明媚的阳光里。国王的房间就在旁边，他警告我说他随时可以走进我的房间，来看我在做什么。

在接下来的几天里，婻和我草拟了一份在我宫廷的岗位名单，开始往里面填上国王选择的人、我们的朋友和家人。我们满足了那些对我提出要求的人，也满足了那些我们想要提拔的人。我看着那张婻和她那些支持教会改革的朋友一起准备的人员名单，我给了他们作为我宫廷行政官员的职位，或者日常私人陪伴的职位，这样无疑使得在这个特别的时期，在这些人就快要失去国王的支持时,增加了他们的数量。

国王同意发布一项关于教义的声明,称作《国王之书》,它告诉人们必须要忏悔,要相信弥撒的奇迹。红酒成为了鲜血,面包成为了肉身——国王就是这么说的,每个人必须要相信。他从每一个教区的每一座教堂拿走了最伟大的英文《圣经》,只有有钱人和贵族才允许阅读英文《圣经》,他们也只能在家里这么做。穷人和没有受过教育的人远离了上帝的语言,和他们远在埃塞俄比亚无异。

"我想要一些女性学者。"我对婻说,有些害羞,"我总感觉我应该看更多的书,做更多的研究。我想要提高我的法语和拉丁语。我还想要一些能和我一起学习的伙伴。"

"您当然可以请一些家庭教师。"她说,"他们就像长尾小鹦鹉一样非常容易找到。每天下午您都可以有一场布道演讲,阿拉贡的凯瑟琳就有。您的宫廷里已经有一大堆不同的意见了。凯瑟琳·布兰登是一个改革派,而玛丽公主可能偷偷效忠于罗马教廷。当然,她永远也不会否认她的父亲是教廷的最高领袖。"婻举起一只手指警告我,"每个人都必须对他们说的什么非常非常小心。但是现在国王想要恢复他禁止的宗教仪式,拿走他曾交给人们的英文《圣经》,玛丽公主希望他走得更远,与教皇和解。"

"我必须要理解这些。"我说,"我们住得离伦敦很远,几乎什么都听不到,我也看不到书。无论如何,我的丈夫拉提默大人是信仰老路的。"

"很多人仍然是这样。"婻提醒我。

"仍然有数量多得可怕的人是这样,并且他们正得到国王的宠幸。但是,我们不得不和他们战斗并要赢得这场辩论。为了人民,我们必须把《圣经》归还教会。我们不能任由大主教把上帝的语言从人民身边夺走,这是要让人民陷入愚昧。即使是你也要小心谨慎地学习,注意异教的原则,我们不想斯蒂芬·加德纳将他丑陋的鼻子伸进您的房间,就像他在其他地

驯后记

方做的那样。"

国王几乎每晚都会来找我,但是通常只是想和我聊聊天,或者在他去宫中入睡前共进一杯酒。我们像老年相爱的夫妻坐在一起,他穿着刺绣华丽的睡袍,紧绷在他宽阔的胸膛和肚子上,小脚凳支撑着他酸痛的腿。我穿着黑色的绸缎睡袍,头发扎成发辫。

他的医生和他一起来,给他服用晚上的药物:可以减轻他腿痛的药,可以减轻由眼疾引起头痛的药,让他的肠胃蠕动的药,以及净化他尿液的药,他的尿液现在又黑又稠,非常危险。亨利告诉我,他的医生给了他一些有助强健的药物,他朝我眨了眨眼。"也许我们会生个儿子。"他建议,"在我的王子之后,再生一个约克公爵如何?"

"那这样的话,我也需要那些药物吗?"威尔·萨默斯作为官方钦点的弄臣,拥有插科打诨放肆的权利,"晚上,我也能变得更强健,我可以成为一头公牛,但是我有点像只羊;真的,我是一只小羊。"

"那你能够跳跃和腾跃了吗?"在医生递给他另外一服药时,国王微笑着问。

"我雀跃了。我赌光了我所有的财产!"威尔一语双关地结束了这个笑话,让国王在喝水的时候哈哈大笑,威尔赶紧亲密地给他拍拍背:"噎住啦,忠告者。不要把你自己的强壮都咳出来了!"

当医生在评估这一系列的小药方时,我微笑着一言不发,等每个人都离开了房间后,我开口说:"我的丈夫大人,您没有忘记在我过去两段婚姻里,我都没有过孩子吧?"

"但是你没有得到什么宝贵的快乐吧?是吗?"他直截了当地问我。

我尴尬地笑了一下,"嗯,是没有。我并不是为了自己的愉悦而结婚的。"

"你第一任丈夫还不过是个孩子,对大鹅都会害怕,可能不算个男人,你第二任丈夫是个老糊涂，可能无能为力。"国王并不准确地断言，"你从他们那里怎么可能得到孩子呢？我研究过这些事，我知道。一个女人需要愉悦才能怀上孩子。她必须要很多的愉悦，就像她的丈夫一样。这是上帝的旨意。所以最终，我亲爱的妻子，你有机会成为一个母亲。因为我知道如何让一个女人快乐，直到她为快乐而落泪，直到她大喊祈求更多。"

我沉默了，想起托马斯在我身体内抽动时，我曾经发出的那些无意识的叫喊，他气喘吁吁，呼吸急促，我的愉悦也到了最高点。后来，我发现我的嗓子哑了，我知道那是因为我把脸埋在他裸露的胸膛上尖叫带来的。

"我给你说的话是算数的。"国王说。

我抛开思绪，微笑看着他。我知道，在一个死去女人的床上，我并不会得到什么愉悦。他那笨拙的举动也没有给我一个孩子的任何可能性，另外，芸香也应该能阻止一个怪物的出生。但是前两任妻子因为无子嗣而被迫离婚，所以我也不会愚蠢到说我没有想过我们将有一个孩子，不管他承诺了什么肉欲的愉悦。

此外，奇怪的是，我发现我并不想要伤害他的感情。我不想告诉亨利我对他没有任何欲望，即使是当他微笑着并承诺给我陶醉的时候。至少，我欠他的好意，我可以表示对他的喜爱，可以显示对他的尊重。

他坐在了壁炉旁他巨大的椅子上，示意我过去。"过来坐在我的膝盖上，我亲爱的。"

我迅速地走过去，坐在他的那条好腿上。他手臂环抱住我，亲吻我的头发，他用手抬起我的下巴，将我的脸转向他，让自己可以亲吻我的嘴。

"那你对成为一个富有的女人感到开心吗？"他问我，"我是在亲吻一个重要人物吗？你喜欢那些珠宝吗？你将它们都带在身边吗？"

"我爱它们。"我让他确信，"我在衣橱和皮草里也找到了很多欢乐。您对我太好了。"

删后记

"我想要对你好。"他说。他将我脸上的一缕头发拨开,压在我的耳后。他的触碰非常温柔,非常确定。"我想你开心,凯特。我娶你是为了让你快乐,不是只为了我。我不是总是想着自己,我想着我的孩子们,我想着我的国家,我也想着你。"

"谢谢。"我轻声说。

"你还有什么想要的吗?"他问,"如果你命令我,你就是命令全英国。你可以得到从多佛的悬崖上采的海蓬子,你可以得到从惠特斯特布尔弄的牡蛎。你可以得到伦敦塔里的黄金和米诺雷斯的炮弹。你想要什么?无论什么。你可以要任何东西。"

我迟疑了。

他立刻抓住我的手,"不要害怕我。"他温和地说,"我猜想人们对你说了很多关于我的话。你会想象自己是圣女特莱芬,嫁给了一个怪物。"

他说出了我的梦境所在,我不由哽咽了一下。

他非常仔细地看着我。"我的爱人。"他说,"我最后和唯一的爱人。请你知道,其他人会告诉你我的婚姻是完完全全的错误,我会告诉你事实。只有我知道事实,我从来没有对人说过,但是我会告诉你。当我还是个男孩的时候,我和一个不能自由地嫁给我的女人结婚了,我不知道这点,一直到上帝用悲伤折磨我,把我的孩子一个接一个地从我们身边带走。这几乎杀死了她,也伤透了我的心。我不得不让她离开,让她不受更多的痛苦。我不得不将她从一段被诅咒的婚姻里解救出来,这是我做过的最困难的一件事,但是如果我为了英格兰要一个儿子的话,我不得不让她走。我将阿拉贡的凯瑟琳送走了,她是西班牙有史以来最珍贵的公主,这也伤透了我的心。但是我不得不这么做。

"上帝宽恕了我,我被一个女人引诱,这个女人只有野心。她是一个下毒的人,一个巫婆,一个勾引男人的女人。我应该知道更多,但是我还年轻，我渴望爱情。我学到了迟来的一课。感谢上帝，我从她手中拯救了我的孩子们。否则她会杀死我们所有人。我不得不阻止她，我找到了我这样做的勇气。

"简·西摩尔是我的选择，我唯一自由选择的妻子，曾是我唯一的真正的妻子，她给了我一个儿子。她就像一个天使，一个天使，你知道吗？上帝将她带回去了。我无法抱怨，她留给我了一个儿子，上帝的智慧是无穷无尽。克里夫斯那个女人是那些坏谋臣违背了我的意愿安插在我身边的。霍华德家的女孩……"他的脸皱成一团肥油，"上帝原谅霍华德一家把一个妓女送上了我的床。"他哽住了。"他们蒙骗了我，她蒙骗了他们，我们都被她妓女一般的美貌蒙骗了。凯特，我发誓，如果你能让我忘记她带给我的痛苦，你将会成为我真正的好妻子。"

"如果我能够，我会这样做的。"我立刻说，"请不要为此苦恼。"

"我曾经心碎过。"他诚实地说，"不止一次。我被背叛也不止一次。但我也曾被一个好女人的真爱祝福过。"他拉住我的手放到唇边。"两次，我希望。我希望你能成为我第二个也是最后一个好天使。我希望你能像简一样爱我。我知道我爱你。"

"如果我能。"我柔声说。我的心真的被他的柔情打动了，"如果我能，我一定会的。"

"那你可以命令我。"他温和地说，"我会做任何你想要的事情，你只需要说出来。"

我相信他。我想我可以斗胆说出一件我想要的恩赐。"在汉普顿宫我的房间里，"我开始说，"请不要认为我不知感恩，我知道它们是最好的房间，汉普顿宫殿是——"

他挥挥手打断我说下去。"这是英格兰最美的宫殿，但如果你不喜欢，那它就什么都不是。如果你愿意，我会推倒它。是什么让你感到不快？我会叫人立刻改变它。"

是每个角落里飘荡的幽灵,是每块石头上那些死去了的女人的签名,是她们的脚步走过的标志。"气味。"我说,"从下面的厨房传来的气味。"

"对!"他大喊,"你说得太对了!我自己经常也这么想。我们应该重建,我们应该改变它。这个宫殿是沃尔西设计的,他只考虑了他自己,这完全可以确认。他将自己的住所设计得非常完美,但是他没有想过宫殿其他的地方会是什么样子。他从来都不关心其他人,除了他自己。但是我关心你,亲爱的。明天你就和我一道,我们去找一个建筑师来为你起草新房间的草图,完全适合你王后身份的房间。"

真的,这是一个非常稀有的丈夫,我从来不知道有谁能如此迅速地理解他的妻子,如此迫切地想让他的妻子幸福。"夫君大人,你对我真是太好了。"

"我喜欢你的笑容。"他回答,"你知道,我期待你的微笑。我想我会用英格兰所有的宝藏来换得那个微笑。"

"陛下……"

"你是我的妻子,也是我的伙伴,我的朋友,和我的情人。"

"我会的。"我诚挚地说,"我答应你,夫君,我会的。"

"我需要一个朋友。"他信任地说,"这些天来,我比以前任何时候都更需要一个朋友。宫廷就像是一个斗狗场。人们一个接一个地登场,每个人都想要我的同意,每个人都想要得到恩宠,但是我没法信任任何人。"

"他们看上去很友好——"

"他们都在说谎和伪装。"他否定了我的话,"他们中一些人赞成宗教改革,希望英格兰能信奉路德宗;另外一些人希望我们回归罗马教廷,让教皇重新成为我们教会的首领。他们都认为向上爬需要哄骗我、诱惑我,一步一步把我引到他们希望的路上。他们知道所有的权力都在我双手的掌控中。我一个人独自决定一切，所以，他们知道达到目的的方法就是要说服我。"

"确实，如果您神圣的改革倒退了，那是多么令人遗憾。"我试探地说。

"现在比任何时候都糟糕。现在他们看得更远了，把希望放到了爱德华身上。我已经看到，他们在算计我还能活多久，以及如何才能赢得爱德华的支持，用他们的意愿来对抗我。如果我很快死掉，他们会像饿狗争夺骨头一样来抢夺我的王子。他们会把他撕得粉碎。他们不会将他当作主人，他们只会将他看作他们通往伟大道路上的垫脚石。我必须将我的一下子从这一切陷阱里拯救出来。"

"但您身体安康。"我温柔地说，"毫无疑问，您将会活得很长，足以让您看到他长大成人，并且牢牢掌握权力。"

"我必须要活很久。我要支持他。他是我的孩子，是我唯一的男孩。他的母亲为了他而死，我不得不为了他而活着。"

又提到简了。我同情地点点头，什么也没说。

"你将会和我一起保护他。"国王明确地说，"你会成为他的母亲，代替他失去了的母亲的位置。作为我的妻子，我对你的信任超过任何枢密院成员。只有你才是我的伴侣和我的助手。你是另一个我，我们是一体的。你要关注我的权力，关心我的儿子，没有其他人能爱护他，保护他。如果我们和法国开战，我会披甲上阵，与军队一起，而你将会在这里摄政，成为他的护国者。"

这是无与伦比的信任，是爱的最好证明，超过了我所期望的一切。这比我梦中所想到的多得多，比任何的鸟或者珠宝都要好，比任何的新房间都要好。这的的确确是作为王后的机会。我那一刹那野心膨胀，紧跟着的是一丝恐惧："您会让我摄政？"

当国王不在的时候，唯一一个作为摄政王的女人是阿拉贡的凯瑟琳，一个生来就是为了统治王国的公主。如果下一个是我，那我会得到比任何人更高的荣幸，除了生在帝王家者，天生就拥有自己权力那些人。如果我成为英格兰摄政王和王位继承人的护国公，那人们会期望我按照上帝的旨意引领人民和教会。我将必然会成为信仰的守卫者，就像国王自称的那样——我将必然要支持人民的信仰。我将必然要学到智慧，引领教会走向真理。面对这一前景，我觉得几乎要窒息了："我的陛下，我会非常的自豪，我会努力地工作。我不会让您失望。我不会让这个国家失望。我知道的还不够多，我有很多事都不明白，但是我会去研究，我会去学习。"

"我知道。"他说。"我知道你会是一个全心全意的妻子，我相信你。我从每个人那儿都听闻你曾是拉提默爵爷的朋友和帮手，你对他的孩子视如己出，你将他的城堡从那些异教徒的手中拯救出来。你会对我和我的事业表现出同样的忠诚。你不曾卷入任何派系，你没有选择站在任何一边。"他微笑着，"你所做的*一切都是有益的*。当他们告诉我那是你的铭文时，我深深地感动了：因为我想要你既有用，也开心，我亲爱的。我想要你快乐，要你比你生命中任何时候都要快乐。"

他抓住我的手，亲吻了一只，然后另外一只。

"你将会爱上我和理解我。"他预言道，"我知道你现在也会告诉我说你爱我，但是那不过是奉承一个老蠢货的花言巧语。我们还在蜜月期，一切都刚刚开始，你不得不说爱我，我知道。但是你将会全心全意地爱我，就算在你只有一个人，无人在看着你时。我知道的。你有一颗充满爱的心和一个聪明的头脑，我希望它们都奉献给我。我想要它们都支持我，支持英格兰。你会在工作中和游戏中观察我，在床上、议会和在祷告中观察我，你会理解我是怎样一个人，我是怎样一个国王。你会看到我的伟大，我的错误和我的慈善心肠。你会爱上我。我希望你完完全全地爱上我。"

我笑得有些紧张，但他完全深信不疑。他很确定他是无法被拒绝的，从他脸上笃定的笑容来看，我也认为他或许是对的。也许我会了解他，然后爱上他。他非常具有说服力，我想要相信他。嫁给他是上帝的旨意，这是毫无疑问的。也许上帝的意愿是我会完全爱上我的丈夫，就像一个妻子应当做的一样。但是谁能不爱上这样一个男人呢？他全心信任自己的妻子，把他的整个王国托付给她，把他的孩子们托付给她，把宝藏倾泻在她的脚下，如此甜蜜地分享他的爱。

"你永远都不需要在我面前说一句谎话。"他告诉我，"在我们之间，除了信任，永远不需要任何东西。我不需要你现在说你爱我。我不想要你现在作任何承诺，说任何花言巧语。我只需要知道，你现在关心我，你很开心成为我的妻子，你承诺你未来会爱上我。我知道你会的。"

"我会的。"我说。我不知道作为丈夫，他会是这样的。我从未梦想过他会这样。我从来没有一个关心我的丈夫。被一个拥有巨大权力的男人如此倾心，真是一种非凡的感觉；这样强烈的意愿，这样对我的火辣辣的关注，真是一种非凡的感觉。"就像您所说的，爱会与日俱增，陛下。"

"爱会与日俱增，亨利。"他纠正我的称呼。

我亲吻了他，不等他说话，"爱会与日俱增，亨利。"我重复道。

✦

我知道，我必须对我的丈夫给英格兰教会带来的改变做更多了解。我让托马斯·克兰默和斯蒂芬·加德纳介绍牧师到我的房间来，向我和我的女侍们详细讲解他们的看法。通过听取两派的争论，包括改革派和保守派的观点，我希望自己能了解导致宫廷和国家分裂的原因，了解亨利是如何出色地在两派中间找到一条双方都接受的不偏不倚的道路。

每天下午，当我们做女红的时候，就会有一名来自国王的小教堂的牧师，或者是一名来自伦敦的牧师，来到我的房间，用英文给我们朗读《圣

删后记

经》，并且布道，解释某一个章节。令我惊讶的是，这个我一开始是作为责任的任务，竟然成为了我每天最期盼的部分。我认识到我天生就是学者。我从小就喜欢阅读，现在，我人生中第一次有了时间去做这件事，我可以和国家里最有智慧的思想家一起研究。在他们的工作中，我感受到一种感官的快乐。他们从《圣经》中节选一部分，逐字逐句地认真研究，这是伟大的《圣经》，由国王下令译成为英文，让人人都可以研究它。读它像是在阅读诗歌，像是研究哲学家。细微的意义差别在翻译中显现又消失，不同词汇并置的这些都让我着迷，然后，上帝的真理闪出光芒，一层又一层，如同阳光穿过厚厚的云层，如同与文字进行一场搏斗。

我的女侍们都赞成教会的改革，习惯于直接去《圣经》中寻找答案，而不是去向牧师问道。现在我们组成了一个学习小组，质询前来布道的牧师，并提出我们自己的建议。克兰默大主教建议我们应该把我们的讨论记录下来，这样可以在神学院和神学家中分享。我感到他的话是言过其实的荒谬嘉奖，他居然认为我们的研究值得让他人阅读，但是他劝我说，我们是思想家的一部分，应该分享我们的研究，既然我认为这些布道如此有启发性，那其他的布道呢？

所有的一切都必须仔细检查，所有的情况都必须考虑到，就算是翻译《圣经》也引起了大量的争论。国王将英文《圣经》派发给他的子民，将翻译的《圣经》放在这个国家每一个教区的教堂里。但是正如保守派所说，人们没有满怀虔诚地阅读《圣经》，而是开始讨论各个章节，并争论意义。原本应该是国王赐予给他子民的礼物却成为了争论的焦点，所以国王下令收回了《圣经》，现在只有贵族才能阅读它们了。

我情不自禁地想这是错的。太初有道，道与神同在，道就是神。毫无疑问，教会的职责就是将上帝的道带给人民。毫无疑问，教堂的职责不是将图片、彩色玻璃、蜡烛和道袍带给人民，而首先应该是把上帝的道带给人民。

　　玛丽公主通常从她自己的住所来到我的宫廷聆听每日的布道。我知道，有时，她很担心那些布道的牧师偏离教堂的教诲太远；但是她对语言的热爱，以及她对《圣经》的信仰让她总是去而复返，她偶尔也会拿出自己一小段她自己的翻译，或者挑战布道者的版本。我羡慕她的学术功底。她曾有过最好的老师，她对拉丁文深有理解，精妙的翻译非常优美。如果她没有由于恐惧而沉默，我认为她也许会成为一个诗人。有一天我把这些想法告诉她，说我们俩非常相似，我们应该成为姐妹而不是继母和女儿，我们都是喜欢漂亮衣服和美妙语言的女人，她笑了。

　　"几乎就像是同一个人！"她承认，"我从刺绣和诗歌中得到了那么多的快乐。我认为在教会的教义和教堂绘画中也应该有美，所以，我房间里小小的祭坛也应该是美丽的，它有着金色的耶稣受难像和水晶圣物盒。但是，我又想到我正在滑向浮华。真的，我不能否认。我将我的书都用真皮和珠宝装饰，我收集装饰过的手稿和祷告书。为什么不呢？如果这都是为了弘扬上帝的荣光和愉悦我们的眼睛。"

　　我笑了。"我知道！我知道！我也害怕我对研究的喜爱是骄傲自大的罪行。我发现去理解各种事物令人非常兴奋，阅读像是一场探索的旅行。我渴望知道很多，还要更多，现在我开始自己翻译，甚至撰写祷告经文了。"

　　"为什么不能做呢？"她反问道，"如果你以阅读上帝之道为荣，那就仅仅是一点小罪过？这与其说是为研究学术而骄傲自大，倒不如说是学习的美德。"

　　"这是我前所未有过的快乐。"

　　"如果你是一个读者，你就已经走在了成为作者的道路上。"她说，"因为你热爱文字，并对阅读出现在书上的文章充满了喜悦。如果你已经是一个作者，那么你会发现有什么在督促你写作。这是上天赋予的才华，它需要得到分享。你不能是一个无声的歌唱家。你不是一个隐士和一个孤独的圣人,你是一个布道者。"

"即使我是一个女人和一个妻子?"

"即使这样也是如此。"

✦

我将要去见我的继子,威尔士王子、简王后的儿子。他从自己的宫殿郑重其事地来了。他的宫殿坐落在阿什里奇,与城里的瘟疫和疾病区域保持着安全距离。我透过窗户鸟瞰河与花园,只见王家驳船越来越近,船桨切入水中,然后升起,又向前延伸。一会儿,游船开始将船桨放在与水面平行的位置,船速减慢,平稳地驶入码头。水手扔出了绳索,船稳稳地停下来,这时,仪仗队向王子鸣枪致敬。精心雕刻的跳板已经连接到河岸,仪仗队举起绿白相间的船桨庄严肃立。半个宫廷的人员已经候在河岸,向王子表示欢迎。我看到爱德华·西摩尔的深色头顶和他身边的安东尼·丹尼,看到试图往前站的托马斯·霍华德。他们看上去就是要挤到最前面,第一个向王子奉上问候。这些人都想从他那里得到宠幸,他们的权力只能从他那里得来,他们的将来都要依仗他。如果我的丈夫离世,这个男孩就会成为幼主,他们当中的某个人将会成为总督,成为护国公。而保护王子免遭这些人的侵害、像他的父亲一样抚养他、让他拥有真正的信仰的任务,就落在了我的肩上。

我转向女侍们,让她们整理我的兜帽,给我的脖子戴上珠宝,并将我礼服的裙摆拉好。我身着新的深红色晚礼服,手上戴的是国王那巨大的红宝石戒指,戒指经过削刻而适合我的手指,安妮王后的红宝石吊坠在我的脖子上,沉重而冰凉。我领着女侍们和里格——那条穿红色皮质披肩和银项圈的哈巴狗,大家穿过不断窃窃私语来见证这次会面的人群来到国王的议事厅。

　　国王陛下已经到了，坐在那里，座位上方笼罩着金色的华盖，腿放在脚凳上。他有些愠怒地阴沉着脸。我想他正受到疼痛的煎熬，在他面前鞠躬致礼后，一言不发地坐在了他的旁边。我已经懂得了在他病痛时最好保持缄默，因为这时哪怕说一两个字都会激怒他。他不会容忍任何人谈及他虚弱的身体，但同时也不能忍受任何人忽略他的痛楚。要想说些让他舒心的话是不可能的，无论说什么都不行，我唯有为他感到怜悯：他以如此无畏的勇气对抗着自己那不断虚弱衰败的身体，其他任何人要是疼到像他那样，恐怕是要发疯的。

　　我坐到他身边，他只说了一句"好"，在我看来，他的情绪无论多么的低迷，他都没有对我感到反感。

　　我静静地转过头向他微笑，然后我们流露出对彼此的理解。

　　"你在窗前看到了吗？"他问道，"看到那些豺狼都聚集在那只幼狮的周围了吗？"

　　我点了点头。"是的。所以我才来到了大狮子跟前。"我说，"我紧跟随着最勇猛的狮子。"

　　亨利露出了一丝喜悦："狮子虽老，但还有锋利的牙和爪。你会看到我让人头破血流，你会看到我撕碎别人的喉咙。"

　　双扇门猛地敞开，传令官高声喊道："威尔士王子爱德华驾到！"然后一个只有五岁大的小男孩走了进来，足有半个宫廷的人群阿谀诺诺地跟在他的后面。我差点就失声大笑出来——他们所有人都卑躬屈膝，低着头、弓着腰，每一个都俯首向这个小男孩微笑，向他靠近，试图听到他可能要说的任何话。当这些人走在国王身后时，他们狐假虎威，昂首挺胸，趾高气扬，竭力和国王一瘸一拐的节奏保持一致，但为了跟随国王的儿子，这些人发明了一种新的侧身前行的方法。我心想，他们是多么愚蠢啊。我瞟了一眼我的丈夫，发现他一脸讥讽的冷笑。

爱德华王子停在了王座前鞠躬致礼。他苍白的脸转向他的父亲，孩童脸上眩惑的表情中充满了对远方的父亲英雄般的崇拜，他的下嘴唇在阵阵颤抖。他以微弱的声音用拉丁语做了一场简短的演讲，我想他是要表达自己对来到父王宫廷所感到的荣幸和喜悦。国王同样以拉丁语简短地作了答辞。我偶尔能听懂几个字，但不知道他想表达什么。我猜他演讲的内容是别人为他准备的，他最近这些日子对学习没什么耐性。接着，爱德华转向了我，开始说起了法语，对一个没有太多学问的女人来说，用这种高雅又不失威严的语言更为恰当。

像对待伊丽莎白一样，我站起身朝他走去，但当我走近他的时候，他看上去有些焦虑，这让我警觉起来。他鞠躬致礼，我也行了屈膝礼回应，我伸出了我的手，他亲吻了我的手。我不敢像拥抱伊丽莎白那样拥抱他，我无法把他整个人搂进怀抱。他虽只是个小男孩，但却是独一无二的，是独角兽那般绝无仅有，只在挂毯上出现过的人物。这是都铎王朝在这个世界上唯一的王子。毕生经历了多段婚姻之后，这是亨利唯一幸存的儿子。

"我非常高兴见到您，殿下。"我对他说，"我期待对你有更多的了解，给予你更多关爱，这是我应该要做的。"

"我也感到非常荣幸。"他小心地回答道。我想他每种可能的回应都接受过精心的指导。这个孩子的演讲稿是用他曾学过的第一种文字撰写而成，他会说的第一个词不是"妈妈"，他们一定教他说了些其他的东西。"能有您这样一位母亲，对我而言是一种安慰和幸福。"

"我也会学习拉丁语。"我说。

没有人会料到有人向他许下如此惊人的承诺，我看到了一个普通男孩愉悦的表情。

"您会发现拉丁语有点难。"他用英语提醒我说，在这一刻，我从这个孩子身上发现，在他王子的外壳背后隐藏着真实的他。

"我会找一个家庭教师。"我说，"我喜欢学习和思考，我一直对良好的教育孜孜以求，现在我终于有机会了。今后我可以用拉丁语写信给你，你帮我改改。"

他作了一个滑稽的正式鞠躬。"那我会荣幸之极。"他说，接着抬头有些恐惧地看了看自己的父亲是否走过来了。

可此刻亨利国王心情抑郁，他饱受病痛折磨，并未对他的儿子报以微笑，仅仅含混不清地说了一句："很好。"

1543年夏

赫特福德郡　莫尔庄园

伦敦的瘟疫愈发严重，这将是濒于绝境的致命一年。我们走得离伦敦越来越远，在我们身后的肮脏街道上，横七竖八躺着成百上千的尸体。我们一路向北，狩猎，宴请。从伦敦起，沿线一路布置有警卫，严禁任何人跟随宫廷队伍行进，每一座行宫都随着我们的离开而大门紧闭。

在我家乡斯内普堡，当出现瘟疫的时候，我会下令给村庄的患者进行治疗，散发各种草药预防疾病的蔓延，为死亡的贫困人口的安葬支付丧葬费用。我会让丧失父母的孤儿在城堡的大厨房用餐，并且禁止一切村民旅行。奇怪的是，现在我成了英格兰的王后，所有的民众都是我的子民了，我的行为却像是对他们的处境无动于衷，他们甚至不能在厨房门口乞食。

国王决定下令祈祷，每个人都必须在这一天祈求上帝拯救英格兰。英格兰需要得到拯救。全国范围内的每一所教会都将举行朝圣和礼拜活动，每一座传教的论坛都宣传了这个盛大的日子，每所教堂的集会都必须在它们的教区进行祈祷和唱圣歌。只有当英格兰的每个教区为所有英格兰人民祈祷，这场瘟疫才会离开我们，但这场仪式不仅没有表现出高昂的信念和希望，反而是一次彻头彻尾的失败：很少有人参与，无人伸出援助之手。这和过去的情形截然不同。集会活动没有了修道士和唱诗班的带领，也没有人手拿圣物游行，金银圣器都被收缴熔化了，教堂和修道院都被关闭，医院也被关闭了。原本是一次举国信念的展示，实际表现出来的却是所有人的漠不关心。

"人民不为他们自己的国家祈祷吗?"亨利质问温彻斯特大主教斯蒂芬·加德纳,似乎这一切都是他一个人的错。我们乘坐王室驳船正行驶在河上,加德纳主教说他必须在水面上行走才能说服沃特福德的人们诵读祷文。"难道他们都疯了?他们是不是认为通过争辩可以获得永生?"

他无奈地耸了耸肩。"他们失去了信仰。"他说,"他们现在想做的就是辩驳《圣经》的真理。我会让他们唱旧的圣歌,遵从旧礼,让他们自己去更好地体会。我们在教会废除了英语的《圣经》后,我以为他们会按我们批准的语言祈祷。"

"正是那些文字无法和他们沟通。"托马斯·克兰默反驳道,"他们不明白那些文字的意思。他们不识拉丁文,有时他们甚至无法听清牧师的话。人们不想再有空洞虚无的仪式,也不想再唱那些他们无法理解的圣歌。如果他们可以用英语祈祷,他们是会那样去做的。陛下,您曾赐予了他们英语《圣经》,但您又夺走了它。把它还给他们吧,让他们为自己的信仰寻找到一个理由。让我们做得更多!让我们给他们英语的祷文。"国王一言未发,只是朝我看了一眼,示意我可以说说我的看法。"你认为人们是不再喜欢拉丁文的祷词了吗?"我问克兰默大主教,"你真的认为如果允许他们用自己的语言祷告,他们就会变得更虔诚吗?"

"用肮脏低俗的语言。"加德纳小声对亨利说,"难道每个农家孩子都要自己写圣母玛利亚的颂歌吗?难道每个道路清洁工都要为自己的圣歌谱曲吗?"

"划快一点。"亨利对水手下令说,他对主教说的什么并不关心,"把我们送到河中间去,跟上那急湍水流。"

船长立即改变了统一桨手节奏的鼓声,让水手加快速度,舵手把船导向了河的中央,水下的湍流上方正有一股清风飘过。"没人可以从城市进入我的宫殿。"亨利告诉我,"人们可以在岸上挥手,借此表示尊敬,但他们不能登船。我不想让他们靠近我,从城市来的任何人都不能进入到花园里来,他们会带来疾病。我不能冒这个险。"

"是的,是的,当然不能冒这个险。"我安抚地对他说,"我的家眷明白这些,你的家眷也明白,我的陛下。我已经告诉过他们了,连从伦敦寄来的东西也不许任何人接收。"

"即使是书也不允许。"他有些怀疑地说,"拒绝接见来访的传道士和学者,凯特。不许城里教会的任何人来。我不许他们来。"

"他们都携带了病菌。"加德纳坚决地说,"所有这些异端邪说的路德宗传教士都被疾病诅咒,而且他们有一半的人都是带有荒诞想法的疯子。他们来自德国和瑞士,全是疯疯癫癫的。"

亨利坐在高高的宝座上,我仰望着他,神色平静。"当然,陛下。"我说,虽然我在撒谎。因为我曾向爱德华王子许下诺言,所以现在正在向来自剑桥的学者学习拉丁语,而且我还接受了出版商从伦敦寄来的书籍。另外有些书是德国的新教出版商寄来的,即所谓的异教出版商,他们出版佛兰德斯的学术与神学书籍。基督教世界前所未有地充满活力,人们学习和思考《圣经》,思考宗教活动的各种形式,甚至思考弥撒的本质。国王自己年轻的时候也会参与这类讨论,还亲自写过文章,可现在他受了霍华德家族及斯蒂芬·加德纳的影响,同时对自己推行的改革并未得到本国的支持而非常失望,他也害怕蔓延活跃在整个欧洲的激动人心的宗教运动,他不想展开辩论,不想强硬地继续推行改革。

当北方起兵与他抗争,要求开放修道院、让教堂再次为死去的人歌祷安魂曲、让过去的王侯再次掌权,恢复金雀花王朝的尊严时,国王决定不想再进行任何争辩了:不争辩他的决策,不争辩他的教堂,不争辩他的继任者。国王厌恶思考,就像他厌恶疾病一样,现在他说,书本既带有思考也带有疾病。

"王后殿下肯定不会对伦敦的书，或者那些粗俗的传教士的书有任何兴趣。"斯蒂芬·加德纳刁滑地亲切说道，"为什么一个在各个方面都如此完美的夫人，会想去向一个老朽肮脏的牧师学习呢？"

"为了能和国王陛下交流。"我直言不讳地回答，"为了能用拉丁文给王子，陛下的儿子写信。这样，一个知识渊博的国王就不会有一个愚昧的妻子了。"

威尔·萨默斯坐在船舷上，长腿在水面上晃悠。他也接过这个话题："这里只有一个笨蛋！"他提醒大家。"我不会把一个愚钝的业余女士纳入到我的队伍里来，否则这个队伍该有多大呀？我怕是要雇佣几千人吧。"

国王笑了，"你不是笨蛋，凯瑟琳，你可以读你想读的书，但是在伦敦城里的疾病完全消除之前，我不想看到从伦敦来的任何东西或者访客。"

我点头鞠躬："当然。"

"我相信王后殿下不会读那些愚昧的书。"斯蒂芬·加德纳愤愤不平地暗示道。

我能感受到自己对他那傲慢的口吻很是生气。"哦，我不会的。"我假惺惺地轻言细语，"因为我最近正在看您写的祷文，陛下。"

"我这样做是为了保护你和这个宫廷。"亨利指出。

"我知道您为什么这样做，我非常感谢你对我们所有人的关怀。"我说，这倒是发自我的内心。他防止疾病的入侵像在防范最危险的敌人，只要有可能，他都会保护我的安全。以前从未有人关心过我的健康，从未有人会策划不同的方案来保障我的安全。在我和亨利结婚之前，从来都没有。

我们欣赏着乐师的演奏，他们的船跟随在我们的船后面，正在演奏美妙的乐章。"听到这一曲了吗？"国王问，一边按着节拍敲打着椅子的扶手，"这是我作的曲。"

删后记

"曲子太动听了。"我说,"您太聪颖了,陛下。"

"也许我该再作几首。"他说,"我想,是你给了我灵感。我该为你作一首短曲。"他停了下来,非常陶醉地欣赏着自己谱的曲子。"不管怎么说,最好是不要有人从伦敦来。"他又继续话题,"让人高兴的是这个夏天没什么事情干。真是,他们从来都是不停地给我提出各种各样的要求和请求,催促我支持这样,反对那样,支持一个人,打击另一个人,希望我减税或者付钱。我厌倦了这些东西。我受够了这一切。"

我点了点头,就像在说,做出偏袒某一方的决定是一个非常沉重的负担。

"你应该助我一臂之力。"他说,"在举行宫廷会议,各方的要求都呈交上来之后,你应该读一读它们,然后和我一起做决定。我信任你,你要坐在我的旁边,作为我唯一的顾问。"

"那么,到头来这里会有两个笨蛋。"威尔说,"一个是我自己,如假包换的业余笨蛋,还有一个是新来的笨蛋,因为爱情而变得愚昧。"

亨利咯咯地笑了。"你说对了,威尔。"他赞同地说,"我就是一个因为爱情而糊涂的笨蛋。"

1543 年秋

贝德福德郡　安姆特山堡

王家驳船上的两位大主教各执己见，争论不休。一边是斯蒂芬·加德纳，他主张恢复旧的教会和旧的宗教方式；另一边是托马斯·克兰默，认为教会应该实行改革。当我们到达安普希尔堡，阿拉贡的凯瑟琳的旧居时，争论达到了白热化。寒冷和大雾将我们困在室内一周之久了：一整天，萧瑟的落叶不断地飘落到水里，地上湿漉漉的，道路的车辙沉积了厚厚的污泥。国王有一点发烧，他不停地流泪流鼻涕，感觉周身的骨头都是酸疼的，这让他无法出门。宫廷里那些也被困在室内的人们借机用一切机会，不遗余力地游说国王。国王终于同意改革派做得太过分，其观点已经成为了异端邪说。他授权实施了从伦敦到宫内的大逮捕，对这些被逮捕的异教徒一个个进行了询问，结果最后追踪到了托马斯·克兰默身上，而枢密院再次获得了胜利，召唤托马斯·克兰默到场当面对质。

"他们以为这次终于抓住他的把柄了。"嫡轻声对我说。我们跪在小教堂前面的位置，国王就坐在身后的写字桌前签阅文件，周围是他的谋臣，牧师则在圣坛隔板后含糊不清地在弥撒仪式上做祷告。"他就像托马斯·莫尔①一样走进来，并且作好了以身殉教的准备。"

---

① 托马斯·莫尔为英国律师、政治家、哲学家、作家、人文主义者，同时也是亨利八世的议员。他出版《乌托邦》一书，反对亨利八世脱离天主教会，拒绝承认国王为英格兰教会最高首领，后因叛国罪被处决。

驯后记

"不是他!"凯瑟琳·布兰登在一边嘘声说,"他知道他是安全的。一切都只是玩玩而已,一场游戏。"

"国王自己说了这是场化装舞会。"安妮·西摩尔从婶身体另一边伸出头对我说,"他说这场化装舞会叫'驯服大主教'。"

"这是什么意思?"

"国王让斯蒂芬·加德纳逮捕托马斯·克兰默。但他在几个月前已经警告过克兰默,说他的敌人掌握了对他不利的证据。他称他是肯特郡最伟大的异教徒,而且是笑着说这些话的。枢密院去逮捕克兰默时,还以为他会吓得直发抖。他们把他抓来质询,罗列他的罪行,并威胁要把格兰玛带去伦敦塔关押。他们已经安排好了警卫准备动手,船正等着他。斯蒂芬·加德纳和诺福克的公爵托马斯·霍华德两人一副洋洋得意的样子,他们以为这次会让大主教闭嘴,并永久终止改革。"

"加德纳并没有直接把他带进去。他让他等着,从头到尾有条不紊地策划着这件事情。"凯瑟琳插话道。

"他在享受这个时刻。"安妮同意,"但就在他们要抓住他,把他的帽子从头上扯下来的时候,托马斯·克兰默拿出了一枚戒指,那是国王本人的戒指,并说以此证明他和国王陛下的友谊和信任,且即将进行一场对异教徒的新质询:他现在要反过来审问他们,指控的罪名随后会公布。"

我十分惊愕,"他赢了?又赢了?一切都在瞬间发生了转换?"

"就在惊心动魄的一瞬间。"婶说,"这就是国王为什么这么多年仍然牢牢地掌控着权力的原因。"

"那么现在情况怎么样了?"我问道。

"斯蒂芬·加德纳和托马斯·霍华德不得不忍气吞声地收起他们的自尊,请求大主教和国王的宽恕。他们已经失宠了。"

我摇了摇头,呆若木鸡。这就像旅行途中谈到的传奇故事,天方夜谭,命运和成败的变幻莫测总是让人猝不及防。

"而托马斯·克兰默将主持对所有那些人的调查，他们是自认为会成功逮捕他并将他处死的人，如果有信件揭发有叛国或者传播邪教行为，那些人将会被关押到伦敦塔里，等待他们的将是断头台。"

"现在我们胜利了。"嫱得意地说，"改革还将继续。我们会让《圣经》重新回到教堂，我们又可以读那些有关改革的书了，我们会让人民听到上帝的旨意，让追随罗马的狗滚回地狱去。"

✦

国王正在筹备一场盛大的圣诞宴会。"每个人都要参加。"他兴高采烈地说。他的腿没有那么疼了，伤口还没有痊愈，但不再大量流血，发出的恶臭也没那么强烈了。我在房间的四周撒了装有各种香料的小包，压制住难闻的气味，甚至在床上都放了香料包，让玫瑰花的芳香和腐臭交织一起。夏日的骑射和旅行让他轻松了许多，他每天捕猎，从早到晚一整天，哪怕他只是躲在某个隐蔽地点，等待着侍卫把猎物往他的方向驱赶过来。我们一般吃得很清淡，而他以前在宴会厅每要大快朵颐两次，桌上总会有二十甚至三十道美味佳肴，现在，他酒也喝得少了。

"每个人都要来。"他说，"整个基督教世界都要派出使者来汉普顿宫。他们都想见我新婚的美貌妻子。"

我笑着摇了摇头。"我会害羞的。"我说，"我喜欢成为大家关注的焦点。"

"你必须挺过去。"他说，"最好还是学着享受这一切。你是这个王国最伟大的女人，学着乐在其中吧。有很多的人对你的快乐虎视眈眈，如果可能，他们会从你身边夺走快乐。"

"哦，我还没有害羞到这个地步，会放弃这个宝贵的机会。"我坦白说。

删后记
0.94

"那就好。"他说,抓住我的手,亲吻了一下,"因为我不想让你走,我不想再要一个漂亮的女孩来取代你的位置。"他笑着说。"他们故意把信仰罗马教皇的漂亮女孩展示给我,你知道吗?整个夏天,他们都一直在给我介绍年轻漂亮的女孩,她们脖子上戴着十字架,腰带上系着念珠,口袋里装着拉丁文的弥撒文。你没注意到吗?"

我试着回忆。现在他给我挑明了这些,我想起我们遇见的很多女人中,确实有很多特别虔诚的年轻女子。我咯咯地笑了笑:"我的夫君大人,这太……"

"荒谬了。"他替我说完了这句话,"但她们认为我老了,而且很焦躁。他们认为我变化无常,我可能会早上换掉我的妻子,改变我的教堂,晚上又换回去。但你是知道的,"他再次亲吻了我的手,"你比任何人都更了解我的忠诚,我对你的忠诚,对我创建的教会的忠诚。"

"您会继续改革吧?"我想求证一下。

"我会做我认为正确的事情。"他说,"我们应该把你的家人请到宫廷来过圣诞节。你一定会高兴我给他们的荣耀和嘉奖吧?我会给你的叔叔封一个头衔:他将是帕尔勋爵,我会封你的弟弟为伯爵。"

"我太感激不尽了,陛下。我确定他们会在新的岗位忠诚地侍奉您。我会非常高兴在宫廷见到他们。还有,亲爱的夫君,能把孩子们也接过来庆祝圣诞节吗?"

他对这个建议颇为惊讶:"我的孩子们?"

"是的,陛下。"

"他们通常待在自己的小宫殿。"他不太确定地说,"他们总是和他们自己的人民庆祝圣诞节。"

威尔·萨默斯站在国王的身旁,用手掰开了两粒核桃,去除了外壳,将核桃仁献给他的主人。"他们的人民是谁,难道不是我们?"他问道,"陛下，陛下，国王！看一个优秀的女人能够对你做些什么？您才刚结婚五个月，她已经为您生了三个孩子！这是您最能生育的妻子！您就像养了一只兔子！"

我笑了："只要陛下希望我做一只兔子。"

亨利的面颊因为激动而颤抖，脸上泛着红光，他的眼里饱噙泪水："我当然希望这样。威尔说得对，你是一个很不错的女人，你把我的孩子们都带回了我身边。你会让我们成为英格兰之家，一个真正的家。每个人都会看到我们团结在一起：父亲，还有紧随其后的儿子。我会过上一个和孩子们团聚的圣诞节。我以前从来没有享受过这样的天伦之乐。"

1543 年圣诞节

汉普顿宫

王家驳船的船桨步调一致地插入河水里,然后猛地出水,激起阵阵水花。河水上方漂浮着厚厚的寒雾,仿佛白色的绸带罩在河的上方,让船桨时隐时现,划桨的声音也几乎淹没在寒雾中。船桨的每一次划动驱使着船向前,随后又似乎要略作休息,像是在富有生命的河水里呼吸一样:向前迈进,复又静止。野鸭和水鸟在船的前方匆匆掠过,伸着长腿飞离水面;一只宽翼的苍鹭从河岸边的芦苇丛中无声地飞起,慢慢张开它那巨大的翅膀;头顶上,海鸥发出啼鸣。冬季明亮的阳光渐渐穿过寒冷的迷雾,坐着王家驳船从水上靠近汉普顿宫,有如看到魔境中的宫殿缓缓浮现,似乎它也漂浮在寒冷的河水上。

我蜷缩在厚厚的皮衣里。我让人把那些光滑的黑色貂皮从伦敦贝纳德城堡的家中送过来。我知道这些东西属于我的前任,凯瑟琳·霍华德。我不用问。我开始熟悉了她的香水,那是难以忘记的麝香味,她一定是把所有的服装中都放置了麝香。他们给我拿来新的长外套长裙的一瞬间,我就能闻到她的气味,她在香气中不时出现,在我的生活不时出现。我禁不住会想,她会不会使用玫瑰油来压制他腐臭的腿发出的恶臭,就像我所做的那样?不过,至少我不会去穿她的鞋子。他们给我拿来了一双只适合小孩子穿的鞋,黄金的鞋跟,天鹅绒的鞋尖,她在我丈夫旁边一定就像一个小女孩,我丈夫比她年长三十多岁。当她和宫廷里的年轻人跳舞,并且打探四周，在他的侍从中寻找和她年龄相当的情人时，她肯定看上去就像是他的孙女。我穿了她那些做工考究且刺绣精美的长裙，但我不会去穿她的鞋子。我买了新的，几十双，几百双。我祈祷，当我穿着她的皮衣，她的，也是其他几位前任的皮衣，跟随她的脚步走进汉普顿宫的时候，我不会在梦里见到她。我乘坐阿拉贡的凯瑟琳的游船。我肩上披着凯蒂·霍华德①的貂皮，心想河上的寒风会将她的影子吹散，会将一切幽灵吹散，很快，她松软奢华的皮衣就会变成我的皮衣，会不断地与我的脖子和肩膀摩擦，最终沾上我那橙花和玫瑰香水的气味。

"难道它不美吗？"嫡问我，她看着前面从朝霞里浮现出来的王宫，"难道这不是所有王宫中最美的吗？"

亨利所有的王宫都建在神奇的地方。这座宫殿是他从托马斯·沃尔西主教那里获得的。托马斯·沃尔西主教在宫殿外墙使用深玫瑰红的砖块，高高的烟囱装饰精美，庭院宽敞，花园也经过精心布置。现在，工匠们已经完成了亨利事先答应我的重新装修的供王后下榻的一翼鸟瞰花园，那儿远离厨房。这是我的居所，没有幽灵会出现在新打过蜡的地板上。一条很宽的石质码头沿着河岸排开，当王家的游船和随行的船队都进入视野时，所有旗杆上的彩旗按照标准展开，礼炮齐鸣，欢迎国王回家。

我被礼炮吓了一跳，嫡笑了起来。"你应该在我们把克里夫斯的安妮带去伦敦的那天就已经听说了。"她说，"他们把船队停靠在河上，然后开火射击，震耳欲聋的声音仿佛晴空霹雳。"

游船稳稳当当地驶入了石码头，水手们收起了船桨。又一阵礼炮齐鸣之后，跳板被安置妥当。王室卫队穿着绿白相间的制服，站在扁平的石梯上，整齐地沿码头排开。小号手开始齐奏，宫廷的所有侍者出现在王宫的每扇门前，光着头一动不动地站立在寒风中。国王在船尾的布棚下休息，

---

① 凯瑟琳·霍华德的昵称。

删后记

脚搁在带有刺绣的脚蹬上,这时,他两旁的男侍一人搀扶一边,帮助他站立起来,簇拥着他从微微摇摆的甲板上第一个走下去。我跟在他的身后,当他稳稳当当地在大理石码头上站稳脚步时,他转身握住了我的手。管乐队开始演奏进行曲,侍者们俯身行礼,被挡在码头外面的人开始欢呼亨利的名字,也有我的名字。我意识到我们的婚姻不仅在我国的宫廷和外国的宫廷里大受欢迎,在这样的僻壤乡村也很受欢迎。谁会相信国王会再婚?会又一次结婚?谁会相信他会迎娶一个漂亮的寡妇为妻,并赐予她财富与幸福?谁会相信他会娶一个英国女人,一个农村女人,一个来自那让人鄙视和害怕的英格兰北部的女人,把她置于充满智慧的南部宫廷的心脏,她却是最耀眼夺目的那一位?他们欢呼着高喊我的名字,手上挥舞那些想让我看的文件,挥舞希望我给予捐赠的请求,我向他们报以微笑并挥手致意。我的宫廷主管走到他们中间,收起了那些文件,以便让我日后审阅。

"你看上去气色不错,这样很好。"亨利简短地对我说,我们一道缓缓穿过洞开的大门,他每走一步,脸上都会流露出痛苦的表情。"成为王后还不够,你必须看上去像一个女王才行。当人们来看我们的时候,他们希望看到一对远胜于他们的夫妇,比我们想象的生活还要广阔,比他们梦想的任何东西都宏伟气派。他们希望受到震撼,看到我们应该就像看到远远高居天空的诸神一样,就像看到天使,就像看到神灵。"

"我明白了。"

"我是王国最伟大的人。"亨利截然地说,"也许我是世界上最伟大的人。人们在看到我的那一刹那就必须看到这一点。"

整个宫廷的人都在大厅里等着向我们欢迎致敬。我朝着我的叔叔微笑,他很快将成为王公贵族,我的兄弟因为我的缘故也将成为埃塞克斯伯爵。我的所有朋友和家眷,那些在我的庇护下一夜之间变得富有的人都来到这里庆祝圣诞,此外还有王国的重臣霍华德家族,西摩尔家族,达德利家族,正受到国王亲宠的托马斯·弗罗瑟斯利，他的朋友兼幕僚理查德·里奇，以及其他穿着深红与紫色长袍的廷臣和主教们。斯蒂芬·加德纳也在这里，大主教克兰默对他进行了审问，但他宠辱不惊，毫发无损。他向我鞠躬，笑容里充满了自信。

"我要教你如何做英格兰的王后。"亨利在我耳边轻声说，"你应该看看这些权高位重的人们，并且清楚你可以指挥他们当中的每一个人。我把你放在了比他们更重要的位置。你是我的妻子，我的伙伴，凯瑟琳。我将让你成为伟大而有权力的女人，成为我真正的妻子，英格兰最大的女人，因为我是最伟大的男人。"

我没有再故作谦虚地回绝，我从他的眼神里看到了他决心已定。也许他的话语中充满了爱意，但他的表情却很僵硬。

"我在任何情况下都将是你的妻子。"我承诺道，"这是我已经承担的责任，我会信守承诺。我会成为这个国家的王后，成为您的孩子的母亲。"

"我会让你成为女摄政王。"他肯定地说，"你会成为他们的主人。你会指挥现在你看到的每一个人。你会将他们的脖子踩在你的鞋跟下。"

"我会发号施令的。"我向他保证，"我会向你学习如何发号施令。"

宫廷欢迎我的到来并接受了我作为王后的身份。我想这几乎是前所未有的情形。另一方面，我向两个最年幼的孩子表示了欢迎，爱德华王子和伊丽莎白公主，把他们融合进了这个王室家族里，而此前，他们从未真正对这里有归属感。我还增添了几个王室小侄女：玛格丽特小姐，她的母亲是国王的姐姐，苏格兰的王后，还有年轻的简·格雷小姐，她的外祖母是国王的妹妹，法国王后。爱德华王子是个讨人喜欢的孩子，他时而拘谨，时而羞涩。自打出生，他就被告知自己是都铎王朝的子孙和继承人，被给予了厚望，相反，伊丽莎白的地位却从来不曾被确认：她的名字乃至她的安全都不能得到完全的保障。自从她母亲被处决后，她的地位几乎一夜之间一落千丈，从一位集万般宠爱的小公主、在自己的宫殿里被人称作"大人"的人，变成了被人遗忘的私生女"伊丽莎白小姐"。要是有人能够证明关于她父亲的真实身份的流言蜚语，她或许可以被称作是孤儿"斯莫顿小姐"。霍华德家族本应该把她当作自家的女儿支持与爱戴她，因为她的母亲波琳王后是他们的血亲。但是当国王正在盘算自己受到的伤害，反复思考别人对他做的错事时，公爵和他的儿子最不想让国王记住的事情，就是他们把霍华德家族的几个女人送上了他的床。两位登上了宝座，成了王后，但最后这两位王后都作出让人心碎和耻辱的事，最终不免一死。因此，他们为了自己的利益，决定有时支持，有时忽略这个小女孩。

在没人知道她究竟是公主还是私生女的情况下，她无法和任何国外的王子订婚。她甚至无法得到恰当的照料，因为没人知道是该称呼她伊丽莎白公主还是伊丽莎白小姐。除了她的保姆和玛丽小姐，没有人疼爱这孩子，她唯一可以逃避恐惧和排解孤独的方式，就是终日沉浸在书中。

我发自内心地同情她的遭遇。我曾经也是一个贫穷的女孩，无法获得如意的婚姻，只有从书中获得友谊和慰藉。她一走进宫廷，我就要求将她安排在我旁边的卧室。每天早上，我都牵住她的手一起前往教堂，两个人整天待在一起。她的反应中流露出如释重负的欣慰，仿佛她已经等待了一生的母亲终于出现了。她和我一起读书，当传教士从伦敦前来的时候，她会听他们传道，甚至会加入到他们布道的讨论中。和我们大家一样，她喜爱音乐，也喜欢漂亮的服饰和舞蹈。我可以教导她。几天之后，我就可以和她开玩笑、抚爱她、责罚她，与她一道祈祷。在很短的时间里，我就自然而然地会在清晨亲吻她的前额了，并且在晚上会像母亲一样为她祝福。

自从玛丽小姐的母亲被放逐，她就被带到了这个充满圣诞气氛的大家庭里，她无时无处不小心翼翼。她一直在恐惧中屏住呼吸，现在终于可以长长地呼口气了。她终于知道自己属于什么地方了：她住在宫廷，在这里有了她的尊严。我不敢奢望像母亲一样照顾她，那是非常荒谬的，因为我们年龄相仿，我们可以情同姐妹，把这里变成两个孩子的家，让国王感受到愉悦和舒适，并让英格兰和玛丽的家乡西班牙保持联盟的关系。我支持宗教改革，她父亲的判断是正确的。自然地，她也希望教会重新回到罗马教制的管辖；但是，我认为她越是听取那些哲人的说教，希望把教会恢复到最早的单纯，她就越会想质疑罗马教皇曾有将那时的教会搞得贪腐成风、声名狼藉的历史。我相信，比起那些装点教堂和修道院的空洞标志，以及那些用来糊弄无法阅读和独立思考的人们而举行的毫无意义的宗教仪式，上帝的话肯定对她更有意义，当她想到这些，就像我现在作出的思考，她肯定会像我一样支持改革。

虽然我们对某些教义有不同的看法，但她依然每天来我的房间倾听布道。这个圣诞节，我选读的是已故的费希尔主教最喜爱的赞美诗类似我跋涉在一条惊险之路上那般的非常有趣的例子：内部的审查，外部的挑战。这位主教是一位圣人，一位伟大的作家，为了捍卫罗马教廷而死于和国王的对抗。他是阿拉贡的凯瑟琳王后、玛丽的母亲的忏悔牧师，因此，玛丽自然而然地会像女儿一样对他有好感。很多私下和他有相同想法的人现在都成了国王宠信的谋臣，因此阅读这位主教的作品再次获得了许可。

我的施赈官乔治·戴主教是费希尔主教的牧师，他非常喜欢他的主人。他每天都会阅读自己收集的拉丁文赞美诗集，不可否认，主教将这些希腊语的上帝教诲非常优美地翻译了过来。这就像是珍贵的遗产：从希腊语到拉丁语，再到现在，我房间里的女侍们、我的牧师、玛丽小姐，还有小伊丽莎白和我，正将它翻译成英文。它的语言如此精辟微妙，我认为这是不正确的，这意味着只有懂得拉丁文的人才能明白这位神圣的主教想要表达的含义。玛丽同意我的看法，她对这份工作非常认真和仔细，她选择的美妙措辞让每个早晨都非常的有趣，不仅我这么认为，所有参与这项工作的女侍们也都有同感。

我的继子爱德华是我的心肝，也是宫廷里的宠儿。他说话的时候出人意料地注重礼节，他因拘泥礼仪而显得拘谨，但他和一个正常的小男孩一样，也希望获得宠爱，被戏弄，或者逗乐玩耍。慢慢地，他逐渐通过运动、游戏和愚蠢的笑话，与大家一起学习，一起开心，他和我渐渐相处融洽，我也像照顾拉提默的两个继子那样去照顾他，充满爱心和尊重，我从未想过要代替他们失去的母亲，却如生母一样去爱他们，直到今天，玛格丽特·拉提默还叫我"母亲大人"。我经常写信给继子拉提默，我有自信，也可以给这些王族的孩子母爱。我想我最好的办法就是对待爱德华随意些，就像我们是一个有爱的和毫无拘束的家庭，就像他会信任我，我会宽容地对他那样。

我自己经历了人生的许多坎坷起伏，在我作为一个无足轻重的寡妇来到这个宫廷之前，我首先经历的是一位坏脾气的岳父，然后成为了一位冷漠而遥远的丈夫的年轻妻子。我明白最宝贵的东西就是一个你可以做自己的地方，一个他人可以把你当作你自己来对待的地方。爱德华来到我的议事厅，我正在听取各种请愿，我以接待王子和小男孩的身份招呼了他，把他拉到我的王座旁，让他坐在我身边，听我讲话，和我轻声交谈，让他自己做一个孩子，而非众目睽睽之下的小矮人，被人们暗中算计如何能够谋得一份前程。

"凯特，你完全和我所期望的一样。"国王说，一天晚上，他很晚才来到我的房间。我还以为他已经睡在了自己的床上。我的那位已经睡在滑轮床上的女侍立刻起身，快速行礼离开，并关上了她身后的门。

"谢谢。"我略带惊讶地说。

"我会更信任你的。"他说,一边摆布庞大的身躯上了我的床,"没事,我自己来。"他说,伸手把自己支撑成半坐半躺的姿势。"我不在的时候,你要关心这个国家。汤姆①·西摩尔已经做了他该做的事情:我们已经和荷兰结盟,与西班牙签署了和约,准备好要同法国开战。"

我坐在床上,身上只穿了一件很薄的亚麻睡袍,他的名字突然出现在国王的谈话中,顿时让我大吃一惊。我浑身一颤,仿佛有人在激烈地摇晃我,并且在这个安静的房间里高声喊出他的名字。我注意到国王正认真地看着我。

"你很紧张?"他问道,"怎么了?你怎么脸色苍白!"

"我在想你说要开战了。"我战战兢兢地说,"我只是在想战争的危险。"

"我会亲率大军参战。"他说,"我,我本人会亲自进入最危险的地方。我不会让我的军队在没有我的情况下参战。我会亲率大军征战。"

我短暂地闭上了眼睛。托马斯肯定会回家的。如果他同意那个条约,那么他必须到宫廷来接受他的命令。他会前来见他的哥哥,一起召集他们的人马,我肯定会见到他。他不可能避开我,我也不可能避开他。他肯定会在我面前鞠躬致礼,并为我祝福,我必须对他点头,但要看上去无动于衷。

一想到这里,我便不寒而栗。我在这个宫廷里所获得的这一切成就,包括和孩子们,和国王的关系,一切已成定局。我再也不可能感受到托马斯那双深色的眼睛落在我的身上,也不可能仰头瞧着他看我的样子。我甚至都不知道如果和他在同一个屋檐下,自己还能否睡得着。我无法相信自己可以安静地躺在自己的床上,而他就在这个宫殿的某个地方,裸露的身上盖着一床被单,等着我轻轻地敲响他的门。我也不知道在他的目光注视下我还怎么跳舞。要是我们一起跳舞,在某一刻手牵着手,那又会如何?

---

① 托马斯的昵称。

我该怎样去感受他的触摸但不做出任何反应呢？如果他那温暖的手放在我的腰间，我又该如何呢？如果他在需要托举时将我举起，我的脸感受到他热辣辣的呼吸，我着地时脚又应该放在哪里呢？当他帮助我下马时，我不得不将我的手搭在他的肩上吗？当他把我放到地上，他会趁机紧紧地搂着我吗？

我不知道怎样掩盖自己对他的渴望。我无法想象我该怎样做。我一直都在表演，每个人都在看着我。我无法相信我自己。我无法相信，当我礼节性地伸出手，让他温暖的嘴唇亲吻片刻时我不会颤抖。这个宫廷已经养成一个密切注意亨利的王后们的坏习惯，在我之前是凯瑟琳·霍华德，她已经成为道德沦丧的代名词。每个人都会一直注意我，看我是不是像她那样愚蠢。

"我会亲率大军征战。"亨利重复了一遍。

"噢，不。"我无力地说道，"陛下……"

"我一定要去。"他说。

"但您的身体？"

"我足够强壮。没有国王在最前面冲锋陷阵，我是不会把我的队伍派到法国去的。我不会让他们在没有我的情况下面对死亡的威胁。"

我非常清楚自己应该要说什么，但我组织语言的速度太慢，太愚蠢。我所有能够想到的只有托马斯·西摩尔会回到英格兰的家，我会再次看到他。我想知道他是否还会想到我，他的欲望是否没有改变，他是否还像过去那样想得到我。我想知道他会不会已经彻底忘记了我，他像一个普通的男人那样，斩断了情思，断绝了欲望，把一切置之脑后，忘得一干二净，又或者他也和我一样，还在感受伤疼？我不知道自己能否问他这个问题。

"你肯定可以派一位大人前去，"我说，"你没必要冲在最前面。"

"哦，他们都要去！"国王说，"这是毫无疑问的！西摩尔家族，霍华德家族和达德利家族，每一个家族都要前往。你的弟弟和我并肩作战，会赢得他新的爵位。但我会走在队伍的最前头。他们会看到我冲锋的军旗，会看到我把军旗插在巴黎。我们会重新夺回我们在法兰西的土地。我会成为法兰西真正的国王。"

我双手紧握，以免因想到托马斯·西摩尔参战而发抖，"可我为你感到担忧。"

他握住我的手。"怎么了，你的手这么冰凉！你这么害怕吗？"他笑了，"不要害怕，凯瑟琳，我会安全地回家的。我会为胜利而战，我会凯旋。在我不在期间，你要掌管整个英格兰。如果上帝要我做出最大的牺牲，那你会成为女摄政王……"他停了一下，想到我会失去他、英格兰会失去他的时候，他的声音微微发颤。"如果我最终抛下了你，抛下了我的军队，抛下了这个国家，战死沙场，那么就由你来掌管英格兰，直到爱德华长大成人。"

上帝原谅我，如果英格兰失去了它的国王，我想到的第一件事就是我能够自由婚配，托马斯也会自由，没有任何人可以阻止我们在一起。然后我又想：我将是摄政女王。我会再想：我将成为世界上最有权力的女人。

"不能说这个。"我把冰冷的手指放在他的小嘴上，"我无法想象这样的事。"这是事实。我真的没有这么想。我无法允许自己去想另一个男人，我的丈夫向后靠在堆叠的枕头上，床绳被压得咯吱作响，他示意让我靠近他，他那粉红圆润的脸上充满了亮晶晶的汗水，流露出期盼。

他亲吻了我的指尖。"你一定会看到我的凯旋。"他向我承诺，"而我也会知道你是我忠诚的贤妻，是我全能的帮手。"

1544 年春

伦敦　白厅宫

乔治·戴主教到我的房间找到我，手里拿着一卷手稿。"我的牧师完成了抄写。"他的话语中充满了成就感，"抄写完成了。做得很好。"

他把手稿递给我。在那一刻，我只是无言地握住它们，它们就像我新生的婴儿，我想感受它的重量。我从没生过孩子，但我想我感受到了一位母亲的自豪。这是我新的快乐。这是学术成就的快乐。过了很久，我还是没有打开手稿：我非常了解它们是什么，我一直在等待着它们。

"赞美诗。"我小声说，"费希尔主教的赞美诗。"

"就像您翻译的那样。"他确定地说，"拉丁文的赞美诗被译成了英文，读上去非常的美妙。它们读起来就像原创诗人使用的是最华丽的英语，它们也确该如此。它们象征着对上帝的崇敬和您的光荣，也代表了对约翰·费希尔的尊敬，愿上帝保佑他。祝贺您。"

我慢慢地展开手稿开始阅读起来。这种感觉就像是在吟诵穿越时代的合唱曲：很久很久以前的原创诗人用希伯来语吟唱的声音译成了希腊语，之后是为信仰而献出生命的主教，用圆润而充满智慧的声音，以拉丁语吟唱希腊语的歌词，再后来就是我的声音，用英文吟唱的歌词。我唱起了一首赞美诗：

你是我们的守卫者和避难所，你是我们的上帝，我们相信你；

你要把我带出狩猎者的陷阱，迫害者的威胁。
你要为我造出一片荫凉，让我躲在你的肩膀下；
在你羽翼的庇护下，我会没有伤害。
你的真理会成为我的盾牌和防卫；任何灾祸必不近我。

"应该用'没有伤害'这个短语吗？"我自言自语。

乔治·戴清楚此刻不说话更好。他在等待。

"要是用'不受到伤害'，又显得很累赘。"我说，"用'安全'这个词又语气过重。没有伤害既包含不受到伤害，又包含无法施加伤害的意思。可能感觉有点奇怪，但这种奇怪感能让这个词引起人们的注意。"我犹豫不决地说。

"我的牧师可以照抄您对文字作的一切修改，让文本整齐漂亮地印刷出来。"他说。

"在你羽翼的庇护下，我会没有伤害。"我小声阅读了一遍，"这就像诗一样，它包含的意义超越了文字，超越了文字直接表达的含义。我想这是对的，我认为我不应该改变它。而且我喜欢它的音韵：在你羽翼的庇护下，你几乎可以感受到它宽大翅膀上的羽毛，不是吗？"

乔治笑了。他没法感受到。但这没什么大不了的。

"我不想改动它。"我说，"这一处不改，任何地方都不改。"

我抬头看了看乔治·戴，他正按照诗歌的韵律有节奏地点着头，"像单声圣歌[①]一样清澈。"他说，"像铃声一样清澈。它开放且诚恳。"

对他而言，清楚明了比诗意更重要，这也是理所当然的。他希望英格兰的男男女女都能够理解费希尔主教喜爱的赞美诗。但我想做得更多。我希望人们可以在圣地吟唱这些赞美诗，就和很久很久以前一样。我希望约

[①] 也称为"素歌"，中世纪天主教会的祈祷歌曲。

克郡的男孩、坎伯兰郡的女孩可以听到耶路撒冷的音乐。

"我要把这些都发表出去。"我为自己的大胆而骇然。没有其他任何女人曾以自己的名义发表过英语作品。我几乎无法相信自己的这份勇气：*站起来，大声地讲出来，向世界发表文章*。"我真的会这么做。乔治，你也肯定我应该这么做吧？你不会提反对意见吧？"

"我已经自作主张地将它们拿给尼古拉斯·里德利看了。"他说了托马斯·克兰默的这位好朋友和伟大改革家的名字，"他深深地被打动了。他说这就像你的丈夫，我们的国王，把《圣经》赐予英格兰虔诚的基督教徒一样，这也是一份伟大的礼物。他说，英格兰的每一座教堂都会讨论和吟唱这些赞美诗，因为牧师们会想让人们理解上帝的美丽和他的智慧。他说了，如果你带领整个宫廷和国家走向对上帝真正的理解，你将成为一位新的圣人。"

"但绝非殉道者！"我半开玩笑地说，"因此，我不能被认作是翻译者。我的名字，我的女侍的名字，特别是玛丽夫人和伊丽莎白夫人的名字，都不能与此有任何染指和干系。绝不能提及国王女儿的名字。如果人们知道我认为赞美诗应该用英文来读，我会在宫廷里招惹更多敌人。"

"没错，我同意。"他说，"这些天主教徒会很快提出批评，而你不能冒险让斯蒂芬·加德纳抓住借口对你展开攻击，因此这些译文只能让大家认为是主教的赞美诗，没有必要让他们知道这是通过你的研习后被译为英文的。我有一个很虔诚的印刷商，他知道手稿是从我这里来的，也知道我在宫廷里听命于你，但我没有告诉他作者的名字。他非常尊敬我，我必须得说，他太高估我了，因为他想象是我完成了这个翻译。我否认了，但没有那么坚决，以免他去寻找真正的作者。我想我们可以不以你的名义将它出版。除了……"

"除了什么？"

"我想有点遗憾。"他坦率地说,"这些都是精美的翻译作品,译者肯定具备了音乐家敏锐的鉴赏能力,虔诚信徒的心智,严肃作家的语言功底。任何人,我的意思是任何男人,都会非常荣幸地以自己的名义出版它们,他会四处炫耀他的成就。而让你否认自己具备这样的才华,确实很不公平。国王的祖母就曾经收集过译文并发表它们。"

我的脸上露出牵强的笑容。"啊,乔治。"我说,"你这是在用虚荣心来诱惑我,但无论是国王还是英格兰的任何一个男人,他们都不想听从一个女人的教诲,哪怕是王后也不行,不过国王的祖母是不容批评的。我会按你的建议发表它们,但是主教的赞美诗是由我和我的女侍们翻译成英文,并且它是能够指引人们通往国王的教堂的,我会感到无限荣耀。不过荣耀必须属于主教和国王。我想如果译文没有把我的名字炫耀似地放在封面上,这对我们大家都好,我们都不大张旗鼓地宣扬我们的信仰的话,我们所有人都会更安全。"

"国王很爱你,他自然会为你感到骄傲……"只要一抓住机会,乔治就开始反驳。凯瑟琳·布兰登一走进来,他便立刻把手稿挪开。她向我鞠躬致礼,向乔治投去了微笑,然后说道:"国王正想见您,殿下。"

我马上站了起来,"他要来这里吗?"

她摇了摇头,但没有回答。乔治马上明白她不想在他面前表明意图。他收起了手稿。"我会把这些都带走,按我们商议的办法行事。"他说。我向他点点头,他离开了。

"他的腿很糟糕。"我的施赈官刚一出去,凯瑟琳就小声说,"我夫君大人提醒过我,还送了一封信说国王希望今天早晨在他的私人宫廷见到您。"

"我是不是需要不被人察觉地去见他?"我问。白厅宫国王和王后的一翼之间有互相连接的房间,我可以走大厅,那样所有人都可以看到我去参见我的夫君,不过我也可以从相互连接的房间去见他,那样就只有一位女侍在场。

"悄悄的。"她点头示意,"他不想让任何人知道他已经卧床不起。"

她走在前面。凯瑟琳自打儿时起就在王宫进进出出。她是阿拉贡的凯瑟琳女王最喜欢的女侍萨利纳斯的玛利亚的女儿。她的丈夫是亨利的挚友查尔斯·布兰登。她从小被培养为王宫里的专业领路人。为了防止转错弯,或者避开那些奸诈的侍臣,我已不是第一次感觉到自己像一个来自乡下的无名之辈,正紧跟一名出生和成长于宫廷里并且带有独特身份的大人物。

"他的医生来了吗?"

"巴斯医生、欧文医生还有他的药剂师正在为舒缓他的疼痛开药方。但这次的情况很糟,我从没见过他难受成这样。"

"他是撞到伤腿了吗?腿上有伤口吗?"

她摇了摇头。"他的腿倒总是那样。"她说,"他必须让伤口保持裂开的状态,否则毒素侵入他的头部,就会要了他的命。但他们经常把伤口用铁丝拨开,或者把磨碎的金粉放进伤口,病情越来越更糟。现在伤口正在愈合,所以他们又把伤口拨开,让脓液流出来,但这次伤口里面很红肿。腿肿胀得很厉害,身体滚烫,而且伤口溃烂得更深了。查尔斯告诉我毒素正蔓延到骨头,这让他十分疼痛,而且没什么药物可以让他感到舒缓。"

我无能为力,只好对此表示理解。疼痛中的国王和一头受伤的野猪一样危险。就像不断阵阵剧痛的伤口一样,他的脾气也愈发暴躁。

她轻轻地拍了下我的背,站到了一边,让我先走进那道双扇门。"去吧。"她小声说,"在别人都无法安抚他的时候,只有你可以做到。"

亨利正在他的密室里。门打开了,我走了进去,他抬起头看到我。"啊,感谢上帝,王后来了。"他说,"你们其他人可以闭上嘴了,退下,让我单独和她待一会儿。"

他的周围簇拥着男人。我看到爱德华·西摩恼怒的脸被气得通红,加德纳主教却是一副沾沾自喜的样子。我猜他们肯定是为了在国王面前争得一席之地又发生了一番剧烈的口角和冲撞，即使是医生们正在把他腿里的毒液从伤口处导出来，还把一只尖锐的金属刮勺深深插进他肉里的时候。怪不得我丈夫的脸红得犹如兰开斯特的玫瑰花，在他那极度痛苦的脸上，紧闭的双眼下面沾满了泪水。凯瑟琳的丈夫查尔斯·布兰登谨慎地保持着一段距离。

"我确定王后殿下她自己会同意……"加德纳主教平静地开口道，我注意到弗罗瑟斯利点了点头，并向前走近了一点，似乎在强调这个观点。

"王后什么也不会说！"亨利大喊出声，"她会和我站在一边，扶着我的手，像一个好妻子那样守口如瓶。你不要建议她做其他任何事情。你们都给我走开！"

查尔斯·布兰登立即向国王鞠躬致礼，把手放在胸前也向我也鞠了一躬，朝他的妻子点头告辞，随后从郁闷的国王面前消失了。

"遵命。"爱德华·西摩尔也很快说道。他看着我说："我很高兴王后殿下带来了舒适与和睦。国王陛下不应该在这个时候被任何事打扰，特别是当前局势非常完美的情况下。"

"只有当事情都得到完美的处理，国王才能够感到安宁。"加德纳主教禁不住说道，"如果国王陛下知道他的枢密院不断被新来的人打扰，并且他们还带来更多的新人，他如何能够得到安宁？当人们不断更改邪教的定义，使得关于邪教的调查层出不穷，他如何能够得到安宁？当容许他们不经核实就相互争吵和辩驳，他如何能够得到安宁？"

"我把他们都带出去。"托马斯·霍华德的声音盖过了其他大臣，他直接同国王对话，似乎他才是国王唯一的朋友，"上帝知道他们永远都不会闭嘴，哪怕已经下令他们安静下来。他们会永远这样折磨您。"他向国王露出狞笑。"您应该砍他们所有人的头。"

驯后记

国王笑了两声，点头表示批准，托马斯·霍华德就这样赢得先手，带着其他人离开了房间。他甚至在门前还转身给国王递出一个善意的眼神，就像在向他暗示，只有霍华德家族的人才能处理好如此混乱的场面。门在他们离开后关上了，房间顿时一下安静了下来。凯瑟琳·布兰登向国王鞠躬致礼，然后坐在了窗旁的椅子上，把美丽的脸转向了花园。安东尼·丹尼慢慢地走到了她的旁边站着。房间里仍然有几个人，但他们都很安静，相互交谈或者玩起了纸牌游戏。对比宫廷里人声鼎沸的场面，我们算是独处了。

"亲爱的夫君，你是不是很疼？"我问他。

他点点头。"他们什么也干不了！"他愤怒地说，"他们什么都不懂。"

巴斯医生和药剂师正在紧张地商议，他抬起了头，似乎知道自己必须承受这个批评。

"是同样的问题吗？还是老伤口的问题？"我谨慎地问道。

国王点点头。"他们说可能要通过灼烧来消毒。"他看着我，好像我是他的救星，"我祈祷不用受那种苦。"

如果他们要通过灼烧给伤口消毒，就会把一块烧得通红的铁烙放在伤口处，将感染的地方烧焦，那会比给罪犯烙上代表小偷的字母T还要痛苦得多。那是对一个清白无瑕的人施加的毫无怜悯的酷刑。

"那肯定是没有必要的吧？"我向巴斯医生询问。

他摇摇头，他也不知道。"如果我们可以排出伤口的脓液并且保持干燥，并确保它不会闭合，那么国王就可以康复。"他说，"我们之前总能够在不使用灼烧法的情况下清洁伤口。我不会轻易使用那种办法。他的心……"他的声音越来越小。我猜他一定是想到要给亨利如此大面积的伤口使用灼烧消毒就有些胆怯。

我握住亨利的手，能感觉到他的手握得很紧。"我什么都不怕。"他无畏地说。

"我知道。"我鼓励他说,"你天生英勇无畏。"

"这不是因为年龄或者虚弱造成的。这不是病。"

"这是骑马比武留下的伤口,是吗?很多年前的了?"

"是的,是的,是因为运动受的伤。年轻人的伤。完全不在乎,我当时完全不在乎。毫无畏惧。"

"我毫不怀疑你一个月以后就又骑在马背上奔驰了,依然满不在乎,毫无畏惧。"我笑着对他说。

他把我拉得更靠近他。"你知道我必须要能骑马。我要带领我的人杀向法兰西。我必须好起来。我必须站起来。"

"我保证你会的。"我说,彻头彻尾的谎言脱口而出。我完全不知道他能否康复。

我能看到伤口处的引流管滴出的脓液滴进地上一个碗里,恶臭难闻,远胜腐尸。我看到一个很大的玻璃罐,里面有些饥饿的黑色水蛭在罐壁爬来爬去。我看到桌上摆满了瓶子和罐子,石杵和研钵,药剂师正忙不迭地在调整药方,我还看到英格兰最伟大的两位医生带着苦涩的脸。我以前曾照顾过濒临死亡的丈夫,他的卧室看上去就像这样,但是上帝知道,我从没有闻过如此恶臭的气味。这里笼罩着腐肉的臭气,就像停尸间一样。

"坐下。"国王命令我说,"坐到我身边来。"

我按捺住反感,一名侍卫给我拿来一把椅子。国王坐在他那加固的宽大椅子上,受伤的腿搁在一个脚凳上,用被单遮盖着,不让臭气蔓延,掩盖英格兰国王正在慢慢腐朽的事实。

"我要宣布我的继承人。"他轻声说,"就在我去法兰西之前。"

现在,我终于明白大臣们刚才在争论什么了。非常关键的一点,是我既能不表现出对玛丽小姐和伊丽莎白小姐的希望,也不能表现出对她们的恐惧。同样非常关键的一点,是我不能表现出我自己的兴趣。我绝不怀疑那些刚刚离开的廷臣都在推举他们自己支持的候选人,爱德华·西摩尔提醒所有人注意,他那作为王子的侄子的出类拔萃,托马斯·霍华德则拥护自己家族的伊丽莎白小姐,加德纳主教和托马斯·弗罗瑟斯利推举玛丽夫人作为爱德华之后的继承人。

  他们不知道她对自己的宗教是多么地节制,而对开放和有思想的讨论是多么的热情。他们不知道她是一个学者,不知道我们正在讨论对福音书进行新的翻译。他们不知道伊丽莎白小姐现在已经读过费希尔主教的每一首赞美诗,而且在我的指导下还翻译了一些段落。他们认为,对他们的支持者来说,这两位年轻女性无非是任人摆布的花瓶罢了。他们没有意识到我们都是有独立思想的女人。加德纳主教认为,如果玛丽小姐登上王位,她会接受他的指示让这个国家回归罗马教廷。托马斯·霍华德则认为一位霍华德家族的女孩就足以把统治整个国家的权力拱手交给他的家族,他们都不相信我在宫廷里是真正有权力的人。他们认为我是一个不会思考的女人。但我可能摄政,然后由我来决定这个国家的弥撒是用英文还是拉丁文,我也会决定牧师在他们的布道里要讲什么内容。

  "陛下,您的愿望是什么?"

  "你认为什么才是正确的?"他反问我。

  "我认为像您这样身强力壮且年轻有为的国王,没有必要给自己找麻烦。"我恭维地对他说。

  他指了指他的腿,不无痛楚地说:"我现在成为残缺的人了。"

  "您会好起来的。您会再次骑马上阵。您的健康和力量可以与那些只有您一半年纪的人旗鼓相当。您总是能摆脱病魔而痊愈。您受到这可怕创伤的折磨,但您承受住了,您把它击垮了。我看得到您日复一日地征服着它,就像是征服战场上的敌人。"

他高兴了起来。"他们不这么认为。"他愤怒地朝门的方向点了一下头,"他们正在想我早点死。"

"他们都只为自己考虑。"我说,我把他们都批评了一通,这样就维系了我的立场,"他们究竟想要什么?"

"他们都希望偏袒自己的嫡系。"他简短地说,"或者他们推崇的候选人。他们都希望通过控制霍华德来统治这个王国。"

我缓缓地点点头,似乎那些大臣们毫不掩饰的野心在我看来是一种悲哀的暴露。

"陛下,那您又怎么打算的呢?什么也比不上你认为正确的观点重要。"

他忍着疼痛挪动了一下自己的位置。他又靠近了一点。"我一直在观察你。"他说。

他的话在我的脑海里就像警钟一样响起。他一直在观察我。他看到了什么?是看到了那些交给印刷商的赞美诗手稿?是看到了和两位公主一道学习的早晨?是看到了经常出现在我噩梦里的情景,潮湿的楼梯尽头紧闭着的门?看到了我对托马斯带有情欲的白日梦?我在睡觉的时候说了什么?难道我说出了他的名字?我是不是像个傻瓜一样,睡在国王身旁,心里却是想着另一个男人?

我发干的喉咙咽了咽口水,"陛下,你一直在观察我?"

他点了点头。"我一直在观察你是怎样和伊丽莎白小姐相处的,还有你是怎样成为玛丽小姐的朋友的。我知道她们相处得有多么愉快。我知道你是怎么把她们带到你的房间,让她们在你的庇护下愉快成长的。"

我点了点头,但不敢说话。我甚至都不知道他正在想些什么。

"我看到你和我的儿子爱德华一道。有人跟我说你们互相用拉丁语交换笔记,他说他是你的老师。"

我笑着说:"那是在开玩笑罢了,仅此而已。"我无法从他严肃的表情看出他对我们的这种亲近是否满意,或者他只是在怀疑我是在利用他的孩子以牟私利,就像他的其他廷臣一样。我真不知道要说些什么。

"你把三个不同母亲生的孩子聚成了一个家。"他说。但我仍然不确定自己究竟是做了件好事还是件坏事。"你把一个天使的儿子、一个娼妇的女儿和一个西班牙公主的女儿团结在了一起。"

"他们都有一个伟大的父亲。"我间接地提醒他。

他突然伸出手,像是要抓一只苍蝇似的一下抓住了我的手,我甚至来不及躲避。"你确定吗?"他问道,"你对伊丽莎白非常确定吗?"

我几乎可以从他伤痕的恶臭中嗅到我的恐惧。我想到了她的母亲安妮·波琳在比武表演时紧张地流汗,知道自己陷入危险,但不知道是哪种程度的危险。"确定什么?"

"你认为我没有被戴绿帽子吗?"他追问道,"你认为她不是另一个男人的孩子吗?你难道否认她母亲的罪行?我可是因为她犯下的罪孽砍了她的头。"

伊丽莎白和他非常的相似。她的黄头发、白皮肤,她那噘起的倔强的嘴巴。但如果我否认她的母亲的罪行,那就等于是指责他是一个弑妻者,一个嫉妒心重的蠢货,因为听信那些老接生婆的流言蜚语而处死一个无辜的女人。"无论安妮·波琳后来做了些什么,我都坚信伊丽莎白是您的孩子。"我分外小心地说,"她就是你小小的翻版。她里里外外都是都铎家的人。"

他点了点头,渴望得到确认的答案。

"无论如何,没有人可以否认她的父亲。"我继续说。

"你从她的身上看到了我的影子?"

"仅从她的学问上就能看出来。"我说。我故意不提安妮·波琳为了她女儿的安全,在改革上表现的巨大智慧和投入。"她对书和语言的喜爱,这些都是来自于您。"

"你是这么认为的？你把我的孩子聚在了一起，以前从未有人这样做过。"

"夫君大人，我把他们聚在一起，是因为我以为这会是您的心愿。"

"确实如此。"他终于认可了。他的胃开始翻腾，我能听到它咕咕作响，然后他大声地打了个嗝。"确实如此。"

我能闻到他口里发出的那股酸味。"我很高兴自己能够出于对您的爱、对您孩子的爱，做出了一件正确的事情。"我谨慎地说，"我想让整个国家都看到您建立的这个美丽的王室之家。"

他点点头。"我会恢复这些女孩子的王位。"他宣布，"我会将她们两个都封为公主。如果爱德华将来没有子嗣——愿上帝不要让这种事发生——而玛丽还活着的话，她会在爱德华王子之后继承王位。在玛丽之后就是伊丽莎白，再之后就是我的外甥女玛格丽特·道格拉斯，她是我苏格兰的姐姐的女儿。"

由国王来决定谁在他之后继承王位，这是违反上帝的旨意的，也是违反传统的。应该是上帝选择国王，就像上帝选择了现在这个国王一样：一个次子将王位收归己有，是因为上帝带走了其他所有继承人。上帝决定国王的王位，上帝创造出生的顺序，决定他选择的人的生死。但因为国王统治英格兰的教会，占据着英格兰的王位，又有谁会阻止国王指定继承人呢？自然不会是那些刚才在房间里和他纠缠和争吵，最后被他赶走那些大臣们。自然也不会是我。

"爱德华王子会成为国王。"我确定地说，"他还没出生的孩子会继承他的王位。"

"愿上帝保佑他们。"他含含糊糊地说。他停顿了片刻。"我总是为他感到害怕。"他继续小声地说，"一位圣洁母亲的孩子。你知道的。"

"我知道。"我说。他又再一次提到了简。"愿上帝保佑她。"

"我总是想起她。我会想起她甜蜜的性格和她的英年早逝。她为了生下我的子嗣而死;她是在为我操劳服役时死的。"

我点点头,像是我在想到她所做出的牺牲时,我心悦诚服。

"当我生病的时候,当我担心自己再也无法痊愈的时候,我想至少我还会和她在一起。"

"快别这么说。"我喃喃地说,我真这么想。

"人们说些可恶的话,他们说这是诅咒,他们在谈论诅咒。他们是这么说的——都铎的男孩都被诅咒了,我们的子孙都被诅咒了。"

"我从没听到过这样的话。"我口气坚决。其实我听到过。那些北方的叛军肯定都是这样认为的:都铎的子孙会因为反对教堂和反对金雀花王朝的罪孽而死绝。他们叫他欧洲鼹鼠,一种破坏自家王朝的怪物。

"你真从没听过?"他期盼地问。

我摇摇头。每个人都在说都铎王朝因为在伦敦塔里杀死一位约克王子而被诅咒。一个杀死王子的人怎能得到祝福?但如果国王也这么想,他怎么还敢于计划自己的将来?他可是杀死了金雀花王朝最后一任继承人:玛格丽特·波尔,她无辜的儿子和孙子。而他本人则因为猜疑将自己的两个妻子送上了绞刑架。

"我从没听过这样的话。"

"很好。很好。但这就是为什么我要如此严密地保护他安全的原因。我为了他防范杀手、防御疾病、阻止霉运。我像保护自己唯一的财富一样保护他。"

"我也会保护他的。"我向他保证。

"所以我们让上帝来保护爱德华,祈祷他会有健壮的儿子,同时我会在国会通过一项法律,确立那些女孩在他之后顺位继承。"

英格兰从未有过辅政的王后，但我不会指明这一点。我不知道该怎么提出这个问题——在爱德华未成年期间，由谁来担任辅政大臣？因为这暗示着国王会在未来十一年内去世，他肯定不想听到这个。

我笑了。"我的陛下，您是如此的慷慨豁达。女儿们得知她们得到了您的宠爱会非常高兴的，那比她们被列入继承权顺位这事更有意义。您的女儿们所希望得到的一切，就是知道她们的父亲深爱着她们、认可她们。她们有这样一位父亲真是上帝的眷顾。"

"我明白。"他说，"你已经向我表现了出来。我也很惊讶。"

"惊讶？"我重复了一遍。

他看上去很尴尬。片刻之间，他展现出了一个极其脆弱和怯懦的父亲形象，而不再是一个被诅咒的暴君。"我不得不时刻思考他们究竟是继承人还是篡位者。"他字斟句酌地说道，"你明白吗？我总是无时无刻不在考虑，究竟是该接受她们是我的女儿，还是把她们晾在一边。我在想到她们的母亲，想到我和她们的母亲那些可怕的争斗时也不得不想到她们。我也不得不像对待敌人那样猜疑她们。我以前从来没有在宫廷召见她们，让大家待在一起，和她们的兄弟一道，把三个人都看作是我的孩子。我只是把他们看作是他们自己。"

我被深深的担忧诡异地触动了。"他们每一个都是值得骄傲的孩子。"我告诉他，"他们都是您的孩子，你可以疼爱他们每一个人。"

"你向我展现了一个很好的榜样。"他说，"因为你把爱德华当一个小男孩对待，把伊丽莎白当一个小女孩对待，把玛丽当一个少女对待。我通过你的眼睛来了解她们。我几乎是第一次在看到这些女孩子们的时候没把她们当成有毒的猛兽。"

他拾起我的手亲吻了一下，"我为此向你致谢。"他平静地说，"真的，我感谢你，凯瑟琳。"

"亲爱的。"我脱口而出。

"我爱你。"他说。

我自然不假思索地回应道:"我也爱您。"

我们就这样紧握着对方的双手,沉浸在温柔之中,过了片刻,我看到他的眼睛因为周身突如其来的疼痛而微闭起来。他咬紧牙关,决心不叫出声来。

"现在我该让您独自休息一下吗?"我问。

他点点头。安东尼·丹尼立刻站起身来带我走出房间,其间我看到他毫无表情地向国王瞟了一眼。他在国王向我解释之前早已知道了这一切。丹尼是国王的心腹兼挚友,是最靠近国王的大臣之一。他那安详的自信提醒我要记住,就像我曾经暗示过的那样,霍华德、弗罗瑟斯利和加德纳都是只考虑自己利益的笨蛋,但是在国王身边还有一些人,他们会对我做同样的诋毁,而丹尼就是那几个人中的一个。他们的命运建立在待奉王室上,这些人可以在最私密的情况下作为国王的耳目,也可以像我一样,单独和国王商议国家大事。

我沉浸在告诉国王的女儿们她们将被重新封为公主的欢乐中。我分别告诉了她们俩这个消息。但我明白,这再次让她们成为了对手,只有她们的弟弟去世,她们才可以继承王位,伊丽莎白更是只有在年幼的弟弟和年长的姐姐都去世的情况下才能上位。

我找到她的时候,她正在我的宫廷里与她的表亲简·格雷小姐,以及家庭教师理查德·考克斯一道学习。我把她叫到一边,告诉她这是她的父亲对她喜爱的标志。当然,她立刻就想到了自己继承王位的情形。

"您认为一个女人可以治理一个王国吗?"她问我,"王国这个词可能告诉我们不能。因为它不叫王后国，不是吗？"

这个十岁女孩的聪慧让我笑了起来。"如果让你来治理这个王国或者其他任何一个王国，你都要拿出一个男人的勇气和智慧。你会称自己为王子。"我鼓励她说，"你要学习每一个聪明的女人都必须学习的知识：在明知你是一个女人的情况下，像男人一样掌控权力和勇气。你可以接受王子接受的教育，你的思想可以和国王的思想一样，你可以有一个女人怯弱的身躯，但有国王的肚量。"

"什么时候开始？我什么时候会拿回我的头衔？"

"这得国会先通过。"我提醒她说。

她点点头，"你告诉玛丽小姐了吗？"

她真是继承了都铎王朝家族的衣钵，这么个小女孩，提出的都是些政治家提出的问题：什么时候会正式宣布？哪个女儿最先得到通知？"我这就去告诉她。"我说，"在这儿等着。"

玛丽小姐正在我的议事厅做刺绣，我们正在制作一张祭坛的罩布。她把绣蓝天这种无聊的活派给了一个女侍，她自己可以专注于绣更加有趣的那些装饰台布边缘的花朵。当我走进来的时候，她们都起身致礼，我示意她们坐下，继续自己手上的针线活。安东尼·丹尼的妻子琼正在阅读我们翻译的费希尔的赞美诗，我把玛丽小姐叫到飘窗前，这样好和她私下交谈。我们坐在窗前的凳子上，促膝交谈，她满怀真诚地望着我。

"我为你带来了非常好的消息。"我说，"你以后会从枢密院得知消息，但我想在正式公布前先告诉你。国王决定要确立王位的继承顺序，而你会被封为玛丽公主，可以在爱德华之后继承王位。"

她低着头，她的睫毛遮住了那双深色的眼睛，我看到她的嘴唇动起来，开始感恩祈祷，只有她那不断涨红的脸告诉了我，她深受感动，但那绝不是因为王位。她没有伊丽莎白那样的野心。"所以他终于接受我母亲的清白了。"她说,"他不会再说他们的婚姻没有上帝的许可了。我的母亲是他哥哥的遗孀,然后是他真正的妻子。"

我把手放在她的膝盖上安抚她。"他没说这些,我也没提,你也不该这么说。他封你为公主,也封了伊丽莎白为公主。不过,伊丽莎白的继承顺位排在你之后,玛格丽特·道格拉斯小姐和她的家族排在伊丽莎白之后。他没有提到和你母亲的婚姻,也没有提到遗弃她的旧事。"

她开口刚要争执几句,马上就点点头。任何有点理智的人都能看出,如果国王给她的女儿正式的封号,那么他肯定在逻辑上就接受了他和她母亲婚姻的有效性。但是,正如这个有着很高智商的女儿所理解的那样,他可不是一个有逻辑的男人。这是一个可以指挥现实的国王。国王决定她们再次成为公主,就像他过去一时兴起,在没有任何理由的情况下裁决她们是私生女一样。

"之后他会为我安排婚事。"她说,"然后为伊丽莎白安排。如果我们是公主,那我们就可以嫁给国王了。"

"你当然可以。"我笑着说,"我还没想过这个问题,这会是下一步的事。但我知道我会无法忍受失去你们当中任何一个的痛苦。"她把手放在我的手上。"我不想离开你。"她说,"但我结婚的时候也到了。我想有自己的宫廷,想有自己的孩子可以疼爱。"

我们手握着手坐了一会儿,"玛丽公主。"我试着喊出她的新头衔,"我无法表达我有多么的高兴,你得到了你应该得到的,我可以大声地称呼你,用我一直在心里称呼你的方式称呼你。我的母亲提到你的时候总是叫你公主,她认为你的母亲是一位伟大的王后。"

她深色的眼睛里闪烁着泪花,"我的母亲会非常高兴看到这一天的。"她渴望地说。

"她会的。"我说,"但是她给你留下的是你的血统和你的教育。没有人可以夺走这些，她把这两样都留给了你。"

尽管国王身体仍旧不适，西班牙公爵唐·曼瑞克斯·德·拉拉准备要来宫廷。

"你必须接待他。"亨利不由得吩咐我。"我可不行。"

我有点害怕："我该做些什么呢？"

"他会进来看望我，我在密室接见他，但不能太久。明白了吗？"

我点点头。亨利说话的口吻带有一些愤怒。我知道他为自己的病痛感到无奈，为自己无法行走感到苦恼。在这种情绪下，他可以向任何人发泄。我环顾了一下房间的四周：侍卫都背靠着墙站在一边，国王的笨蛋安静地坐在国王旁边。两位大臣正在看文件，似乎连眼睛都不敢抬起。"他可以和你的弟弟共进晚餐，还有亨利·霍华德，这个年轻帅气的小伙子可是宫廷的一枝花。这样接待他应该足够了。你同意吗？"

"是的，陛下。"我说。亨利·霍华德是诺福克公爵的长子，他出身高贵，从未建功立业却享尽荣华富贵。他骄傲，自负，爱惹是生非，自诩是一个黄金少年。不过在眼下我们需要一个年轻帅气、如麦鸡一般骄傲的人来待客时，他就显得极其宝贵。

"之后西班牙公爵可以去你的宫廷，你可以来点音乐、舞蹈，然后晚餐，以及任何你喜欢的娱乐方式。你可以做到吗？"

"是的，我可以。"

安东尼·丹尼从位于窗户前的桌子后面抬头看了看，他在那里记录国王的指令，再发给各位枢密院成员以及各家族的头领。我移开视线，尽量不去打量他脸上露出的同情心。

"玛丽公主会和你在一起，她可以说西班牙语，他们会因为她母亲的缘故而喜爱她。西班牙大使查普勒斯那个老狐狸会带公爵来,并保证一切顺利进行。你不用担心西班牙语的问题,你可以和他们说法语或者英语。"

"我行。"

"他不能和她小声私语。你要向他表现出足够的礼节,但你不能把她推在最前面。"

我点点头。

"你要盛装打扮,要像王后一样。戴上你的王冠。说话要带有权威。如果有什么不知道的,就什么都不说,一个安静的女人没有任何问题。你必须要让他们刮目相看。你必须做到这一点。"

"我肯定我们可以向他们展示英格兰宫廷的优雅及学识,这和欧洲任何地方的宫廷都完全一致。"我镇定地说。

最后国王看了看我,他那因为疼痛而紧缩的金色眉毛终于舒展开来,我看到了他久违的动人笑容。"有这样一个最美丽的王后。"他突然温和地说,"也就无所谓丈夫多么年老衰弱,脾气多么暴躁了。"

我走到他的身边,握住他的手。"不,没那么老。"我温和地说,"也没有那么衰弱。我可以在接见大使之前给你看看我的礼服吗?你想看看我穿上你给我的那些精致服饰吗?"

"是的,让我看看。你必须保证自己完全被钻石包围起来。"

我笑了,丹尼抬起头,看到我用出色的幽默让国王开怀起来,他也向我们笑了。

"我希望你能用我的财富让他们震撼。"亨利说。他还是笑着,但非常认真。"你做的每一件事情,佩戴的每一串项链会被记录下来,他们回去会汇报给西班牙当局。我希望他们知道我们的富有远远超出了他们的想象,富有得足以和法国开战,富有得足以让苏格兰服从我们的旨意。"

"我们真是这么富有吗?"我声音很小,即使在桌子上弯下身子阅读的丹尼都听不到我的声音。

"不是的。"亨利说,"但我们必须戴上面具,像表演一样。我们必须浓妆艳抹。王权和战争几乎都是表面功夫。"

我奉上了一场盛大的表演。"喜鹊王后!"婻说,她看到我让侍女们给我的手上套上一串又一串的手链,把钻石和红宝石戴在我的手指与脖子上。

"太鲜艳了吗?"我看着镜子,对着她惊讶的神态问道。

"说英语!"她命令我,"不要用粗俗的乡下语言!——不是,也没有太过分,如果是他让你戴上这些珠宝的,那就没问题。他希望和西班牙建立联盟,这样他就可以和法国开战,你的任务就是让英格兰看上去能够负担起一场和法国的战争——只是你手指上的穿戴就足以供养一支军队了。"

她退后了几步,从头到脚仔细打量我。"真漂亮。"她说,"最美丽的王后。"

我的继女玛格丽特·拉提默手里拿着一个小盒子走过来。"这是王冠。"她敬畏地说。

婻打开盒子的时候,我尽量让自己不为所动。她拿出波琳的王冠,然后转向我。我挺直了身子,将它戴在头上,从镜子里打量我自己。从那银色的玻璃里,我看到了一个灰色眼睛的美人,金色头发,长长的脖子,耳朵上镶着钻石,项前佩戴着红宝石,这顶沉重丑陋但熠熠闪烁的小王冠让她显得更加高挑。我想我看上去像个魔鬼王后,一个黑暗里的王后,一个站在黑色塔顶的王后。我像我的每一位前任,像她们其中某个那样被宠幸,也像她们所有人那样难逃一死。

婻提议说:"您也可以戴您的金兜帽。"

我站起来,头尽力保持着平衡。"我当然会戴王冠。"我斩钉截铁地说,"我是王后。无论如何,我今天都是王后。"

删后记

✦

　　我整晚都戴着它，只在已经眩晕的伯爵祈求与我们跳舞的时候，才将它取下来。之后婻给我拿来了兜帽。这是个非常成功的晚上，一切都按照国王的指令进行。年轻的男士英俊潇洒，情绪高亢且让人愉悦；女士们都矜持而美丽。玛丽小姐和公爵以及大使讲西班牙语，但无处不表现出她是英国的公主，我也觉得自己的举止进一步让我成为了国王需要的妻子，一个可以代表他的妻子，一个可以治理国家的妻子。

✦

　　国王要求，在他晚上因为疼痛无法入睡的时候，我把床移到离他近一点的地方。我的女侍把我有四根大柱子和带刺绣华盖的美丽大床搬去了国王卧室旁边的侧卧。一同搬去的还有我的桌子、椅子，我的祈祷台。我无声地做了个手势，命令把我的书箱，以及装有我的手稿、我的文章，还有我翻译的费希尔赞美诗的写字盒留在王后的宫廷。虽然我只读国王和他的枢密院批准的东西，但我不想让他们注意到我的图书馆藏书里数量越来越多的神学书籍，也不想让任何人察觉我主要的兴趣是早期教会的教义，以及最近几年要求对堕落进行改革的呼声。这对我来说，应该是我们这个时代的学者应该研究的对象，也是我们这个时代的核心问题。所有的伟人都在思考，教会究竟是如何从早期的简约及虔诚步入到今天的歧途，所有的讨论和著作都是关于寻找正道，寻找通往基督的正道的，无论是在罗马教廷内部还是和它一起。他们翻译的文稿告诉了我们早期的教会是如何组织的，他们不断发掘出的历史事实和《福音书》告诉了人们，什么是世间神圣的生活方式，告诉了人们世俗的权力应该如何与教会相得益彰。我相信，国王把英格兰教会的领导权掌握在自己身上的做法是完全正确的。一个国王统治他的疆土、教会和一切,这样做肯定都是对的。不能有一种法律针对人民,另一种法律针对教士。诚然,教会必须率领精神的王国,负责上帝的神圣事务;国王必须统帅凡尘世界。谁会争辩这一点呢?

"有很多人。"我的众多女侍中最伟大的改革家凯瑟琳·布兰登解释道,"他们当中很多人得到了国王的重视。他们再次获得了力量。他们曾因为国王对克兰默主教的宠信而受到挫败,但斯蒂芬·加德纳重获了国王的信任,他的影响力正在不断扩大。给玛丽公主册封公主头衔会取悦罗马,而且我们正通过高规格地接待来使,将友谊延伸到了西班牙。国王的很多谋臣都被罗马教廷收买了,试图说服陛下将英格兰教会的所有权归还给罗马教廷,回到我们从前的时代。这些人告诉国王,我们会和其他所有伟大的国家保持和谐,之后在城镇和乡村,会出现成百上千对这一切毫不了解的人们,他们只想看到路旁祭坛的恢复,各种圣像和雕塑重回教堂。这些可怜而愚昧的人们,他们什么都不理解,也从来不想自己作出思考。他们希望修道士和修女能回来看护和照顾他们,告诉他们如何思考。"

"我不想让任何人知道我在想什么。"我率直地说,"所以,把我的书都留在我的房间里,把箱子都锁起来。凯瑟琳,你来保管钥匙。"

她笑了,向我展示了她腰带上系着的钥匙链。

"我们并不都像你那样无拘无束。"我说,这时她吹了个口哨召唤她的小狗,这只小狗和主教同名。

"我的狗狗加德纳是个笨蛋,一声口哨就被召唤来,一声命令就坐下听从吩咐。"她说。

"别在我的房间使用它的名字来呼唤它或者指挥他。"我说,"我不需要敌人,特别是斯蒂芬·加德纳。国王已经很偏爱他了。如果我的主教大人继续高升,恐怕你必须给你的狗重新取名。"

"我想他已是势不可挡了。"她坦率地说,"他和那些传统主义者开始压倒我们。我听说托马斯·弗罗瑟斯利不满只当个国王的秘书和掌印大臣，他还想当大法官。"

"你丈夫告诉你的吗？"

她点点头。"他说，自打克伦威尔以来，弗罗瑟斯利是国王身边最野心勃勃的人。他说他是一个危险的人，就同克伦威尔一样。"

"难道查尔斯没有建议国王支持改革吗？"

她朝着我笑："他才不会！你不可能靠告诉国王你有什么想法，来得到国王三十年的青睐。"

"那为什么你的丈夫没有试图阻止你？"我好奇地问，"难道你给自己的狗起了个主教的名字来嘲讽取笑他？"

她笑着说："因为如果你试图限制你的四位妻子，那你是没法活下来的！"她兴高采烈地说。"我是他的第四任妻子，他让我想我喜欢想的事情，让我做我爱做的事情，只要不去打扰他。"

"他知道你会读书和思考？他允许吗？"

"为什么不允许？"她问了一个女人可以提出的最具有挑战的问题，"我为什么不该读书？我为什么不该思考？我为什么不该表达我的意见？"

春天的漫漫长夜里，国王因为疼痛而无法入睡。尽管距黎明还有很久，但他醒来了，情绪沮丧。我出钱买了一座漂亮的钟，好让自己能更容易度过那几个小时。我把蜡烛放在桌子上座钟的旁边，在蜡烛闪烁的亮光里，盯着分针在铜色的钟面静静移动。国王醒来时大约清晨五点，他烦躁不安，气急败坏，我起身点亮所有的蜡烛，挑拨炉火，然后通常会让人从厨房拿来些啤酒和点心，国王会乐意我坐在他的旁边，为他念书。蜡烛渐渐熔化，慢慢地，非常慢地，光线穿过了窗户，最初是带点灰色的漆黑，接着是深灰，最后，在我感觉已过去漫长的几个小时后，我终于看见了曙光。我对国王说："早晨就要到了。"

因为他整夜都忍受着疼痛，我很心疼他。我不介意醒来和他坐在一起，虽然我知道黎明来临之际我会很疲倦。他可以去接着睡觉，但我必须代表我们俩履行宫廷的义务——带领所有人举行弥撒，在数百人众目睽睽之下公开吃早餐，和玛丽公主一起读书，观看宫廷的骑射狩猎，中午和人们共进午餐，下午还要听取枢密院成员的报告，还有晚餐，最后还要观看整晚的狂欢和舞蹈，自己经常还得亲自下场跳舞。这偶尔会是一件幸事，但终究是一种责任：宫廷必须要有聚焦点和首领。如果国王身体不适，我的任务就是代替他的位置，并且隐瞒他的病情。如果我在那里，坐在王位上微笑，向每个人保证国王只是有点疲倦，但身体日渐康复，他便可以在白天休息。

斯蒂芬·加德纳提供国王晚上可阅读的所有书目，阅读的范围极其有限；但他们不让我读其他任何书籍，因此我不得不去背诵那些支持教会团结在罗马教皇统治之下的虔诚辩论，或者那些教会创始初期极具幻想色彩的历史典故，它们强调的是父权和教权。如果我去相信这些正统的书籍，我会以为这个世界上从来就没有女性的存在，至少早期的教会不会有女性圣徒为了她们的信念而献出生命。加德纳主教如今对那个东方教会的推崇无以复加。他们虽然是全体基督教大家庭的一员，却拒绝向教皇卑躬屈膝。那个希腊教会当真是我们的楷模，我读过很多布道的祷文，这些祷文认为，基督教只有和罗马教廷同在，才可以维护其高度纯洁性。我不得不说，如此一来最好的办法是让人们沉浸在神圣的无知中，最好让他们只管祈祷，而无需读懂祷文的含义。毫无疑问，虽然我背诵着那些无稽之谈，但却对加德纳主教义正言辞地宣读那些谎言充满鄙夷。

亨利会听我读书。有时他会闭上眼睛。我发现我的阅读确实在伴随他入睡，但有时疼痛也会让他警醒。他对我的阅读不置可否，除了偶尔让我重复某一句话，他从不问我是否同意那些反对改革的乏味辩论，而我也注意尽量不予评论。在夜晚宁静的房间里，我可以听到脓液从他的腿中被吸出，滴在容器里的嗒嗒声。他因脓液发出的恶臭感到羞愧，也被病痛反复地折磨。我对此无能为力，只能按照医生的吩咐给他喂药让他入睡，并向他保证我什么都没闻到。房间里布满了干玫瑰花瓣，散发出浓郁的薰衣草香气，房间每一个角落还放有盛满玫瑰花油的容器，但死尸一般的臭气像薄雾一样弥漫和笼罩着一切。

有的晚上他几乎整夜都无法入睡。有时他白天也不能起床，但会在床上听人们做弥撒，他的谋臣和枢密院成员在与他卧室相连的议事厅碰头开会，议事厅的门开着，这样他就能听到会议讨论的内容。

我坐在他的床边，听他们讨论未来英格兰和苏格兰的联合，计划是通过国王的外甥女玛格丽特·道格拉斯小姐与苏格兰的贵族马修·斯图亚特的婚姻来促成。当苏格兰拒绝了这个计划后，我听到谋臣们在商议派爱德华·西摩尔和约翰·达德利率领大军出征教训这个邻国，让这些苏格兰人学会尊敬他们的主人。我对这样的计划感到震惊。我居住在英格兰北部这么多年，很清楚住在那些山区的日子有多么艰难。人们小心翼翼地拿捏着收获和饥饿之间的平衡，而入侵的军队仅仅是行军路过此地就足以造成饥荒。这绝不是和苏格兰实现联合的办法，难道我们要在造福我们这个新的王国之前就先毁了它吗？

但是通过坐在国王的房间静静地倾听他们的讨论，我开始明白枢密院是如何运作、乡下是如何向官员汇报的，谁向枢密院汇报，谁在国王面前展开辩论，然后国王会裁决采取什么行动——当然是异想天开的——并由枢密院考虑如何将国王的裁决写成法律提案，最后上交国会批准，在全国推行实施。

国王的谋臣们过滤国王听到的所有新闻，起草国王要求的法案，他们在这个体系中有着巨大的权力。整个体系都取决于一个人的判断，而这个人正经受着过多的疼痛折磨，他无法起床，而且经常会受药物的影响头晕目眩、思维迟钝。谋臣们可以轻而易举地封锁国王本应知道的信息，或者根据他们自己的利益撰写法案，这应该引起我们所有人对这个国家生死存亡的担忧：这一切都依赖于亨利满是汗水的双手，但同时也让我更有信心摄政，因为我明白，在好的谋臣的辅助下，我可以像国王一样做出好的决策。几乎可以肯定的是，我一定能做出更好的决策，因为当亨利觉得有些议题无聊，或者某人的反对激怒了他的时候，他就会突然在他的床上大声吼叫："换下一个议题！换下一个议题！"而且他会根据谁是政策的呈现者来决定支持或反对某个政策。

我还了解到他是怎样拉帮结派、将不同党派玩弄于股掌之中的。斯蒂芬·加德纳是他宠信的谋臣，他经常会指出应该对英文《圣经》增加更多限制，应当只限贵族和有学问的人在他们自己的小教堂阅读，穷人如果试图阅读英文《圣经》就必须遭到起诉。他从不放过任何一个抱怨的机会，指责人们四处对上帝的话进行辩论，认为这些人仿佛与受过教育的群体是平等的，仿佛会明白得了上帝的教义。但是，当斯蒂芬·加德纳认为他获得了胜利，《圣经》再也不会重新出现在教堂时，它被永远从那些最需要它的人手中抢走——国王让安东尼·丹尼召唤托马斯·克兰默入宫。

"你永远无法猜到我会给他们分派什么任务。"他说，奸诈地对我笑着，身体往后倚靠在高高的枕头上。我坐在他宽敞的床边，握着他肥大湿润的手。"你永远不会猜到！"

"我肯定我永远不会猜到。"我说。我喜欢托马斯·克兰默，他一直是教会改革的坚定信徒，他的布道祷文就印在英文版《圣经》的封面上。他总是敦促国王要统领英国的教会，要求布道祷文、赞美诗和祈祷都使用英语。在面对那些陷害他的阴谋诡计时，他所展现出的那种无声的勇气进一步确定了我对他的喜爱，而且他经常以一位值得尊敬的朋友的身份来我的房间，看看我写作的内容，并参与我们的讨论。

"这就是掌控他们的方法。"亨利向我吐露道，"凯瑟琳，这就是统治一个王国的办法。你要边看边学。你首先任命一个人，然后再任命他的对手。你给一个人某项任务，你把他夸到天上，然后再给他最大的敌人一个相反的任务，一个完全矛盾的任务。当他们相互争斗得你死我活的时候，他们便无法筹划反对你的阴谋；当他们分裂到水火不相容的地步，他们就会任你摆布。你明白了吗？"

我领会到的是一种循环反复让人困惑的政策，这样就没有人知道国王究竟相信什么，或者真正想要什么。在一片混乱之中，声音最大的那个人或者最讨人喜欢的那个人会大获全胜。"我相信陛下是英明的。"我小心翼翼地说，"而且非常巧妙。但是托马斯·克兰默会为您做任何事情，您肯定不必通过计谋来获得他的顺从吧？"

"他就是我的缓冲器。"国王说，"我用他来制衡加德纳。"

"那他肯定会把我们拉向德国。"威尔·萨默斯突然插嘴道。我完全没意识到他也正在听我们的谈话。他非常安静地坐在地上，背靠着床边巨大的立柱，将一只金球在手里颠来颠去。

"为什么会这样呢？"亨利说，他对他的笨蛋总是显出宽容，"站起来，威尔。你蹲在那儿我看不见。"

笨蛋唰的一下站了起来，将金球高高地抛向空中，然后一把接住，并且吟唱起来：

托马斯肯定会一直把我们拖到德国，跨越重重高山，
因为史蒂芬要带我们前往罗马，攀越阿尔卑斯。

亨利笑了。"我有制衡加德纳的办法了。"他告诉我,"我准备让克兰默用英语写一部演讲稿及祷文。"

我很惊愕:"写一本英文的祈祷书?用英语写?"

"对,这样一来,人们来到教堂就可以听到用自己的语言表述的祈祷词,并且能够理解祈祷文的意思。如果他们使用自己都不明白的语言,他们怎么能够做真实的忏悔呢?如果他们完全不懂那些话的意思,他们怎么可能真正地祈祷呢?他们站在后面,'哇啦哇啦哇啦——阿门'地乱说一气。"

当我把费希尔主教的赞美诗从拉丁文译为英文的时候,我正是这样考虑的。"这是送给英格兰人民多么好的一份礼物呀!"我激动得几乎都要说不出话来,"一本用他们自己的语言写成的祈祷书!这对灵魂是多么伟大的一次拯救!如果也允许我来做这件事,我该有多么高兴呀!"

"我说了王后早上好。"威尔·萨默斯突如其来地插嘴,"早晨的女王早上好。"

"你也早上好,威尔。"我回答说,"你这是一个玩笑吗?"

"这是一个早上的玩笑。国王的想法就是今天早上的安排。晚餐后您就会发现一切都面目全非了。今天早上,我们会派人去请克兰默,而今天晚上,嗨嗨,就轮到我的加德纳大人了,他可是最有学识的,而您将是早晨的王后,很快就没时间给您了。"

"闭嘴,笨蛋。"亨利说,"你是怎么想的,凯瑟琳?"

尽管威尔提醒了我,但我还是忍不住要说。"我想这是一个机会,写一点真实而美好的东西的好机会。"我激情洋溢地说,"而用优美的文字写出来的东西一定会指引人们崇拜上帝。"

"但不能只是些装饰门面的语言。"亨利强调说,"不能捏造一个虚假的上帝。必须对拉丁文进行准确的翻译,不能额外添加那些带有诗情画意的内容。"

"必须是上帝的旨意。"我说,"上帝用通俗易懂的语言对单纯简单的人说话,我们的教会也必须这么做。但我认为通俗易懂的语言里蕴含了无数的美妙。"

"你为什么不自己写一些新的祈祷文呢?"亨利突然问道,"你亲自来写?"

刹那间,我心想他是否已经知道我翻译的赞美诗业已出版之事,只不过封面上没有留下我的名字而已。我想知道他的密探是否告诉了他我已经翻译了一些祈祷文,而且和主教们讨论过这些文章。我结巴了起来:"不,不,我不能擅自这么做……"

但他的提议是认真的。"我知道克兰默很尊敬你。为什么不创作一些祈祷词呢?为什么不去把一些拉丁文的弥撒祈祷词翻译成英语,然后把你的作品给他看看呢?拿一篇给我看看。玛丽公主和你一起学习,不是吗?还有伊丽莎白。"

"还有她的家庭教师。"我谨慎地说,"伊丽莎白有时候会和她的外甥女简·格雷一起学习。"

"我认为女人应该学习。"他亲切和蔼地说,"没有学识并不是女人的义务。而且你有一个知识渊博并有着学者风范的丈夫;当然,你要超过我那是不可能的!"想到这里,他不禁笑了起来。我也附和着笑了。

我没有正眼看笨蛋,尽管清楚他肯定在关注我的回答。"只要您觉得合适,陛下。"我平静地说,"我会喜欢做这件事,而且这对我们的公主们也是一次教育,但是会由您来掌握一切进展的尺度。"

"可以深入地学习。"国王决断道,"只要克兰默能应付得过来,你们就可以学习。如果学习的内容太离谱,我马上会让我的走狗加德纳把你们纠正过来。"

"有没有折中的办法呢?"我大声问道,"克兰默要么用英文写弥撒祷文,且以英文发表,要么他就干脆不写。"

"我们会找到我的办法的。"亨利回答说,"我的办法是来自上帝本人对我的亲自启发,也来自他对地球治理的方法。他对我说的话,我也都听到了。"

"你瞧。"威尔突然一下蹦到炉边,对他躺在床上的主人说话,他抬起他的大头,像只狗一样跪在地上,"如果她这么说,或者我这么说,人们会以为她是个疯女人,说我是一个笨蛋。但如果国王这么说,所有人都会觉得那一定是真实的——因为他受命于上帝,有着神的庇佑,因此他绝不会错。"

国王眯缝着眼睛看着他最宠爱的心腹。"我绝不可能是错的,因为我是国王。"他说,"我不可能是错的,因为国王在凡人之上,天使之下。我不可能是错的,还因为上帝会和我说话,旁人是听不到的,就好比你不可能聪明,因为你是我的笨蛋。"他瞟了我一眼。"而且她不可能和我持不同的观点,因为她是我的妻子。"

✦

那天晚上,我祈祷,希望自己会有自行决断的自由。我这一生都是一个顺从的妻子,首先是顺从一个年轻、胆怯而又愚昧的男孩,随后是顺从一个有权势但冷酷的男人。对他们两人,我表现了完全的服从,因为那是我作为妻子的责任,是上帝这样规定的,并且也是这样教育每一个女人的。现在,我嫁给了英格兰的国王,我对他负有三重责任:作为妻子,作为子民,作为他统领的教会的一员。因此,如果我读了他不喜欢的书,或者持有和他不一样的观点,这些都是背叛,或者更糟。我应该想他之所想,从早到晚持之以恒。但我不明白,为什么上帝赐予了我大脑却不想让我自己

删后记

思考。我的脑海里不断浮现着这样的话：为什么上帝赐予了我大脑却不想让我自己思考。与之相连的还有下面一句：上帝赐予我心，他一定想我去爱。我知道这两句话并不是哲学家的逻辑，而是诗人的逻辑，它来自有着作家般敏锐之心的人，正是这样的语言和这样的观点说服了我。上帝赐予我脑，他一定想让我思考。上帝赐予我心，他一定想我去爱。我脑海里听到了这些话。我不会大声讲出来，哪怕在这个寂静无人的小教堂里也不会。但当我从教堂围栏抬头朝绑在十字架上的耶稣画像看去时，我所看到的却是托马斯·西摩尔时隐时现的微笑。

✵

嫡大踏步地走进我的鸟房，我正坐在靠窗的椅子上，一只手上站着两只金丝雀，它们在啄食我另一只手上拿着的少许白面包。我正陶醉于这些鸟儿明亮的眼睛、高昂的头、光鲜的色泽、精美复杂的层层羽毛，以及他们张开的暖和脚爪。它们就像浓缩的生命奇迹，正停留在我的掌心。"嘘。"我头也没抬地说。

"您必须听听这个。"嫡的口气里按捺着愤怒，"把鸟都收起来。"

我翻了下白眼，明确表示拒绝，但这时我看到了她严肃的表情。在她身后的凯瑟琳·布兰登脸色苍白，她旁边是表情凝重的安妮·西摩尔。

缓缓地，为了不要惊吓到它们，我把手伸进美丽的鸟笼，两只鸟便扑上了它们的栖枝，其中一只开始用喙整理自己的羽毛，似乎它是一名重要的外交使臣，刚完成出访归来，必须整理抻平它的外衣。

"什么事？"

"新的继承权法案。"嫡说道，"国王在他与法国开战前要定夺他的继承人。他在接受咨询的时候，查尔斯·布兰登和爱德华·西摩尔都在他的身边，还有弗罗瑟斯利，弗罗瑟斯利！律师们正在起草文件。"

"这些我都知道。"我镇静地说,"他和我讨论过了。"

"他是否告诉了你将来你的所有继承人都要追随服从爱德华王子?"她追问道。

我一下转过身来,因为我突然的移动,笼子里的小鸟们惊慌得噗噗拍动了翅膀。

"我的所有继承人?"我反问道。

"我们必须对所说的话小心谨慎。"安妮·西摩尔忧心忡忡地环顾四周,似乎鹦鹉会把一切涉嫌叛国的字句都汇报给加德纳主教。

"当然,是的。"我点点头,"我只是有些吃惊。"

"包括所有其他继承人。"凯瑟琳·布兰登说。她语气非常轻柔,露出精心掩饰的漫无表情。"这可是关键,真正的要点所在。"

"所有其他继承人?"

"任何未来的王后继承人。"

"任何未来的王后?"我重复道。我看着婻,没看凯瑟琳或者安妮。"他在计划未来的王后?"

"那也不是。"安妮·西摩尔安慰我道,"他只是在起草继承权法案,即便他比你活得久,法案仍要施行。比如说你死在了他的前面……"

婻顿了一下:"她怎么会死?她还年轻得很,完全可以做他的女儿!"

"但必须未雨绸缪!"安妮·西摩尔坚持说,"比如你很不幸得了绝症,然后死了……"

凯瑟琳和婻互相交换了个眼神。显然,亨利的习惯就是活得比他的王后更长久,而且没有哪一位王后是出自身体不好的原因。

"那样他就可以名正言顺地再次结婚,如果可能的话,或许可以给他生个儿子。"安妮·西摩尔挑明了说,"当然,这不是说他正在这样筹划,也不是说这是他的意图,也不是说他心中已经有了人选。"

"不。"婻厉声说。

"他可没这么想,是有人让他这么想了。他们现在终于让他这么想了。他们起草法案的时候你们的丈夫都在场。"

"也许这只是起草继承权法案的一种合理方案。"凯瑟琳猜测说。

"不,不是这样的。"婻坚持说,"如果她真的死了,然后国王再婚并得一子,那么,根据出生权和性别权,这个男孩将有爱德华之后的王位继承顺位权,国王根本无需这种假设。如果她真的死了,那么新的婚姻和新的继承人将意味着要制定一部新的继承权法案。此时此刻根本没必要做出假设,现在这么做只是提前让我们在思想上接受有另一段婚姻的可能。"

"在我们的思想上?"我问道,"他想让我思考他会抛弃我,然后再次结婚?"

"或者他想让整个国家做好思想准备。"凯瑟琳·布兰登非常小声地说。

"或者是他的谋臣们正在考虑册立新王后,一位支持旧法的新王后。"婻回答说,"您让他们深感失望。"

我们大家一时间都缄默了。

"查尔斯是否跟你提到过,究竟是谁主张把这个条款加到法案里的?"安妮·西摩尔问凯瑟琳。

她耸了耸肩:"我想是加德纳。我不能肯定。还有谁会想为新的王后做准备呢,第七位王后?"

"第七位王后?"我重复了一遍。

"问题的关键是。"婻最后说道,"作为英格兰的国王和教会的首领,他有权做任何他想做的事情。"

"这我明白。"我冷冷地说,"我知道他完全可以随心所欲地做任何事情。"

1544 年夏

伦敦　白厅宫

托马斯·克兰默一直在为写作他的祈祷书而忙碌。他把写好的祷文拿给国王,由我们三个人一句祷文一句祷文地阅读,一遍又一遍地阅读。克兰默和我负责研究拉丁语原文然后转换表述,再读给国王听,国王边听边用手敲打着座椅,就像在听音乐一样。有时,他会向主教或者我点头表示认可,并说:"听听这句!听到用我们自己的语言表述上帝的旨意,这简直就是奇迹!"而有时候他会皱起眉头说:"凯瑟琳,这句话让人费解。它就像是粘在舌头上的面包屑,没人通顺流畅地说这段话。重新写,你觉得怎样?"我就删掉那一句,试着换不同的句式加以改写,让它朗朗上口。

他只字不提继承权法案的事,我也装作什么也不知道。法案被呈给了议会,通过后成为了法律。对于我的丈夫已为我的死作了预案一事,我没有对他说过只言片语,虽然我很年轻,完全可以做他的女儿。关于他在安排继我之后的女王一事,他从来不曾抱怨我什么,我同样也没有对他说起任何一个字。加德纳不在宫廷,克兰默常常陪在国王身边,他喜欢和我们俩一起工作。

很明显,亨利非常看重这项翻译工作,并且将译文交给了教会。有时他对克兰默说:"是的,这篇翻译的祷文必须让那些通常站在教堂边上的穷人也能听清。它的语言必须清楚。哪怕是年迈的牧师在那轻言细语,它也必须能让人们听得清楚。"

"如果您不下令,那些年迈的牧师是不会读这些祷文的。"克兰默提醒他说,"有很多牧师认为,如果祷文不是拉丁文写的,那肯定就不是做弥撒。"

"他们必须遵照我的命令行事。"国王回答,"这是英文版的《圣经》,我把它交给我的人民,我才不管那些陈腐老迈的牧师或者像加德纳那样的老糊涂会怎么想。王后将会翻译一些旧的祷文,并自己写一些新的祷文。"

"你也会写吗?"克兰默一脸温和的微笑。

"我正在考虑这件事情。"我谨慎地说,"国王非常的仁慈,他鼓励我做这件事。"

"他是对的。"克兰默说,鞠躬致礼,"英文的弥撒,最虔诚的信徒亲自编写的祷文,我们将把教会建设成一个多么美妙的地方啊!英格兰的王后亲自写的祷文!"

天气转暖,国王的腿伤也有了缓解。在这之前,流脓的症状极其严重,现在变得只是轻微渗出,他的火爆脾气现在也荡然无存。与我和主教一起工作,仿佛使他在学习中重新找到了往日的愉悦,而且还加深了对上帝的爱。用餐前,他往往是独自一人,只有一名男侍给他奉上点心,或者只有一个随从伴随,这时,他就喜欢我们去找他。他现在必须戴上眼镜才能阅读,但他不想让宫廷的人看见他的鼻子上架着一副金边眼镜。他认为视力模糊很不光彩,害怕自己会失明,但是,当有一日我用手捧着他大大的圆脸亲吻他,并说他像只聪明的猫头鹰,戴着眼镜非常的帅气,去哪里都该戴上的时候,他高兴得笑了起来。

白天,我回到自己的宫廷,与我的女侍们一道为祷文的事情忙碌。到了下午,托马斯·克兰默通常会过来和我一起工作。这当然并不是很长的一篇祷文，但传递的意思非常丰富，仿佛每个词都背负着神圣的重量，从头到尾都没有一句多余的话或者错误的标注。

五月里，主教将第一本印好的祷文拿给了我，向我鞠躬，然后把它摆在了我的面前。

"就是它了吗？"我的手指抚摸着它光滑的皮质封面，好奇地问道。

"就是它了。"他回答说，"我的作品，还有你的作品，也许这将是我最伟大的作品。或许是你可以奉献给英格兰人民的最珍贵礼物。现在，他们可以用自己的语言祈祷。现在，他们可以和上帝对话，相信上帝会听到他们的声音。他们可以真正成为上帝的子民。"

我不舍将手从封面挪开；我似乎正触摸着上帝的手。"我的主啊，这将是一件代代相传的作品。"

"而且你作出了你的贡献。"他毫不吝啬地说，"这是女人的声音，也是男人的声音，男人和女人都会念到这些祈祷词，或许他们会并排跪在一起，在上帝的眼里，他们都是平等的。"

1544 年夏

伦敦　圣詹姆斯宫

我们迎来了连日的晴朗，国王的身体有所好转。他对反击苏格兰的状况非常满意。六月，我们来到经过重建的圣詹姆斯宫，参加国王的外甥女玛格丽特·道格拉斯的婚礼。她也是我的女侍和朋友。她将嫁给苏格兰的贵族，伦诺克斯伯爵马修·斯图亚特。在这里，国王可以在花园中散步，他的行动更为轻松了，甚至还可以耍一下弓箭，但他再也不会去打网球了。他看着场上的年轻人，我明白他似乎仍把他们当自己的对手，但他比他们年长太多，甚至比他们的父亲还要年长，他怕是再也不会脱下他的夹克，在网球场披挂上阵了。尤其是在他看着年轻帅气的新郎马修·斯图亚特时。

"他会为我赢得苏格兰。"新娘和新郎手挽着手走过通道，亨利在我的耳边小声说。从我身边走过的时候，亨利的外甥女还顽皮地给我使了个眼色。她是个最不守规矩的新娘，此前传过两次绯闻，都和霍华德家族的年轻男子有关。现在，她终于在将近三十岁的时候被批准结婚，这也算是让大家放心了。"他会为我赢得苏格兰，然后爱德华王子会迎娶年幼的苏格兰王后玛丽，我会看到苏格兰和英格兰的联合。"

"如果这一切能够实现，那该是多么的好呀。"

"当然可以实现。"

国王勉强地站起身，靠在随从的臂膀上，我们顺着通道往前走。我走在他的旁边，我们三个人以并不雅观的姿态缓缓向前，朝着开启的教堂门走去。那里将举行一场盛大的婚礼宴会,因为这场婚姻为英格兰的安全带来了太多的希望。

"有了苏格兰的支持,我们拿下法兰西就没有后顾之忧了。"亨利说。

"我尊敬的夫君,您真的是非常健康,可以亲自披挂上阵了吗?"

他给我的笑容就和他军队里年轻的军官一样阳光。"我可以骑马奔驰。"他说,"无论我的腿在行走的时候有多么虚弱,但至少我可以骑在马背上。只要我能骑马冲锋在军队的最前方,我就可以带领他们打到巴黎。你会看到的。"

我看到的却是反对的声音:半个枢密院都来到了我的面前,祈求我支持他们的请求,让国王不要亲自出战;甚至西班牙的特使都说他们的国王也表示反对。这时,在挤满数百人的礼堂里,出现了一个黑色头发的身影,戴有镶宝石的深色帽子。从帽檐下,此人快速地瞥了我一眼,就在那一瞬间,我认出了我的情人托马斯·西摩尔。

无论是在什么地方,我都能够一眼认出他来。我从他的后脑勺辨认出了他。国王脚下绊了一下,他开始责骂随从没有搀扶稳当。我退后一步,抓住婠的手臂,抓得很紧,昏暗的烛光照射下的教堂在我周围摇晃,我想我怕是要晕过去了。

"怎么了?"她焦急地问。

"肠绞痛。"我随口找了个理由,"就肚子这里。只是痛经而已。"

"站稳。"她看着我说。看来她没有注意到托马斯,而他也有意识地退后几步,避开了目光。我恍恍惚惚地走了几步,目光闪烁,虽然我看不到他,但我能感觉到他的目光在关注我,我能感受到他在这小教堂里的存在,我几乎可以闻到他诱人的体香。我似乎感觉到他裸露的胸膛贴在我的脸颊上,就像打下烙印一般。我感觉此刻如果有人在关注我,都会意识到我是他的情人,我是他的妓女。我曾经有一晚躺在他的身下,祈求他整晚和我做爱，仿佛我是他的田地，他就是犁头。

我把手指甲刺向手掌心，就像是要弄出血来。国王下令让再叫一个男仆来搀扶他，这样我们前行的时候，他左右两边都有人搀扶。他一瘸一拐，强忍着疼痛和摇晃，无暇顾及我。没有人注意到我短暂的眩晕。人们都看着他，说他比以前要强壮多了，但仍需要帮助。亨利从左到右怒目扫视，他不想听到任何人说他没有康复，无法率领自己的部队冲锋陷阵。

他点头示意我到他的旁边。"这些笨蛋。"他说。

我强挤笑脸并点了点头，但我没听到他说的什么。

我们一走进大厅，小号齐鸣，号声嘹亮。我还记得托马斯嘴唇的味道，他亲吻我时咬我嘴唇的方式，此时我突然想起来，仿佛就在眼下发生：他用牙咬我的下嘴唇，一点点地咬，直到我膝盖发软，让他必须把我抱上床。亨利和我穿过鞠躬致礼的众人，趾高气扬地走上了舞台，但在烛光里，我只看到了托马斯的脸庞，其他什么都没有看见。两名侍卫分别从国王的两边将他肥胖的身躯抬上两层很矮浅的楼梯，帮助他坐到了王位上，把他的腿支撑好。我坐在他旁边的位置上，转过身来，俯瞰着人头攒动的大厅，顺着大开的门望到了内院，下午的明媚阳光映照在红色的墙砖上。

我深吸了一口气。我等着这一刻，一定会到来的时刻，必是此刻——托马斯·西摩尔走上前来，鞠躬行礼。

我身旁有些骚动。玛丽公主坐到了我的旁边。"您没事吧，王后殿下？"她问我。

"为什么这么问？"

"您脸色苍白……"

"我只是有点肠绞痛。"我说，"你知道的。"

她点点头。她自己也经常受到这样的疼痛折磨，她知道我不能不参加这场宴会，也不能表现出哪怕是一点不适。"我房里有树莓叶制成的药她建议道，"我可以让人给您送来。"

"好，好，请让人拿过来。"我随口而言。

我移动目光扫视四周。在仆人没完没了地端上婚宴的各种菜碟之前，他必须走上前向国王问好。他必须前来鞠躬，然后在贵族的桌子旁坐下，每个人都会看到他向国王鞠躬，每个人也都会看到他向我鞠躬，没有人敢于说我看上去很苍白。没有人知道我的心跳得很快，从人们拉桌子挪椅子的噪音里，我想玛丽公主能够听到我的心跳。我想知道他是否还有勇气，我想知道他此时是否还有那种毫不在乎开怀大笑的勇气，他甚至都不敢进大厅来用餐。或者他现在正在外面，正鼓足勇气要自己上前鞠躬致礼。也许他无法像一位相识之人给我礼节性的祝福，也许他无法说服自己为我的婚礼以及升格为王后而道喜，但他知道他必须这样做，因此现在前来祝福总比晚一点好。

正当我想到他迟迟还未现身，一定是找了些借口溜走了时，我一下看到了他。他穿行在桌子之间，走在侍者面前，一会儿朝这边的某个人笑一笑，一会儿又把手搭到另一个人的肩膀上。他在人群中穿梭，不时有人叫他的名字，向他问好。

他走到了台阶前，国王朝下看着他。"汤姆·西摩尔！"他大声喊道，"非常高兴看到你回来了。你肯定是一路快马加鞭赶来的。你这一程路途遥远呀。"

托马斯鞠躬致礼。他没有看我。他抬起头向国王微笑，他那轻松而熟悉的笑容。"我赶起路来就像一个盗马贼。"他解释说，"我很担心自己会来迟了，而您会抛下我，披挂上阵、骑马扬鞭率领军队出发。"

"你来得正好。"国王说，"因为我在一个月内就要披挂上阵，骑马扬鞭率领军队出发了。"

"我明白！"托马斯大声喊道，"我知道您不会等任何人。"国王面带喜悦地看着他。"那么说我会和您一同前往了？"

"除了你，我没有选择别人。你将担任军队的指挥官。我相信你，汤姆。你的哥哥正为了逼迫苏格兰媾和而与之激战。我相信你会为你的家族争得荣耀，保佑你王家的侄子在法国的遗产。"

托马斯将手贴到胸前，再次鞠躬致礼："我宁死也不会让您失望的。"他说。他仍没有看我一眼。

"那么你可以向你的王后行礼了。"亨利说。

托马斯转向我，深深鞠了一躬，勃艮第式的鞠躬，这是世上最优雅的姿势，一只细长手指的手拿着带有刺绣的帽子划过地面。"看到殿下您非常高兴。"他用稳重而严肃的口吻说。

"欢迎你回到宫廷，托马斯爵士。"我小心翼翼地说。我听到自己说的这些话，仿佛自己是一个在教室里背诵文章的小女孩，在用正确的方法欢迎一位远道而来的枢密院成员。"欢迎你回到宫廷，托马斯爵士。"

"他为我们做了了不起的工作！"亨利转身向我说，拍了拍我搁在座椅扶手上的手背。他把湿润的手放在了我的手上，就像在告诉人们他拥有我的手，我的手臂，我的身体。"托马斯爵士和荷兰人签了和约，这将保证我们对法国开战时避免两翼作战。他说服了总督玛丽女王。他是一个很有魅力的人，就是这个人。汤姆，你以前是否觉得她很漂亮？"

我能从托马斯的犹豫不决看出，这对玛丽女王的平庸相貌是个不太友善的玩笑。"她是一位思维缜密，和蔼可亲的夫人。"他说，"她更愿意与法国和平相处而非开战。"

"两处谬论！"威尔·萨默斯起身插了一句，"一个期望和平、思维缜密的女人。汤姆·西摩尔，你接下来想告诉我们什么？一个诚实的法国人？一个机智的德国人？"宫廷上下一片哗然。

"好了，欢迎你为了战争准时归队，为了和平的时代已经结束！"亨利大声说，高举酒杯祝酒。每个人都起立，有的拿着酒瓶，有的拿着杯子，为了战争一饮而尽。每个人再次坐下时，桌椅和木制的地板刮擦出了吱吱的响声。托马斯再次鞠躬，然后走回他的一等贵族的桌子旁。他坐了下来，有人给他斟酒，有人拍拍他的背。他仍旧没有看我。

1544年夏

伦敦　白厅宫

他没有看我一眼。他一直没有看我一眼。我在舞池翩翩起舞的时候，我的眼神从一个微笑的面孔移到另一个微笑的面孔，但我没有看到他。他正在和国王说话，或者正在某个角落和朋友开怀大笑；他可能是在赌桌旁，或者在窗前眺望远方。当宫廷的人们外出狩猎的时候，他跨坐在高高的黑马上，他脸孔朝下，勒紧马的腹带或者拍拍马的脖子；当他射箭时，他那深色微闭的眼睛顺着箭轴瞄准靶心；当他在网球场挥拍鏖战时，脖子上围着白色亚麻围巾，衬衣领口敞开，他的注意力完全集中在比赛上；当他早上来参加弥撒，国王的手搭在他的肩上，他没有抬头看我的座席，所有的女侍和我都跪在那里，低头祈祷。在长长的礼拜仪式中，我透过指缝里看到他并没有闭上眼睛祈祷：他正盯着圣物盒，脸颊被圣坛上窗户射进来的光线映得分外明亮，他仿如雕刻的圣人般美丽。这时，我闭上了眼睛，在脑海里小声说："愿上帝帮助我，愿上帝将我的欲望带走，愿上帝让我对他视而不见，就像他对我那样。"

"托马斯·西摩尔从没和我说过一句话。"一天晚上，我和婳在餐前独处的时候对她说，看她是否注意到了。

"他没和你说话？他像花花公子一样自负，总是和人打情骂俏，但他的哥哥也从未和你有什么交往。他们这家人总认为自己高高在上，当然啰，他们不希望人们只记得一个叫帕尔的继母，却忘记了一个王子的母亲西摩尔。但他对我总是彬彬有礼。"

"托马斯爵士和你说过话?"

"只是擦身而过的时候。只是礼节性的。我没什么时间搭理他。"

"他是否问过你我怎样了?"

"他为什么要问呢?"她追问,"他能看得出你过得怎样。如果他有兴趣,他可以亲自问你。"

我耸耸肩,似乎我毫不在意。"只是自从他从荷兰回来后,好像就没时间陪任何女人,但换了以前,他总是到处调情。也许他把他的心留在那里了。"

"也许。"她说。我脸上的一种表情让她提醒我:"你并不在乎。"

我赞同地说:"我完全不在乎。"

每天都见到托马斯,这让我对国王的爱和尊敬产生了波动,让我再次回到了结婚之前的情感之中,就像从来就没有和国王结过婚。我对自己感到愤怒:历经一年的美好婚姻生活,我却仍犹如年轻女孩般再次因爱而窒息。我现在不得不再次跪下,祈求上帝让我沸腾的热血冷却下来,让我的目光从托马斯身上移开,让我把思想集中于自己的责任,集中于对自己丈夫的爱。我必须提醒自己,托马斯既没有玩弄我,也没有折磨我;他在按我们同意的方式行事:和我尽量保持距离。我必须记住,过去,当我深爱他并因为知道他也深爱我而陶醉的时候,我是个寡妇,我有爱的自由。现在我已经为人妻,我现在的这些想法是一种罪恶,它违背了誓言,也背叛了丈夫。我向上帝祈祷,让自己能够保持对国王所拥有的那份平静爱抚的柔情,让我无论在梦中还是在现实生活里都是一位妻子。但是随着托马斯的出现,我的思绪被搅乱了,我又开始做梦。我不再梦想一段幸福的婚姻,或者作为一个顺从的妻子的责任,而是梦到自己手里握着蜡烛,爬上潮湿的楼梯,周围弥漫着腐肉的恶臭。在梦里,我走向一扇紧锁的门,试图推开门把手,尸臭越发令人窒息。我必须知道门后面的秘密。我必须得知道。我很害怕我可能发现的东西,但犹如梦境一般,我无法阻止自己继续前行。现在,钥匙就在我的手里,我拼命通过锁眼探听那充满尸臭的房间里一切生命的动静。我插入钥匙,转动它,锁静静地打开,我将手放在门上,它便恐怖地开启了。

我被吓得惊醒,一下从床头弹坐起来,喘着粗气,国王在隔壁的卧室睡得正香,我们卧室之间开启的门让他的鼾声和伤脚发出的恶臭不时地传来。周围一团漆黑,距离黎明时分一定还有很久。我带着疲倦的身躯从床上下来,走到桌前查看我的新座钟。金色的钟摆前后摇荡,完美地保持平衡,发出微弱的滴答滴答声响,就像持续的心跳一样,我感到自己的心跳正稳稳地跟随着它的节奏。现在是一点半,离日出还有好几个小时。我披上睡袍,坐在即将熄灭的炉火前,心想我该如何熬过这个漫长的夜晚,我该如何熬过明天。我疲惫不堪地跪下再次祈祷,祈求上帝将我的激情带走。我过去并未寻求托马斯的爱,但我也并未拒绝。而现在我被欲望纠缠,就像脚粘在了蜂蜜里的蝴蝶,越是挣扎就陷得越深。我想我不能这样活下去,一方面我试图履行自己对一个善良、温和与慷慨的丈夫的责任,他现在渴求细心的照料和爱心,可与此同时,我所做的一切却是渴望得到一个完全不需要我,但让我寝食难安的男人。

这时,虽然我被这恐惧的罪恶所笼罩,成为了欲望的役仆,但一件非常古怪的事情发生了。尽管现在距离黎明还有很久,尽管现在是黑夜中最黑暗的时刻,可我感觉房间亮堂起来,壁炉的火苗也亮堂起来。我抬起头,前额不再抽搐,我也不再出冷汗了。我感觉好多了,就像我睡了个好觉,刚从明亮的早晨醒来似的。从国王的房间传出的臭味也消失了,我再次意识到了自己对他病痛的深深同情。他低沉的呼噜声变得更小了，我很高兴他能睡个好觉。我几乎不敢相信自己的存在感的飞跃提升，我仿佛能听到上帝的声音，仿佛他就和我在一起，似乎他今夜来此地审判了我，仿佛仁慈的主正在观察一个有罪之人，一个女人，曾经做过愚蠢的错事的女人，也曾幻想做一些愚蠢的错事的女人，但即便如此，上帝还是能够宽恕我。

我一直跪在炉石地板上，直到桌上的钟清脆柔和地敲响了四点，这才意识到我已经沉浸在祈祷中几个小时了。我已经完成了祈祷，而且我相信上帝已经听到了我的心声。我已经坦陈了我的问题，我相信我已经得到了答案。没有任何牧师倾听我忏悔或者给我宽恕，没有教堂接受我的捐赠，没有朝圣的徽章或者奇迹般的拯救，也没有只言片语的废话指引我到上帝的面前。我只是寻求他的宽恕，而我已经得到了，因为他在《圣经》里许诺赐人予宽恕。

我从地板上站立起来，睡到床上去，感觉有些冷得哆嗦。我想，怀着强烈的敬畏之心，我已经得到了上帝的祝福，因为上帝曾许诺我会得到祝福。我想他来到了我这个有罪之人的面前，而且，因为他的仁慈，我的罪恶已经得到了宽恕和赦免。

1544年夏

伦敦　白厅宫

军队已经整装待发,准备启航驶向法国。托马斯·霍华德已经跟着先头部队走了,就国王还迟迟不动。

"我把我的占星师召来了,"一天早上,我们离开弥撒时,他对我说,"跟我走吧,看他会怎么说。"

跟欧洲大陆的科学家一样,国王的占星师精通恒星和行星的运动,还能根据占主位的行星,为某次冒险行动选择良辰吉日。占星师艰难地行走在哲学和违法行为之间:一方面是描述已知且可观察的天体运动,这是哲学;另一方面是算命的艺术,这是违法的。一切有关国王可能生病或者受伤的暗示都意味着叛国,所以他必须慎之又慎地描述自己所看到或者预见的任何东西。但是尼古拉斯·克拉策之前已经多次为国王指点迷津,也知道如何在法律允许的范围内措辞,给予国王警告或者建议。

亨利把我的手夹在他手肘下,身体倚靠着另一边的男侍,我们向他的密室走去。我们身后跟着宫里的其他人,包括国王的贵族和我的女侍们。托马斯·西摩尔也在其中。我没有四处张望。我想上帝会让我意志坚定的,我不会四处张望。

我们走过谒见厅,宫里大多数人就等在那儿,只有我们几个继续朝密室走去。一张大桌子已经拉到密室房间的中央,上面铺着各种星盘,压着小小的黄金占星符。尼古拉斯·克拉策蓝色的眼睛亮晶晶的,正在那里等着我们，他一手拿着一根长长的指示棒，另一只手里把弄着几个小金像。看到我们，他深深地鞠了一躬，然后就等着国王的指令了。

"很好，我看你已经准备好了，我是来听你讲的，告诉我你怎么看的吧。"国王走近桌子，重重地靠在上面。

"您要联合西班牙来对抗法国，对吗？"占星师问道。

亨利点点头。

"我也知道这个！"威尔·萨默斯的声音从桌子底下冒出来，打断了对话，"要是这也算预言，我也做得到，这在伦敦塔外面随便哪家酒吧的啤酒瓶底上都能看到，我不需要看星星，只需要给我一杯啤酒的钱就够了，我还可以给出另一个预言。"

占星师对着国王笑了笑，丝毫不为弄臣的话所动。我注意到在我们身后有几位朝臣也进来了，托马斯不在其中。门关上了。也许他正在外面谒见厅那儿候着，或许去了自己的房间，又或许去马厩看自己的马了。我想他是出于我们的安全考虑在回避我，我希望我可以确信这一点。我不禁担心是他对我已经没有欲望，所以此时正离我而去，以免我们两人为这一段已经不复存在的爱情感到尴尬。

"所以我要先给您展示西班牙皇帝的星盘，他是您的盟友。"尼古拉斯·克拉策说，他将一个星盘拉近，可以看到皇帝的星运将在今年秋天处于上升态势。

"这是法国国王的星盘。"

星盘清楚地表明法国的弗朗西斯将处于衰势而分崩离析。人群中冒出一阵兴致勃勃的嘀咕声。

"这个不错。"亨利很高兴，扫了我一眼，"你不觉得吗？"

我本来没怎么听，但我迅速让自己显得十分专注，兴趣盎然："噢，真的！对啊。"

"这是陛下您的星盘。"尼古拉斯·克拉策指向最复杂的一张盘,火星星座:战犬、长矛、弓箭、高塔,全都画在国王的星盘周围,涂着漂亮的颜色。

"看到了吗?"国王手肘碰碰我,"善战,对吧?"

"火星正在您的宫位上升起,"占星师说,"我很少在其他人那里看到如此强大的力量。"

"好,好。"国王赞同道,"这我知道,你能在恒星上看到这个?"

"没错,但是其中也有危险——"

"什么危险?"

"火星的符号也象征痛苦,因为血液中有热量,腿上有疼痛,我担心陛下您的健康。"

人群中低声嘀咕着表示赞同。我们都担心国王的健康。他现在没人搀扶都没法走到餐桌就餐,却还以为自己可以像个男孩子一样骑马驰骋在战场。

"我好起来了。"国王断然说道。

占星师点点头。"预兆对您肯定是有利的,"他说,"只要御医能不让您的旧伤发炎。但是,陛下,请记住那是武器造成的伤口,跟战争中的伤口一样,会随着火星运行的轨迹时重时轻。"

"也就是说如果我参战,就必定会有点麻烦。"国王固执说,"这是你自己的解读,你是占星师,是根据你的那些星座解读的。"

我对他微微一笑。国王固执的勇气是他最大的一个优点。

占星师弯弯腰。"那肯定是我自己对星盘的解读。"

"我们能打到巴黎吗?"

这是一个要命的问题。整个宫里,全国上下都盼着国王不会太过于深入法国的腹地,但是没人敢这样跟他讲。

"您可以想打多远就打多远。"占星师的回答很聪明,"您身为大将军,以前也去过那里打仗,您是依据敌方、地面、天气、士气等情况判断行事的最佳人选。我的建议是根据军队的情况量力而行。但是像您这样的国王会如何对待他们?星象也无法回答啊。"

国王显然很受用,他对随从点点头,吩咐给了占星师一个重重的钱袋子。大家都尽量不去看着钱袋,心中默默估算里面究竟装了多少钱。

"那金星的情况如何啊?"国王问道,满满的不善,"我对王后的爱又如何?"

我很高兴托马斯没在房间里,听不到国王这样说。不管他现在如何看我,我都不愿意让他见到国王将他的大手放到我的肩膀上,轻抚我的脖子,好像我是他的母马和猎狗。我不想托马斯·西摩尔看到国王舔着他薄薄的嘴唇,看到我忍气吞声地微笑。

"王后注定是幸福的。"克拉策郑重其事地说。

我很惊奇地转向他,从未想到会是这样。我是为成就我家庭的辉煌而生的,也许是上帝召唤我来辅佐英格兰坚守宗教改革的信仰,但是我从未想到我会天生有幸福,我的人生从未以幸福为目标。"你看到的是这样?"

他点点头。"我看了您出生时的星相。"他说,"清楚地表明您会有几次婚姻,并最终找到幸福。"

"你能看到这个?"

"他在你的第三次婚姻里看到你真正的幸福。"国王解释说。

我向他露出了我最美丽的笑容:"每个人都可以看到这一幸福。"

"又来了!"桌子底下又传来威尔幽幽的声音,"这一切我都可以预见,我也可以得到那袋钱!我们要不要来观察一下尊贵的凯瑟琳是否幸福?"

"踢死他。"亨利给我建议,我假装飞起一脚,威尔立即飞了出去,像狗一样哀号,抱着屁股,全场哄然大笑起来。

"王后注定会为爱结婚。"克拉策说,威尔一瘸一拐地退到一边,"无论是精神上还是肉体上,她都注定是要爱得很深的。"他一脸庄严。"并且,也会为她的爱付出沉重的代价。"

"你的意思是她必须得身居要职,必须得为了爱而承担责任?"国王温和地问道。

占星师微皱着眉头:"恐怕爱情会把她领向危险的深渊。"

"她是英格兰的王后,深爱着她的丈夫。"亨利说,"对一个女人而言,这正是至高无上也最危险的位置了。每个人都嫉妒她,我们的敌人也希望看到她的失败,但是我对她的爱、我的权力,都会保护她的。"

在场的人都被国王的深情告白打动了,现场陷入一阵沉默。他把我的手凑到嘴边吻了吻,我也被深深地感动了。他居然这么爱我,甚至当众宣告了。一些谄媚的朝臣立刻欢呼起来,"万岁!"沉默顿时被打破。国王张开双臂,我走进了他的怀抱,肥厚的大脸向我压来,我把嘴唇按到他湿漉漉的脸颊上。他放开我,我转身离开桌子和占星师,婳跟着我。"叫国王的占星师画出我的命盘,等我召见他的时候带来。"我对她说,"叫他别外传,只跟我一个人讨论这事。"

"你是要看爱情还是看危险呢?"她尖刻地问道。

我定定地看着她:"唔,都要看。"

1544 年夏

伦敦　白厅宫

　　占星师的预言让国王相信,他可以趁着火星在他的星盘上如日中天的时候进军法国。医生们包扎好他的伤口,给他配备了药品缓解疼痛,让他像年轻人一样精神饱满,沉醉于自己的第一次征战中。枢密院只得顺了国王的心意,到白厅宫觐见国王,为他送行。他将登上王家驳船,顺流而下到格雷夫森德,再从那儿骑马至多佛。他将渡过海峡去会见西班牙皇帝[①],商议双方的军队对巴黎实施两面夹击。

　　国王在白厅宫的房间满是地图和各种装备的清单,需要集中的军备物资必须在他之后跟进。在法国的英国军队已经在抱怨没有足够的火药和炮弹,我们也把苏格兰边境部队的物资强挪过来以供应进攻法国之需了。国王每天从不间断地念叨只有红衣主教沃尔西才能组织好一场战争,那些折磨过这位伟大施赈官的人都应该自行滚下地狱,因为他们夺走了英格兰的国宝。有时候他又会把名字说走嘴,诅咒所有的人夺走了他的托马斯·克伦威尔,这让我们莫名的不安,好像那位披着红衣的主教会应旧主召唤从坟墓里爬出来,后面静静地跟着那位身披皮袍的枢密院成员,仿佛国王能够召回被砍了头的人,让他们又各尽其职。

　　我和女侍们都忙着缝旗标、卷绷带。我在国王厚厚的袍子外套上绣上

[①] 此处指身兼西班牙国王及神圣罗马帝国皇帝的卡洛斯一世。

都铎王朝的玫瑰和金色的百合花图案,这时门一下开了,进来五六个贵族,领头的是托马斯·西摩尔,英俊的脸庞冷若冰霜。

我意识到自己在盯着他看。我完全惊呆了,手头的针悬在了空中,自从一年多以前的那个黄昏,我们作为情侣分手后,他就一直没正眼看过我。当时我们就发誓不要再跟对方说话,也不要寻找对方。上帝对我的召唤也未能冲淡我对他的情感,尽管我希望如此。我走进任何房间都会搜寻他的面容,只要见到他跟我的女侍跳舞,我就会心生嫉恨,嫉恨他的手搭在她的腰上,嫉恨他的头专注地略微歪着,嫉恨她的脸轻浮泛红。吃饭时我从不搜寻他,但不知为什么他总会出现在我的眼角。表面上,我看上去脸色苍白,端庄严肃,内心里却燃烧着对他的熊熊爱火。我每天都等着见到他,弥撒时,早餐时,打猎时。我确保没人发现我在注意他,确保没有人看出我敏锐而强烈地意识到他的存在:他在房间的时候,向我鞠躬的时候,走过谒见厅的时候,或者随意地坐上窗边的长凳跟玛丽·霍华德安静地聊天的时候。一早一晚,早餐和晚餐时,我的双眼都会掠过他头上的黑发,但我都保持着绝对冷漠的表情,然后移开眼睛,好像根本就没看到他一样。

现在,他突然出现在这里,走进我的房间,就像是应邀而来的客人,向我和两位公主鞠躬请安,手放在左胸上,褐色的眼睛耷拉着,藏着秘密,像是我狂热跳动的脉搏将他召唤来的。好像他能感受到我灼热的皮肤可以烧灼他,好像是我大叫着让他必须来见我,否则我就会死去。

"王后殿下,我是应国王的命令而来的,他叫我来带您去见他,从私家花园走吧,就您一个人。"

我已经站起来了,手中珍贵的王室外袍掉到地上。我一离开,线头就掉出了针眼,针还在我手里。

"我带上公主们。"我说。我几乎无法出声,无法呼吸。

"国王陛下说了,得您一个人去。"他回应说,语气很有礼貌,嘴角带着笑，但是眼神很冷漠，"我觉得他是有惊喜要给您。"

"那我马上就来。"我说。

我几乎看不见女侍们的笑脸，婳悄悄地将针从我手上拿走。托马斯·西摩尔朝我伸出手臂，我将手放到他手臂上，让他牵着我走出房间，走下宽宽的石阶，来到开着的花园门前，外面阳光普照。

"这一定是个圈套。"我压低声音说，"是吗？"

他摇摇头，然后对卫兵点点头，卫兵举起矛头，让我们进到花园的阳光里。"不是，就是走走。"

"他有意叫你来带我去，就是个圈套。他会看到……我不能跟你去。"

"唯一可做的就是不要有任何异常表现。你应该来，我们也应该立即就赶过去，就按照平时的速度穿过花园。你的女侍正在你的窗户上观看，贵族们也会从国王的窗户边看过来。我们得一起走，一刻也不耽搁，也不要看对方。"

"可你从没正眼看过我！"我脱口而出。

我的手指被重重地捏了一下，我意识到自己必须正常行走。我觉得这有点像炼狱——我得在这个我爱慕的男人身边行走，跟上他的步伐，不能显出一丝快乐。但是我的心却怦怦撞击着肋骨，说着我想倾诉的一切。

"我哪里能看你。"他说。

"因为你已经不爱我了。"我的声音非常低，指责他的同时，自己也很痛苦。

"别闹了。"他轻声说，面带微笑转向我。他朝上看了看国王的房间，跟一个站在飘窗后的熟人点点头。"我疯狂地爱着你，我睡觉都想着你，我心里燃烧着对你的欲望，我不敢看着你，如果我那样做了，宫廷里的每一个人，男的女的，都能从我的眼神里看出来。"

我膝盖一阵发软，差点摔倒，他的话令我肚子一阵痉挛，一阵狂喜。

删后记

16'0

"继续走吧!"他语速很快。

"我原以为——"

"我知道你怎么想,你想错了。"他断然说道,"继续走。陛下就在前面了。"

国王坐在搬到花园里来的一张大椅子上,他的脚搭靠在一张踏凳上。

"我不能告诉你……"我悄悄地说。

"我知道。"他说,"我们不能说话。"

"我们能见面吗?"

他将我带到国王面前,深深地鞠躬。"不能。"他一边后退一边说。

我将无比荣耀。国王灿烂的笑容告诉我,我将被委以重任,职位高于之前任何一位王后,除了阿拉贡的凯瑟琳这位最伟大的王后。国王会先在花园里私下告知我,之后将向全国宣布:我将成为摄政。枢密院一半的成员将和他一起去法国,剩下的一半将作为顾问留在我身边,托马斯·克兰默大主教会成为我的首席顾问。

我看出国王是如何权衡这个决定的了:为我服务的第二大人物将是大法官托马斯·弗罗瑟斯利,他是克兰默的死对头,也是对我疑心日重的朋友。爱德华·西摩尔正在进军苏格兰,教育他们必须要接受我们的提议,他回来之后会为我出谋划策。文质彬彬的国王秘书威廉·佩特爵士也将为我效劳。

对于我来说,这是迈向伟大的一步重大举措。我感觉两位公主得知这个消息后,眼睛落到了我身上。她们将会看到一个女人统领一个国家,她们将会看到这不是不可能的。告诉她们一个女人有能力作出判断,并且掌握权力是一回事,让她们真真切切地看到她们的继母,一个三十二岁的女人，出手统领一个国家则是另外一回事。我怕我做不好，但是我知道我能做好。我每天都在看着国王处理国事，颇为不满他观点多变，总是心血来潮发布命令，就算没有来自宗教争端两方的人做我的顾问，我也会选择一条温和的中间路线。国家必须进行宗教改革，但是我不会搞宗教迫害，我也永远不会像亨利那样做：突然调查一个人，吓得人家半死，然后逮捕他，但实际上，他从头到尾都知道那人不会被审判。我觉得我的丈夫行使权力的方式有点疯狂，尽管我永远不会批评他，至少我可以用一种更理智更人性的方式来统治国家。

宫里近一半的人都要跟着国王去打仗，每个人都有自己的职位、头衔和分工，他们都装备齐全。国王也有了一套新盔甲。自从他摔了一跤、伤到一条腿后，他就几乎没戴过护胸甲之类的东西，但是为了这次征战，他的旧盔甲又被拿出来进行了修整调试，好不容易才套进他更加宽大的身躯，他们还必须用铆钉固定增加的部件，进行全身加固。国王赌咒发誓说这件旧盔甲已不适合他，于是委托伦敦塔中的军械库做一套全新的。在那里，铁匠和军械师们从早到晚都在锤炼金属，熔炉中炉火熊熊，通宵达旦。等新盔甲做好，有了符合他身材需要的护胸甲尺寸，腿部也加宽以便套进他那壮硕的大腿，他却改变主意不要了，要换一套。最后，他选择了一套意大利样式的，镶着金边、黑色蚀刻的盔甲，金属虽沉重无比，却做工精美，发出巨大的叮当声，宣示着权力和财富。

一连好几个星期，马夫们都一直在他的战马马鞍上绑上沉重的物件进行训练，让他的马能承受国王的体重，保障国王的安全。这是一匹刚刚开始王室服役的马匹，壮实的骏马，蹄子粗壮如木盘，腿像树干。马的颈部、头部和躯干也绑着巨大的盔甲。

魁梧的国王似乎不可能骑马奔驰，那超负荷的坐骑似乎也驮不动他，但它那巨大的蹄子一踏上连接驳船的跳板，跳板就一阵颤抖。亨利在码头

删后记

边上吻了吻我的手。

"再见。"他说,"过一阵子我就回来了,亲爱的。不要为我担惊受怕。"

"我会为你担心的。"我坚持道,"答应我经常给我写信,告诉我你怎么样,在做什么。"

"我答应你。"他说,"我知道,让你摄政就是把国家留给了安全的人手中。"

这是一份沉甸甸的责任,是一位英格兰男士能接受的最沉甸甸的责任。把它交给一位英格兰女士就更为沉重。"我不会让你失望的。"我说。

他低下头接受我的祝福,然后倚靠在一位随从的身上走上踏板。他转身进了王室包间,我看见门关上,他庞大的身影消失,卫兵就位了。

在驳船的船尾,我看见了站在舵手身后的托马斯·西摩尔。他也要去战场,而且我知道,他的危险更大。鼓声响起,人们解开绳索,船桨浸入水中滑动,驳船逐渐离开岸边,这时,我爱慕的那个男人深沉地看了我一眼,然后转过身去。我甚至连"上帝保佑你"或"注意安全"的话也没说出,我举手向国王挥动,最后也转过身去。

1544 年夏

汉普顿宫

这是天气最美好的时节，每天都阳光明媚，但也很热。每天早上，我从床上独自醒来，这是在宫殿东南角为我重修的房间，可以俯瞰朝南的池塘花园，远离幽魂，我陶醉于一个人的独处。

与我在一起的还有三个王室孩子。每天早上我醒来都很高兴，想到他们三个都跟我在同一个屋檐下，我们会在同一间礼拜堂祷告，会一起在大厅吃早餐，然后一起学习玩耍。爱德华在自己短暂孤独的人生里，第一次跟两个姐姐待在一起。我把他们聚在我身边，以前的王后是不被允许这样做的。我拥有了让一个女人快乐的一切东西，并且身任英格兰的摄政。所有事都由我决定，没人敢跟我争论；孩子们也同我站在一边，因为我说这是必需的。没人能把爱德华从这里带走：这是他的家，没人能把他带离我，我是他的继母。我们将留在这里，在这座全英格兰最漂亮的宫殿中，因为这是我选择的。之后，如果我愿意，我们会踏上快乐之旅，沿着泰晤士河谷打猎、坐游船、骑马，就我和孩子们，以及宫里我愿意让他们跟着的人。

每天早晨，我都在议事厅的大桌子旁坐下，听取枢密院的汇报，说王国平安无事，我们在收取税金和罚款，我们的武器和盔甲足够支撑国王的军队在法国作战……我将军队供给视作重中之重，确保士兵们的薪金、武器、弹药、盔甲、食品甚至弓箭都是足量装船运输的。我结婚以后，就被他人与圣人般的简·西摩尔相提并论，这对我不利的；我也不想被与红衣主教托马斯·沃尔西相提并论。我不想有谁说，作为摄政，阿拉贡的凯瑟琳比凯瑟琳·帕尔做得更好。

每天早上的早餐以后，在带孩子们出去打猎之前，我都会简短会晤一下我的顾问们，请他们对我宣读头天晚上送来的急件，这些急件可能来自身在法国的国王，也可能来自北部的麻烦之地。如果有事要做，或者我需要确认什么事，我会叫顾问们在我晚餐前再来见我。

我们在汉普顿宫的一间大房间里碰头，我吩咐在屋子中间摆了一张桌子，旁边有椅子供顾问们坐，墙上钉着一张法国和海路大地图，对面墙上也有一张地图，上面极尽所能地标满了北部边境和苏格兰的信息。我坐在桌子上位，国王的秘书威廉·佩特向我宣读来自我方军队的急件，以及国内其他地方来的信件或者请愿书。由于国王正跟法国打仗，有法国人居住的镇子几乎都在闹事，我得给这些地方的领主甚至是治安法官写信，要求他们确保一方安稳。一个国家一旦有战事，就会像我的那只小鸟一样紧张，我们经常接到关于间谍和入侵的报告，我判定是捏造的，但我还是下令向全国发出通告。

在我右手边坐着大主教托马斯·克兰默，一位沉着耐心的顾问，声音平静。而托马斯·弗罗瑟斯利勋爵则比较有戏剧性，是个大嗓门。他的担心是有道理的，因为国王钦点的不是别人而正是他弗罗瑟斯利，由他来核算入侵法国、进军巴黎所需的开销。经过大量计算，花掉无数写满各种估算笔记的纸张，他认为花费将是大约二十五万英镑。这可不是一笔小数目。我们通过贷款和税收，还掏空了王家金库所有金币，才筹集到这笔钱，但是没过多久这笔钱就快花光了，显然，弗罗瑟斯利预算过低。

威廉·佩特是个新人，德文郡牛场的儿子，是凭自己的能力被提拔上来的，却是霍华德这类老家族所痛恨的那一类人。他冷静理性，当枢密院成员们为了自己的利益，或者为了家乡城镇免税与否吵个不停时，他都能让会议得以顺利进行。佩特提议把修道院屋顶上的铅刮下来卖掉，以弥补目前资金的不足，但这样一下雨的话修道院就会漏雨，顺便还把英格兰的罗马天主教教堂废掉了。我明白这不仅可以为国王筹集资金，还有利于改革的进行，但是我内心深处还是痛心这些美丽建筑的消失，还有他们为社区提供的慈善和奖学金都将随之消失。

玛丽公主经常与我一起参加会议，有时候我觉得这样做也好，因为或许有一天她会成为女王君临天下的，谁说得准呢？伊丽莎白公主也从不缺席任何一次会议。她就坐在我后边一点，两手攥着拳头，托着尖尖的下巴，黑色眼睛落在每一个与会的人身上，不漏过任何细节，坐在旁边的是她的表外甥女简·格雷。

一天，我们结束了上午的议程，枢密院成员们向我鞠躬后，开始收拾桌上的文件准备离开房间，每个人都有自己的事情要完成。这时，伊丽莎白扯扯我的袖子，抬头望着我。

"怎么啦？"我问道。

"我想知道你是怎么学会做这些的。"她有点害羞地说。

"我怎么学会做什么的？"

"你怎么学会你应该做什么的。你不是公主出身，但是你知道什么时候你该倾听，什么时候你该下达命令，你知道如何确保他们理解你的意思，确保他们按照您的盼咐行事。我以前不知道一个女人也可以做到这样，我不知道一个女人也可以统治一个国家。"

我回答之前犹豫了一下。这是一位将英格兰闹得天翻地覆的女人的女儿，这女人让一位年轻的国王爱抚她的胸脯，利用欲望施加影响，直到掌控国家。"一个女人是可以统治国家的。"我平静地说，"但是她必须在上帝的引导之下，充分利用她的理性和智慧。一个女人仅仅渴望权力、为权力而寻求权力是不够的，她必须承担由此而来的责任，必须做好接管权力的准备，并且做出睿智的判断。如果有一天你的父亲将你嫁给一位国王，你成为王后，你就会发现，你也必须实施统治，到时，我希望你会记得我今天给你讲的话。成功并不是让一个女人坐上王位，而是让她像国王一样思考，让她渴望的不仅仅是自己的伟大，而是放下身段服务于人。问题的关键不是让女人掌权，而是让一个好女人掌权——她有头脑善思考，并且在意自己的所作所为。"

小女孩郑重地点点头。"但是到时你会在我身边的。"她说，"你可以给我建议。"

我微微一笑："噢，希望如此！我会是你宫里一个让你烦不胜烦的老太太哦，总是比别人看得更清楚，还会在角落里数落你的奢侈哟。"

这让她笑了起来，我叫她去我的女侍那里通报说我随后就到，我们可以去打猎了。

我没有告诉伊丽莎白我是多么享受统治王国这件事。国王下达命令的方式是心血来潮，变化无常，出人意料。他喜欢出其不意，令枢密院时刻提心吊胆，生怕他变卦。他喜欢让一个人反对另一个人，鼓励改革但又暗示要恢复教皇制。他喜欢挑拨离间，今天会鼓励改革，明天又暗示自己支持罗马教廷。他喜欢分裂枢密院和教会，还会干扰议会。

没有了他的捣乱，国家的贸易、国家的法律、教会的律法，一切都运行得井井有条，连普通人中对教皇派或者路德宗是异端邪说的相互指控也变少了，大家都知道我不喜欢有失公正，偏袒哪一方。没有突然颁布的镇压性法律，没有书禁，也就没有了抗议。每天早上，来自伦敦的传教士跟我的女侍们谈话，温和而有思想，孩子们在一旁倾听着。所有的谈话都是关于如何慎重定义宗教词汇，而不是纠结该忠诚于罗马还是国王。

我确保自己几乎每天都给国王写信：内容轻松愉快，振奋人心，我赞扬他的勇敢和气魄，请他讲述围困布伦的战况，告诉他我相信他马上就会拿下该城。我说孩子们都很好，跟我一样都很想念他。我给他写信，就像我是一个充满爱心的妻子，没他陪在身边，有点忧伤，但是对丈夫的勇气感到骄傲，作为一位伟大统帅的妻子也应该这样。我很容易就写得令人心服口服，我发现我有写作的天分，也热爱写作。

我那本赞美诗篇，装订精美，藏在我锁着的书柜深处。我视其为我的珍宝，我最好的宝藏，必须珍藏起来。看到这些文字被写出来，被划掉，然后又被修改重写，最后印刷装订成书，我就知道我热爱写作和出版的过程：先有想法，然后加工，尽量清楚地表达出来，最后传送给世界，这是多么珍贵、多么愉快的事情啊，难怪这事都被男人们把持着。

所以，我现在就练习给丈夫写信。写的时候我就像在翻译赞美诗，想象作者当时的心态，我也想成为那样的作者。我在翻译一篇祷词的时候，我总是想到它最初的作者，一个痛苦地意识到自己有罪的男人。我想象自己处在他的状态中，写出我认为可能出自他口中的最美丽响亮的文字。我投身其中，强烈地意识到我是女人，而不是一个男人——让男人苦恼的罪是骄傲、贪婪或者对权力本身的欲望，但我认为这些不是女人的罪，这些不是我的原罪。我最大的罪是拒绝服从，要我违背自己的意愿是多么困难。我的另一大缺点是激情，一种爱慕之情，我就像在树立偶像，另一个虚幻的上帝。

所以，给国王写情书跟写祷文是一样的。我创造了一个角色来说这些话。我把纸张放在面前，想象自己如果深爱一个正在围困法国布伦的国王，应该会是什么样子的。我会想，他的妻子会说什么？如何给他讲自己爱他想他，如何为他正在履行自己的职责而高兴。我会想，应该如何给一位我见不到的男人写信？他远在他乡，为了我的安全，告别时连一个飞吻都没

翩后记

给我,他骄傲、独立、爱我,真希望他没有离开我,也永远不会离开我。

在我脑海里,一切犹如身临其境,我看见托马斯·西摩尔在布伦的墙边,脸上挂着沉着的笑容。于是我找到了爱恋和渴望的感觉,怀着这种感觉给国王写信,温柔而顺从,真诚地祝他健康,保证我在想念着他。但与此同时,在我脑海里浮现出另一封信,一封从未付诸纸张的虚幻的信。我甚至从不为了清空笔尖墨水而乱写他的名字,从不描画他的徽饰,从不说出心里的话。只有夜晚躺在空床上入睡前,才允许自己想象这封信,这封一旦可能我便会立刻写给他的信。

我会告诉他,我深爱着他,寝食难安;我会告诉他,有时候我无法忍受床单接触到我的肩,接触到我的胸,因为凉爽的亚麻布让我渴望他手法熟练温暖的手。我会写我将手放在嘴边,想象着是在亲吻他。我会写我把手放在情感最丰富的地方,我所感受的喜悦全部属于他。我会说没有他,我就是个躯壳,一个空洞的王冠,我所有真正的生命都被偷走了。我会写我的生活就像一座精雕细刻的坟墓,一个空荡荡的空间。我是拥有一个女人所渴望的一切的英格兰王后,但是一个腿和手臂环绕丈夫、被丈夫吻着的乞丐女人都比我富有。

我永远不会写这些。我是作者,也是王后。我只能写每个人都能读的文字,国王的侍卫官将在所有朝臣面前向他大声朗读。我写的都是可以送到伦敦发表的文字,哪怕没人知道那是谁写的。我绝不会像可怜的小王后凯瑟琳·霍华德那样写:"一想到你又要离开,我的心都死了。"因为这封愚蠢的情书,国王砍了她的头。她为自己书写了死刑令。我才不会写这些东西。

国王给我回了信,告诉我他们的进展。他时而自夸,时而惆怅,思念家乡。他一到加莱[1]就放弃进军巴黎的计划了,这计划也不受西班牙皇帝

---

[1] 法国北部城市。

的待见。他们决定首先围攻附近的城镇。查尔斯·布兰登和亨利选择了布伦，诺福克公爵托马斯·霍华德则继续顽强地围攻附近的蒙特利尔。他们都需要更多的火药、大炮和炮弹，我得从康沃尔派遣一些矿工去法国城镇的墙底下挖地道。我派了人到康沃尔地方官那里去请聘志愿者，下令制造大炮，让他们生产火药，敦促更多的石匠打磨石头充当炮弹。我找来财政大臣，确保我方有足够的资金支撑军队的开支，提醒他可能需要回到议会争取新的拨款。他也提醒我，铅的价格随着我们市场投放量的增加而下降，没人购买。我接收应该报送给我的请愿书，然后跟该向国王请示的人见面。我每天都坐在国王的议事厅，我的管家指示谁可以进来觐见。我回复当天收到的所有来信，不允许事情堆积如山不加处理，从枢密院征召了办事员来与我自己的人一起处理事情。当然，这一切我都向国王作了汇报。

他一定知道，我是不折不扣的摄政王，亲力亲为，但是我也表达得很清楚，我是在他的统领下掌管这一切，他才是统治者。他绝不会认为我已经接管权力自行其是了。我得像国王一样统治，像妻子一样汇报。我必须这样小心行事，谨慎于写在纸上的每个字，谨慎于需要向国王汇报的每件事，谨慎于跟枢密院的每次会面——他们当中有一部分人是我的王室成员和亲近之人，有一部分则是出于利益而行事的，他们都不可全信，保不齐就会有人打小报告，说我贪图权力、行事过火，说我是世界上最糟糕的东西：一个有着男人心肠和胃口的女人。

国王写信来说他身体很好，他们为他搭建了一个平台观察围困布伦的情况，他可以不用帮助就走上楼梯，也可以无需搀扶就能够四处走动了。他的腿伤已经结疤，医生在确保安全的情况下让伤口敞着，所以没那么疼痛了。他每天都骑着他的高头大马出去，马鞍上驮着一只巨大的火枪，随时准备向他看到的每一个法国人开火。他绕着镇子和紧紧包围法国城镇的英国军队营地转悠，出现在士兵面前，向他们保证自己将率领他们走向胜

删后记

利。他过着自己喜欢的生活，年轻时想象的生活：身边全是帅气的年轻人，让人想起圆桌骑士的骑士梦。他在重温年轻时于马刺之战中的胜利，他们住的帐篷跟 1520 年金布原野会晤中的帐篷一样漂亮。这就像他在年老体弱的时候，又有机会再一次享受到了年轻时的快乐：友谊，象征性的危险和胜利。

每天有盛大的晚餐提供，军队边吃边报告白天发生的小规模战斗、喝庆功酒、计划向巴黎的进军。亨利是行动的核心，与他那群勇猛的朋友手挽手，立誓说他将会是法国国王，名副其实的国王。

国王和他的宠臣们是不会将自己置于危险境地的，指挥台远在布伦的枪炮射程之外。当然，军队中会有人生病，这是很危险的，不过一旦发现真正出现疾病的征兆，亨利就会迅速离开，他的朝臣也将与他一起离开。既然他现在身体已经康复到可以骑马散步、吃饭、聚餐的程度，我倒是不担心他的健康和安全了。跟他在一起的每一个人都知道，哪怕牺牲自己的生命，也得保证国王的安全，他的继承人才六岁，还需要人照看呢。上一位未成年就继承王位的男孩丧失了在法国的土地和英格兰的王位，王国是不能丢给一个小男孩和女摄政的。

所以我不担心亨利，也不担心我的弟弟，他在国王身边很安全。唯一的一个人，全军中唯一让我低头竭力为之祈祷的是托马斯·西摩尔。现在国王指派他指挥海军，指挥给军队运送补给的船只，船队经常出没于危险的海域，那里的法国船只会发起封锁拦截，苏格兰船只也时常骚扰我们的舰队，各国的海盗也在黑色旗帜下蠢蠢欲动，随时准备着趁机白捞一把。托马斯就在这些惊涛骇浪的水域中，在这些危险的海上，有两个国家的船只与他对抗。也没人会想到——当然，他们怎么会想到呢？——想到告诉我他是否安全，是否在港湾，是否出海了。我坚持让枢密院每周给我在大地图上准确地展示一次我们的军队开进到法国的何处，国王在哪儿安营扎寨，霍华德的攻势如何，我们的船只在什么地方——这是唯一可以让我得知他是否安全的方式。但是地图上密密麻麻一团糟，国王的军队一动不动，没人关心船只的情况如何，总是没有新消息，我只好假装对布伦感兴趣，实际上心里非常担心海上的状况。

国王要求我咨询王家占星师，他的星相什么时候会显示出最佳组合，他好择时进军巴黎。尼古拉斯·克拉策到我的新密室觐见，在场的只有我的继女玛格丽特、玛丽公主和伊丽莎白公主。他向我们其中三人深深地鞠躬，我猜想他看到了我心里会想到什么：小小的凯瑟琳·帕尔现在是英格兰的摄政王，旁边站着两位王家公主。

"你有进军巴黎的最佳日期吗？"我问他。

他又鞠一躬，从袖子里拿出一卷图展开。"星相显示的是九月份的第一个星期。"他说，"我已经将排列画出来了，供您研究，我知道您对这个感兴趣。"

"是的。"他在我身边将纸张铺在桌子上。"你看到两位公主的时候是怎么想的？"我问他，"你看到她们在这里，头上戴着小冠冕。都铎王朝的公主都这样戴的。"

"我想她们的未来只有荣耀。"他说得很巧妙，看到伊丽莎白满脸的欢喜，他微笑着说，"谁会怀疑你们都将统治一个伟大的国家？"

玛丽也笑了，当然，她希望跟西班牙联盟，但是伊丽莎白有自己的理想。她看着我指挥枢密院，审读英格兰各地来的报告，慢慢明白一个女人可以自我教育，追随自己的决心，指挥他人。"我吗？"她低声说。

我不知道他心里到底怎么想，他到底看到了什么。我对伊丽莎白和玛丽点了点头，她们立即离开桌子退下去，尼古拉斯·克拉策从小背包里又掏出一卷图纸。

"我已经画好您的星盘了。"他说，"您对卑职所做的事情如此有兴趣，鄙人真是荣幸之至。"

我从椅子上站起来,他将图纸在桌子上展开,固定好。跟以前一样,用的是金色的行星小模型。"这些东西都很漂亮。"我说,好像我不是很急于想知道他为我画了些什么。

"这是镇纸。"他说,"确实没什么好看的,但是让我很开心。"

"你为我看到了什么?"我很平静地问他,"只限于我俩之间,不要跟任何外人讲,你为我看到了什么?"

他指着象征我宫位的星座——一个饰有羽毛的头盔。"我看到年轻时您嫁给了一个年轻人。"他向我展示表示我早年生活的标记,"这些恒星表明,您当时还是一个孩子,天真无邪的年龄。"

我微微一笑:"是的,大概是这样的。"

"接着,二十出头没多少,您又结了一次婚,跟了一个足以做您父亲的男人,你遭遇过重大危机。"

"求恩巡礼叛乱,"我确认道,"叛军袭击我们的城堡,围困我们,将我和他的孩子作为人质。"

"当时您一定知道他们根本不会伤害您的。"他说。

我确实知道,但是国王以报告中说骚乱极为野蛮为由,对北方大开杀戒,却不管报告是否夸大其词。"他们是叛军。"我说,没有据实回答他,"不管怎么说,那些人都因叛国罪被绞死了。"

"您结婚快十年了。"他说,向我指着图上的纹线,"没有生过孩子。"

我低下头。"是很遗憾的。"我说,"但是我的丈夫有自己的继承人和女儿,他从未责备过我。"

"陛下用他的爱意在恩宠您。"

故事以这样的方式展开实在是凄惨,我突然感到自己好可怜,不禁泪眼蒙眬。我赶紧在抽泣之前离开桌子和纸张,这真是太愚蠢了。

"现在我们看到您的精神生活开启了。"老占星师温和地说,"从这里我们看到了智神星的星座:智慧和学习。您在学习和写作?"

我没让他看到我的惊讶。"我是正在学习。"我承认。

"您还会写作的。"他说,"而且您的话语还会有价值。一位女性写作者,世所罕见。陛下,请滋育您的才华,这很少见,也很珍贵。有您引领,其他女性都会跟随您的,这是很伟大的事情。也许您的书就将是您的孩子,您的遗产,您的后人。"

我点点头:"也许吧。"

"但这对您而言并不仅仅是学习。"他说,"看这里。"他指着清晰看见的金星符号:"这是爱情。"

我默默地看着,我不敢问他我心里想知道的。

"我认为您生命中的真爱会回到您的身边。"他说。我攥紧手心,确保我的脸上没有表情。"我的真爱?"

他点点头。"我不能说太多了。"

确实,我也不敢问太多了。"他会很安全?"

"我认为您还会结婚。"他轻声说。他那根魔法棒一样的象牙指针向我展示了我后面的年头,我的第四个十年。"金星。"他轻轻地说,"代表了爱情、生育和死亡。"

"你能看到我的死亡?"我冒失地问。

他迅速摇摇头,"不,不是的,这是不允许的。看您的星盘跟国王的一模一样,一直在延续,没有尽头。"

"但是你看得到爱情?"

"我觉得您会和您生命中的真爱一起生活,他将会回到您的身边。"

"你肯定是指国王,从战场回来。"我说得很快。

"他将会从战场上平安归来。"他重复道,但是没说是谁。

删后记

占星师至少准确地预见到了我的些许学习状况。大主教克兰默每天都过来，陪我一起讨论枢密院的事务，商量我应该如何回应各种来自全国各地的请愿或者报告，但在俗世的事务结束后，我们就转到精神世界。他是极富感染力的学者，每天都带来一篇布道文章或者一本小册子供我参考，有时是手写的，有时是刚发表的，然后第二天我们会一起讨论，女侍们在一旁听着，经常也会发表看法。玛丽公主是维护传统教会的，但也承认大主教的逻辑和灵性。我的宫廷变成了辩论的中心，一个供女性学习的微型大学，大主教带着他的专职牧师，邀请伦敦的牧师来分享他们对教会及其未来的看法。他们精通拉丁文和希腊文《圣经》，也精通现代译文版的《圣经》，我们经常从一个版本转到另一个版本，就为了查证一个单词真正的意思。当我陶醉于自己对拉丁文的理解越来越优秀的时候，我知道我得学习希腊文了。

一天早上，托马斯·克兰默走进我的房间，鞠躬，低语道："殿下，可以跟您谈谈吗？"

我让到一边，没想到他一把拉过我的手放到臂下，把我领出房间，走到长长的走廊里，这里没人可以偷听到。"我想给您看看这个。"他说，深色的眼睛在褐色眉毛下闪闪发光。

他从衣袖里掏出一本用皮革装订的书，里面的标题页上写着：《赞美诗》。我有点吃惊，他有我的书，我出版的第一本书。"没写作者。"克兰默说，"但是我从文风一下就知道是谁了。"

"这是匿名印刷品。"我赶紧说，"没人知道是谁写的。"

"这很聪明，很多人都否认普通人有权理解《圣经》和赞美诗，一个人要是敢翻译费希尔主教的拉丁诗篇，会立即受到批评的。"他停了一下，温暖地笑着，"但是我相信没人会想到一个女人会这样做。"

"最好是那样。"我说。

"我同意，我只是想让您知道，我是从一个不知道作者是谁的人那里得到这本小书的，但是他认为这书的翻译非常好，我很高兴得到这本书。不管作者是谁，他都应该为自己的作品而骄傲。这很好，真的很好。"

我感觉我的脸红得厉害，如同一位尴尬的办事员："你人真好……"

"这真的值得我的赞扬，这是一位语言学家兼诗人的作品。"

"谢谢你。"我低声说道。

受到这本赞美诗的出版和成功的鼓舞，我向大主教提出，或许可以斗胆开始一个大工程：翻译《圣经·新约》的四篇福音书，这是记载基督生活的关键篇章。我还担心他会说这个任务太重大了，没想到他非常热心。我们将从学者伊拉斯谟的拉丁语版本开始翻译，试着把它译成英语，它的文字漂亮而简单，任何人都能读懂。如果众人通过简单的语言就能知悉并了解基督的生平，他们还会不秉信他吗？

我学得越多，就越相信，人，包括女人，能够掌控自己的灵魂，能够为自己的救赎负责，可以直接向上帝祷告。

当然，一想到这点，我就越发相信，罗马教廷蒙昧无知的人施行的诡计、交易和把戏真的是可耻：向一个女人售卖朝圣徽章，告诉她这表明她已经踏上朝圣之路，她的罪也得到了宽恕，这本身就是一种罪。向一个人保证说，只要有足够的修女唱够了弥撒，她死去的孩子就将去到天堂，这就是低劣的欺骗，就像把假币当真币给人一样。向教皇购买赦免、迫使教皇宣布婚姻无效，让他为亲戚开法律的后门，无动于衷地看着他盘剥红衣主教，而红衣主教又向主教收钱，后者再向神父寻租，神父又向穷人收取

删后记

什一税……这一切的一切都是滥用权力。如果我们都认为灵魂无需借助任何干预就可以直接抵达上帝，那么，这一切都定将绝迹。被钉上十字架是上帝自己的事，教会是人类自己的事。

我想起了那天晚上，我向上帝祷告并且知道上帝来到了我的身边。我听到他了，真的听到了。我想到了基督的自我牺牲是多么美好朴素。通过阅读和启示，我知道，无论如何，陈腐的教会仪式都必须取消，人们听从基督的召唤，一个接一个地来到他面前，不应该有盲目的服从，也不应该有听不懂的咕咕哝哝的外国语言。人们将学会阅读并拥有《圣经》，可以用自己的方式学习——这就是我现在所相信的，也是我作为摄政王和王后将努力达成的目标。这是我神圣的职责，是上帝对我的召唤。

九月，布伦城被英格兰军队攻陷，国王准备班师回朝，接受英雄般的欢迎。他也确实从法国来信，吩咐了迎接英雄的典礼，我的任务就是要确保他享受此等待遇。国王的胜利之师将从多佛一直行军到伦敦，整个王宫的人都将骑马到肯特郡的利兹城堡去迎接他的凯旋。我必须吩咐王室玻璃匠为利兹堡的卧室、礼拜堂和宴会大厅装上特别的玻璃。玻璃师霍恩来到我的房间，向我展示他设计的已经陷落的布伦城堡，前方站着的是国王和他的军队。

"太阳从玻璃透过来，布伦城墙将会闪耀着骄傲的光芒，在最后一次沐浴夕阳之后，布伦墙将化为废墟。"盖隆·霍恩告诉我，"玻璃现在还在画工和切工那里。"

"能够及时就位吗？"

"我们将夜以继日地赶班，保证宴会大厅的窗户在宴会之时安装好，其他的随后跟进。"

"你得把礼拜堂的窗户也完工。"我说,"这是国王的要求,我们要举行一场庆功弥撒,窗户玻璃必须安装好,这点我得坚持,大师。"

他点点头。他是个忙碌的小个子男人,由于常年划切玻璃,手粗糙得像旧皮革。

"好的,殿下,您是一位严格的监工,但是看看这个设计!看我是如何将国王和他的贵族们布置在布伦城墙前面的!"他向我展示另一幅图画,"喏,这是诺福克公爵,这是萨福克公爵查尔斯·布兰登,托马斯·西摩尔爵士。殿下,这是您的弟弟。"

他流畅巧妙地勾勒了簇拥着国王的宫廷贵族:有些穿着盔甲,旗标飞扬,背景里是身披盔甲的缩型马匹,大炮膛口上方还飘着一团团的烟雾。

我的眼睛落在轮廓清晰的托马斯·西摩尔身上,"你画得真是栩栩如生。"我有点稳不住了,"我可以要一份吗?"

"画得跟国王一模一样。"他很高兴,"这张您拿去吧,殿下,我还有一份一样的给了切工。这幅是墙要倒的时候,这是伟大的时刻,仿佛是约书亚攻陷了耶利哥城。"

"是的。"我说,我不知道我保留着托马斯的图像是否安全。国王是整个设计的绝对中心,托马斯的身影隐藏在后面,看图的人根本猜不到,我想要这张图无非是为了看他一眼。我可以将其藏起来,跟我学习的书放一起,跟我的赞美诗的翻译手稿放一起。我可以将其塞在我的圣经里,没人会知道打开《圣经》时,我渴望见到的是他的脸。

霍恩还给我看了另一个设计。这是一系列画面,讲述进军法国的故事,与西班牙的联盟和围城的胜利。礼拜堂的窗户用于感恩和庆祝:一个天使给征战赐福,国王骑马凯旋,头上是月桂树叶拱门,天使从上方俯身看向他。

"我会在国王抵达时准备好的。"他向我保证,"我明天就去肯特郡,带着这些玻璃,将它们用铅固定好,以免破损。我们会准备好的。他进来时铅会还在冷却中,但我们会准备好的。"

我让他收好图纸,他准备鞠躬告退了。但我把有托马斯·西摩尔的那张设计图和其他图纸也一起推开。

"您不是要这张吗,殿下?需要我为您装裱起来吗?"

"不用了,我等着在玻璃上看他们的形象。"我淡然地说。凯瑟琳·霍华德走上绞刑架,就是因为一张便条做证据,是她那愚蠢幼稚的小手写给托马斯·卡尔派博的,上面不但有拼写错误,还有泪滴形成的斑迹,问他是否安好。我不敢保留下任何可能对我不利的东西,我甚至不敢私藏有他轮廓的炭笔素描,哪怕画中的他隐在人群中也不行。不行。

1544 年秋

肯特郡　利兹堡

  国王抵达城堡的仪式被弄得像个假面舞会，一切都是为了炫耀。他的管家和驯马师已经跟我的管家一起安排好了一切细节，我们各就各位，就像练习舞蹈一样精确。八点钟，心怀感激的肯特郡人开始聚集在通向城堡的道路两旁，第一批卫兵在道路两侧就位，挡住激动的人群，或者在他们不那么激动时，引导他们欢呼和鼓掌。

  园丁和建筑工已经用月桂树枝搭建起了旋门，号手们在城堡炮塔上就位，乐师们在入口处做好了准备。我们可以听见外圈队伍的动静，接着是第一方阵的马蹄声。现在我的一边是玛丽和伊丽莎白，一边是爱德华，从城堡入口处所站的地方望出去，可以看到迎风飘扬的王家旗标和伟大的英格兰旗帜。

  任何地方都可以看到国王的身影，要错过是不可能的。他穿着那身意大利的黑色盔甲，看上去气宇轩昂，那匹同样披挂盔甲的巨型战马在队伍中傲视群雄，骑在马上的人也高高在上：比路上所有人都高大显眼。人们不约而同地高声欢呼，国王也向两边转头微笑示意。在他身后，施赈官往下抛撒钱币，以激发人群的热情。

  我很紧张。队伍中有大使、贵族、支持者、军队的精英人物，他们慢慢地往前移动，漂亮的马匹不停地嘶鸣，脑袋上下摇晃，弓箭手背上背着弓，步兵穿着新洗过的上衣，有的抛玩着磨旧的头盔。在他们的最前面，最吸引眼球的，就是伟大的国王。

他勒住马，四个人迅速跑到各自的位子上帮他解脱马鞍，一个活动平台被挪到马的旁边。国王被搀扶下马，稳稳地站在地上，转过来向我挥手。人群欢呼着，士兵们带头鼓掌，接着那四个人引着国王走下梯子站到地上。

他的侍从走上前，解开他的腿甲和上臂护甲，但他仍然穿着护胸甲，胳膊下还夹着头盔，一副英勇善战的模样。我目不转睛地看着他，满是崇拜。在某个地方，托马斯正骑在马上看着我。

两名随从分别走到国王两边，但是他不需要他们搀扶着走路了。我知道，在这个时候，就算我们在打招呼了，我也不能朝他走过去，他会向我过来的。他朝我走来，我看见人们排成一队，都希望能看到我们的问候。国王越来越近了，我和宫里所有的人都恭敬地行屈膝礼，他的孩子们都快俯伏到地上去了。突然，我感到他的手伸到我的手肘下，将我举起来，转身，让所有人都看到，他在热烈地吻我。

我小心控制着自己的表情。面对这陈腐的湿吻，决不能有丁点的退缩。国王转过身背对我，面朝着他的军队。"我带你们出去，也带你们回家了！"他大喊着，"我带着你们荣耀回归，我们胜利归来！"

他的手下发出雷鸣般的欢呼赞同声。我环顾四周，发现自己也微笑面对着人们的激动，此时，不被众人的胜利和喜悦感染是不可能的。这是一场胜利，一场伟大的胜利，他们收回了英国在法国的领地，展示了我们的国王亨利的权威和力量，他们胜利归来了。

✵

我们肩并肩，坐在利兹城堡礼拜堂里特制的矮椅子上，给人一种虔诚下跪的感觉。在我们身后，孩子们恭敬地低着头。国王真诚地祷告了一会儿，然后轻轻地碰了碰我的手，让我注意到他。"爱德华还好吧？"他说。

在我们的前面，牧师面对神坛，赐福面包和红酒，唱诗班高唱着欢庆的颂歌。

我把注意力从我的祷告转向我的丈夫，从神圣转向世俗。我不止一次猜想，不知亨利是否真的相信奇迹正在发生：红酒变为基督的圣血，面包变为基督的圣体。神圣的仪式还在进行中，他就开始转过头跟他的朋友说话了。他真的认为有一个奇迹每天都在他眼前发生吗？如果是，为什么他又如此不重视这个时刻？

"你都看到了，他很好，女儿们也是。"

"你说曾经发生过瘟疫？"

"我们立即跟进，采取措施控制住了局面，现在瘟疫结束了。"

"我确保了他在法国的继承权，又一座城市归属英格兰了，以后还会有更多的城市。这就是我们的立足之地。"

"这真是一场伟大的战役。"我热情洋溢地说。

他点点头，看到牧师走过来，立即闭上眼睛，像祷告的孩子一样，两只大手合在一起，玫瑰花蕾般的嘴唇张开，大舌头卷出来，接受神圣的面包并且放进嘴里，一口吞下去。伺者送来一个高脚杯，低声说："基督宝血。"

"阿门。"国王确认道，拿过高脚杯，摇一摇，一口喝下。

他们来到我面前，牧师在我面前举起华夫饼，我在神圣的沉默中，心中默默念着："感谢主，让国王度过重重战争危险，平安回家。"华夫饼在我嘴里只觉得又重又厚。牧师端着高脚杯走过来，我吞咽了一下。"也让您的恩典和护佑保护托马斯·西摩尔。"我完成了我的秘密祷告，"上帝保佑托马斯。"

御膳房在庆功宴中表现卓越。上午十点弥撒后，我们坐下来用餐，我感觉我们会没完没了地吃下去：从厨房送出来一道又一道的大菜，役仆齐肩扛着餐盘穿过庭院，金色大盘子里高耸着猪肉、鱼肉或者羊肉，金色的碗里盛着炖肉和酱汤，大托盘里是甜点、大块大块的馅饼。宴会的重头戏是烤肉套烤肉，一只鸟填塞肚子后又被塞进另一只鸟肚子里：一只云雀塞进一只獬鸪里，然后再塞进一只鸡肚子里，鸡又塞进鹅肚子里，鹅又塞进孔雀里，孔雀又塞进天鹅里，整个烤肉被装进一座糕点做的城堡中——神奇的布伦城模型。当四个人扛着巨大的托盘穿过大厅，将这道烤肉派送来，放置在国王面前的一个大支架上时，所有人都欢呼起来，每个人都用餐刀敲击着桌子。二楼廊道上的唱诗班唱起了胜利之歌，国王满头大汗，筋疲力尽，但是兴高采烈。

我的钟表匠用发条制作了一个微型大炮。现在，威尔·萨默斯在圣乔治旗下蹦蹦跳跳，利用其自带的小马车将大炮推进大厅。在大家的欢呼鼓劲之下，威尔喜剧感十足，走向那个点着一根小蜡烛的金色小大炮，假装害怕地缩起身子，将导火线点燃。

他非常熟练地按了下不知哪里的一个按钮，微型大炮喷出火焰，砰的一声将一个球喷到糕点城堡的墙上。球很有重量，目标也很精准：城堡在攻击之下轰然崩塌，周围一片掌声雷动。

国王高兴极了，他挣扎着站了起来。"胜利属于亨利！"他高呼着，人群高呼着回应："万岁！凯撒王！万岁！凯撒王！"

我微笑着鼓掌，我不敢看坐着贵族的那张桌子，托马斯也在那里看着大家欢呼烤肉派的到来。我偷偷地掐着自己的手指提醒自己不要冷笑。宫里的人庆祝是天经地义的，国王陶醉自己的胜利也是应该的。我要做的就是表现出很开心，打心底里为他感到骄傲。我站起来，举杯向国王敬酒，宫里的全体人士也都跟着我这样做了。亨利站在那里，有点晃悠地接受着他的妻子、女儿和人民的奉承。我没看托马斯。

晚宴无休无止地进行。每个人都吃了一片城堡烤肉，吃完其他的肉和鱼后，又送来甜肉和布丁，一道道的法国地图糖，国王战马模型，接着是水果，干的或者炖的，放在馅饼里、糖果篮里或者大碗里，每张桌子上都摆着干果和坚果盘。葡萄牙的甜葡萄酒也拿进来了，给那些还能继续吃吃喝喝的人们享用。

国王的胃口好得惊人，就像从离开英格兰以后就没吃过饭一样，他不停地吃了又吃，脸色越来越红，汗流浃背。仆从寸步不离，手持干净的亚麻餐巾，随时给他擦脖子。他吃喝着再给他的大杯子添酒，叫一道又一道的菜送上来。我坐在他身旁，对每一样菜都浅尝而止，以示我们在一起用餐，这要持续一整天，真是一个煎熬。

我担心他把自己整病了。我瞥了一眼御医，不知道他们敢不敢建议国王不要再这样继续大吃大喝。宫里所有的人都把盘子往后推了，有些人已经酩酊大醉，脑袋耷拉在了桌子上，只有国王仍在胡吃海喝，还将最好的菜递给自己最喜欢的人品尝。后者都微笑着鞠躬致谢，不得不又继续吃，假装因为一道菜而再次兴高采烈。

终于，太阳下山了，国王将盘子一推，挥手让侍者离开。"不要了，不能要了，我吃得够多了，够了！"他朝我瞥过来，擦去嘴角的油光。"多好的大餐啊！"他说，"多好的庆功会啊。"

我尽力微笑着："欢迎回家，我的夫君，很高兴你吃得好。"

"吃得好？我都快噎死了，肚子很胀痛。"

"你会不会吃太多了？"

"没有，没有，我这样身材的男人喜欢吃大餐。忍受了这么久，我需要一顿大餐来犒劳我自己。"

"那就好，很高兴你今天吃好了。"

他点点头。"还有化装舞会吗？还有舞会吗？"

当然有了。现在他胡吃海喝完毕，就希望还有点别的什么事，而且是马上就来的那种。有那么一瞬间，我想起了年仅六岁的爱德华，他总在自己的房间里安安静静地进餐，比他父亲有耐心多了，这个人却非得把自己撑个半死，还嚷嚷着要下一个节目，而且马上就得开场。

"会有舞会的。"我提醒他，"还有一个特别的化装舞会庆祝你的胜利。"

"你会跳舞吗？"

我指指头上，那是安妮·波琳的王冠，很重。"我没穿舞裙。"我说，"我就坐着看你们跳吧。"

"你必须跳！"他立即说，"宫里没人比你漂亮。我想看我的妻子跳舞，我回来才不是为了看你在椅子上坐着呢，你不跳就不叫庆功会了，凯瑟琳。"

"我可以去换一下我的头饰吗？"

"好，去吧。"他说，"快去快回。"

我向嫡点点头，她打个响指，召来两名女侍，我们从王座后面的门走出去，到了小休息室里。"他要我把王冠换成跳舞的头饰。"我没好气地说，"我得跳舞。"

"姑娘们，快去衣帽间将王后的金色头巾拿出来。"嫡说。女侍们跑开了，嫡"嘘"了一声，突然想起什么来。"我还该叫她们拿把梳子和罩兜来。"她说，"我去我的房间拿，等一下啊。"

她急匆匆地离开了，我走到窗边望出去，凉风习习，门背后从宫里传来的嗡嗡声显得很遥远。利兹城堡四周是静静的护城河，燕子飞得很低，触碰着水中的倒影，一圈又一圈，天空变成桃色和金色。落日真美，擦着地平线的近乎于绯红色，然后是越来越淡的粉色，直到云团的底部变成金边，最上面的天空仍是最淡的蓝。突然，我有一种感觉：我意识到了我自己，我独自一个人做祷告时就会有这种感觉。一个女人，还很年轻，看着窗外的鸟儿与河水，就在此时此地，我的命运之星没入我头顶的天空，但上帝的意志就在我眼前，我知道得如此少，却又渴盼着那么多，落日似乎预示着一天的结束。

"别说话。"

我立刻意识到这是托马斯那沉静的声音，还有谁会在我每晚的梦中叫我？我转过身，他就站在关着的门前，看上去有点疲惫，比上次在国王的驳船船尾看到的时候要消瘦一些，当时他连个告别的手势都没有就走开了。

我一言不发，等着他开口。

"那可不是多了不起的胜利。"他压低声音，很愤怒，"完全就是跌跌撞撞一团糟，我们没有需要的武器，军队没有装备，连饭都吃不饱。士兵们只好躺在泥泞里，没有被子，没有帐篷，成百上千的人死于疾病。我们本应该按计划进军到巴黎，但是我们将英国人的生命浪费在一个没有价值的城池上。我们根本无法镇守那座城，但只有这样他才能宣称获胜，赢得了一座城回家。"

"嘘。"我说，"至少你安全回来了，至少他没生病。"

"他根本不知道要做什么、该做什么。他不知道如何计划行军时间，如何让军队行动起来，如何准备休息，他甚至不知道如何发号施令。他出尔反尔，又勃然大怒，就因为没人懂他的意思。他命令战马朝一个方向冲，弓箭手朝另一个方向冲，随后又派人去把他们叫回来，指责他们搞错了。直到我们周围都四分五裂的时候，士兵病倒了，法国人开始顽强抵抗，他还不知道我们有麻烦了。他根本不在乎士兵的生死存亡和危险，宣称战争的代价本就高昂，他不害怕赌一把。他不懂得生命的价值，不懂任何事情的价值！"

我想打断他，但是他却根本不理会。

"我们最终赢得的胜利,其实就是一场大屠杀。两千居民,男女老少,被赶出城门,排着队从他面前经过。他高高地骑在马上,穿着意大利盔甲,人民走进风雨中,什么也没带,哪怕是一袋吃的。他诅咒说那些人必须步行到法国的阿布维尔边界去,但是他的部队洗劫了他们的家园,这些人都倒在路上死了。他完全就是个刽子手,凯瑟琳,一个无情的刽子手!

"现在战争结束了,他说这是一场伟大的胜利,根本不知道这就是一团糟。霍华德的部队都快兵变了,布伦根本守不住,一切都是虚幻的,徒劳的征服。他不知道这并不是什么伟大的胜利,他只知道他想知道的,只相信他想相信的,只听得进他自己的命令。没人告诉他真相,哪怕用牺牲的人的鲜血写下真相,他也不会知道真相!"

"他是国王。"我淡淡地说,"国王不都这样吗?"

"不是的!"托马斯叫起来,"我在匈牙利国王的宫廷里待过,我亲自跟皇帝对过话,他们都是伟人,必须无条件服从,但是他们会质问自己!他们也会有疑虑!他们要求汇报要真实,他们也接受建议,但是这位国王不同,他对自己的失败视而不见,听不进任何意见。"

"嘘,嘘。"我着急起来,瞥了一眼关着的门。

"一年比一年糟糕。"他继续说,"他所有诚实的顾问不是死了就是被贬了,他杀光了童年时期的所有朋友,周围没有人敢跟他讲真话,他的脾气完全失控了。"

"你不该说——"

"我就该说!我必须说,因为我这是在警告你。"

"警告我什么?"

他上前一步,但是伸出了手阻止我靠近他。"别,我不能靠你太近,我来只是为了告诉你:他这个人很危险,你得小心点。"

"我从来都很小心!"我叫起来,"我梦里都是你,但是我从未提起过你。我从未写过信给你,我们从未见过面!我已经放弃你了,为了他完完全全放弃你了。为了尽我的责任,我心都碎了。"

"他会厌倦你的。"他苦涩地说,"如果你不给他借口跟你离婚的话,他会杀了你的。"

这是多么可怕的预言,我惊呆了,差点回不过神来。"不,托马斯,不,你错了,他爱我。他让我摄政,他信任我,我是例外,他从没像爱我这样爱过他的其他妻子。"

"是你错了,你这个小傻瓜。他也让阿拉贡的凯瑟琳做过摄政王,他曾经下令在全国范围内为凯瑟琳·霍华德举行感恩礼拜。他分分钟变脸,随时都可以杀人。"

"不是这样的!不是这样的!"我使劲摇头,就像我钟上那个小人儿一样,"我向你发誓,他爱我。"

"他把凯瑟琳王后打入阴冷潮湿的城堡,不闻不问,任由她死在那里,就算没被毒死,也会孤独而死。"他开始举例,"安妮,他靠假证据砍了她的头。我姐姐要不是有了孩子,也会在当年就被他抛弃了,就算如此,他也是任她自生自灭。克利夫斯的安妮要不是答应离婚,也会被他以叛国罪绞死。他跟凯瑟琳·霍华德的婚姻无效,是因为后者已经结婚在先,他本可以用抛弃她的方式来羞辱她,但是他选择了处死她,他就是想让她死。当他厌倦你的时候,就会杀你了。他就是要杀自己的家人、朋友和妻子。"

"叛徒是必须被处死的。"我悄悄地说。

"托马斯·摩尔不是叛徒,玛格丽特·波尔是国王的表姐,她也不是叛徒,只是一个六十七岁的老妇人而已!约翰·费希尔主教还是圣人呢,托马斯·克伦威尔也是忠臣,罗伯特·阿斯克以及所有的'求恩巡礼'者,都是有王室赦免权的!凯瑟琳·霍华德还是个孩子,简·罗奇福德[①]疯了:

[①] 指安妮·波琳的兄弟、第二任罗奇福德子爵乔治的夫人。

他改变了法律,这样他就可以砍掉一个疯女人的头颅!"

我像得了疟疾一样打起摆子来,我咬紧牙关以防牙齿打战。"你在说什么!托马斯,你在跟我说什么?"

"我说的你都知道,我们都知道,就是没人敢说出来。他就是个疯子,凯瑟琳,他已经疯了很多年了。我们都宣誓要对一个疯子效忠,他一年比一年更盲目、更危险。我们谁都逃不掉他随心所欲的后果。我看到这一点了,在法国我终于看穿这一点了,因为我曾经也盲目过——他就是个心血来潮的大魔头,你即将是他的第六个牺牲品。"

"我又没做错什么。"

"正是因为这一点他才要杀你,他不能容忍卓越超群。"

我靠在冰冷的石头墙上。"托马斯,噢,托马斯,对我说这些太可怕了!"

"我知道,就是这个男人让我的姐姐死掉的。"

他迈开大步穿过小厅走来,搂着我,狠力吻着我,仿佛要咬我似的,仿佛要把我吞下去似的。"我只对你一个人说这些!"他在我耳边急切地说,"你得保证自己的安全,我不会再对你说这些了。为了我俩好,我不能被人看见与你在一起。保护好自己,凯瑟琳!上帝保佑你,再见。"

我抱紧他。"不能又说再见了!我会见你的,你回来了,现在是和平时期,至少我还可以天天见到你吧?"

"我是国王的新任海军上将,我得出海。"

"你又要回到危险中去?不要是现在啊,这会儿大家不是都在家里安安稳稳地待着吗?"

"我敢说,我比你安全多了,你跟那个杀手同床共枕才危险呢。"他严肃地说,挣脱我,走了。

1544 年秋

伦敦　白厅宫

从佛兰德斯召来了一位新画家尼古拉斯·德·温特，预备给王室家族绘制真人大小的巨幅画像，他的画风属于汉斯·荷尔拜因的晚期风格。我很骄傲可以有一幅全家福画像了。

我已经成功地将这个家庭团结在了一起，说服国王公开承认两个女儿的公主身份和继承资格，将父子两人聚在同一屋檐下。我可能无法让他们相互理解相互关爱，但至少他们聚在一起了。爱德华不再是一个母后死去的幽灵般的儿子，而是一个实实在在的男孩，他本该得到应有的关爱。

国王和我花了一个下午愉快地讨论该如何画像，如何挂在白厅宫的墙上，因为是要永久留存在那里的。将来数百年里，人们一看到它，就会感觉画像栩栩如生站在他们面前，感觉他们在觐见我们。我们决定，让画像跟祭坛装饰差不多，国王在中间，我在他旁边，爱德华靠着王座，那是他将继承的位子。伊丽莎白和玛丽两个女孩子站在两边。镶板框架我们暂时还没敲定，但我想在画中看到很多颜色，墙上、天花板上。我和两个女孩儿都非常喜欢刺绣，热爱鲜艳的颜色和图案，我希望画像上也能体现这一点，希望画像能像我们绣制的东西那么漂亮。国王建议在王座后的天际线那儿可以瞥见布伦废墟，他的旗标要飘扬在摇摇欲坠的炮塔上方。画师说他将先画一个草图给我们看。

他单独给我们每个人画草图，从两个公主开始。我帮助伊丽莎白和玛

卅后记

丽挑选礼服和珠宝，拿到她们坐着让画师画像的地方。画师先用粉笔和木炭画好人物，然后复制到丰富的背景上，由学徒在他的画室里画出来。

亨利来了，他来看德·温特大师的第一幅素描：玛丽。她穿着深红色的裙子和长袖锦缎大衣，赤褐色头发上戴着一顶金色的法国风帽，看起来很漂亮。国王进来的时候，她正僵硬地站着，直直地行了个屈膝礼，不敢动弹。亨利给她一个飞吻，像个朝臣那样。

"我们得让人民看到我们。"他告诉我，"他们必须看到我们，哪怕我们不在这里的时候，外出行军或者旅游打猎的时候。人们必须能看到国王和全体王家成员。他们必须认得出我们，就像认得出自己的兄弟姐妹一样。你明白了吗？我们必须像神一样遥不可及，但又像民众在教区礼拜堂里看到的圣徒画像一样熟悉亲切。"

玛丽站在那里，看上去骄傲而脆弱。我觉得她既像一个为自己的权力战斗的女人，又像一个害怕没人会爱她的女孩儿，她是如此矛盾的复合体，既暴烈又脆弱，不知道画师能否抓住她所有的特点，能否体会到这是一个长期被否定的女儿，一个渴望被爱的年轻女子。看着她身穿深红色礼服，两手相扣放在身前，脸色苍白而坚定的样子，我不禁心生怜爱，这是一个坚定而倔强的年轻女人。

接下来是伊丽莎白，她抬起褐色的眼睛，朝画师微笑。如果说玛丽是桀骜不驯的，她就是令人愉快的，但是在伊丽莎白的娇媚后面，一样是对爱的强烈渴望，对被承认的期盼。

画师给我展示初稿，这一幅是人物之外的场景，通向花园的两座美丽拱门，他准备在门口画两个弄臣：威尔·萨默斯和他的小猴子，还有玛丽的女宠臣。这是对布伦废墟方案的改进，但我不确定是不是要让一对丑角出现在宫廷画像中。

画师解释了这样做的目的：他们的存在是为了表明我们还不够伟大，

还是有人在跟我们作对，对我们的人性弱点指手画脚，嘲笑我们依然是罪人。

"那国王知道这个吗？"我问。

画师点点头。

"他同意了？"

"陛下喜欢这个点子。"

我很高兴，这说明国王并不认为自己是不可挑战的，托马斯的指责是错的。国王确实还是有疑虑，他听得进弄臣威尔的话。威尔带着上帝赐予的礼物——那就是将这些疑虑说出来。

两扇熠熠生辉的门之间，墙壁也金碧辉煌，如同珠宝盒。满屋顶的红玫瑰，四根金色柱子，这样的背景与这个拥有一切的王室家庭非常相配。右边将是伊丽莎白，左边是玛丽，中间是可爱的爱德华王子，也身着深色兰开斯特红，站在他父王身边，国王则端坐正中，旁边是我。这幅画将被复制和被雕刻，在全国发放流通，传遍基督教世界，宣告着都铎王朝雄心勃勃的胜利。这是亨利，魁梧英俊，强壮威猛；他的儿子，一个健康的男孩儿，正在他身边长大成人；他的妻子我正当育龄，坐在他身旁；两个女儿围着我们。至于英格兰的人民，就是两个丑角宠臣，正朝我们这边看过来，赞赏地看着我们的荣耀。

"她看上去不错。"亨利在我身后小声说，赞许地看了玛丽公主一眼。

"她肚子疼得厉害，但是我看现在已经好转了。"我说，"我觉得她一直在好转，我会确保她饮食规律，锻炼有度。"

他点点头。"也许她该结婚了。"他说，好像以前从未想到过这点一样。

我朝他微微一笑。"我的夫君。"我开玩笑地说，"你有人选了？我了解你，知道你肯定心中有数了，说不定咱们的哪位大使已经向哪个大国的王室提过这事了。"

驯后记

他拉着我的手,离开画师和玛丽公主。玛丽黑色的眼睛一直跟着我们,好像这样就可以知道她的父亲到底会给她作何安排。

"我担心她可能会不喜欢这个。但是有法国跟我们作对,西班牙这个盟友又太不可靠,教皇也与我们为敌,我一直在考虑一个新的盟友,也许德国,也许丹麦,或者瑞典。"

"她得有信仰自由,这些国家都是路德宗?"

"她必须服从她的丈夫。"他纠正我。

我犹豫了。玛丽很聪明,有头脑,如果有机会跟一位睿智的丈夫谈论宗教问题,她可能会改变信仰,像我一样,认为上帝是跟我们每一个人单独对话的,我们不需要教皇,不需要牧师,也不需要流血的雕塑,不需要旁人来帮我们找到信仰之路。上帝在召唤我们,我们只需要倾听。宽恕没什么窍门妙招,只有一条路,只需要一部《圣经》,女人也可以跟男人一样学习《圣经》。玛丽听过克兰默布道,也跟来访的牧师谈过。她已经跟我一起阅读过伊拉斯谟的《新约》,将圣约翰福音书翻译得很漂亮,而且几乎都是她独立完成的。如果她必须遵从丈夫,她可能会发现,精神的驯服将引领她抵达上帝。我知道,当我必须停止听从自己意愿的时候,我会觉得听到了上帝的声音,或许这也能发生在我继女身上。

"我想这对她是个极好的机会。"我真诚地说,"结婚对她很有好处,但是她不能违背自己的信仰。"

"啊哈?你觉得她该结婚了?"

"我想一个好男人可能会让她有机会思考和学习,进而能为他及她的国家服务,"我说,"并且爱他和他们的孩子。"

"你可以根据她的情况在这方面帮帮她,可以给她提提建议。"

我鞠躬致礼。"我将很荣幸跟她谈论这个,告诉她是你的意思。"我说。

"先把这个一放吧。"他谨慎地说,"现在暂时什么也别说,但这确实是我的意思。如果我要守住布伦，迫使法国求和，我可能需要一点帮助。玛丽可以让我们跟德国结成牢不可破的联盟，她是公主，知道这是她一辈子的事情。"

※

这个秋天，自从国王回到我的房间睡觉以后，这里就又满是难闻的腐肉味儿了。我又开始做起了噩梦，一直都是同样的梦：我走上一座潮湿的圆形楼梯，一手扶着黏糊糊的石墙，一手拿着摇曳的蜡烛，下面地板上刮来的一阵冷风盘旋而上，警告我还有一个人在这里，正悄悄尾随我上楼梯。我不知道是谁跟在后面，恐惧驱使着我急促地往上爬，蜡烛火苗在风中忽闪忽闪。到了楼顶，我看见六扇门围着楼梯口排成圆形，就跟地下室入口一样小。我以为门都锁着，等走到第一道门边，刚拿起门环时，门一下子就悄无声息地打开了。我想我还是不要现在就进去。我不知道谁在里面，但我能闻到一股腐味儿，就像门背后有什么东西坏掉了，房间里有什么在溃烂。但这时我听到背后楼梯上的脚步声，知道自己必须继续前行，摆脱追我的人。门开了，我跨进去，门把一下就被人抢过去，将我反锁在了屋里，我被关起来了，蜡烛火苗瞬间熄灭，我陷入了黑暗中。

在一片漆黑之中，房间一片死寂，我听见有人在悄悄地移动。

※

法国对我们海上运输的攻击日益升级，国王对盟友的需求越来越急迫。现在每个人都坚信，法国人将会袭击甚至入侵我们的沿海城市和港口。国王从自己的谍报机构和我们的商船获得的情报都说，他的死对头法国国王弗朗西斯正在武装手下的渔民和商船，建造自己的战舰。这是一场军备竞赛，看谁能集结最强的舰队。而我们落后于法国。对方宣称，狭海甚至北

删后记

海都是归他们统治的。

在这危急关头，托马斯却从未在宫里出现过。他在朴茨茅斯、普利茅斯或者达特茅斯，抑或伊普斯威奇、肖勒姆或布里斯托，在那些地方监管建造新船，改装旧船，征募并训练船员。他现在有了自己的船，住在船上，审核那些被他征用来服役的民船，四处招募士兵，让他们到商船和小渔船甲板上那些摇摇晃晃的木制堡垒中准备战斗。

太阳一天比一天落得早，我想象着他裹着厚厚的斗篷，站在舵手后面，扫视着越来越暗的地平线，寻找敌人的船帆。我悄悄祷告他平安无事。听到法国人要入侵的消息，宫里的人都吓得半死，他们会经常提到他。我学会了面无表情，听着海军上将和他召集的舰队不时被提及。我训练自己在听的时候表现出的是对船只的关心，而非在意它们指挥官的安危。

就在这样一个天气极为糟糕的秋日里，托马斯谋划了一次对布列塔尼海岸的袭击，他在怀特岛附近召集舰队，希望趁法国海军驻扎在港口时将其消灭。我是从他的嫂子安妮·西摩尔那里听来这个消息的，而她又是从她丈夫爱德华口中听来的。托马斯已经将作战计划递交枢密院批准，他说必须在春天来临之前将法国人消灭在港口，因为他们已经有了可以在任何天气条件下都能作战的带桨帆船，而我们的帆船则完全依赖顺风。他说要阻止法国人入侵，唯一的办法就是在对方还没来得及启航时就把那些舰队一举摧毁。国王在南部沿海的所有城堡合在一起给敌人造成的打击，都赶不上一次及时的海上突袭——只要他能神不知鬼不觉地在码头就将他们摧毁。

他还汇报了一些使用我们的船的新方法。一直以来，船只都是被当作运输工具，将士兵和武器运送到战场，但是托马斯向国王汇报说，如果我们把船只建得更好操作一点，装上重型大炮，那它们本身就可以成为武器。一艘船可以在海上对抗另一艘船，可以从远处实施攻击，用大炮在海上称霸，登陆时又不必太靠近岸边。他汇报说，法国的桨船能承载超级重型大炮，可以朝目标发射石头炮弹，足以洞穿敌方船只。用船首的桨叶进行猛击，重创敌船后，最后再让士兵登上敌方伤痕累累的船只进行肉搏战。

他的哥哥爱德华在枢密院里据理力争，说托马斯对海战的把握很有经验。他出过远航，参观过威尼斯的船坞，看到过那些船只是如何操作如何战斗的。但是就在爱德华向国王汇报的时候，他的争宠对手，托马斯·霍华德和他的儿子亨利则哈哈大笑，冷嘲热讽，说船只只能为国王服务，运送国王的军队到法国，或者封锁英格兰海港，阻止入侵的法国船只，让船员来进行海战的想法真是太可笑了。他们说托马斯·西摩尔海水喝多了，就知道追逐美人鱼，十足的梦想家，傻瓜一个。

那些支持海战的都是清一色的改革派，说只能按老办法使用船只的都是希望保留旧宗教的人。辩论再次沦落为常见的宫廷派系纷争，好像没有哪件事可以不牵扯到宗教上，但是宗教永远都没有个定论，总是一会儿倾向这边，一会儿倒向那边。

"现在看来，霍华德父子俩是对的，托马斯就是个傻瓜！"晚饭前我进到亨利房间时，他愤怒地向我啐了一口。今晚他没去宫里吃饭，他的腿疼得厉害，现在正发着烧。看着他发红出汗的脸，我既恶心又害怕，就像小孩子面对愤怒的父母。我感觉我无法安慰他，无论自己说什么都是错的。

"我可以跟你一起吃饭吗，亲爱的？"我柔声问道，"我可以在这里安一张桌子，我也不需要去大厅吃饭。"

"去大厅吃！"他猛然说，"他们需要看到王座是满的，上帝知道，我的女儿不能继承我的王位，我的儿子又没有母亲，在这个世界上，我完全就是一个孤家寡人，我的指挥官们都是一群笨蛋，最蠢的就是托马斯·西摩尔！"

"晚餐结束后我会来找你的。"我安慰他，"这期间可以派我的乐师们来为你表演吗？他们新排练了一首唱诗，根据你自己的——"

删后记
1.96

"托马斯把我的船当打水漂玩儿,都快给我玩完了!你以为我会任由用鼻子吹鲁特琴的傻瓜戏弄吗?你觉得我没有绝望吗?绝望!没有人可以帮助我!"

安东尼·丹尼抬起头,与威廉·巴斯医生交换了一个眼神。他们都在等着,看我是否能让国王平静下来。我是他们唯一的希望。我靠近他,把手放在他湿热的脸上。

"亲爱的。"我说,"你不是一个人。我爱你,这个国家崇拜你。这确实很可怕,我很抱歉。"

"我今晚才从朴茨茅斯,朴茨!茅斯!在那里听到这个消息——托马斯·西摩尔撞上了多年来最严重的暴风雨,很可能失踪了,我所有的船都将和他一起消失。"

我没有退缩,甚至没有闭一闭眼睛。虽然我感觉身体深处跳动着一处巨大的脉搏,好像我受了伤,体内正流着血,但是面对他愤怒的脸庞,我依然保持微笑,手摸着他滚烫的脸颊。"为了英格兰,上帝会保佑他们的。"我说,"保佑他们脱离海上危险。"

"上帝保佑我的船!"他吼起来,"你知不知道建造和装备一艘船需要多少钱?可托马斯就凭着他那些拍脑袋的所谓好点子,让这支舰队在无望的冒险中毁灭,还把自己给搭进去了!"

"他淹死了吗?舰队失踪了吗?"我声音平静,但我能感觉到太阳穴一阵一阵刺痛。

"不,不,殿下,还没那么糟糕。我们还没有确切的消息。"丹尼走上前来对国王说,"我们听说来了一场风暴,有些船只失踪,其中就有海军上将乘的船,但消息也就仅此而已,也可能一切都好。"

"他们都像石头一样沉到海底了,还好什么好!"亨利吼道。

我们都默不作声。国王这样大发雷霆时,任何人都拿他没办法,也没人敢怎么样。我的手在颤抖,丹尼也是。我想:我得弄清楚他是不是死了,得知道他是否随着潮水滚动,黑色的头发漂浮在白皙的脸上,靴子慢慢地充满了水,把他带到了海底。上帝当然得发发慈悲,不能眼睁睁地看着像我这样的罪人、像他这样的罪人,还没来得及说一句爱的情话,就从此生死两别。

"海军上将的船失踪了吗?"我平静地问丹尼,巴斯医生凑上前来,手里拿着一个装着药的小玻璃杯子,一言不发地放到国王的手上。国王的手紧紧地拽着椅子扶手,他接过药一口吞下,我们在一旁看着,谁也不说话,一会儿,我们看到他在椅子上的抓力缓和下来,额头上可怕的皱眉舒缓了。他重重地叹了一口气。

"我想你是对的。"他不情愿地对我说。

我勉力微笑着。"我想是的。"我说。

他像一只寻找爱抚的病狗一样,将湿润的脸贴在我的手上。我弯腰亲吻他的脸颊。他把手放在我束得紧紧的背上,并在无人知晓的情况下悄悄地向下滑,紧捏着我的臀部。"你很担忧。"他说。

"为了你。"我坚定地说,"肯定是的。"

"很好,去吃饭吧,等你心情平复下来,再来我这里。吃了饭再来吧。"

我屈膝行礼,朝门口走去。安东尼·丹尼由于在布伦期间骑士般的表现,现在已经荣升安东尼·丹尼爵士了,他跟着我走了出来。

"很多人都失踪吗?"我平静地问他。

"他们一出发就被风吹散了。然后他们必须在暴风雨来临之前躲避,但我们就知道这一点点了。"他说,"一切全看上帝了。"

"海军上将的船呢?"

"我们不知道。祈求上帝让我们尽快得到消息,国王就不会那么焦虑了。"

删后记

这对安东尼爵士来说当然是最重要的事情。与国王的脾气相比,船员的性命、托马斯无上的勇气,对他,对我们所有人,都不重要。我低下头:"阿门。"

我为他而祷告,这是唯一我能做的事了。我为他的安全祷告,我一边听着国王抱怨他的失败、愚蠢和鲁莽,一边祷告他还活着,从暴风雨中活下来。祷告他正在狭海的某个地方,在地平线上搜寻乌云的间隙,从风帆的垂落中判断大风停歇的瞬间,寻找风暴变小的机会。

随后从朴茨茅斯传来消息,说舰队已经挣扎着驶进港口,一次一艘,船帆被扯破,桅杆断裂,有些船只仍不知下落。海军上将的船也回来了,主桅断裂,但是托马斯站在船尾,裹着他的海军斗篷。托马斯回来了,托马斯安全了。宫廷的人都很高兴他还活着,他的哥哥爱德华当场跑到教堂跪下来感谢上帝放过了他最聪明的亲人。但是国王不高兴,没有人敢在他面前谈论这个消息。相反,他继续不断地抱怨托马斯是一个傻瓜,一个胆大包天的傻瓜,辜负了国王对他的信任,没有履行自己的职责。国王甚至嘀咕说这恐怕够得上叛国罪,可以考虑进行审判,一个人如此鲁莽地对待国王的财产和军队,就跟叛徒一样糟糕,甚至还不如叛徒,既然上帝没有淹死他,那就轮到国王来砍掉他的头了。

我默默祈祷着。我不能为海军上将的幸存做感恩弥撒。我没为他说一句辩护的话。只有一次,我疯狂地想过,请求他的嫂子安妮以她自己的名义(绝不要提及我)给他写信,警告他立刻到宫里来,赶在国王发飙之前,在国王面前为自己辩护,以免被以坏天气为罪名抓起来。但我不敢,她可能跟我一样对新宗教有兴趣,可能会发誓为我效劳,但她不是我的好朋友,她对西摩尔家族的热爱高于一切。她从来不是为托马斯考虑的朋友。愚蠢的是，她对丈夫的热爱还使她嫉妒他周围的所有人。她以怀疑的眼光看待托马斯——因为他的魅力和在宫廷里的人脉。她害怕人们更喜欢他而不是她的丈夫。她也是对的，对于她丈夫家族中的成员，她唯一赞许的是他死去的姐姐简，简王后，爱德华王子的母后简，并且只要一有机会，她就会在国王面前提到她："我的妹妹简"，"圣洁的简"，简而言之就是死了的简。

所以我什么也不敢说，什么也不敢做，哪怕是国王痛苦地蹒跚着走进我的房间，跟我坐在一起看我的女侍们跳舞，或者听我读书的时候，哪怕是他夹着南海岸以及濒危港口的航海图进来的时候，我都不敢。那天他进来时，我正把水倒进一个浅盘里，为我最喜欢的一对金丝雀洗澡，窗户里淌进来的阳光非常暖和。

"小心！它们会飞走吗？"

"它们会到我手上来的。"

"它们不会淹死吗？"他烦躁地问道。

金丝雀将明亮的脑袋没在水中，挥舞着翅膀。它们扑水的时候，我退后一步。"不会的，它们喜欢洗澡。"

"它们不是鸭子。"他说。

"不是，我的夫君，但它们看上去很喜欢玩水的。"

他看了一会儿。"我看这些东西蛮漂亮的。"

"我非常喜欢它们，你看它们多聪明伶俐，你甚至会以为它们懂你的。"

"就像朝臣一样。"他冷冷地说。

我笑了起来："我的王，你带着地图吗？"

他用地图示意。"我正要去跟枢密院会面。"他说，"我们得修复南部所有港口的每座城堡，还得修建新城堡。法国人就要打来了，托马斯·西摩尔未能阻止他们。"

他给正在门口等候的侍从打了个响指，年轻人站出来，用肩膀扶着国王。"你自己玩自己的吧,当初你嫁给老拉提默的时候,你还没有阳光明媚的早晨和小鸟呢。"

"我确实没有。"我拼命地想着该如何问他托马斯的事情,"亲爱的夫君,我们有危险吗?"

"当然了,这都是他的错。我要命令枢密院审判他,叛国罪,胆敢把我的舰队弄没了!"

国王粗粝的语气吓得雄金丝鸟飞到笼子的顶部,也让我得以转过脸,淡淡地说:"他不会叛国吧?他对你一直这么好这么忠诚,你也一直爱着他。"

"我要把那颗漂亮的脑袋钉在钉子上。"他突然冷冷地说,非常凶狠,"要打赌吗?"然后他出门走了。

我像个幽灵一样,悄无声息地走向旧王宫国王的那一边。没有人和我在一起。我告诉我的女侍,我头疼,要躺下睡觉了,然后从卧室溜出到了国王的房间去。我穿过弯弯曲曲的小画廊,来到他卧室那道秘门,又穿过他空无一人的密室,来到他会见枢密院的议事厅里屋。就像我的梦一样,我独自一人缓缓而行,没有人看得到。

我在静悄悄的塔楼里爬上黑暗的楼梯。这就像在我的梦里,房间寂静,空无一人。议事厅门口没有警卫,我可以站在门外听到他们说的话。我发誓,如果我听到他们说他们会逮捕托马斯,我无论风险如何都会带个信警告他。当国王说要把托马斯的头放在伦敦桥上的钉子上时,我简直无法忍受,恐惧让我变得麻木了。

他的兄弟爱德华在为他说话。我能听到他正高声朗读一封信,是托马斯为自己辩护的信。爱德华的声音很清晰,我可以透过厚厚的门听到他说的每一个字。

"看看这个。"爱德华说,"我给您读下这个,陛下,托马斯这样写的:叫来这次出征的所有船长和舰长,如果他们当中有一个人说,在风向确实改变的情况下,我们还能让多佛之路、唐斯或者博伦·罗德这些船再多撑一阵子,我们的人和国王的船只不会遭受更大的危险,那就让我来承担这个责任;但是如果我们已经根据天气条件做了我们该做的,希望陛下责怪天气,原谅我以及船队,并允许励我们再次出海为陛下效劳……"

"哦,他写得可真好。"亨利咕哝着,"没人说他缺乏魅力,但是我们丢掉了多少船?"

"这是战争中的意外不幸。"爱德华回答说。我听到纸张轻微的窸窸窣窣声,他把信纸滑过桌子让国王读。"没有人比陛下更了解一个人在战争中可能遇到的危险了,您本人就在最危险的天气情况下出海到过法国!向您这样的国王汇报是托马斯的幸运。在基督教世界,没有人比您更了解一个勇敢的人所必须面对的危险。您就曾经身处极端危险之中,陛下。您知道一个有勇气的人,是如何投掷骰子打赌并希望好运能够落在他那一边的,这就是骑士精神的本质,是您如此珍爱的骑士精神——一个男人把自己的生命攥在手心里为您效劳。"

"他太鲁莽了。"国王断然说道。"在暴风雨季节,"我听到老诺福克公爵托马斯·霍华德声音低沉地抱怨,"却发了疯要出海!为什么不能像往常一样等到春天?典型的西摩尔风格,以为自己可以战胜秋风。"

"必须确保海岸安全以抵抗法国人。"约翰·达德利插话了,"但是法国人可不会等到天气晴好的时候才行动。摩西尔不能冒险将我们的舰队留在港口,要是法国人来袭击怎么办?他在信里写过,对方的驳船可以从远处实施炮击,有风无风都可以在抛锚的船间穿梭,敌军携带武器,自己的船员划桨,可以在任何季节在任何水域中发动战争。托马斯必须在他们入侵我们之前摧毁他们。"

我听到国王重重地咳嗽,清嗓和吐痰。"你们好像都很满意他的行为啊。"他心有不甘地说。

我听到亨利·霍华德的厉声抗议。

"所有人,除了霍华德爷俩和他们的部下。"国王阴沉地说,"都跟往常一样向着他。"

"当然,他们不是故意让舰队冒险。"有人指出。

"嗯,我不满意。"斯蒂芬·加德纳说,"显然,他一直都很鲁莽,显然,他应该受到惩罚。"

"站着说话不腰疼。"爱德华咕哝道。

我屏住呼吸。托马斯在宫廷里的名声对他有利,此外,每个人都明白托马斯是在海上冒着生命危险,而他们是在陆地上,鞋子上滴水不沾。

"他可以保留他的职务。"亨利决定,"你们务必告诉他我非常不高兴,他必须亲自来向我汇报。"

当他挣扎着站起来,我听到了椅子擦刮地板,香草洒下来的沙沙声。枢密院的人跳起来,两个人跑去帮着扶他。我立刻悄悄地踮起脚尖,穿好我的皮拖鞋,从门后离开,穿过密室。正准备跑过国王卧房的时候,我突然倒吸一口冷气,惊恐地凝住了。

房间里有人。我看到一个沉默的身影坐在靠窗的座位上,膝盖靠到下巴上,有光照在他身上。在之前他是躲在暗处的。一个间谍,一个沉默的间谍,像雕像一样一动不动看着我。是国王的弄臣威尔·萨默斯。他一定看到我溜进去了,一定看到我在门边偷听,现在他还看到我匆匆忙忙往自己的房间跑,一个心里有鬼的妻子踮着脚尖从她丈夫的卧房外跑过。

他抬起黑色的眼睛看着我,看到我脸上赤裸裸的愧意。

"威尔……"

他夸张滑稽地跳了起来,好像是第一次见到我一样,这是典型的笨蛋表达惊喜的动作。他从座位上弹下来,摔倒在地。如果我不是那么害怕,一定会大笑起来的。

"威尔,"我赶紧低声说,"别闹了。"

"是你吗?我以为是幽灵呢。"他低声惊叫,"王后的幽灵。"

"我刚才在听讨论计划,我很担心玛丽公主。"我说得很快,"我怕她的婚姻会违背她的意愿。"

他摇摇头,不理会我的谎言。"我见过太多的王后。"他说,"她们当中有太多已经是幽灵了。我不想再看到一个王后处于危险之中,我不想再见到鬼。真的,我发誓我不会再看到,哪怕就一个。"

"你刚才没有看到我?"我问道,懂他的意思了。

"我没有看到您,也没看到凯瑟琳·霍华德穿着睡衣溜下楼梯,没有看到克利夫斯的安妮像她的肖像一样美丽,在她的卧室门口哭泣。我是个笨蛋,不是警卫。我不必看到什么,我也不被允许去理解这些。我向谁报告都没有意义,谁听得进一个笨蛋的话?所以上帝会保佑您。"

"上帝保佑你,威尔。"我热情地说,然后从门口消失在国王的卧室,穿过秘密走廊,安全地回到我自己的房间。

1545 年春

伦敦　白厅宫

早春寒冷潮湿的日子似乎永远没个尽头，好像永远不会有温暖的夏日来临。清晨光线明亮，水仙花在河边冷清清地开着，但是花园很潮湿，王宫的高墙外，城市里水溢成灾：街道排水不畅，寒冷肮脏的水四处横流，骑马穿过毫无乐趣可言，因为马匹在泥地里挣扎，冰冷的雨水冲着我们的脸。我们早早回家，在马鞍上弓着腰，浑身湿透发冷。

被绵绵春雨困在室内，我和女侍们继续我们的学业，阅读《圣经》文本并翻译，既练习了拉丁语，又可以激发我们深思熟虑思考词语的意义。我越来越注意到《圣经》的感人之美，语言的音乐性，标点符号的节奏性。我为自己设定了一个目标：提高英语写作能力，有美感的翻译才配得上语言的重要性。在写下句子之前，我会在脑子里先听听它的声音，然后才写到纸上去。我开始认识到，单词是可以有完美的音高的，就像音符一样；散文是有节拍的，就像诗歌一样。我意识到我正在练习写作与阅读，我既是我自己的老师，也是我自己的学生，我喜欢做这样的事。

一天早上，我们正在学习，听到小门上有轻轻的敲门声。这门外边是石阶，通往马厩院子，女仆把头伸进房间。"传教士来了。"她轻轻地说。

女仆已经在门外等了一阵子，等着将这人直接带到我的房间。不是我叫她们要偷偷进来的，国王自己也知道我的传道者来自他的礼拜堂、圣保罗大教堂，或者别的教堂，但我不明白为什么整个宫里的人，那些不参加我们的布道和阅读的人、那些批评我的宗教兴趣的人，他们都想知道我们在学习什么，要会见什么样的人。如果他们想学习，他们可以来和我们坐在一起，但如果他们只是为了八卦，那还是不必过来了。我不需要大法官从他的长鼻子上俯视我，也不需要他周围的人嘀嘀咕咕，说跟我和女侍们谈话的那些严肃而虔诚的人是谁谁谁，好像人家是谄媚之徒一样。我不需要斯蒂芬·加德纳的人列出所有来跟我说话的人的名单，然后派他的手下跟随到他们的家里，向他们的邻居打探情况。

"有件事很奇怪，殿下。"女侍欲言又止。

我抬头看着她："有什么奇怪的？"

"说来给您传教的人是个女的，殿下，我不知道这合适不？"

我可以听到一阵咯咯的笑声，我不敢看婻。"那有什么不合适的，玛丽小姐？"

女孩耸了耸肩："我不知道一个好女人可以传道，殿下。我原以为一个好女人只能保持沉默，我父亲经常这样跟我说。"

"你父亲当然会认为他说的是真理。"我认真地说，意识到婻眼睛发亮，偷偷发笑，"但我们知道，上帝的思想对男女来说都是一样的，所以男女都可以讲出来。"

她没有明白。我可以从她明亮的眼睛里看到，她只想知道她是否应该让这个奇怪的存在——一个女传教士进入我的房间。又或是应该让马夫把那人扔回宫殿周围的鹅卵石街道上。

"那你能讲出来吗，玛丽小姐？"我问她。

她略微一屈膝："当然能，殿下。"

"你能读《圣经》吗？"

"如果写得浅显，我可以读一点。"

"那如果《圣经》写得浅显平实，你就可以读上帝的话，然后你就可以转告其他人。"

她垂下头。从她尴尬而含糊其辞的反应，我们知道《圣经》不适合她这样的人，她只知道神父给她讲的内容，神父的声音也不大，坐在教堂后排都听不清，除了圣诞节和复活节时例外。

"这是给你的。"我继续说，"《圣经》是用英文写的，供你阅读。我们的救世主从天上来，为你和每个人而来，正如上帝在《圣经》中明明白白地告诉我们的那样，这是他给予我们的。"

她慢慢抬起头来。"我能阅读《圣经》？"她直截了当问我。

"你可以。"我承诺道，"也应该。"

"女人也能理解吗？"

"可以。"

"所以这个女人可以传教？"

"为什么不可以呢？"

这让她再次沉默。几个世纪的男神父和男教师，僧侣学者和霸道父亲，已经告诉她和我，告诉了英格兰的每一个女人，女人不能讲道。但是在我的手下，我有英文版本的《圣经》，这是我的丈夫给英格兰人民的，里面说耶稣为所有人而来，而不仅仅是为男神父和男教师，僧侣学者和霸道父亲。

"是的，她可以。"我结束了这一堂课，"你可以让她进来了，她叫什么名字？"

"安妮·阿斯科。"

✦

她走进来，向我行屈膝礼，身段放得很低很低，好像我是女皇一样。然后她对凯瑟琳·布兰登和女侍们行礼。我立刻明白为什么玛丽犹豫让不让她进来了。这是一位非常漂亮的年轻女子，穿着像乡下贵夫人，富裕农民或城镇商人的年轻妻子。她不是贵族，属于一个正在崛起的群体，他们可能有个旧名头，并用这名头获得了新的财富。她棕色的头发富有光泽，戴一顶白色帽子，饰有昂贵的白色蕾丝，衬托出她精致的瓜子脸，棕色眼睛熠熠有神，脸上一直挂着笑容。她穿着一件素色棕羊毛长袍，配着红色丝裙，衣服袖子也是素棕色，脖子上还围着质地很好的亚麻布网眼围巾。她看上去就像我们在游行队伍中会碰到的年轻女子，因为纯洁美丽而被选为"五月女王"，令村里的其他女孩黯然失色。我们也可能会在一个繁荣小镇的活人画中看到她，被选中扮演公主，站在画的龙旁边。她是如此可爱，任何一个母亲都会让她年纪轻轻就结婚，任何一个父亲都会确保她嫁个好人家。

当然，她不是我想象中的那种受上帝启迪的女人。我原以为会是一位年纪大点的，脸庞素净，刻有慈祥的皱纹，更像是我童年时代的修道院长、肯定比这位小美人更加素朴克己的人。

"我们以前见过面吗？"我总觉得她似曾相识，我肯定见过她那灿烂的笑容。

"我不敢奢望殿下会记住我。"她礼貌地说。我听到了起伏的林肯郡口音。

"我的父亲威廉爵士，曾在盖恩斯博勒服侍过您的公公布拉夫勋爵，当年您举行盛宴舞会时，我曾经受邀到过您的大厅。我总是在庆祝圣诞节的十二天来到，也在复活节和五月节时来，但当时我还是个小女孩，没想到您现在认出我了。"

"我当时就觉得我能理解你。"

"您也是我所见到的最有学问的年轻女子。"她应承道，"我们一起聊过，您告诉我，您正和弟弟一起读拉丁语。我当时才知道，女人是可以学习的，也是可以学会的，这让我走上了学习和背诵《圣经》的道路，是您激发了我的灵感。"

"如果是这样,我真高兴与你交谈过。你将成为福音师。你可以教我们吗?"

她低下头。"我只能告诉您我读过什么,知道什么。"她回答道。

"你读的比我和这些学识渊博的女侍还多吗?"

她给了我一个甜美而礼貌的微笑:"不会的,殿下,因为当我被赐福时,我必须到我的《圣经》中去学习,我曾多次将《圣经》扔掉,因为理解起来太费劲了,但是我希望你们都有一本《圣经》,并由最优秀的学者教你们。"

"王后殿下正在写自己的书。"嫡打断她夸起我来,"国王要求她将拉丁语的祷告文翻译给人民。她和国王一起做这事。她向伟大的学者托马斯·克兰默学习,他们正一起翻译一部英语祷文。"

"那就是真的了?"她问我,"我们会在教堂里听到英语的祷告了吗?我们将知道神父们多年来一直在都说些什么了吗?"

"是的。"

"愿上帝受到赞美。"她说,"您能做这样的事真是有福气。"

"这是国王给人民的祷告书。"我说,"是托马斯·克兰默在翻译,我不过是帮帮忙。"

"我会很高兴读到祈祷书的。"她热情地说道,"上帝也会很乐意听到这些祷告,因为他必须听到所有人的祷告,无论他们说什么语言,哪怕是他们沉默无语的时候。"

我不禁觉得有点意思:"你认为赐给我们神道的上帝,无需语言就可以听懂我们?可以超越语言?"

"他一定懂的。"她说,"他理解我的想法,即使这些想法还在我的脑子里,尚未付诸语言的时候。他理解我的祷告,哪怕这只是一声无声的呼唤,就像一只母鸡咯咯地回到养鸡的女人身边一样。"她纠正了自己的说法，"麻雀掉下来，他不会不知道，他一定懂得麻雀的感受。当我咕咕咕的时候，他一定明白我在说什么。他一定懂得比喻和简单的故事，因为他自己的儿子在伯利恒传道的时候，用的就是当地的语言，讲的就是比喻和简单的故事。"

我微微一笑，但被说动了。我从没想到过这一点：上帝的语言是词语之前的语言，就像在心中所说的语言一样。我喜欢"上帝懂得我们的祷告"这个想法，我们就像咕咕叫的母鸡，在他的脚边啄食。"你是自己私下学习获得这种理解的吗？"我问道，"你在家有人教你读书吗？"

安妮·阿斯科站起来，一只手轻轻地放在我的桌子上，抬起头。我意识到这就是她的讲道，来自内心的，讲述她自己的个人经历，讲述她生命中神的话语是如何出现的。"我和哥哥们一起学习，一直到他们上大学。"她开始讲了，"我出生在一个有教养的家庭，但不是一个博学的家庭。我的父亲年轻时曾服侍过国王，您的丈夫。我十六岁时，他把我嫁给了邻居托马斯·基梅，我们有两个孩子，后来他说我是异教徒，把我赶出家门，因为我读了有头脑的亨利国王赐给英格兰全体人民的《圣经》。"

"那只是给贵族和贵妇人们看的。"婳瞥了一眼关着的门，提醒道，"不是给你们这样的女性的。"

"《圣经》放在我们的教堂，放在教堂的后排，最贫穷的男人和最卑微的女人都可以进去阅读，如果他们能读的话。"没想到这位年轻女子纠正了她的说法，"有人告诉我们，这是给人民阅读的，国王已经把《圣经》交给了他的人民。可能现在又把《圣经》拿走了，但是我们不会忘记，国王把它交给过英格兰人民，全体英格兰人民，让我们阅读。领主把它收回去，自以为了不起的教会头子把它从我们身边拿走了，但国王把它给了我们，上帝保佑他。"

"你去哪儿了,"我问道,"当你的丈夫把你赶出家门的时候?"

"我去了林肯郡。"她笑着说道,"我就坐在大教堂的后面,手里拿着一本《圣经》,在教堂会众和星夜兼程的朝圣者面前读《圣经》。他们进得门来,亲吻地板,跪在地上前行。可怜的灵魂,他们挂在衣服上的朝圣者徽章叮当作响,但他们认为一个女人在教堂里阅读上帝的话简直就是异端邪说。想象一下!居然认为信徒在教堂里读《圣经》是异端邪说!

"我向每一位来到这座伟大建筑的人大声朗读《圣经》,他们买卖纪念品,交换朝圣者徽章和纪念物,都是一些傻瓜和小贩。我读《圣经》,告诉他们,通往上帝的唯一途径不是碎石和碎骨,不是圣水瓶和写在纸屑上并固定在外套上的祷告文,不是圣戒和亲吻雕像底部。我告诉他们,通往上帝的唯一道路,就是上帝用神圣的词汇写就的圣言。"

"你真是一个勇敢的女人。"我说。

她朝我笑了笑。"不,我是一个简单的女人。"她纠正我的说法,"当我理解到真实的东西时,它就会直击我的心灵。我明白了这一点——我们必须阅读并懂得上帝的话语。这一点,也只有这一点,才会将我们带到天堂,其他所有的:炼狱的威胁,付钱就获得宽恕的承诺,流血的雕像,漏牛奶的图片,所有这些都是教会的编造,远离了神的话语。对我来说,对于那些关心真理的人来说,要坚持上帝的话语,远离欺骗。教会不是每年表演一次神秘剧,而是一年四季天天都在表演,全都是伪装、演出和借口。但《圣经》就是真理,除此以外,别无他物。"

我点点头。她说得很简单,但她绝对正确。

"所以最后我到了伦敦,在这座城市的大人物面前讲话。是我的哥哥帮助了我,我的妹妹是简·圣保罗夫人,她的丈夫为公爵夫人服务。"她向凯瑟琳·布兰登行屈膝礼,后者点头以示回应。"我找到了一所安全的房子,有着可靠的亲人,他们跟我想法一样。我听牧师讲道,并与许多学识渊博的人交谈，他们比我懂得多得多。一个好人，我觉得是殿下您认识的一位牧师，约翰·拉塞勒斯，他把我带去认识其他好人，并跟他们一起交流。"

婻几乎难以察觉地吸了一口气，说明她知道这个名字。我瞥了她一眼。

"他做证害了凯瑟琳王后。"她说。

"我见过你们宫廷的一些人。"安妮继续说，看了看四周，微笑着，"丹尼夫人和赫特福德夫人，还有其他人，他们都听福音师传道，并且也都支持教会的改革。"

她深吸一口气。"然后我去教堂离婚。"她说。

婻发出一小声震惊的尖叫声："怎么离婚？你怎么可以？"

"我去了教堂，我说我的丈夫是旧式信徒，我是新式教徒，我们的誓言根本不是一回事。我们从没在同一个教堂牵过手。他们让我们用我们不懂的语言发的誓言，与真正的上帝无关，所以我们的婚姻应该解除。"

"安妮夫人，一个女人不能随意解除婚姻的。"凯瑟琳表示不赞同。

婻和我交换了一下眼神。我们自己兄弟的妻子跑了，他被判离婚，作为国王回馈的礼物。国王是教会的领袖，婚姻和离婚都是他的礼物，但这礼物不是给女人的。

"为什么女人就不能放弃婚姻呢？如果她能够成婚，那她也肯定可以离婚。"

安妮·阿斯科回答道："誓可以发，也可以收回。国王本人——"

"我们不谈论国王。"婻立即说道。

"法律是不承认女人的，除非她孤身一人。"安妮·阿斯科带着不可置疑的口吻说，"这个世界上只有没有父亲或丈夫的女性才拥有合法权利，这本身就是不公正的。但想想这一点：我就是孤独一人，我的父亲已经去世，我不承认我的丈夫，但法律必须平等地对待我，就像我在上帝面前一样。我会去天堂，因为我已经阅读并接受了神的旨意。我要求公正，因为

删后记

我已阅读并接受了法律的话语。"

婳迅速和我交换了一下忧虑的眼神。"我不知道这是对的还是错的。"她说,"但我知道这话不适合在王后家里讲。"她瞥了一眼正在一旁认真聆听的伊丽莎白公主。"不适合小孩子听。"

我摇了摇头。我也曾经嫁给了一个宣布自己婚姻作废的人,他说离就离了。安妮·阿斯科的经历表明,女人也可以拥有跟国王一样大的权力。

"你最好谈谈你的信仰。"我说,"我翻译了第一百四十五篇赞美诗:**所有的事情都在你的统领和统治之下。请为我们讲讲这句话。**"

她低下头,好像在梳理思路,然后简洁而中气十足地侃侃而谈。从她的声音中,我听到了绝对笃信的回响,在她的脸上,我看到了纯真的光芒。

她整个上午都待在这里。我给了她一袋钱币并送她回家,还邀请她再来。我为她着迷,深受启发。这女人说她可以选择她住哪里,选择或拒绝丈夫,她知道上帝原谅了她的罪,因为她向上帝而不是向牧师忏悔。她直接向上帝忏悔。我觉得这是我见过的第一个让我感到震惊的女人,一个创造自己生活的人,走自己的道路,对自己负责。这是一个没有被驯服以迁就他人的女人,她没有委屈自己来适应周遭世界。

画师来了,来完成两位公主的草图。我觉得玛丽公主站得比往常要直要高,好像她知道这可能是她作为英国公主的模样,好像这是她嫁走之前最后一幅肖像。也许她认为这幅肖像将被复制并送到她未来的丈夫家。

我走到她身边,把她的裙裾拉得更直,炫耀出美丽的锦缎。我在她耳边低声说道:"不要像画像一样摆姿势吧,你知道,你可以微笑的。"她迅速回报以一阵咯咯的笑声。

"我知道。"她说,"只是从现在起很多年,也许是几百年,人们看到的都将会是这幅肖像。"

伊丽莎白公主在画家的注意下像花儿一样绽放,像一只小贝壳的贝肉一样粉嫩粉嫩的。她养在深闺太久了,所以她喜欢男性的凝视。

我坐下来看着两个女孩子,她们站的位子之间隔着一段距离,但两人斜对着面对面。画家描下她们的脸,并仔细记录她们礼服的颜色。所有这一切都将被描绘到那幅伟大的作品上,就像织布女照着她在花园里描画的图,在织布机上的挂毯上编织出花儿一样。然后画家转向我:"殿下?"

"我没穿礼服。"我不想画。

"今天我只是想捕捉您的模样而已。"他说,"您只需要保持姿态,不动就是了。您跟就座一样坐着就行了,好吗?或许您可以想象国王就在您的右边。头可以向他倾斜一点吗?但我需要您看着我这边。"

我按照他的指示坐着,但我不能靠向国王所在的空间。德·温特画家的要求非常精准。他轻轻地左右摆弄着我的头部寻找合适的角度,直到玛丽笑着坐到她父亲的位置。我坐在她旁边,头微微倾斜,好像在倾听。

"精致优雅,没错。"德·温特说,"但是太朴素了。尝试新流行……殿下,可以吗?"

他走近一点,把椅子朝国王坐的地方转了一点,"您可以朝这边看吗?"他指向窗户,"对。"

他退后一步凝视着我。我看向他所指的地方,在我看得到的地方,窗外,一只黑鹂鸟落在树枝上,张开黄色的嘴壳,鸣出一阵颤音。一瞬间,我又回到了那个春天,穿过王宫跑到托马斯的房间,听到一只黑鹂鸟,沉醉于欢快之中,又被火把弄得晕头转向,在夜晚唱得像夜莺一样婉转迷人。

"天啊!"我听到德·温特低声说,我回到了现实。

"怎么啦?"

"殿下,如果我能捕捉到您眼中的那道光芒,脸上的那份美丽,我将成为世界上最伟大的画家。您的光彩炫耀夺目。"

我摇摇头。"我在做白日梦,没什么。"

"我希望能捕捉到那熠熠生辉的光芒。您已经告诉我该怎么做了。现在我先画些草图。"

我抬起头,向窗外望去,看着黑鹂鸟在飞溅的小雨中拍拍翅膀,然后飞走了。

1545 年春

伦敦　白厅宫

国王召我过去,婻和凯瑟琳·布兰登随我一起,我们沿着私人画廊来到了他的房间。所有的窗户都敞开着,春日阳光透进来,下面花园里有鸟儿在鸣唱。可以听到泰晤士河上海鸥的叫声,白色翅膀上闪烁着明亮的阳光。

亨利心情很好,绑着绷带的粗腿搁在凳子上,面前一堆文件,上面是密密麻麻的文字。

"来看看这个!"他高兴地对我说,"你自认为是了不起的学者,过来看这个吧!"

我行了屈膝礼,向前去吻他。他那双大手捧着我的脸,把我拉近,让我亲吻他的嘴。我闻到了烈酒和甜食的味道。

"我可从没有自称学者啊。"我立即说道,"我知道,与你相比,我是一个无知的女人,亲爱的,但是我很高兴有机会学习。这是什么?"

"这是我们从印刷厂运回来的东西啊!"他感叹道,"终于有我们自己的祷告文了。克兰默说我们会在英格兰的每一座教堂里放上一本,结束那些叽里咕噜的拉丁语祷告,会众和牧师都不能理解的拉丁文。那不是神的话语,不是我想让教会拥有的东西。"

"你是对的。"

"我知道!看,你可以看到你翻译的祷文,克兰默的翻译也在这里,我做了润色,让有些地方的语言更好,我还自己翻译了一些部分。啊,就是

删后记

这个！我的书。"

我拿起那些文稿纸，阅读前面的几页。它很美，正如我所希望的那样。简单，清晰，有诗歌般的韵律和节奏，但都非常自然，没有做作和过火之感。我看着那行我花了半天的时间来翻译的文字，我曾经换了一个又一个的词，然后又将其划掉重新开始。现在，这些文字印出来了，就好像它从来就不曾是别的什么文字，读起来仿佛生来就是英语祷文。我感受到了一个作者第一次看到自己的作品印刷出来时的那种喜悦了。引人入胜的个人之事现在公之于世，走向世界。它将接受世人的评价，我充满信心，这一定是一部好作品。

"我的祷告文，在我的教堂里。"对于国王来说，让他高兴的是他的所有权，"我的教会，在我的王国里。我必须是英格兰的国王和教皇。我必须保护人民免受外敌的攻击，并将他们引领到上帝面前。"

婳和凯瑟琳也小声嘀咕着，满怀感动和敬畏。她们熟悉每一个短语和段落，不断地调换新的一页，改进、润色措辞，为他大声朗读托马斯·克兰默修改的地方，跟我一起核对我的文字。

"你可以拿走这个。"国王高兴地说道，"你可以读一读这几页，检查印刷厂的伙计们是否有一些愚蠢的疏漏。你也可以告诉我你对此的看法，我最伟大的作品。"

他的侍从向前一步，将这些印刷的稿件收起来。"注意。"国王说，朝我晃着一根手指，"我要听你真实的意见，不要刻意取悦我，我从你这儿要的只是真相，凯瑟琳。"

我行了礼，守卫为我们拉开门。"我会仔细阅读并给你我真实的意见。"我承诺道，"这将是我第一百次阅读这些文字，我希望读到一千次。事实上，全英格兰人都会阅读它们上千次，每天都会在教堂里阅读。"

"你必须对我坦诚相待。"他亲切地说，"你是我的合作人和伙伴，你是我的王后，我们将一起前行，凯瑟琳，我们将带领人们从黑暗走向光明。"

婻、凯瑟琳和我一言不发，直到我们回到房间，关上门，一切安全了。

"太棒了！"凯瑟琳高呼起来，"国王要是把自己的名字也写进去，该有多棒啊。如果是国王亲自盖章允许的，斯蒂芬·加德纳也不敢反对什么了。殿下，您是如何引导他的？我们离真正的恩典已经好近了啊！"

婻将文稿在桌面上展开，我拿出一支笔，标出我的疏漏，突然，连着马厩楼梯的小门传来轻轻的敲击声，我们抬起头来。那些不希望声张的传教士可以通过预约从这扇门进来；也可以是书商，他们拿着可能被加德纳手下的间谍认为是异端邪说的书。其他所有访客，无论职位高低，议国事的还是请愿的，都要从那个宽阔的公共楼梯进来，并在我的谒见室等着报上姓名，那扇巨大的双开门才会打开。

"看看是谁。"我平静地说。婻走过去打开门。站在楼底的守卫看着一个年轻人进来向我和琼·丹尼鞠躬致敬。

"哦，这是为我丈夫服务的克里斯托弗。"琼惊讶地说道，"你到这里来做什么，克里斯托弗？你应该从大门进来。你吓了我们一跳。"

"安东尼爵士说不让人看见我来这儿。"他回答说，然后转向我，"安东尼爵士要我马上告诉殿下，安妮·阿斯科夫人已被逮捕并将接受讯问。"

"天哪！"

他点点头。"她被捕后，调查官和伦敦市长本人先后审讯了她，现在她正被扣在博纳主教那里。"

"她被指控了吗？"

"还没有。主教正在讯问她。"

"就在国王给你英语版的祷告文那一天？"婻不可思议地对我耳语道。

"那一天他不是承诺,说英格兰将从迷信中解放出来吗?是国王让逮捕并审讯她的?"

"上帝帮助我们,保佑我们。这是他的狗咬狗策略。"我说道,声音因恐惧而发颤,"放一只野狗在那儿,然后又放一只进来,让它们之间相互厮杀。"

"您是什么意思?"婳问道,被我的语气吓坏了。"您在说什么?"

"我们该怎么办?"凯瑟琳·布兰登问道,"我们能做些什么来帮助安妮?"

我转向克里斯托弗。"回去吧。"我说,"带上这个钱袋。"婳走到我的桌子旁,从抽屉里拿出一袋金币,那是我平时用于慈善打发的。"看看博纳主教周围是否有人可以收下钱,弄清楚主教对阿斯科夫人的要求是什么,是需要誓言,还是忏悔或道歉。弄清楚他想要什么,并确保主教知道我听过安妮的讲道,她是为布兰登夫妇做过事的乔治·圣保罗的亲戚。告诉他,我听过她讲的每一句话,都是虔诚、圣洁、合法的,而且就在今天,国王从印刷厂取回了英文版的祷告文,我希望她能够被释放。"

婳发出害怕的声音,克里斯托弗鞠躬致礼。"承认与她相识明智吗?把自己与她当同路中人?"

"任何人都会知道她曾经在这里传道。"我说,"每个人都知道她妹妹在宫廷里做事。主教需要知道的是,我们是她的朋友,会支持她。他得知道,他在讯问我的传教士,萨福克家的朋友。必须告诉他,她有重要的盟友,我们知道她在哪里。"

克里斯托弗点点头以示明白,然后迅速转身走出门外。

"她被释放后立即带个消息回来。"我在他身后说道,"如果他们继续对她不利,立即回来找我。"

✦

我们必须等待,整天都在等待,我们也试着为安妮·阿斯科祷告。我和国王一起用餐，女侍们为他跳舞，我们一直微笑着，脸颊都发疼了。他和着音乐手敲节拍的时候，我侧眼看了他一眼，心想：你可知道，一个跟我想法一样的女人，曾在我面前传道，还是个小女孩的时候就喜欢我，我钦佩她的礼物，她却正因异端邪说的指控面临讯问，这可能会让她有生命危险。你知道这事吗？你会等着看我怎么做吗？这难道是一个考验？考验我是否会为她采取行动？还是你什么都不知道？这不就是旧教堂的发条，被扭紧了做些机械运动吗？不就是伦敦主教的野心，斯蒂芬·加德纳的偏见，老派教士无休止地抵制变革的阴谋吗？我应该告诉你这件事并请求你的帮助吗？坐在我身边的这位男士，你会拯救安妮呢，还是把她当成自己游戏中的一枚棋子？

亨利转过身对我微笑。"今晚我会来你的房间，亲爱的。"他说。

我立刻明白：这证明了我的猜想，他什么都不知道。像他这把年纪这般狡猾的英格兰国王，是不会在妻子的朋友被自己下令审讯时还对她保持微笑，晚上还会与她同床共枕的。

✦

我并没有把安妮的事告诉国王，虽然他在努力获得快感时曾说，"你让我很快乐，唔，凯瑟琳，确实很快乐。你什么要求都可以提……"

当他安静下来，快酣然入睡时，他又说："你让我快乐死了，凯瑟琳，你可以提任何要求。"

"我什么都不要。"我说。如果我现在提出要求，我会觉得自己像个妓女。安妮·阿斯科以自己是自由的女人为荣，她蔑视她的丈夫和父亲。我不应该以满足了一个足以做我父亲的男人的性欲来交换她的自由。

他明白这一点。他躺在高高叠起的枕头上，狡黠地微笑着，眼睛半闭，昏昏欲睡。"那以后再说。"他说，"如果你不想把这事跟你的要求扯上关系的话。"

"这事是爱的礼物。"我假装郑重其事地说,感觉他在嘲笑我。

"你这样说让这事变得雅致了。"他说,"这就是我喜欢你的一个原因,凯瑟琳。你不认为一切都是交易,不把所有的人都看作是对手或敌人。"

"是的,我不那样看。"我说,"如果这样,世界就太可怕了,一个人怎么可以活得下去?"

"通过掌控这个世界。"他轻描淡写地说,"成为交易最多最伟大的交易者,成为所有人的主人,不管他们知道与否。"

两件事拯救了安妮·阿斯科:她自己敏锐的智慧和我的保护。她只承认她相信经文。他们设圈套用祷告文的细节来诱导她时,她说她不知道。自己只是一个单纯的女人,所做的仅是读《圣经》,国王颁发的《圣经》,并试着遵守里面的诫律。对于像她这样虔诚敬畏上帝的女人来说,其他任何事情都太复杂了。市长也试图用神学问题诱导她上钩,她依然不为所动,说她不能谈论这些事情。这惹恼了伦敦主教埃德蒙·博纳,让他无言以对,但是当他周围的人说安妮·阿斯科向王后和她的女侍们传过道,而且王后和王后的朋友、同伴们,这片土地上最了不起的女士们,都说没有听到过她一句异端邪说之词时,他也就拿她没办法了。王后深受国王宠爱,是不能违抗的,国王头天晚上还在她房间过夜。她还没有向国王求情放过她的宫廷传教士,但很明显,她是可以这样做的。他们害怕了,匆匆忙忙地释放了安妮·阿斯科,并把她送回了她的丈夫家。作为恶霸和男人,这是他们唯一能想到的控制女人的方式。听到这消息我笑了:我相信这对男人来说才是惩罚,而对她不是。

1545年初夏

伦敦　白厅宫

西班牙大使尤斯塔斯·沙皮对玛丽公主可怜的母亲，凯瑟琳王后的命运耿耿于怀。他称安妮·波琳为"女侍"的时候嗤之以鼻，每个人都知道他的意思是指"妓女"。现在，在为玛丽公主和她的母亲服务期满后，他准备告老还乡，回到西班牙了。他跟国王一样瘸着腿，患有痛风，只有靠着拐杖才能行走，老脸上满是痛苦。五月初一个晴朗的日子，他来到白厅宫向国王道别。这一天如此温暖，随风飘来苹果园的花香，我们走进花园，在他进宫之前碰到他。我告诉他，他应该留下来，六月的西班牙跟英格兰一样热。

他试着弯腰，我示意他就坐在椅子上。

"我需要西班牙太阳照照我这把老骨头，殿下。"他说，"我离开家乡太久太久了，我想坐在阳光下写回忆录。"

"你会写你的回忆录吗？"

他发觉了我突然注意到这个。"是的，我喜欢写作，我经历过太多，我都记得清清楚楚。"

我拍拍手。"那一定值得一读的，先生！你见过世面！那你会说些什么呢？"

他没有笑，脸色很严肃。"我会说我看到了黑暗时代的诞生。"他平静地说。

删后记

我看到玛丽公主朝我们走来，穿过花园，身后跟着她的女侍们，她的十字架搁在腰带上的念珠上。看这个样子我就知道，她很紧张，要跟这位一直以来像她父亲一样的男人告别。事实上，他比国王更像是一位父亲，他爱她的母亲并真诚为她服务，也爱玛丽并为她服务。也许她曾经以为他永远不会离开。

"我会让你单独跟公主告别的。"我温柔地说，"见你要离开，她是很难过的。她从小就信任你，你给了她很多好的建议。你是为数不多的一位……"我的意思是说，他是她极少数忠实的朋友之一，不过话没说完，我突然意识到她其实有很多朋友，但是很多都已经死了。他是为数不多还活着的人。几乎所有爱玛丽的人都被她的父亲处死了。

他黑色的眼睛含着泪水。"您让我们单独待在一起，真是太好了。"他说，苍老的声音颤抖着，"自打她还是个小女孩以来，我就爱着她。为她提供建议是我的荣幸。我希望我能……"他停住了。"我不能如我所愿为她服务了。"他说道，"我没有保证她母亲的安全，也没有保证她的安全。"

"那是些艰难的日子。"我很正式地说，"但没人会怀疑你的奉献精神。"

玛丽公主朝我们过来了，他自己站了起来。"我会为您祈祷，殿下。"他平静地说，"我会为您的安全祈祷。"

这话从大使嘴里说出来，而他又没能挽救自己王后的性命，感觉真是太奇怪了。我犹豫了一下，没立刻招呼玛丽过来。"哦，我很安全，谢谢你，大使先生。"我说，"国王让我成为摄政，他信任我。你尽管放心，玛丽公主由我照看，她也是安全的。你可以毫无牵挂地离开她，我是英格兰王后，也是她的母亲，我会保证她的安全。"

查普斯大使看着我，好像有点可怜我。自他的西班牙公主之后，他已经看到过五位王后站在国王身边。"我担心的是你。"他说。

我微微笑了一下。"我不会冒犯国王的。"我说，"他也爱我。"

他弯弯腰。"我的王后，阿拉贡的凯瑟琳，也没有做任何冒犯他的事。"他柔声说。我意识到，对他而言，亨利实际上只有一个王后：第一个也是唯一的凯瑟琳王后，"他也深深地，真心地爱着她，直到他不再爱她那一刻，但是只有她的死才能让他心安。"

花园里有阳光，但我突然感到阵阵寒冷。"那我该怎么办？"我问道。

我的意思是，在他看来，有什么是做不得的，什么事情可能会触怒国王、使他将我打入冷宫？就像他对阿拉贡的凯瑟琳那样，把她关在一个遥远而冰冷的城堡里，任其孤独而终，但这位老人理解错了，以为我的意思是如何逃避。他的回答令人不寒而栗："殿下，当您失去了他的恩宠，希望您在得到第一个暗示时，就立刻离开这个国家。"他平静地说，"他不会再取缔一场婚姻，他已经不再需要那样做了。他无法忍受那种耻辱，整个基督教世界都会嘲笑他，他无法忍受的。当他厌倦你时，就会让你以死来结束婚姻。"

"大使！"我惊呼道。

他点着满是银发的头。"这是我要对您说的最后一句话，殿下。这是一个不怕失去什么的老人的忠告：国王现在偏爱死亡，并非迫于无奈。我见过出于无奈处死朋友或亲人的国王，但他不在此之列。"他停顿了一下，"他喜欢把事情做绝。喜欢反对某个人的第二天就确保此人的死亡。喜欢知道自己拥有这个权利。如果您失去他的宠爱，殿下，请务必离开。"

我无法回答。

他摇摇头。"我最大的遗憾，最大的失败，就是没有让我的王后离开。"他轻声说。

女侍们看着我。我微微动了一下手，示意玛丽公主过来。我走到一边，让他俩有时间私下说说话。从她突然警觉的表情来看，我想他是在警告她，就像刚才警告我一样。这是一个观察了国王十六年的人，琢磨过他，看到他在权力中成长,看到过那些跟他意见相左的顾问被拖到伦敦塔处决,看到过那些让国王不高兴的王后被逐出王宫或者被处决,也知道那些小规模叛乱中无辜的人被成千上万地绞死。我的脊梁不寒而栗,好像我刺痛的皮肤知道我有无以名状的危险。我摇摇头,走开了。

1545 年夏

萨里郡　无双宫

我跟女侍们在一起读书时,我的施赈官乔治·戴来到我的密室,胳膊里夹着一个包裹。我立刻知道他给我带来了什么。为了便于他把书打开给我看,我走到窗台前,瑞格在我脚边一路小跑。

"《让心灵抵达冥想的祷告》。"我读道,抚摸着内页上的标题,"印出来了。"

"是的,殿下,看起来很不错。"

我打开第一页,编者是我的名字:英格兰王后,凯瑟琳女士。我吸了一口气。

"国王亲自批准这样写的。"乔治·戴平静地说道,"托马斯·克兰默把书拿到他面前,告诉他这部旧祷告词的翻译很精美,将同祷文一起发派给人们阅读。您给了英格兰人一本英语的祷告书,殿下。"

"他不反对我的名字在上面吗?"

"不反对。"

我用指尖摩挲着自己的名字。"这大大超出我的预想了。"

"这是上帝的安排。"他向我保证,"并且……"

我微笑着:"并且什么?"

"这很好,殿下,这个译本很不错。"

删后记

随着夏天的来临,国王的身体也恢复了健康,他期待着他每年在美丽的泰晤士河谷中的出行。他穿过私人画廊,从无双宫自己的房间来到我的房间,只带了两个随从和巴斯医生。嫡提醒我他来了。我坐在壁炉边阅读,穿着我最好的睡衣,头发扎成辫子,罩着暗色的网罩。

随从敲门,卫兵打开门,巴斯医生在门槛边弯着腰,国王走了进来。我从炉边的座位上站起来,向他行礼。

"很高兴见到你,我的夫君。"

"时间到了。"他说道,"我娶你可不是让自己一个人过夜的。"

从巴斯医生脸上挤眉弄眼的表情看来,我猜测他是不赞成国王费劲地穿过通道来到我房间过夜的。他一言不发,走到壁炉前的桌子旁,为国王准备药。

"这是帮助睡眠的药吗?"亨利急躁地问道,"我不需要,我来这里不是睡觉的,你这个笨蛋。"

"陛下不要太过……"

"我不会的。"

"这只是退烧药。"医生回答说,"您发热了,陛下,您会把王后的床都焐热的。"

他这话说到国王心坎上了,亨利笑了:"你是喜欢我在你床上呢,还是暖床炉在你床上呢,凯瑟琳?"

"论暖床,您比琼·丹尼强多了。"我笑着说,"她脚冷。我当然高兴您在我床上的,亲爱的。"

"你看。"亨利带着胜利的口吻对威廉·巴斯说,"我会告诉安东尼爵士,我比他的妻子更会暖床。"他笑起来。"扶我上床。"他对随从说。

他们一起把他抬上床前的脚凳,等他坐下后,又走到床的两边,其中一个侍从必须站在被子上让他立起来坐直,这样他才能呼吸。他们小心地给国王背后垫上枕头和靠枕,把国王沉重的伤腿抬到床上,再把另一条腿挪过来,轻轻地将床单和毯子盖在身上,然后退后一步看他是否很舒服。我有种不安的想法:他们正在把他当蜡像欣赏,巨大的蜡像,模子就是他那具肉身,这肉身迟早有一天会放进他的棺材。

"够好了。"他说道,"你们可以走了。"

巴斯医生把小药杯递给国王,他一口吞下药。

"还需要什么让您感觉更舒服点吗?"医生问道。

"新腿。"亨利坏笑着说。

"我希望上帝可以让我给您一双好腿,陛下。"

"我知道,我知道,你可以走了。"

他们从我的密室出去,带上门,我听到接见室门外的警卫将长矛立在石头地板上向医生致敬,随后就安静了,只剩下壁炉里的火焰在噼里啪啦,外面花园里黑黑的树林中传来猫头鹰的叫声。不知从哪儿来的,我能听到远处长笛吹奏的舞曲,有点像鹰的叫声。

"你在听什么?"国王问我。

"我听到了一只猫头鹰。"

"一只什么?"

我摇摇头。"一只猫头鹰,我是说一只猫头鹰。我们北方的发音不一样。"

"你想家了吗?"

"不,我在这里很开心。"

这样回答是对的。他示意我到他旁边去睡觉。我在祷告桌前跪了一会儿,脱下长袍,穿着睡衣滑进床单。他没说话,捏了捏我的细麻布睡衣,示意我骑到他身上去。我跨上去时,确保自己是微笑着的,是轻轻落到他身上的。那里什么都没有。我感觉自己有点愚蠢，朝下瞥了一眼以确保我没弄错地方，但依然什么都感觉不到。我笑容没变，慢慢地解开睡衣的丝带。我必须平衡我的动作，以免看上去有不检点之嫌，会像凯瑟琳·霍华德那样，但我的做法足以取悦他。他粗鲁地抓住我的臀部，把我往下按，让我在他身上磨蹭着，试着把自己往上推。他的双腿太虚弱，承受不了他的体重，无法拱起背部，只能挣扎着乱动。我可以看到他的脸色和脾气都上来了。我确保自己仍在微笑。我睁大了眼睛，轻声喘息，好像我的情欲被唤起了一样。我开始喘气。

"这不好。"他突然说。

我停下来，不太确定该怎么做。

"这不是我的错。"他继续说，"都是这发烧给弄的，让我无法像个男人一样。"

我尽可能不费劲地从他身上下来，但是感到很难堪，好像是从一匹又胖又壮的矮脚马上掉下来，很没面子。"没事没事……"

"是的，是的。"他说，"都怪那该死的医生。他给我的泻药足以让一匹马发蔫。"

听到这话，我咯咯地笑起来，然后我从他的脸上看到，他不是在开玩笑。他真的认为自己像种马一样强壮，只是退烧的药让他无能为力。

"给我们来点吃的。"他说，"至少我们可以用餐。"

我从床上滑下，去了橱柜，那里有糕点和一些水果。

"看在上帝的分上！还要多拿点。"

我摇了摇铃铛，我的表妹伊丽莎白·蒂尔威特进来，看到床上的国王，她低低地鞠躬致礼。"陛下。"她说。

"国王饿了。"我告诉她，"给我们拿些糕点和葡萄酒来，再拿点肉和奶酪甜食。"

她再次鞠躬并离去，我听到她叫醒一位随从，让他跑去厨房。厨师必须有一人睡在那儿的矮脚床上，以备国王夜间不时用膳。国王喜欢在半夜美餐一顿，跟白天的两顿正餐一样，并且经常在休息时突发奇想，要一个布丁来安抚他再次入睡。

"我们下周会去海岸。"他告诉我，"我已经等了好几个月，身体才好到可以骑马了。"

我高兴地叫了起来。

"我要去看托马斯·西摩尔给我留下来的海军。"他说，"他们说法国人正在港口集结，很可能会搞突然袭击，我想去看看我的城堡。"

想到要见到托马斯，我裸露的脖子上快速跳动的脉搏清晰可见，国王应该看得见。"这不危险吗？"我问道，"要是法国人来了呢？"

"是的。"他愉快地说，"我们甚至可能看到一场军事行动。"

"可能会有一场战斗？"我的声音非常波澜不惊。

"但愿如此。我改装玛丽·罗斯号军舰可不是让她待在港口的，她可是我的重要武器，秘密武器，你知道我在上面有多少大炮吗？"

"但你不会上船参战，对吧，我的王？"

"十二个炮位。"他说，并没有回答我，而是顺着自己改装船的思路说下去，"她一直就是一艘强大的船，现在我们把她当作武器，正如托马斯所说。他说得非常正确，玛丽·罗斯号就像一座漂浮的城堡，她有十二个炮位，八台重炮，四台加农炮。她可以停泊在很远的海上，用大炮轰炸陆地上的城堡。她可以从一侧射击，然后转过来用另一侧射击，同时给空下来的大炮装炮弹。然后，她可以钩住敌人的船，士兵可以登上去。我在甲板上一前一后放了两座战斗城堡。"

"但你不会上去和托马斯爵士一起出海吧？"

"可能会的。"战斗的想法令他很兴奋，"但我不会忘记确保自己的安全,亲爱的。我是一国之父,这我不会忘记的,而且我不会留下你一个人的。"我不知道是否有办法可以问到托马斯将指挥哪艘船。国王亲切地看着我:"我知道你想带上你所有的漂亮东西。我们走之前,管家会告诉你的。我们会有一个愉快的旅程,天气应该没问题。"

"我喜欢在夏天出行。"我说,"我们要带上爱德华王子吗?"

"不,不,他可以留在阿什里奇。"他说,"但是我们回到伦敦时可以去看他。我知道你会喜欢的。"

"我一直都喜欢去看他的。"

"他学习情况好吗?你收到他导师的汇报了吗?"

"他自己写信给我。我们现在正练习用拉丁文写信。"

"很不错。"他说,但我知道他立刻就嫉妒他的儿子爱我了,"但你不能分散他学习的注意力,他一定不能忘记他的生母,她必须活在他的心中,没人可以取代。在天堂,她是他的守护天使,正如生前在地上,她也是他的守护天使。"

"听你的,我的王。"我说,为这样的怠慢而有点生气。

"他天生就是国王。"他说,"跟我一样。他一定得守规矩,好好受教育,严格培养,就跟我以前一样。我十二岁时母亲就去世了,没有人写信给我,说爱我。"

"嗯。"我说,"你一定非常想念她,那么小就失去了她。"

他的脸因自怜而紧缩。"我伤心欲绝。"他嘶哑地说道,"失去她,我伤透了心,没有哪位女人像她那样爱过我。她离开我时是那么年轻!"

"真是令人难过。"我轻声说。

有人敲门,备餐间的仆从推进来满满一桌子食物,放在床的一侧。他们为国王准备了一大堆盘子,因为他指定了一道又一道的菜。

"吃吧!"他吩咐我,嘴里满是吃的,"我不能吃独食。"

我拿着一个小盘子让仆人们为我上菜。我坐在炉边的椅子上,小口啃着几块糕点。国王要了葡萄酒,我喝了一小杯麦芽酒。我无法相信我就要在一周内看到托马斯·西摩尔了。

国王吃了漫长的两个小时。吃完几片馅饼、一些肉和一半柠檬布丁时,他出汗不止,呼吸沉重。

"拿走吧,我很疲倦了。"他宣布吃完了。

他们迅速收拾好桌子,然后推出房间。

"到床上来。"他粗声说,"我在这里和你一起睡。"

他小心翼翼地把头向后靠,大声打嗝。我走到我那边,爬进被窝去。我把被子盖在我们身上时,他已经发出了响亮的鼾声,很快就睡着了。

我想我会睡不着,躺在黑暗之中,想到托马斯,我感到极为快乐。他这会儿也许正在朴茨茅斯,也许正睡在他的船上,在他木制的海军上将船舱里,天花板很低,墙上的万向节上,蜡烛轻轻地摇晃着。我下周就可以见到他了。我可能不会和他说话,我一定不能找寻他,但我至少会看到他,他也会看到我。

那个梦就像我清醒时的生活,我都不知道我是在做梦。我在我的床上,国王在身边睡觉,打鼾,他腐烂的腿散发出可怕的气味,在我的床上,在我的房间里。我从床上滑下来,小心不要弄醒他,气味比以前更糟糕。我想,我必须离开这个房间。

我无法呼吸,必须找到药剂师拿一点香水。我得叫女仆们到花园去采摘一些草药回来。我尽可能安静地走到通往私人画廊的门口,两边就是我俩各自的房间。

我打开小门走了出去,但门外不是木地板和散落的灯芯草,也不是画廊的石墙，我突然就站在了一条窄窄的石阶上，一座圆形楼梯陡得吓人。我把一只手放在中央柱子上，开始向上爬。我必须摆脱这种可怕的死亡气味，但它却变得越来越糟，好像在我上方的楼梯曲折处有一具尸体或什么东西正在可怕地腐烂。

我把一只手放在嘴和鼻子上挡住气味，但我差点透不过气来，我意识到是我的手闻起来那么恶心。是我在腐烂，我试图逃避的是我自己的臭味。我闻起来像一个死去的女人，正在烂掉。我在楼梯上停下，因为我觉得我所能做的就是把自己扔下楼梯，头朝下，这样我腐烂的尸体就可以走完死亡的历程，我就不会再困于死亡之中，与死亡纠缠，与死亡亲热。我自己的身体在腐烂，从指尖开始。

现在我开始哭泣，向着把我变成这个样子的命运咆哮，但是泪水从我的脸颊流下来时就像灰尘一样，流入我的嘴唇如沙子一般干燥，味道仿佛干枯的血。我绝望之极，鼓起所有的勇气，在台阶上转过身，面朝下望着陡峭的石阶。然后，我发出一声绝望的尖叫，头朝下飞身跃出，跳下石头楼梯。

"嘘，嘘，你很安全！"

我以为是托马斯抓住了我。我紧紧抓住他，瑟瑟发抖。我转向他的肩膀，将脸贴在他温暖的胸部和颈窝里，但是把我抱在怀里的是国王。我往后退一步，再次哭起来，担心自己在噩梦中说出了托马斯的名字，现在我是真的有危险了。

"嘘，嘘。"他说，"嘘，我的爱。这是一个梦，就是个梦而已，你现在安全了。"他轻轻地抱着我，贴着他胖胖的身体，像枕头一样柔软，我感到了宽慰。

"我的上帝，这是个什么梦啊！上帝帮助我，真是个噩梦！"

"没什么，没什么。"

"我很害怕,我梦见自己死了。"

"你跟我很安全。亲爱的,你跟我在一起很安全。"

"我在睡梦中说什么话了吗?"我呜咽着。我很害怕我说出了他的名字。

"不,你没说话,只是哭了,可怜的姑娘。我立刻叫醒了你。"

"太可怕了!"

"可怜的小可爱。"亨利温柔地说,抚摸着我的头发和裸露的肩膀,"有我在,你很安全。你想吃点什么吗?"

"不,不。"我虚弱地笑了笑,"没啥可吃的,没啥可吃的了。"

"你应该吃点东西,安抚安抚自己。"

"不,不,真的,我不能吃。"

"你现在醒了吗?你自己知道吗?"

"是的,是的,我知道……"

"是一个预言的梦吗?"他问道,"有没有梦到过我的船?"

"不。"我肯定地说。这个男人有两名妻子被他指控为玩弄巫术,我才不会说自己有任何超能力。"没什么,没什么意义的梦,只是好多城堡的墙壁,摸上去冷冰冰的,令人害怕。"

他躺回枕头上:"你现在可以睡了吗?"

"是的,可以了,谢谢你对我这么好。"

"我是你的丈夫。"他很有尊严地说道,"当然要保证你的睡眠,安抚你的恐惧。"

片刻之间,他又呼吸沉重,嘴巴张开。我把头靠在他宽重的肩膀上,闭上眼睛。我知道我的梦与特莱芬有关——这女子嫁了个杀妻狂魔,我知道我手指上的气味就是那死去的妻子的味道。

1545 年夏

朴茨茅斯港　南海堡

这是令人非常愉快的一天，就像一幅夏日的油画。索伦特海水湛蓝，阳光灿烂，疾风在海浪上翻起小小的白色浪尖。我们爬到俯瞰海港的防御塔顶部，国王被扶上石阶，可以一览无余。他很满意这一切，站在海堤上，双手叉腰，好像是自己船上的海军上将一样，周围宫廷里的人嗡嗡地私下议论着，既兴奋又焦虑。

我不认为每个人都很开心。我们像即将观看一场夏日骑马格斗赛，眼前这就是传说中的黄金布战场，法国和英格兰之间最富魅力、最优雅、最有文化、最公平的一场战斗。每个人都知道今天跟那次不一样吗？这不是在战斗中，而是真正的战争之前。没有什么值得庆祝的，倒是时时刻刻让人揪心。

在我身后是南海公地空旷的田野，虽然我看到王宫的人们毫无惧色，但我不是唯一一个焦虑的人。骑兵警卫队已经做好了最坏的打算，马背上套了马鞍，随从紧紧拉着缰绳，时刻准备上马飞驰而去。卫兵们已经穿着盔甲，只等戴上头盔。在他们身后，是到哪里都跟着王室的辎重队伍。请愿者，乞丐，律师，小偷和笨蛋们正在缓慢地前行。辎重队伍总是知道哪边会赢，朴茨茅斯的人正在逃离自己的城镇，有的背负着沉重的家庭用品，有的骑着马，有的在装车。如果法国人击败我们的舰队，他们将洗劫朴茨茅斯，甚至可能将其付之一炬。国王的宫廷队伍是唯一希望获胜并期待战斗的人。

我们的船队准备驶出港口时，城镇教堂钟声齐鸣，数百声洪亮的钟声吓得海鸥在海上盘旋鸣叫。大约有八十艘船，堪称英格兰有史以来集结的最大型舰队，有些还在远处装载人马和武器，有些已经准备好出发了。我可以看到人们把帆朝我们右边展开，在港口更远处，划桨艇和大帆船忙碌着，收起缆绳，准备离开海港驶向大海。

"史上最伟大的海军舰队，"国王向身边的安东尼·布朗宣称，"准备以新的方式与法国决战！这将是有史以来最伟大的战斗。"

"感谢上帝，我们将在这里拭目以待！"安东尼爵士回答道，"真是个好机会。我已经盼咐要画一幅画来展示我们的胜利。"

画家正忙着在素描本上记录港口船只的进进出出，他向国王深鞠一躬，然后开始勾勒我们眼前的景象：我们所在的塔台，右边的港口，慢慢浮现的船只，我们面前的大海，飘扬的三角旗，正在推出上膛的大炮。

"我很高兴我的丈夫不在这些船上。"凯瑟琳·布兰登轻声说。

从她苍白的脸上，我看到了自己的不安。这不是化装舞会，不是宫廷喜爱的奢侈场面，而是我们的船队和法国人之间真正的海战。我会看到托马斯所面临的一切。

我将不得不目睹他的船将遭遇的狂轰滥炸。

"你知道谁在指挥哪艘船吗？"我问她。

她摇了摇头。"昨天晚餐时，新任命了一些海军上将。"她回答说，"国王给他的朋友们下达了命令，为了让他们参战，还给他们加封了荣誉。我的丈夫不太高兴在临战前夜临时换将，但他是海陆总指挥，感谢上帝，他留在陆地上了。"

"为什么，你害怕海吗？"

"我害怕所有的深水。"她承认，"我不会游泳。但是没有人穿着盔甲还可以游泳,很少有水手知道应该怎么做,没有哪个士兵穿着沉重的外套还能漂在水上。"

我做了个小小的手势阻止她:"也许都不用游泳。"

国王新改装的"玛丽·罗斯"号展开她美丽的方形帆,绳索被扔到平底船上,她准备将自己拖上海面,码头边爆发出一阵阵欢呼声。

"哦,她出发了。谁指挥这艘船?"

"托马斯·西摩尔,上帝保佑他。"凯瑟琳说。

我点点头,把手举到额头上,像是在为了保护自己的眼睛免受阳光照射。我真心不忍看着他出去打仗,像我那只啾啾的鸣鸟一样,毫无意义,愚蠢无比。"风浪很大。"我说,"这样好吗?"

"这对我们有利。"帕尔叔叔向我保证。他和我的女侍们站在一起,双手遮着眼睛,望向大海。"法国人有可以战斗的平底船,可以自如地在我们的船中间穿行。他们可以在任何地方划船,但是像今天这样的天气,我们可以满帆航行,可以冲出港口炮轰他们。我们有身后的顺风,就可以像风一样扫荡敌军。"

国王来到我身边,每个人都往后退,他高昂着头,大口呼吸海洋空气。

"这景真是美。"我说。他的船一艘接一艘被拖出港口,升起帆,驶向大海,就像飞翔的鸽子,就像出海的海鸥。宫里的人欢呼着,每艘船,彼得号,神佑亨利号,还有我们从苏格兰人那里偷来的船,蝾螈号和独角兽号,都驶过了我们所在的优势观察位置。突然,犹如浮云掠过太阳,我们一下沉默了。

"那是什么?"我问亨利。

他终于不再神采飞扬地遥望大海,双手叉腰摆出姿势让画师为他作画。他扭头看向身后,仿佛是确保他的卫兵已经准备好掩护他的撤退,然后回过头去望向地平线上隐约可见的暗蓝色的怀特岛。在岛屿前方的海峡里,法国舰队突然从天而降，一排接一排地逼近，如果这是在陆地上，那一定是高头战马铺天盖地的冲锋，马蹄贴马蹄，一排又一排，排山倒海地野蛮地冲过来。但是这里没有声音，这才更加可怕。船在水中轻快地移动，船帆满开，全部朝着一个方向，似乎有成千上万的船只。我看不到大海，船和船之间，船之外，都看不到，只看到一片移动的风帆森林，一堵风帆的墙。

而在船只前面作为先头部队的又是另一支舰队。是平底船，每一艘都在水中迅猛地前冲，每一艘都与另一艘协调一致，随着桨的划动，一下又一下地在海里疾驶。即便是从我们在南海公地那漂亮的小炮塔上，也可以清楚地看到在低矮驳船的船头上安装的每座大炮那黑黑的炮口，船队饿凶凶地朝着我们的船驶过来，我们那为数不多的船，小小的船，跌跌撞撞地驶出安全的港口，去保卫我们的海岸。我知道，在旗舰"玛丽·罗斯"号上，托马斯·西摩尔将在舵手旁边，远眺前方，会发现对方的舰队远远超过自己。

"上帝帮助我们。"我低声说。

国王低头看着我，看到我脸色发白。他把帽子从稀疏的头发上拉下来，在空中挥舞。"为了上帝！为了哈里！为了圣·乔治！"他大吼着，然后是王宫的人们，接着是围着我们的人，挨着齐声呼喊，让海那边的人都听得到：让英格兰水手们可以听到。他们抬头就会看到死亡正向他们驶过来，面前成千上万的船帆一字铺开。

国王也被这架势震住了。"我们的人数不够，但我们的炮比他们多！"他叫喊着。他抓着查尔斯·布兰登的肩膀。"难道不是吗，查尔斯？我觉得是的！你觉得呢？"

"他们的炮没我们多。"查尔斯确认道，"但他们人数是我们的两倍。"

"你有朴茨茅斯的防御工事！"国王强调。

翻后记

"我在每一个点都布置了大炮,包括这里。"查尔斯严肃地说,"如果他们离得更近,您自己都可以开火。"

"他们不能靠近。"国王宣称,"我不会把它们放进英国水域的。我不允许他们到达英国土地的任何地方。我是国王!他们胆敢在我的土地上挑战我吗?在我的城堡?我什么都不怕,我从来都是无所畏惧的!"

我注意到查尔斯·布兰登没看着我,好像知道还是不要理会国王的虚荣夸耀为好。我四处寻找巴斯医生,最后在宫廷的人群后面发现了他,脸色苍白。我向他点点头,他走了过来。

"陛下太过激动了。"我说。

巴斯医生看着亨利,只见他大喊一位随从去帮着他挪到塔的另一侧去,一瘸一拐很是痛苦的样子。当他靠在墙上并拍打炮手后背的时候,那架势就像一个男人打中弱小敌人的心脏,认为自己必胜无疑。他高喊着有危险,好像海上可以听到他的声音似的,好像他可以有所作为,好像他对法国人的狂怒可以震住他们悄然无声接近的万千船只。还有那沉稳的节奏,现在我们听到了,对方平底船上有鼓在敲打,让不可阻挡的船桨步调一致。

"现在拿他没办法了。"巴斯医生说。

我知道我们即将看到可怕的场景。法国舰队继续前行,小小的英国船从港口出来,却无法自行编队,海港的驳船使劲将它们往前面拉,以赶上风向,但是徒劳无功。

有些船升起船帆,迅速离开海岸,其中有的转来转去,试图把大炮对准法国低矮的平底船。法国人无情地到来了,前方是平底船,后面是大船。

"你就会看到了!就会看到些东西了!"国王预言道。他蹒跚地走到城堡墙的最外面,转过头,向我喊叫,但是他的声音被轰隆的炮声所淹没,因为这时第一批英国船进入了法国大炮的射程。

英国大炮也予以还击。可以看到船两侧黑色的方形炮门打开,露出了大炮,大炮被推出,射击,炮口吐出一团烟雾,接下来炮管缩回重新装弹。

"玛丽·罗斯号!"亨利大叫,就像一个男孩在比赛中高喊自己最喜欢的冠军,"神佑亨利!"

我可以看到玛丽·罗斯号已经准备好战斗了,似乎有数百个炮门敞开,从顶层甲板一直排到吃水线。还可以看到顶层甲板上的人:船长和握着方向盘的水手长,还有一个人站在他们身后,我猜是托马斯。我想,那个一动不动穿着大红斗篷的小个子就是我崇拜的男人。

"上帝保佑他。哦,上帝保佑他。"我只能悄悄说这些。

我可以看到船头和船尾的两座战斗堡垒高高耸立,挤满了人。太阳照在他们的头盔上,我看到他们举起长矛,等待时机锚住并登上敌舰。到时托马斯会带领他们冲锋的。他必须从一艘船跳到另一艘船,大吼着叫部队跟上。在战斗堡垒下方,一直到露天甲板的中部,铺着一张网。这是护船网,敌人来袭的时候,没有人可以直接跳上来控制我们这艘宝贵的大船。网的下面可以看到一排排士兵,离法国船只足够近的时候,他们将冲锋出来,蜂拥而上。

"开火!"亨利喊道,好像士兵们可以听到他从城堡里发出的声音,"开火!开火!我命令开火!"

一艘驳船驶向在水中熟练颠簸的英国船,船桨如昆虫的腿在水中爬行。一团黑烟突然从船头吐出来。这时,我们可以闻到从水面上漂浮过来的火药味了。

玛丽·罗斯的大炮向前推进到每个打开的炮口,这样她的武器就可以大显神威,所有的武器能同时行动。她转过身,从左边开炮,同时发出数声轰隆隆的咆哮。这一招完成得相当漂亮,犹如象棋中极有杀伤力的一步。我们立即看到一艘平底船在水中挣扎、下沉。国王的伟大计划和托马斯的战略显出巨大的威力,立即震慑了敌人。这会儿是船与船的较量,士兵们无事可做，就在战斗堡垒中欢呼，并举剑示威。大船改变方向，转身，这样就可以右舷射击，左舷重新装弹。

突如其来的一阵风，吹得所有的旗帜噼里啪啦，就像撕裂丝绸一样的声音。

"开火！换方向开火！"亨利大喊着，但风声太大，没人听得到他。我忙扶着帽子，安妮·西摩尔的帽子则被吹掉了，从城堡的墙壁滑落到海面上。

有人笑着她的意外。这时我们发现事情不太对劲。玛丽·罗斯正在收紧她的风帆，逆风而转，让右舷对着法国人开火，但是突如其来的风使其寸步难行。她跪伏在海里，很低，很危险，风帆向海浪倾斜，美丽的方形帆不再自豪地直立在拱形甲板上，而是出现一个奇怪且丑陋的倾斜角。

"你在干什么？"国王吼道，仿佛有人可以回答他，"你到底在做什么？"

她就像一匹绷得太紧的马。你可以看到，一匹马身子下的腿越来越拼命使劲，动作越来越快，但是一切都非常缓慢，无情得可怕。

"把船摆正！"亨利像狗一样号叫，现在每个人都在他身边，站在城堡的城墙上，倾斜身子，好像这样船上的人就能听到我们呼喊的指示。有人尖叫着"不！不！不！"那艘美丽骄傲的船旗帜仍在飘扬，但越来越歪，接着慢慢地像一只坠落的小鸟，侧躺下去，一半浸泡在浪里，一半在空中。

我们听不到他们的尖叫声。水从敞开的炮口冲进来，水手被困在甲板下面，无法爬上船中部的狭窄梯子。他们淹死在自己的棺材里，大船带着他们缓缓地一寸一寸地下沉。我们可以听到顶层甲板上的人在喊叫，他们紧紧抓住护船网，但此时的护船网却反将他们困住，将他们弹开。一些士兵从船上的炮塔上跳下来，用长矛狠刺绳索，或者用剑猛砍厚厚的网，但无法让那些人逃出来，无法打开网子。我们的士兵和水手像被网住的鲭鱼一样死去，死死地抓着网眼呼吸。

船的顶部没被困住的人像玩具士兵一样从塔楼上摔下来,像是爱德华玩的那些小铅人。他们的皮外套很快就把他们往水下拖拽,那些戴着头盔的人还没解开带子就已经落在冰冷的海水中。厚厚的靴子拖着它们的主人往下沉,绑在膝盖上和胸前厚厚的铠甲瞬间就把人拉到海底,我听到一个声音在哭喊着:"不!不,不!"

我感觉经过了漫长而痛苦的一个小时,但也许不过是几分钟。时间在这里停止了。大船像一只疲倦的鸟,躺在水中,随波漂荡。极少数人,也就这些人了,从索具上跳开,消失在烟雾缭绕的海浪中。大炮还在轰鸣,战斗仍在继续。但只剩下我们,惊呆了的我们,看着船的龙骨又朝天翻了一点上来。船帆灌满了水而不是风,翻滚着,膨胀着,没在水中,有一种奇怪的美,然后船被拖到了暗绿色的大海深处。

我能听到有人在抽泣:"不,不,不!"

1545 年夏

萨塞克斯郡　米德赫斯特　考德雷别墅

他们告诉我，战斗结果不明。烟雾终于消散，舰队各自狼狈离开：法国船回到法国，英国船驶回港口。军队向国王报告说英格兰胜利了，我们以少数小船对抗了法国庞大的无敌舰队，法国士兵登上萨塞克斯海岸和怀特岛，烧毁了几个谷仓，但被农场主人赶走了。

"我们是英国人。"安东尼·丹尼爵士低声给国王打气，"为了上帝，为了哈里！"

但国王并没有被伟大的老国王的战斗口号所激励。他被震住了，巨大的躯体搁在床上，就像他的大船在索伦特水下的海床上搁着一样。几乎每小时都会有报告说，事情并不像看上去那么糟糕。据说将玛丽·罗斯捞起来，只需要几天就可以把船拖到地面抽空里面的水，但是没过多久，那些人就不再吹嘘可以从大海中打捞回大船了。那艘漂亮的船和船上的水手，还有士兵们——四百人，五百人，没有人知道到底征募了多少人——都将留给潮汐的教堂和海洋的歌唱。

✦

等国王可以骑马了，我们立即启程前往米德赫斯特的考德雷别墅，希望国王最欣赏的朝臣安东尼·布朗爵士可以安慰他，让他打起精神。国王默默地坐在马上，环顾四周，茫然地看向绿色的田野，条条的庄稼，成群的牛羊，但他好像什么都没入眼，除了那艘让他无比骄傲的大船：倾斜在水里，发出可怕的汩汩声，没入海中。我在他身边，我也知道我神情凝固，像坟墓上的石头天使一样。我们穿过的乡村很安静，但是群情愤懑。人们知道法国人差点就打上来了，宫廷舰队没能防得住。这里的乡村到处都是海湾和潮汐河，非常容易受到入侵，村民担心法国人会再整旗鼓，卷土重来。还有不少人嘀咕说，如果法国人来恢复修道院、教堂和圣坛，倒未尝不是英格兰的福分。

我没有打听托马斯·西摩尔的下落。我不敢说出他的名字。我想我只要"托马斯"一出口，就会哭出来，而且会哭个没完。我觉得内心有一片泪水的汪洋，深如潮水，随着他的沉船叹息的潮水。

"国王给了卡鲁夫人一份很高的抚恤金。"嫜平静地对我说，梳理着我的头发，为我戴上金色网罩和头巾。

"卡鲁夫人？"我不动声色地问道。

"她的丈夫去了船上的。"她说。没人再说玛丽·罗斯这名字了，好像她是一个幽灵，又一个失踪的王后，从亨利的宫中消失的无名女人。

"可怜的女人。"我说。

"国王在头天晚上任命他为海军副上将，并下达了命令。"她说，"他换掉了托马斯·西摩尔，当时他还非常愤怒这样的轻慢。真的，托马斯总是有着魔鬼般的运气。他只好把另一艘船作为他的旗舰，毫发无损。"

她把我的头发拧成卷，塞进网里，抬起头来，看着镜子里的我，"您怎么啦？"她问道，"您生病了吗？"

我的手伸向我的胸衣，能感觉到心脏在勒得紧紧的丝绸下怦怦地跳。"我不舒服。"我低声说，"嫜，我感觉非常不舒服，让我躺一会儿。"

她们都围在我身边。我闭上眼睛，避开她们焦急关心的目光。然后有人抬起我的肩膀，两个人抬起我的脚，我感到她们把我放到了床上。有人剪开带子，松开我的胸衣，让我呼吸好一点。婳把我的丝绸拖鞋脱下，擦热我冰冷的脚。

一杯温热的麦芽酒被捧到我嘴边，我喝了一小口，然后靠回枕头上，睁开眼睛。

"你没发热。"一位女侍紧张地说。她们都非常害怕"出汗"，它可以在四个小时内要了一个人的命，但又不易判断人会不会死。有可能晚餐时才喊热，夜幕降临时就出汗而死了。这是都铎家的瘟疫，遗传自这位国王的父亲。

"我肚子不舒服。"我说，"我吃的东西。"

两个女侍相互偷偷一笑："哦——您早上有感觉不舒服吗？"安妮·西摩尔提示道，满怀希望。

我摇了摇头。我不希望这种谣言传开去。即便是这会儿我正挣扎在托马斯还活着的消息中，我也必须小心，小心我说的话，她们说的话，小心每个人谈论我的话。"不。"我坚持说，"谁也不准说这样的事。不是这样的，如果你们说我的闲话，国王会非常不高兴的。"

"我只是希望您能够贵体安康。"安妮为自己辩护。我闭上眼睛，只说了一句："我需要睡一会儿。"

我听到婳把房间所有的人都撵走了，关上我的卧室门，坐到了我旁边，衣服沙沙响。我闭着眼，伸出手，她紧紧握住，我感到很安慰。

"真是糟糕的一天。"我说，"简直无处躲藏。"

"我知道。"她说，"试着睡会儿吧。"

1545 年夏

格林尼治宫

我们慢吞吞地回到伦敦。这段历程始于夏日的一次短途旅行,是为观看舰队能够对法国初战告捷,结束时却是失望惊呆的国王步履沉重地挪回家,穿过一片人心惶惶的乡村。看着繁华的庄园和小村庄,我们知道他们毫无防御之力,黑金麦田和草田里绿幽幽的二茬草也就无法带给我们丁点愉快。

我们到了格林尼治,在那里,看到宫殿前码头上拍打的波浪,我们又想起了索伦特无情的水域,想起沉入其黑暗深处的国王的骄傲和自豪。托马斯留在朴茨茅斯的岗位上,修复并重建被入侵的法国人烧毁的房屋,监督改装在战斗中受损的船只,派遣人员潜入海底,看停在她最后一个泊位上的战船上还有没有东西可以抢救回来。他不能到宫里来,我不希望见到他。他私下写信给国王,亨利没给任何人看他写的信。

人们以为国王又病了,也许他的腿伤又裂开了,或者他每年必发四次的烧又回来了。但我知道出了什么问题:他心里病了。他看到了失败,是不可否认的失败,他无法忍受这种失败。

这是一个非常自傲的男人,听不进任何意见。他会耍两面派,确保自己总是获胜。从小到大,他都没输过。除此以外,这个人还不允许自己有任何瑕疵与不完美。

他必须是最好的。法国国王弗朗西斯是他唯一的竞争对手,但是现在弗朗西斯和整个欧洲都在嘲笑他本应无比强大的海军，嘲笑我们大名鼎鼎的旗舰刚一出海就沉入海底。他们说国王在船上堆了太多的枪炮，使她跟他一样肥胖笨拙。

"不是那样的。"他对我说，"不要那样想。"

"当然不会。"我说，"当然不是的。"

他就像掉入陷阱的动物，痛苦地扭来转去。他伤心的是自己受伤的骄傲，而不是那些被淹死的人。他必须拯救他的自尊心，没有什么比这更重要，没人比这更重要了。只要国王的面子得以挽回，船可以永远沉在索伦特的淤泥中。

"这艘船没有任何问题。"一天晚上，他又说道，"是那些炮手太愚蠢，射击后没有将炮口关闭。"

"哦，是这么回事吗？"

"很可能。"他说，"我还是应该让托马斯·西摩尔指挥。我很高兴愚蠢的卡鲁付出了他的生命。"

对这个残忍的判论，我本想反对，但是忍回去了。"上帝拯救他的灵魂。"我说，想起了眼睁睁地看着自己丈夫被淹死的寡妇。

"上帝原谅了他。"亨利恨恨地说，"而我永远不会。"

国王每天晚上都会和我谈论他的船。如果不说服我这是别人、傻瓜或恶棍的错，他就无法入睡。他别的什么事都不做了。枢密院的大多数人都在我们之前回到了威斯敏斯特，亨利的老朋友查尔斯·布兰登要求允许他和妻子凯瑟琳悄悄地回老家。

"他早应该警告我。"亨利说，"查尔斯最应该是世上最早警告我的人。"

"他怎么会知道？"我问道。

"如果船上人员超载，他就不应该让船出海！"亨利突然大怒，脸颊灼热，太阳穴上青筋暴突，像一条粗粗的虫子，"他为什么不知道船超载了？一定是他粗心大意！我得叫他回宫里来解释清楚。他是海陆总指挥，他必须承担责任。我的计划没有错，是他没能执行好。我这辈子什么都可以原谅他，但就这事我无法原谅！"

还没等传唤查尔斯的信使离开王宫，我们就从布兰登家人口中获悉，他生病了，随后一名骑手从吉尔福德往伦敦飞驰而来，说他已经死了。国王最伟大、幸存最久的朋友死了。

这是这个可怕的夏天带来的最后一击。国王伤心极了。他把自己锁在房间里，拒绝任何服务。他甚至拒绝吃饭。"他生病了吗？"巴斯医生告诉我丰盛的晚餐被送回时，我问道。

他摇摇头。"病不在他的身体里，上帝保佑他。但这对他来说是一个巨大的损失。查尔斯·布兰登是他最后的朋友，也是唯一一个跟他一起长大的朋友。这就像失去了一个兄弟。"

那天晚上，隔着三个房间之外国王的卧室里传出一种可怕的声音，像母狐狸在夜晚发出的尖叫。超乎寻常的哀号，吓得我忘了自己曾经鄙视的空洞的仪式，我比画着十字，吻着拇指指甲，念叨着"上帝保佑并留住我！"又传来一声又一声的哀号，我从床上跳下来，对着陪同的人说："待在那儿不要动！"然后跑进我空荡荡的议事厅，穿过国王的密室、他的内室，来到他的卧室门口，门卫无动于衷，但在门后，我可以听到伤心欲绝的抽泣声。

我犹豫了，不知道是该进还是退，甚至不知道是否该让警卫为我敲敲门，或者试着看门是否从里面锁住了。我不知道我是否该去找他并提醒他，查尔斯·布兰登死于信仰，并将在炼狱中等待，相信他自己会乘着气派的弥撒发出的飞扬之气上到天堂；我也不知道我是否该任由国王在那儿悲痛欲绝。他像个伤心的孩子，像个孤儿一样哭泣，那声音太可怕了。

我向前一步，试了试门把手。守卫让到一边，脸上没有任何表情，仿佛他的主人不是在咫尺之处哭泣。门把手转动了，但是门却打不开。他把自己锁在屋里了。他想独自一人沉浸在伤心的海洋里。我不知道该做什么，从门卫毫无表情的脸上，我看出他也不知道。

我回到自己的房间，关上门，把被子拉到头上，但没有什么可以掩盖那大声的哀号。国王整晚都在尖叫着令他心碎的哀伤，我们全都因为他的悲伤而无法入睡。

第二天早上，我穿着深色礼服去了礼拜堂。我要为查尔斯·布兰登的灵魂祷告，也祷告能有智慧帮助我的丈夫，他现在为失去最后一位朋友而崩溃了。我站到王后的位子，看着王室宝座，令我惊讶的是，亨利已经在那儿了，在他惯常的地方，签署商业文件，查看请愿书。只有他不自然的红眼圈表明他昨夜的情绪令他整晚都没睡。事实上，跟他相比，我表现出了更多的失眠迹象：眼神暗淡，脸色苍白。好像他在一个晚上烧掉了他所有的悲伤和恐惧。我们完成祷告说"阿门"时，他向我招手。我绕到他身边，女侍们跟着我，我们一起离开礼拜堂，穿过院子，朝主大厅走去。我的手够着他的胳膊，因为他的身子重重地靠在警卫的身上。

"我会给他一场英雄的葬礼。"他说，"全部由我出钱。"

他的冷静令我无比惊讶，我无法掩饰这种惊讶之情，但他以为我是为他的慷慨感到高兴。

"我会的。"他自豪地重复道，"小凯瑟琳·布兰登不必担心他们儿子的继承权。我将把他们俩都留在她身边。我不会把他们带到我的名下监护的。他们可以继承父亲的全部遗产，我甚至会让她一直管理到他们成年。我不会从他们身边拿走任何东西。"

他为自己的慷慨而高兴。"她会很高兴的。"他宣称，"她会很激动，等她回到宫里就可以来找我并亲自感谢我。"

"她有哀悼期的。"我指出，"她可能不想再在我的房间里服务了。她可能不想来宫里，她失去了……"

他摇摇头。"她当然会来的。"他笃定地说，"她永远不会离开我，自她还是个小女孩的时候，她就一直由我照顾着。"

我没有回应这个。我无法告诉国王，在失去丈夫的最初几天，寡妇可能更愿意在祷告中度过，而不是来让他高兴。通常情况下，一个寡妇在前三个月会一直待在家里的，凯瑟琳想要和她失去了父亲的儿子们在一起。但后来我才意识到：他不会懂得这一点的。我的丈夫刚死的时候，他便召我过来，也没有人告诉他等一等。他不相信居然会有人不愿意到宫里来。除了宫中，他从未在其他任何地方生活过。他不知道还有不想为世人所见的私生活或温情。我丈夫去世没几天，他就命令我到宫里来与他打牌，打情骂俏。只有我能阻止他把这个负担加诸到凯瑟琳身上。

"也许她宁愿待在吉尔福德宫的家里。"

"不，她不会的。"

✦

一天晚上，餐后很久，宫里一切都安顿好了，我准备好睡觉，嫡来找我了。她向女侍点点头，把她支出卧室，自己在炉边坐下。

"我看你来就是有事的。"我淡淡地说，坐到她对面的位子上，"要杯葡萄酒吗？"

删后记

她起身给我们倒了两杯。我们默默地坐了一会儿，品尝深红的葡萄牙葡萄酒的芬香和味道，欣赏威尼斯玻璃杯的清澈透明。每只玻璃都吹制得非常完美，价值一百英镑。

"母亲会怎么说？"婻抿笑着问道。

"不要以为是理所当然。"我可以立刻引用她的话，"不要放松警惕。不要忘了你的家人。最重要的是：你的兄弟怎么样？威廉怎么样？威廉是不是也有这么好的杯子？我们不能为他弄些吗？"我们都笑起来。

"她一直以为他会振兴这个家庭。"婻说，抿着她的酒，"你知道，她并没有无视我们，她只是把所有的希望都寄托在威廉身上。喜欢作为继承人的儿子是很自然的事情。"

"我知道。我也不怪她。她以前不知道威廉的妻子会背叛他和我们的名声，让我们付出如此大的代价，也就只好被冷落一边了。"

"她没有预见到那件事。"婻同意，"也没预见到这个。"

"没有。"我笑着摇摇头，"谁会想到这个？"

"为你伟大的崛起。"婻举杯敬酒，"但这也有危险。"

没人比婻更了解王后的危险。她伺服过每一位王后。她已宣誓作证指控了其中三位，有时她甚至说了实话。

"我没什么。"我自信地说，"我不像其他人，我没有任何敌人，我的慷慨人人皆知，我帮助每一位来找我的人。我没对国王的孩子做任何坏事。国王爱我，让我成为摄政，编辑英语祷告书。他把我放在宫廷的核心，所有他在乎的事情的核心：他的孩子，他的国家，还有他的教会。"

"斯蒂芬·加德纳不是你的朋友。"她警告说，"他的亲信也不是。只要是可能，他们会在第一时间把你从王座上拽下来赶出王宫。"

"他们不会的。他们可能不同意我的意见，但这只是争论，而不是敌意。"

"凯瑟琳，每个王后都有敌人，你必须承认这一点。"

"国王自己也支持改革事业！"我恼怒地说，"相比斯蒂芬·加德纳，他更听得进托马斯·克兰默的话！"

"他们正是因此而责怪你！他们原本计划让他娶一个信奉天主教的妻子，也一度以为是这样子的。他们原以为你支持旧教会，以为你赞同拉提默的信念，所以才那么热情地欢迎你，他们从来都不是你的朋友！一旦他们认为你背叛了他们，他们就不再是你的朋友了。"

"婻，这太疯狂了。他们可能不同意我，但他们不会当着国王的面把我拖下来！他们不会就因为我们在弥撒仪式上有分歧就莫须有地指控我。我们是有不同，但他们不是我的敌人。斯蒂芬·加德纳是被授予圣职的主教，受上帝召唤，他是位圣人。他不会就因为我在神学方面与他观点不同就想方设法整我。"

"他们反对安妮·波琳，因为她赞同改革。"

"不是克伦威尔吗？"我固执地问道。

"是哪位顾问都不重要，重要的是国王是不是听他的话。"

"国王爱我。"我最后说道，"他只爱我，他不会听信谗言的。"

"随你说吧。"婻伸出脚，将一根木头推入火中，一缕火花飞了起来。她有点尴尬。

"你来有什么事啊？"

"我必须告诉你，他们正在提议国王另娶一位妻子。"

我差点笑起来："真是荒唐，你来就是告诉我这个吗？这不过是说说闲话而已。"

"不，不是的。他们提议另娶另一位更愿意让教会回归罗马的妻子。"

"谁？"我嗤之以鼻。

"凯瑟琳·布兰登。"

"现在我确信你搞错了。"我说，"她比我更支持改革。她拿加德纳主教的名字给自己的狗取名字，公开对他无礼。"

"他们认为，如果把她扶上王座，她就会加入他们一伙。他们相信国王会喜欢她。"

我看着我的好妹妹。她别着脸没看我，注视着壁炉的余烬，有点坐立不安，往壁炉里加进干木材。

"你来就是告诉我这个吗？你今晚来这么晚来就是为了警告我，说国王正考虑另娶妻子吗？我必须奋起而争？"

"是的。"她说，仍然不看我的眼睛，"恐怕是这样的，真的。"

沉默中，炉火噼啪作响，"凯瑟琳永远不会背叛我。你这样说真是大错特错。她是我的朋友，我们一起学习，一起思考。这真的很卑鄙，媪，这样说真是彻头彻尾的胡说八道。"

"这是英格兰的王冠，很多人都愿意为了它做任何事情。"

"国王爱我，他不想另行再娶的。"

"我只想说，国王对她有意思，他一直都喜欢她，现在她自由了，可以结婚了，他们会把她往前推的。"

"她永远不会取代我的位置！"

"她别无选择。"媪平静地说，"就像你别无选择一样。有些人甚至说他多年来一直是她的情人。他们说查尔斯和他共享她。查尔斯从来没有拒绝过国王任何事情，说不定当初他娶这位年轻得足以当他女儿的漂亮妻子时，国王就占有她了。"

我起身走到窗前。我想打开百叶窗，让夜晚的空气进入房间，这个地方像国王的卧室一样，满是肮脏和失望。

"这是最卑鄙的闲话。"我平静地说，"我不应该听到这些。"

"这是很卑鄙，但已经传开了，所以你也必然会听到。"

"那现在呢？"我苦涩地说，"媪，你非得总是这样尖刻吗？你非得总是把悲伤吹进我的耳朵吗?你是在告诉我他会为了凯瑟琳·布兰登把我打入冷宫吗?他要娶第七任妻子吗?那她之后呢?是的,他喜欢她,他喜欢玛丽·霍华德,他喜欢安妮·西摩尔!但他爱我,他宠爱我超过之前的任何一位妻子,他已经娶了我了!这就说明一切了,你看不到这点吗?"

"我是说我们必须保证你的安全。任何人都不能说对你不利的话。没有对你声誉不利的暗示,没有你和国王之间有分歧的谣传,不能有任何让他与你反目的言语,哪怕就那么一小会儿。"

"因为这只需要一小会儿?"

"他只需要一小会儿就可以签署逮捕令了。"她说,"然后对我们所有人来说,一切都结束了。"

✦

凯瑟琳·布兰登按照命令回到宫里。她没穿丧服。她先来到我的房间,向我行礼。当着所有女侍的面,我向她表示哀悼,并欢迎她来为我服务。她坐在她们中间,看着我们正在做的翻译。我们正在研读拉丁语的《路加福音》,尝试找到最纯粹最清晰的英文单词来表达原作的美。凯瑟琳加入进来,好像她是自愿来的,好像她不想和儿子一起待在自己家里。

快到中午,我们收拾好书籍,准备出去骑马。我换上骑马服,叫她跟我一起来。

"没想到你这么快就回到宫里了。"我说。

"我是被命令来的。"她简单地说。

"你不是在独处服丧吗?"

"当然在。"

我从银色镜子前的座位上站起来,握住她的手。"凯瑟琳,从我第一次到宫里以来,我就一直是你的朋友。如果你不想来这里,如果你想回家,我会尽力帮你的。"

她朝我悲伤地笑了笑。"我必须在这里。"她说,"我别无选择,但我感谢殿下的善意。"

"你想念你的丈夫吗?"我好奇地问道。

"当然想。"她说,"他对我来说就像个父亲。"

"我认为国王也想念他。"

"他一定想念的。他们以前总是在一起,但我不希望他表现出来。"

"为什么不?为什么国王不能表露出失去朋友的悲伤?"

她看着我,好像我问了一个明知故问的问题。"因为国王承受不了悲伤。"她淡淡地说,"他受不了的,这会让他很生气。他永远不会原谅查尔斯离他而去。如果我想继续获得支持,如果我想让我的儿子获得继承权,我就必须隐藏查尔斯已经离他而去的事实。我不能表露出悲伤而让他想起自己的悲伤。"

"但他死了!"我不耐烦地对这个寡妇说,"他不是故意离开国王的,他只是死了!"

她又缓缓朝我悲伤地笑了笑,"我想如果您是英国国王,您会认为每个人都是为您而生的,而那些死去的人是让您失望的。"

✦

我不想听到婳让人寒心的警告,我更愿意看到凯瑟琳假装的微笑。宫廷里目前看上去还算平和,没有争吵,没有狗咬狗。上帝对英格兰的良善闪烁在阳光和河边草地上金色的树叶里。国家无战事,来自法国的消息是,他们尚无任何针对我们的计划,战斗季节即将结束,托马斯又活了一年。这个夏天结束得很幸福。每个白天都始于明媚的阳光,每个傍晚都终于温暖的夕阳。夕阳映在河里,照得王宫的墙壁金灿灿的。亨利恢复了健康。

他的仆从每天早上都把他扶到马上,我们每天都去打猎,沿着河边的水草地轻松奔跑。当他的大猎犬跑得比我的快、他超过我时,会像男孩子一样大喊大叫,我感觉好像嫁的是个同龄的男人。

他腿上的伤口绑得很紧,可以在没有支撑的情况下一瘸一拐地走一下,只在上下从大厅通往他房间的楼梯时,才需要帮忙。我每隔一晚就去那里一趟。

"我们很幸福。"他告诉我,像发布官方声明一样。我绕过他加固的宝座和他的新脚凳,到壁炉的另一边坐下。我惊讶于他的正儿八经,咯咯笑起来。

"当你像我这样被不快乐困扰时,也会注意到美好的日子,美好的季节。"他说,"亲爱的,我向你发誓,我从来没有像爱你一样爱过我的妻子,从来没有像现在这样满足过。"

你的暗黑警告到此为止,婻。我心想。"我的夫君,我很快乐。"我说,也是实话,"如果我能让你快乐,那么我就是英格兰最幸福的女人。但我也听到了一些谣言。"

"什么谣言?"他问道,沙色眉毛一皱。

"有人说你可能想要一位新的王后。"我说,斗胆将婻的警告说了出来。

他轻声一笑,不屑一顾地挥挥手。"总是有人乱传谣言的。"他说,"男人有雄心勃勃的女儿,就会谣言四起。"

"我很高兴这些谣言没有任何意义。"

"当然没有任何意义。"他说,"不过就是人们谈论比自己强的人,相貌平平的女人嫉妒你的美丽。"

"那我就很高兴了。"我告诉他。

"孩子们都很好,健康成长。"他说,继续罗列他的福气,"国家安宁,尽管差不多快破产了。我在宫里还可以安静一会儿,因为跟我唱反调的主教们没在夏天跟我闹别扭。"

"上帝是眷顾义人①的。"我说。

"我看了你的翻译。"他祝贺我,依然是自鸣得意的口吻,"我很高兴,凯瑟琳,你学得很好,谁都看得出来,我对你的学习和精神成长有多大的影响。"

我突然因害怕而不舒服。"我的翻译?"我重复道。

"你的祷告书。"他说,"对,让妻子把时间花在祷告书上是男人的责任,也是令人愉快的。"

"陛下如此关注我,我很荣幸。"我无力地说。

"我大致看了一下。"他说,"我问克兰默他的想法,他表示赞许。对于一个女人来说,这够得上是学术了。他说我帮了你,但我说,不,不,都是她自己的功劳。所以你应该把你的名字放在封面上,凯瑟琳。我们应该把翻译归功于一位王家作者。基督教世界里还有哪位国王的妻子可以做学术?法国的弗朗西斯的王后既不是妻子,也不是学者!"

"我只需要把我的名字放在内页上,这是我对您的谢意。"我小心翼翼地说。

"你做到了。"他舒服地说,"我是一个幸运的男人。只有两件事还让我烦恼,不过都不是什么太大的事。"他在椅子里动了动,让自己舒服点,我把甜蛋糕和葡萄酒递到他手边。

"什么烦恼?"

"布伦。"他重重地说道,"我们花了这么大力气拿下它,但是枢密院希望我将其归还给法国。门都没有!我派亨利·霍华德去那里替换他的父亲了,让他说服每个人相信我们可以保住布伦。"

"他说服他们了吗?"

"哦,他发誓他永远不会离开布伦,谁敢那样跟他提建议就是羞辱他。"

---

① 基督教用语,大意指遵守天父旨意,信奉真神得到赦免之人。

亨利呵呵地笑起来，"但他的父亲悄悄对我说，他是个孩子，应该回到家里，乖乖听父亲的话。我喜欢老子跟儿子意见不一致。如果他们跳舞的曲子不同，我的生活会容易得多，但曲子都是我弹奏的。"

我试着笑了笑，"但你怎么知道相信哪个？"

他用手轻轻拍打鼻子旁边，表明自己的狡猾。"我不知道，这是秘密。我听一个，也听另一个，让他们都以为我是站在他们那边的。当他们争吵时，我就在旁边权衡，做出选择。"

"但这是让父亲反对儿子。"我指出，"也是让你在法国的首席指挥官反对枢密院，在给国家制造分裂。"

"那更好，因为那样他们就无法密谋反对我了。不管如何，无论枢密院想要干什么，我都不会将布伦还给法国，因为西班牙的查尔斯坚持认为我应该留着布伦，坚持认为我们不能跟法国讲和。我必须让西班牙和法国像两只打架的狗一样针锋相对，我必须像狗的主人一样把他们弄到一起相互攻击。"

"你的另一个烦恼呢？"我温柔地问道。

"感谢上帝，这只是一个小问题，没什么，无非是朴茨茅斯出了瘟疫。"

"瘟疫？"

"正在海军中肆虐，上帝保佑他们。当然他们会努力解决的。水手们会睡在船上，或者暂时安置在那个可怜的小镇上最糟糕的住所里，船长和水手长会要好一点。他们都被堆叠在一起，沼泽地都有传染性了。这瘟疫要是掠过我新城堡中的士兵，他们都会像苍蝇一样死去的。"

"但你的海军上将们都安全吧？"

"不，因为我坚持要他们留在舰队。"他说，都没想起托马斯·西摩尔的安危，"他们必须碰运气。"

"朴茨茅斯发生瘟疫，不能让他们回家么？"我提出建议，"要知道，船长和指挥官可不能被瘟疫夺去性命。你还需要他们为你战斗呢，必须保证他们的安全。"

"上帝会关照那些为我效力的人的。"他舒坦地说，"上帝不会动我和我的手下。我是他选择的国王，凯瑟琳，永远不要忘记这一点。"

他在午夜把我送走了，他想要独自一人待着。我没有回到我的床上，而是走到美丽的小教堂，在祭坛前跪下，悄悄地说："托马斯，托马斯，上帝保佑你，上帝保佑你，我的爱，我唯一的爱。上帝让你远离大海，上帝让你远离瘟疫，上帝让你远离罪恶和悲伤，并把你安全带回家。我不祈求你回家回到我这里。我非常爱你，希望你安全，无论在哪里。"

国王的腿再次肿胀起来，伤口裂得更大了。外界有一点重量他都受不了，仆从只好在加固的椅子上装了轮子，推着他在宫里转来转去。不同寻常的是，他的精神很好，仍然是狗的主人，一如他向我吹嘘的那样。他要派斯蒂芬·加德纳跟在布鲁日的西班牙皇帝会面，交涉与法国人签约之事，结束欧洲三大国王之间的战争；但与此同时，他又背着西班牙邀请德国路德宗王子的代表在英格兰和法国之间进行调解，秘密讲和，背叛西班牙皇帝。这样的话，我们最后将有两个和约，一个由天主教派斡旋，另一个由路德宗斡旋，两个都无法签署。

"不，这对我们的信仰来说是一个很好的机会。"凯瑟琳·布兰登不同意。我们坐在长桌后面，收起笔和纸，准备去听当天的布道。"如果来自萨克森的路德宗领主能为基督教带来和平，那么改革后的信仰将被视为道德领袖，是世界的光明。他们将为国王做事，希望他将他们从皇帝那里拯救出来。而天主教怪物正在呼吁对他们进行一场圣战，征讨自己的人民，只不过就是为了他们的宗教。上帝保佑他们，接纳他们。"

"但加德纳主教将击败路德宗领主。"我预测说,"他会领先一步促成与法国的和平。"

"不是他!"她轻蔑地说,"他已经失势了,国王不再听他的了。他把他派到布鲁日,傻乎乎地为他跑腿。他希望支开加德纳,这样他就可以自由地与德国人谈判了。他亲自告诉我的。"

"哦,是吗?"我平静地说,婳走进来,注意到我的声音,瞥了我一眼。

"不要以为我说的什么会出卖我们。"凯瑟琳迅速说道,"我永远不会透露我们学习和阅读的内容。但我发誓,国王知道,他同情我们。他提到您的学问时赞不绝口,殿下。"

"是国王给了英格兰人自己的《圣经》。"我表示赞同,"那正是路德宗想要的。"

"但是斯蒂芬·加德纳又把它拿走了。现在国王正与路德宗会面,斯蒂芬·加德纳又远在异乡。他可以永远都别回宫里来了,我不在乎。现在他走了,国王支持亨利·霍华德在布伦跟他的公爵父亲唱反调,我们最大的敌人都靠边站了,我们一天天在壮大。"

"好吧,感谢上帝。"婳说,"试想一下,如果这个国家真正的信仰是基于《圣经》之上,而不是一个迷信的大杂烩,基于咒语、图像和圣歌之上的……"

"放肆。"凯瑟琳说。她几乎因不屑而颤抖。"这就是我最讨厌的。你们可知道,我丈夫死后的第二天,来了一个该死的神父,说给五十个金币,他就可以保证查尔斯上天堂,并且可以给我看成事之后的迹象?"

"什么迹象?"我很好奇。

凯瑟琳耸耸肩。"谁知道呢?我问都没问,我确信他会给我任何我想要的东西:某个破教堂里保存下来的流血的雕像,圣母玛利亚喷奶的肖像。这真是极大的侮辱,说一个人的灵魂应该由五六个高唱赞美诗的卑鄙老头子来拯救。怎么会有人相信这个？现在人们都能阅读《圣经》，知道我们只需要信仰就可以抵达天堂，怎么还有人说这些？"

有人敲门，卫兵打开门，安妮·阿斯科进来了，整洁、漂亮，像刚从女裁缝那里出来的一样。她走进来，脸上带着愉快的微笑，向我深深地行了个屈膝礼。

"上帝保佑我们！"嫡惊叫起来，一门心思比画十字，像看到一个幽灵一样。

"欢迎你，陌生人！"我说，"好久没见到你了！很高兴得知你安全了，博纳主教放了你，但听说他把你送回家了。没想到还能在宫廷里再见到你。"

"哦，是的，我被送回了我丈夫的家。"她说，非常平静，"我要感谢王后殿下，让他们知道我是受您保护的。您让我免受更多的质询和最后的审判。他们确实把我送回了我丈夫家，假释，由他看管，但是我又离开了他，然后我就到这里来了。"

我对着这位勇敢的年轻女子笑了："安妮小姐，你把这一切都说得那么容易啊。"

"像犯罪一样容易。"她高兴地说，"但这不是罪，我向您保证。我丈夫对我一无所知，也不了解我的信仰。我对他来说就像羊圈里的鹿一样奇怪。我们不可能在上帝面前宣誓结婚，这样的誓言也不可能有约束力。他跟我想的都一样，但是他没有勇气跟主教说。他不想让我在他家里，我在他家里也一刻都待不下去。我们是一只鹿和一只羊，不可能拧在一起的。"

嫡站起来，像卫兵一样警惕。"但你应该来这儿吗？"她问道，"你不能把异端邪说带到王后的房间。如果你被命令和你的丈夫住在一起，就不能来这里，不管他是羊你是鹿，还是你们俩都是傻瓜。"

安妮伸出手阻止了嫡焦虑的话语："我永远不会把危险带到王后殿下的门前。"她冷静地说。"我知道我必须为我的获释感谢谁。我欠您一辈子的情。"她略略对我行了行礼，然后转向婻，"他们很满意我的回答。他们一遍又一遍地问讯我，但我说的没有哪个字是《圣经》中没有的，他们抓不住我的把柄，也找不到绞死我的绳索。"

听到绞死，婻不由自主地颤抖了一下，但她稳住了自己，瞥了我一眼："博纳主教没指控你什么吗？"她不相信地重复道。

安妮发出响亮而自信的笑声。"那个人总是对啥都不满，但他拿我没办法。市长大人问我，圣餐礼中的圣体是神圣的吗？我没有回答，因为我知道议论弥撒用的面包是违法的。他问我如果老鼠吃了圣体，会不会变得神圣？我只是说，'唉，可怜的老鼠。'这是他最精彩的一个问题：试图用一只神圣的老鼠来诱我上钩！"

我忍不住笑了起来，凯瑟琳·布兰登看了我一眼，也咯咯地笑了起来。

"无论如何，感谢上帝，他们听从王后，放了你。"凯瑟琳说道，止住了笑，"我们将赢得争论，几乎每个人都被王后的思想所折服。国王也听得进她的话，整个王宫都跟我们的想法一致。"

"王后翻译了一本祷告书，有自己的名字在上面。"婻骄傲地说道。

安妮棕色的眼睛转向我："殿下，您这是在利用您受的教育和您所处的地位为所有真正的信徒谋福利，特别是为女人谋福利。以一个女人的身份写作！以一个女人的身份出版！"

"她是第一个。"婻夸起我来了，"第一个在英格兰出版的女性，第一个以英语出版的女性，第一位在扉页上署名的女性。"

"嘘。"我说，"有很多像我这样的学者，而且很多人都比我理解得好，在我之前也已经有女作家了。但我很幸运，有一位允许我学习和写作的丈夫，我们都很幸运，有一位国王可以让他的人民理解教堂的祷告。"

"为他感谢上帝。"安妮·阿斯科热情地说，"您认为他会让《圣经》再次进入教堂，让每个人都能阅读吗？"

"肯定的。"我说,"因为从他委托翻译弥撒以来,他就一定是希望用英语向人们读《圣经》的,《圣经》将会再次回到教堂的。"

"阿门。"安妮·阿斯科说,"那到时我的任务就算完成了。我所做的就是背诵我记忆中的《圣经》,并解释这些词的含义。伦敦一半的福音师只不过是在念《圣经》而已。如果允许《圣经》回到教堂,我们都可以安息了。如果人们可以再次自己阅读《圣经》,那就相当于为广大民众提供了食粮,这将是我们这个时代的奇迹。"

1545 年秋

伦敦　白厅宫

天气转冷，我们来到白厅宫。霜冻让花园里道路两旁的紫杉树枝顶端变成了银白色，而暗处仍是绿色和深色。喷泉的碗口上覆盖着冰。我吩咐把所有的毛皮从我贝纳德城堡家中的衣柜里带过来。女侍们再一次将凯瑟琳·霍华德的黑貂皮围在我的脖子上，但是今年我发现闻到的是我的香水味儿，年轻王后的幽灵没入寒冷的暮色里了。

尼古拉斯·德·温特已经完成了含有我们五个人的伟大画像，蒙着一块金色罩布，正在我们指定的地方等着正式揭幕。自从搬出他的工作室以来，就没有人看到过这幅画，我们正在等着，国王表示他要来看看。

"陛下会来揭开肖像吗？"安妮·西摩尔问我，"国王陛下让我的丈夫来陪您过去。"

"现在吗？"我问道。我正在读一本书，跟儿童入门书一样简单：解释弥撒的神秘性，以及炼狱的现实性。这是由枢密院批准的书，语气浮华自大。我合上书，不知道为什么有人，甚至是有思想的人，说起话来能够那么言之凿凿，从来都不思考一下。

"是的，现在。"她说，"画家已经到了，大家都在往那儿去。"

"国王来了吗？"

"陛下正在休息。"她说，"他的腿不好，他说他以后再来看。"

我站起来，"我就来。"我说。我看到蹦蹦跳跳的伊丽莎白明亮的脸庞，

删后记

她真是个虚荣的孩子，渴望看到画家把自己画成什么样子。她为此穿上了最好的礼服，希望在最后的画面上，她处于中心位置，靠近父亲的手，被承认是都铎公主。玛丽公主和我越过伊丽莎白的头交换了一下眼色。我们可能不会像小女孩儿那样为这幅画兴奋不已，但我们都很高兴接受众人的欢呼。这幅画像将多年一直挂在白厅宫，也许几百年，人们会复制这幅画，并摆放在家中显眼的地方。上面会出现王子和公主，旁边是他们的父亲，还有我：坐在他身边。这将标志着我的成就。一个了不起的成就，让王室子女回到他们父亲的身边。我可能不会像简·西摩尔那样给他一个孩子，也不会像阿拉贡的凯瑟琳那样做了他二十三年的妻子，但是之前任何一位妻子都没有做到的，我做到了：我把孩子们置于王室的中心。两个女孩和宝贵的继承人跟他们的父亲一样，出现在画中。这是一幅王室的家庭画像，我在里面充当母亲。我是王后，是摄政，是他们的母亲。画像上可以看到，我的孩子围着我，旁边是我的丈夫。那些怀疑我影响力的人，以为可以背地反对我的人，可以看看这幅画，看看这位处于王室核心的女人。

"我们马上来。"我说。

我很想看看我的样子。在尝试过许多不同颜色之后，我选择了我的红色衬袍，外面的长袍是装饰着貂毛的金色布料，雍容华贵。画家亲自从王家衣橱中挑选的。他说他希望画面满是红色和金色，以显示我们的财富，展示我们的团结，展现我们身着王家色彩的富丽堂皇。我没有说红色是我最喜欢的，但我知道它更能衬托我白皙的皮肤和赤褐色的头发。他让我换掉我的头饰，不要我最喜欢的法式兜帽，那是一个我别在头发后面的半圆形头饰，要换成比较老式的山墙式头饰。婶从国库里拿来他说的那种头饰，戴在我头上。"简·西摩尔的。"她简单地说，"金叶子。"

"我才不要戴这个！"我叫起来，但是画家轻轻地把头饰往后一推，露出一点我的头发，我的脸型就出来了。

"为漂亮女人画像真是无比荣幸。"他镇定地说,然后告诉我该怎么坐,坐在椅子的边缘,金色礼服在我脚下铺开。

现在我对玛丽公主笑了笑。"我也虚荣心满满了。"我说,"我都等不及想看到画像了。"

"我也是。"她说。她拉着伊丽莎白的手,我走在前面,爱德华·西摩尔在我旁边,我的宫廷的女侍们跟在后面。我们到达大厅,宫廷里的人,甚至还有枢密院的人,都已经在那里了,大家都很好奇,想一睹这幅伟大的画作,花费巨大,耗时长久。没人看到它是怎样最终完成的。我们都是单独画的,国王的画则主要是通过临摹以前的画像而成,所以这次的画像一定会让人大开眼界,惊羡不已。我看见艺术家尼古拉斯·德·温特也很有点坐卧不安,这也很正常。

"国王陛下不来吗?"他向我鞠躬致敬。

我刚要开口说不来了,国王的议事厅大门就打开了,他的轮椅出来了,国王半坐半躺在上面,粗大的腿伸在前面,脸红红的,因肿胀僵硬痛得龇牙咧嘴。

艺术家喜出望外,小声地叫了起来。我们第一次讨论肖像以后他就再没有见过国王,德·温特照着国王最喜欢的汉斯·荷尔拜因的伟大画作,复制了国王的画像。我想象着,屏障背后的画面将呈现一位大约四十岁的英俊男人,旁边围着他的妻子和孩子。他有两条健美的腿,穿着象牙色的紧身裤,膝盖下绑着常见的蓝色吊袜带,以展示强壮的小腿肚。他不会像一艘失事搁浅在干船坞上的船一样趴着,拼命要抬起他那巨大的脑袋,弄得汗流浃背。

我朝他走过去,行礼,亲吻他滚烫的脸颊。"见到陛下真是太高兴了。"我说,"你看起来气色很不错。"

"我想看看他把我们画得怎么样。"他说,对德·温特点点头,"揭

删后记

开吧。"

这是一幅巨大的画像，差不多五英尺高，十多英尺长，遮画像的布在顶部右上角被钩住，所以我们看到画从左边一点一点地显示出来。一个随从跑去拿了张凳子，站上去够到角落里，尝试着挪开那金色的遮画布。

首先是一根绚丽的柱子，银色和金色的装饰闪闪发光，天花板像彩色玻璃一样明亮，画着红白色的都铎玫瑰。然后是一个门洞。人群发出轻微的讶异之声，因为那里有玛丽公主的弄臣，正穿过白厅宫花园的拱门，似乎在说，所有生命都是要消失的，这是傻瓜的宫廷。在她身后的花园里，是刻在柱子上的纹章兽，仿佛在说，所有的荣耀都是愚蠢的。我瞥了一眼国王，看他是否惊讶在他的王家肖像顶角看到了弄臣，但我看到他微微点头，知道他是同意这样画的，甚至同意弄臣的位置，他会认为这表明了他对名声和世界的深刻阐释。另一对金色柱子也很相配，突出了前景中一个女人的身影，那是玛丽公主，穿着深红色的礼服，绿棕色的长袍在脖子那里裁成一个直角，袖子上有白色的丝绸装饰，手腕上装饰白色蕾丝袖口。她戴着一顶法式兜帽，挽在苍白的脸后面，脖子上还有个十字架。我仔细看着肖像，然后转过身来给她一个温暖赞许的微笑。这是恰如其分的。她看起来很有皇家风范和尊严，两只手紧扣在前面，脸上略带微笑，朝向观众。如果把这张画复制给求婚者，一个寻求与她结婚的外国王子，将是非常不错的肖像。她看起来既像女王又像少女，画家捕捉到了她的尊严和魅力。我看到她脸红了，向我微微一点头。画像非常好，我们都很高兴。

遮画布又掉下一点，宫里的人倒抽一口气，看到的是爱德华王子，跟他父亲一样站得笔直，健壮结实，勇敢无畏，穿着厚重的夹克和红色的长袜，一顶红色的帽子扣在他的小脑袋上，袖子塞得满满的，显得很奇怪。一些人鼓起掌来。这应该是荷尔拜因所做的国王肖像，只是被缩成了三英尺高。画上的王子很自信地一只胳膊肘靠在父亲膝盖上，实际上现实中爱德华从不敢这样做。亨利的手则搭在他的肩膀上，拉他靠近自己，这也是国王从未做过的。从这里看过去，这个男孩就像刚刚从亨利那叉得很开的双腿之间生下来似的：这是他的儿子和继承人，这个姿势强调着这一点。这是国王自己造出来的男孩，依照的是他的形象，是他的小红蛋。

  在他俩身后，作为背景从他们头顶延伸出去的，是一片房屋，有王家的徽章，上方是一个黄金印章，像神圣光环一样，崇拜偶像的旧式教堂画家在给圣徒画像头部上珐琅的时候经常用到这种光环。画像中间仍然有一半被遮画布挡着，随从正拼命地试着拉开。这是国王本人。画家把他作为了画面的核心，炽热的金色太阳的正中。他巨大的膨胀袖子厚得像一对长枕头，用的是金色的布料，装饰白色丝绸，短袍下摆是红色和金色的。他粗壮的双腿分开着，穿着象牙色紧身裤，泛出银色光辉，强壮的小腿肚亮闪闪的，圆形的膝盖像两个小月亮。他的长袍上装饰着紫貂，搭在宽宽的有衬垫的肩膀上。他的脸很大，脸色苍白，没有皱纹，还有他裤子前面的护裆——"天哪。"我一看就嘀咕起来。那片巨大的象牙色护裆高高耸立在他身体的中心，在画像的核心位置。在一片红色和金色中，这东西巨大无比，发着淡淡的光芒，无疑只是为了向观者宣告：这是国王的阳具，膜拜吧！

  我咬住嘴唇里面，以免被人听到笑声。我不敢看凯瑟琳·布兰登。画家如此轻率，一定是脑子不够使了：即使国王再虚荣，也不会认为这个不荒唐。接着挡住肖像其余部分的遮画布总算被随从弄开，掉到了地板上，我终于看到我自己的画像了。

  我坐在国王的左手边，穿着我和画家一起选择的礼服，红色的衬裙和袖子呼应着爱德华王子长袍的红色，我的金色紧身胸衣和外套跟国王的蓬松袖子也很是搭配，白色的貂皮衬里与袖子标志着我是王室成员。尼古拉斯·德·温特从宫廷衣橱中选择的英式兜帽完美呈现出来，腰带非常精致，

删后记

我的皮肤像珍珠一样苍白,跟国王的壮腿一样颜色,但是我的脸……

但是我的脸……

我的脸……

宫里的人低声地评论着,像一阵风之语吹过秋日林间的树木一样。我听到有人说,"哦,没想到……""但那不是……""那当然是……"每个人都不会把话说完,仿佛没人想要看到一个明显的痛苦可怕的事实,而这事实越来越明显。人们一阵沉默,有人清了清嗓子,有的人转过身,然后,慢慢地,尽管他们不想盯着我,但是没人忍得住,每个人都转过来看着我。

他们看着我,而我正在看着画中的"她"。

这不是我的肖像。这不是我的脸。我确实坐了下来,穿着这身衣服,王家衣柜里的衣服,代表英国王后的衣服。画家是把我的手放在那个位置,是将我的脸朝向光线的方向,但这个金色兜帽下面那张脸不是我的。国王委托画家画的是他的第三任妻子,也是爱德华王子母亲的肖像,他让我替她坐在那儿,像个玩偶一样,这样画师才画得出一位妻子的外形和身材,任何一位妻子。但那不是我的脸。画家不必捕捉他所谓的惊世之美,相反,他画的是简·西摩尔棱角分明的兜帽,帽子下面是死去的王后简·西摩尔迟钝呆板的脸。她坐在国王左手边,从坟墓中爬出来欣赏他和她的儿子,而我可能永远都不会。

✦

我不知道自己是如何站着,如何微笑着评论,说这是多么漂亮的一幅画,说伊丽莎白看起来是多么不错的。她右边那个女人取代了她的母亲,是她都记不起来的继母:她母亲的女侍,在她母亲被斩首的那天跳舞的女人。我还取笑了边门口肩扛猴子、身后是白厅宫花园的威尔·萨默斯。我听到我银铃般的笑声,周围的人也热切地附和着,像是为了掩盖我的屈辱。

婻来到我身边，像是要扶着我，凯瑟琳·布兰登来到另一边。她们欣赏着画像，发出啧啧之声。我的女侍安妮·西摩尔站在远处，赞叹她最亲爱的，充满人生悲剧的姑子是多么美丽。

我一直瞪着画像，觉得这是一个祭坛用品，就是改革者坚决地从腐败的旧教堂扔出去的那些东西。它像一幅由三块镶板组成的三联画：两侧镶板上分别是两位公主，中间是"圣家庭"，"圣父""圣子"以及圣母。那两个弄臣是外面世界的世俗笨蛋，而里面的王室世界则散发着金光。简·西摩尔越过了死亡，像"圣母"一样光彩照人。

伊丽莎白走过来，拉住我的手，低声问道："那是谁？谁在你的位置上呢？"

我说："嘘，这是简王后，爱德华的母亲。"她聪明的小脸立刻僵住了，好像我告诉了她一个可耻行为的秘密，邪恶而错误。但是，她立刻又将一张盈盈笑脸转向她的父亲，说他吩咐制作的这幅画像是多么美丽，这让我明白她已经无可救药地被教坏了。

玛丽公主瞥了我一眼，没说什么，宫里终于安静下来，等着国王说话。我们等啊，等啊，尼古拉斯·德·温特手里转动着他的帽子，紧张得出汗，想看看伟大的艺术赞助人，荷尔拜因的赞助人会怎么评价这件作品，这画出来的谎言，自我膨胀的杰作，明目张胆的掠夺。

"我喜欢。"亨利明确地说，宫廷里的人松了一口气，犹如一阵微风吹过，"很好，画得很好。"他瞥了我一眼，我看到他有点尴尬。"你会很高兴看到孩子们被画在一起，还有我给予爱德华母亲的荣誉。"

他看着他死去的妻子苍白的脸。"如果她幸免于死，她可能还坐在我旁边，就像画里那样。"他说，"她可能会看到爱德华长大成人，谁知道呢？她可能还会给我生更多的儿子。"

我什么也做不了。我的丈夫在公开哀悼前妻，凝视着她那愚蠢的漂白脸，好像要从中找到点她在世时无人能及的机智。我紧咬牙齿，将笑容固定在脸上，好像这不是对我的侮辱，好像我没有被公开否定，好像国王并没有告诉全世界，我们所有在简之后的人：克里夫斯的安妮，凯瑟琳·霍华德，还有我，都是比她，一个死去的妻子更虚幻的存在，都是幽灵般的王后。

当然，死去的王后的嫂子安妮·西摩尔走上前来，像一位亲戚和哀悼者一样，一如既往地利用国王流泪的机会，对国王说："这就是她活着时的样子。"

可惜她已经死了。

"就像当初她活着一样。"他说。

我不信，因为她穿着我最好的金跟鞋。

"她一定正在天堂看着我们，祝福您和她的儿子。"她说。

"一定是的。"他热切地说。

我木讷地注意到，这位逝去的简似乎已经越过炼狱，尽管现在有位传教士正被囚禁在伦敦塔，因为暗示炼狱并不存在而面临着异端邪说的指控。

"她被残忍地从我身边带走了。"他说，小眼睛轻松地眨出眼泪，"我们结婚还不过一年。"他说得不全对。我可以准确地告诉他，他们结婚有一年零四个月，比跟凯瑟琳·霍华德的婚姻还要短，他跟凯瑟琳结婚一年零六个月后将她斩首。但是比起他跟克里夫斯的安妮（现在名声颇好）的婚姻还是要长多了，安妮结婚才半年就被撵了。

"她非常爱您。"安妮·西摩尔哀伤地说，"但感谢上帝，她留下了这么好一个儿子，作为她人生的纪念。"

提到爱德华王子，亨利高兴起来。"是的。"他说，"至少我有一个儿子，他很英俊，不是吗？"

"就是他父亲的样子。"安妮笑着说，"看看他在画像中的站姿，跟您就是一个模子刻出来的！"

我带着女侍们回到我的房间。我微笑着，她们也都微笑着。我们都试图表明我们没有受到任何困扰，没有看到任何干扰我们地位和权益的事情。我还是王后，她们是我的女侍，一切正常。

回到我的房间后，我等着她们坐下来开始做针线活，负责朗读的女侍打开一本伦敦主教批准的书。然后我说我有一点不舒服，当然是因为吃了什么东西，我得一个人去我的房间。婻跟着我进来，因为此时地狱的马也阻挡不了她跟着我。她关上门，看着我。

"婊子！"我愤愤地说。

"我吗？"

"她。"

"安妮·西摩尔？"

"不，简·西摩尔，死了的那个。"

这事太荒唐了，连婻都不纠正我的话了："你很难过。"

"我被公开羞辱，当着众人的面被一个鬼魂取代！我的竞争对手不是凯瑟琳·布兰登或玛丽·霍华德这样的漂亮女孩，而是一个活着的时候都没啥活气的尸体，是他到现在都还没忘记的妻子！"

"她死了，亲爱的王后。她现在又不会惹恼他，他能够想到的就是她的好。"

"她的死对她来说是最好的结局！她从来没有像现在这样有魅力！"

婻做了个小小的手势，仿佛在说停下来。"她已经尽了她最大的努力了，我的上帝，凯特，如果你见过她是怎么发烧而死、哭喊着上帝和她的丈夫的，你就不会对她那么苛刻了。她可能是个傻瓜，但她是在孤独恐惧中死去的。"

"那对我来说意味着什么?每次去吃饭的时候,经过她画像的是谁啊?是谁不被允许戴她的珍珠的?但又是谁必须抚养她儿子?跟她的丈夫睡觉?"

"你很生气。"婻说。

"当然生气了。"我呸了一声,"看来你的学习还没有被浪费。我很生气。好极了,又怎样?"

"你得克制自己。"她说,非常平和,就像我们的母亲在我对育婴室的不公正大发脾气时所做的那样,"你吃饭时必须抬着头,微笑着,向大家表明你对肖像很满意,你对婚姻很满意,你满意你的继子女和他们死去的三位母亲,你满意国王。"

"我为什么要这样做?"我喘不过气来,"为什么必须假装没有被当众羞辱?"

婻脸色苍白,声音平缓。"因为如果你把一个死去的妻子看作你的对手,你也将成为一个死去的妻子。"她预言说,"大家已经在说他会再婚,说他不喜欢你的宗教信仰,说你太偏向改革了。你必须挫败他们,必须取悦他。今晚就必须像一个不容置疑的女人一样去进晚餐。"

"谁会质疑我?"我对她大喊大叫,"谁敢质疑我?"

"恐怕你已经广受质疑了。"她镇定地说,"已经有谣言了,几乎所有人都在质疑你作为王后合适与否。"

1545年冬

伦敦　白厅宫

圣诞节盛宴开始之前的安静日子里，国王烦恼不堪，当众发脾气，因为不管是他守旧的老臣还是新智囊，都不能与法国达成休战协议。西班牙的查尔斯现在敦促休战，这样他就可以去处理他自己臣民的事情了——他决心在佛兰德斯和神圣罗马帝国的土地上灭掉改革者。他说他和亨利必须忘记两国跟法国之间有过的对立，以对抗更大的危险。他们三人必须联合起来对抗路德教派。这必须是新的圣战，必须与那些罪人作战，这些罪人居然认为《圣经》是人生最好的引领者。

我为在英格兰、德国和基督教世界每一个角落里上帝的子民祈祷，祈祷他们的安全，他们没有做错任何事，只是读了上帝的话，并在自己的心中琢磨，然后讲了出来。为什么不可以呢？为什么说只有教会的学者和神父，对了，还有教会的恶霸和士兵，只有他们才能宣称懂得真理？

斯蒂芬·加德纳还在布鲁日，拼命争取与法国达成和平协议，他热切地希望法国与西班牙和平相处，主张对所有路德教会进行血腥的讨伐，尤其是德国，而且是立刻开始。

"上帝只知道代表我给予人们什么，承诺什么。"亨利向我抱怨，那天晚上，我们坐在一起静静地打牌。

在我们周围，宫廷里的人正在翩翩起舞，调情说笑，有人在唱歌，一小群人站在我们身边，观看我们打牌，并打赌投注。凯瑟琳·布兰登坐在国王旁边。他向她展示自己的牌并问她该怎么打，她微笑着，发誓说她会向我发暗号让我赢。大多数人都赌国王赢。他不喜欢输，甚至不喜欢有人赌他输。我看到他出了一张不好的牌，但是我没赢他。他大喊我出错了，并借机赢了牌。

"你会召加德纳主教回国吗？"我尽可能平静地问，"你也认为皇帝应该对自己的人民发动战争？"

"他们在德国走得也太远了。"亨利说，"这些德国王子对我毫无用处，我不会保护他们的。凭什么保护他们？他们做人之道都不懂，还什么上帝之道？"

我抬头瞥了一眼，看到托马斯的哥哥爱德华·西摩尔看着我。我知道他希望我能用我的影响力说服国王，放过德国的路德教会，并且允许英格兰的新宗教思维的存在。但是我在国王身边走得非常小心。我听了婳的警告，谨慎行事，不要树敌。我现在知道了，当国王抱怨一方时，他经常同时就在与另一方作对。人们指责我的改革之心时，就已削弱我的影响力了，我只能做些微不足道之事，更何况墙上还挂着一幅肖像，抵消着我的存在感。

"当然了，认为我们应该依据《圣经》生活，我们将凭着信仰和对罪孽的宽恕抵达天堂，这也是没错的。"我说。

亨利从他手中的牌上抬眼瞥了我一眼。"我看你这个神学家的水平，跟你玩纸牌的水平差不多。"他说，笑容一闪而过，话中带刺。

"我没想过在对宗教的理解上比你更多更透，我的夫君。"我说，"当然也不指望能在纸牌中打败你。"

"那我的女儿呢？"他问道，转向站在手边的玛丽公主，伊丽莎白靠在我的椅子上。

"纸牌还是学问？"伊丽莎白直接冒冒失失地问道。

她的父亲笑了起来:"你喜欢哪个?"

"学问。"她说,"因为被允许学习是一种特权——特别是像王后这样的学者,但任何人都可以消遣纸牌。"

"非常正确。"他说,"只有有学问有思想的人才能学习和讨论。神圣的事情应该是在安静而神圣的地方考虑,也只有那些在教会指导下适合理解它们的人才能考虑。纸牌是用于餐厅的,《圣经》只适合那些能阅读能理解《圣经》的人。"

玛丽公主点点头,国王对她微微一笑:"我认为你是那个不赞成在路边讲道的吧,靠着里程牌在路边上大声喊叫的傻瓜,是吧,我的玛丽?"

她行了个礼然后说:"我认为教会必须教导人民。"她说,"他们是不能自学的。"

"这就是我的想法。"亨利说,"我就这么想的。"

✦

国王在纸牌桌上随意说的这番话,成了他议会演说的基础。圣诞节前夕,他找到议员们,当时他们正准备叫马车送自己回家,结束本季的议会,国王端着一国之父的派头,走进了议会。在基督诞生的前一天,他像一位肥胖的跛脚报信天使,向他的人民发表演讲,告诉众人,在这个世上,应该怎样伺服耶稣。每个人都知道,这是关于国王信仰的重大陈述,也许是他所做的最后一次陈述,无论赞同与否,都得执行。全国人民都知道我信仰什么,他们已经阅读了我和托马斯·克兰默一起翻译的祷告书,认为我是温和传统的,但注重个人的信仰、个人的祷告。有些人可能会怀疑我倾向于改革,但我公开发表的所有内容都得到了国王的批准,不可能是异端邪说。他们已经从强硬的《国王之书》里看到了斯蒂芬·加德纳的信念,该书将数百名真正的信徒认定为异教徒,所以他们觉得现在的潮流是反对改革。但在这之前，他们一直都只能猜测国王的信仰。国王写过书禁止他们，给人民《圣经》又将其拿走，他告诉人们，他是教会的最高领袖，但从来没有告诉过人们，他自己信仰什么。在这之前，国王从来没有亲自去过他的议会，直接告诉民众应该怎样思考上帝。

人们被感动得热泪盈眶。外面的人群聚集在一起，观看魁梧的国王带领的浩荡队伍。他们头上什么也没有戴，有些人爬上威斯敏斯特大厅敞着的窗户，向下传喊国王发言的内容。国王披着金色披风，像一座山一样坐在王座上。人们迫切地想知道，他会像德国王子那样支持教会改革，还是像法国国王和西班牙皇帝那样，捍卫旧教会的旧传统方式，与教皇结盟。

"这太糟糕了。"安妮·西摩尔急切地对我说，"我们输了。"她第一个带着这个消息来到我的房间。她的丈夫爱德华站在国王旁边，脸上毫无表情，听着国王痛心疾首地抱怨他的下议院议员，说他们捣毁了酒馆里神的话语，辜负了上帝的名义。一离开议会，爱德华就直接找到他的妻子，悄悄地给她转述了国王的演讲。

"对于那些跟我们想法一致的人来说，这是非常糟糕的。国王正在向旧传统回归。天主教会将回归，一切都要恢复，有人还说他还要跟希腊教会联盟。"

"希腊？"我茫然地说，"希腊教会与英格兰有什么关系？"

她看着我，好像我的丈夫和上帝一样不可亵渎。"跟新教徒之外的所有人结盟。"她涩涩地说，"他就是这个意思。除了改革者以外的任何人。他告诉议会，他已经厌倦了不断的辩论和对《圣经》的质疑。他厌倦了福音师，厌倦了所有的思考、写作和出版。当然，他也担心人们接下来会质疑他。他告诉他们，他给人们《圣经》，只是供男人读给家人听的，不是让他们讨论的。"

"《圣经》是只给男人的？"

她点点头。"他说，他得在真理与谬误之间作出判断。人民不需要思考，只需大声读给家人和孩子们听。"

这是侮辱上帝赋予我们的智力，我低下头。

"但是，你以为他是要回归天主教的时候——他又说他将拆除所有的礼拜堂，没收一切土地。"

这毫无意义。"摧毁礼拜堂并废除给死者做的弥撒？"

"他说这只不过是一种空洞的迷信。他说没有炼狱，所以不需要为死者做弥撒，因此不需要礼拜堂。"

"他说没有炼狱？"

"他说这是旧教会从无知之人那里敛财的方式。"

"这是对的！"

"但与此同时，又不改动弥撒礼，原有的礼仪，低头和下蹲的动作都保留。面包和葡萄酒被视为真正的身体和血液，质疑这一点就是异端邪说。"

我绝望地看着她："你的丈夫认为国王到底信什么？在他的内心里？"

她耸了耸肩，"没人知道。这一半是路德宗一半是天主教，是国王作为教皇的天主教，是国王作为路德的路德宗。这已经是他自己创造出来的宗教了。这就是为什么他要不断地向我们解释的原因：是否异端邪说全由他说了算。我们所有人，包括天主教、新教、路德宗、福音师等等，都有危险了。"

"但他信什么？安妮，我们必须弄清楚，国王信什么？"

"他啥都信，全部一把抓。"

✦

国王疲惫地回到家里，派人来叫我去他的房间看望他。仆从已经把他弄上床了，我在门口犹豫不决，不知道他是不是让我穿着睡衣来陪他睡觉。

他示意我。"进来吧。"他说,"坐我这儿,我想在睡觉之前把一切都告诉你。你应该已经听说,我在威斯敏斯特让众人对我敬畏有加了吧?我告诉他们我是他们的父亲,我会引领他们时,大家都哭了。人们说之前从未听过这样的演说。"

"太棒了。"我轻声地说,"你也太好了,不辞辛苦亲自到他们那里去,还是在圣诞节前夕。"

他挥挥他的胖手,"我希望人民了解我的想法。"他说,"他们得保持头脑的清醒,这很重要。我为他们考虑,为他们做决定,他们必须知道我在想什么,不这样做,他们哪里找得到人生之路?哪里进得去天堂?"

我身后的门打开了,第一批男侍进来,拿着一个盘子,一把勺子和一把餐刀。

国王将在床上享用晚餐。一批又一批的人端着一道又一道菜进来。亨利把食物堆在盘子上,他们将一块巨大的亚麻餐巾卡在他下巴下方,以防肉汁和调味汁撒到床上。我则坐在大床脚下的桌子旁,慢慢地吃,这样我们就可以同时用完餐。亨利的盘子里不断地加菜,喝了至少三瓶葡萄酒,好像这顿饭没个完。当他挥手示意拿走最后一道菜时,他倒回枕头上,疲惫不堪,大汗淋漓。仅仅是看着巨大的盘子来来往往地端送食物,我都想吐了。

"你要看看医生吗?"我问他,"发热又加重了?"

他摇了摇头。"温迪医生晚一点会来看我。"他说,"你知不知道巴斯医生病了?"他喘息着笑了,"那是什么医生啊?我托人给他带了个信:你是什么医生啊,病得连病人都看不了了?"

"真是有趣。他还在宫里吗?有人照顾他吗?"

"我想他是回家了。"亨利冷淡地说,"他知道不要把病带到宫里为好。刚出现症状,他就给托人带信给我,说他要等到恢复了健康才到我这里来,请求我原谅他不能照顾我。他应该在这里。我就知道我会劳累过度,因为我亲自到我的人民中间去了,把我的智慧带给我的人民,就像今晚这样,在这么寒冷的天里。"

我示意侍者们拿走房间里所有的食物,但又拿来一瓶葡萄酒和他喜欢在床边吃的甜点,以防他在夜间饿了。

"我的话非常鼓舞人心。"他打着嗝,很满足,"他们鸦雀无声地听着我讲话。当人们在论道讲道时,他们应该来听我今晚在威斯敏斯特的演讲!那些呼吁新先知的人,应该来听我今晚的讲话!我是我人民的父亲,是比他们称为圣父的罗马假神父更好的父亲!"

"有人把讲话写下来给人读吗?"我问道。他点点头。忙了一天之后,他的眼睛已经睁不开了,就像昏昏欲睡的孩子一样。

"我希望如此。"他说,"我会让人送一份给你的,你会想研读一下的,我知道。"

"是的。"我说。

"我已经宣布了。"他说,"所有争论到此为止。"

"是的,亲爱的,该让你睡觉了吧?"

"留下来。"他说,"留下来,别走,我整天都很难见到你。你以前是坐在老拉提默的床边的吗?"

"几乎没有。"我撒了个谎,"他可没你这么像丈夫,亲爱的大人。"

"我想也是。"他说,"你一定伤心过一阵子,当他快要死的时候,当你以为你再不会有丈夫的时候,对不对?当你以为自己会成为寡妇,仅有一点可怜的房产和财产的时候?也许你甚至还找过年轻英俊的男人?"他睁开小小的眼睛,闪烁着偷着乐的狡黠。

一个女人如果有过秘密爱情,那么嫁给国王就是违法的。这些都是睡前故事中的危险字眼。

"我以为我会成为一个只为家人而活的寡妇,就像您的祖母玛格丽特·博福特夫人那样。"我微笑着,"但是伟大的命运召唤了我。"

"对于女人而言是最伟大的命运。"他表示赞同,"但是,你为什么怀不上孕呢,凯瑟琳?"

这个问题太突然了,我吓了一跳。他闭着眼睛,也许没有看到。我立刻内疚地想起那袋草药和婳的恐怖,如果我不打掉,他会使我可怕地流产的。我房间里不可能有人告诉他草药的事情。我确信没有人会背叛我。除了婳和我,没有人知道。即使是送热水来的女仆也只知道,那不过是一壶用来煎早上药汤的热水。

"我不知道,亲爱的。"我温顺地说,"有时候需要时间吧,我想。"

他睁开眼睛。现在他完全清醒了,好像从未打过瞌睡。"以前我从来没有花过多少时间。"他说,"你都看到了,我有三个孩子,三个不同的母亲生的。当然还有其他人。她们都在最初几个月内就怀孕了。我是很有能力的,王室的能力。"

"是的。"我感觉自己开始焦虑起来。这听上去就像个陷阱,但我不知道如何回避,"我看到了。"

"所以一定是你有问题。"他说得很愉快,"你怎么看?"

"我不知道。"我说,"拉提默勋爵没有能力,所以我从来没有想到过会给他生个孩子。我跟第一个丈夫结婚的时候,还太小了,也几乎没跟他在一起过。"我没必要说这些话:你,我的第三任丈夫,国王,一个老头子,像只肥狗一样虚弱,几乎没啥能力,也许已经不能生育了。你现在想起的那些轻易就为你怀孕生子的妻子,是你年轻时的妻子,前三位全都死了,一个被斩首,两个死于你的冷落。她们一次又一次地流产,除了第三个,都是生第一个孩子就死了。

"你认为上帝不会对我们的婚姻微笑吗?既然他没有给你孩子,你一定会这么想的。"

国王的上帝在他的第一次婚姻中给了他一个又一个死婴，直到他意识到上帝没对他微笑。一个小小的反驳在我脑中盘旋。我们无法理解真相的时候，把上帝扯进来简直是对上帝最大的亵渎。我不能让上帝在我们的谈话中于我不利，上帝不能成为亨利跟又一个妻子作对的口实。我相信上帝也不愿意说凯瑟琳·帕尔应该被打入冷宫。我觉得我的脾气悄然升起来了。

"谁能怀疑神的赐福？"我大胆地说，双手紧握椅子的扶手，鼓励自己继续说下去，"既然你身体如此好，如此强壮，如此有能力，我们又快乐地在一起度过了这么多月份；有两年半的成功，围陷布伦，打败苏格兰，我们和孩子在一起的快乐，谁敢说上帝没有对你微笑，对一个像你这样的国王微笑？谁不相信他也会对你的婚姻微笑？您自己选择的婚姻，您以您的宠爱赐予我荣耀。当你选择我，说服我摆脱卑微做你妻子的时候，谁能怀疑上帝是对我微笑的？我们不怀疑上帝是爱你激励你的，我们不怀疑上帝是站在你这边的。"

我拯救了自己。我看到他脸上露出愉快的笑容，放松地入睡了。"你是正确的。"他说，"你当然一定会有孩子的。上帝赐福于我，他知道我一直都只做正确的事情。"

医生威廉·巴斯爵士并没有像他所承诺的那样回到宫里。他死于发烧，远离宫廷，我们在圣诞节之后才听说这事。国王说只有巴斯医生了解他的身体，只有他能维护好他的健康，他觉得医生如此突然地离开王宫，并且如此轻率地匆匆死去是不对的，是自私的。他接受了温迪医生为他准备的药，让他日夜在他的床边守着，但他依然抱怨自己现在永远不会好了，因为没有巴斯医生在那里抚慰他的脾气、替他退烧了。

卌后记

"我们失去了一位好朋友和一位顾问。"安妮·西摩尔对我和凯瑟琳·布兰登说。

"巴斯医生经常叫国王忽略那些攻击路德宗的谣言,建议释放传教士。他从未表达过自己的观点,但他经常请国王怜悯他人,他是国王身边的好人。"

"尤其是国王痛苦和愤怒时。"凯瑟琳表示赞同,"我的丈夫常说,只有巴斯医生可以安抚国王,而且他是最诚实的相信改革的人。"她抚平自己的裙子,欣赏缎子上的光泽。"但我们仍然取得了进步,安妮。国王要求托马斯·克兰默列出教堂里应该被禁止的旧迷信。"

"你怎么知道的?他都跟你讲了些什么?"安妮问道。听得出她的声音充满敌意。她总是担心那些威望上升,威胁到她或者她丈夫地位的人。

凯瑟琳正努力处理好跟国王之间的微妙关系:不断出现在他身边,成为他最喜欢的调情对象与纸牌桌上意见不被采纳的顾问,但却是令人愉快的伙伴。这是许多人在她之前走过的道路:四位女侍成为王后,而我只是最近的一个。现在,凯瑟琳是宫廷里最受宠的女侍,而安妮·西摩尔从未停止过考量她的丈夫作为王子的舅舅的威望,对此嫉妒痛苦不已。这其实是我的危险,但是安妮只想到自己。

"他答应过王后,所以他将建立两所大学。"凯瑟琳说,向我微微一笑,"一所在牛津,一所在剑桥。这是关乎学问的事情,王后请求他这样做的。那里将教授新知识,用英语讲道。"

"他计划将我的丈夫爱德华送到布伦,替换年轻愚蠢的亨利·霍华德。"安妮焦急地说,"因为亨利的轻率和无能,霍华德父子俩很不光彩。这对我们有好处,但是我的丈夫远离宫廷,谁能让国王记起我们西摩尔家?我们该如何保持国王的青睐?我们怎样才能有影响力?"

"啊,西摩尔家啊。"凯瑟琳甜甜地说,"西摩尔家!西摩尔家!还以为我们正在谈论谁可以指望得上，让国王和教会更接近上帝呢，原来我们谈论的是西摩尔家族的再次崛起啊，又来了。"

"我们不需要崛起。"安妮急迫地回答说，"我们本来就很受器重。我们西摩尔家是都铎王朝唯一继承人的亲戚，而且爱德华王子爱他的舅舅们。"

"但是被任命为摄政的是王后。"凯瑟琳轻声提醒她，"国王喜欢她作陪伴，甚至是我作陪伴，而不是你。如果爱德华被送到布伦，而托马斯总是在海上，那么谁会让国王时刻想起西摩尔家呢？你有什么朋友吗？"

"别吵了。"我平心静气地说。但是，让我感到不安的不是她们的争吵，而是我无法忍受听到他的名字。我无法忍受，我被困在一个越来越小，越来越封闭的宫廷里，而他，总是，很远，很远。

1545 年圣诞节

汉普顿宫

我们的圣诞节完全是老式的安排：跳舞，音乐，化装舞会，体育活动和比赛，丰盛的美味佳肴。在这十二天的盛宴中，厨房每天都推出新的菜肴，色香味俱全。国王大快朵颐，尽情享受，仿佛要彻底满足他难以满足的食欲，仿佛他体内潜伏着一只贪婪而肥大的蛀虫。

他下令邀请前王后克里夫斯的安妮来参加我们的圣诞节庆，她来到了宫中，幽默风趣，与国王一样贪婪，与任何其他女性一样欢乐而甜蜜，她终于能够全身而退，并且还获得了王室称号、财富和自由。

她确实富甲一方。长长的马队满载着她为取悦大家而精心挑选的圣诞礼物。她比我年轻三岁，金发，黑眼，面带平静自然的笑容。浑圆可爱的体形引得路人投来钦慕的目光，人们仿佛忘记了国王抛弃她的原因。她是新教公主，当国王反对宗教改革时，她转向顺从其领袖克伦威尔。她来到王宫，仿佛是要提醒我，她曾经是这里的女王，她用自己的语言祈祷，事奉上帝而无需教皇和主教，她不认同圣餐的面包和红酒是耶稣的身体和血液，因此，她在这位置上只待了不到六个月。

她向我热情地微笑，但又小心翼翼地保持了距离，仿佛与王后建立友谊没有任何好处。她对这里的一切了如指掌，包括都铎王后的一切，结论是没有必要成为我的朋友。人们告诉我说，她与凯瑟琳·霍华德颇为亲密，当后者对她的地位取而代之后，她也并无多少怨恨妒忌。女士们纷纷与从前的王后打招呼，但轮到我时，她表现出一副漠不关心的神情。她冷漠的目光告诉我，她其实是在怀疑我能否待上三年，或者明年圣诞节我还能不能站在这里。

嫡毫不犹豫地投入她的怀抱，两人的拥抱就像是只有她们才清楚的秘密战争的幸存者。安妮紧紧地拥抱了她，然后松开手看着我妹妹的脸庞。

"你还好吧？"她问。尽管她在英格兰待了这么多年，她的口音依然带有德语的腔调，就像是乌鸦的鸣叫。

"还好。"嫡模棱两可地回答，好像被这个魔鬼的亲吻所触动，"我姐姐是英格兰王后！"

我绝不是唯一一个感到尴尬的人，这个体形圆润、满脸笑容的女人是在我的前一任，并且比任何王后都更快地被剥夺王后头衔，从宫廷卧榻驱逐。不过，安妮毫不在意，依然紧紧抱着我妹妹，朝我微笑说："上帝保佑尊敬的陛下。"她嗓音甜美。"祝您江山永存。"

肯定与你不一样，我心想，但我还是朝她微笑着点点头。

"国王贵体安康？"她明知故问，她明白我不会说真话，泄露国王的健康状况是犯法的。

"国王非常健康。"我直截了当地说。

"赞同宗教改革了？"她满怀希望地问。

当然，她是在路德教会环境长大，不过没人清楚她究竟信仰什么。而且，她从来没有留下任何蛛丝马迹。

"国王是研究《圣经》的伟大学者。"我小心翼翼地选择了词语回答。

"我们的功夫没有白费。"嫡肯定地说，"真的。"

✦

当晚的宴会上，我坐在国王身旁，克里夫斯的安妮在我右手边，在宫中，她被尊称为国王的妹妹，是国王要求这样称呼她的。我确保自己满面微笑，显出无忧无虑的神态，而我满耳朵听到的都是他在大快朵颐，咀嚼声、咕哝声、打嗝声、气喘吁吁的下咽声，然后又是新一轮咀嚼。可笑的是，我对他进餐的声音变得异常敏感，音乐声也难以掩盖他的声音，会话也难以让我分心。我听见他倾斜餐盘喝肉汁的鼻子吸气声，听见家禽的骨头在他坚硬的颌骨闭合下发出的破碎声音，听见他吮吸蜜饯烧肉的声音。片刻，他再次发出声音，他端起酒杯，吞咽了一大口，又对着酒杯一阵喘息，仿佛是在大湖游泳，吞下了一大口湖水。我掉头对克里夫斯的安妮说了几句，对桌子另一头的伊丽莎白公主笑了笑。国王给凯瑟琳·布兰登推上了一盘特别的菜，凯瑟琳·布兰登故作风情地微微点头，嫡瞥了我一眼，像是要我注意到这点。我看了看四周，所有的人都在享受美味佳肴，用响指招呼侍者送上更多的酒水，我在想的是，这个宫廷已经蜕变为一头吞噬自己的怪兽，一条因贪求无度而吞噬自己尾巴的巨龙。

我颇为担心如何维系这个膨胀腐化的家族的开支。数以千计的奴仆为数以百计的贵族和贵夫人、他们的女侍、他们的马匹及宠物狗不停息地服务。这倒不是我优柔寡断，我也是出身名门并且维系了贵族家庭的大户人家，我也不喜欢小家子气，但现在的排场实在是太穷奢极欲了，甚至是因为教会的毁灭而登峰造极——只有教会数千年积累的财富才能够应付这一奢华的排场。宫廷犹如一个装有发条和钟摆的灵巧玩具，一边吞进巨额财富，一边吐出渣滓，时刻不停，就像此刻正狂吃海喝的国王，但稍后便会呕吐不止，或者坐在马桶上痛不欲生，紧紧抓住安东尼·丹尼的手，紧急呼叫温迪大夫马上实施灌肠手术。

我注意到爱德华·西摩尔身旁还有一个空位，是他右手边的尊座，我立即意识到他可能是在等待托马斯。国王从金质的碗里用匙舀起牡蛎汤的声音、浸渍白面包然后吸吮的声音都消失了，即使国王用金匙敲打金餐盘发出乒乓声，催促侍者赶快上菜，我也都听而不闻了。我看着大厅尽头的门，仿佛是听见了我的召唤，也仿佛是我的渴望创造了一个幽灵，托马斯进来了。他身着深蓝色披风，静静地走了进来，双肩一抖，男侍者接过了披风。他走向了他哥哥的餐桌。

他出现了。我立即把目光移开。我完全不敢相信，他真的来了。爱德华露出发自内心的喜悦，他马上站起身紧紧拥抱了托马斯。两人相互寒暄了几句，又一次紧紧拥抱。接着，托马斯离开爱德华·西摩尔的餐桌，走到我们坐的台阶上的餐桌旁。他先向国王鞠躬致礼，然后向我和国王身旁的王子鞠躬，接下来向其他的公主鞠躬，最后向克里夫斯的安妮鞠躬——当时是他护送克里夫斯的安妮到英格兰成为王后的。他的黑色眼睛淡漠地扫过我们所有人，国王招呼他上前，他便走上前隔着贵宾餐桌与国王交谈。他身体微微倾斜，肩膀朝向我，我只能看见他面部的侧面，他没有看我。

我注意自己不要伸出脖子听他们的对话。耳边隐约传来船只和冬季船坞的字眼，国王叫托马斯坐下用餐，命令马上给西摩尔的餐桌送上炖鹿肉、面包、馅饼和一块烤野猪。托马斯鞠躬致谢，回到他哥哥的餐桌坐下。他依然没有看我一眼。我清楚这点，因为只要他的目光落在我身上，我脸庞就会感到灼热，仿佛发烧一般。我根本不用去观察他，这种感受就会出现，仿佛我的身体会自动地无意识地感受到他，他也仿佛能够不用身体接触便触摸到我。

✦

但今晚我心静如水，目光同他一样直视前方，因此，我俩的目光没有任何交集，都落在大厅端头的某个物体上，就像我们从来没有四目相对、手指交织、身体缠绕的过去。

晚宴后是别开生面的假面舞会，跳舞者从人群中自行挑选舞伴。我说过我不愿跳舞,并且很高兴站在国王身旁,我把纤细的手搭在国王宽厚的肩膀上,从而避免了与托马斯手指交织跳舞的危险。我明白自己承受不了与他近距离接触的压力。我确信我不能跳舞。我想我无法承受。

　　国王饶有兴致地观看着舞蹈,不时高兴地鼓掌。他的手臂搂着我的腰肢,我的目光却直直地落在窗玻璃外,懒散的冬日阳光温暖地洒在花园的树木上。他的手向下滑动,轻轻拍着我的屁股。我要确保自己不会畏缩,我没有关注托马斯,只是茫然地看着窗外,当国王的手从我身上拿开时,我向旁边移开一步,发现托马斯已经不见了踪影。

1546 年冬

汉普顿宫

在新年赠礼之际,伊丽莎白公主让我陪伴她到国王那里去。我们和玛丽公主一道前往国王的谒见厅,他在那里接受众臣的朝拜,接收和派发礼品。他的礼品总是一个装满金钱的钱包,安东尼·丹尼在他身旁,熟练地掂量着派发给每一个满面笑容的下属的钱包的重量。当公主和我走进大厅,人们纷纷后退,我向亨利行了屈膝礼,并且向边上站了一步,这样,伊丽莎白就可以独自一人上前。我扫视四周,寻找托马斯,看到他站在国王旁边,手上拿着厚厚的钱袋。小心翼翼地,他把目光从我身上移开,我也小心翼翼地把目光放在伊丽莎白身上。

"陛下,我的父亲大人,"她声音清晰地用法语说。他朝她微笑着,她改用拉丁语继续:"我给您带来了圣诞礼物。或许世人看来它不够丰盛,但它是来自上天的恩赐。或许它是出自其创造者手中的廉价之物,因为是我,您谦卑的女儿,为了您而作的翻译和装订。但是我清楚您爱作者,我也清楚您爱作品,我由此而得以有勇气将此奉上。"

她从身后拿出她对我私人祈祷词的翻译文稿,译文书写精美,翻译为拉丁语、法语和意大利语。她朝父亲迈了一步,深深鞠躬,然后把礼物交到他手中。

大厅爆发出掌声,国王满面笑容地说:"这是一部意义非凡的伟大学术著作。"他赞扬说。"由我的王后出版,并且得到了所有学者的赞同。现在,这本论著又由另一位伟大的学者翻译为精美的作品。我很骄傲的是，我的王后和我女儿都是学问渊博的女性，对于美貌的女性来说，学问只会使其美上加美，而不是相反。"

"你给继母准备了什么礼品呢？"他问伊丽莎白。

她朝向我，递给我礼品。这是又一部翻译著作，她精心设计的封面上写着国王和我的名字。我惊喜地喊出声来，把书递给国王。他打开封面，看到伊丽莎白一丝不苟书写的书名。这是一本神学的英语译著，原作者是新教运动改革者约翰·加尔文。仅在几年前，这本书的观点还被看作是异端邪说，现在却成为了新年礼物。这表明了我们的改变有多巨大：许可了伊丽莎白阅读的内容，宗教运动成为了新教。

国王看着我说："你必须给我解读这本书，告诉我你是怎么看这本书的，还有你认为我女儿的学问怎样。"

托马斯·克兰默大主教来找我时，我正在房间里静静地阅读，他说他希望把准备提给国王的建议和对教会改革的意见先告诉我们，让我们思考和评判。他看了一眼玛丽公主，公主更倾向旧的教会，但她低了头说，她确信善良的主教给国王建议的改革是秉承了上帝的旨意，不过，人类的事情不可能十全十美。克里夫斯的安妮饶有兴致地抬头望着，她是在路德教会环境中长大的，总是希望把真挚的宗教情感带到英格兰。我小心自己不要露出胜利者的表情。这是上帝的胜利，不是我的。

我的议事厅角落有一个小读经台，供来访的传道者摆放《圣经》或其他书籍，托马斯·克兰默把他的一叠材料放在上面，有些局促地看着我们。

"我感觉是要开始布道了。"他微笑着说。

"我们真心欢迎你的布道。"我说，"我们见过很多虔诚的布道者，但是你，亲爱的大主教，会是最出类拔萃的人之一。"我在对改革派的大主教来到我的宫廷表示欢迎时，也小心不朝克里夫斯的安妮的方向看。如果我相信忏悔，那我必须承认我犯有洋洋得意之罪。

"谢谢您。"他说，"不过今天我是来向您学习的。我想，我曾经的任务是从弥撒的传统习俗中带走教会添加的部分。困难在于删除人类的语言和行为，而保留上帝的旨意。"

安妮·西摩尔和凯瑟琳·布兰登开始了女红作业，但手上的针线活显然很慢。我毫不掩饰地专心致志地倾听，双手搭在膝盖上，坐在我身旁的伊丽莎白公主也仿效着我的动作。克里夫斯的安妮坐在伊丽莎白旁边，手臂靠在她纤细的肩膀上，我不得不压抑住悄悄袭来的一阵嫉妒感，尽管这种嫉妒毫无必要。当然，她还是把自己当作伊丽莎白的继母，她更在乎的是母亲而非孩子，因此，负罪感也进入了她日常生活的细节中。可是，她也仅仅只做了伊丽莎白三个月的继母罢了！

大主教开始宣读他的各项建议并做了解释。教会的各种繁琐仪式都在《圣经》中找不到，也不是耶稣所要求的，因此必须删除。面对十字架的礼节、面对权势的跪拜，这一切必须改变。陈腐的迷信仿佛是万圣节为了驱赶妖魔、迎接善良的圣人而悬挂的铃铛，这些也必须终止了。教堂的各种塑像必须重新认真审查，看它们是否带有教皇的鬼把戏，如可以移动的眼睛和流血的伤口，任何人都不要以为其所谓的能够渗透和影响到日常生活而向它们祈祷，在四旬斋期间，它们必须遮掩起来。"《圣经》说了，耶稣是在荒郊野外禁食的。"克兰默认为很有道理，"这些就是我们在四旬斋期间应行的规范。"

我们都表示赞同。玛丽公主也无法对固定塑像的眼睛，或者以布蒙住塑像的头的异教做法提出辩护。

克兰默把这些建议带给国王，然后兴高采烈地回到我的宫廷。

"斯蒂芬·加德纳还在布鲁日处理西班牙条约的事情,所以国王身旁没有鼓动他走老路的对立声音。"他话音难掩兴奋,"没有人刁难我说做了错事。霍华德家族的人不高兴,不过国王已经对他们感到厌恶了。他听了我说的事情,并且没有反驳。他有兴趣,真的,他甚至还给我提出了一些改革的建议。"

"他真的那样做了?"话音刚落,克里夫斯的安妮就紧跟着问道。

"是的,确实是的。"

"我想他会的。"凯瑟琳·布兰登说,"他和我谈到了塑造一个刻板形象的危险。他认为人们不清楚教堂的十字架和雕塑代表上帝。它们是一种符号,而不是信仰物。它们本身并不值得膜拜。"

克里夫斯的安妮斜眼瞥了我一下,几乎没有转头,她想看我是否意识到凯瑟琳·布兰登得到了国王的幸宠,以及他和她谈到了宗教改革。克里夫斯的安妮见过她的女侍,漂亮的凯蒂·霍华德未经许可就离开王后的宫廷,陪伴国王跳舞去了。此时,她的侧眼就是在告诉我:你也遇到这种情形?

我微微抬头,仿佛是告诉她,没有,我可没有这种情形,因为我对此漠不关心。

"他亲口对我说的!"克兰默大主教兴奋地回答,"他还建议不对十字架下跪,进入教堂也不对十字架鞠躬,耶稣受难日不需要从教堂门口起就朝十字架爬行。"

"十字架是神圣的耶稣受难像的象征。"玛丽公主反驳说,"它所代表的意义受到人们的尊重。没人认为它是刻板形象。"

没人说话,大家沉默着。"事实是国王是这样看的。"凯瑟琳提醒她。

话音刚落,玛丽就顺从地朝被人们认为是她父亲情妇的凯瑟琳低下头。"好的,我想他是对的。"她小声说,"谁能够比国王更清楚他的子民在想什么？他告诉了我们他是上帝派来评判这些事情的。"

我们讨论托马斯·克兰默的改革建议，但无法绕过弥撒这一话题，可是弥撒又是不能讨论的禁忌：国王已经取缔了对弥撒这一最神圣的活动的讨论，只有他才能思考和讨论这一话题。

"人们可能会询问我。"安妮·阿斯科就迦拿的婚礼上耶稣点水成酒的神迹作了布道后说，"我可以谈论迦拿的婚礼上的酒，可以谈论最后的晚餐上的酒，但不能讨论我们现在的教堂里传教士当着我们的面倒入杯中的酒。"

"你真的不能讨论。"我小声说，"我知道你是什么意思，阿斯科夫人，但你不应该说出来。"

她点头同意。"我绝不会说任何你希望沉默的事情。"她认真说，"我绝不会给你带来任何麻烦。"

这就像是两位诚实的女性之间的许诺。我朝她微笑。"我知道你不会的。"我说，"我也希望你不会有什么麻烦。"

"你的夫姓是什么？"克里夫斯的安妮突然问道。

安妮·阿斯科漂亮的脸庞露出笑容，"他叫托马斯·基梅，殿下。"她说，"不过我没有随夫姓，因为我们没有结婚。"

"你相信自己可以是主动宣告你们的婚姻终止的人？"离异的王后问道，她现在被看作是国王的妹妹，被尊称为王妃。

"《圣经》上从来没有提到婚姻是圣礼。"安妮回答，"并非是上帝让我们结合。传教士说是，但这是错误的。这只是教会的一面之词，而不是《圣经》的教诲。我们的婚礼是人类的行为，不是上帝的安排。它也不是圣礼。是我父亲包办了我与托马斯的婚姻，当我长大懂事后，我就取消了这一包办婚约。我获得了成为自由女性的权力,我与其他任何人类一样,是上帝平等的子民。"

克里夫斯的安妮也是被包办的婚姻,并且被迫离婚,她对安妮·阿斯科微微一笑。

托马斯·克兰默带着胜利的喜悦回家了,他要把修改的改革写进法律递交议会,但国王随之给他一个指令,要他停止下来,什么也不要做。

"我一听到斯蒂芬·加德纳要做的事情,我就不得不制止他进行下去。"他对我说。我们正在观看王家网球场举办的网球赛。我们的对话不时被球拍击球的声音打断,对话也不时因为网球从顶棚滚下球场、运动员拼命奔跑击球而中断。我认为国王对宗教的态度是这样的:朝某个方向给出一个重要指令,随后又是完全相悖的另一条指令。

"加德纳说他非常接近于在布鲁日与西班牙皇帝签订条约,但皇帝要求英格兰的教会不得有新的变动。我不会惟其人之命是从,我和他看法不一致。不过,也有必要推迟改革,让皇帝高兴。我现在不想打扰他。我必须对我的行动加以掂量,就像哲学家那样,无时无刻不掂量每一个细微变化。皇帝希望与我签约,这样他就可以腾出手来在他的王国放心大胆地处理路德教会的信徒,特别是在德国。"

"除非他……"我说。

"他会把他们一网打尽,尽可能像对付异教徒那样把他们投入火坑。"他笑了。他总是对冷酷狠辣的手段感兴趣。"他说他将不遗余力地把他们扫除干净,那时我看你在哪里还弄得到那些异端邪说的书,亲爱的?"

我结结巴巴地否认,但国王没有听我说。

"皇帝需要我的帮助。他希望我们与法国媾和,这样他就能够继续敲打德国人，让他们改邪归正。当然，他不希望我与教皇派脱离得太远，因为他支持教皇。"

"但是，大人，你绝对不会让罗马教皇的权力重返英格兰的。"我说，"你绝对不会为了取悦西班牙皇帝而辜负上帝，绝对不会冒你声望的风险去满足世俗的需求，对吗？"

亨利为场内的一个好球鼓起掌来。"我会遵循上帝的旨意。"他轻描淡写地说，"上帝的方式和我的方式确实是神秘莫测的。"

我转身，像他那样鼓了掌。"这球太漂亮了。"我赞美说，"我根本想不到会打出这样的球。"

"我年轻时打这种球轻而易举。"亨利回答，"我是顶级网球手。你问问克里夫斯的安妮，她会记得我在赛场的英姿。"

我笑了笑，来到她面前，她坐在他身旁另一边观看比赛。我知道她在倾听我们的谈话，我也知道她在思考如果她是我，应该怎么回答国王的话。我还知道她会为她国家的老百姓说话，这些人只希望用自己的母语阅读《圣经》，用最简略的方式祭拜上帝。"是这样的吗，安妮王后？"

"噢，当然呐。"她附和，"陛下难逢对手。"

"她会是你很好的陪伴。"亨利转头对我说，有些低调，"有一个像她那样美貌的女人在宫中会令人愉悦，对吧？"

"当然啰。"

"而且他喜欢伊丽莎白。"

"对，她喜欢伊丽莎白。"

"每个人都说我不应该抛弃她。"亨利有些勉强地笑了笑，"如果她给我生个儿子，他都应该五岁了，你想想！"

我明白我的笑容消失了。我不知道这意味着什么，也不知道这番谈话意味着什么。难道亨利忘了，他从来没有与眼前这位可爱的克里夫斯的安妮同房完婚？他抱怨说她太肥胖了，不是处女，体臭难闻，他实在难以与她同床共枕。

"有人说她给我生了一个孩子。"亨利小声说。他朝失利的网球手挥手鼓励，网球手鞠躬致谢。

"有人这样说？"

"当然是屁话。"他回答，"你对这些屁话要不理不睬。你不会听信这些谣言吧，凯瑟琳？"

"肯定不会。"我说。

"是因为你知道他们在法国是怎么说的？"

我笑了，期待下面更好笑的东西。"他们在法国说了什么？"

"说你病倒了，将不久于人世。说我又会成为鳏夫，然后又能够娶新的王后。"

我挤出一丝笑容。"太荒唐可笑了！不过你可以告诉法国大使，我还欢蹦活跳的，健康得很。"

"好，我告诉他。"亨利笑着说，"想想看，说我会娶新的王后，是不是荒唐可笑？"

"太荒唐可笑了，荒谬绝伦！他们是想要干什么？是谁在指使他们？他们从哪里得到这些谣传的？"

✦

"所以，不进行改革了。"克兰默对我说，我到教堂祈祷时，发现他跪在十字架前。他苍老的面容在祭坛烛光的影射下显出了疲惫。他对教会需要的改革进行了长期的思考、研究和祈祷，不料加德纳主教的一封信就让国王回心转意了。

"时机不到罢了。"我纠正他说，"不过，谁会怀疑上帝终究会把智慧的光芒洒在英格兰大地和国王的身上？我有希望，我有信仰，哪怕进步是非常缓慢的。"

"但他会听从您的。"托马斯说，"他对您的学问自豪，并且听从您的建议。如果您经常提醒他罗马的权势和腐败，希望他对新的思想宽容，我们就会取得进展。我相信我们会取得进展的。"他笑着说。"他曾经把我看作是肯特最大的异端邪说者。"他说，"但我还是他的主教，也是他的精神导师。他会宽容所爱的人提出的建议。他对我和您都会宽宏大量的。"

"他确实对我宠爱有加。"我肯定说，"当我刚嫁给他时，我有些害怕他，但我渐渐信任他了。他总是宽宏大量和耐心的，不过，当他痛苦或者愤怒的时候，或者事情出错的时候是例外。"

"我们两个人都有幸得到他的信任和慈爱，更应该为了他和王国而奋斗。"托马斯·克兰默发自肺腑地说，"您肩负在宫廷改革的使命，您的宫廷是知识的灯塔，应该引领他们正确的方向。我会让神职人员遵循《圣经》的教诲。神谕，神谕，没有比神谕更重要的了。"

"他今天谈到了对德国的改革派的战争。"我说，"我担心国王在策划一场可怕的清洗，可怕的屠杀。但我没有任何办法阻止这一切。"

"他总是会有很多时候刚愎自用，你还是见机行事，等待合适的机会吧。"

"他还谈到谣传，说克里夫斯的安妮为他生了孩子，他说她为王宫锦上添花。他告诉我说，民间在流传我病入膏肓，将不久于人世的谣言。"

托马斯·克兰默盯着我，仿佛害怕我接下来要说什么。他温柔地把手放在我头上表示安抚。"只要您做的是正确的，上帝就会保佑您，国王也会爱您的。"他轻轻说，"但您必须不要沾染任何罪过，我的孩子，一定不要沾染任何污名。您必须展示作为妻子的忠诚和顺从。你一定要记住了。"

"我没有任何罪过。"我坚决地表示，"你没有必要提醒我。我是凯撒的妻子，没有人能够指责我。"

"很高兴这样。"托马斯·克兰默回答说，他曾经目睹过两个偷情的王后走上断头台，并且没有替她们辩护，"我很高兴是这样。我实在无法忍耐……"

"但我该怎样想？我又该怎样写？我应该怎样对他说改革的事情却不会惹恼他？"我直言不讳。

"上帝会指引您的。"年迈的牧师说，"您必须要有勇气，您必须使用上天赋予您的智慧和声音，您必须不让教皇派驯服您。不要退缩，您是宫廷改革的天选之人。拿出勇气，开始行动。"

1546 年春

格林尼治宫

到二月,国王又染上了热病。

"没有人能够像威廉·巴斯那样照顾我了。"他沮丧地说,"没有好医生,这会要了我的命。"

他要求我到他的床边,但又对房间的气味感到羞愧,香油和香料也难以掩饰这种气味。他也不愿意让我看到因为出汗而让他的亚麻衬衣在腋窝处打湿,前胸也打湿粘在身上,但更糟糕的是,他开始认为这是年老所致,而非出于疾病。他正在陷入死亡的可怕黑暗深渊,只有恢复健康才能够拯救他。

"温迪医生会为您竭尽全力的。"我告诉他,"他忠心耿耿,医术精湛。我每天早晚都会为您祈祷。"

"布伦那边的消息也不好。"他痛苦地说,"亨利·霍华德那个小笨蛋把我在那里经营的一切都搞砸了。凯瑟琳,他太夸夸其谈了,他太自命不凡了。我已经下令把他召回,另外派爱德华·西摩尔取代他。我相信爱德华能够保护我的城堡安全。"

"他会保护城堡安然无恙的。"我安慰说,"您不用担心。"

"但如果我身体不见好转怎么办?"他眯缝着双眼看着我,露出小孩般的恐惧,浮肿的脸让眼睛显得更小,"还有爱德华,尚且年幼无知,玛丽则时时刻刻会转向西班牙。如果我马上就死,这个月,这个国家在复活节就

删后记

会重新开战。我不信有人不会参战，每个都会辩解说是为了教皇或者为了《圣经》而战，而他们所做的一切只会把国家拖入内战的深渊，法国也会乘虚而入。"

我坐在他床边，握住他潮湿的手。"不，不会的。"我说，"您很快就会好起来。"

"如果我还有一个儿子，我就心满意足了。"他哀愁地说，"如果你怀上孩子了，至少我还有希望拥有另一个儿子。"

"还没有。"我字斟句酌地说，"不过，上帝一定会眷顾我们的。"

他显出了失望。"你将是摄政王。"他提醒我说，"你肩上责任很大哦，你要在爱德华成长期间维持和平的环境。"

"我知道，我会的。"我说，"您的臣子都热爱您，都承诺要辅助您的儿子。不会有战争的，人们都会敬爱您的儿子。西摩尔兄弟会保护他们的侄子的，约翰·达德利也会支持他，托马斯·克兰默会像侍奉您那样侍奉他。不过这一切永远不会发生，因为你会很快康复，就像天空由阴转晴。"

"我发现你只提到改革派的人？"他盘问着，眼神露出警觉和怀疑，"人们说你是在改革派一边、你不是站在我这边的，你是支持他们的。"

"我真的不是，我提到的人都是各种观点的人。斯蒂芬·加德纳对您和您儿子的热爱毋庸置疑。霍华德一家忠实于您和爱德华王子。我们都会保护他，辅助他登上王位。"

"看来你也相信我要死了！"见我中了他的圈套，他顿时喋喋不休起来，"你觉得你会比又一个年迈的丈夫活得更长，然后享受寡妇的遗产。"随着情绪的变化，他的脸变得通红。"你坐在我的病榻旁边，想象的却是你摆脱我的那一天，想象你又会有一个草包男人作为你的下一个丈夫，第四个！你嫁给了三个男人，和三个男人同床共枕，想着的却是第四个男人！"

我掩饰住对他突如其来的狂怒的震惊，平静地对他说："我的夫君大人，我相信您的发热会痊愈，就像你年轻时从伤病中痊愈一样。我是要让你相信这点，让你不要在病榻上担忧。我只是为了您的健康祈祷，别无他意，我知道您最终会健康痊愈。"

他直直地瞪着我，仿佛他能够穿透我的目光，看到我的内心。我毫不畏缩地直视他的双眼，因为我所说的都是发自肺腑的。我尊重他，爱他，就像忠实的役仆和尊敬的妻子那样，曾经在上帝面前发誓要爱他。我从来没有想到他会死亡，至于梦想的自由，那也是很久很久以前了。我真的想象他会从病中痊愈，继续健康地活下去。这场婚姻应该是我最后一次了。我对托马斯·西摩尔的爱至死不渝，但是现在我认为我们已经没有可能在一起，没有任何可以想象的环境让我们在一起。他根本没有正眼看过我，我把自己的情感埋在心中，仅仅在偶尔的春梦中看见他的笑容。

"您不能怀疑我对您的爱。"我轻轻说。

"你为我祈祷。"国王说，想到我双膝跪地，他口气缓和了许多。

"是的，日日夜夜。"

"当布道者去你的房间，你们阅读《圣经》，你有没有阅读妻子对丈夫的顺从？"

"对，我们都知道通过顺从丈夫而敬奉上帝，这是毫无疑问的。"

"你相信有炼狱吗？"他问。

"我想虔诚的基督徒会上天，因为耶稣拯救人类的恩典。"我斟酌了词语说。

"你知道他的升天？他升天的确切时刻？"

"我不知道确切的时间。"

"那么你会为我在弥撒时捐款吗？你会为我建立一个祈祷堂吗？"

我该怎样回答？"唯你所愿。"我许诺说，"随您陛下大人的愿望。但我不想是这样的。"

删后记

他的嘴唇抖动着。"死亡。"他反复说,"感谢上帝,我无所畏惧。但我难以想象没有我的国家,难以想象没有我的世界,一个没有我这个国王和我这个丈夫的国家和世界。"

我温柔地一笑,"我也难以想象这样的事情。"

"还有你会遭遇的痛苦。"他稍稍有些哽咽,"特别是你的痛苦。"

他的悲哀令人触动,我双眼饱噙泪水。我把他的手放在我嘴唇上,"谈这些还为时过早。"我告诉他,"如果真的发生了,我也会走在您的前头。"

"是的,你会的。"他说,情绪好了起来,"我想你会的。你会死于难产,就像很多女性那样。因为你这个年龄生第一个孩子,对吧?"

"对。"我说,"但是我祈求上帝恩赐我们一个孩子。或许就在夏天,您那时已经身体康复。"

"当我身体康复,能够上你的床,我们一道制造一个都铎王朝的接班人?"他问道。

我眼睑下垂,微微点了点头。

"你想我了吧。"他说,满面笑容,嘴唇湿润。

"想了。"我小声说。

"我也想你了!"他情绪更加欢快了,"我也想你了!"

✦

尽管许下这么多愿,他依然发热不退,他的腿疼痛了一个月。春天姗姗来到格林尼治宫花园,河边小径的树上冒出了萌芽,然后在春风飘逸中伸出树叶,显出生机,鸟儿欢快地鸣唱,每天天不亮就把我吵醒,而且随着天气变得越来越暖和叫得越来越早。

兰登百合香气四溢,小道旁满是鲜花盛开,鲜艳的喇叭花就像是欢乐和希望的展现,可是国王只能待在屋里,桌上堆满了文稿、香料、草药和装在罐子中用来吸血的水蛭。百叶窗紧闭，与危险的新鲜空气隔离。温迪医生不断调配各种配方，希望把热度降下来，把亨利腿上化脓的伤口清除，伤口依然血淋淋的，就像血盆大口，不断吞噬肌肉，深入骨头。两名男侍从已经被解雇了，一名是因为在现场昏厥，另一位是因为在教堂说大家要为国王祈祷，因为他正在被活活吞噬。亨利的朋友和朝臣聚集在他周围，仿佛他们也被疾病团团围困，每一个人都试图获得国王更多的关注和青睐，万一这不是发热和疼痛的爆发，而是致命疾病的开端……

现在，一切都要依靠我亲力亲为了：宫廷的晚宴，娱乐活动的安排，确保王室日常生活一切正常，从前向国王汇报的一切现在向我汇报。我甚至还要和凤敌爱德华·西摩尔和托马斯·霍华德商谈，要审阅并且确保枢密院需要汇报给国王的内容没有涉及到任何麻烦、难题或者危险的事情。当西班牙使臣带来新的缔约计划，试图对抗法国，以便其国王能够对国内的路德教徒和新教徒下手时，他们来到我的房间，在呈递国王之前让我审阅。

使臣们是早上来的，是为了避免遇到改革派传教士还在我宫廷房间的尴尬。如果他们遇到安妮·阿斯科这位改革派的智慧女性，恐怕将惊恐不已。但我的确是在违心地强装笑脸接待这些人，因为我清楚，他们寻求英国的友谊只不过是为了腾出手来追捕和杀戮与我们信仰相同的德国人。但是他们还是来商谈他们的计划了，相信我会以大局为重，服从国家利益，我也尽力完成着我的角色的任务，彬彬有礼地接待他们，强调了我们的友谊。

众所周知，下午是我们安排的布道和讨论时间。英格兰最优秀的传教士乘船而下，到我的宫廷宣传上帝的声音，宣传如何在日常生活中遵循上帝的旨意，如何把人为的繁文琐节从清新纯洁的教堂中删除。在四旬斋漫长的数周里，我们倾听了令人鼓舞的布道。安妮·阿斯科来了多次，休·拉提默也是常客。王室的成员也来倾听布道，就连霍华德家族的成员，老公爵的第二个儿子汤姆也鞠躬询问，他能不能坐在最后倾听。我明白，爵爷如果知道他的儿子与我的信仰是一致的，一定会惊愕万分，但死气沉沉的宫廷已经出现了萌动，人们将会追求圣洁，我肯定不会阻止一位善良的年轻人接触耶稣的教诲，哪怕他是霍华德家族的成员。

他们是英格兰最优秀的神学家，与欧洲宗教改革派有密切接触，我倾听他们的布道，有时与他们讨论一下，这让我有了再写一本新书的动力，我没有对国王提及这本书，因为我清楚这对他而言太越界了。我对路德宗的正确观点越来越信服，对旧教派迷信的邪说越来越反感，我想写一本书，我必须写一本书。当我头脑灵光一现，当我在教堂感受到一段祷文时，我有强烈的触动将其诉诸文字。我感到仿佛只有当我看到一行行文字从自己的羽毛笔尖流出，我才能够继续思维；仿佛只有当我看到自己的思想在乳白色的纸上变成了黑色墨水的文字，这些思想才具有意义。我喜欢我大脑的思维和书本上的文字带给我的感受。我喜欢上帝把他的教诲传给人间，而我所做的一切都遵循他的旨意。

国王开始了改革，但是他年事已高，思虑忡忡，因此停滞下来。我希望他能够继续改革下去。斯蒂芬·加德纳的影响即使距离遥远，也阻碍着新思想的出现。西班牙的权势不应该强制改变英格兰人民的信仰。国王希望建立属于他自己的宗教，要融合基督教所有不同教派的观点，但又带有他的个人特征，选择他所喜爱的部分，比如打动他的那些仪式，触动他的祷文。但这不是尊崇上帝的正确方式。国王不能固守成见，抓住他情感中怀念的孩童时代的空洞姿态不放，他不能继续维系旧的教会追求的那些浮夸奢侈的礼仪。他必须思考，他必须理性，他必须用智慧来率领教会向前，而不是根据怀旧感和对西班牙的恐惧。

我的写作必须小心谨慎，我知道宫廷中的对头会读到它，并且会不择手段地利用它来打击我，但我必须说出我所知道的真相。我打算把这本新书命名为《罪人的哀悼》,作为对远见卓识的女作家,纳瓦拉的玛格丽特的书的回应,她的大作是《罪孽心灵的镜像》。她敢于使用真实的名字写作和出版,某一天我也会那样。她被责难是异端邪说,但这也无法阻挡她的思考和写作,我也不会被任何东西阻挡。我会明白无误地表明,对罪孽的唯一宽恕,通往天堂的唯一阶梯,只能是个人的信仰和对耶稣基督的彻底奉献。炼狱的谎言、为追思弥撒而捐建歌祷堂的废话、特赦券、朝圣者和弥撒的迷信,上帝对这些都嗤之以鼻——这些都是人类用以聚敛钱财的。上帝对人类的要求全部由他的儿子做了解释,并且写在了福音书中。我们不需要学者们冗长的解读,我们不需要修道士的魔法和把戏。我们需要的是词语,就是词语,别无其他。

我也是有罪孽的人,尽管我掩饰了自己最大的罪孽。在日常生活中,我的罪孽就是对托马斯的爱。他的脸庞出现在我的睡梦中,也出现在我清醒的时候,最不可饶恕的是,还出现在我祈祷的时候,而我应该全神贯注于十字架。唯一让我宽慰的是,我放弃了他,是因为我知道我的放弃是为了服务于上帝。我放弃他是为了我的心灵,是为了英格兰所有基督徒的心灵,让他们得以在真正的教堂祈祷。我为了上帝放弃了我人生最珍贵的爱情,我会给英格兰带来宗教改革,这样才不负我的牺牲。

我为他祈祷,我担心他会遇到无数的危险。他的舰队得到命令,将把他的哥哥——新的统帅爱德华和增援力量运送到布伦去。想到托马斯会在海岸炮的射程内攻击法国舰队,为他哥哥的安全扫清海上障碍,我彻夜难眠。早上,我显得满面苍白,但还是起来给爱德华·西摩尔送行,他将率领他的人马到朴次茅斯登船。

"一路平安。"我忧伤地对他说。我不能让他给托马斯捎信,我甚至不能提到他的名字,就连在他哥哥面前都不行。"我会为你祈祷,为你的舰队祈祷。"我说,"一帆风顺。"

卌后记

他鞠躬致谢，转身吻别了他妻子安妮，翻身上马。他打马转身朝我们大家敬礼，就像是画中的英雄那样，紧接着就带领他的人马沿着泥泞小路远去，南下朴次茅斯登船，准备跨越因春季阵风带来滔天巨浪的大海前往法国。

✪

几周来，我们都在等待来自布伦的消息。我们听说军队已经安全登陆，正准备与法国部队开战。两国已经处在开战的边缘，爱德华率领的部队在陆地，托马斯率领的部队在海上，都已经部署完毕，但国王又改变了主意，他不准备与法国开战了，并且命令所有部队后撤待命。他命令约翰·达德利和爱德华·西摩尔必须和法国使者会谈，签署和平协议。

我没有对准备保卫布伦的一支英格兰小部队想多少，我也没有对在波涛汹涌的海上待命的舰队想多少。我所想到的只是慈祥的上帝回应了我的祈祷，上帝喜爱托马斯的勇气，我也一样，上帝拯救了托马斯·西摩尔，因为我用全心全意为他做了祈祷，用我罪孽的和怜悯的内心。我去了教堂，凝视着十字架，感谢上帝，没有了战争，死神也再次与托马斯擦肩而过。

1546年春

伦敦　白厅宫

我坐在书桌前,身旁全是书,羽毛笔尖的墨水也快干了,而我还在努力思考该怎样落笔,才能表达对上帝的服从这一概念,这是女性的神赋职责。这时,玛丽公主来到我的房间并且向我致意,我宫廷的女士们都抬起头来望着。每个人要么是在看书,要么是在写作,我们正准备为一幅主题是《虔诚的伙伴》的画像作模特,但人人都对玛丽公主的到来大吃一惊。她满面严峻,径直走到我桌旁小声地说:"我能和尊敬的殿下说几句吗?"

"当然,玛丽公主。"我一本正经地说,"请坐下谈。"

她拉过一张板凳,在桌子端头坐下,这样她可以俯身向我并且小声交谈。我妹妹婻随时随刻都准备为我分忧解难,她说:"伊丽莎白公主,你为我们读一下吧。"伊丽莎白走到读经台,把书放在上面,开始即兴从拉丁语翻译为英语。

我看到玛丽脸上显出对她小妹妹的溺爱之情,然后转向我,面带严峻:"你知不知道,我父亲已经准备要我嫁人了?"她问。

"他只是提提罢了。"我回答,"他曾经给我提过一次有可能的婚姻,对方是谁?"

"我以为您知道了。要把我嫁给选帝侯①的继承人。"

---

① 德意志有权为"罗马人民国王"及"神圣罗马帝国皇帝"竞选投票的诸侯。

删后记

"是谁？"我问，完全不知所措了。

"奥托·亨利。"她回答，"我的国王陛下、父亲大人希望与德国亲王结盟反对法国。我也很惊讶，但他好像决定要支持德国路德宗反对西班牙。我会嫁给一个路德宗的人，远嫁到德国组因堡。英格兰将被路德宗控制——至少也会被改造。"

她看着我目瞪口呆的神情。"我以为殿下您也有这样的想法。"她小心翼翼地说，"我以为您会高兴的。"

"如果英格兰的宗教实现了完全的改革，如果英格兰和德国亲王结盟，我确实是会高兴的。但是，你要远嫁巴伐利亚的事情让我大为震惊。要你去一个可能出现宗教叛乱，并且你父亲与其国王结盟的国家吗？他在想什么？这是把你往火坑送呀，让你面对来自你西班牙同胞的入侵！"

"我相信是要我接过我丈夫的宗教。"她小声说。"他们不打算保护我的信仰。"她稍稍犹豫，"我母亲的信仰。"她加上一句。"您知道，我绝不能背叛信仰，我不知道该怎么办。"

对于公主，对于她的信仰和教会，这些是违背传统和尊重的。妻子必须要按照丈夫的信仰抚养孩子，但她们可以保留自己的信仰。

"国王想要你信仰路德教派？"我问，"新教？"

她的手放进了外衣的口袋里，我知道她口袋里是她眼下留下的念珠。我想象着她手指间握着的冷冰冰的念珠和雕刻精美的十字架。

"殿下，母亲大人，您难道都没有听到一丝风声？"

"没有，我最亲爱的。国王曾经谈到这是他的一个想法，仅此而已。我不清楚事情都发展到这一步了。"

"他把这称作基督教联盟，"她说，"他做主席。"

"太令人悲哀了。"我小声说。

"还有，他们用死亡来威胁我，要我发誓认可我父亲是教会的最高领袖。"她细声细语地说,"托马斯·霍华德这位老公爵威胁说,他要把我的头往墙上撞,一直到我的头变得像烤苹果那样酥软。他们不惜用鞭子让我驯服。教皇本人给我捎了口信,说我应该宣誓,他会宽恕我。我已经辜负了我母亲,我背叛了她的信仰,我不能再这么做了。"

我无言以对,紧紧地握住她的手。

"凯瑟琳,您能够帮我做点什么吗?"她像对朋友一样,轻柔地说,"您能够做点什么吗?"

"你希望我做点什么?"

"救救我。"

我茫然失措,无能为力。

"我会和他谈谈的。"我说,"我会竭尽所能。但你也知道……"

她点点头,她也清楚,"我明白,但和他谈谈。为了我和他谈谈。"

当天下午,我们的布道是关于战争的虚荣,来自伦敦的一位传教士作了鞭辟入里的分析。他认为所有的基督徒都应该和平相处,因为无论他们以什么方式尊崇上帝,都是向同一个上帝祈祷。犹太人不应该受到迫害,因为我们尊崇的是同一个上帝,尽管我们对上帝的了解更多。上帝告诉我们,我们的救世主是犹太母亲生的,他天生就是犹太人。他还认为即使是蒙昧之中的穆斯林也不应该受到攻击,因为他们也认可《圣经》中的上帝。

他的言辞如此标新立异且激进,在我们讨论之前,我赶快看了看门是否有锁上,卫兵是否站立得够远,陌生人是否被拒之门外。布道的牧师是彼得·拉斯科姆,他对自己的观点作了辩护,呼吁人类的兄弟情谊。"当然也包括姐妹情谊。"他微笑着说，尽管这也是严肃的话题。但我认为完全是异端邪说。他说，在很久以前的西班牙，那时的国王信仰穆斯林，尊崇上帝的每一个人都应该尊敬他人的信仰。不信仰上帝、拒绝接受其教诲的人是公敌，是异教徒和傻瓜。

离开的时间到了，他抬起我的手，鞠了一躬。我感到手指间塞入了一张折叠的纸条。我一言不发看着他离开，然后告诉女侍们接下来几个小时，我要不受干扰地进行我的研究。我坐到桌旁，打开了我要阅读的书，在无人知晓的情况下，我把纸条在书后面打开。是安妮·阿斯科写的便条：

我写信是要告诉您，是一位男士找了我，说他是枢密院的人，询问我什么时候给您进行过布道，您是否拒绝了弥撒。我什么也不会说。我也不会泄露任何人的名字，我绝不会说到您。

安妮

我站起身，看着小小的火炉，傍晚将近，房间光线转暗，火光照亮了房间。我伸出手，就像要暖暖手一样，把纸条扔进炉火中，纸条立刻燃起来，马上又蜷做一团，化为灰烬。我突然感到寒气逼人，双手都在抖动。

我不明白发生了什么。一方面，国王自己的女儿，玛丽公主将要与路德教派的人订婚，另一方面，罗马教皇的权势越来越大。西摩尔兄弟远离宫廷，托马斯·克兰默闭门不出，除我之外，没有人能够与国王谈论新的宗教。我感到形单影只，我不明白这些矛盾的事情，我不明白国王的想法。

"你写作的笔把手都夹出痕迹了？"娴问我，"殿下，我们哪一个都可以帮你抄写，如果你需要秘书的话。"

"不，不。"我说，"我没事，我很好。"

当我的女侍们准备进入宫廷时，婻走在队列的前面。我身穿深红色的新长袍，从卧室来到客厅，她走到我身旁，仿佛是要理顺我脖子上的红宝石，然后在我耳边轻柔地说：“爱德华·西摩尔大人给他夫人写信，说欧洲有谣传说国王准备抛弃您。国王对您究竟说过什么吗？他有没有指责过您？”

"一切如常。"我轻声回答，"他希望我能够怀上孩子。婻，你听到了什么……"

"没有。"她决然地说，"如果孩子夭折了，那您的死期也到了。相信我。就让他去期盼吧，让他祈求吧，必要的时候和他一道祈祷，但就是不能怀上他认为是来自魔鬼的标记。"

"但如果孩子安然无恙呢？婻，我想要一个孩子，我已经三十三岁了！我想要一个自己的孩子！"

"那怎么可能？"她立即反驳我，"自伊丽莎白公主以来，宫中就没有一个母亲生过健康的孩子。宫廷中一半的人都在说她是与马克·斯米顿①生的杂种，来自更年轻健康的家族一脉。所以……自从玛丽公主以后，就再没有真正合法的孩子了，已经三十年了。他不可能让健康女人生下健康孩子。之前的那位母亲还因此而丧命。"

她弯腰抚平我的丝绸长袍。"那我该怎么应付这些谣言？"我问，她站起身来。

"置之不理。"她建议说，"坚决否认。我们祈祷这些谣言会不攻自破。不过，我们现在对其无能为力。"

我点头，脸色严峻。

---

① 安妮的宫廷乐师。

删后记

"即使眼下这些谣言在流传，我们还是安全的，除非……"

"除非什么？"

"除非这些谣传是出自国王他自己。"她忧愁地说，"如果他对某人说过他想娶一个新王后，然后这人又把话传播开来……如果真是他说的，那么我们就肯定输了，但我们还是束手无策。"

我打量了一下女侍队列中的克里夫斯的安妮，她笑容满面，已作好了参加宴会的准备。国王眼下对他的前任妻子宠爱有加，仍把她留在宫中。她是受邀来过圣诞节的，但是复活节都快到了，她还是待在这里。凯瑟琳·布兰登在她身后，凯瑟琳·布兰登是亨利最好的朋友的遗孀，是他看着从少女变成少妇的，或许是他的情人，或许是他的真爱。新人总是不断出现，她们漂亮，并且年轻得都可以做我的女儿了，当凯蒂·霍华德第一次吸引他的目光时，他的年纪足以做她的祖父。

"克里夫斯的安妮终于要回家了。"我说，突如其来的有些烦躁。

"我会看着她的。"嫡许诺说。

✦

当天下午，托马斯·西摩尔不招而至，他到宫中报告海军的战备和所面临的来自法国越来越大的威胁。

"来听听托马斯·西摩尔怎么说。"国王招呼我走到他议事厅的桌子旁。他把我的手握在他手中，十指交错缠绕，这样，我不得不站在他身旁面对托马斯，仿佛我对国王充满了期盼。我的手在我夫君紧握但毫无反应的手中。我们听着托马斯汇报舰船的建造和修复，码头的损坏和维修，设备机械师，照明蜡烛，缆绳供应商和风帆螺丝。他还报告说，又采取了一项措施打捞玛丽·罗斯号军舰，她能够被打捞上来，而且还能够航行，或许她还能够像我们的国王那样，漠视时光的流逝而永恒地存在，比舰队所有船只的寿命都要长久，带着爱和忠诚而永生，将未来玩弄于股掌，一艘鲜活的军舰，将被禁锢到永远。

"陛下，花园里为您准备了一出射箭表演供您观赏。"我说，"您愿意步行前往吗？"

"步行去，没有问题。"他说，"托马斯，你看到了，我有起身和下楼的动力。你觉得怎样？你要不要从你的船坞给我带一台起重机来？你要不要从朴次茅斯给我带一台升降机来？"

托马斯对着国王笑了，眼里充满了温暖的同情："陛下，如果要衡量伟人的话，没有任何起重机能够举得起您。"

亨利扑哧一声笑了。"你这个机灵家伙！"他大声说，"把王后带到射箭场的靶位去，传令说我马上就到。让他们给我准备好。我要引弓射箭试试。"

"陛下您必须要去，让他们看看您的功夫。"托马斯赞同说，然后向我伸出手臂，我们朝门口走去，我贴着他袖子的手阵阵发热，我俩都有意地目不斜视，看着卫兵，看着闪开的侍臣，看着正在打开的大门，但就是不看对方。

我们身后是来自我的宫廷的女侍和她们的丈夫，在他们身后，是国王的侍者，正等待国王出行。国王正在侍者的帮助下从椅子上起来上马桶。有人叫了温迪医生，他给国王递来了一杯加热的麦芽酒，让他饮一口减缓疼痛，卫士帮助他坐进他的马车前往花园，就像是让大车拉动死野猪。

当我和托马斯走近，卫兵便把通往花园的双扇门推开，温暖的春天气息，包含着青草的馨香扑面而来，涌进宫廷。我们相互瞥了一眼，我们无法拒绝分享突如其来的自由时光，情感的释放：对明媚阳光和鸟儿欢唱的喜悦，花团锦簇的宫廷，以及在这个英格兰最漂亮的花园为又一场无关紧要的比赛做的精心准备。

我笑容满面，就因为能够和他待在一起，让我可以开怀大笑。温暖的阳光洒在我脸上，乐队开始奏乐。托马斯·西摩尔隐晦地快速碰了一下我搭在他手臂上的手，给我一个短暂和无人知晓的爱抚。

"凯瑟琳。"他轻轻地说。

我们一路走着，人们向我致意，我不停地左右点头。托马斯身材高大，比我要整整高出一头。他根据我的步伐调整了他的节奏，这样我们就能够并肩向前，仿佛两人会这样一直走到朴次茅斯，随他的战舰远航。我感觉我们是天作之合，如果我们能够在一起的话，我们将成为怎样的夫妻？我们的孩子又会是怎样的呢？

"托马斯。"我轻轻地叫他。

"亲爱的。"他回答。

这就够了，无需再说。就像是在做爱，心领神会的寥寥数语，温暖肌肤的触摸，尽管隔着厚厚的衣袖，他的目光掠过我喜悦的脸庞，我感受到我自己又有了生命。在过去的几个月，我就如同一个僵尸，身披死人的长礼服，如同行尸走肉般活着。但我现在感受到生命的回归和对生活的渴望。我感受到令人颤抖、难以言表的欲望和需求，让我情不自禁地想象：如果我还能够与他再一次同床共枕，我就此生无憾了。如果我还能够再一次躺在他身下，感受他那压着我的沉着身躯，他和我双唇紧贴，他身体的郁冽芳泽，他颈弯浓黑的毛发，从他耳朵到锁骨的光滑完美曲线……

"我有话给你说。"他开口说，"你就在这儿坐下好吗？"

国王出来时，已经给他准备好了御座，旁边是为我准备的椅子，为公主们准备了更低矮的座椅。伊丽莎白蹦蹦跳跳地过来了，当她看见托马斯，顿时笑容满面，脸庞变红。他并没有注意到她，她就已经转身去了射箭场，拿起一把弓，站在那里，把箭矢放在弓弦上，慢慢拉开。我坐下了，他站在椅子背后，身体倾斜，这样就能够在我耳边窃窃私语。不过，我们两个都面朝赛场，面朝射箭选手，他们在测试弓弦，瞄准箭靶，并且抓了草扔向天空测量风速。我们的位置很显眼，人人都能够看到我们。我们处于众目睽睽之下。

"身体别动，脸朝前看。"他告诫我说。

"我在听。"

"他们给了我一个妻子。"他小声说。

我眨眨眼，不动声色。"是谁？"我简略地问。

"玛丽·霍华德，诺福克公爵的女儿。"

这个举动非同小可。玛丽是国王信宠的杂种儿子、里士满公爵的遗孀。如果这家伙没有早逝，他有可能被任命为威尔斯王子且继承王位。爱德华当时还没有出生，而亨利想要一个儿子，哪怕是一个杂种。里士满公爵去世后，国王不再提及他的名字，玛丽·霍华德这位守寡的年轻公爵夫人却回到了她父亲在弗莫林汉姆的城堡生活。每当她来王宫，国王总是热情接待，她的美貌确实使得国王大献殷勤，但我不知道涉及到她再婚的事情。

"为什么会是玛丽·霍华德？"我问，满心狐疑。有人向我鞠躬致意，我笑着点头回应。有几个弓箭手开始排队练习，玛丽公主朝我们走来。

"这样一来，霍华德家族和我们西摩尔家族就能够忘掉彼此的差异了。"他说，"这不是新把戏了。以前也有人提过，那时她刚开始守寡。伊丽莎白公主对他们不够忠诚，这样一来，霍华德家族的人就可以成为爱德华王子的亲戚。"

"这不是你追求的？"我能够感受到嘴里出现一股苦味，仿佛是早上喝了芸香饮料留下的气息。我意识到这实际是妒忌的气味。

"不是我追求的。"他解释说。

我就想掐痛我麻木的脸庞，我就想挥手跺脚。我感觉自己浑身发冷，就像是在座椅上被冰冻得一动不动了，而玛丽公主正跨越草坪朝我们款款走来。

"为什么看上了你?"我问道。

"因为有利可图。"他回答,"一系列的结盟把家族联系起来。我们成为他们的盟友:他们是加德纳和赞成加德纳观点的那些人的朋友。我们不再为了国王而进行永无休止的争斗,我们可以就改革能够走多远达成共识,而不必步步为营地慢慢拼搏。他们还可以因为我和她在一起而让我飞黄腾达。"

我知道,这是一个绝妙的姻缘。她是公爵的女儿,亨利·霍华德的姐姐,亨利·霍华德是国王最年轻的指挥官之一,并且是国王信得过的人物,眼下正不惧危险地待在布伦。如果托马斯娶了她,她就会来到宫殿,会要求成为我的女侍之一。我将不得不眼睁睁地看着他们两人一道漫步,一道跳舞,一道窃窃私语。她将要求我许可她提前退朝,好与他尽鱼水之欢。她将离开宫廷,与他在朴次茅斯共续良缘。她将是他的夫人,我将不得不参加她的婚礼,倾听他发誓要永远关心和爱她。她将许诺无论白天黑夜都会美丽善良,无忧无虑。我想,我怎么能够忍受这一切。但我知道我不得不忍受这一切。

"国王是怎么说的?"我终于问了一个最重要的也是唯一的问题。

托马斯露出强作的尴尬笑容。"他说如果诺福克希望给女儿找一个丈夫,他应该找一个年轻健壮的小伙子,因为他能够在所有方面满足她。"

"所有方面?"

"他就是那样说的。你别折磨自己了,已经过去很久了。"

"但现在这场婚姻又被提到了!"我喊出声来。

他鞠躬致意,仿佛我在辩论中提出一个好观点,让人不得不赞同,"是的。"

"那你准备怎么办?"我轻轻说。

"你想我怎么办?"他反问我,眼睛看着伊丽莎白公主,"我一切都听你的。"

"我的父王陛下要来看吗?"玛丽公主走到我们面前,向托马斯的鞠躬致意回应了点头。

"要来,马上就到。"我回答说。

当晚,我走在参加晚宴的女侍队列的最前面,经过了正在玩游戏的威尔·萨默斯。他玩的是把一个球抛向空中,又用一个杯子接住的荒诞不经的低智商游戏。我们经过的时候稍稍有点放慢脚步。

"你想试一试吗?"他问伊丽莎白公主,"还真没有看起来容易哟。"

"不会吧。"她说,"我看得出来,就是把球接住。"

威尔·萨默斯转身给她拿了一个新球和盛了水的干净杯子。"来试试。"他说。

她把球高高地抛向空中,然后满怀信心地伸出杯子准备接球。她完美地接住了球,杯子的水溅了她一身。"威尔·萨默斯!"她大喊道,转身向他,"我衣服都打湿了!我周身都打湿透了!你这个坏蛋,无赖,流氓!"

威尔·萨默斯没有跑开,而是四肢着地,像狗一样伸出舌头,沿着走廊跳跃开去。伊丽莎白把杯子朝他背影扔去,砸在他后背上。威尔大叫一声,跃上一层台阶。我们大家都笑出声来。

"至少你砸中他了。"我对她说。婻递给我一张手绢,我擦了擦伊丽莎白笑嘻嘻的脸庞和长礼服颈部的花边。"你球接得好,杯子也扔得漂亮。"

"他是个坏蛋。"她说,"下次我见到他从我的窗户下走过,我要把夜壶扣在他头上。"

宫廷的男宾们在大厅外等待我们。国王因为射了箭感觉身体疲惫,当晚在自己的房间用膳。

删后记

"你怎么了?"看到伊丽莎白湿漉漉的头发,托马斯·西摩尔问,"你去游泳了?"

"都怪威尔·萨默斯和他的蠢游戏!"她回答,"但我把杯子砸他身上了。"

"要不要我帮你揍他一顿?"他笑着低头对她说,"要不要我做你的游侠骑士?只要你说好,我就做你的游侠骑士。"

我看见她脸上泛起红晕。她抬头看着他,无言可说,就像不知所措的孩子。

"我们稍后再聊。"我说,给她解围。

他鞠躬致意。"我要陪同国王用餐,之后我会回到大厅。"

无需吩咐,女士们已按照惯例排好队列。我走在最前面,身后是玛丽公主,接下来是伊丽莎白,跟着的是我宫廷的女侍,安妮·西摩尔站在她自己的位置上。我们走过拥挤的大厅,男宾们站着向我致礼,女宾们行屈膝礼。我走到主席台,侍者帮助我坐上我豪华的椅子。

"告诉托马斯·西摩尔,国王那边的宴会结束后到我这里来。"我小声对侍者说。

晚宴比通常结束得早,国王在场时,他会给每张桌子额外点菜。人们酒足饭饱后,侍者开始清理餐桌。

托马斯·西摩尔从侧门进来,不停与人招呼,然后走到我身旁。"我能请您赏光跳舞吗,殿下?"他问我。

"不行,我马上要到国王那里去。"我回答说,"国王情绪还好吧?"

"我想他非常好。"

"如果你要待很多天的话,他肯定会问我你为什么还在这里。"

"您可以对他说我明天一早就去朴次茅斯。"

嫡站的位置听不见我们的对话,凯瑟琳·布兰登和其他人正沉浸在舞蹈的欢快中。

"你怎么想?"托马斯突如其来地问道,"关于我的婚约?"

"我的情感必须神不知鬼不觉。"我说,"我必须面若冰霜。"

"你必须表现得这样。"他说,"我们别无选择。"

"在你的婚姻上,我们也别无选择。"我转身笑着看他,就像我们的对话出现了一点有趣的小插曲。

他彬彬有礼地点点头,随后从外套里面的上侧口袋拿出一个小小的笔记本,上面画满了风帆和索具的草图。他打开笔记本给我看,就像我要仔细研究一番的样子。"你说我应该娶她?"

我漫无目的地翻开一页。"对,难道你还能够找到什么拒绝的理由吗?她年轻漂亮,或许能够生育。她家财万贯,出身显赫。和她们家联姻对你家也好处多多,你哥哥会要求你这样做,你怎么可能拒绝呢?"

"我无法拒绝。"他说,"但如果你哪天成为了自由身,而我又是有家室之人呢?"

"那我就做你的情人。"我毫不犹豫地许诺。我保持面部表情的沉稳,装得就像我对他拿给我看的东西深感兴趣。"如果我是自由之身,而你又是有妇之夫,那我就做你欲魔般的罪孽情人。即使惩罚我的心灵,我也在所不惜。"

他吁了一口长气。"我的天,凯瑟琳,我真为你心碎。"

我们沉默无语地翻了几页,他又接着说:"如果我娶了她,生活幸福,她为我生了一个儿子和继承人,儿子继承了我的名字,我爱这个儿子,对她满怀感激之情,那时你能够原谅我吗?你还愿意做我的情人吗?"

他的这番描述丝毫没有伤害到我,这也就是他能够给出的最糟糕的场面了。我已经有所准备。我把笔记本合上还给他。"我们已经不会纠结这些了。"我对他说,"我们已经不会纠结于妒忌和拥有对方了。就像我们与玛丽·罗斯号军舰一道沉没:我们已经不再相互仇恨,也不再相互原谅,或者相互寄予希望。我们能够做的就是努力游泳求生。"

"但人们被困住了,被铺设在码头防止闲人登船的安全网困住了。在船

删后记

下沉的时候船员们应该跳水游向岸边，不幸的是被自己挖掘的坟墓困住而溺水身亡。"

我转过头，拼命眨眼，不让泪水流下。"我们也是这样。"我回答，"可能的话，你就游泳逃生吧。"

✦

当然，总善于唯利是图的霍华德家族已经搞定了玛丽，准备好要将她出售。他们甚至在晚宴尚未开始之前就觐见了国王，希望征得他的恩赐，许可玛丽·霍华德与托马斯·西摩尔的婚事。正在私人客厅与几个贵族爵爷共享美味佳肴的国王接见了他们，并且同意了这门提亲。当我在宴会大厅与众多来宾共进晚宴，尽我作为王后的职责时，那些人已一致同意了西摩尔同霍华德家族的联姻。当我在告诉托马斯我们就像他的水手那样陷入困境时，国王正在畅饮这对年轻人的青春之液。

安妮·西摩尔将这事在女侍群中散布开来。她丈夫已经告诉了她，国王乐于见到英格兰两个显赫家族的联姻，也很满意他的"儿媳妇"能够再次成家。

"您听说了吧，殿下？"安妮·西摩尔好奇地问我，"国王陛下告诉您了吧？"

"没有。"我说，"我也是第一次听说。"

安妮难以掩饰她的喜悦，她能够在我之前知道这事，而我不得不让她得意一会儿。

"这样也好。"婻对我说，我们一道来到我的卧室准备晚上的祈祷。

"什么也好？"我反问道，坐在镜子前打量着自己苍白的脸庞。

"让玛丽·霍华德走远点。国王总是偏心她，这家人除了野心没有任何情感，他们是彻头彻尾的鲜廉寡耻。"

"她是国王死去的杂种儿子的遗孀。"我努力显得不动声色，"她对国王没有诱惑力。"

"但她年轻貌美,只要能够达到目的,霍华德家族可以把他们的祖母嫁给他。"婻回答,对我的敌视情绪置之不理,"如果你看见他们和安妮·波琳混在一起,如果你看见他们和霍华德家族的美女厮混在一起,凯蒂·霍华德只是其中一个,你就会为玛丽·霍华德终于找到了下家而高兴。"

"对,我是高兴。"我冷冰冰地回答。

婻停了下来,女侍把我衣袖带有金边织锦的服饰放进窗户下面有焚香味的抽屉里。"你对他并不在意吧?"她轻声问。

"毫不在意。"我清晰地回答,"丝毫不会在意。"

托马斯又一次对我不辞而别,我不知道他是直接去了朴次茅斯,还是去了萨福克,为将在弗莫林汉姆举行的婚礼做准备。我在等待有人来告诉我,托马斯·西摩尔为自己找到了女继承人,并且将通过霍华德家族和西摩尔家族的联姻来促进改革事业。这会让我们在宫廷更加安全,将霍华德家族从与斯蒂芬·加德纳的结盟中分裂出来,能够削弱嘉丁纳的权势。我也在等待安妮·西摩尔吹嘘炫耀,说这场婚姻多么完美,托马斯·西摩尔结婚了,并且开始与妻子共度良宵,但她什么也没有说,我也不能问。我好害怕听见他结婚的消息,所以我绝口不提此事。

我正在换衣准备晚宴,凯瑟琳·布兰登敲响了我房间的门,迅速挥手让女侍退下。婻对着镜子中的我扬了扬眉毛。她对凯瑟琳总是很戒备,特别警惕凯瑟琳显露出的一切利用国王越来越多的亲宠而使她获利的迹象。

"有紧急情况。"凯瑟琳夸大其词。

"什么情况?"我问。

"托马斯·霍华德,公爵的二儿子,被传唤到枢密院去了。他们在审讯他，关于宗教的事情。"

我一下从椅子上弹了起来，又马上坐下。"宗教？"我直截了当地问。

"这是一次全面的调查。"她说，"我离开国王的宫廷时，枢密院的门正好是开着的，我听见里边在说托马斯被带去澄清一些指控了，说博纳主教会从霍华德在艾塞克斯和萨福克的领地发回调查报告，眼下他正在那里收集不利于托马斯的证据。"

"你听清楚了是说的托马斯·霍华德？"我问，我突然对我心爱的人感到担忧。

"是的，他们也知道他和我们一道倾听过布道和参加了讨论。博纳主教已经翻看了他家里的所有书本和笔记。"

"你是说伦敦的埃德蒙·博纳主教？"我点出这个人的名字，是他审讯了安妮·阿斯科，他也是旧教会的有力支持者，与加德纳主教狼狈为奸。他非常危险，用心险恶，精力充沛。我利用了我的影响和权势才使得他放过了对安妮·阿斯科的纠缠，但是，其他人都不得不对他提出的任何莫须有指控俯首认罪，伤痕累累，很少有人能够全身而退。

"对，就是他。"

"你听说过他要报告些什么吗？"

"没有。"她回答。她双手合在一起，忧心忡忡。"国王注意着我，我不得不走快点离开，我不敢停下来偷听。我把听到的都告诉您了，我就知道这么多。"

"有人会知道的。"我回答，"马上叫一下安妮·西摩尔。"

凯瑟琳迅速出去了，我们听见外边的鲁特琴声戛然而止，安妮·西摩尔放下乐器走进屋来，把身后的门掩上。

"你有没有听你丈夫说审讯托马斯·霍华德的消息？"婶直言不讳地问她。

"托马斯·霍华德？"她摇摇头。

"那好，回你房间去，打听枢密院究竟是要想干什么。"嫡愤然说，"埃德蒙·博纳正在霍华德家的领地寻找异端邪说的证据，枢密院正为此审讯托马斯·霍华德，我们都知道他来这里倾听过布道的。很多人都知道，埃德蒙·博纳之所以放过了安妮·阿斯科，是因为殿下您的干预。他现在怎么有胆量询问我们的另一个朋友，他怎么胆敢到霍华德家的领地去询问霍华德家的人，难道是我们被人暗中剥夺了权力？或者加德纳现在对霍华德家族进行了反戈一击？究竟是怎么一回事？"

安妮·西摩尔看着我苍白的脸，又看看嫡愤慨的表情。"我马上去看看是怎么回事。"她说，"我尽快回来。不过可能我要在晚餐时才能见到他。"

"快去！"嫡斥责说，安妮通常对自己的身份非常在乎，很难接受他人的颐指气使，但现在也只好马上小跑着出去。

嫡又转身催促我。"你的书。"她说，"你写的那些东西，你正在写的东西。"

"我的书又怎么了？"

"我们马上打包，把书弄出宫廷。"

"嫡，没有谁胆敢到我这里来搜查我的书。这些书是国王亲自给我的，我是在研究他的写作和他的评论。我们刚刚一道完成了关于礼拜仪式的部分，这是国王选定的研究内容，不是我的别出心裁。国王打算与路德宗的王子结盟反对天主教派的国王。他在领导英格兰摆脱罗马天主教，面向全面的改革……"

"礼拜仪式！对，就是它。"她突然打断了我，在惊恐中忘记了她应该对我表现的尊敬，"做这事您应该是安全的，我想，只要您完全赞同他的观点。但《罪人的哀悼》这本书呢？这本书怎么办？国王是否认为该书与法律相符？你的秘密作品难道不是违反他法律的吗？不是违反加德纳法律的吗？"

"但法律不是经常在修改吗？"我喊出声来，"改了又改！"

"那有什么关系。那是法律，你写的书不是法律。"

我无话可说。"我把书藏在哪里？"我问，"哪里安全？把书藏在城里的某个地方吗？藏在托马斯·克兰默那里？"

"藏在叔叔那里。"她坚决地说。我明白她已经想到了这点，她已经为此惧怕很久了。"他会让书稿安全的。他会把它们藏好，并且敢于否认它们的存在。你晚宴的时候我就把它们打包。"

"不要动我给布道做的笔记，不要动我做的《福音书》翻译稿！我需要它们，我正在……"

"全部打包。"她不容分说，"全部打包。除了国王的《圣经》和国王自己写的东西。"

"你不去晚宴了？"

"没有胃口。"她说，"我不去晚宴了。"

"你从来没有缺席过晚宴！"我回答，尽量显得轻松一点，"你总是饥肠辘辘的。"

"把我和凯蒂·霍华德一道逮捕关在锡安修道院的时候，我从来没有吃过一顿饭。我的胃口已经被恐惧塞满了。我现在就是那种感觉。"

✦

国王和他的宠臣一道在大厅用膳，不停地给他的心腹添加美味佳肴，不断为他的密友举杯庆贺。王宫门庭若市，枢密院所有人都来了，对托马斯·霍华德的询问无疑激发了众人的食欲。他们有很多人会幸灾乐祸地看到来自一个如此显赫家庭的小儿子孤零零地在冷寂的监狱待上一阵子，等出来后完全没有了霍华德家族的傲慢。那些因他父亲的不断崛起而备感冒犯的人们，则以羞辱他的儿子得到了情感的补偿。那些赞同改革的人也欣喜地看到霍华德家的人栽了跟头，守旧的人则对这位倔强的年轻学者倾注了恶毒的咒骂。我稍稍一瞥，就发现了年轻的托马斯不在晚宴上：没有在年轻人聚集的餐桌上,也没有在霍华德家的餐桌上。他会去哪儿了呢?

他的父亲诺福克公爵面无表情地坐在家庭餐桌的桌首,当国王吩咐侍者送来一大盘牛肉时,公爵起身为国王举杯敬酒,并向我鞠躬致意。我根本无法弄清楚这位老人心里想的什么。他是旧教会的密友,醉心于弥撒,但他背叛了自己的信仰,转而反对"求恩巡礼"叛乱。尽管他内心同情巡礼者——他们是为了保卫旧教会而聚集起来的,在五处圣伤①的旗帜下战斗——但公爵仍颁布了戒严令,忽略了对这群人的王家赦免,把他们一个一个地屠杀在村庄里。他把数以百计的无辜民众,或许上千民众,送上了绞刑架,并且拒绝他们在教会认可的圣洁之地下葬。无论他有多么忠诚,也无论他有多少爱心,除了维系自己在国王身旁一人之下、万人之上的地位,以及仅次于亨利的财富和荣耀,他对其他漠不关心。他决心让家族保持成功并且成为英格兰最伟大显赫的家族。

我无法理解,为什么作为如此显赫的贵族家族之首的男人,竟然会拿自己女儿的婚姻与西摩尔家族交易。她的第一次婚姻是与国王那个杂种儿子,不过,这没有可比性。与往常一样,托马斯·霍华德会是心口不一的。那么,他提出婚约的时候,他心里是怎么想的?如果托马斯·西摩尔成为公爵的女婿,那他又必须做什么呢?

而公爵既然已经知道他的二儿子被枢密院审讯,又怎么能够心安理得地坐在这里享用国王恩赐的美味佳肴?当他的儿子不动声色地向国王举杯致谢时,托马斯·霍华德又会惶恐不安地想些什么呢?我真琢磨不透他,我无法猜测在这旧式赌博者的宫廷里,他究竟是在精心策划一个什么样的棋局。

晚宴后将有化装舞会,国王带有踏脚板的椅子安放在了高台,我站在他身旁。舞蹈者纷纷怡然自得地入场,朝廷的侍者们忙忙碌碌,当音乐响起,舞蹈开始那一刻,威尔·萨默斯一下走开了。

---

① 代表耶稣受刑留下的伤痕。

删后记

安妮·西摩尔轻轻地来到我身后，音乐掩盖了她说话的声音。她倾身对我耳边说："有人许诺无罪释放托马斯·霍华德，但他要承认在你房里的布道确实是异端邪说。对方还威胁说，如果他不配合，就要把他按照散布异端邪说的罪名审判。他们说他们需要的就是在你房里祈祷过的人的所有名单，以及每个人都说了什么。"

仿佛是坠落万丈悬崖，我眼前的一切慢慢地浮现出来。在乐器伴奏的间隔中，我看到了这一切的发轫和终结。宫廷的一切仿佛冻结了，我房间的精致金质小钟仿佛冻结了，安妮·西摩尔则在继续告诉我，枢密院正在搜寻我的异端邪说，从字里行间寻找证据，托马斯·霍华德只是引导我暴露的诱饵，无非是块垫脚石，我才是目标。

"他们要他指认我？"我瞥了一眼身旁的丈夫，他正满面笑容地观看舞蹈，不时随音乐节拍拍手，完全没有意识到我的恐惧。"国王在场吗？出席过枢密院开的会议了吗？他听取审讯了吗？是国王本人要他们指证我是异端邪说者吗？是他告诉他们要找到我罪行的吗？"

"不是，我的天，不是国王。"

"那是谁？"

"是弗罗瑟斯利。"

"是大法官？"

她点点头，完全六神无主了。"英格兰最高大法官命令公爵的儿子，指认你是异端邪说者。"

我取消了来我房间的布道者安排，另外召唤了国王的御用牧师给我们阅读《圣经》。我没有请他们评述或者引领讨论，我的女侍们一言不发，虔诚地静静听着，就像我们都是没有思维的白痴。即使阅读的内容非常重要，平常我们会做些讨论，有时还会翻出希腊语版本对照和翻译，现在也都只是点着头，就像东正教修道院的修女们听到了上帝的法则，听到了人类的观点，丝毫没有表达自己的任何思想。

晚餐前，我们前往教堂，国王的新宠凯瑟琳·布兰登走在我身旁。

"殿下，我可能要告诉您一些坏消息了。"她说。

"说吧。"我回答。

"有一位伦敦的书商，多年来一直给我提供各种书籍，但最近因为异端邪说被抓起来了。"

"听你这么一说，我也很难过。"我不动声色，"我对你朋友的处境非常难过。"我们一道走向教堂，我要尽量显得我的脚步没有丝毫停顿。我向鞠躬致意的侍臣们点头回礼。

"我不是要求您保护他。我是在提醒您。"她加快了步子以跟上我的脚步，"这个人是个好人，他是被枢密院下令逮捕的。逮捕令专门写了他的名字。他叫约翰·贝尔。他从佛兰德斯采购了很多书。"

我挥了挥手。"你最好什么也别对我说。"我回答。

"你的法语《新约》就是他卖给我们的。"她继续说，"就是廷德尔译本的《新约》。现在这书被禁了。"

"我哪有这些书。"我回答说，"我把所有的书都送出去了，你也最好都送出去，凯瑟琳。"

她显得心烦意乱，而我隐藏了我的忐忑不安。"如果我丈夫还活着，斯蒂芬·加德纳主教绝对不敢逮捕我的书商。"她说。

"我知道。"我赞同地说，"国王也绝不会让像弗罗瑟斯利这样的家伙审讯查尔斯·布兰登。"

"国王宠爱我的丈夫。"她说，"我会没事的。"

我清楚，我们两人都在思考国王是否还爱我。

1546 年夏

格林尼治宫

宫廷一切礼仪如常，我曾经是其理所当然的主持人，如今却深陷其中。我的节奏仿佛是戴上眼罩的马儿，只能在预定的轨道上兜圈，对在狭窄和惊恐的视野之外的一切浑然不知。夏天，我们移居到格林尼治宫，那里有漂亮的花园，但是国王很少走出他的房间。玫瑰花盛开了，可他没有闻到晚间空气中四溢的浓郁花香。宫廷中花天酒地，男欢女笑，猜谜赌博，国王却一言不发，对人不理不睬。人们在自我吹嘘、钓鱼、骑马朝矛靶投枪、赛马和跳舞。我必须在每一个场面露面，对每一个获胜者微笑祝贺，按照人们熟悉的惯例维系宫廷的正常运转，但我也清楚，人们在私底下窃窃私语，说国王身体欠安，不想我待在他身旁。人们还说，年迈的国王饱受病痛折磨，他年轻的妻子却优哉游哉地观看网球、射箭或者河上的划船比赛。

我的御医来看我时，我正在观赏我的鸟儿。鸟巢中有两对鹦鹉，一个鸟笼中有一排可爱的雏鸟，一起张大了小嘴，挥舞着羽毛未丰的翅膀。"我什么事都没有。"我面有愠色，"我没有让你来，我什么事都没有。大家都看到你到我这里来了，你一定要告诉大家，我身体好得很，你不是我叫来的。"

"我明白不是您让我来的，殿下。"惠克医生恭顺地说，"是我需要觐见您。我知道您身体健康，青春常在。"

"什么事？"我问，关上鸟笼的门，转过身来。

"事关我兄弟。"他回答。

我顿时警觉起来。惠克医生的弟弟是著名改革家和学者，他参加过我家里的布道，从伦敦为我的研究寄书来。"是威廉？"

"他被抓起来了，是枢密院下的命令，就是他一个人，和他一道研究的学者都没有动。他的朋友都没事，就他一个人。"

"出了这事可真不幸。"

我的蓝鹦鹉在栖息的横杆上侧身移动，好像也要倾听我们在说什么。我给它喂了一粒瓜籽，它一爪抓过去，送到鸟喙，熟练地剥掉外壳，吃掉果核。它把外壳扔到地上，用明亮智慧的眼睛看着我。

"他们询问他您有什么想法，殿下。他们要他说出您引用了哪些作者，在您房间阅读了什么书，还有哪些人参加了布道。他们搜查了他的房间，寻找您写的只言片语。他们怀疑他帮助您把您写的东西转交给出版商了，我想他们是在搜集不利于您的证据。"

尽管现在有明媚暖和的夏日阳光，我还是不禁一个寒战："我想你可能说对了，医生。"

"您能不能在国王面前为我的弟弟美言几句，殿下？您知道他不是异端邪说者，他对宗教是有些看法，但他绝对不会损害国王的事业。"

"如果可能，我会的。"我字斟句酌地说，"但你也知道，我现在有些自顾不暇。斯蒂芬·加德纳和他朋友诺福克公爵，威廉·帕吉特，以及弗罗瑟斯利大人，他们都曾经是我的朋友，现在却都在反对新的学说，而且势头正猛。眼下国王正躺在病榻上，只有这些人才能进到他的房间，才能给国王进言，我哪有机会。"

"我待会儿要见到温迪医生。"他说，"他有时会与我讨论国王的健康。或许他可以在国王面前提到我弟弟的名字，如果他们指控他的话，好请求国王的宽恕。"

"也许这些审讯和盘问都是为了吓唬我们。"我说，"也许是好心的主教想警告我们一下。"

鹦鹉不停地上下摆头,仿佛是在跳舞。我察觉它是想要更多的瓜籽,于是细心地给了它一粒。鹦鹉优雅地接过瓜籽,用黑色的舌头和嘴壳翻转,而惠克医生则继续在小声地说:"我也希望是那样。你没有听到约翰尼·贝特的什么消息?"

我摇摇头。

"他是我的教区成员,也是您一位侍者的兄弟。沃利弟兄、理查德和约翰都是从您这里被带去审讯的。上帝保佑可怜的约翰尼,他被判处死刑。如果这是警告的话,那么它是用最黑暗的墨水专门为您写的。他们审讯的都是您的人,殿下,将要走上绞刑架的也都是您的人呀。"

从光线昏暗的宫廷传来谕示:国王病情加剧。高热从他受伤的腿蔓延到他大脑,影响到他脆弱身体的每一处关节。温迪医生从国王居室匆匆忙忙地进出,尝试各种配方,房间的一切大门对所有人紧闭。我们听说医生在为他拔火罐,从肿胀的身体上抽血,拍打伤口,把纯金粉末塞进去,又用柠檬汁把纯金粉末洗出来。国王发出阵阵痛苦的呻吟,卫兵层层把守,将人拒之于会见厅和长廊之外,不让任何人听见国王痛苦的哀号。国王没有叫我,也没有给我祝福他的信息作出任何反应;没有他的同意,我也不敢贸然去他的寝宫。

婳闭口不言,但我知道她在回想国王是如何与凯瑟琳·霍华德形同陌路的,他们在翻看她的短信件和家庭记录,寻找她给托马斯·卡尔派博的账单和礼物。现在,时光轮回,国王又躲在了他的房间里观察和倾听,但就是坚决不露面。

有时一连几天,我早晨醒来都有预感,确信会有人派人抓我,我会乘坐我的王家驳船，我崭新的王家驳船，它曾经给我带来如此单纯的愉悦，逆流直上伦敦塔。驳船会征服潮水穿过水门，他们会抓住我，不是带我去王宫，而是去俯瞰绿色草坪，关押囚犯的地方。几天后，我会透过监狱的铁窗看到他们搭建的绞刑架，明白那是为我准备的。忏悔牧师会来到我身旁，宣告我大限已到。

这些日子，我都不知道是怎么起床的。婻和女侍们给我穿衣，仿佛我是冷冰冰面孔的玩具娃娃。我还是遵循王后的程序，参加教堂祈祷，在宫中进餐，在河边漫步，为小运动员开球，观看宫廷演出，但我表情僵硬，目光混沌。我认为，如果那天到来，我门上响起了敲门声，我一定会颜面尽失。我根本没有勇气走上绞刑架的阶梯。我也不可能像安妮·波琳那样演说。我会双脚发软，被人架上台阶，就像那些人对凯蒂·霍华德做的那样。我不会像玛格丽特·波尔那样奋力一搏，我也不会像费希尔主教那样欣然地穿上最漂亮的外套。就像我的婚姻一样，我面对绞刑架也是力不从心的。也就像我不是称职的王后一样，我对死亡同样不称职。

有的时候，我早上醒来心情愉悦，确信国王正在实施他告诉我的最佳治国策略：分而治之，深藏不露，操纵赛狗，自相残杀。我让自己相信，他并非是在折磨我，而是在折磨所有人。他会好起来的，会要想我的，他会赞美我的美貌，提醒我并非是学者，会恩赐我一颗从破碎的胸佩十字架上重新镶嵌的宝石，会安慰我说我是世界上对丈夫最温柔的妻子，还会给我穿上他人的外套。

"乔治·布拉吉被抓起来了。"我们在去教堂的路上，婻轻轻告诉我。她紧紧握住我颤抖的手说："他是昨晚被抓的。"

乔治·布拉吉是一个肥胖单纯的探险家，他深得国王宠爱——因为他那张丑陋的胖圆脸、听到下流玩笑时发出的带有浓重鼻音的笑声。人们编造各种玩笑，就是为了听到乔治·布拉吉发出带有浓重鼻音的笑声，他脸

驯后记

涨得通红，发出阵阵带呼噜声的咆哮，国王称他是"可爱的猪猡"。威尔·萨默斯曾经惟妙惟肖地模仿过乔治·布拉吉听到玩笑的表情，可惜他现在已经不能再模仿了。

"他是做了什么？"我问。

乔治·布拉吉可不是傻瓜，别看他会表演出母猪号叫的笑声，在私底下，他来过我的宫廷倾听布道。他沉默寡言，勤于思考。我实在想不到他还能够说出什么开罪国王的话，对国王来说，他无非就是一个玩偶，不是哲学家。

"他们指责他的言辞对弥撒大不敬，并且发出嗤之以鼻的讥笑。"婻小声说。

"嗤之以鼻的讥笑？"我茫然地看着她，"那不就是他的特长吗，国王不是喜欢听他的笑声吗。"

"现在那叫狂傲不羁。"她说，"他被指控是异端邪说者。"

"就是发出鼻音？"

她点点头。

❈

莱尔勋爵约翰·达德利，这位冉冉升起的新星，也是宗教改革派，携带着和约从法国回来了。与此同时，斯蒂芬·加德纳正与西班牙国王协商，希望能够与西班牙媾和，将改革派置于死地，以换取与教皇重结新欢，约翰·达德利却在与法国舰队司令密谋，争取达成一项和约，由法国人支付我们可观的费用，让我们能够在未来几十年保持对布伦的占有。这对约翰·达德利、西摩尔家族、对所有持有改革信念人而言都是成功的一刻：我们赢得了和平的竞赛，我们与法国人而不是与教皇派的西班牙人实现了和平。

达德利来到我的宫廷接受我的祝贺。玛丽公主与我一道，对于英格兰没有能够与她母亲的祖国结盟的巨大转折，她摆出一副大义凛然的模样。

"可是，大人，如果我们与法国达成和约，那么我想国王就不会与德意志诸侯王和选帝侯帕拉廷重新结盟了吧？"

可怜的玛丽故作镇定的表情告诉我，她是多么迫切地等待他的答案。

"是的，陛下就不需要与德国亲王结盟了。"约翰·达德利回答，"我们与法国实现了长久的结盟，我们不需要其他的结盟了。"

"或许也不需要婚约了。"我轻轻对玛丽说，她脸上泛出红色。我稍微做了一个手势，容许她到旁边歇一歇，她走到窗口，整理一下自己。

她刚转过身，约翰·达德利脸上的笑容就立刻消失了。"殿下，这里究竟发生了什么？"

"国王正在大肆逮捕赞成改革的人士。"我小心翼翼地说，"从宫廷里，从伦敦的教堂里，不断有人失踪。根本毫无预兆。头天某个人还在一个宴会上，第二天就消失得无影无踪。"

"我听说尼古拉斯·沙克斯顿被传唤到伦敦，要他回答关于异端邪说的指控。我真不相信这事。他可是索尔兹伯里主教呀！他们不能就这样逮捕前任主教。"

我对此一无所知。他看见了我脸上的惊讶。国王的一位主教就这样被莫名其妙地逮捕起来，仿佛像是回到了宗教人士殉职的黑暗时期。约翰·费希尔主教走上了绞刑架，国王曾经发誓，绝不让这些惨无人道的事情再次发生。

"休·拉提默主教在大斋节时曾经为我做过祈祷，他也被枢密院传唤，去解释自己选择了什么话题。"我告诉约翰·达德利。

"枢密院现在是神学院了？他们要和拉提默辩论？我祝他们好运。"

"斯蒂芬·加德纳肯定会和他们辩论。他是拥护《六项条文法》的。"

我说,"这并不奇怪,因为新的法律规定任何人都不能诋毁他们。"

"但《六项条文法》是偏向罗马天主教的!"他激动起来,"国王自己也说过……"

"现在,是他们在转达国王的意见。"我打断他,"是他现在的意见。"

我低下头,一言不发。

"对不起,对不起。"约翰·达德利恢复了情绪,"我就是感觉好像西摩尔家的人、克兰默和我离开宫廷才仅仅片刻,老派的教士们就控制了国王,等回来发现,我们所作的一切努力、我们所信仰的一切都不复存在了。您还能不能做点什么?"

"我连国王的面都见不到。"我说,"我也无法为其他人在他面前喊冤,我一直没有能够见到他。我还担心他们在他面前说了我什么。"

他点点头。"我尽力而为吧。"他说,"不过,你也应该少搞点研究了。"

"我的书都不翼而飞了。"我愤愤地说,"你看到那些空荡荡的书架了吗?我的书稿也全部消失了。"

我满以为他会说我没有必要毁掉图书馆,但他却问道:"你已经停止了布道和讨论?"

"我们现在只是倾听国王的牧师布道,但他们的布道枯燥难听,味同嚼蜡。"

"谈的什么话题?"

"遵循妇道。"我冷冰冰地回答,这番话也没有博得他一笑。

✡

休·拉提默主教被作为嫌疑人传唤到枢密院,他曾经作为权威在那里做过布道。他承认给我做过一系列布道,这无可争辩,因为一半以上枢密院成员的夫人,包括一些成员本人都参加过这些布道。但主教否认自己说过任何异端邪说的东西，也否认说过任何倾向改革的话。他辩解说他是按照上帝的言辞进行的布道，遵循了教会目前的学说，他被释放了，但第二天，又有另一个参加过我下午讨论会的牧师，爱德华·克罗姆医生被逮捕，并被指控他否认炼狱的存在。

他对此没有异议。他当然否认了炼狱的存在。如果询问我，或者任何正常思维的人，没有人会认可炼狱存在的证据。上帝，对，我们的主，亲自说的是地狱，是的，他是为罪人开辟了这样一个地方，但是《圣经》并没有说有炼狱这样荒诞的地方，在那里，灵魂可以排队等待，在向教会捐款，或者在捐款的小教堂的弥撒上假惺惺地痛哭流涕之后，灵魂就可以免受折磨。没有任何证据证实这点，也没有任何学术支持这点。那么，这一无中生有来自何处？显然，始作俑者就是教会，是为了乘人之危，是利用那些家庭的丧亲之痛，或者利用那些濒死罪人的恐惧牟取暴利的方式。国王已经废除了捐款的小教堂，怎么还可能有炼狱的存在？

✦

但是，是国王本人下令实施了这些抓捕，当时曾被国王本人认可过的所有那些与我有关的学者、牧师和其他人。枢密院会进一步审讯，要求交出名单、作出解释，但是，是国王本人决定逮捕哪些人的。要么是他签署的逮捕令——签名显得缭乱和漫不经心，是在他病榻上签发的逮捕令，或者是他给他的宠臣下达的命令，包括安东尼·丹尼和约翰·盖茨，让他们先使用国王的空白签名图章，稍后再填上印泥。无论如何，逮捕令是经过亨利本人审核同意的。他或许在痛苦中呻吟，或许因止痛药和酒精的作用似睡非睡，但他是清醒的。这并非是教皇派人士背着国王，利用他的疾病和虚弱来打击我的信仰和我朋友的阴谋。这就是国王本人的阴谋，为了打击我的信仰和我朋友，或许还有打击我。这就是挑动狗咬狗内斗的国王，

驯后记

只不过他又一次偏袒一方，给结果下了大赌注：放任并挑动我的敌人打击我，让我，他的妻子，陷入狗咬狗的你死我活的争斗之中。

"她来了，安妮·阿斯科来了，就在这里，现在！"安东尼·丹尼的妻子琼急匆匆进入我的房间，扑通一下跪在我面前，仿佛她的腿已经站不起来。

"她要来见我？"我难以置信，她竟然敢于冒这样大的风险，因为她知道她的老师和导师都被关在伦敦塔，"她不能进来，告诉她，我很抱歉……"

"不！不是！被抓了！被枢密院传唤了。现在他们正在审讯她。"

"谁告诉你的？"

"我丈夫。他说他会尽力帮助她。"

我深深地吸了口气，我希望告诉她，安东尼·丹尼必须确保不要泄露我的名字，无论如何不能让国王听到。可是我已经吓得胆战心惊，对自己的胆怯无地自容，我已经语无伦次了。我太惧怕安妮可能会说些什么，惧怕她会给枢密院说些什么了。如果她说她给我们传播了异端邪说，而且我们都倾听了，那该怎么办？如果她告诉他们，我正在写自己的书，书里满是禁忌的内容，那又该怎么办？但是我不能告诉琼，她曾经与我一道聆听布道，与我一道讨论，与我一道祈祷。我的第一个念头是保护我自己，我已经惊慌失措，对自己的胆怯羞愧难忍。

"上帝保佑她。"我就说了这么一句。

"阿门。"

他们把她拘押了整个晚上，就在这座庞大杂乱的宫廷里的某个地方。当我的女侍为我作晚宴的衣着准备时，我问她安妮·阿斯科有可能在哪里。她说不知道。宫廷有数十间没有窗户的地窖、阁楼与藏宝室，这些房间与外界隔绝。如果他们不顾她的舒适和安全，还可以把她扔进卫兵室。我不敢派人去寻找她。晚宴上，加德纳主教拖着嗓音作餐前祈祷，我点了点头，倾听他发出的拉丁语词汇，我明白屋里一半以上的人都听不懂他说的什么，不过他满不在乎，也只不过是逢场作戏罢了，他的个人表演无需在乎听众是否感受到对牛弹琴。我耐着性子等他结束吟唱般的祈祷，抬起头，示意侍者开始上菜。我必须强装笑脸，进餐，掌管进程，向威尔·萨默斯微笑，让人给威廉·帕吉特，托马斯·弗罗瑟斯利上菜，假装对他们陷害我的阴谋一无所知，向坐在家族餐桌桌首的诺福克公爵鞠躬致意，他的面部表现伪装出朝臣的魅力，他改革派的儿子依然杳无音信。我必须看上去无忧无虑，此刻，在这庞大的宫廷里，我的朋友安妮正在吞食着晚宴的残汤剩肴，双膝跪地，祈祷上帝保佑她明天的平安。

✦

"他们让我去审讯她。"我弟弟走到我身边说，宫廷的其他人正在翩翩起舞。我的女侍们挂着僵硬的笑容，排好了组合，跟着乐曲迈动双脚。

"你要拒绝吗？"

"怎么可能？他们是在考验我。我上了黑名单。如果我失败，他们的下一个目标就是你，我不能拒绝，我要审讯她，希望能够引导她说出那个获得宽恕的托辞。我明白她不会放弃信仰，但起码可以承认她没有受过多少教育。"

"她对《圣经》了如指掌。"我说，"她对《新约》倒背如流。没有人可以说她没有受过多少教育。"

"但她不能与斯蒂芬·加德纳争辩呀。"

"那我想你只能等着瞧。"

"那我该怎么办？"威廉突如其来喊出声来，非常不耐烦，但他立刻又把头一仰,笑了起来,这是朝臣的笑声,表示他在告诉我一个有趣的故事。我也笑了,拍了拍他的头,我的滑稽弟弟。

威尔·萨默斯做了一个鬼脸,大步从我们身旁经过。"如果你们要凭空发笑,那就笑我吧。"他说。

我拍拍手。"我们在笑一个老笑话,不值一提。"我说。

"我只知道这个笑话。"

"帮她想个办法,但你不要自己陷进去。"等弄臣走后,"她年轻,来日方长。她不会殉教的。如果可能,她会自救的。你给她指一条路,我想法去见国王。"

"他是要做什么?"我弟弟轻声说,"他是什么意思?他是要对付我们?他是要陷害你?"

"我哪里知道。"我回答。我看着弟弟焦急的表情,不动声色地意识到,曾经有五位女士坐在这里,就在这把椅子上,就在我面前,但不清楚国王是否都惩罚了她们,如果是的话,他究竟想要做什么呢?

晚餐结束后,我让婳去国王的寝宫,询问我能否去见他。她带着惊讶的神情回来说,我的请求被恩准了。她忙不迭地给我披上最漂亮的头巾,穿上长外套,给脖子上抹了玫瑰花油。她和凯瑟琳伴随我来的国王的寝宫,卫兵打开门,我一人走了进去。

房间里有安东尼·丹尼爵士和加德纳主教。温迪医生在房间后面,身旁是十来个管家和侍者,时刻准备在国王需要时把他从椅子上搬到床上,或者把他抬到马桶上,又或者帮他坐上轮椅,出现在议事厅,像巨大的雕像检阅他的臣民。

"拜见大人。"我屈膝致礼。

他朝我一笑，示意我走近他。我弯腰亲吻了他，全然不顾恶心的气息。他双臂紧紧挽着我的腰。"啊，凯特，你和宫廷的人晚餐开怀畅饮了吗？"

"大家都想念您。"我回答，在他身旁的椅子上坐下，"我祈愿您尽快康复，带领我们一道快乐。我感觉您上一次与我们同乐已经过去好久了。"

"我肯定会的。"他愉悦地说，"我就是不时会发高烧。温迪医生说我就像小伙子一样打败了它。"

我忙不迭地点头："你的力量无穷大。"

"就是，天生盘旋的秃鹰再也找不到捕食的对象了。"他的手势表示加德纳主教就是秃鹰，我笑了，注视着主教光火的表情。

"我更是在高空为您唱赞歌的云雀。"主教说，露出尴尬的说辞。

"像云雀吗，我的主教大人？"我头偏向一旁，打量他的白色罩袍和黑色披肩，"我觉得你衣服的颜色更像是麻雀。"

"你说斯蒂芬像麻雀？"亨利突然问，一下被逗乐了。

"他一来突然就是夏天了。"我说，"他是一个预兆。当主教来这里，那就是枢密院要开始询问了，就是让所有的老派教会人士聚在一起，各显神通。这是他们的季节。"

"他们会留在这里乐不思蜀？"

"我想，真理的冷峭寒风会将他们涤荡一空，夫君大人。"

国王喜笑颜开，斯蒂芬·加德纳则强压怒火。

"那你说他该穿什么好？"国王问我。国王的笑声鼓舞了我，我也不管不顾了。我转身在他耳边小声说："我想大人他还是适合穿红色，对吧？"

红色是大主教长袍的颜色。如果加德纳能够把整个国家带向服从罗马教皇，教皇会立即授予他大主教的帽子。国王纵声大笑。"凯瑟琳，你那张嘴比威尔厉害多了！你觉得呢，斯蒂芬？你是不是渴望得到红帽子？"

斯蒂芬·加德纳噘着嘴。"这些是严肃话题。"他尽可能地字斟句酌，

"不适合玩笑,也不适合女士,更不适合妻子。"

"他说的千真万确。"国王突然兴致全无,"凯特,我们必须支持我们的朋友保护我们的教堂,让它免受异端邪说和讥讽的伤害。这是我的教堂,不是拿来辩论和开玩笑的。这些是非常严肃的话题,不能愚蠢地拿来开玩笑。这是最重要的一点。"

"当然。"我温和地说,"当然如此,我的大人。我想说的就是这位了不起的主教,他在审讯那些诽谤您的改革的人。改革本身不容置疑。主教不能让我们倒退,从您的思想,倒退回您担任教会首领之前的时代。"

"他不会的。"国王短暂地回答。

"那小教堂……"

"现在别说了,凯瑟琳,我疲倦了。"

"陛下先休息吧。"我立即说,亲吻了他的额头,从椅子上站起来,他额头上渗透出了汗水,"您现在要睡吗?"

"要。"他回答,"你们都退下。"他发烫的手抓住我冷冰冰的手指。"待会儿就回来。"他对我说。

我非常注意不要用获胜者的目光看斯蒂芬·加德纳。至少,这一回合是我胜利了。

这不是胜利,只是我出卖肉体的成功。国王心急火燎,睡意全无,但软弱无力,对自己无能为力的失败恼怒不已。我顺从地听任他的摆布,松开头发,脱下衣衫,赤裸裸地站在他面前,浑身被屈辱笼罩,他的双手滑过我周身,但他还是无法成功。他让我离开,他好一人睡觉。我整晚都坐在我房间的壁炉旁,思索安妮·阿斯科究竟被关押在宫廷的何处,她是否像我一样彻夜难眠,像我一样胆战心惊。我甚至在想,她今晚有床睡觉吗?

第二回合是在枢密院展开的，但是我无法到场。枢密院大门紧闭，两位卫兵在门外立正警卫，长矛直立。

"她在那里。"凯瑟琳·布兰登不动声色地小声对我说，我们穿过镶嵌木门走向花园，"她是早上被带到那里的。"

"就她一个人？"

"她前夫也被抓了，但她坚持说与他无关，他们就把他放了。对，就她一个人。"

"他们知道她曾经在我这里布道？"

"当然知道，他们还清楚是上次是您给博纳主教下的指令，让把她放了。"

"他们不怕我的权力？他上次还算听话。"

"您的权力好像大不如以前了。"她断然地说。

"我的权力怎么会大不如以前了？"我追问道，"国王还在召见我，他还在和我情投意合地交谈。他昨晚还让我侍寝。他许诺要送我礼物。这一切表明他还是爱着我的。"

她点头同意，"我知道他是爱着您的，他可以爱着您，但不赞同您的信仰。现在，他站在斯蒂芬·加德纳、诺福克公爵和其他人一边，包括威廉·帕吉特、博纳、里奇和弗罗瑟斯利那些人。"

"但其他大人都是支持改革的。"我反驳说。

"可惜他们都不在朝廷中。"她申辩说，"爱德华·西摩尔远在苏格兰或者布伦，他忠心耿耿，总是被委以重任外出征战，他的胜利对我们是一个不利因素。托马斯·克兰默在家里学习。国王生病的时候没有召见您，他患病都好几周了。温迪医生与巴斯医生不同，他不热衷于改革。要给国王呈现一样东西，要让国王对其感兴趣，您必须时刻伴随他身旁，我丈夫查尔斯说他总是侍卫在国王身旁,因为窥视他位置的对手大有人在。您必须想办法时刻待在他身旁,殿下。您必须伴随国王,时时刻刻,才能让我们的想法得到同意。"

"我明白,我会的。但我们怎么在枢密院保护安妮·阿斯科?"

她向我伸出手,我们走下通往花园的阶梯。

"上帝会帮助她的。"她说,"如果他们判决她有罪,那我们就去恳求国王赦免她。您把所有的女侍带上,他会喜欢的,我们大家都下跪祈求。但现在我们对她无能为力,她要面对的是枢密院。只有上帝能够帮助她了。"

枢密院一整天都与这个来自林肯郡的年轻女士纠缠不休,仿佛这位女士略通文墨,二十多岁的女士应该花更多的时间来与他们唇枪舌剑,据理力争。温彻斯特主教斯蒂芬·加德纳、伦敦主教埃德蒙·博纳,他们两位给这位从来没有踏入过大学门槛的年轻女士大谈神学的真谛,但却无法展示她的错误。

"他们为什么要花这么多时间在她身上?"我询问,"为什么不下令让她回到她丈夫身边——如果他们希望她销声匿迹的话。"

我焦急地在房间来回踱步。我完全无法静下心来阅读和学习,但也无法出去要求他们打开这些牢牢锁住的大门。我不能让安妮孤身一人面对她的敌人,也是我的敌人,但也无法帮助她脱离险境。没有许可,我不敢贸然去国王那里。我希望能在晚餐前看到他,希望他有足够精力出席晚宴,我实在等待不及了。

外边传来声响,卫兵为我弟弟和其他三人打开了门。我一个转身。

"弟弟?"

"殿下。"他鞠躬致意,"姐姐。"

他停顿下来，难以启齿。我眼角瞥见我妹妹娴站了起来，凯瑟琳向她伸出了手。安妮·西摩尔睁大了眼睛，惊讶得合不上嘴，表情严峻。

大家就这样沉默无语。我意识到大家都在看着我。我缓慢地领会了我弟弟目瞪口呆的表情和他身旁的卫兵，我也渐渐地意识到大家认为他是来逮捕我的。我双手在颤抖，于是紧紧地握在一起。如果安妮已经指控了我有罪，那么枢密院早就会派人把我抓起来了。现在看起来更像是他们要我弟弟来抓我到伦敦塔，以此来检测他身份的忠诚和确定我的垮台。

"你想做什么，威廉？我的亲弟弟，你是来做什么？"

我的话仿佛启动了什么程序，我桌上的钟发出三点整的银铃声，威廉走进屋里，卫兵关上了门。

"会见结束了？"我喉头发紧。

"结束了。"他简单地回答。

我看得出他不苟言笑的表情，我把手放在椅背上作支撑。"你看起来好严肃，威廉。"

"我带来的不是好消息。"

"快告诉我。"

"安妮·阿斯科已经被送到纽盖特监狱去了。他们无法让她公开忏悔。她将要被作为异端邪说者受到审判。"

房间鸦雀无声，我感觉眼前的一切都在天旋地转。我抓住椅背，让自己站得更稳，睁大眼睛愤慨地喊道："她不愿公开忏悔？"

"他们叫来爱德华王子的家庭教师说服她，可是她将《圣经》的段落倒背如流，说他们才错了。"

"但你就不能救救她？"我怒气冲冲地说，"威廉，你难道就什么也没有做？"

"她把我责骂了一番。"他颓丧地说，"她直直地盯着我，说我昧着良心劝告她,我太无耻了。"

我喘了一口气,"责怪你昧着良心?她要供出那些和她信仰相同的人的名单了?"

他忙摇头。"不!不!她说话非常小心,谨小慎微。她什么人也没有供出。没有我,也没有您和您的女侍。她责怪我昧着良心,但她没有说我信仰什么。"

我有些内疚地再问:"有没有人提到我什么?"

"他们说她在您房间布道,她回答说布道的什么信仰的人都有。他们逼迫她说出到过你房间的那些朋友的名字。"他警觉地看着地板,这样,便没人可以说他和任何人交换了眼神,"她不会。她铁了心的。她不会供出任何人。

"一切都很清楚,姐姐,非常清楚,他们想从她那儿得到的是您聚会的证据——你的异端邪说聚会。如果她供出您是异端邪说者,他们迟早会释放她的。"

"你的意思是我才是他们的目标,不是她。"我从牙缝里挤出这几个字。

他点头说:"当然,人人皆知,她也知道。"

我没有说话,尽力把恐惧压在心中,我必须勇敢,就像安妮·波琳那样。她为她弟弟和朋友的无辜而进行了抗争。"想想我们有什么办法把她救出来?"我问,"她是不是必须被审判?要不要我去告诉国王,她是受到了冤屈?"

威廉看着我,仿佛我失去了理智。"凯特,他什么都清楚,不要犯傻了!这不是加德纳瞒天过海滥用职权,而是奉君命行事。是国王本人签署的对她的逮捕令,同意对她进行审判,下令在审判之前把她关押在纽盖特监狱的。他应该已经对陪审团下过命令,他什么都已经决定好了。"

"陪审团不是应该是独立的吗?"

"可惜它不是。他会要求陪审团如何宣判。而她必须经过审判,她唯一求生的机会就是在审判时公开认罪。"

"我想她不会的。"

"我也这样想。"

"接下来会发生什么?"

他直直地看着我。我们都对结果心照不宣。

"我们自己会有什么事呢?"他一筹莫展地说。

让我惊异的是,国王到我的宫廷房间来了,伴随其后的是他的男侍和枢密院成员,来护送我们参加晚宴。距离国王上次身体情况良好,带我参加晚宴的情况已经很久了。众人的到来人声喧哗,就像是在庆祝国王回到宫廷。他还无法行走,无法用长了溃疡的腿站立,但他坐着轮椅来了,包着厚厚纱布的腿伸在前面。他乐滋滋地看着自己的这副模样,就像是骑马或者狩猎偶然的受伤,宫廷人士明白了他的意思,也跟着笑了起来,好像我们知道他明天或者后天就会痊愈出席舞会。凯瑟琳·布兰登说她要布置一张椅子,节目会包括和国王抢椅子,他说就这样定了,明天我们就玩抢椅子游戏。威尔·萨默斯伴随着他的轮椅在他面前翩翩起舞,假装要摔倒,即刻就会被滚滚向前的巨大轮椅和半卷曲在上的伟人碾压。

"摩洛神!我被摩洛神碾压得粉身碎骨了!"威尔发出哀号。

"威尔,如果我把你碾压到了,你哪有机会在这里惊呼大叫。"国王警示他,"别挡轮椅的道,笨蛋。"

威尔翻了一个筋斗,恰到好处地让开了道。我的女侍们发出尖叫,然后是一阵笑声,仿佛这是多么有趣。我们的神经都绷得紧紧的,迫不及待地让国王保持他的好心情。

删后记

"我发誓要让我的战车把你碾压得粉碎!"亨利大声喊道。

"你赶不上我。"威尔嬉皮笑脸地回答,亨利马上喝令在椅子扶手边汗流浃背的男侍立即追威尔,威尔则在我的议事厅手舞足蹈,一会在板凳上倒立,一下又跃上窗台,突然又围着我的女侍打转,抓住她们的腰让她们转圈,国王一次次抓住的是她们,他却灵巧地滑走,女侍们发出阵阵尖叫和欢笑。在这场嬉闹中,人群朝着不同的方向快速扭动,把亨利围在中间,他满面通红,狂笑着大声呵斥:"快点!快点!"最终,威尔累得瘫倒在地,他抓起一条白色的饰带在头上挥舞,表示他甘拜下风。

"您是万能的太阳神。"他对亨利说,"我只不过是一片飘零的云彩。"

"你是一个大笨蛋。"亨利故作嗔怪地说,"你把我妻子的房间弄得一塌糊涂,把女士们骚扰得怨声载道,你的愚蠢惹出好多麻烦。"

"我们是一对旗鼓相当的小笨蛋。"威尔嬉皮笑脸地对他的主子说,"我们就像二十来岁时那样乐此不疲,但是陛下您却比当时聪明多了。"

"此话怎讲?"

"您更有智慧,更有王气,更英俊也更骁勇。"

亨利喜形于色,很欣赏这一比喻。"我确实当之无愧。"

"陛下,您还不仅如此。"威尔虔敬地说,"不止如此。与其他女士相比,王后获得的也不仅是一个丈夫。"

亨利发出会心的抚掌大笑,突然咳嗽起来。"你这个无赖,滚,到厨房吃你的狗食。"

威尔优雅地鞠躬告辞,接着向外走。他走过我身旁时,我看到他给我隐约的微笑,就像是向我证明他已经竭尽全力,我要做的就是开始晚宴。我不止一次地思考,威尔·萨默斯究要有多愚蠢,才能够在这个朝不保夕的宫廷长期幸存。

"我们进餐吧?"国王问我。

我微笑着致礼，队列开始移动，一支古怪滑稽的队列：男侍气喘吁吁地伴随着国王的轮椅在最前面，我走在国王旁边，握着他的手，倚靠着椅子扶手，国王呼哧呼哧地喘息，周身汗流浃背，汗水透过他镶金边的丝绸衣服，腋下和领口全部湿了，我心想，这能持续多久呢？

"你下午有布道吗？"他彬彬有礼地问，一位侍者双手持从金质水壶给他倒水，另一位用白色亚麻餐巾给他净手。

"有。"我回答，伸出双手等洒有香水的餐巾净手，"我们请了陛下您的牧师给我们讲感恩。话题很有趣，发人深思。"

"不要太深奥了。"国王说，带有宠幸的微笑，"不要让年轻的汤姆·霍华德又疑神疑鬼，他刚从伦敦塔监狱释放出来，但是我不希望他又去和他父亲作对。"

我笑了，仿佛这事对我无足轻重，就是一个有趣的消遣罢了。"不会很深奥的，陛下。全是上帝的教诲和牧师的解读。"

"在你房间没有一点问题，"他说，突然有些激愤，"但就是不能在大街上和酒吧里公开讨论。学者们讨论辩论是一回事，但那些乡巴佬姑娘和大字不识的笨蛋也想阅读并且自以为是，那就是另一回事了。"

"完全同意。"我说，"陛下给他们英语的《圣经》，他们是如此感恩戴德。他们还希望能够得到英语《圣经》，这样就可以静悄悄地阅读和学习，有机会理解上帝的真谛。他们不需要聚会一起，让一个人朗诵，另一个人解读就足够了。"

他的大脸转向了我。他脖子粗大，颧骨高耸，脸庞肥硕圆润，从外衣白色镶边的领口伸出一直延伸到头发的下沿。他就像被激怒了一样。"不，你弄错我的意思了。"他冷冰冰地说，"我给他们《圣经》的目的不是那样的，我认为来自林肯的乡下姑娘不应该阅读和学习。我认为她不应该研究和思考。我不想提高她的理解能力。我也不让她布道。"

驯后记

我啜了一口酒,端酒的手稳稳当当的。在国王身旁,我看见了斯蒂芬·加德纳垂着头,正在细咀慢嚼享受晚餐,但又竖起耳朵在仔细倾听。

"您把《圣经》给了他们。"我继续说,"您愿意把它放在教堂让每个人阅读,或者希望只是在更好的环境里充满敬畏和静悄悄地阅读,这些都必须是您的决定。它是您的恩赐,您来决定它的去留。不过,有的布道者阅读了《圣经》,也还研究了《圣经》,他们的理解超越了教会的很多最名声显赫的牧师。为什么呢?因为他们没有上过大学,没有学习过那些迂腐的逻辑学,没有发明了各种礼仪,且对自己的学问洋洋自得。他们就是阅读《圣经》,哪儿也不去,什么也不学。这真是太感人了,陛下。这些朴素简单的人们的虔诚太感人了。他们对您的忠诚和对您的热爱真是太动人了。"

他的情绪有点缓和下来。"他们忠诚?他们没有质疑我和教会的教诲?"

"他们知道自己的当家人。"我理直气壮地说,"他们在您治理下的英格兰成长,清楚您制定的法律让他们国泰民安,他们也清楚您统率的大军保家卫国,清楚您运筹帷幄让海军掌控大海。他们当然像圣父那样热爱您。"

他发出带有鼻音的笑声:"圣父?就像教皇?"

"就像教皇。"我直率地说,"教皇无非就是罗马主教,他统领意大利的教会。而您,是英格兰教会的最高首领。您是教会最高领袖,不是吗?您傲视其他所有的教会人物,对不对?您统领英格兰的教会。"

亨利转向加德纳主教。"王后殿下的话,"他问,"你怎么看?"

加德纳挤出一丝笑容。"陛下有幸受到喜爱学术讨论的妻子的祝福和赞美。"他说,"谁能够想到一位女士能够推断出这番道理,能够对一个丈夫说他是这样一个学术的统帅?她已经驯服了您!"

✦

国王下令我在晚宴后与他坐坐,我把这当作是他的善意。温迪医生为他准备了睡前祈祷文稿，宫廷的人都围绕在他的四周，他包裹着厚厚纱布的腿向前伸出。斯蒂芬·加德纳和老托马斯·霍华德站在一边，我的女侍和我站在另一边，就像我们要拼命争夺他的座椅。我飞快地环视了一下我丈夫周围人们的表情，朝臣脸上堆出的笑容，每个人有意作出的姿态，我意识到每个人与我一样急迫，每个人与我一样疲惫。我们都在等待国王宣布这一切的结束，将我们从当晚的一切释放出来。说心里话，我们有些人盼望永久的和平，有些人则诅咒他的死亡。

谁现在能够赢得国王的关注之争，便将赢得下一个王朝。谁现在能够赢得国王的亲宠，便就将在爱德华继承王位后获得显赫位置。我丈夫曾经把这些人形容为争宠的狗，但现在我是第一次亲眼目睹，明白我也是其中之一。我的未来与其他人一样，全系于他的喜好，今晚，我无法确定我是否能够得到他的幸宠。

"痛得厉害吗？"温迪医生轻轻地问。

"剧痛难忍。"国王焦躁地说，"如果巴斯医生在的话就不会是这样。"

"试试这个。"温迪医生谦卑地说，他拿出一个盛了药的杯子。

怏怏不乐的国王接过杯子把药饮下。他转脸对男侍说："上甜品。"他突如其来地宣布。男侍飞快地跑到柜子旁，拿出盛满什锦果脯、加糖的话梅、苹果、杏仁饼与点心的盘子。国王抓了一小撮放进嘴里。

"上帝知道，在每一座村庄有传教士之前，英格兰更幸福。"托马斯·霍华德说，深思熟虑地吐出一句话。

"但每一座村庄都有神父。"我反唇相讥，"每一个神父都收取什一税，每一座教堂有收费的小教堂，每一座城市有寺庙。那时的布道课比现在多得多，但是使用的是每一个人都无法理解的语言，这对穷人是极端的不公。"

反应迟钝、脾气暴躁的托马斯·霍华德紧绷着脸回答说："我认为那些人没有必要理解。"他不容置疑地说。他看着国王，只见国王肥大的圆脸在左右环顾。"我总是对装出一副满腹经纶样子的傻瓜和女性大惑不解。"这位公爵说，"就像今天这位愚昧无知的女士这样。"

我不敢提到安妮的名字。但是我可以为她的信仰辩护。"我们至高无上的主用浅显的语言对百姓讲话，用他们能够理解的故事讲话，我们为什么就不能这样做呢？"我反问，"人们为什么就不能使用上帝之子耶稣的浅显语言呢？"

"因为他们无休无止！"托马斯·霍华德怫然大怒，"因为他们并没有安安静静地阅读和思考！我每次路过圣保罗路口，总会看见那儿聚集的一小撮人群，他们发出乌鸦般刺耳杂乱的声音！我们能够容忍多少人聚集？我们能够容忍多少杂音？"

我笑了笑，转向国王。"陛下，您不会这样想吧，我知道。"我比刚才更加理直气壮了，"陛下大人喜欢《圣经》的学术和带有崇敬的讨论。"

但他脸上露出郁闷。"上甜品。"他又吩咐男侍，"你们可以走了，女士们。斯蒂芬，你留下来。"

我知道这是冷落，但我不会让斯蒂芬·加德纳和那个诺福克的傻瓜认为我被伤害了。我站起身，向国王鞠躬致礼，在他潮湿的额头上亲吻了一下，祝他晚安。在我俯身向他时，他没有使劲拥抱我的腰，我宽慰地发现，朝廷没有人看见他像拍宠物狗一样拍了拍我。我冷漠地朝主教和公爵点了点头，他们两人仿佛粘在了椅子上。"晚安，夫君大人，上帝保佑您。"我娴静地说，"我会为您祈祷，疼痛很快就会消失。"

他咕噜地说了再见，我带女侍们走了出去。嫡边走边往后瞥了一眼，看见斯蒂芬·加德纳在国王身旁坐下，两人头挨头在说着什么。

"我倒想听听那个假仁假义的牧师说的什么。"嫡愤愤不平地说。

我跪在我雕梁画柱的大床旁为安妮·阿斯科祈祷，今晚，她会睡在纽盖特监狱麦草铺垫的简陋小床上。我为我熟悉的所有思想犯祈祷，那些在我的房间与我交谈过的人们，那些参加了我的布道但现在被迫远离了我的人们；也为我永远不会知晓的人们祈祷：在英格兰、德国和遥远的远方的人们。

我知道安妮会为了信仰而忍受一切，但我无法想象她躺在黑暗处，四周是老鼠的窸窣作响声以及其他囚犯的呻吟声。对异教徒的惩罚是火刑，尽管我肯定加德纳和国王都不会让一个年轻女性，一个温文尔雅的年轻女性遭受如此惨无人道的酷刑，但仅仅想到她要面对公开审讯，就已经足以让我不寒而栗，拂面恸哭。她无非就是说弥撒仪式的面包就是面包，仪式上的红酒就是红酒而已，那些人一定不会因为她说出了人人皆知的事情而把她囚禁大牢吧？

主说："这是我的身体，这是我的血。"但是，他与那些假仁假义、从雕像的伤口中点蘸红墨水的牧师迥然不同。主要求我们："吃面包的时候想着我，喝酒的时候想着我。把我放在你的心里"，托马斯·克兰默的礼拜仪式把这一切展现得一清二楚，国王本人也表示了赞同。我们公开出版了这条主的旨意，并且是使用的英语。可为什么安妮今晚会在纽盖特监狱过夜并且面临审判，为什么伦敦主教会强制她公开忏悔，她无非就是说了些英格兰国王所赞同的东西啊？

夜色沉沉，我也准备睡觉了，嫃已经睡着了。床单冰凉，我没有叫女侍把它们加热。我对唾手可得的光滑床单和纯净的白色刺绣的奢华感到羞耻。我想到躺在麦草床上的安妮，想到在大海上躺在狭窄船舱铺上的托马斯，在船舱中随着海浪颠簸起伏，这样一来，我真没有任何可以抱怨的了。不过，我并不高兴，我就像个被溺爱的孩子。

删后记

我一下就睡着了,也即刻梦见了我在攀爬古城堡的螺旋形阶梯,古城堡并非是王宫的一部分,王宫不会这样潮湿和寒冷。我的手扶着外墙,竖型射箭口积了冰水。阶梯黑黢黢的,与月光隔绝,每一级阶梯都凹凸不平,千疮百孔。我两眼一抹黑,看不清射箭口之间的路面。我听见阶梯下面有人窃窃私语,声音在塔楼里回响:"特莱芬!特莱芬!"我紧张得吐了一口长气,因为我现在知道了我是谁,我将要发现什么。

阶梯最终通往塔楼顶端的石头平台,眼前有三扇小木门。我不想打开这些门,我也不想进入门背后的房间,但轻声呼唤我名字"特莱芬"的声音在我身后的阶梯回响,促使我无法停下脚步。我扭动了环形门把手,把手随之旋转,抬起门后的门闩,第一扇木门打开了。我不想思考谁有可能听到这一切,谁有可能在里面,转头看着门闩的抬起。不过,我感觉门不愿自己打开,于是我加了把劲,推开了门。借着透过狭窄窗户洒进来的月光,我查看了这间屋子。我看见的是一台占据了整整一侧房间的机械。

我最初认为这是一种编织挂毯的机器。一张高高抬起的平台,两端有巨大的滚轴,中间是杠杆。我走近再看,一个女性捆绑在上面,双臂可怕地弯曲伸过头顶,双脚捆绑在一端,腿好像已经折断了。有人固定了她的手脚,升起了杠杆,滚轴转动,她的身躯被拉伸,手臂已经脱臼,双肘露出了肘关节,她的腿骨、膝盖骨和踝骨都裸露了出来。剧痛笼罩着她苍白的脸庞,我一眼就看出来了,这是安妮·阿斯科。我踉踉跄跄退出刑讯室,跌跌撞撞地进入另一扇门。这间屋空空荡荡,鸦雀无声,我松了口气,免遭于接下来的恐怖,但我闻到了烟味,来自楼板,楼板越来越热。在我奇怪的梦境中,我双手被捆绑在身后,站着被捆在刑柱上。我无法动弹。我的双脚下不再是木板,而是滚烫的木条,我不停地交换双脚避免烫伤。脚下越来越烫,烟雾从我的眼角和口腔渗透进来,我开始剧烈地咳嗽。我呛了一口,感觉喉咙被滚烫的烟雾所烧灼。然后,我看见脚下的木条冒出一小股火焰,我又开始咳嗽起来,拼命想远离火焰,"不!"我喊道,但是烟雾不听我的呼唤,我吸了口气,滚烫的烟雾又烧灼起我的喉咙,我开始不停地咳嗽……

"醒了!"婻呼叫我。"醒了!醒了!接着。"她把一杯麦芽酒塞到我手里,"该醒了!"

我抓住冰凉的酒杯和她的手,"婻!婻!"

"嘘,您醒了,您现在没事了。"

"我梦见了安妮。"我还在咳嗽,就像烟雾还弥漫在我的胸肺里。

"上帝保佑她,关心她。"婻接着问,"您梦见了什么?"

梦境中可怕的细节已经渐渐消失了,"我想我看见了她……我想我看见了刑讯台……"

"纽盖特监狱没有刑讯台。"婻说,神色不惊,"而且她不是要上刑讯台的普通囚犯。他们不会折磨女性,她是绅士的女儿。她父亲曾经效忠国王,没有人胆敢动她。你刚才做了噩梦,一切都过去了。"

"他们不会折磨她?"我清了清嗓子。

"当然不会。"婻回答,"很多人认识她父亲,她丈夫又是富裕的自耕农。他们无非是把她关押几天,吓唬她一下,最后会把她放回家,放回到她可怜的丈夫身边,就像他们以前做的那样。"

"她不会被审判?"

"他们当然会说她将面临陪审团审判,并且威胁她将被判处有罪。不过他们会把她送回家,让她丈夫揍她。没有人会折磨一个有显赫父亲和富裕丈夫的女性,也没有人会把这种有争议的女士送去公开审判。"

✦

尽管有婻这番话,我还是难以入眠。第二天早上,我让女侍给我按摩

删后记

了面部,抹上了胭脂,让我尽量显得不那么憔悴。我绝对不能露出因为恐惧而失眠的模样,我知道王宫里的所有人都在观望。今天,大家都知道我的女性布道者被关押在纽盖特监狱,我必须显得行若无事。我带我的女侍们先去了小教堂做礼拜,然后去用早餐,做出欢天喜地的样子。国王坐在轮椅里在大厅门口迎接我。让我大吃一惊的是,乔治·布拉吉蹦蹦跳跳进入了大门,就像是从坟墓再生的拉撒路。他被从监狱释放了,像往常一样胖乎乎的,兴高采烈。一个被指责传播异端邪说的人现在蹦蹦跳跳地出现在国王面前,就像是探险归来的老朋友。

斯蒂芬·加德纳满面怒气,身后的理查德·里奇爵士面有愠色,看着这位仅仅因为参加过我房间的布道,便被投入监狱的人。布拉吉跪在国王面前,抬起头展示着他那张喜气洋洋的脸。

"猪!我的猪!"国王高兴地喊了出来,坐在轮椅的身体往前倾,把他拉了起来。"真的是你,你还好吧?"

乔治高兴地打哼哼,威尔·萨默斯马上也给出胜利的哼哼声回应,仿佛是猪圈的猪在一起庆祝乔治的回家。国王纵声大笑,就连威廉·帕吉特也忍俊不禁。

"如果不是陛下对您的猪如此宽大为怀,我现在恐怕已经烤焦了!"乔治嬉皮笑脸地说。

"就像后腿一样被烟熏了!"国王回答。他椅子转过方向,眯缝着眼睛对斯蒂芬·加德纳说:"不管你怎么追捕异教徒,但我的人你绝对不能动。"他说。"这是我要你遵守的底线,加德纳。不要忘记了哪些是我的朋友。我的朋友不可能是异教徒。我喜爱的人都应该在教会里,我是教会的领袖,爱我的人不可能在教会门外。"

我轻轻地走上前去,把手搭在我丈夫肩上。我俩看着这位主教,是他逮捕了我的朋友,逮捕了我的卫士,逮捕了我的牧师,逮捕了我的书商,逮捕了我医生的弟弟。在我们的注视下，斯蒂芬·加德纳垂下了头。

"对不起。"他说，"我对犯下的错误非常抱歉。"

天遂人愿，我成功地让斯蒂芬·加德纳遭到了公开羞辱。我的女侍们和我一道笑逐颜开。乔治·布拉吉被请回了宫廷，国王公开表示了对他的宠爱，还公开表示了对那些爱他的人的保护。我认为这是对我们的重大利好。偏向传统、反对改革的狂潮已经平息下来，逐渐开始转向，就像受到某种隐秘的力量影响，潮涨潮落，或许是因为月亮的引力，就像新哲学家所说的那样，在王宫，国王面无表情的胖脸的转动带来了宫中潮流的转向。我们知道，我们改革派再一次成为了新潮，高高跃起，势不可挡。

"我们现在怎么把安妮·阿斯科救出来？"我问嫺和凯瑟琳·布兰登，"国王因为喜欢乔治·布拉吉已经释放了他，显然，我们现在局面很好，该如何尽快让她得到释放？"

"你是不是认为现在你足够强大了？"嫺试探着问。

"释放乔治就表明国王已经对老派教会不太耐烦了，现在我们已经占了上风。"我信心十足，"无论如何，我们都必须冒险救安妮。她不能待在纽盖特监狱里。那里疾病瘟疫横行，我们必须把她弄出来。"

"我可以先派一个人去查看她的起居条件如何。"凯瑟琳说，"我们可以贿赂守卫，让她过得舒服一些。我们可以让她换一间干净的牢房，给她送一些书、食物和衣服。"

"赶紧去弄。"我点头说，"但怎么把她弄出来？"

"要不找找表兄尼古拉斯·斯洛克莫顿？他可以进去和她谈话。"嫺建议说，"他熟悉法律，并且是赞成改革的基督徒，他肯定在你房间多次听过她的布道，他应该去看看我们能够做些什么。我们还可以和琼谈谈，她是安东尼·丹尼的妻子。安东尼最近与国王形影不离，他会知道枢密院是不是要坚持审判她。审判她的传唤书最终也会是他拿给国王批准签字，或者他自己盖章，如果国王批准了判决，他会把国王的指令带给陪审团。安东尼·丹尼无所不知，他会告知他妻子琼内幕的。"

"你肯定他会支持我们？"我询问道，"你确定他忠实于改革？"

嫡双手微微动了一下，做出一个姿态，就像女士在权衡钱包。"他内心是赞成改革的，我可以肯定。"她说，"但和我们大家一样，他也希望得到国王的青睐。他不会做任何让国王反感的事情。总之，他也不过是无权无势的臣民，在……"

"暴君的宫廷里。"凯瑟琳轻蔑地说。

"在国王的王宫里。"嫡纠正她。

"但国王是偏向我们的。"我提醒她们。

晚餐前，我满怀信心地来到国王的房间，他正和其他人在讨论宗教，我立即加入了讨论。我小心翼翼，尽量不要显出对自己拥有学问的傲慢。这样做并不困难，因为我越来越清楚学而后知不足，不过，我至少可以参与这群人的讨论。他们有意颠倒黑白，就是为了取悦国王，牟取私利。

"原来托马斯·西摩尔还没有老婆。"国王在讨论中突然插话，"谁会预料到有这种情况？"

听见他的名字如同出现一个晴天霹雳。"陛下？"

"我说托马斯·西摩尔还没有老婆！"他大声说，就像我有听力障碍。

"我已经对婚姻表示了祝福，而且霍华德家人告诉我婚礼将很快举行。"

我无言以对。我看见了国王身后的诺福克公爵、玛丽父亲托马斯·霍华德那张冷漠无情的脸，玛丽本应该早已成为托马斯的新娘。

"是出了什么问题?"我小声问道,装出感到一丝意外的语气。

"女士不愿意,肯定是这样。"国王转向公爵,"她拒绝了?我有些惊讶,你对女儿这样放任。"

公爵鞠躬,笑着说:"我不得不承认她不喜欢托马斯·西摩尔。"他回答,我对他讥讽的口吻强压怒火。"我想她是对他的信仰有些在乎。"

这暗示了他是异教徒,"陛下……"我刚开口。

公爵居然胆敢打断我的话。我停下来,意识到他自认为他可以打断我这个英格兰王后的话,而且没人对他发起过挑战。

"众所周知,西摩尔家族是教会改革的支持者。"诺福克公爵说,他把"西摩尔"的首音节通过缺掉的门牙发出来,就像是毒蛇发出嘶嘶声,"从王后宫廷房间的安妮女士到爱德华阁下,他们都热衷于自身的学术和阅读。他们自以为可以对我们所有人指指点点。我确信,我们应该对此心存感激,但我女儿更加传统。她愿意在陛下您建立的教堂祈祷。她不寻求任何变革,除非是您下令。"他停了下来。他的黑眼睛眨巴了几下,仿佛想为了惋惜这个女婿而挤出几滴泪水。"她已真心喜欢上亨利·菲茨罗伊①,我们全家也是。没有任何人能够替代她心中他的位置。"

那个混蛋儿子的名字让国王陷入了对过去的伤悲情感。"噢,别再说他了。"亨利说,"我无法承受这个伤痛。这个最英俊的小伙子!"

"我也无法承受托马斯·西摩尔取代我们所喜爱的菲茨罗伊的位置。"公爵严苛地说,"这会被人嘲笑的。"

怀着难以抑制的怒火,我听见这位老朽出言不逊,污蔑托马斯。我也看到没有一个人出面为托马斯仗义执言。

"不能。没有人能够取代我们孩子的位置。"国王表示赞同,"没有任何人能够那样做。"

---

① 即里士满公爵,亨利的"私生子"。

删后记

　　我的表兄尼古拉斯·斯洛克莫顿从纽盖特监狱回来，带回了关于安妮·阿斯科的好消息。她在伦敦有很多支持者，衣物、食品和现金源源不断地送到她的监舍。她肯定会被释放。她去世的父亲的权势和丈夫的财富都对她起了重要作用。她曾经给伦敦一些最显赫的人物和元老做过布道，而且她所说的不过是其他人的心里话。大家相信，国王无非是要吓唬改革派，让他们噤声，而他们所有人，就像托马斯·霍华德与乔治·布拉吉那样，最终会在几天内悄悄地被释放。

　　"你能不能和国王说说，"尼古拉斯问我，"请求他赦免她？"

　　"他现在有些喜怒无常。"我坦诚地说，"教会那帮人总是围着他转。"

　　"但是他肯定是转向支持我们了？"

　　"他最近的决定都是赞成改革的，但他对每个人都会翻脸。"

　　"难道你不能像以往那样给他提点建议？"

　　"我会尽力的。"我许诺，"但是在他房间交谈不像以往那样顺畅了。有时我说话的时候会感到他有些不耐烦，有时他简直就是充耳不闻。"

　　"你必须让他时时刻刻听到改革的呼声。"他有些焦急，"现在你是唯一在宫廷中的人了。巴斯医生去世了，上帝保佑他。爱德华·西摩尔离得远，他弟弟托马斯在海上，克兰默在自己的宫中。你是宫廷中唯一的人，只有你才能够让国王想到几个月前他那充满激情的信仰。我知道他多疑善变，但我们和他的观点是一致的，你已是唯一能够让他坚持下去的人。确实很难，但是你是唯一在宫廷里能够保护改革的人了。我们大家都指望你了。"

1546 年夏

伦敦　白厅宫

夏日炎炎，待在伦敦酷暑难耐。我们本来应该外出，沿着泰晤士河的绿色河谷巡游，下榻在河边美丽的宫廷中，或者去南方的海边，要么去朴次茅斯，我还可能见到托马斯。但今年有所不同，国王毫不在乎瘟疫，也不在乎城里的炎热，他所担忧的是死亡会把他带走，死神离他越来越近，就像要永远地伴随着他。

他身体虚弱，难以远足，即使是逃避疾病也不行。可怜的老人，他不能骑马，他不能步行。他不愿让百姓看到他这番模样，在往常，他经过时，百姓会排列在道路两旁欢呼雀跃，脱帽致敬。他曾经是基督教世界最英俊的王子。眼下，他清楚，看见他的人都会心生怜悯他那肿胀的身躯和肥大的脸庞。

因为国王心怀恐惧，郁郁寡欢，我们大家也都不得不待在城市的炎热之中。狭窄的街道旁边的排水沟发出阵阵恶臭，猪和牛在街道上堆积的垃圾中拱翻。我说伦敦市长大人应该更主动一点，派人把街道打扫干净，惩罚那些违反规定的人，可是国王冷冰冰地看了我一眼，说："你是不是想既当王后又当市长？"

待在城里让每个人都怨天尤人。朝臣通常在夏季回家，来自北方和西方的领主对妻小牵肠挂肚，对家乡绿色成荫的山丘里清凉惬意的城堡望眼欲穿。但国王怏怏不乐的情绪笼罩着整个宫廷：人人都想离开，但人人都

删后记

不准离开，人人都惴惴不安。我在城堡围墙下的绿荫小道散步时看到了威尔·萨默斯，心中怀着无言的痛楚。我多么期盼能够见到托马斯，也为安妮·阿斯科忧心如焚：她还被关押在监狱，既没有审讯，也没有判决。作为他永志不渝的朋友和伴侣，我多么希望国王能够再倾听我一次。在高大的树篱围栏隔开的小花园里，威尔像小鹿一样，四肢摊开，躺在一棵繁茂的橡树下，阳光透过树叶星星点点洒在他身上。他看见我后，收起长腿站了起来，鞠躬致意，然后又像活动木偶那样摆好姿态。

"天好热，你感觉怎么样，威尔？"我问。

"总比地狱强。"他回答，"难道您怀疑一切，包括地狱吗，殿下？"

我四下打量了一番，除了我们两个，树篱围栏隔开的小花园里没有其他人。"你想和我讨论神学吗？"

"我不想！"他回答，"愚昧无知的我哪是您的对手。我也不是唯一的一个。"

"你也不是唯一的一个不想讨论神学的人？"

他点点头，把手指放在鼻梁上，直直地对着我看。

"还有谁不想和我讨论？"

"陛下。"他一本正经地说，"我就是一个傻瓜。我不和国王讨论他的教会。如果我是聪明人（我每天醒来都感谢上帝，好在我不是），我现在早已自掘坟墓了。如果我真是有主见的聪明人，我就会喜不自禁地讨论这些严肃的话题，后果严重的话题。"

"但国王陛下总是喜欢讨论这些严肃的学术话题。"我颇然地回答。

"现在不了。"威尔说，"是我的看法。是傻瓜的看法，不值一文。"

我张口正要说话，威尔慢吞吞地打了一个倒立，他双手着地支撑，双腿懒散地靠在树干上。"看见了吧，傻瓜就只会做这些。"他头朝下对我说。

"我知道你是故意装出一副傻样，威尔。"我说，"但有些好人的命运系于我一身，指望我为他们说话，我已经承诺了要让国王不会变心。"

"头下脚上打倒立比让国王不会变心简单多了。"威尔回复我，直立的身躯就像一个卫兵，只不过是头脚颠倒，"殿下，如果我是您，我就会在我旁边打倒立。"

炎热依旧，每天下午我们都坐在敞开的窗户旁，聆听我的一个女侍阅读《圣经》，窗户的帷帘浸泡了凉水，好让房间的温度下降一点。在下午，我会来到窗帘紧闭的密室，祈祷国王早日康复，也祈祷国王早日让我们离开这座散发恶臭的城市，摆脱令人疲乏慵困的炎热，让我们出去走走。我渴望变成燕子，飞向南方，飞向大海，飞向充满盐味的海洋，飞向托马斯。

一天下午，我们坐在河边的长凳上呼吸新鲜空气，我看到托马斯·西摩尔的驳船沿河下来，停靠在了码头。我脸上立即显露出闲散无聊的表情。"你们看，那是不是托马斯·西摩尔的驳船？谁在船上？是不是托马斯·西摩尔？"我问。

伊丽莎白马上抬起头，站起身来，用手遮住河水耀眼的反光。"是他！"她尖叫起来，"是托马斯爵士！还有爱德华·西摩尔和他一道。"

"我丈夫？"安妮·西摩尔问道，"太出人意料了。殿下，请允许我去迎接他。"

"我们都去。"我回答，大家起身，放下书本和针线朝码头走去。西摩尔家两个男人向我鞠躬致意，亲吻了我的手，然后爱德华向他妻子致意问候。

我眼前一片茫然，看不见他。我也语无伦次，说不出礼节性的问候。托马斯握住我的手，把它放在他嘴唇上轻轻吻了吻，又立起身向其他女侍鞠躬致意。他把手臂伸向我。我听见他在说什么我们去河边坐坐，空气一

删后记

定很糟糕。我还听见他说宫廷的人将会外出。耳朵嗡嗡作响,我听不见他在说些什么。

"你这次要待多久?"我问。

他俯身向我回答,如果我也向他俯身的话,我们的身体就会紧密接触并且亲吻。我想知道他是不是也是这样想的,我知道他也是这样想的。他低声说:"我就只待一个晚上。"

一听见他说晚上这个词,我立即就想到了做爱。"哦。"

"我要和爱德华一道去汇报海岸防御的准备。我们在宫中寡不敌众。我们得不到公正的汇报结果。霍华德家族和狐群狗党掌控了一切。"

"听说你不娶玛丽·霍华德了?"

他朝我赧然一笑:"或许吧。"

"我什么都没有说。她本来可以成为我女侍的一员。"

"我知道,我完全相信你。但问题是形势有些……"他停了下来。

"走慢点。"我带了些柔情说。我们已经快走到王宫的第一扇大门前了,任何时候都可能有人来把他从我身边带走。上帝呀,再给我们一点时间……

"霍华德家族坚持要她进宫。"他说,"他们要我承诺让她待在你身边。我真不明白这是为了什么,除非是要监督你。我怀疑他们有什么见不得人的勾当,她也几乎不理睬我。她一直在对什么东西怒不可遏,显然她是被威胁了。她怒气冲天。"

"那么你还是单身?"我深情地说。

他温柔地握了一下我挽着他手臂的手。"我还是会不得不结婚。"他告诫我,"我们在宫廷中需要盟友。我们对国王的影响越来越弱,我们需要有影响的人在宫廷中。我需要一个能够在他面前为我说话的妻子。"

"我无法为你说话,但是我可以……"

"不，不行。我绝不要你为我说一个字。可是我需要一个妻子，她能够在这里维护我的利益。"

我真的就像呼吸了河边恶臭的空气那样感到恶心："你还是要成家？"

"我别无选择。"

我点点头。当然，他别无选择。"你选择好新娘了？"

"除非得到你的许可。"

"我不会愚蠢到拒绝你。我知道你需要一个妻子，我对宫廷的情况了如指掌。我会微笑着参加你的婚礼的。"

"我也别无良策。"他确切地说。

"我也是，不过我肯定会在你的婚礼上兴高采烈地跳舞的。"

我们快走到门口了，卫兵向我们致礼，打开了大门。他马上就要去国王的房间，我只有在晚餐时才能见到他。不过，那时我就不能再看他了。再之后，一个月以后，几周以后，他就要举行婚礼了。

"你选的新娘是谁？快告诉我。"

"是伊丽莎白公主。"

我猛地转身，看着我的继女，她走在女侍最前面，跟在我们身后。我仿佛是第一次看见她，不再是孩子，而是少女。她年满十二岁，已经可以订婚，再过几年就可以结婚了。我匆匆瞥了她一眼，想象她成为了托马斯·西摩尔的新娘，在她的婚礼上成为了他的妻子，成为了他孩子的母亲。在想象中她开始学会了做爱，还会公开炫耀幸福。"是伊丽莎白！"

"嘘。"小声，他说，"国王应该会答应的，如果成功，我就会成为国王的驸马，这对我们是天作之合。"

是的，确实如此。尽管满腹悲伤苦涩，我还是清楚西摩尔家族这样做的理由。这对他们是绝妙的联姻，而伊丽莎白公主一旦知道这事，表面会装成出自顺从，其实内心喜出望外。她对托马斯有着天真无邪的崇拜：他深肤色的英俊容貌，充满传奇的气质。现在，她会认为自己与他恋爱上了，她会炫耀地提起他，爱慕他，趾高气扬。我则会因为妒忌而不再喜欢她。

"你不喜欢我这样？"他看出了什么。

我摇摇头，压下怒气。"我当然不喜欢，但我不会反对。我知道你也是不得已，托马斯。这对你是一个巨大的上升机会，也能够确保西摩尔家族在王室的地位。"

"如果你觉得不好，我也可以放弃。"

我又摇了摇头。我们穿过大门来到阴凉的门厅，西摩尔家的侍者上前迎接他们的主人。他们鞠躬致礼，我和他转身走向国王的议事厅。现在没有机会说话了，人人都在打量着托马斯，对舰队司令返回宫中窃窃私语。

"我是你的人。"托马斯压低嗓门，动情地说，"永远是。你知道的。"

我松开他的手，他鞠躬致礼，向后退去。

"好的。"我说。我清楚他接下来会怎么做。我也清楚伊丽莎白与他是天作之合。我明白她会倾慕他，而他会爱抚她。"很好。"

✦

第二天早晨，托马斯在做礼拜之前就离开了，我再也没有见到他。

"你不舒服？"婻问我，"你看上去像……"

"像什么？"

她仔细端详我苍白的面孔。"萎靡不振。"她说，微微一笑。

"我心里不好受。"我实话实说。我不能说多了，但只是这样说了一点真话，我也感到舒坦一些。我想念托马斯，那是我全部身心的痛处。我不知道怎么忍受他娶其他女人为妻。一想到他和伊丽莎白在一起，我的胃就火辣辣地疼痛，仿佛被人下了妒忌的毒药。婻没有继续追问我为什么不高兴。我不是她看到的第一个饱受王后身份折磨的国王的女人。

大多数晚上，我都会在晚餐前被请到国王的寝宫，倾听那里举行的辩论。我经常会实话实说，告诉国王，说改革的目标也是他的愿望，是他的智慧驱动的改革，他的臣民对他在英格兰进行的改革而崇敬他。但是，我的话遭遇了冷若冰霜的回应，我意识到国王的想法开始与我背道而驰。他在策划什么，但没有与我透露风声。我一直被蒙在鼓里，直到七月的第一周，枢密院颁布了法令——拥有威廉·廷代尔或者迈尔斯·科弗代尔翻译的英语版《圣经》是刑事犯罪。

这简直是疯了，完全无法理解。按照国王的指令，迈尔斯·科弗代尔翻译并且完善了威廉·廷代尔的《圣经》，并且作为《伟大的圣经》或者《国王的圣经》出版，是国王给信徒的礼物。这是国王在七年前给他臣民的《圣经》，每一个买得起的人都人手一册。没有家庭版本《圣经》的人被看作是不忠诚，每一个教区的教堂得到一本，并被要求展示出来。这是最好的英语版本，英格兰的每一个书架都保存了一本。可是现在，一夜之间，拥有这部《圣经》成为了犯罪。这一举动的倒行逆施让一切都陷入了动荡不安，人心惶惶。我急急忙忙赶回我的房间，脑中想起打着倒立的笨蛋威尔·萨默斯，我发现婻正在忙碌着，用粗布和绳索把我那些装饰漂亮、极为珍贵并且作了批注的书打包。

"我们不能就这样把它们扔了！"

"必须把它们送走。"

"送到哪里？"我问。

"送到肯德尔。"她回答，意思是我们的老家，"越远越好。"

"那么偏僻的地方！"

"所以他们不会去那里检查。"

驯后记

"你把我那本书拿了?"

"还有您的笔记本,凯瑟琳·布兰登的书,安妮·西摩尔的书,琼·丹尼的书和达德利夫人的书。新颁布的法律让我们措手不及,国王一夜之间就把我们打成了罪犯。"

"究竟是为什么呢?"我追问。我愤怒得几乎要痛哭起来。"为什么要把他自己的《圣经》判为非法?这是《国王的圣经》!有《圣经》怎么就违法了?上帝把他的教诲赐予了民众,国王怎么能够把它收回?"

"说得好。"她回答,"您想想。国王为什么要把他的王后打成罪犯?"

我抓住她的双手,让她停止用绳索给我的书捆绑打结,然后我跪在她身旁。"婶,你在宫中待了一辈子了,我是在林肯郡的肯德尔长大的。我是直率的北方女人,不要和我捉迷藏了。"

"这不是捉迷藏。"她说,带着苦涩的幽默,"您丈夫通过了一项法律,让您成为罪该万死的罪犯。他为什么要这样做?"

我懵然无知,"他要抛弃我?"

她沉默无语。

"你是说这条新法律是针对我的,因为他们没有我的任何其他把柄?你的意思是不是他们把这部《圣经》定为非法,让我和我的女侍都成为罪犯?他们会把我们抓起来,指控我们是异教徒?这太荒唐无稽了!"

我无法理解她面部诡异的表情,她与平时判若两人,我突然意识到了她的恐惧。她嘴唇颤抖,但什么也没有说出来,额头渗出汗水。"他就是针对您的。"她就说了这么一句,"他从来都是这样,他就是针对您的,凯特,我也不知道应该怎么对您说。我把《圣经》打包,把一些稿件烧掉,但他们清楚您一直在阅读和写作,他们赶在我之前把法律改变了。我不肯定你是否违法了,因为他们这么快就改好了法律,让我们措手不及。我也不知道应该怎样帮助您。我发誓您会比他活得长,他本是朝不保夕,可是他现在朝您来了，就像……"

我松开她的手，坐在脚上，"就像什么？"

"就像他对其他两位王后那样。"

她把捆好的书打结，走到门口招呼她的男侍，这位男侍为我们服务了一辈子了。她指了指捆好的书，让他马上拿走，并且要求他不要让人看见，立即骑马回家，回到威斯特摩兰郡的肯德尔。我看着他提走第一捆书，突然意识到我多么渴望与他一道去远方的群山。

"如果那些人愿意，在伊斯灵顿就会把他截住。"我说，男侍已把书扛在肩上出去了，"他最多能够走出距离城市一天的路程。"

"我知道。"她直率地回答，"但我不知道还有什么办法。"

我看着我妹妹，她曾经服侍了亨利的六位王后，并且为其中四位送终。"你真的觉得他做这些是要陷害我？他完全与我反目成仇了？"

她没有出声。她依然不露声色，我可以想象，当年轻的凯蒂·霍华德哭喊着说她没有做任何错事时，她也是展现出这副表情；当安妮·波琳发誓说自己会与对手舌战并且获胜时，她也是展现出这副表情。"我不知道，上帝保佑我们，凯瑟琳，我确实不知道怎么办。"

1546 年夏

汉普顿宫

国王的情况越来越糟，他的情绪也变得怏怏不乐。他同意宫廷的人搬去汉普顿宫，离开城市令人心烦意乱的酷热和流行的疾病。不过他没有去花园，没有乘船巡游，甚至没有出席在宫廷的漂亮小教堂举行的弥撒。他们告诉我，他想在自己的房间安静地休息，和他的宠臣交谈。他不愿参加晚宴，也不想来我房间看望我，我也无须去他的房间。他把自己封闭起来，把我拒之门外，就像把凯蒂·霍华德拒之门外一样，告诉她说国王病了，事实上只是把自己封闭在房间里，就在这里，在汉普顿宫的房间里，密谋对她的指控，对她的审判和和行刑。

但是，就像安妮·波琳一样——她也出席了骑马比赛、晚宴和五月节，并且清楚情况不妙——我也必须在宫廷露面。我不能像国王那样自我封闭。我待在鸟屋，喂养我的宠物鸟，观赏它们整理羽毛，漫无目的地叽叽喳喳，忙忙碌碌，这时，我的男侍威廉·哈珀敲响了我的门。

"你进来吧。"我说，"进来，把门关上。我有两只鸟没有关笼子，我不想它们飞走了。"

鹦鹉飞来朝他头顶攻击，他忙不迭地躲闪，我伸出手招呼鹦鹉回来。

"什么事，威廉？"我心不在焉地问，把种籽饼掰开喂给漂亮的鹦鹉，"快说，我马上把小东西喂了，要去换衣服出席晚宴。"

他瞄了一眼并排坐在窗前的婻和安妮·西摩尔，两人对我的漂亮小鸟视而不见。"我能和您一个人说吗?"

"说什么?"嫡直言不讳地问,"殿下马上要赴晚宴了,有什么事你跟我说。"

他摇头拒绝,期盼地看着我。

"好吧,你说,把我的珠宝和头巾带上。"我有些不耐烦,"我马上就要出去了。"

我的男侍和我等着门在她们身后关上,我转身对着他。他做事小心谨慎,在修道院学习过,对旧的那套极为尊崇。他一定对我书架里一半的书感到深恶痛绝,因为他对新的思想毫无任何心悦诚服之感。我要他来工作是因为他学识渊博,精通翻译,写得一手好字。当我要发送拉丁语信件时,他会一次性译好,并且用漂亮的印刷体抄写出来。他对布道者在我房间传播的观点从来没有表示过反对,但我有一两次看见他低头在小声祈祷,就像僧人在世俗的学校受了惊吓。"就在这里!只有我和小鸟了,它们什么也不会说,除了鹦鹉,它到时会饶舌,不过是用的西班牙语。什么事,说吧,威廉?"

"我是来提醒您的,殿下。"他正襟危坐地说,"我担心的是您的对手在密谋对您的不利。"

"我知道。"我简短地回答,"谢谢你的关心,威廉,这些事我都知道了。"

"加德纳主教派人找我,要我搜查您柜子里的文件。"他语速飞快地小声说,"他说如果我能够悄悄地抄写下来交给他,他就会奖赏我。殿下,我想他是在找针对您的证据。"

鹦鹉在我手掌上交替换脚,不停地啄种籽饼的残渣,拨弄得我手掌痒痒的。我没有料到威廉给出的这一爆料。我没有料到他们胆敢走到这一步。从他难堪的面容中,我看到了自己惊愕的表情。

删后记

"你肯定是主教派的人?"

"肯定。他告诉我说要给主教汇报。我肯定没有听错。"

我转身走向窗口,黄色翅膀的鹦鹉站在我伸出的指头上。美丽的仲夏,阳光洒在高大的红砖烟囱下面,燕子在四周追逐嬉戏。如果加德纳主教为了盗取我的文件不惜如此冒险收买我的一个男侍,那么他一定是对能够给国王呈上指控我的证据信心百倍。他一定确信我在国王面前的抱怨和辩解对他毫发无损。他一定自信能找到我有罪的证据。更可怕的是,或许他已经找到了对我不利的证据,眼下只是秘密调查的最后阶段:找到文件来支持他捏造的谎言。

"是把东西交给主教?你确定吗?不是交给国王?"

他脸色苍白,惊恐万状。"他没有给我说这么多,殿下。但是他确实有恃无恐地命令我,要我搜查您所有的文件,殿下,把我能够找到的都交给他。他还要我抄写下您的书名,找到您的《新约》。他说他知道您有好多本。"

"我什么都没有。"我断然回答。

"我知道,我知道您把所有的东西都送走了,你漂亮的图书馆的书和所有的文件。我告诉他说什么都没有,但他命令我继续搜查。他知道您有一个做研究的图书馆。他说他们判断您离不开您的书,这些书一定是藏在您的房间什么地方了。"

"谢谢你告诉我这一切,你很公正,值得尊重。"我说,"我保证你会得到嘉奖,威廉。"

他低头致谢。"我不是来要嘉奖的。"

"你能不能回去告诉那个人,说你搜查遍了,什么也没有发现?"

"我会的。"

我伸出手给他,他鞠躬致礼,亲吻了我的手。我发现我的手指在颤抖,我另外一只手上的鹦鹉也混身发抖地抓住我的拇指。"你我观点不同,威廉。即使我们观点不同,你还是要保护我,真太感谢你了。"

"我们是观点不同,殿下,但我认为您有思考、写作和研究的自由。"他说,"即使您是女性,即使您倾听女性布道。"

"上帝保佑你,威廉,无论上帝选择什么语言,也无论他通过的是牧师或者你自己的良心。"

他鞠躬致礼。"那位女牧师……"他轻轻说。

我在门边转过身来:"阿斯科女士?"

"他们把她从纽盖特监狱转移了。"

我顿时感到如释重负,我叫了起来:"哦!感谢上帝!她被释放了?"

"不,不是。上帝保佑她,他们把她转移到伦敦塔了。"

接下来是片刻的死寂,他知道我明白了他的意思——他们并没有释放她,让她丈夫监管,也没有让她写具结书保证不再闹事。相反,他们把她从关押普通罪犯的监狱移送到关押叛国者和异教徒的监狱,那里靠近施行绞刑的塔山,也和执行异教徒火刑的史密斯菲尔德肉类市场近在咫尺。

我转身对着窗户,拔起窗闩,窗户洞开。

"殿下?"威廉指了指开着的鸟笼和栖息着的鹦鹉,"殿下?小心……"

我把鹦鹉刚举起到窗前,让小鸟看见蓝色的天空,"放它们走,威廉,让它们都走。它们确实也应该走了。我不知道还能够照顾它们多久。"

✺

我一言不发地梳妆打扮,女侍们也默默地按部就班忙碌着,一切都和往常别无二致。我不知道如何能够与关押在伦敦塔监狱厚厚石墙后的安妮·阿斯科联系。这座监狱是关押长期囚犯的地方,关押的是重大叛国者,是那些插翅难逃的罪大恶极者。对囚犯来说,进入监狱的水门便与世隔绝,与那些有可能帮助他们的人隔绝。这一切就像在忘川河上行舟而驶入了永恒的虚无。

我对安妮的处境最担忧的一点,是我不明白那群人为什么把她从纽盖特监狱移送到伦敦塔监狱。她已经被指控为异教徒了,已经被枢密院进行了审讯,为什么不让她待在纽盖特监狱直到审判那天,或者赦免她,放她回家?为什么要把她移送到伦敦塔监狱?究竟是什么目的?是谁在背后指使?婻走过来鞠了一个躬,凯瑟琳在我身后,给我整理蓝宝石项链。我脖子上价值连城的蓝宝石沉甸甸的,并且冷冰冰的,让我不寒而栗。

"什么事,婻?"

"是贝蒂的事。"她说,贝蒂是我的一个年轻侍者。

"她有什么事?"我直截了当地问。

"她母亲给我捎信说要我放她回家。"她说,"我已经自作主张地同意她走了。"

"她生病了?"我问。

婻摇摇头,紧咬嘴唇,显然是在强压怒火。

"她究竟是怎么了?"一阵尴尬的沉默。

"她父亲是加德纳主教的佃户。"凯瑟琳·布兰登回答。

我安静片刻,思考她是什么意思。"你是说主教让贝蒂的父母把她从我这儿带走?"

婻点点头。凯瑟琳鞠躬致礼,然后走出去等待我的吩咐。

"他是绝对不会承认的。"婻说,"没有必要询问他。"

"可是为什么要贝蒂离开我?"

"这些事我已经见惯不惊了。"婻说,"当凯蒂·霍华德被他们指控的时候,那些无需留下来作证的年轻女侍们,她们全都找了借口溜回家了。宫廷中一下就变得空空荡荡的,就拧像干的亚麻布。国王和王后安妮翻脸的时候也是一样。波琳家族的人也一夜间就无影无踪了。"

"可我不是凯蒂·霍华德！"我勃然大怒，"我是第六位王后，我可以是第六个被抛弃的王后，但我不是第五个有罪的王后！我做的无非就是研究和倾听布道，她是偷情，甚至可能重婚，她是娼妓！任何母亲都会让自己的女儿远离那样的少妇！任何母亲都会担忧在那样的宫廷中道德败坏！每个人都说我的宫廷是整个基督教世界最高尚廉洁的地方，为什么他们要把自己的女儿从我这儿带走？"

"在凯蒂被逮捕之前几天，她的女侍就离开她了。"婻不动声色地说，没有回应我的愤慨，"不是因为她愿意这样，而是她命中注定。没有人愿意待在危在旦夕的王后的宫廷中。"

"危在旦夕的王后？"我重复了一遍，我听得很清楚：就像是一颗流星，在夜空一划而过。"危在旦夕的王后。"

"威廉告诉我，您打开了窗户让鸟儿飞出去。"她说。

"对。"

"我去把窗户关上，看能不能把鸟儿唤回来。不要让他们看出我们害怕了。"

"我没有害怕。"我不愿承认。

"您应该害怕。"

✦

我带着我的女侍们出席晚宴，我四下打量，仿佛我害怕宫廷也要消失。但我没有发现任何异常。所有人都在，全都在自己的位置。那些支持改革的人们没有感受到新的危险，只有那些我宫廷的人们，那些与我亲近的人才有如此感觉。人们在我路过时充满敬意地鞠躬致礼，一切好像与以前没有任何不同。国王的座椅已经安排就绪，他加固过的椅子上方悬挂了天篷，当国王一行到来后,侍者鞠躬致礼,按照礼仪给他空着的位置奉献上美味佳肴。他会在自己的房间与新的密友共进晚餐:斯蒂芬·加德纳主教,托马斯·弗罗瑟斯利大法官,理查德·里奇爵士,安东尼·丹尼爵士以及威廉·帕吉特。用餐完毕,我会离开大厅去国王的房间坐坐,不过此刻,这里需要一个人坐在桌首。宫廷需要一个君主,公主们需要一个长辈与她们共同进餐。

我扫视了一下大厅,注意到西摩尔家人在桌首的位置空空荡荡。我看了一眼安妮。"爱德华回家了?"我问。

"我真希望他在这里。"她直言不讳地回答,"但我想他不会。他不敢离开布伦,那个地方很快要易主了。"她看了看我。"那是托马斯的地盘。"

"真的?"

"他回来觐见国王了,玛丽·罗斯号军舰没法被打捞上来,他们在想其他办法,看怎么把它从海底弄出来。"

"是吗?"

托马斯走进大厅,向国王的空座鞠躬致礼,又向我和公主们鞠躬致礼。他朝伊丽莎白眨了眨眼,在西摩尔家餐桌的首座坐下。我让人给他,也给诺福克公爵和莱尔勋爵上菜,以显得一视同仁。无需细看托马斯的脸庞,我就察觉到了他脸色变得黢黑,像成了终日操劳的农民。他眼角的皮肤露出了笑纹,人显得精神抖擞,身上是深红色的天鹅绒外套,是我喜欢的颜色。厨房接二连三地送出各种花样的菜肴,号手不断报出菜名,并且引来阵阵尖叫。我从送到我面前的每一样菜里面挑选了一点,心里却在想,现在是什么时候了,晚宴后他会不会来找我。

漫无止境的晚宴终于结束,人们纷纷起身,男士们四下溜达,相互寒暄,又与女士们搭讪。有的人开始在一起玩牌和游戏,音乐响起,人们翩翩起舞。今晚没有正式娱乐项目,我走下台阶,缓步前往国王的寝宫,不时停下来和人们交谈几句。

托马斯出现在我身旁，鞠躬致礼："晚上好，殿下。"

"晚上好，托马斯爵士。你的嫂子告诉我，说你和国王讨论了玛丽·罗斯号军舰的事。"

他点点头。"我要报告国王大人，我们准备努力打捞沉船，可是船体与海底粘连在了一起。我们还会继续尝试，派更多的船只和使用更多的器械。我会派人潜水下去，把底舱封闭，把船弄上来，我想应该没有问题。"

"希望如此，否则损失巨大。"

"那你要去见国王吗？"他问，声音低沉。

"我每晚都去了的。"

"他好像情绪不佳。"

"我知道。"

"我告诉了他，我与玛丽·霍华德的婚约陷入僵局，因此我现在仍在寻找一个妻子。"

我小心翼翼地不抬头看他。他伸出手臂，我把手指搭上去。我没有抓住他的手臂，但能够感受到一股力量。我走在他身旁，两人脚步一致。如果我走得稍稍靠近一点，我的面颊就会触碰到他肩头，但我没有走得更近。

"你告诉他了你在追求伊丽莎白公主？"

"没有，他没有聊天的情绪。"

我点了一下头。

"您瞧，玛丽·霍华德拒绝这门亲事的背后，我还是有些不明白。"他声音很小，"诺福克公爵家族的人都同意了，包括长子亨利·霍华德和公爵本人都同意，是玛丽女士自己拒绝的。"

"完全难以想象他父亲会容许女儿如此一意孤行。"

"对。"他说，"确实如此。她一定是与她父亲和兄长做了鱼死网破的抗争。她一定是公开与她父亲和兄长决裂了——这说不过去。我知道她并非不中意我,这是天作之合。一定是婚姻里有什么她完全难以接受的条款。"

"有多难以接受?"

"不可承受,不可想象,深恶痛绝。"

"但这怎么可能?难道她对你一无所知?"

他露出一丝坏笑:"没有那样严重吧,殿下。"

"但你肯定是她拒绝的?你确信是她拒绝的?"

"我以为您会知道。"

我摇摇头。"我整天都在云里雾里,忧心忡忡。"我对他说,"在我房间里曾经的传道者都被抓起来了,国王让我阅读的书籍也被禁止了,就连拥有《国王的圣经》也是非法的,我的朋友安妮·阿斯科被从纽盖特监狱移送到伦敦塔关押,我的女侍们纷纷从我的宫廷告辞。"我假笑了一下。"我下午把喂的鸟儿都放飞了。"

他扫视了一下四周,装出笑脸对一个熟人打了招呼,"太糟糕了。"

"是的。"

"您难道就不能给国王说说?他的话能够让您万事大吉。"

"我今晚看看能不能和他谈谈。就看他的情绪怎么样。"

"您的安全全在于他对您的爱,他还是爱着您的。"

我给了一个几乎难以察觉的否认手势:"托马斯,我不知道他是否真的爱过谁,我也不知道他是不是懂得爱。"

✦

托马斯和我走过国王的议事厅,大厅里满满的都是人,请愿的、律师、医生和其他什么人,他们看着我们的脚步,猜测我们每一个步子给出的信息。托马斯在国王的寝宫门前停下。

"我真不舍得就此告别。"他难过地说。

无数的眼睛盯着我们，我给了他一个冷冰冰的笑脸，向他伸出手。

他鞠躬致礼，把我的手放在他温暖的嘴唇边亲吻了一下。"你是了不起的女性。"他小声说，"您比大多数男人都见多识广，思维深邃。您是可爱的女性，而且您信奉上帝，与主的交谈比任何一个男人都多得多，也都真诚得多。您毫无疑问能够向国王解释一切。您是宫廷最漂亮的女性，最有魅力的女性。您可以唤醒他对您的爱。"

他毕恭毕敬地鞠躬致礼，我转身走进国王的寝宫。

里边正在讨论关于收费小教堂和修道院的事，让我目瞪口呆的是，我意识到他们居然同意重新开放和恢复如此多的宗教场所，这些地方曾经被大费周章且毅然决然地关闭。斯蒂芬·加德纳认为，我们需要在每一个城镇都有修道院和修女院，让国家保持和平，让老百姓得到宗教的慰藉和安抚。那些传播恐惧贩卖迷信的腐败市场曾经被国王义正辞严地关闭，现在却又要重新开门，仿佛英格兰从来没有发生过改革。这些场所又将重新依靠贩卖谎言渔利。我进房间的时候，斯蒂芬·加德纳正谈到恢复一些神殿和朝圣路线。他圆滑地说，人们应该直接向国王缴纳规费，而不是向教会缴费——仿佛这样显得更高尚似的。他说，敬奉上帝并且牟利是可能的。我坐在亨利身旁，双手扶膝，无言地听着这个邪恶的家伙鼓吹英格兰该恢复迷信和邪教，迫使穷人更多地受到富人的压榨。

不过我一定不可以说话。只有当话题转到克兰默的礼拜时，我才为修订的版本辩护了几句。托马斯·克兰默是受国王委派把拉丁版本翻译为英语的，国王也参与了翻译，我曾坐在他身旁一遍一遍阅读英语版本，与拉丁语版本做对比，校对检查印刷厂送回来的清样上的拼写错误，并且订正翻译。我低声说托马斯·克兰默的翻译非常达意,应该使用在每一座教堂,但是我越说越激动,说他的翻译不仅仅是达意,是非常完美,乃至神圣。国王微笑点头,好像赞同我的话,我愈发得意,继续说着,人们在教堂有直接与上帝对话的自由,他们与上帝的交流无需通过牧师转达,也不能通过人们不理解的语言进行。国王是万民之父,上帝是国王之父。国王与臣民的关系就像百姓与上帝的关系,应该是清晰的,公开的和直接的。否则,怎么成为备受尊重的国王?怎么会是充满爱心的上帝?

我发自内心地相信这一切,我知道国王也相信这一切。他曾经不遗余力地推动改革,把教皇势力和邪教驱逐出这个国家,给他的臣民带来真正的领悟,但我忘记了修饰自己的语言,忘记了对他大加褒奖,只顾自己满腔真诚和充满激情地一吐为快,最后,我发现他勃然变色,满面怒容,斯蒂芬·加德纳面带喜悦地垂下头,不敢面对我义正辞严的目光。我的话太激情澎湃了,太锋芒毕露了。没有人喜欢这样的女人。

我决定打住。"可能您疲倦了,我该告辞了。"

"我是疲倦了。"他赞同说,"我很疲倦了,我已经衰老不堪,在我晚年还能够让我妻子教育我一次,真是人生一大幸事。"

我鞠躬致礼,身体尽量向前弯曲,让他看见我的外衣领口。我感受到他目光停留在我乳房上,我说:"我怎敢教育您,陛下。您的智慧至高无上。"

"这都是我听过的陈词滥调!"他气冲冲地说,"我从前有多个夫人,谁认为她们比我更博识?"

我脸一红。"我肯定没有人比我更爱您。"我小声说,弯腰亲吻他的脸庞。

我微微一顿,他腐烂的腿发出腐肉的恶臭,衰老肌肤发出病态的汗味。他发出口臭,身体发出便秘的胀气。我屏住呼吸,把冷冰冰的面颊贴在他发热出汗的脸上。"上帝保佑您,陛下,我的夫君大人。"我温和地说,"睡个好觉。"

"晚安，凯瑟琳·帕尔。"他说，拐弯抹角地，"难道你不觉得奇怪，我的每一个前妻都用名字称呼自己：凯瑟琳王后，安妮王后，上帝保佑她，或者简王后。而你称呼自己是凯瑟琳·帕尔。你签名是凯瑟琳王后 K.P.，用 P 表示帕尔。"

这一无端指责让我大吃一惊，我迫不及待地反驳。"我就是我自己！"我说，"我就是凯瑟琳·帕尔。我是我父亲的女儿，是在我母亲教诲之下长大，我不用自己的名字用什么？"

他看了一眼斯蒂芬·加德纳，他也是毫无疑问地使用了自己的名字和头衔。两人点了点头，好像我终于暴露了他们一直怀疑的真相。

"我这样有什么错？"我问道。

他对我的话不屑一顾，挥手让我离开。

我一早醒来，卧室外的议事厅出人意料的安静。通常会有女侍们来上班，她们会发出压低音量的嘈杂声，会敲门，送来热水。我在用金质面盆洗漱时，女侍们会把从王后衣柜中拿出的礼服给我选，接着是袖子，上衣，帽子和珠宝。她们会送来吃的，但我要到弥撒之后才用餐，因为我不清楚，就像现在人人都不清楚一样，我们究竟应该是弥撒前或者弥撒后进餐。众所周知，这是无聊的仪式，但斯蒂芬·加德纳也可能已经把它恢复为宫廷中的神圣传统。我什么都不确定。这就是现在荒唐程度的一个标志：我作为在自己寝宫的王后，居然不知道是否应该吃一片面包。太荒唐可笑了。

确实荒唐可笑，但这天早晨，我没有听见面包师从厨房送来面包的动静。议事厅一片令人畏怯的肃静，我不再等待我的女侍，起身给自己裸露的身子套上外套，开门看看究竟。外边有大约五至六人，有三个拿着从王

删后记

家衣橱取来的礼服，她们都奇怪地一言不发，当我开了门沉默无语地看着她们时，没有人齐声说早安和露出微笑。她们默不作声地鞠躬致礼，接着起身看向地下。每个人都没有看我。

"出什么事了？"我问。我扫视了一下四周，有些不耐烦地再次问道："嫡去哪儿了？我妹妹去哪儿了？"

无人回应，安妮·西摩尔有些犹豫地走了出来。"请让我单独和您说两句，殿下。"她说。

"这是怎么回事？"我问，退回到我的卧室，招呼她进来，"出什么事了？"

她关上门。静寂中，我的钟发出清晰的滴滴答答的声音。

"嫡去哪儿了？"

"我有些坏消息。"

"是和安妮·阿斯科有关？"

我顿时想到他们将要处决她了。他们曾经做过出乎我们意料的事。他们把她进行了审判，匆匆忙忙给她编造了一个莫须有的罪行，他们将要烧死她了。"快，没有安妮什么事吧？嫡是不是去伦敦塔为她祈祷了？"

安妮摇摇头。"不是她，是您的女侍们。"她轻轻说，"是您的妹妹。昨晚您离开国王的时候，枢密院进行了判决，他们逮捕了您的妹妹嫡·赫伯特，您的女亲戚伊丽莎白·蒂尔威特女士，以及您表妹莫德·莱恩女士。"

我什么也没有听见。"你说什么？谁被抓起来了？"

"您的亲戚，那个女侍，您的妹妹和表妹。"

"为什么？"我问了一个愚蠢的问题，"什么罪名？"

"还没有定罪，但他们整晚都在审讯，现在还没有停下来。王家警卫已经进入了她们的房间，进了她们自己家里的房间，她们与丈夫的房间，也去了她们在宫廷中的房间，去了您的宫廷，把她们的东西拿走了，她们所有的箱子和书。"

"那些人在搜寻文件?"

"她们在搜寻文件和书。"安妮确定地说,"她们在搜寻异教徒的证据。"

"枢密院指控她们是异教徒?指控我的女侍、我的表妹和我妹妹婶是异教徒?"

安妮点点头,面无表情。

长长的沉寂。我双膝发软,一下坐在壁炉旁的凳子上,壁炉里还余火闪烁。

"我怎么办?"

她和我一样心惊胆战。"殿下,我不知道。您房间所有的文件都送走了?"她看了一眼我的书桌,平时我在那里愉快地写作,在那里高兴地研究。

"弄走了,你的呢?"

"爱德华在去法国时把它们弄到沃夫大厅去了。他曾经警告过我,但我没有料到会这样糟糕。他也从来没有料到会是这样的情况。如果他在家的话……我已经写信要他回来。我已经告诉了他加德纳主教现在控制了枢密院,弄得人人自危。我还告诉了他我担心您,也担心我自己。"

"人人自危。"我重复了一遍。

"殿下,如果他们胆敢逮捕您的妹妹,那他们就敢于逮捕任何人。"

我猛地站起来,怒火中烧:"主教居然胆敢要枢密院逮捕我的妹妹婶?逮捕我的贴身女侍?逮捕威廉·赫伯特爵士的妻子?把衣服给我穿上,我马上去见国王!"

她伸出手拦着我,"殿下……再想想……这些不是主教一个人指使的,背后是国王。一定是他签署了您妹妹的逮捕令。他一定对此心知肚明,甚至有可能就是他的要求。"

卌后记

我带领我的女侍们去了教堂。我们都显出无所畏惧的神态,但我们中间有两位女侍失踪,三位告假,宫廷中人人皆知,就像一群骚动不安的猎犬,嗅到了有什么不对劲。

我们非常虔诚地鞠躬祈祷,积极地吃掉面包。大家小声地祈祷:"阿门!阿门!"就像要表明我们愚昧的大脑区分不到吃的是什么:是圣饼还是肉,是面包还是主。我们用手指拨动念珠串,我脖子上戴了十字架。玛丽公主蹲在我身旁,但她的礼服没有挨到我礼服的褶边。伊丽莎白公主蹲在另一边,她冷冰冰的手钻进了我颤抖的手心。她对发生了什么一无所知,但她能够感觉出了非常糟糕的大事。

祈祷完毕,我们去大厅用早餐,宫廷气氛压抑,男士们交头接耳,大家都在看我,看我对我妹妹、对其他两位失踪的女侍有什么反应。我露出笑脸,装作优哉游哉的样子。当国王的牧师用拉丁语读出祈祷辞时,我鞠躬谢恩。我尝了一点面包,呷了一口红酒,显露出饶有兴致,丝毫没有恐惧的表情。我朝女侍们笑了笑,看了一眼西摩尔的餐桌。我渴求见到托马斯,仿佛他是收起风帆停泊在码头的船,时刻准备驶向安全之处。我渴望见到托马斯,仿佛他的身影会让我安全。但他不在这里,我不能看到他,也不能派人找他。

我转身看着凯瑟琳·布兰登,她是正在用餐的女侍中资历最老的一个。"夫人,你能不能问一下,看国王今天早晨是否身体安康,有精力见我?"

她一言不发地从椅子上站起来。我们目送她走出大厅的尽头,大家都在祈祷她会带回好消息,国王同意我去看望他,我们大家又重新在他变化无常的喜好中赢得一席之地。但她很快就返回了。

"国王身体欠安,腿伤未愈。"她平静地说,但脸色苍白,"医生在给国王诊治，国王在休息。他说待会儿会叫您，并祝您愉快。"

大家都听到她的话了。它就像是狩猎时吹响的嘹亮号角。现在是宫廷对异教徒大开杀戒的狩猎季节，人所皆知的是最大的猎物，悬赏最多的猎物就是我。

我笑了笑。"那我就要先回去休息一两个钟头，等一会再出来。"我转身吩咐我的驭马师："我们骑马回去。"我说。

他鞠躬致礼，向我伸出手，我走下平台，穿过了沉默鞠躬的人群。我笑着，左顾右盼向两旁的人们点头致意，真的没有人会说我面带恐惧了。

回到房间后，摩，莫德·莱恩和伊丽莎白·蒂尔威特也都回来了，等待我们用完早餐回来。婳坐在窗前她喜欢的位置，双手搭在膝盖上，一副女性的沉稳模样。她脸上大义凛然的模样告诉我她已经安然无恙地返回了。我走进房间，克制自己不要朝她跑去。我没有迫不及待地和她拥抱。我站在房间的中间，一字一句地，让每一个人都能够听见，也让那些被派来向枢密院告密的人也可以斟酌如何表达："我的妹妹赫伯特女士，我非常高兴看到你回到我们大家身边。我很惊讶也很关切你在枢密院做了解释并且洗刷了污名。我的房间里没有异教徒和不忠诚了。"

"绝对没有。"婳冷静地回答，义正言辞，从容不迫，"这里没有异教徒，从来也没有。枢密院询问我和您的两位女侍，我们没有说过，也没有写过任何邪教的东西，无论您是否在场。"

我停顿了片刻，实在想不出还要对宫廷中正在倾听的人们说些什么："他们恢复了你的名誉并且取消了对你的指控？"

"对。"她说，其他两人点点头，"彻头彻尾地恢复了。"

"太好了。"我说，"我要马上换衣服出去骑马，你来帮帮我。"

删后记

我们走进我的房间，凯瑟琳·布兰登跟随在后。房门一关上，我们就迫不及待地拥抱在一起。

"嫡！嫡！"

她紧紧地抱住我，就像我们又回到小时候在肯德尔的日子，她紧紧抓住我，不让我从果园的树上跳下："别，凯特！别，凯特！"

"他们问了你一些什么？他们是不是整夜不让你睡觉？"

"嘘。"她说，"嘘！"

我声音哽咽，内心恐惧，我的手压了压喉咙，从她的拥抱中摆脱。"我没事。"我说，"我不会哭泣，我不会让他们看到我掉泪，我不想任何人看到……"

"你肯定不会有事。"她安慰我说。她轻轻地拿出一张手绢擦了擦我的眼泪，又沾了沾她的双眼。"没有人会想到您的不安。"

"他们对你说了些什么？"

"他们一直在询问安妮·阿斯科。"她直言不讳，"他们还折磨她。"

我惊得哑口无言。"折磨她？折磨帝国绅士的女儿？嫡，他们不应该这么做！"

"他们已经丧心病狂了。他们是奉国王之命审讯她。国王告诉他们，可以把她从纽盖特监狱带出去吓唬她一下，看她会说点什么，但他们把她带到了伦敦塔，并且弄到了审讯台上。"

我一下想到梦中的惨状。那个女士被折磨得双脚外翻，肩头关节扭曲，"别说了。"

"我估计这是真的。我想他们把她弄到了审讯台前，可是她的勇气激怒了他们，于是那伙人就气急败坏地动手了。当她说不出任何东西的时候，这些人就继续用刑，兽性大发，无法克制，连伦敦塔监狱狱长都吓得毛骨悚然，看不下去。他不管后果，径直向国王做了报告，报告说他们脱去伪装，赤膊上阵，在审讯台上亲自动手。他们把行刑手抛在一旁，一个站在头的一端，一个在脚的一端，转动审讯台。他们不想让行刑手操作，因为他们不想袖手旁观，他们想亲自伤害她。国王在听到监狱长的汇报后，才下令住手。"

"国王赦免了她？是他下令释放她？"

"不是。"她悲愤地说，"他只是说不能让她上审讯台。但是，凯特，当监狱长回到伦敦塔监狱时，他们已经折磨了她整整一夜。他们在监狱长去向国王汇报时继续拷问她，直到监狱长回来传达国王的命令才住手。"

我沉默着。"持续了好几个小时？"

"肯定持续了好几个小时，她现在已经无法走路了。她的手和脚的骨头已经断了。她的肩膀、膝盖和腿骨都已经错位。她的脊柱被伤害了，整个人已经散架了。"

我再一次看见了梦中那位女性的情景：她的手腕已经与手臂分离，手臂在肘关节处已经脱位，她肩头的关节错位留下了空洞，她为了要保持错位的脖子而露出了奇怪的姿态。我实在无言可说。

"但他们现在把她释放了？"

"没有。他们把她拖下审讯台，扔到了地上。"

"她还在那里？还在伦敦塔监狱？四肢关节脱落地躺在地上？"

娴点点头，困惑地看着我。

"那里是谁？"我咬牙切齿地说，"他们是谁？"

"我也不确定。有理查德·里奇，也有弗罗瑟斯利。"

"英格兰大法官居然在审讯台亲自审讯一位女士，就在伦敦塔监狱？他亲自上阵审讯一位女士？"

看着我惊愕的表情，她微微点头。

"他是发疯了？他们是都发疯了？"

删后记

"我想他们都发疯了。"

"从来没有女性上过审讯台!从来没有贵妇人上过审讯台!"

"他们是铁了心要撬出来。"

"她的信仰?"

"不是,她对信仰毫无隐瞒。他们对她的信仰了如指掌,足以指控她犯罪无数次,上帝饶恕他们,上帝保佑我们,他们想要知道的是您。他们在审讯台折磨她是要她指控您。"

我们都一言不发地沉默了,我深感内疚,但我继续问:"你知道他说了什么?她说了我们是异教徒?她指控了我?她说了我的书?她一定说了。没有人能够忍受这样的痛苦。她一定说了。"

嫡红着双眼露出了笑容。所有的女性,她们在经受了难以言状的痛苦但却绝不屈服之后,都会露出这种坚毅的笑容。"没有,她绝对没有说。您看,他们释放了我们。当监狱长从伦敦赶到,述说了他们的所作所为后,监狱长就立即被带到国王那里去了。但枢密院和议事厅的门有一条缝,我们听见国王在大声训斥他们。后来他们加紧了对我们的询问,肯定是希望她能够透露一点什么对我们不利的东西,或者间我们说出点对她不利的,至少让我们其中的某一个人指控您。但是她坚不吐辞,我们也同样守口如瓶,最后我们被释放了。他们让她四肢分离,上帝保佑她!他们把她像带骨的鸡一样撕裂,但她绝对没有说您一个字。"

我抽泣了一下,就像是咳嗽,但马上恢复过来。"我们必须马上给她派一个医生。"我说,"还有食物和饮水,给她一下安慰。我们必须让她能够被释放出来。"

"我们毫无办法。"嫡哽咽着长长地叹了口气,"我也想过。但她经历了这么多痛苦,还坚决否认与我们的密切关系。我们不能让自己卷进去。我们只能放弃她了。"

"但她会遭受巨大的痛苦!"

"也只好爱莫能助了。"

"上帝保佑我们,嫡!枢密院是否会释放她?"

"我也不清楚。我想……"

卧室的门有轻轻的敲门声。凯瑟琳·布兰登不耐烦地答应了一声,把门开了一个口。她问,"来了,是谁?"然后不情愿地把门开大了一点。"是温迪医生。"她说,"他一定要见您。"

医生圆胖的身形出现在门口。"有什么事?"我问道,"国王病了?"

他等着凯瑟琳把门关上,然后向我鞠躬致礼。"我必须和您单独谈谈。"他说。

"温迪医生,此刻真不凑巧,我心里不舒服……"

"事情很要紧。"

我朝凯瑟琳和嫡点头示意,让她们退后到门口。"你现在可以说了。"

他从衣服口袋里拿出一张纸,"情况比您想的还要糟糕。"他说,"比您的女侍预料的还要糟糕。国王刚才亲口对我说的。对不起,很抱歉告诉您这些——他亲自签发了您的逮捕令。这是一份副本。"

此时,它终于来了,此时,更糟糕的事情终于出现了。我没有尖叫和哭泣,我非常冷静。"国王签署了我的逮捕令?"

"对不起,是的。"他一本正经地说。

我伸出手,他把那张纸条交给了我。时光缓缓流逝,仿佛我们进入了梦境。我想到了安妮·阿斯科,她躺在审讯台上饱受折磨;我想到了安妮·波琳,她在行刑时脱下项链交给法国刽子手;我想到了凯蒂·霍华德,她让他们把刑具带到她房间,好让她练习如何引颈受刑。我想我也必须有勇气带着尊严去面对死亡。我不知道自己是否有能力这样做。我感觉到对人生的依恋,我感觉自己还很年轻,我感觉我想继续活下去。我思念托马斯·西摩尔，我渴望和他一起生活，渴望从明天就开始。

我茫然地打开纸条，看见了亨利熟悉的潦草签名。我已经对其再熟悉不过，毫无疑问，这是出自我丈夫的手笔。在签名的上方，我的逮捕令正文出自某位官员的字迹。就是这样了，就是在这里。最终就是在这里了——我的丈夫亲自下令以异端邪说罪逮捕我，我的丈夫亲自签署了逮捕令。

这一巨大的变故让我眼前一片漆黑。他并不想让我回到寡妇的隐居状态，尽管他能够这样做，他有权利这样做。他也可以流放我，把我从宫廷驱逐，我也只能服从。他还可以像对待克里夫斯的安妮那样，下令我到某个地方生活，我不得不无条件服从。他可以这样做，他是教会的首领，可以裁决哪桩婚姻适合，哪桩婚姻要终止。他对阿拉贡的凯瑟琳就是这样如法炮制的，哪怕她是西班牙公主，而且教皇本人也不赞成，但亨利就是这样我行我素地做的。

不过，他不想我脱离他的视线，或者脱离宫廷。他不想我交还珠宝，交还其他王后的外套礼服，他不想我离开他的孩子，被他们遗忘。让我放弃摄政并且失去权力还远远不够。对他来说还远远不够。他要我死亡。能够指控我犯有死罪的方式就是杀死我。亨利曾经将两个妻子送上了绞刑架，正在等待另外两个妻子的行刑，现在要我像她们那样上绞刑架。

我能够理解这一切，但我不清楚为什么会这样。我不明白他过去是那样爱我，现在为什么不让我被流放。或许是因为他开始厌恶了我，可他没有让我被流放，而是要执行我的死刑。

我转过身，脸色苍白的婻和凯瑟琳站在门边。"知道了吧。"我若有所思，"婻，知道他做过些什么了吧。知道他要对我做什么了吧。"我把纸条递给婻。

她默默无语地读了纸条，她欲言又止，什么也没有说。凯瑟琳从她软弱无力的手中拿过纸条，也一言不发地阅读，然后抬头看着我。

"这是加德纳主教干的。"凯瑟琳沉默了很久才说。

温迪医生点头同意。"他指控您有叛国性质的异端邪说。"他说,"他还诬陷您是藏在国王胸口的毒蛇。"

"说我是夏娃,是所有罪恶之源还不够,现在我变成毒蛇了?"我严厉地问。

温迪医生点点头。

"但他没有证据!"我说。

"他们不需要证据。"温迪医生一针见血地说,"加德纳主教说了,你所推崇的宗教不承认贵族,不承认国王,认为众生平等。您的信仰是煽动性的——他就是这样说的。"

"我的一切所作所为都犯不上死罪。"我回答。我听见自己颤抖的声音,咬紧了牙关。

"其他的人也一样呀。"凯瑟琳说。

"主教还说了,任何说了和您同样的话的人,为了公正和法律,都要执行死刑。这些是他亲口说的。"

"什么时候来?"婻问道。

"来什么?"我一下没有明白。

"来逮捕她。"她问医生,"有什么计划?他们什么时候到?要把她关在什么地方?"

与往常一样,她走到柜子前,拿出我的钱包,找一个箱子来装我的东西。她的手不停抖动,半天也没有把钥匙插进去。我把双手放她肩头,仿佛阻止婻准备我的行装也能阻止卫兵来逮捕我。

"大法官已经下令逮捕她,他会把她关在伦敦塔。但我不知道什么时候,我也不知道多久审判她。"一听到伦敦塔,我双腿一下发软,婻搀扶我坐下。我弯下腰,直到脑中停止晕眩。凯瑟琳给我倒了一杯啤酒,但尝起

删后记

来好像有一股腐味。我想象着弗罗瑟斯利一整晚在伦敦塔折磨安妮·阿斯科，然后到我房间把我抓到那里去的画面。

"我也不得不走了。"凯瑟琳轻声说，"我还有两个失去父亲的孩子，我只好与您告辞。"

"别走！"

"我实在没有办法。"她说。

大家都默不作声。嫡朝门口努努嘴，让她离开。

凯瑟琳深深地鞠了一躬。"上帝保佑您。"她说，"上帝与您同在。再见。"

门在她身后关上，我才意识到她是在向一个濒临死亡的女人告别。

"你怎么知道的这些？"嫡询问温迪医生。

"他们讨论的时候我也在场，我在房间里准备国王入睡前的各种安排。当我给他处理腿伤时，国王告诉我说没有一个男人能够在老年时还让年轻妻子教训一顿。"

我猛地抬头："他是这样说的？"

他点了一下头。

"就说了这些？他就针对我说了这些？"

"就这些。他还能够说些什么？后来我发现逮捕令掉在了他卧室和议事厅过道的地上。就在门边的地上。我一看到就马上拿过来了。"

"你发现逮捕令掉在地上？"嫡有些怀疑。

"是的……"他的声音有些减弱，"是的，我想可能某个人故意掉在那儿让我发现。"

"不可能有人会把逮捕王后的逮捕令掉在地上。"嫡说，"一定是有人希望我们知道。"她大踏步在屋里走了几步，绞尽脑汁地思考。"您最好马上去面见国王。"她建议说，"去见亨利，马上去，您要屈膝下跪，像忏悔者那样在地上匍匐爬行,请求他宽恕您的罪过。请求他宽恕您的言行。"

"那没用。"温迪医生反对说,"他已经下令把他房间所有的门关上。他不会见她的。"

"这是她唯一的机会了——如果她能够进去见到他,并且能够放下身段,自我作贱,做到比世界上任何女人更加卑贱的话!凯特,您将不得不卑躬屈膝地爬行,您将不得不让他踩在您的头顶上。"

"我会卑躬屈膝地爬行。"我咬紧牙关发誓。

"他说了不会见她的。"医生尴尬地说,"警卫都得到命令不让她进去。"

"他也曾经拒绝与凯蒂·霍华德见面。"婻回忆起了过去,"安妮王后也是这样。"

他们又默不作声了。我朝他们一个个扫视了一遍,心底也觉得万般无奈。我心中只是想到卫兵马上就到了,他们会把我带到伦敦塔监狱,我会和安妮·阿斯科在冷冰冰的牢房成为狱友。在夜里,我会走到窗前,听见她痛苦地呻吟。我们会在相邻的牢房等死刑的判决。我会听见有人把她抬出去执行火刑。她也会听见有人在搭建我的绞刑架。"如果能够让他来看望您怎么样?"温迪医生突然建议说,"如果他相信您身患重病呢?"

婻长吁一口气。"如果你告诉他说她悲痛欲绝,她或许会不治身亡,或者你告诉他,说她希望能够见他一面,就在她的临终之前……"

"就像简当时生孩子那样。"我说。

"就像凯瑟琳王后那样,她的临终遗言就是希望能够见他一面。"婻马上补充说。

"一位绝望无助的女人,悲痛欲绝……"

"他或许会被打动。"医生表示赞同。

"你能够做到吗?"我紧紧盯着他问,"你能够让他相信我迫切希望见到他,告诉他我心痛欲裂?"

删后记

"如果他能够来,他会显出慈悲,会显出宽恕的。"

"我试试。"他答应了,"我马上就去试试。"

我记起托马斯曾经告诉我,绝对不要在国王面前哭泣,因为他喜欢女人的眼泪。"告诉他我悲痛万分。"我说,"告诉他我终日哭泣。"

"快去。"嫡说,"弗罗瑟斯利什么时候来带走她?"

"我不知道。"

"你赶快去。"

他朝门口走去,我站起身来,双手搭在他手臂上。"你也注意安全。"我说,尽管我迫不及待地希望他赶快去做任何事情,编造任何话来挽救我,"你也注意安全,千万别说你告诉了我。"

"我会说我听说您悲痛得病倒了。"他说。他看了看我惊恐的面容和震惊的目光。"我会告诉他,说他让您肝胆俱裂。"

他鞠躬告辞,离开我的卧室,去了我的起居室,女侍们都已经静静地聚集在那里,心中惴惴不安,想着是不是要在又一场死刑审判中对亨利的另一个王后给出证词。

✦

"头发往下梳。"嫡给出简短的指令,她留下了一个女侍梳理我的头发,将它向下梳到肩上,然后开门叫另一个女侍整理我最漂亮的丝绸晚礼服,礼服带有黑色开口的袖子。

她走进房间,两名女侍开始整理床单和枕头。"喷香水。"她吩咐,女侍拿来一瓶玫瑰油和羽毛,给床上喷洒香水。

嫡转身看着我。"嘴唇涂上胭脂口红。"她说,"眼睛再抹点颠茄制剂。"

"我已经抹了。"一个女侍回答。她让她的女侍赶快回到她的房间,我的女侍则拿着我的晚礼服进来。

我脱下衣服，穿上丝绸礼服。我裸露的肌肤感受到礼服的冰凉。婻系上领口的黑色丝带，一直到脚底，但她把最上面的丝带松着，这样，我苍白的肌肤在黑色的礼服下若隐若现，国王可以看到我胸部的凹凸曲线。她让我的头发蓬松披散在肩上，一绺绺赤褐色的长卷发在晚礼服的黑色映照下闪闪发光。她稍稍关上了百叶窗，让房间顿时显出了昏暗和暧昧。

"伊丽莎白公主要坐在起居室阅读国王的著作。"她转身吩咐道，一个女侍赶紧跑去安排公主到位。

"我们现在就让您一个人留在这里了。"她轻轻对我说，"我会待在这里，他来了之后我就离开。我会设法让国王的随从和我一道出去。您知道应该干些什么吗？"

我点点头。裹在丝绸晚礼服里，我感觉浑身冰凉。我担心得身上起了鸡皮疙瘩，微微颤抖。

"就躺在床上。"婻建议说，"总之，我想您应该是站不起来了。"

她扶着我上了大床。床上散发出浓郁的玫瑰香味。她把我的晚礼服下拉到脚边，但把前面松开，这样，国王就一眼能够看到我纤细的脚踝和身体诱人的曲线。

"不要表演过度了。"她说，"应该是他主动才好。"

我倚靠在枕头上，她拉了一簇头发搭在肩头，恰到好处地遮住了我雪白的肌肤。

"这令人恶心。"我说，"我是学者，我是王后，不是娼妓。"

她点了一下头，就像养猪场的工人把母猪赶到公猪身旁一样。"是恶心。"

议事厅外边的木地板传来国王轮椅的声音，我起居室的门打开了。我们听见所有的女侍起身迎接他，他对她们敷衍了事地说了一声"早上好"，然后向伊丽莎白公主打了招呼。伊丽莎白公主明白自己的角色，她脑袋低

删后记

垂,显得非常虔诚。

卫兵打开了我卧室的门,国王的轮椅进来了,他的伤腿僵直地垂在前面。随之而来的是一股腐烂的臭味。

我蠕动了一下,仿佛是想要挣扎坐起来,但虚弱得马上瘫坐了回去,并且因看见他的身影而全身震颤。我把泪痕斑斑的脸朝向他,嫡召集他的随从后退到门边,示意警卫在我们两人身后关上门。房里顿时就只有国王和我了。

"医生说你病得很厉害?"他有些抑郁地问。

"他们不应该打扰您……"我的声音很细微,伴随着抽泣,"您能够来我真是受宠若惊……"

"我当然应该来探望我妻子。"国王说,显出对妻子的溺爱之情,他的目光停留在我腿上。

"您对我太好了。"我呻吟说,"那就是我为什么……"

"什么为什么,凯特?有什么事?"

我停顿下来。我真的不知道应该说些什么来引起他的怜悯。于是我脱口而出:"如果我让您不快活了,我宁愿去死。"

他脸上泛出潮红,就像是性冲动带来的愉悦。老天有眼,我找到了最能够打动他的话题,我也是瞎撞碰上了。我也是在万般无奈中触及到了他渴望女人的内心深处。

"死,凯特?不要说什么死不死的。你不应该说死亡,你还年轻健康。"他的目光逗留在我的足弓,脚踝,大腿光滑的曲线上,"为什么一个像你这样漂亮的女人要说什么死?"

因为你就是那个蓝胡子恶棍,是我噩梦中的蓝胡子恶棍,我心里这样说。你就是巴贝·布卢,你的妻子特莱芬打开了你城堡紧锁的大门,发现你的妻子们早已经在床上死亡。因为我现在知道你是杀妻凶手,我知道你残酷无情。因为你对自己无耻的过度迷恋使得你难以相信任何人会为他们自己着想，或者成为他们自己，以及关心你之外的一切。你是自我宇宙中唯一的太阳。你是除你自己之外的他人天然的敌人。你内心就是一个谋杀者，你对妻子的一切要求就是对你的屈从，或者对你强加的死亡的屈从。没有任何选择的余地。你是主宰，是说一不二的主宰。你不能容忍任何人偏离自己。你的所谓朋友都是你的应声虫，你宫廷中的所有幸存者都是你的马屁精，他们早已放弃了自己的思维。你不能容忍你的形象之外的一切。你是天生的妻子杀手。

"如果您不再爱我了，我宁愿去死。"我说，声音里带着一丝颤抖，"我别无所求。如果您不再爱我，我唯一愿意去的地方就是坟墓。"

他真的被触动了。他扭动庞大的身躯，椅子叽叽作响，这样好看着我。我也因为悲痛而抽搐了一下，晚礼服敞开了。我把散乱的头发往后一抹，晚礼服从我肩头滑落。显然，在巨大的哀痛中，我没有注意到他看到了我雪白的肌肤，我胸部凹凸的曲线。

"我的妻子。"他说，"我可爱的妻子。"

"说我是您的小可爱。"我要他说，"如果我不是您的小可爱，我就会去死。"

"你是的。"他说，有些语无伦次，"你是我的小可爱。"

他无法离开椅子碰到我。我挣扎爬到床边，刚好够得着他椅子，他向我伸出双手。我也迎向他，希望他能够抱住我，让他双手紧紧抱住我，可是他像笨拙的男孩一样抓住我，手指在我晚礼服的纽扣上摸索，拉开了一条丝带，我感受到他肥厚的手掌抓住了我冷冰冰的乳房，仿佛他是在市场掂量苹果的重量。他不想拥抱我，他是想操控我。我别扭地跪在他面前，任他抓住我，揉捏我，就像我是母牛那样挤奶。他笑了。

"你晚上到我房间来。"他声音嘶哑地说，"我宽恕你了。"

删后记

我带领女侍们用完晚餐后归来,全程几无人发声。即使是最下层,消息最闭塞的人也知道发生了可怕的事情,知道我精神崩溃卧床不起,国王亲自来探望我。没有人知道这究竟是祸是福。哪怕我也不知道。

我让她们留在在我的宫廷里,让她们交头接耳,传播流言蜚语,我换上丝绸晚礼服到国王的房间去,陪伴我前往的是我妹妹婻和我的表妹莫德·莱恩。

我们走过大厅,穿过议事厅,之后来到内室。隔壁就是他的卧室。国王和他朋友在一起,但弗罗瑟斯利大法官和加德纳主教都不在场。威尔·萨默斯坐在国王的脚凳前面,姿态古怪,就像一条狗那样直直地蹲着,一言不发。当他看到我,他把双手撑在地上,身体放低,像狗在平卧休息。他的头倚在手上,比国王放置伤腿的板凳还低。国王伤腿散发的腐臭一定难以忍受。我看着威尔,他几乎全身瘫在地上,他转头向我,扬起眉头向上看着我,脸上全无任何表情。

"你躺得好低,威尔。"我说。

"是的。"他回答,"我想这样最舒服。"

他的目光转向国王,我看到坐在他上方的亨利正目不转睛地望着我们。他的朋友坐在他两旁,安东尼·丹尼起身给了我一张壁炉旁的椅子,这样他们都能够看到烛光映射在我的脸上。显然,我必须要公开道歉。婻和莫德·莱恩无言地坐在靠墙的低矮板凳上,就像是在下跪。

"我们正在讨论宗教改革。"亨利突然开口说,"还讨论了在圣保罗大街大声喧哗传播福音的女教士们,所说的是不是与在大学学习多年的传教士所说的同样是上帝的旨意。"

我摇摇头。"我也不知道,我从来没有听说她们。"

"从来没有，凯特？"他问，"她们就没有一个人到你房间为你布道和唱歌？"

我还是摇摇头："可能有一两个来过，但我不记得了。"

"你对她们说的有什么想法？"

"噢，大人，我怎么能够判断？我还需要您的明示。"

"你就不能自己做出判断？"

"噢，我的夫君大人，我怎么能够做出判断？我只接受过一点淑女的简单教育，我只有一个弱女子的想法，除此一无所有。男人才与上帝的形象相似，我是一个女性，在所有方面都处于劣势。我的一切都需要您的教诲，您是我能够抛锚的安全港湾，是上帝之下至高无上的领袖和统帅。"

"不对，通过圣玛丽的教诲，你已经成为了教育我们的博士，凯特！"他有些恼怒，"你还和我争辩！"

"没有，没有。"我急忙说，"我只是想让您分心，以减轻痛苦。我只是想让您分心。我想这绝对是不恰当的，绝对是荒唐可笑的，一个女人居然会对她的夫君装出导师的模样。"

安东尼·丹尼像法官一样点点头：*是这样的*。威尔的手臂伸了起来，仿佛要说明他也有同感。国王希望得到更多的安抚，他四下打量，看人们是否全神贯注。

"是这样吗，亲爱的？"他继续问。

"对，是的，是的。"我忙回答。

"你没有别的恶意？"

"绝对没有。"

"那就靠近一点亲亲我，凯特，因为我们又是与从前一样的好朋友。"

我走上前，他把我拉到他好的腿那一边，实际就等于我坐在了他腿上。他蹭着我的脖子。我的笑容一刻也没有消失，威尔则坐着一动不动。

删后记

"你们都出去。"亨利小声地吩咐,他的朋友鞠躬告辞,男侍则进来做就寝的准备。环绕整个房间的烛台都换上了新蜡烛,散发出柔和闪烁的烛光,壁炉添加了过夜的柴火,房间了弥漫着桂皮和生姜的芬芳。

婳走近我,仿佛要给我梳理头发。"做您必须做的一切。"她说,"我会等着您。"她鞠躬致礼后出去了。

我身后的男侍们已经准备好了国王就寝的床,他们根据惯例将宝剑反复插入床垫,并且在床上来回滚动,以确保没有隐藏任何不速之客,之后将滚烫的壶在床单上熨烫,站在国王身旁准备把他抬上床。他们在国王能够触及的距离放了一盘糕点,放了一只酒壶好让我倒酒。

我拉伸了一下我漂亮的黑色丝绸晚礼服,坐在壁炉旁的椅子上,直到国王召唤我去他庞大的床上。我紧张不安,就像在婚礼的当晚,我曾十分恐惧他的靠近,现在我已经习以为常了,他做的任何事都不再让我惊讶。我将不得不接受他令人厌恶的爱抚,我知道我不得不亲吻他,但又不能因为他恶臭的唾液而退缩。我明白他腿痛难忍,身体虚弱,所以不会让我坐在他身上,因此,我将不得不露出笑容,显出急不可耐的模样。我这样是为了自己的安危,也是为了那些人生自由系于眼前这个暴君一身的人们的安危。我可以放弃自己的尊严,我可以漠视自己的羞辱。

"我们现在是好朋友了。"他说,偏着头欣赏我的黑色丝绸晚礼服与上面闪烁的白色亚麻,"可是我认为你是调皮的女孩,我想你一直在阅读禁书,倾听禁言。"

居然将我的学术活动称作是儿戏。但我对此还是能够忍受。我鞠躬说:"我诚挚地对做的错事道歉。"

"你知道我对淘气女孩怎么做?"他说,显得颇为无赖。

我的大脑飞快旋转,我从来没有听见他说过这些,贬低我,也让他自己露出了蠢态。但我绝对不能挑战他。"我不认为我是淘气女孩,大人。"

"非常淘气！你知道我对淘气女孩是怎么做的？"他又一次问道。

我摇摇头，我想他是不是已经老眼昏聩了。但我也不得不忍受这一切。

他招呼我到床边："过来一点。"

我从椅子上起身，来到床边。我步态优雅，如同一个淑女。我这几步走得昂首挺胸，真的就像是王后的步态。我想，他不能一直把我当作孩子责骂，不能把这种游戏玩下去，但我发现他会的。他抓住我的手朝床边拉进了一点，"我想你在阅读斯蒂芬·加德纳认为是异端邪说的书籍，你这个坏孩子。"

我睁大眼睛，仿佛是要告诉他我是无辜的："我永远不会违反陛下的意愿。斯蒂芬·加德纳从来没有责备过我，他也没有证据。"

"错了，他曾经责备过你。"他说，咯咯地笑了，好像这事很有趣，"这是毫无疑问的！他还指控了你的朋友，那位女布道者，他掌握了所需要的所有证据，向我作了证明，还可以向陪审团证明，陪审团，凯特！你真的是，我的天，非常淘气的女孩。"

我强装笑脸："可是我解释了……"

我见到他脸上现出怒色："别多说了。我说你是淘气女孩，我认为你必须得到惩罚。"

我立即想到伦敦塔，想到他们在草坪搭建的绞刑架。我还想到了我的女侍们和对我做过布道的传教士。我也想到了安妮，她正关押在伦敦塔，期望能够摆脱痛苦。"受惩罚？"

他侧过庞大的身躯，把左手伸向我。我握住了他的手，他把我猛地一拽，好像要把我拖上床去。

我喊出声来。"陛下？"

"跪在床上，"他说，"这就是对你的惩罚。"看到我惊恐的表情，他狂笑不已，马上又咳嗽起来，猪一般的小眼睛泛出泪花。"哈哈！你以为我会杀你的头？我的天！女人怎么这么愚蠢！给我跪下。"

我用另一只手把晚礼服收拢，在他身旁跪下。我放开我的手，我现在就是他希望见到的模样。跪在他身旁，他的伤腿散发的恶臭扑面而来。我双手合拢，像是在发誓对他的忠诚。

"错了，不是那样。"他说，有些不耐烦，"我不需要你乞求宽恕。我要你给我像狗一样跪好。"

我有些不确信地看了他一眼，看到他脸颊发红，神色严峻。他是认真的。我还在磨磨蹭蹭，他目光变得愈发严厉，"我给你说过一遍了。"他小声说，"我只要说一声，我的警卫就在门外，我的游船会把你带到伦敦塔监狱去。"

"我明白……"我急忙说，"我只是不清楚您要我做什么，我的夫君大人。我会为了您上刀山，下火海，您是知道的。我承诺过要爱……"

"我告诉了你做什么。"他斥责说，不由分辨，"四肢趴下，像狗那样。"

耻辱让我脸庞炽热。我手脚并用跪在床上，把头低着，这样我就不用看他脸上得意的神态。

"把礼服撩起来。"

这太过分了。"我不能。"我说，可是他满面笑容。

"撩到屁股上面。"他命令说，"马上撩起来，衬裙也撩起来，让你的屁股像史密斯菲尔德肉类市场的妓女一样。"

"陛下……"

他抬起右手，警告我不要做声。我看着他，心想，我难道敢于违背他的意愿？

"我的游艇……"他轻轻说，"正在外部等着你。"

我慢慢地把礼服拉到腰部，指尖感受到丝绸的冰凉。礼服折叠在我腰部，让我腰部以下完全裸露，四肢着地跪在国王的床上。

他在床单上胡乱地鼓弄起来,我一刹那不由得想到,是不是因为我的裸体让他冲动起来,让他要开始自慰,并且接下来还有可怕的事等着我。可是,他拿出一根鞭子,一副短马鞭,伸到我炙热的脸前给我看。

"看见没有?"他小声说,"它和我小指头一样粗细。国家的法律规定,我的法律规定,丈夫可以用不超过指头粗细的棍棒鞭挞他的妻子。你看见没有,这是一根细鞭子,我可以合法地鞭挞你。我们都同意吧?"

"陛下,您不会……"

"这是法律,凯瑟琳。就像关于异端邪说的法律,就像关于叛国罪的法律。你知不知道,我就是法律的制定者,我也是执法者,没有我的命令,英格兰什么也做不了。"

我的大腿和臀部冰凉。我把头垂向散发出腐臭的床单。"我知道。"我说,尽管我已经说不出话来了。

他把鞭子拿得更靠近,戳到我脸前。"看着!"他呵斥说。

我抬头看着鞭子。

"亲亲它。"他说。

我不禁浑身一抖,"什么?"

"亲亲鞭子,说明你接受了惩罚。像一个乖孩子,亲亲鞭子。"

我茫然地盯着他看了一会儿,心想我是不是能够违背他的意愿。他也看着我,完全是一副镇定心安的样子。不过,他脸上的潮红和急促的呼吸表明他已经兴奋起来。他把鞭子直接戳到我嘴唇上。"快点。"他说。

我闭紧嘴唇。他把皮鞭戳到我嘴唇上,我亲了亲鞭子。他又把鞭子的手柄放在我脸上,我亲了亲手柄。他把握住鞭子的手也伸到我嘴唇边,我又亲了亲他肥大的指头。接下来,他面不改色地在我身后举起鞭子,狠狠地抽在我屁股上。

我尖叫出声,身体后缩,但他紧紧抓住我的手臂,再一次狠狠地抽在我屁股上。我听见三次鞭子的呼啸,然后感受到鞭子重重地抽在我肌肤上,痛不欲生。我眼含热泪,他再次把鞭子戳到我脸上,轻轻说:"亲它,凯瑟琳,说你明白了什么才是妻子对丈夫的顺从。"

我咬紧嘴唇,血开始渗出,发出毒药的味道。我可以感受到热泪在脸上滚滚而下,但我不能发出一声抽泣的声音。他在我面前挥动鞭子,我亲了亲它。"你要说出来。"他提醒我说。

"我明白了什么才是妻子对丈夫的顺从。"我重复道。

"说谢谢您,我的夫君。"

"谢谢您,我的夫君。"

他沉默了。我抽泣着哽咽了一下。我能够感受到我的胸腔随着无声抽泣的起伏。我以为对我的惩罚到此为止,于是我把礼服拉下来遮住身子。我的臀部一阵阵刺痛,我想一定是血流不止,我的衬裙一定会弄得血迹斑斑。

"还有一件事。"他温和地说,我还是四肢着地地跪着,等着他的下一句。

他把床单拉开,我看到,就像是一团巨大的勃起,他腰上系着男人内裤的象牙色护裆。这是一幅古怪丑陋的画面:在他膨胀的小腹上,一个向上直挺挺伸出的怪物,外边装饰了银线刺绣和珍珠。

"亲亲这个。"他说。

我的意志确实被摧毁了。我用手背抹去眼泪,感觉到鼻涕撒满了脸。再一次,我会为了自己的安全照他的话做下去。

他把手放在上面,抚摸着,就像能够给他带来快感。他咯咯地笑着。"你必须照我说的做。"他简短地说。

我点点头。我知道我必须这样做。我低下头,将嘴唇接触到怪物的顶尖。他猛然抓住我的头发,用力推我的头,我的脸一下压在怪物上面,猛然撞击到我的牙齿,珍珠刺破了我的嘴唇。我没有因为疼痛而退缩,我的脸一动不动,任凭他一遍一遍地重复着羞辱我的嘴唇的动作,直到我满嘴被珍珠和刺绣划得血迹斑斑,嘴唇开始流血。

他精疲力尽了。满脸通红,渗出汗水。象牙色护裆沾满了我的鲜血,就像他刚刚用来剥夺了一个处女的童贞。他瘫倒到枕头上,发出满足的长吁。"你可以走了。"

✦

我从国王卧室出来,天已经很晚了,我轻轻关上门,迅速走过起居室来到议事厅,他的随从在那里等待召唤。

"进去吧,"我说,用手遮挡住流血的嘴唇,"他要一点喝的和吃的。"

嫺和莫德·莱恩从壁炉旁的椅子上站了起来。卧室和起居室的两重门掩饰了我的哭声,但嫺立即就明白,发生了可怕的事情。

"他对您干什么了?"她问,扫视了我苍白的脸,看到了嘴唇的伤痕和血迹。

"没啥事。"我回答。

我们无言地来到王后的宫廷。我知道我的步态有些反常,感觉得到亚麻衬裙粘贴到被鞭打过后血迹斑斑的伤口上了。我穿过私人艺术画廊来到我的卧室。莫德·莱恩鞠躬告辞,关上了卧室的门,嫺解开了我的晚礼服。"不要任何人打扰。"我说,"我就穿亚麻衬裙睡。明天再洗。"

"您的衬裙也沾上了他伤口的恶臭。"嫺提醒我。

"我全身都沾上了。"我不为所动,"但我需要睡觉了,我无法忍受……"

她脱下衣服上了床。我有生以来第一次没有蹲在床边祈祷就上床睡觉了。今晚我无话可说,我感觉上帝离我好远。我钻进冰凉的被窝,嫺吹灭了蜡烛,房间的阴影将我们笼罩在黑暗中,我们一言不发地躺了很久。透过木质百叶窗的缝隙,我看到了一丝黎明的曙光。我的银质小钟敲响了四点。她问:"他伤害了您?"

"是的。"我回答。

"他是故意的?"

"是。"

"但他宽恕了您?"

"他想摧毁我的意志,我想他做到了。婻,你也别再多问了。"

我们睡得很好,我没有梦到黑暗的城堡和被捆绑四肢折磨的女人,也没有梦到紧锁的大门后面死去的那些王后。所有能够发生在一个高傲女人身上的最可怕的事情已经在我身上发生了,我无需再对梦境感到恐惧。早晨,当女侍带着热水壶进来,我已经脱掉了肮脏的衬裙,要她们马上备水洗澡。

我要把他伤腿脓肿的恶臭从我肌肤上清洗干净,从我头发上清洗干净。我要把他的恶臭气息从我嘴里清洗干净。我感觉自己浑身肮脏,我感觉我浑身恶臭,我就像永远难以清洗干净。我知道我已经被摧毁了。

羞辱我让国王亢奋并且恢复了健康。他身体突然康复,能够与大家共进晚餐了。今天下午,他坐轮椅和我一道来到花园,婻、蒂尔威特和年轻的简·格雷与我一道,我的其他女侍走在我们身后。我伴随在国王的轮椅旁边,他握住我的手。国王的私人花园里,山毛榉树枝繁叶茂,他把轮椅停靠在树荫下,有人给我拿来板凳坐在他身旁。我小心翼翼地坐下。他微笑着看我不无痛苦地坐下。

"您很高兴吗,我的夫君?"

"我们现在要观看一出大戏了。"

"大戏?就在这里?"

"对，就是这里。看完后你给我添加一个戏名。"

"您是在打谜语吧，我的夫君？"我问。我感觉到阵阵恐惧袭上身来。

私人花园的铁门吱嘎作响微微开启，随后大开。宫廷警卫鱼贯而入，迅速到位，至少有四十人，身穿王家卫队鲜艳的制服。我站了起来。我有片刻想到了这是针对国王的兵变，他现在处境险恶。我环顾四周，寻找推轮椅的男侍，寻找宫廷的管家，但眼下竟然空无一人。我站在他的前面，无论发生什么，我将挺身而出。我必须竭尽全力保护他。

"别慌。"他提醒我，"记住，这不过是演戏。"

原来他们不是叛国者。他们身后出现了弗罗瑟斯利大法官，手拿一张卷着的信件。他的脸上泛起胜利的喜悦。他满面笑容地走向我，然后展开了这封信。他给我看了官印，王室官印。这是对我的逮捕令。"凯瑟琳王后，姓帕尔，你因为散布异端邪说而被逮捕。"他说，"这是逮捕令。请马上跟我去伦敦塔。"

我一下窒息了。我瞟了一眼我丈夫，他兴高采烈。我想这是他玩弄的最大闹剧，最荒诞的把戏。他已经摧毁了我的精神，现在，他要摧毁我的肉体，而我却不能抱怨。我不能申辩我的清白。我甚至难以请求他的宽恕，因为我已经几乎窒息。

我的眼前一片混沌，但我还是看到婻从草坪向我跑来，露出满脸惊恐。她身后的简·格雷犹豫不决，走了两步又退了回去，弗罗瑟斯利大法官则挥舞着逮捕令，并且再次喝令："你必须马上跟我去伦敦塔，殿下。请勿耽误。"他脸泛红光。"不要让我下令卫兵把你强行逮捕走。"

他转身向国王跪下。"我来了，我会按照您的旨意办。"弗罗瑟斯利说，他的声音透露出得意扬扬。他站起身来，正准备下令卫兵逮捕我。

"笨蛋！"亨利朝他大吼了一声，"笨蛋！混蛋！混蛋王八蛋！禽兽！傻瓜！"

弗罗瑟斯利对国王突如其来的大发雷霆不知所措："什么？"

"你好大的狗胆!"亨利呵斥说,"你好大的狗胆,胆敢到我的花园骚扰王后?我亲爱的妻子!你是发疯了?"

弗罗瑟斯利欲言又止,就像鱼塘的大鲤鱼把口呆呆地张着。

"你好大的狗胆,胆敢到我这里来骚扰我妻子?"

"逮捕令啊,陛下?您签署的逮捕令?"

"你居然胆敢给她看这个东西?她这个女人发誓要服从我的意志,我的思想就是她的思想,我的想法就是她的想法,她的身体任凭我主宰,她永恒的灵魂任凭我摆布!我的妻子,我亲爱的妻子!"

"但是你说了她应该被……"

"你是说我应该下令逮捕我自己的妻子?"

"不!"弗罗瑟斯利急忙说,"不,当然不,陛下,不!"

"马上给我滚开!"亨利朝他怒吼,就像驱赶一位不忠诚的疯子。"我不想见到你!我永远不要见到你!"

"可是,陛下?"

"滚!"

弗罗瑟斯利低头鞠躬,跌跌撞撞地向后退到门口。卫兵们也急急忙忙集合,跟在他身后,迅速撤出了阳光明媚的花园,拼命要摆脱狂怒的国王。亨利一直等待着,直到他们消失得无影无踪,花园大门关上,警卫在花园外站好姿态。当一切就绪安静下来,他才转身向我。

他笑得上气不接下气。我突然担心他会不会哽咽。眼泪从他浮肿的眼睑中挤出,顺着他出汗的脸流下。他面部出现可怕的潮红,双手压在腹部,拼命大口呼吸。过了很久,他才稳定下来,发出沙哑的咯咯笑声。他睁开眯缝的小眼睛,擦了擦脸庞。

"天哪,"他说,"我的天哪。"

他看到我站在他面前,仍然因为惊恐一动不动,我的女侍们面色苍白站在一旁。

"这场戏叫什么名字,凯特?"他喘着气,还在笑着。我摇摇头。

"你不是这么聪明吗?你不是阅读这么广泛吗?我这场戏叫什么名字?"

"陛下,我实在猜不出来。"

"驯后记!"他吼了出来,"驯后记!"

我微微一笑。我看着他潮红流汗的脸庞,我听任他发出的笑声碾压过我,就像伦敦塔的乌鸦发出的呱呱叫声。

"我是驯狗师。"他说,突然严肃起来,"我在观察你们所有人。我看到你们唇枪舌剑。可怜的东西。可怜的小杂种。"

国王待在花园,直到树荫在平整翠绿的草坪拖出长长的阴影,鸟儿开始在树梢欢唱。燕子穿行在河湾,河里的点点波光映射出燕子矫健的身影,它们偶尔俯冲到河里饮水。宫廷的人们结束了游戏活动,疲惫地缓步走回,红彤彤的脸就像幸福的孩子。伊丽莎白公主向我笑着,我看到了她鼻子上的雀斑,就像大理石上的露水,心想我要提醒人们,在她外出的时候应该戴上防晒软帽。

"今天天气真好。"国王心满意足地说,"上帝知道这是一个奇妙的国家。"

"我们真的是得到了上帝的恩宠。"我小声说,他笑着,仿佛夏天美丽、舒适的气候,以及在河边徐徐下降的落日都是因为他的功绩。

"我会来参加晚宴的。"他说,"晚宴后,你到我房间来,你必须给我谈谈你的想法,凯特。我想听听你在阅读些什么,你有什么想法。"

看到我脸唰一下变得苍白,他又笑了。"噢,凯特。你不应该再害怕什么了。我已经把你应该知道的都告诉你了,对吧?你是在阅读我的著作的翻译吗?你是我的爱妻,对吧?我们是不是好朋友?"

"当然,当然是。"我急忙说,我鞠躬致谢,对他的邀请显得非常喜悦。

"你可以给我提任何要求。任何小礼品,做任何事。只要是你喜欢的,亲爱的。"

我犹豫不决,心想我是不是应该提出来,一个正在伦敦塔监狱受尽折磨的女人,安妮·阿斯科,她还在等着她最终的命运裁决。他不是说我可以向他要求任何事情吗,他说了我不应该再害怕什么了,"陛下,我有一个小事情。"我开口说,"对你是微不足道的小事情,我保证。但却是我心中最大的愿望。"

他抬起手阻止我继续说,"我的心肝,我们今天不是都说了吗,不是都知道了吗,对吧,就像我们这样的夫妻之间,我们不能有任何不同的事情,即使是最微不足道的事情?你心中最大的愿望也是我心中最大的愿望。我们无需讨论。你也无需向我要求什么。"

"这是关于我的朋友……"

"你最好的朋友就是我。"

我明白了。"我们就像是一个人。"我无奈地重复。

"是神圣同盟。"他说。

我鞠躬致礼。

"并且还是充满爱意的心照不宣。"

✦

"她死了。"娴毫无遮拦地告诉我,女侍们正在晚餐前给我梳头。沉重的梳子划过我浓密的头发,偶尔的剧痛,就像是她这番话给我带来的那样。我没有抬手阻止女侍苏珊继续梳头,我仿佛是被送去交配的母驴。随着梳子的猛烈来回,我的头也不时左右摆动。我看见了镜子中的脸庞,苍白的肌肤,受伤的眼圈,带有血痕的嘴唇。我的头左右摆动,就像会点头的玩偶。

"谁死了?"但我心知肚明。

"安妮·阿斯科。我刚刚得到伦敦来的消息。凯瑟琳·布兰登现在在她伦敦的家中。她给我送来这个消息。他们在今天早晨处决了她。"

我一阵哽咽。"上帝宽恕他们。上帝宽恕我。上帝保佑她上天堂。"

"阿门。"

我挥手示意苏珊离开,但婶说:"你必须梳头并且扎好兜帽,你必须参加晚宴。无论发生了什么事。"

"我可能吗?"我简短地问。

"因为她至死没有提到您的名字。她是为了您上刑讯台,她是为了您而死。这样您才能参加晚宴,这样,一旦时机成熟,你就能够保护教会改革的成果。她明白,哪怕我们都被杀害了,只有您能够与国王说上话。哪怕我们一个接一个死去,只要最后你还在,你就能够挽救英格兰的改革。这样,她就死而无憾了。"

我在身后的镜子里看见惊讶得目瞪口呆的苏珊。"没事的。"我对她说,"你无需出庭作证。"

"但您必须出庭作证,"婶对我说,"安妮至死不渝,没有泄露她认识我们中间的任何人,因为她,我们才能够活着继续思考、讨论和写作。因此你应该继承火种。"

"她受够了折磨。"这毋庸置疑。她被关押在伦敦塔的刑讯室,还有三个刽子手折磨她。从来没有女性被关押在那里过。"上帝保佑她。他们把她折磨得体无完肤,她连走上行刑台的力气都没有了。约翰·拉赛尔斯、尼古拉斯·贝伦尼亚和约翰·亚当斯[①]也被同时处决了火刑,但他们是自己

---

① 均为真实历史人物。尼古拉斯·贝伦尼亚(又名约翰·赫姆斯利),是一名牧师;约翰·亚当斯(又名约翰·哈德拉姆),是一名裁缝。据记载,这几位新教徒得到了秘密支持者送去的火药,因而在火刑开始后很快因爆炸丧生。

走向行刑台的。她是唯一受到万般折磨的。卫兵不得不把五花大绑的她架到椅子上。据说她的脚已经完全变形了，就像是调了一个方向，她的肩头和手肘也已凹凸变形，脊椎脱位好几节，脖子也从肩膀脱落了。"

我垂下头，双手捂面。"上帝保佑她吧！"

"阿门。"婻回答，"在那些人把她捆绑在行刑台上的时候，国王的使者给她提了一个条件。"

"真的，她还有救？"

"他们要的就是您的名字。只要她说出您的名字就把她放下来。"

"我的天呀，上帝饶恕我吧！"

"她在烈火点燃之前倾听了牧师的布道，她对牧师的话仅仅回答说了一句'阿门'。"

"婻，我本来还可以做得更多！"

"你不能再做什么了。真的，我们都再也无法做什么了。如果她想求生，她完全可以照他们的话办。话已经给她挑明了。"

"就是要我的名字？"

"如果诡计得逞，他们就能够把您作为异教徒报告给国王，然后处决您。"

"他们把她活活烧死了？"这种死亡太可怕了。被捆绑在行刑架上，脚下堆满了柴薪，当火点燃时，浓烟弥漫，会逐渐遮挡住家人和祈祷的朋友的身影，接着传来头发着火的噼啪声音，然后你的裙子开始燃烧，撕心裂肺地疼痛。我一下爆发了，使劲抓着自己的眼睛，我难以想象衣服着火的疼痛：火苗沿着衣袖向上蹿，烧到手臂，然后是肩膀，最后吞噬了她细嫩的脖子。

"凯瑟琳·布兰登给了她一条装了火药的长布条，她穿在了脖子上。当火焰燃烧，温度升高，布条中的火药就会在她脖子上爆炸，她就不用饱受煎熬了。"

"难道我们就真的只能为她做这些吗?那就是我们能够做的吗?"

"是的。"

"可是她不得不忍受他们把她的伤腿和手臂捆绑在椅子上,她不得不把装了火药的长布条套在伤痕累累的脖子上?"

"是的。我不是说她没有受苦。我是说她没有被……烧熟。"婻的词一下让我恶心呕吐。我把头倚靠在摆放了银质发刷和梳子的桌上,我不停呕吐,把呕吐物喷在桌上,喷在银质发刷上和玻璃杯上。我站起身,离开了桌子。苏珊默默无语地清扫了桌子,递给我毛巾擦脸,一小杯漱口的麦芽酒。两位女侍紧跟着走来擦拭了地板上的呕吐物。我也坐直起来,看着镜子中自己苍白的面容,这就是安妮牺牲自己生命挽救的人。

婻等着我的呼吸恢复正常。

"我现才在对您说,因为国王要等到一切都已按照他的旨意得到了实施。当他今晚到您的房间时,他要确凿地清楚英格兰最杰出的女人已经被烧死,当我们前往晚餐时,她的骨灰已经从史密斯菲尔德肉类市场打扫干净。"

我抬起头:"这令人无法忍受。"

"实在无法忍受。"她回答。

✦

凯瑟琳·布兰登回到宫廷,面色暗淡,人们都相信她说的是生病了。她来到我的房间,"她没有吐出你的半个字。"她说,"即使他们诱惑她说,要把她从行刑架放下来,她丝毫不为所动。表兄尼古拉斯·斯洛克莫顿也在场,她看着他的眼睛并且对他笑了笑,仿佛是说我们无所畏惧。"

"她还笑了笑?"

"她笑着对祈祷的人们说了一声'阿门'。"他说在场的人们都被震惊了，没有欢呼声，唯有长长的低声叹息。他还说了，这是英格兰最后一次将女性布道者执行火刑，因为老百姓受不了。

我们在我的议事厅等待，宫廷中一半的人都在这里。国王容光焕发地坐着轮椅来了。大家鞠躬致礼，我走到轮椅旁边我的位置。他伸出手，我握住了他的手。他的手潮湿暖和，我不由一下怀疑起他手上是否沾满了鲜血，但仔细一看，原来是彩色玻璃窗映射的红色在闪烁。

"一切都好？"他喜悦地问道，尽管他完全清楚我已经知晓了安妮的死亡。

"很好。"我平静地说，我们一道来到晚宴厅。

1546 年夏

汉普顿宫

阳光明媚，风和日丽，国王也如天气一样，喜形于色。他宣布自己已经痊愈，比以前更加精力充沛，从未这般心旷神怡。他感觉就像重新回到了年轻时代。我看着他，心想他一定会长生不老。他开始参与宫廷中的一切活动，坐在他的宝座上享用每一次大餐，不停地呼唤各种菜肴，装满各种食材的推车忙忙碌碌地沿着小道进入宫廷御膳房的拱形门，送出堆叠了各种美味佳肴的餐盘。国王坐在他宫廷中心的唯一固定位置，宫廷就像是一台机器，而他掌控着机器的一切运行，让其再一次成为了巨大的发动机，吞噬食物，产出娱乐。

在花园和晚宴厅，他有时居然能够下来慢慢走两步了。男侍走在他身旁，他的双手搭在男侍肩头，不过，他宣称自己完全能够不要帮助就独立行走，并且有机会就要一直走下去。他发誓有一天还要骑马。当我和我的女侍们在他面前翩翩起舞，或者当假面舞会的舞者开始选择舞伴时，他说他下一周或许就能够站起来参加舞会了。

他大声呼喝调换音乐，唱诗班的指挥和歌手伴奏家开始了疯狂的节目创作，让国王每天晚上都能够欣赏新的剧目和倾听新的歌曲。他对每一个不痛不痒的戏谑都发出狂笑。威尔·萨默斯从未如此引人瞩目，表演出如此令人难以置信的高难度杂耍动作。每一次进餐时间，他都会把白面包卷放在头上旋转，并围绕宴会厅让面包四处飞出去，逗引得宠物犬腾空而起，赶在威尔·萨默斯之前争抢到面包。他故作嗔怪地抱怨人们不明白他的艺术，开始追逐宠物犬，不惜与它们一道钻到桌子下。人们纷纷给宠物犬或者威尔·萨默斯抛撒食物，引起大厅一阵欢乐的骚动。国王开始打赌，并且还故意输给他的手下，这些聪明人接下来会故意输给他。国王对生命有强烈的欲望，非常享受生命的快乐，人们说这是多年难得一见的奇观。他们说全靠我的努力让国王焕发青春，欢乐幸福，并询问我是怎么做到这一切的。

一天晚宴上，我发现了一个陌生人，华丽的穿着仿佛西班牙的贵族，他向国王鞠躬致礼，然后在旁边贵族席坐下。

"那人是谁？"我问站在我椅子后面的凯瑟琳·布兰登。

她俯身轻轻在我耳边说："那个人是古伦·伯塔诺，殿下。他显然是教皇的使者。"

我差点失声尖叫："教皇派来的？"

她点点头，嘴唇紧闭。

"教皇派出他的使者来这里？来我们的宫廷？在这一些都过去之后？"

"是的。"她简短回答。

"这不可能。"我急忙说。国王早已经被教皇逐出教会多年了，他把教皇称作是"敌基督"。他现在怎么可能宴请他的使者？

"很可能是教皇要重新恢复英格兰教会与罗马教廷的联系。他们现在要谈的是细节。"

"我们又要转变为罗马天主教？"我喃喃自语，不敢相信这一切，"在我们经历了这么多痛苦之后？在我们作出这么多努力之后？在我们作出这么巨大的牺牲之后？"

"你今天不饿吗，我亲爱的？"亨利在我左边发出低沉的声音。

我迅速扭过头笑着回答："哦，真的好饿。"

"鹿肉非常美味。"他向侍者示意,"给王后多上点鹿肉。"

我等待着他们把黑色的鹿肉上到我金质的餐盘,并浇上浓郁的汤汁。

"雌鹿的肉总是比雄鹿肉更细嫩。"亨利朝我眨了眨眼睛。

"我好高兴看到您这么兴高采烈,我的夫君。"

"我是在逢场作戏。"亨利回答。他追随我的目光,看到静静地坐在餐桌旁的教皇使者,他正津津有味地大快朵颐。"只有我一个人知道是什么游戏。"

✦

"应该祝贺你。"爱德华·西摩尔小声对我说,此刻,我的宫廷女侍们正在河边漫步,享受清晨的凉爽。爱德华刚从布伦回来,最终被解除了指挥权,重新在枢密院履行自己的职责。弗罗瑟斯利大法官还没有从国王花园里受到的屈辱中恢复元气,而斯蒂芬·加德纳一直没有怎么发声。教皇的使者已经带着模棱两可的承诺回国了,我们大家都希望改革的力量能够静悄悄地重振旗鼓。我应该感到高兴。

"祝贺我?"

"你设法完成了前任几位王后都没有完成的任务。"

我向四周看了看,爱德华·西摩尔不是轻率粗心的人,四周没有人偷听。"我真的是那样吗?"

"你冒犯了国王,又得到他的宽恕。你是聪明的女性,殿下。你的经历是独一无二的。"

我低下头鞠了一躬。我无法叙述过去的一切,我感到难以言状的羞耻,而安妮·阿斯科已经献身了。

"你成功地对付了他。"他说,"你有了不起的交际才能。"

我感觉到自己对回忆面红耳赤,无需爱德华·西摩尔的提醒,我也不会忘记那天晚上。我将永远铭刻在心。我感到我永远难以从我所做的一切中抬起头来。我更难以承受爱德华·西摩尔会怎么猜测我做了什么,才能够让国王撤销对我的逮捕令。"全靠国王陛下的宽宏大量。"我轻松说。

"并不全是如此。"爱德华·西摩尔说,"他改变了注意,对异端邪说不再处火刑了。整个国家都反对这样做,国王也是顺从民意。他也说了,本来应该赦免安妮·阿斯科的,安妮·阿斯科将是最后一个。这些都是你施加的影响。殿下,所有赞成教会改革的人都对你心怀感激。许多人向上帝为你祈福。还有许多人知道你是学者、神学家和领导者。"

"对一些人来说,这一切太迟了。"我细声说。

"对,但还有许多人身陷囹圄。"他说,"你还应该争取让他们得到释放。"

"他不会听从我的建议。"我提醒他。

"像你这样的女性能够给她丈夫灌输点思想,并且督促他思考。"爱德华·西摩尔满面笑容地说,"你知道该怎么做。你是唯一能够对付他的女性。"

而我想到的则是,当我成为王后的时候,我还是学者,知道怎么做学问,但现在我已经成为了娼妓,学会了出卖皮肉的种种伎俩。

"为了我们的事业,你不惜委曲求全,这并不是耻辱。"爱德华·西摩尔说,就像他看穿了我心中的想法,"信奉教皇的那些人正在撤退,国王也开始厌恶他们。你能够让那些好人得到释放。你还能够让国王修改法律,使得老百姓能够自由地祈祷。你必须运用你的魅力和美貌,使用夏娃的技巧,展现我们的王后的精神。这就是掌握权势的女性应该具备的。"

"这也太离奇了,我是无权无势之人。"我说。

"你必须使用你拥有的一切。"他回答,就像自古以来一个正人君子对娼妓所要求的那样,"你必须不惜一切手段。"

✬

我异常小心,不说任何有可能冒犯国王的言辞。我请求他解释他对炼狱的观点,当他告诉我,在《圣经》中并没有关于炼狱的陈述,炼狱的概念是教会杜撰来资助收费小教堂和弥撒活动的时候,我感到颇有兴趣。我带着虔诚的弟子态度倾听他解释对事物的看法,而我一打开始研究就对这些事物作过思考。现在,他也开始浏览我读过的书籍,我为了安全而藏起来的书籍,他告诉了我这些书籍对他颇有触动,有令他耳目一新的观点,说我也应该跟他学习这些东西。年轻的简·格雷夫人知道这些观点,伊丽莎白公主也阅读过这些书籍,我亲自教了她们两人。而现在,我坐在国王身旁,当听到他叙述那些本来显而易见的东西时,我故意发出阵阵惊呼,我对他发现了那些人人皆知的观点而大加赞赏,并且对他的洞察力赞不绝口。

"我会释放那些因为异端邪说而被监禁的人们。"他对我说,"一个人不能因为出于良知而被监禁,不能因为他认真和深邃的思考而下狱。"

我默默地点头,仿佛国王的视野让我无言以对。

"你会很高兴,因为像休·拉提默那些布道者可以自由地发表意见了。"亨利提醒我,"他过去常常在你房间布道,对吧?你可以继续举行下午的布道会了。"

我小心翼翼地说:"我很高兴地知道那些无辜的人们将得到释放。陛下宽宏大量,对是非有非常精确的判断。"

"你会不会继续举行下午的布道会?"

我不清楚他希望听到什么答案,我只能说他绝对希望听到的内容:"如果陛下希望我这样做,我会倾听这些布道者,这样我能够更好地理解陛下的思想。如果我研究教会的神父,将有助于我跟随陛下精巧复杂的思想。"

"你还记得简·西摩尔的箴言?"他突如其来地询问。

我脸一红。"记得,陛下。"

"是什么?"

"我想应该是'注定要服从和服务'。"

他突然大吼起来,发出令人震惊的狂笑,张着大嘴,露出黄斑牙齿和长满绒毛的舌头:"再说一遍!你再说一遍!"

"注定要服从和服务。"

他又笑了,但声音没有显露任何幽默。我竭尽全力维持着笑容,显得我受到他幽默的感染但却愚昧不堪,难以领会他幽默的精髓,显得我是迟钝的女人,完全缺乏幽默感,但却羡慕他的睿智。

曾经与爱德华·西摩尔进行过媾和谈判的法国舰队司令克劳德·德恩博尔特来到汉普顿宫出席盛大招待会。王室的孩子们,特别是爱德华王子都要出面迎接他。国王说自己身体不适,让我负责教导爱德华必要的礼仪,保持都铎王朝的尊严。爱德华年仅八岁,对要扮演的角色感到兴奋和焦虑。在法国人到来之前,他来到我的房间,询问我究竟有什么要求,他究竟需要做些什么。他询问得非常细致,非常渴望知道所有细节,就像一个年少的天文学者,于是我叫来我的御马训练师和主管,我们在一张大纸上绘出花园的平面图,然后,我们使用他小时候玩耍的锡兵表示法国代表团的到达,使用玩偶表示我们外出欢迎客人。

法国代表团有将近两百人,枢密院所有成员和所有王宫人员都要外出迎接。我们将在花园里搭建金色的帐篷接待他们,并且还要搭建临时的帐篷举行宴会。我们把这些设施画在平面图上,又用另外一张纸列出了接下来十天内将要举行的各种招待会:狩猎、化装舞会、体育活动和宴会。

伊丽莎白公主也在场,简夫人也在,我们一道欢笑,调换各种礼帽和头饰,扮演起客人到来的场景。爱德华扮演自己,其他所有的人扮演法国人,戴着高帽子的侍臣,大家表演夸张的鞠躬致礼,发表漫长的演说,直到我们的欢笑影响到化装舞会，我们才恢复自己本身的状态。

"是不是就是这样？"爱德华认真地问，"我是不是要站在这里？"他指着我们在平面图上标出的站台。

"不要紧张。"伊丽莎白告诉他，"你是王子，我们的母亲大人是摄政王，无论你们两人做什么都是对的。你是威尔士王子，你所做的不可能是错的。"

爱德华甜蜜地朝我笑了，"我跟着您，母亲大人。"

"你是王子。"我说，"伊丽莎白说对了，无论你做什么都是对的。"

欢迎仪式顺利举行。爱德华王子由贵族和卫队护送骑马出迎，所有人都身穿金色制服。与他身旁高大的卫兵相比，爱德华王子显得非常娇小，但是他驾驭他小马的技术完美无缺，并且带着足够的尊严用地道的法语迎接了客人。我对他的表现非常骄傲，他一回来我就拥抱了他，并且和他在我的起居室翩翩起舞。

我把他的优秀表现报告给了国王，亨利说他会亲自接见法国舰队司令，并且带他去宫廷小教堂参加弥撒。

"今天，你对我和我的家庭贡献了杰出的服务。"亨利对我说，当时我是在晚上去他房间汇报访问和欢迎的情况，汇报在父亲不在的情况下，王子如何尽到了东道主的责任，以及我们大家对简·西摩尔的儿子的自豪。"你一直待他如同己出。"国王说，"远超他的生母，他的生母几乎不了解他。"

我注意到，他今晚上说到她的死亡是因为玩忽职守。"今天你表现得就像是这个国家的摄政王，我对你非常感激。"

"我只是做了我应该做的事。"我轻轻说。

"我很高兴的是你和他一道出现在家庭肖像画中。"他说，"你无愧于做他的继母。"我有些不知所措。显然他忘记了,是他去世了的妻子简·西摩尔出现在家庭肖像画中的。我是为肖像画坐了很久,但我没有出现在画框里。画中没有出现我和我喜爱的小男孩在一起的场景。

他继续不管不顾地说:"你是你的国家的骄傲,也是你的信仰的骄傲。"他说:"过去几个月,你真的说服了我,让我相信你在这个国家的地位的公正性和对你的判决的公正性。"

我四下环视,没有任何闲人在场。通常,男侍会站在旁边,可现在他们都对我友好,对改革的事业友好。斯蒂芬·加德纳不在场。他和国王就一块土地的归属发生了争执,国王突然勃然大怒。斯蒂芬·加德纳将会削尖脑袋重新得到国王的幸宠,但此刻是眼不见心不烦。弗罗瑟斯利自从在国王的花园发生他逮捕我的那事后,就再没有出现在国王的身旁。

"我总是有幸得到国王的指引。"我说。

"并且我认为你对弥撒的想法是对的。"他漫不经心地说,"或者你称作是交流?"

我笑了,装作一副信心满满的模样,其实我感觉到脚下的大地在颤抖和沦陷。"陛下认为应该怎样称呼就怎样称呼。"我说,"这是您的教会,也是您的祈祷仪式,您比我,比任何人更清楚该是什么。"

"那就称作交流,是整个教会信徒的交流。"他说,豁然豪爽,"我们可以老老实实地说这不是主的鲜血和肉体,否则怎么让老百姓明白这些东西?他们会认为我们是在玩魔术或者杂耍。对于我们中间那些思想深邃,对于这些事情喜欢深思熟虑的人们来说,我们理解语言的魔力,它可以表示面包和红酒,也可以表示主的鲜血和肉体,对于普罗大众,我们可以说它是语言的一种形式。例如,他们也吃饱了,耶稣就拿起杯来,说,这杯是我血中的《新约》,要为你们流出来。显然,主给了民众面包,神圣的面包。主给了民众红酒,告诉他们那是《新约》,我们这些人比愚昧的乡下人懂得更多,不应该让他们思想混乱,莫衷一是。"

我不敢抬头,万一这是给我布下的圈套呢?但我突然感到我因情感的力量而浑身颤抖。如果国王真的意识到这些,如果国王真的有这些目前的观点,那么,安妮就是死得其所,我就没有枉自扔掉学术而像奴隶一样饱受折磨,上帝通过安妮的骨灰和我的耻辱给国王带来了启迪。

"陛下,您的意思是说我们应该明白语言的象征性?"

"你难道不是这样想的?"

我已经不会冲动地亮出我的观点。"陛下,您知道我是一个蠢妇人,而且我根本不会思考。我从小就是被教育要一会儿相信这个,一会儿要相信那个。现在,我是有夫之妇,我必须知道我的夫君的想法,因为只有他才能引领我。"

他笑了,我猜对了,这番话正投其所好。这正是一个被驯服的妻子对其丈夫的鹦鹉学舌。"凯特,我告诉你,我想我们应该创建一个真诚的宗教,让交流成为弥撒的核心,但其权力是象征性的。"他宣称说。他准确的用语和洪亮流畅的发音告诉我他对此早有准备。或许他还把这番话写了下来牢记在心。或许还有人辅导过他,是安东尼·丹尼,还是托马斯·克兰默?

"谢谢您。"我声音甜美地说,"谢谢您的教诲。"

"我会向法国大使建议我们合作,法国和英国,我们一道来清除旧教会的迷信和异端邪说,在法国和英国建立一个新教会,教义将根据《圣经》,根据新的学术,然后我们共同在我们的国家推广,最终向全世界推广。"

这真的让人是太难以置信了。"你真的打算这样?"

"凯特,我希望有一个学识渊博、考虑周全的人遵照上帝的旨意行事,而不是一堆胆怯的傻瓜,被女巫和神父所迷惑。除了信奉教皇的国家,其他所有国家都相信这才是理解上帝的唯一方式。我希望加入进去,我希望给他们建议,我希望英格兰能够走在前面。当那一天真的到来,我会让你做摄政王，我的儿子做国王，来治理那些使用能够理解的祈祷文并且参与弥撒的民众，参与对他们有意义的交流，就像主所说的那样，而不是罗马杜撰的那些模棱两可的陈腐教条。"

"我也这样想！"我实在难以掩饰我的激动了。

他笑着望向我。"我们将给英格兰带来新的知识，新的宗教。"他说，"你会看到那一天的，即使我已经不在了。"

1546 年秋

温莎堡

法国代表团离开了，国王也能够参与狩猎了，一切进展顺利。他还是不能走路，但倔强的精神支撑着他，当卫兵把他抬上马鞍，他立即策马加入狩猎的队伍。在我们沿河每一座漂亮的宫殿里，人们都为他准备了一个掩体，备好了弓箭，然后把猎物朝他的方向驱赶。数十只鹿纷纷在王家掩体前中箭倒地，箭矢射进了它们的眼睛，或者把脸撕裂。这个场面比野外狩猎残酷得多。国王精心瞄准了朝他奔驰而来的漂亮鹿群，之后便有鹿子面部中箭倒地，猎犬一拥而上，对其后腿撕咬。亨利对射杀这些陷入圈套的动物的血腥冷酷场面毫不在意。他平静地看着猎手把那些还在挣扎的动物一刀封喉。实际上，我觉得他是陶醉于这种血腥场面。他看着鹿子黑色的蹄子不断蹬踢挣扎，最后停了下来，一动不动，这时，他露出一瞬笑容。

他在观赏着雌鹿临死的痛苦挣扎时突然开口说："你认为托马斯·西摩尔配不配得上伊丽莎白公主？我知道西摩尔倒是求之不得。"

我不由一惊，但他没有看我，而是看着来自受伤鹿子黑骏骏的眼睛的凝视。

"你觉得怎样都好。"我回答，"当然，她还年轻，她可以先订婚，但和我待在一起直到十六岁。"

"你认为他能够成为她的好丈夫吗？他是长相英俊的魔鬼，对吧？她喜欢他吗？他会让其他男孩追她吗，你的想法呢？她是不是爱上他了？"

我把喷了香水的皮手套放在嘴唇上,遮住我感觉会出现的颤抖。"我也不确定。她还非常年轻。她肯定是喜欢他,真的,喜欢她同父异母兄弟的叔叔。我想他能够成为她的好丈夫。他的勇气毋庸置疑。你认为呢,陛下?"

"他确实英俊迷人,对吧?又像狗一样好色。他是非常危险的女士杀手。"

"倒不一定比其他男人危险多少。"我回答。我必须额外小心。我想不出应该说些什么来保证我的安全并且满足托马斯的愿望。

"你也喜欢他?"

"我对他几乎一无所知。"我说,"我倒是更了解他的哥哥,因为他的夫人在我的宫廷里。不过我和托马斯爵士聊过天,他谈吐很有趣,并且他最忠实于您,对吧?"

"是的,他是。"国王承认。

"他对捍卫英格兰的安全,捍卫海军和海港起了重要作用,对吧?"

"对,但是把女儿嫁给他有些在我预计之外。这还会让西摩尔家族锦上添花。"

"嫁给英格兰人会让她留在英格兰。"我说,"那对我们两人也是安慰。"

他好像在认真思考,把女儿留在国内的想法好像打动了他。"我了解伊丽莎白。"他说,"如果我同意,她就会接受他。她就是一个荡妇,和她妈一样。"

尽管我们待在温莎城堡的日子风和日丽,但国王突然毫无征兆地在宫廷活动中消失了。我认为他没有生病,但他和少数几个密友关在自己的宫廷房间里,拒绝见任何人。在阳光明媚的日子里,宫廷的一切活动,包括体育和娱乐照常进行,仿佛人们忘记了一切权力和财富的核心与来源的缺席。人们习惯了国王的来来去去,他们没有发现这是一个倒退的迹象。他们认为国王永远都会时隐时现。那些在亨利身边的人们,那些每时每刻关注他的人们,那些对未来满怀憧憬的人们,现在紧紧地围绕在他身边,仿佛不敢放心他与其他每一个人的交往,更不敢放心让他独自一人待着。

在密室紧锁的大门后面,有消息泄露出来。围绕他身旁的人们把消息告诉了他们的妻子——这些女侍都在我的宫廷服务的,说他又卧床不起了,说他这一次因为旧伤复发和发热而情况不妙。他整日昏睡,醒来后又点了各种美味佳肴,可是当侍者把重重堆叠的餐盘放在他枕边时,他却没有了任何胃口。

那些老派的宫廷势力,如托马斯·霍华德、威廉·帕吉特以及弗罗瑟斯利那样的罗马教皇信奉者,逐渐地、无可奈何地隐退了,现在是改革派占上风。在多年忠心耿耿地服务后,托马斯·赫尼奇爵士也从他非常隐秘的岗位——"高凳新郎"①的角色——上被辞退了,事先毫无征兆,事后也没有给出任何解释。我们静悄悄地赢得了胜利,新晋升的国王高凳新郎是琼的丈夫安东尼·丹尼爵士。他,以及媗的丈夫威廉·赫伯特爵士一道,当国王在马桶上因为便秘而挣扎并且臭屁连连的时候,侍立在国王身旁。我的宫廷女侍的丈夫们占据了国王宫廷的关键位置,安妮·西摩尔的丈夫爱德华也越来越得到国王的倚重,我的宫廷和国王的宫廷开始联合起来:丈夫侍奉国王,妻子侍奉我,大家同心同德。国王的亲信都是改革派的人,我的大多数女侍也都倾向支持新的知识。当宫廷讨论宗教时,大家异口同声地支持改革,所以,当国王与加德纳对土地归属问题产生激烈分歧时,宫廷没有任何不同的声音。国王突然变得怒不可遏,一声令下,以前的宠

---

① 服侍国王出恭的男仆,由于这一职业与国王关系极为亲密,因此也自然成为王室最受信任之人。

删后记

臣斯蒂芬·加德纳就被这般排斥在圈内人之外。

没有一个人替他发声。他从前的密友博纳主教、托马斯·弗罗瑟斯利和理查德·里奇迅速改头换面，寻求新的同盟。当然，他们首先要选择王室亲宠，然后才是对新同盟的忠诚。托马斯·弗罗瑟斯利成为爱德华·西摩尔的新朋友，博纳这位在伦敦专门迫害他人的主教则待在了自己的辖区，不敢在宫廷露面。就连新赴任的西班牙大使也不愿和加德纳做朋友，因为他也看出了罗马教皇信奉者的失势。理查德·里奇在寻找保护人的过程中，如小狗一般跟随了约翰·达德利。只有托马斯·霍华德和这位孤零零的博纳主教说话，但是托马斯·霍华德已自身难保，他的儿子被指控要对英国在布伦驻军出现的问题负责，而玛丽·霍华德因为她对西摩尔家族傲慢的怠慢脸面全无。

斯蒂芬·加德纳如罪人坠落地狱般迅速倒台。当天，他就被禁止进入国王内室，被迫像普通官员那样站立在议事厅，第二天，王宫大门的卫兵便禁止他入内，他只能骑马到王宫大院，但不能把马拴进马厩。可悲的是，他固执己见不愿离开，自认为还会卷土重来，只要能够见上亨利一面。他认为只需一番解释或者道歉就足以拯救自己的命运。回忆起多年对国王的服务和忠诚，他心想国王不会这样对一个老臣决然无情，但他忘记了，一旦国王将某人踢出圈外，那个人就等同消失，有时是被逮捕监禁，更多是被处决。他没有料到，唯一能够从国王的猜疑和敌视中化险为夷的只有我。他不知道我承受了什么，他也不知道我付出的惨痛代价。没有任何人知道，我连对自己也不会承认。

斯蒂芬·加德纳使出浑身解数。他提出愿意归还有争议的土地，徘徊在马厩大门，探查国王是刚到还是准备离开，毕竟不久前他还是颇受欢迎的访客。他把道歉信塞给任何愿意替他传话的人，扭住一切路人，倾诉他所蒙受的不白之冤，说自己是国王最最可靠的朋友和忠诚的役仆，他的忠诚永生不变。人们愿不愿意帮他传话给国王呢？

人们当然不愿意。没有人希望斯蒂芬·加德纳重新回到国王身旁，向国王传播流言蜚语，蒙骗国王以为四下都是异端邪说和背叛。他对每一个家庭都进行过监视，几乎每一个人都曾感受到他疑神疑鬼的目光，每一场布道都要被他审查，以确定是否为异端邪说，宫廷的每一个人都受过他的威胁。现在，他失去国王的青睐，人们再也不畏惧他了。没有人愿意冒险在国王面前提到他的名字，因为国王把这个以前的宠臣称作是捣蛋搅局者，再也不愿听到他的名字。

这位惊恐的老朽看到了面临的灾难。他回忆起了沃尔西，沃尔西在回伦敦候审并且将面临死刑时，突然在约克大街倒地死亡。他回忆起了克伦威尔，克伦威尔被剥夺了一切荣耀徽章，在绞刑架上被砍了头，被自己建立的法律所谴责。他回忆起了身着体面衣服，信心百倍要上天堂而走上绞刑架的约翰·费希尔，被理查德·里奇诱骗而被捕的托马斯·莫尔，他回忆起了王后们，一共四位王后，回忆自己是如何散布对她们不利的流言蜚语，并且对她们的失宠落井下石的。

他唯一的救命稻草是他以前的朋友兼同盟者弗罗瑟斯利大法官，他恳求他替自己向国王求情，仅此一次，就说一句话。但弗罗瑟斯利熟练地摆脱了主教的纠缠，仿佛他化身为了一个浑身油滑的奇特雕塑。弗罗瑟斯利会出现在某个地方，但片刻之间就不见踪影。他才不会为了对朋友效忠而拿自己在宫廷中岌岌可危的地位冒险。想到国王在花园中大发雷霆的场面，弗罗瑟斯利就胆战心惊，他已经找到了新的主人，现在与西摩尔家族关系密切。

万般无奈的斯蒂芬·加德纳转向祈求我的女侍向我求情，难道他认为我会让不共戴天的死敌重新掌控权力，难道他已忘记曾向国王保证他有足够的证据指控我的叛国罪了吗？终于，斯蒂芬·加德纳醒悟了，他的朋友已经如鸟兽散，他的影响力、他的地位都不复存在，他悄悄地在他自己的宫廷烧掉了秘密文件，并且暗中密谋哪一天能够卷土重来。宫廷的改革派对打败了这个危险的人欢欣鼓舞，不过，我肯定他会卷土重来的。我知道这点，就像信奉教皇的那些人把我打倒在地，摧毁了我的意志一样，我们现在战胜了他们，但他们没有放弃，而是在夜里枕戈待旦，虎视眈眈。国王会做的就是不断地挑动不同势力的争斗，我们将不得不反反复复地与他们搏斗，将什么原则、什么羞耻，统统放在一边。

1546 年冬

伦敦　白厅宫

随着气候的变化，国王的健康又每况愈下，温迪医生说国王的发热无法控制下来。他全身出汗，在谵妄中狂怒不已，但这又导致他的体温升得更高，从负担过重的心脏蔓延到了大脑，这对他是致命的。医生建议进行沐浴疗法，于是宫廷搬迁到了白厅宫，让国王能够浸泡在热水中，并包裹在喷了香的干毛巾中吸出身体毒素。这样的疗法初见成效，他显得有些好转，但他突然说他要去奥特兰兹。

爱德华·西摩尔来到我房间和我商量。"他的身体不能旅行。"他说，"我想宫廷应该一直在这里待到圣诞节。"

"温迪医生说不能让他生气。"

"没人惹他生气。"爱德华继续说，"我们都明白。但是他不能拿健康冒险，冬天乘船去奥特兰兹。"

"我明白，我无法向他挑明这点。"

"他会听您的。"他提醒我，"他什么都听您的，包括他的想法，他的儿子，他的国家。"

"他倾听他的出恭男仆和倾听我的话一样。"我不为所动，"你去问问安东尼·丹尼或者威廉·赫伯特，让他们去对他说。如果国王问起我，我就说我也有此意，但是我不能给他提出不合他意的建议。"我想到了他卧室某个地方的壁橱里放着的马鞭。我想到了象牙色的护裆，上面沾满了我嘴唇留下的鲜血。"我一切听从他的召唤。"我简短地说。

爱德华若有所思地看着我。"今后。"他字斟句酌地说,"今后,您会为他的儿子和他的国家做决定。您可能会成为发号施令者。"

议论国王的生死是触犯法律的大忌,暗示他的健康恶化则是谋反罪。我无言地摇了摇头。

1546 年冬

萨里　奥特兰兹宫

在斯蒂芬·加德纳消失之后，宫廷中隐藏的信奉老式教会的还有这样一群人，不过他们属于同一个家族，在无数大风大浪中安然无恙幸存下来：那就是坚不可摧的霍华德家族。他们宁愿把自己的女儿作为赌注，甚至不惜把继承人抛入大海，也不能让家族这艘大船沉没。霍华德家族，来自诺福克的公爵们，一直稳稳居于一人之下的地位，即使王朝更迭，即使家族的两个女儿荣升王位，后又走上绞刑架，托马斯·霍华德也仍不是轻而易举就能撼动的人。

但是，一天晚上，他的儿子和继承人突然失踪。因为极端的傲慢和冒险，亨利·霍华德被从布伦驻军指挥官的职务上召回。他没有出现在晚宴上父亲的餐桌旁，他的侍者不知道他的踪迹，他的朋友也都不知道他的去向。

他是一个狂妄的年轻人，一个曾经大言不惭地吹嘘自己能够永远掌控布伦的傻瓜，他不止一次地因为粗俗的自大让国王不悦，但又总是能够化险为夷。他是亨利·菲茨罗伊、国王的杂种儿子最好的朋友，他也总是能够利用他俩那种悲剧性的手足之情获得王室的谅解。

人们都在说公爵儿子从父亲餐桌旁的消失并不意外，说霍华德家族总是相互抱怨。人人都知道，没有跟班和朋友，这位年轻人是不可能消失在伦敦的茫茫人海中的。亨利·霍华德对自己的处境心满意足，没有跟班的

删后记

怂恿，他是不可能去哪里的。因此，一定有人知道他的去处。

有一个人知道，那就是托马斯·弗罗瑟斯利大法官。真相逐渐浮出水面，据说是他的人在一个深夜把年轻的伯爵绑架到河上的一艘船上。显然，有十多个弗罗瑟斯利的人把这位年轻人夹在中间簇拥到河边，尽管年轻人不断挣扎和叫骂，但被这些人抛在了船舱底部，并且坐在他身上压着。该船很快向下游驶去，消失在茫茫夜色中不见了踪影。这不是逮捕，因为没有逮捕令，并且这群人也没有来到伦敦塔监狱。这是绑架，那么，弗罗瑟斯利就是敢于冒天下之大不韪绑架了诺福克家族的儿子，并且是在王宫附近干的。无人知晓他是怎么得手、是谁的授命，也无人知晓运载了如此珍贵的货物的船究竟停泊在黑暗河流里的什么地方，霍华德家族的继承人今晚身在何处。

难以想象的是，弗罗瑟斯利居然因为对这位年轻人发难而引发了一场家族间的深仇大恨。就在几周前，弗罗瑟斯利和霍华德家族在狼狈为奸地密谋诬陷我，并且弗罗瑟斯利还准备用王家的船把我从河上运走，那也是年轻的霍华德家族继承人失踪的地方。或许，是国王下令他拿下这位年轻人的。不过没有人能够想到亨利·霍华德究竟做过什么而招致这一大难。弗罗瑟斯利不在，他的手下亦闭口不言。

亨利·霍华德的父亲发誓说儿子是无辜的。是因为他的弟弟汤姆，他才被指控在我的房间阅读异端邪说的书籍和参加布道，但这一切现在都是合法的。亨利·霍华德作为长子，最感兴趣的是自视清高和追求享乐。他整日沉浸在体育、马术、诗歌与女人里，哪有什么工夫认真思考。他从来不会认真学习，也没有人会想到他是信奉异端邪说的人，人们开始怀疑弗罗瑟斯利是不是手伸得太长。

在连续几天的沉默后，诺福克认为他有能力向大法官发起挑战。他要求知道他儿子的下落，受什么指控，并且马上放人。他在枢密院会议上大发雷霆，他说必须拜见国王，他甚至还要求见我一面。宫廷的人都知道没有任何人，即使是大法官本人，能在动霍华德家族的人时不三思而后行。诺福克在会议上大喊大叫，当着弗罗瑟斯利的面痛骂他，枢密院的成员们旁观着两位巨头的冲突：一位老贵族，一位新官僚。

仿佛是给出的无声的回答，没有国王的公开答复，也没有任何预兆，宫廷卫兵押着亨利·霍华德，从弗罗瑟斯利大法官的居所步行穿过伦敦几条街道，最后押解到了伦敦塔监狱。就像是押解一名普通囚犯那样。监狱的数道大门打开，仿佛当局早已知晓来人。监狱长命令将来者下狱收监，随后大门紧闭。

在枢密院的会议上，公爵还在喋喋不休地谩骂，但依然没有任何与他儿子的指控和罪名有关的消息。公爵发誓说，所有这些行为的始作俑者都是他的敌人，这是懦夫的行为，是那些断子绝孙的人的行为，是那些地位卑微的人的行为，是弗罗瑟斯利这样的人的行为。他们通过炫耀法律知识和智慧而爬上了权力的塔尖，但是，像公爵以及在骑士制度下沐浴成长的新贵，来自世代带金佩紫的贵族之家的那些人物，被那些新晋升到权力圈的枢密院成员弄得很尴尬。

枢密院不想倾听他的控诉。他们甚至不理睬他的咆哮和拒绝回答他的要求。宫廷卫兵进入了枢密院大厅，从公爵肩头剥夺下嘉德勋章肩带。有人拿走了他的权杖，当着他的面把它砸断，仿佛他是一个死人；他们会把断成几节的权杖放到棺材上，让它永远埋藏于坟墓。与此同时，诺福克咒骂对方的愚蠢行为，要他们记住自己对都铎王朝将近半世纪的奉献：任劳任怨的服务和无人肯干的脏活苦活。他被极其粗暴地推搡出了房间，全然不顾他的怒骂。他申辩自身的老资格、他的清白和他发出的威胁。每个人都听见了他的靴子在地板上的擦刮声，他的高声抗议一直延续到了长长的走廊。

卌后记

通往国王起居室的门打开了一条裂缝，没有人知道国王是否知晓一切。没有人知道这些是来自国王的旨意，还是弗罗瑟斯利对其对手给出的致命一击。所以，大家都束手无策。

现在，霍华德家族的两个人，诺福克公爵和他的继承人伯爵，都被关押在了伦敦塔监狱，没有指控，没有罪名，也没有任何解释。他们遭遇了难以想象的灾难：霍华德家族的父子两人曾经把无数无辜的人送上绞刑架，他们曾经趾高气扬地坐在马上，观看无辜的人们被绞刑，现在，两个人自己也沦为阶下囚了。

听到对手垮台的消息，托马斯·西摩尔急匆匆地赶回宫廷与其兄弟商量对策，安妮·西摩尔逗留在他们房间外倾听，然后向我汇报。

"显而易见，公爵被逮捕那一天，霍华德家族的肯宁霍尔宫已经被里里外外搜查过一遍。他刚被押送到伦敦塔监狱，搜查的人就到肯宁霍尔宫来了。我丈夫的牧师说指控的是谋反。"

琼·丹尼的丈夫安东尼爵士深得国王信赖，她也说："诺福克公爵的情妇也写下了书面证词，说公爵说过国王已经病入膏肓。"她压低声音。"她还会作证说，他讲过国王将不久于人世。"

突然出现了一阵令人惊恐的沉寂：倒不是公爵说出了人人皆知的真相，而是他的情妇居然会向大法官的人告密。

安妮点点头，对她的对手的遭遇幸灾乐祸："他们在策划修改王家遗嘱，控制王子并且夺取权力。"

我有些怀疑地看着她。"不会吧，不可能。夺权？诺福克家族一直是为了权力而生的，他们终生像跳蚤一样出没在国王可能感兴趣的方向，对国王的一切旨意完全依顺。他们自己的女儿们……"我停了下来，我们都知道玛丽·波琳和她的妹妹安妮，还有她的表妹玛奇·谢尔顿，她们的表妹凯瑟琳·霍华德，这些女孩都是霍华德家的女孩，她们被家族奉献给了国王,要么成为王后,要么成为娼妓。

安妮·西摩尔对提到霍华德家族的年轻女性有些不高兴,因为她自己可怜的嫂子简·西摩尔就是从女侍迅速而可耻地荣升到王后宝座的。"可是,至少玛丽·霍华德拒绝过。"

"拒绝什么?"

"拒绝耻辱。她自己公公的耻辱。"

我不为所动。"安妮,请搞清楚我的意思。是谁希望玛丽·霍华德经受耻辱?你说她的公公是什么意思?你不是说国王吧?"

她靠近我,脸上带着满是知晓秘密的激动。"您知道他们提议把玛丽·霍华德嫁给我小叔子托马斯吗?"

"我知道。"我马上回答,"大家都知道国王也同意了。"

"但是他们心怀不测,没有实现体面婚姻的愿望。没有!他们是打算让她嫁给托马斯,让他戴绿帽子。你认为是不是这样?"

有人居然在打算给托马斯带来痛苦,这不啻是给我当头一棒。我清楚耻辱是什么滋味,我永远不愿意托马斯感受耻辱。"我没有考虑很多。但他们究竟是要干什么?"

"他们计划在成亲后让他询问您,玛丽能不能成为您的女侍。之后他将把她带进宫廷,您想那时她会做什么?"

一个谜团渐渐解开。我想,这些人多么卑鄙,这些阴险小人!"我当然会答应她做我的女侍。霍华德家的女孩,西摩尔家的媳妇,当然是不能拒绝的。"我还想,我会竭尽全力让托马斯进宫廷,这样我就能够见到他。

即使这意味着我每时每刻都要见到他的妻子。就是那样,他们还是想拉拢我伤害他,还是想着利用我伤害他。

"他们计划把玛丽·霍华德安插在国王身旁。"她身体退后看着我,"他们的计划是把您挤掉。"

"她怎么能够把我挤掉?"我冷冰冰地说。

"她会和国王调情,挑逗他,引诱他。她会和他上床和做任何他愿意的事。她会是他的正式情妇,就像法国情妇那样地位显赫,是娼妓总管。霍华德们说一定能够实现这一目标。您会被冷在一旁,她会上位。您将离开宫廷而被迫生活在别处,她则在宫廷主宰一切。不过他们说,如果她足够聪明,等待她的还不仅仅如此,还有更诱人的目标。"

"什么更诱人的目标?"我问,假装一无所知。

"他们说,如果她足够聪明、善解人意,能够让国王听到甜言蜜语,并且按照家庭所要求的去做,那么国王就会遗弃您而娶她。之后,她会引导他转向旧的宗教,她的宫廷会成为神学的中心,就像您的宫廷那样,但更有影响,他们说的是天主教徒。等他去世了,她会成为爱德华王子的继母,诺福克公爵就成为护国公,统治这个国家直到王子成人,按照惯性继续控制他。她会把国王带回到信奉罗马天主教会,新国王会在英格兰恢复教堂和修道院,这样她就成为了信奉天主教的国度的太后。"

安妮插了进来,脸上泛着红光,带着厌恶和洞察了丑闻的喜悦表情。

"可是国王是她的公公呀。"我小声反驳,"她嫁给过他的儿子,他们怎么能够想到她还会嫁给他?"

"他们不会顾忌这些的!"安妮大声回答,"难道您不知道教皇会同意他们的勾当吗?如果这个新娘能够把英格兰拉回到罗马教皇的怀抱呢?他们是魔鬼,他们肆无忌惮,只要能够把国王拉到他们一边!"

"确实,我想他们一定会这样做。"我轻轻说,"如果这是真的,如果漂亮的玛丽·霍华德睡在了国王身旁,他们会认为我将怎样?"

她耸耸肩。她的姿态在暗示:你认为一个被抛弃的英格兰王后会怎样?"我估计他们会认为您要提出离婚,或者由他们指控您的异端邪说与谋反。"

"我只有死路一条?"我问。即使是现在,即使是做了三年半的王后,经历过荆棘丛生的艰难处境后,我还是难以相信那些认识我的人——那些每日晚宴见到我的人,那些亲吻我的手表现忠诚的人,现在却能够如此残酷无情地策划我的死期,罗织罪名要我的人头。

"是诺福克公爵本人称您是安妮·阿斯科的信徒。"她说,"所以您是异教徒,所以犯下了死罪。是他与斯蒂芬·加德纳狼狈为奸,让国王敌视您,称您是毒蛇。他不是一个会对所有区区小事耿耿于怀的人。"

"区区小事?"

"对于像公爵这样的人来说,一个女人的生死就是一件区区小事,您知道,正是他本人签署了他两个侄女的死刑。是他谋划让她们成为王后,当情况有变,他又把她们送上了绞刑架,自己却金蝉脱壳。"

在宫廷里,女人的性命不值一提。在每一个王后身前,都站着一个漂亮的前任,而在她身后,却站着一个魔鬼。

"那现在有什么情况?"

"国王接受了我们西摩尔家族的建议。"她说,露出无法掩饰得意的神态,"托马斯和爱德华现在在国王那里,我估计他们在晚餐前回来后会告诉我发生了什么,到时我会转告您。"

"我相信国王本人会告诉我的。"我回答,提醒她我还是英格兰的王后,国王的妻子,并且刚刚重新得到国王的信宠,否则她会像霍华德家族的其他人那样看待我,像宫廷的其他人那样看待我:王后宝座的临时拥有者,一个随时会被心血来潮的国王抛弃或者赐死的女人。

✦

我异常小心翼翼地梳妆打扮了一番,把长外套拿回去让她们换了一次,把袖子也换了。我本想我要穿紫色,立马又改变了主意,尽管这是王家的专属颜色,但它让我脸上显得晦暗,今晚我要显得年轻可爱。因此我换上了我喜爱的红色,外加金色衬裙,带有金色条纹的红色衣袖。我把长外套的衣领拉了下来,这样我乳脂色的光滑肌肤在方形的开口处更加醒目,我的红褐色头发在猩红色的头罩下更像一团烈火。我戴了红宝石耳坠,腰挂金腰链,金手链绕在手腕上。我在嘴唇和面颊都涂抹了胭脂。

"您真漂亮。"婻说,对我的耐心微微吃惊。

"我是要给霍华德家族展示王后的存在。"我毅然决然地说,婻笑了。

"我想我们逃脱了一劫。"她说,"感谢上帝,他们没有得逞,托马斯·西摩尔也没有把玛丽·霍华德带进宫来。"

"对。"我说,对他曾经打算娶她的事置之不理,"他拯救了我们大家。"

"但让他打了光棍。"婻回答,"没有哪个男人会娶玛丽·霍华德,因为她的父亲和哥哥还关押在伦敦塔监狱,她为了挽救自己而告发他们。托马斯·西摩尔正在步步高升,他的家族是英格兰的显赫大家族,国王也喜欢他。他可以挑选任何一个女人。"

我点点头。他当然会娶伊丽莎白,如果国王同意的话。这样,他娶的就是都铎王朝的第三继承人。这样我就可以和他在他的婚礼上翩翩起舞,还可以把他看作是我的女婿。

"谁知道呢?"我轻松地说。我点头示意女侍开门,我们从我的卧室走到起居室,然后来到我的议事厅。托马斯一下出现在眼前。听见开门的声音,他转过身来,我立即意识到他一直在等着我,他来了。

一见到他,就发生了一桩奇怪的事情。我眼前什么也看不到,就连房间的声音也消失了。我仿佛进入了梦中,就像时间停滞了,我的钟也凝固了,所有人都不见了,只有他和我。他转身面向我,除了他的深色眼睛和他的笑容,我什么也看不见。他对我的凝视也仿佛像是他除了我什么也看不见。我想,感谢上帝,他是爱我的,我也爱他,因为这样炽热和直接的笑容只能来自这样的男人的爱。他等待着她满怀喜悦地走向自己,双臂伸开。

"晚上好，托马斯爵士。"我招呼说。

他握住我的手，鞠躬致礼，亲吻了我的指头。我的手感受到他胡须的轻轻触碰，感受到他热乎乎的气息。我还感受到他微微地捏了一下我的指头，好像是说"亲爱的……"他起身松开了我。

"殿下。"他说，"我非常高兴见到您动人的美丽。"

他说着这些无关痛痒的问候语，目光则在我脸上搜寻，我知道他很快会发现我身穿了最好的长外套，涂抹了口红。他看到了我的黑眼圈，他会知道我在为安妮·阿斯科伤心悲哀。他也会知道，因为情人总是会知道，我身上发生了非常令人伤心和非常糟糕的事情。

他向我伸出手臂，我们一道步行，穿过鞠躬致礼的侍者，来到窗旁，他伸出一只手，好像是在指着天边的落日和一颗冉冉升起的明亮星星。

"您受伤了？"他简短地说，"您病了？"

"此时此地，我不能给你说什么。"我老老实实地说，"但我既没有受伤也没有患病。"

"是国王？"

"是的。"

"他干了什么？"他脸一下沉了下来。

我拉了一下他袖子的内侧，他手肘的里面。"不是现在，地方也不对。"我提醒他。我仰头朝他笑着："那颗是北极星？就是你们航行的指引者？"

"您现在还有危险？"他继续紧问不舍。

"眼下没有。"我回答。

"爱德华说只一毫厘之差你就要被逮捕了。"

我头往后一仰笑了。"对，对！我都看到了逮捕令。"

他露出赞赏的目光："你就凭自己的语言化险为夷？"

我想到了自己伸出嘴唇舔血迹斑斑的马鞭。我想到了象牙色护裆塞入自己的嘴里，撞击着我的牙齿。"不，比那糟糕多了。"

他惊呼了一声："我的天……"

"嘘！"我急忙阻止他，"我们还不安全。每个人都在看着。霍华德家族的事情会怎么样？"

"还是看他怎么想。"他急匆匆地大跨了两步，就像要尽快离开这个房间，但一下又想到自己无处可走，"当然是看他怎么想。我感觉他会判处他们死刑，因为霍华德确确实实是在策划谋反。"

"上帝保佑他们。"我说，尽管他们曾经密谋要把我送上绞刑架，"上帝保佑他们。"

双扇门猛地开了，国王绑着绷带的伤腿首先露面，跟着才是他的轮椅和满面笑容。

"上帝保佑我们。"托马斯说，往后退了一步，就像是宫廷臣子那样，让我丈夫的轮椅靠近他的猎物、他的奴隶，也是他笑容满面的妻子。

父亲和儿子，托马斯·霍华德和他的儿子亨利，他们待在伦敦塔监狱，等待对自己的指控和判决。没有人探望他们，也没有人为他们说好话。一夜之间，这位老朽和他的继承人，曾经统治着整个诺福克，拥有英格兰南部的大多数土地，身居高位，其一生就如肥大的蜘蛛寄生在朋友、亲属和虚假许诺的巨大关系网上的人，突然变得孑然一身。他们失去了一切朋友和同盟。对亨利·霍华德谋反的指控证据确凿，他居然愚昧地吹嘘自己有望登上王座。他妹妹玛丽·霍华德曾经因为听从他的指令向国王出卖皮肉而痛苦不已，现在也背叛了他。她作证说是他命令她嫁给托马斯·西摩尔以求能够进入宫廷，并绞尽脑汁设法成为国王的情妇。她曾经告诉他说，她宁愿刎颈自杀也不愿接受如此屈辱。现在，她开始对他刎颈了。

即使是他父亲的情妇，臭名昭著的贝斯·霍兰德也开始指证他。那些本来应该爱戴和保护这位年轻人的人们，现在纷纷起来对他反戈一击，每日都有他的朋友和情人指控他，就连他的家族盾徽也对他不利起来，托马斯·弗罗瑟斯利，这位传令官的儿子和孙子，宣称该家族的盾徽故意仿照了五百年前英格兰领袖觉醒的赫里沃德的盾徽。

"这是多么荒诞无稽。"我问国王，我们在晚宴后坐在他房间壁炉旁聊天，"可以确定的是，觉醒的赫里沃德没有给霍华德家族遗留下任何盾徽，就算他们是他的后人，也无法得到证明。这些重要吗？"

在我们四周，宫廷里谣言四起，有人暗中蠢蠢欲动。我能够发现动向，那就像是掷骰子的声音。很快，国王就会召唤他的狐朋狗友，我的女侍和我本人将退居次席。

亨利脸色阴沉，眯缝着眼睛。"当然重要。"他简短地回答，"对我重要。"

"但是他自称是觉醒的赫里沃德的后人……这绝对是无稽之谈。"

"这是非常危险的谎言。"他说，"这个国家除了我，没有谁是王家的后裔。"他停了下来，需要思考一下前王室：金雀花王朝。他把那些人们一个接一个处死，就因为他们继承了这个家族的姓。"只有一个家族可以追溯到英格兰的亚瑟王时期，那就是我的家族。任何质疑都必须受到最严厉的惩处。"

"但为什么呢？"我问道，尽可能地温柔有礼，"如果那只是以前无数次展示过的旧盾牌，如果那只是一个年轻人不知天高地厚的狂妄呢？如果传令官早就对此心知肚明，并且你也不曾反对呢？"

他竖起一根肥大的指头，我马上哑口无言。"你还记得驯狗师是怎么做的？"他小声问我。

我点点头。

删后记

"你说说。"

"他让狗狗们互相残杀。"

"对,当狗变得出类拔萃后,他又怎么办?"

他咬着手指等待我的回答。

"他让其他狗狗把他打垮。"我说,但极其不情愿。

"对了。"

我沉默了片刻。"那就是说你不允许在你身边出现优秀的人。"我说,"不能出现深思熟虑的大臣,不能有你不得不佩服的人。不能有与你朝夕相处并且利用您的威望坐大的人。对人们的奖励不能只看忠诚。您不能有饱经考验和可靠的朋友。"

"你说对了。"他同意我的分析,"因为我不想任何人那样。我以前有过那样的人,当时我还年轻,有我热爱的朋友,有深邃思想的人,他们能够轻而易举地解决复杂的问题。如果你知道鼎盛时期的托马斯·沃尔西的情况!如果你认识托马斯·摩尔!托马斯·克伦威尔能够彻夜不眠地工作,每一个夜晚都是如此,没有任何东西能够阻止他。他一经确认,就从来没有失手,我在晚宴时给他交办的事,他会在早晨前的小教堂礼拜时给我拿出逮捕令。"

他停了下来,红肿眼睑下的小眼睛盯着门口,如同他的朋友托马斯·摩尔还会随时破门而入。托马斯深思熟虑的脸上会洋溢着微笑,帽子夹在手臂下,他对国王和对自己家族的热爱是他人生最大的目标和动力,但他最大的热爱是上帝。

"我现在需要的是无名小卒。"国王冷冰冰地说,"因为无名小卒不能让我失去什么,无名小卒谁也不热爱。在这个世界上,无数的人在追求自己的理想,为自己的目标而拼命努力。即使是托马斯·摩尔……"他停下来,带有几分自我哀鸣地叙述。"他自己选择了忠实于教会而不是爱我。他选择了信仰而不是生命。你知道吗？没有人是忠诚的，除非是死人。如果有人告诉你不同的想法，就是在把你当作傻瓜。我不会再做傻瓜。我清楚口蜜腹剑的朋友，我的每一个顾问都在追求自己的利益。每一个人都在窥视我的位置，每一个人都在垂涎我的财富，每一个人都在觊觎我的遗产。"

我无法驳斥他这番饱含酸楚的强烈倾诉。"可是您喜爱您的孩子。"我小声说。

他看了看房间角落的玛丽公主，她正在与安东尼·丹尼爵士小声交谈。他又四下寻找伊丽莎白公主，看见她正半遮半掩地仰头望着满面笑容的托马斯·西摩尔。

"也不一定。"他说，声音露出冷漠，"谁还像孩子时那样爱我？没有谁了。"

年轻的亨利·霍华德曾经是亨利死去的私生子最好的朋友。他从伦敦塔监狱给国王送来一封言辞恳切的请求信，信中说到他和亨利·菲茨罗伊情同手足，整日厮混在一起，他俩一道骑马、游泳、游戏和作诗，他们化身为一人。他们立誓结拜，他永远不会对自己最好的朋友的父亲搞阴谋诡计，因为国王就是他的父亲。

亨利把信扔给我。"我看过了他的招供。"他说，"我审查了他的罪证。我查看了他的盾徽，听到了他对我的评论。"

如果我放任他继续述说亨利·霍华德的罪状，他会变得越来越愤慨。他会竖起手指，直直地指向我，会把我当作年轻的罪犯那样咆哮。通过发泄愤怒，他会感到极大的愉悦，他会让自己激动起来，就像一个演员扮演惊险角色而获得快感。他喜欢感受心脏因为大发雷霆而带来的剧烈跳动，他喜欢战斗，即使他面前只有一个空荡荡的房间，和一个面色苍白、正在安抚他的女人。

"可是这一切都没有能够蒙骗到您。"我说，试图让他在爆发愤怒之前吸引他多多借用他自己的学识和思考，"您筛选了证据，研究了罪证。您不会相信他们所供认的一切吧？"

"你才应该对他们告诉我的东西感到害怕！"他突然大发雷霆，"如果和你亲切交谈的这条心存不轨的狗杂种得逞，那么被关在伦敦塔监狱的就该是你，而不是他！他的妹妹就该取你而代之！他是你的敌人，凯瑟琳，他对你比对我还危险，他密谋获取我的权力，但他会杀了你！"

"如果他是您的敌人，那么他也是我的敌人。"我低声说，"这是天经地义的，陛下。"

"他会捏造异端邪说或者谋反的罪名，置你于死地！"国王继续发泄，他忘记了逮捕令上有他自己的签名，"他会把他的妹妹安置在你的位置上，我们就会有另一个霍华德家族的王后，我的床上就会躺着另一个塞进来的娼妓！你想想看，你是不是难以忍受这一设想？"

我摇摇头。当然，我无话可说。是谁签署的逮捕令？是谁要送我上绞刑架？是谁要娶霍华德家的女孩？

"你会没命。"亨利说，"在我死后，霍华德家族就会操控我儿子……"他喘了口气。"简的儿子。"他有些含混地说，"会被霍华德家族控制在手。"

"可是，我的夫君……"

"那就是战利品。那就是他们所有人的战利品，那就是他们梦寐以求的，无论他们怎样遮遮掩掩。他们想要的是我死后的摄政权力并且控制新的国王。那就是为什么我要帮助爱德华，要他有所防范。你也要帮助他，让他有所防范。"

"当然，夫君，您知道……"

"可怜的亨利·霍华德。"他说。他的声音颤抖着，居然假惺惺地掉下几滴眼泪,"你知道我喜欢那个男孩子,对他视如己出吗?我还记得他是多么漂亮的小男孩,与菲茨罗伊一道玩耍。他们就像亲兄弟。"

"可以赦免他吗?"我小声问道,"他的信写得非常可怜哀戚,我难以相信他不感到懊悔……"

他点点头。"我会考虑一下。"他冠冕堂皇地说,"如果能够赦免他,我会做的。我要正义。但我也要宽仁。我爱他,我的儿子、我可爱的亨利·菲茨罗伊也爱他。如果我可以因为霍华德是儿子的玩伴而饶恕他,我会考虑的。"

宫廷的人走向了不同方向。国王将去白厅宫监督霍华德一家的死刑:父亲和儿子,以及对该叛逆家族的彻底摧毁。几位公主和我去格林尼治。西摩尔家族,托马斯和他哥哥爱德华将和国王在一起,帮助他揭开阴谋和找出罪犯。在国王洞察一切的明亮目光之下,对侍者、房客和敌人的审讯重复了一遍又一遍,我确定还会重复。所有针对改革派、针对我和我女侍的恶意诽谤及诬陷,现在调转身来,像是大炮的炮口般指向了霍华德家族,并且准备随时开火。国王的感情,宽仁,正义感,在一系列虚假证据的轰炸下被抛之脑后。国王要的是人头,宫廷希望助他一臂之力。

西摩尔家族如日中天,他们的宗教成为国王新的偏好,他们的家族与王家血脉藕断丝连,他们的军事技能是护国重器,他们的伴随是国王求之不得。其他所有与之竞争的家族都每况愈下,一蹶不振。

宫廷的男士们来到外边的台阶,这些有家室的大人物将向他们的妻子道别,那些恋人们则会交换眼神和目光,互道珍重并且握手告辞。这些男性大人物又来向我告辞,终于,托马斯·西摩尔向我走来,我们站得很近,我的手放在马的脖子上,马夫牢牢地把马控制住。

骊后记

"您毕竟还是安全了。"他贴近我耳边说,"一年了,您还是安然无恙。"

"你要娶伊丽莎白?"我急切地问。

"国王还没有开口。他对您说了什么吗?"

"他问了我是怎么想的。我就说了我能够说的。"

他做了一个鬼脸,然后给出手势让马夫退后,用双手捧起我的马靴。他温热的手抓住我的脚,让我情不自禁地好想要他。"啊,我的天,托马斯。"

他把我向上一举,我顺势把腿跨过马鞍,女侍赶紧上前整理我的裙子。我俩沉默无语,女侍则在忙着做她的活,我眼睛朝下看到了他深色的卷发,他抚摸着我的马脖子,但是他无法把手放在我身上。就连放在马靴尖上也不行。

"那你圣诞节要和国王在一起过了?"

他摇摇头说:"他希望我待在多弗城堡。"

"什么时候能够再见到你?"我能够听见声音中露出的凄凉。

他还是摇摇头,他也一无所知。"至少您是安然无恙的。"他说,仿佛这就足够了,"还有一年,谁知道会发生什么?"

我实在难以想象会有什么好事出现。"圣诞节快乐,托马斯。"我小声说,"上帝保佑你。"

他抬头望着我,明媚的天空让他眼睛眯成了一条缝。这是我钟情的男人,但是他不能再靠近我。他后退了一步,把手放在我的马头上,抚摸马的鼻子,探了探马的牙齿和它敏感的鼻孔。"注意安全。"他对马说,"你背上负的是王后。"他把声音压低,"还有我的心上人。"

1546 年冬

格林尼治宫

我不禁想到了凯瑟琳王后。当时的宫廷也是分散开来各奔一方,她是在格林尼治度过圣诞节的,她被要求举止端正,仿佛无事发生,但国王已在伦敦和安妮·波琳厮混。不过,这一次让国王待在伦敦的原因就不是做爱,而是杀戮了。我被告知,除了枢密院外,白厅宫的法庭对所有人封闭,国王和他的密友在反复审核所收集的霍华德家族父与子的犯罪证据。

我也得知,国王全身心地投入了学术研究,他像分析文本一样分析了亨利·霍华德漫不经心的信件,对每一处罪作出标记,对每一处所谓的清白提出疑问。国王变得不厌其烦,学究气十足。愤慨让他充满活力,他关注每一次审讯,仿佛他已经下定决心,这位年轻人,这位英俊但愚昧的年轻人必须要死——因为他不加思考的出言不慎。

一月初的一个夜晚,亨利·霍华德从他监舍的窗口爬了出去,试图逃避国王的宽仁。当他准备沿着污水槽滑下去,跳进冰冷的河中时,他被抓住了。这就是亨利·霍华德特有的个性:像一个男孩那样胆大妄为。他这样的行为应该让人们想到他是一个冲动任性的年轻人,有几分愚昧,但也是一个胆大鲁莽、天真无邪的人。不过他们并非取笑他并且释放他,而是用手铐脚镣把他牢牢地羁绊起来。

更糟糕的是,非常糟糕的是,关于他父亲的招供。为了保全自己老朽的性命,老公爵不惜向枢密院招供,说他犯下他被指控的所有罪行。他承认他们携带了武器,但这些武器是他合法拥有并且被霍华德家族世代拥有的。他荒唐地承认向教皇传送了秘密情报,也煞有介事地认可自己做了被指控的一切,他承认了一切,只要能够保住脑袋。他史无前例地认罪伏法,并且愿意交出自己的财产和土地作为赎罪物,只要能够保住他的性命。

他的儿子仿佛无足轻重,就是一个交易的货物,公爵把亨利·霍华德作为讨价还价的筹码抛了出去,另外还搭上他的荣誉、声望和财富。他把自己的儿子兼继承人扔进了地狱,用心险恶地把儿子送上绞刑架。他坚持说他的儿子和继承人,这位年仅二十九岁的亨利是国王的叛逆,也是他的名声和家族的叛逆。老公爵将把儿子送上绞刑架作为自己获得自由的代价。他的招供不啻是对他儿子最终的死刑判决,当晚,国王签署了将亨利·霍华德绳之以法的逮捕令。国王说,这一切都是托马斯·霍华德的过错,一切都怨不得他本人。

我们对审讯的结果心知肚明。他的父亲替他作了招供并且宣称他有罪,显然,亨利·霍华德很难给自己做出多少有用的辩护。

但是他必须得说什么。他站在辩护席作了自我陈述。他滔滔不绝地整整辩解了一天,直到天色暗淡点燃了蜡烛,在街坊和朋友组成的陪审团面前,英俊的年轻伯爵的脸庞在金色烛光下意气风发。或许当时众人都不想宣判他有罪,因他说得非常言之成理,妙趣横生,条分缕析。但是威廉·帕吉特从宫中赶到,带来了国王的秘密指令,他在陪审团讨论判决意见的时候走了进来,当陪审团走出房间后,一致同意给出判决,当然,谁还胆敢争辩呢。判决是"有罪"。

在一月中旬某个月明星稀的寒冷夜晚,枢密院的密使给我带来信息,亨利·霍华德已经在塔山被斩首。他的父亲还在监狱等待他的判决。我们默不作声地听着这个消息。国王决定不再烧死改革派，但这并不意味着他对其他的嫌疑者就会宽仁。没有人认为亨利·霍华德除了傻乎乎地夸夸其谈外还能够做什么，作为诗人的他过分炫耀他的语言，但也因此而丧生。

伊丽莎白来到我身旁，把冷冰冰的手放在我手中。"我听说了我表哥霍华德可怕的遭遇。"她说，黑色的眼睛在等待我的答复，"他在策划反对您，策划用另一个女人取代您。他们对我说他阴谋把自己的妹妹推上台。"

"他这样的想法当然就错了。"我回答，"你父亲和我是遵照上帝的旨意结合的，任何人要分开我们就当然都是错的。"

她有些迟疑，她听说过很多她母亲的事情，知道安妮·波琳对亨利的第一个王后就完全是这样做的，而她的亲属策划对国王的第六个王后照章办理。"那您认为他是不是该死？"

不仅是伊丽莎白，表情严肃的简·格雷也一言不发地站在旁边，倾听着我们的谈话，而我要冒风险给出我的观点，有可能与国王的不一致。我已经亲吻过马鞭，我已经没有了自己的思想，我现在是温顺的妻子。

"你的父王认为是好的，那就是正确的。"我说。

她看着我，这个乖巧和善于思考的女孩。"如果您是一个妻子，您就不能有自己的想法了，对吗？"

"你可以有自己的想法。"我小心翼翼地说，"但你可以闭口不言，如果你足够聪明，你要与你的丈夫保持一致。你的丈夫掌控着你的权利。你可以找到其他方法来保留自己的想法，过自己的生活，而不应把它泄露出去。"

"那我最好就别结婚嫁人了。"她毫无一丝笑容，"如果成为妻子就要放弃自己的想法，我就永远不结婚。"

我轻轻拍了拍她的面颊，试图对这个十三岁的女孩发誓要拒绝婚姻的想法笑一笑。"或许在现在这个世界上你是对的。"我说，"但世界是变幻莫测的。当你长大要结婚的时候，女性将有更多的权利，或许她无须再被迫发誓要遵循她的结婚誓言。或许有一天女性能够既要爱情也要思考。"

1547 年冬

汉普顿宫

　　王家信使乘船半夜从白厅宫到来，王家驳船疾驶在黑暗的河上，划手们在涨潮的河上竭尽全力划着桨。这是一次寒冷潮湿的旅途，卫兵在我议事厅门口接过信使湿漉漉的帽子，把门打开。我的一个女侍被起居室门口的敲门声惊醒，急匆匆地跑来告诉我，问白厅宫的枢密院的信使来了，我是否要接见？

　　我顿时有些害怕，宫廷中每一个人对突如其来的敲门声都会感到害怕。我立即想到谁又出事了，我也立即想到是不是有人来抓我。我披上厚厚的外套走了出去，光脚穿着金质后跟的鞋来到起居室，西摩尔家族的来人已经等着了，他不停地交换跺着潮湿的双脚，地板积起了团团雨水的水迹。嫡走在我身后，我的女侍们打开了她们房间的门向外探望究竟，烛光下脸色苍白。有人在胸前画十字。嫡咬紧牙关，担心有什么可怕的消息。

　　信使朝我跪下，一把扯下他的帽子。"殿下。"他说。他脸上显露的惊恐，他长长吸了口气，仿佛要对准备好的说辞做一番预习的模样，在这样夜深人静的时刻、漆黑的夜晚，这一切都让我猜测了到他要说什么。我看了看他身后是不是有准备逮捕我的卫兵。我在想王家驳船是不是正黑着灯在码头随着潮水上下起伏。我寻找着内心的勇气，一定要勇敢地面对这一切。或许现在，就是今晚，他们终于拿我开刀了。

　　他站起身来："殿下，我很沉痛地告知您，国王驾崩了。"

噢，我自由了，我自由并且活下来了。当我四年前开始了这段婚姻时，我没有料到这一天会到来：我自由了，并且重新成为了寡妇。当我看到御医的手中拿着我的逮捕令时，我没有料到我能够活过一星期。但是我活过来了。我比国王活得更长。他曾经抛弃了两位妻子，另一位死于分娩，其他两位被杀害。我背叛了我的爱情，我的信仰，我的朋友，但我幸存下来了。我抛弃了我的理想，我的尊严，我的学术，但我幸存下来了。我就像一个被困在城里多年的人，突然走出家门，四处打量着千疮百孔的墙壁和破碎的大门，打量着破败的市场和倒塌的教堂，但我还安全地活着，尽管其他人已经死了，并且我也曾经深陷危险。我拯救了自己，但看到的是我所珍爱的一切已摧毁。

我坐在卧室的窗前，等待黎明的到来。我身后的壁炉烈火熊熊，但我不让任何人进来添柴，带来热水，或者为我更衣。我会静静地度过这一夜晚，想象白厅宫的人们，他们就像狗一样——他是这样说的——把这个王国撕裂得七零八落，一群狗牟取了一些利益，另一群狗夺取了另外的利益。这些人有一个目标，或者无论如何，他们有一个宣称是国王的愿望的目标：至少他们狼狈为奸编造出是国王愿望的东西，其有利于那些僵尸般陈腐的人群，仿佛它是相互竞争的结果而非一个濒临死亡之人的遗嘱。

爱德华王子是他的继承人，这是理所当然的，但是在这一遗嘱中，我不是摄政王。将由枢密院来指导爱德华王子，直到他年满十八。爱德华·西摩尔的反应对我来说太过迅速，对我们大家来说都太过迅速了：他任命自己为英格兰掌礼大臣，将和其他十五人领导枢密院。斯蒂芬·加德纳不在其中，但我也不在其中。

托马斯是这场争斗的迟到者，将与他的哥哥展开争夺。他必须迅速行

册后记

动。宫廷如同一群疯狂的猎犬,拼命撕咬倒下的牡鹿,将其撕裂成血肉模糊的碎片。宫廷的大臣发誓,除了瓜分国王的财产,有人给他们许下的骇人听闻的愿望不少于八十个。国王给自己的女儿留下丰厚的嫁妆,给我留下大笔财富,可是把我排除在指导爱德华的枢密院之外,他的最后一次行动是要我保持沉默。

尽管他是我的丈夫,但他要埋葬在温莎的圣乔治教堂,与简·西摩尔为伴。他留下一笔钱,让人们为他做弥撒。他还建立了一座小教堂,有两名教士为他祈祷,保佑他免下他也不相信的炼狱。当别人告诉我这一切时,我不得不紧紧抓住椅子的扶手,免得突然大笑出声。

他们告诉我说亨利做了最终的忏悔,最后终于请回了托马斯·克兰默,大主教给了他非常庄重的临终涂油礼,让他成为天主教的忠实儿子离开人世。显然,是他告诉了托马斯·克兰默他没有什么可以忏悔的,因为他所做的一切都是为了子民的福祉。当我想到他临死的模样——没有对黑暗的恐惧、对自己的良好判断感到非常安全、全身涂满了厚厚的一层油时,我不由自主地笑了出来。但是,如果不把他的国家从那些繁琐的程序礼仪和迷信中解脱出来,他的人生意义何在?他到临终一刻究竟在想些什么呢?

我失去了我的丈夫,但我也躲过了牢狱之灾。我会哀悼爱过我的那位男士,但是是以他的方式;我也会庆贺我逃脱了企图杀害我的那个男人。当我违心地接受了这段婚姻时,我就知道它会以死亡告终:他的或者是我的死亡。有多少次我想到过他会要我的命,我将绝无可能逃脱他的死亡之手;有多少次我想到过他的激情是说出临终遗言,让我永远闭口不言。但我躲过了他的毒咒,我逃脱了他的威胁。这场婚姻让我失去了幸福,失去了爱情,也失去了我的尊严。我最沉重的代价是背叛了安妮,让她付出了宝贵的生命,不过,对此,我会承受,对此,我也会宽恕。

我将出版我翻译的《新约》。我将完成我信仰的新著。我会毫无顾忌地发表我的观点，使用我真实的名字。我再也不会出版在封面没有我名字的论著了。我也不会将没有致谢的论著公之于世。我会站出来，用自己的声音喊话，没有任何人能够再次让我噤声。

我会遵循改革后的宗教信仰抚养我的继子继女，我将用英语向上帝祷告。我将看到托马斯·西摩尔走到我的宫廷来，亲吻我的手，而无需为别人看到我脸上的喜悦和以及眼中的渴望担惊受怕。我会亲吻他微笑的嘴唇，我会躺在他的床上。我会像一个激情洋溢的女人那样生活，我会把我的激情和我的智慧带到我所做的一切中去。

我相信，一个自由的女性需要有激情和智慧，而我终于成为了自由的女性。

·全书完·

作者手记

对我而言，非常奇特的是凯瑟琳王后或者 K.P.（她自己的签名）本该更多地为人所知。作为亨利的最后一位王后，她逃脱了杀妻狂人的魔爪，她耳闻目睹了他五位前任中四位的悲催下场，这让她成为了历史上最顽强的幸存妻子之一。她直面并且击败了英格兰教会中支持天主教一派的无数阴谋，这些人执意要在英格兰恢复他们的宗教信仰；她在新教信仰中把国王最小的两个孩子抚养成人，让新教成为两个孩子长大成人当政期间的核心信仰；她还对国王信仰天主教的长女玛丽公主以礼相待，支持她恢复王家待遇；她以英格兰最重要的人物摄政王身份治理国家，在没有国王的情况下维系了国家的和平。

在很多方面，可以看出她与其他王后的相似之处：她成为了摄政王，这与出生西班牙王室的阿拉贡的凯瑟琳相似；她是在英格兰出生和长大，这与凯瑟琳·霍华德相似；她受过良好教育，有高度智慧，是宗教改革的支持者，这与安妮·波琳相似；另外，她是北方人，也是圈外人，这与克里夫斯的安妮相似。她抚养了简·西摩尔的儿子，爱上了她的弟弟。如果简还活着，她或许会成为简的弟媳。

但是，关于她最有意思的是她的学问。我们不清楚当她作为北方的拉提默男爵的年轻寡妇来到亨利的宫廷时，她的教育程度究竟如何。很可能她是跟随他弟弟的家庭教师学习了拉丁语和法语，但他弟弟离开家之后，她的学习也就终止了。因此，当她进入宫廷的时候，宫廷正出现激烈的争辩：关于《圣经》，究竟是拉丁语还是英语；关于弥撒，究竟是面包还是圣体；关于教会，究竟是改革派还是天主教派。她开始了自我学习过程。

她开始学习拉丁语，并且在与继子，年轻的威尔士王子的通信中使用拉丁语。她对神学的研究，支持她发表了文章和出版了论著。她是英格兰使用自己的名字发表独创性作品的第一个女性，这是一个了不起的作为，也是一个突破性的举动。早期的女性作家使用的是中世纪英语写作，这种语言更接近乔叟①而非凯瑟琳·帕尔所使用的莎士比亚的语言。一些女性匿名发表文章和论著，大多数是翻译男性的作品。在凯瑟琳·帕尔之前，没有女性敢于用英语写作和出版独创性作品，并且在封面署上自己的名字，但凯瑟琳·帕尔在她翻译的祈祷文和赞美诗集的封面署上了自己的名字。她后期的作品不仅是翻译，还包括独创性作品《罪人的哀号》。

她的三部论著保留了下来，新版本由雅内尔·穆勒编辑出版，请参见文后的参考书目。我们甚至还可以在格洛斯特郡的苏德利城堡看到原著。几百年过去了，令人惊叹的是，一位十六世纪的女性依然在和我们侃侃而谈。

当然，历史学家都期盼帕尔能够创造她的时代的编年史而不是祈祷文，那会让我们知道多少亨利王朝宫廷的秘闻！但是，对帕尔和其他有精神追求的女性来说，她们与上帝的关系远比她们在这个世俗世界的人生更加重要。

日常生活充满了变故，危险和奇遇。即使到现在我们也不确定，她与殉难者安妮·阿斯科的关系有多亲密，但安妮应该是至死也没有泄露自己与帕尔的关系。我们知道，安妮·阿斯科曾经为王后布道，她们或许在还是小女孩时在林肯郡见过。我们知道，王后利用了她的特权将安妮·阿斯

---

① 英国小说家、诗人，英国"诗歌之父"。

删后记

科从第一次监禁中解救出来,但是第二次解救失败了。我们知道王后宫廷的尼古拉斯·斯洛克莫顿爵士参加了火刑的执行,有人暗中出钱买通了看守,给安妮·阿斯科戴上了火药袋,这样她的痛苦就缩短了。很有可能的是,对安妮·阿斯科的严刑拷问是要迫使她指控王后是同谋,是异教徒,还是谋反者,为的是最终能够逮捕王后并且把她送上绞刑架。

针对王后的阴谋、她机敏的反应、宫廷中对她的羞辱,都来自近代作家福克斯的《烈士书》,一些对话也是出自该书。但是,对王后的私下羞辱是出自我的杜撰,因为我们无法知晓在过去紧闭的卧室大门后面究竟发生了什么。我是希望描写出这样的场景:法律许可对妻子的暴力行为,亨利内裤的象牙色护裆的象征意义,它们揭示了男性如何用权势、暴力、性欲以及力量的神话来征服女性,过去如此,现在依然如此。

我们也不知道作为王后的凯瑟琳与托马斯·西摩尔的关系究竟有多亲密。当然,他们仿佛是相互承诺过:国王过世后几周两人就互写情书,寻求机会共度良宵。在亨利去世四个月后,两人最终成婚,尽管他们曾经打算再等一等。或许他们的婚姻幸福甜蜜。众所周知的是,在与其继父托马斯·西摩尔的性游戏过后,伊丽莎白公主离开了继母的宫廷。在家庭生活中,关于寡妇王后的嫁妆和王室珠宝出现过激烈的争吵。托马斯是一个嫉妒心重且占有欲强的丈夫,凯瑟琳和他结婚不到一年半,她就死于分娩。有传闻说她责怪他不再爱她,但是他确实出现在她的临终病榻前,并且因她的去世备受打击。他放弃了他们的房产,把孩子留给爱德华·西摩尔和他妻子抚养。

创作关于中世纪女性生活的小说曾经是,现在也是对我所处时代的奇怪偏离,但与之又息息相关。尽管她生活在很久以前,但是,当我想到她经历的恐惧、她必须鼓起的勇气,我不得不钦佩她。她细致入微,大多数依靠自学的知识必然会引起那些试图进入男性权力占有的排他性领域的女性的共鸣：工业，政治，教会和学术。热爱语言的人们会钦佩凯瑟琳·帕尔的才华，想象她认真阅读拉丁语和希腊语的手稿，思考最完美的英语翻译。任何喜欢女性的人们都会对她报以同情：喜欢上一个男人，但被迫嫁给另一个男人，一个独裁者，可是幸运的是，她摆脱了他。

这本关于知识女性的小说要特别感谢两位赐教于我的学者：萨塞克斯大学的莫里斯·赫特和爱丁堡大学的杰弗里·卡纳尔。对我而言，他们代表了多个世纪以来的那些导师们，他们学识渊博，乐于分享，他们位居男性知识堡垒的高位，但又敞开了其大门。

我对他们的感谢难以言表，他们会对我的感激之言嗤之以鼻，认为其既是陈词滥调，也是自相矛盾。感谢上帝，我是多么地怀念他俩。

参考书目

下面是我在撰写本书中参考过的非常有帮助的书目和期刊名。特别要感谢苏珊·詹姆斯制作的参考书目表，雅内尔·穆勒对凯瑟琳作品进行的学术编辑。

Alexander, Michael Van Cleave. The First of the Tudors: A Study of Henry Ⅶ and His Reign. London: Croom Helm, 1981.

Bacon, Francis. The History of the Reign of King Henry VIIand Selected Works. Edited by Brian Vickers. Cambridge: Cambridge University Press, 1998.

Baldwin, David. Henry Ⅷ's Last Love: The Extraordinary Lifeof Katherine Willoughby, Lady-in-Waiting to the Tudors. Stroud, Gloucestershire: Am-berley, 2015.

Beilin, Elaine Ⅴ., ed. The Examinations of Anne Askew. NewYork: Oxford University Press, 1996.

Bernard, G. W., ed. The Tudor Nobility. Manchester: Manchester University Press, 1992.

Besant, Sir Walter. London in the Time of the Tudors. London: Adam & Charles Black, 1904.

Betteridge, Thomas, and Suzannah Lipscomb, eds. Henry VIII and the Court: Art, Politics and Performance. Farnham, Surrey: Ashgate, 2013.

Bindoff, S. T., ed. The History of Parliament: The House of Commons, 1509–1558. London: Secker & Warburg for the History of Parliament Trust, 1982.

Childs, David. Tudor Sea Power: The Foundation of Greatness. Barnsley, Yorkshire: Seaforth Publishing, 2009.

Childs, Jessie. Henry VIII's Last Victim: The Life and Times of Henry Howard, Earl of Surrey. London: Jonathan Cape, 2006.

Chrimes, S. B. Henry VII. London: Eyre Methuen, 1972. Cunningham, Sean. Henry VII. London: Routledge, 2007.

Denny, Joanna. Katherine Howard: A Tudor Conspiracy. London: Portrait, 2005.

Doner, Margaret. Lies and Lust in the Tudor Court: The Fifth Wife of Henry VIII. Lincoln, NE, iUniverse, 2004.

Duggan, Anne J., ed. Queens and Queenship in Medieval Europe: Proceedings of a Conference Held at King's College, London, April 1995. Woodbridge, Suffolk: Boydell Press, 1997.

Elton, G. R. England Under the Tudors. London: Methuen, 1955.

Fellows, Nicholas. Disorder and Rebellion in Tudor England. London: Hodder & Stoughton, 2001.

Fletcher, Anthony, and Diarmaid Mac Culloch. Tudor Rebellions. 5th ed.

Har-low: Pearson Longman, 2008.

Gairdner, James. "AnneAskew." In The Dictionary of National Biography. Vol II, edited by Leslie Stephen, 190-192. London, 1885; http://www.luminarium.org/encyclopedia/askew.htm.

Guy, John. Tudor England. Oxford: Oxford University Press, 1988.

Hare, Robert D. Without Conscience: The Disturbing Worldofthe Psychopath.

NewYork: Pocket Books, 1993.

Hay, Denys. Europeinthe Fourteenthand Fifteenth Centuries. 4thed. New York: Longman, 1989.

Howard, Maurice. The Tudor Image. London: Tate Publishing, 1995. Hutchinson, Robert. House of Treason: The Riseand Fall of a Tudor Dynasty.

London: Weidenfeld & Nicolson, 2009.

—. The Last Days of Henry VIII: Conspiracies, Treason and Heresy at the Court of the Dying Tyrant. London: Weidenfeld & Nicolson, 2005.

—. Young Henry: The Rise of Henry VIII. London: Weidenfeld & Nicol-son, 2011.

Innes, Arthur D. England Under the Tudors. London: Methuen, 1905.

Jackman, S. W. Deviating Voices: Women and Orthodox Religious Tradition. Cambridge: Lutterworth Press, 2003.

James, Susan E. KaterynParr: The Making of a Queen. Farnham, Surrey: Ashgate, 1999.

Jones, Philippa. The Other Tudors: HenryVIII's Mistresses and Bastards. London: New Holland, 2009.

Kesselring, K. J. Mercy and Authority in the Tudor State. Cambridge: Cambridge University Press, 2003.

Kramer, Kyra Cornelius. Blood Will Tell: A Medical Explanation of the TyrannyofHenryⅧ. Bloomington, IN: Ash Wood Press, 2012.

Laynesmith, J. L. The Last Medieval Queens: English Queenship 1445-1503. Oxford: Oxford University Press, 2004.

Lewis, Katherine J., Noël James Menuge, and Kim M. Phillips, eds. Young Medieval Women. Stroud, Gloucestershire: Sutton Publishing, 1999.

Licence, Amy. In Bed with the Tudors: The Sex Lives of a Dynasty from Elizabeth of York to ElizabethI. Stroud, Gloucestershire: Amberley, 2012.

Lipscomb, Suzannah. 1536: The Year That Changed HenryⅧ. Oxford: Lion, 2009.

Loades, David. HenryⅧ: Court, Churchand Conflict. Richmond, Surrey: The National Archives, 2007.

Locke, AmyAudrey. The Seymour Family. 1911. Reprint, Michigan: University of Michigan Library, 2007.

Mackay, Lauren. Inside the Tudor Court: Henry Ⅷ and His Six Wives Through the Writings of the Spanish Ambassador, Eustace Chapuys. Stroud, Gloucestershire: Amberley, 2014.

Maclean, John. The Life of Sir Thomas Seymour, Knight; Baron Seymour of Sudeley, Lord High Admiral of England and Master of the Ordnance. London: John Camden Hotten, 1869.

Manning, Anne. The Lincolnshire Tragedy: Passages in the Life of the Faire Gospeller, Mistress Anne Askew(novel). 1866. Reprint, Charleston, SC: NabuPress, 2012.

Martienssen, Anthony. Queen Katherine Parr. London: Secker & Warburg,

1973.

Meloy, J. Reid, ed. The Mark of Cain: Psychoanalytic Insight and the Psychopath. 2001. Reprint, New York: Routledge, 2014.

Mortimer, Ian. The Time Traveller's Guide to Medieval England. London: Vintage, 2009.

Mueller, Janel, ed. Katherine Parr: Complete Works & Correspondence. Chicago: University of Chicago Press, 2011.

Mühlbach, Luise. Henry VIII and His Court: An Historical Novel. Translated by H. N. Pierce. New York, 1867.

Newcombe, D. G. Henry VIII and the English Reformation. London: Routledge, 1995.

Norton, Elizabeth. Catherine Parr. Stroud, Gloucestershire: Amberley, 2011.

Perry, Maria. Sisters to the King: The Tumultuous Lives of Henry VIII's Sisters—Margaret of Scotland and Mary of France. London: André Deutsch, 1998.

Plowden, Alison. House of Tudor. London: Weidenfeld & Nicolson, 1976.

Porter, Linda. Katherine the Queen: The Remarkable Life of Katherine Parr, the Last Wife of Henry VIII. New York: St. Martin's Press, 2010.

Read, Conyers. The Tudors: Personalities & Practical Politics in 16th Century England. Oxford: Oxford University Press, 1936.

Ridley, Jasper. The Tudor Age. London: Constable, 1988.

Rubin, Miri. The Hollow Crown: A History of Britain in the Late Middle Ages. London: Allen Lane, 2005.

Scarisbrick, J. J. Henry VIII. London: Eyre & Spottiswoode, 1968.

Searle, Mark, and Kenneth W. Stevenson. Documents of the Marriage Liturgy. Collegeville, MN: Liturgical Press, 1992.

Shagan, Ethan H. Popular Politicsand the English Reformation. Cambridge: Cambridge University Press, 2003.

Sharpe, Kevin. Sellingthe Tudor Monarchy: Authority and Image in Sixteenth Century England. London: Yale University Press, 2009.

Skidmore, Chris. Edward Ⅵ: The Lost King of England. London: Weidenfeld & Nicolson, 2007.

Smith, LaceyBaldwin. Treason in Tudor England: Politics and Paranoia. London: Jonathan Cape, 1986.

Somerset, Anne. ElizabethI. NewYork: St. Martin's Press, 1992. Starkey, David. Henry: Virtuous Prince. London: Harper Press, 2008.

—. SixWives: The Queens of HenryⅧ. London: Chatto & Windus, 2003.

Thomas, Paul. Authority and Disorder in Tudor Times, 1485–1603. Cambridge: Cambridge University Press, 1999.

Udall, Nicholas. Ralph Roister Doister. 1566. Reprint, Gloucester: Dodo Press, 2007.

Vergil, Polydore. Three Books of Polydore Vergil's English History: Comprising the Reigns of Henry Ⅵ, Edward Ⅵ and Richard Ⅲ. Editedby Henry Ellis. London, 1844.

Warnicke, Retha M. The Marrying of Anne of Cleves: Royal Protocol in Early Modern England. Cambridge: Cambridge University Press, 2000.

Watt, Diane. "Askew, Anne(c. 1521–1546)." In Oxford Dictionary of National Biography. Edited by H. C. G. Matthew and Brian Harrison. Oxford: Oxford University Press, 2004.

http: //www. oxforddnb. com/view/article/798.

—. Secretaries of God: Women Prophets in Late Medieval and Early Modern

England. Woodbridge: D. S. Brewer, 1997.

Weatherford, John W. Crimeand Punishment in the England of Shakespeareand Milton. Jefferson, NC: Mc Farland, 2001.

Weir, Alison, Children of England: The Heirs of King Henry Ⅷ. London: Jonathan Cape, 1996.

—. HenryⅧ: Kingand Court. London: Jonathan Cape, 2001.

—. The Six Wives of HenryⅧ. London: Bodley Head, 1991. Whitelock, Anna. Mary Tudor: England's First Queen. London: Bloomsbury, 2009.

Williams, Neville. The Life and Times of Henry Ⅶ. London: Weidenfeld & Nicolson, 1973.

Wilson, Derek. In the Lion's Court: Power, Ambition and Sudden Death in the Reign of HenryⅧ. London: Hutchinson, 2001.

Withrow, BrandonG. Katherine Parr: A Guided Tour of the Life and Thoughtofa Reformation Queen. Phillipsburg, NJ: P & R Publishing, 2009.

期刊

Cazelles, Brigitte, and Brett Wells. "Arthuras Barbe-Bleue: The Martyrdomof Saint Tryphine (Breton Mystery)." Yale French Studies 95, Rereading Allegory: Essaysin Memory of Daniel Poirion(1999): 134–151.

Dewhurst, John. "The Alleged Miscarriages of Catherine of Aragonand Anne Boleyn."Medical History 28, no.1(1984): 49–56.

Hiscock, Andrew. "'Asupernalliuely fayth': Katherine Parrand the authoringofdevotion,"Women's Writing 9, No.2(2002): 177–198.

Hoffman, C. Fenno, Jr. "Catherine Parrasa Woman of Letters." Huntington Library Quarterly 23, No.4(1960): 349–367.

Riddle, John M., and J. Worth Estes. "Oral Contraceptives in Ancient and Medieval Times." American Scientist 80, No.3(1992): 226-233.

Weinstein, Minna F. "Queen's Power: The Case of Katherine Parr. "History-Today 26, No.12(1976): 788.

Whitley, Catrina Banks, and Kyra Kramer. "A New Explanation for the Reproductive Woes and Midlife Decline of Henry Ⅷ." Historical Jour nal 53, No.4 (2010): 827-848.

其他

Davids, R. L., and A. D. K. Hawkyard. "Sir Thomas Seymour Ⅱ (by 1509-1549), of Bromham, Wilts., Seymour Place, London and Sudeley Castle, Glos.," The History of Parliament: British Political, Social & Local History, http: //www. historyofparliamentonline. org/volume/1509-1558/member/seymour-sir-thomas-ii-1509-1549.

Hamilton, DakotaL. "The Household of Queen Katherine Parr. " Unpublisheddoctoraldissertation, Somerville College, University of Oxford, 1992; http: // humboldt-dspace. calstate. edu/bitstream/handle/2148/863/hamilton_thesis_complete. pdf?sequence=1.

Lettersand Papers, Henry Ⅷ. British History Online, http: //www. british-history. ac. uk/search/series/letters-papers-hen8.